AMANTE MÍO

J. R. Ward es una autora de novela romántica que está cosechando espléndidas críticas y ha sido nominada a varios de los más prestigiosos premios del género. Sus libros han ocupado los puestos más altos en las listas de best-sellers del *New York Times* y *USA Today*. Bajo el pseudónimo de J. R. Ward sumerge a los lectores en un mundo de vampiros, romanticismo y fuerzas sobrenaturales. Con su verdadero nombre, Jessica Bird, escribe novela romántica contemporánea.

www.jrward.com

LAS NOVELAS DE LA HERMANDAD DE LA
DAGA NEGRA EN PUNTO DE LECTURA

1. AMANTE OSCURO

2. AMANTE ETERNO

3. AMANTE DESPIERTO

4. AMANTE CONFESO

5. AMANTE DESATADO

6. AMANTE CONSAGRADO

7. LA GUÍA SECRETA DE LA HERMANDAD
DE LA DAGA NEGRA

8. AMANTE VENGADO

9. AMANTE MÍO

J.R. WARD

AMANTE MÍO

La Hermandad de la Daga Negra VIII

Traducción de Patricia Torres Londoño

punto de lectura

Título original: *Lover mine*
© Jessica Bird, 2010
© De la traducción: 2011, Patricia Torres Londoño
© De esta edición:
2012, Santillana Ediciones Generales, S.L.
Torrelaguna, 60. 28043 Madrid (España)
Teléfono 91 744 90 60
www.puntodelectura.com

ISBN: 978-84-663-2587-5
Depósito legal: M-10.665-2012
Impreso en España – Printed in Spain

Imagen de cubierta: Claudio Marinesco

Primera edición: abril 2012

Impreso por **blackprint**
A CPI COMPANY

ALGUNAS COSAS ESTÁN DESTINADAS A SUCEDER…
SÓLO QUE NECESITAMOS HACER UN PAR
DE INTENTOS PARA CONSEGUIRLAS.

AGRADECIMIENTOS

Mi inmensa gratitud para los lectores de la Hermandad de la Daga Negra y un efusivo saludo a los Cellies.

Muchas gracias a Steven Axelrod, Kara Welsh, Claire Zion y Leslie Gelbman, por todo su apoyo y orientación.

Gracias también a todo el mundo en New American Library, estos libros son en verdad un esfuerzo conjunto.

Gracias a Lu y Opal y todos nuestros Mods, por todo lo que hacen gracias a la bondad de sus corazones.

Como siempre, con inmensa gratitud para con mi Comité Ejecutivo: Sue Grafton, Dra. Jessica Andersen y Betsey Vaughan.

Y CON GRAN RESPETO HACIA LA INCOMPARABLE SUZANNE BROCK-
MANN Y LA SIEMPRE FABULOSA CHRISTINE FEEHAN (Y FAMILIA) Y
TODOS LOS ESCRITORES DE MI VIDA QUE SON UNA FUENTE INAGO-
TABLE DE CONSUELO Y CONSEJO (CHRISTINA Y LINDA Y LISA).

GRACIAS TAMBIÉN A KARA CESARE, A QUIEN SIEMPRE LLEVO EN EL
CORAZÓN.

A D. L. B., SOY UNA DE TUS MAYORES ADMIRADORAS, POR FAVOR
SIGUE ESCRIBIENDO. CON AMOR, MAMÁ.

A N. T. M., GRACIAS POR ACOMPAÑARME EN CADA PASO DEL CAMI-
NO, YA SEA BUENO O MALO.

A JAC (Y SU GABE), MUCHAS GRACIAS POR PLASTIC FANTASTIC Y LA
REDEFINICIÓN DEL ROMANCE.

GRACIAS A LEELLA SCOTT, A QUIEN QUIERO TANTO Y NO SÓLO POR
CUIDAR TAN BIEN DE MI ADORADO SOBRINO MASCOTA.

GRACIAS A KATIE Y NUESTRA KAYLIE Y SU MADRE, A QUIEN TENGO
EN MIS NÚMEROS DE MARCACIÓN RÁPIDA.

GRACIAS A LEE POR ALLANAR EL CAMINO Y A MARGARET Y A
WALKER POR SER UNA FUENTE TAN MARAVILLOSA DE ALEGRÍA.

NADA DE ESTO SERÍA POSIBLE SIN: MI ADORADO ESPOSO, QUE ES
MI CONSEJERO Y UN VISIONARIO Y CUIDA TANTO DE MÍ; MI MARA-

VILLOSA MADRE, QUIEN ME HA DADO TANTO AMOR QUE NUNCA PODRÉ PAGÁRSELO; MI FAMILIA (TANTO LA PROPIA COMO LA DE ADOPCIÓN) Y MIS QUERIDOS AMIGOS.

AH, Y COMO SIEMPRE, LE MANDO MI AMOR A LA MEJOR MITAD DE WRITERDOG.

GLOSARIO DE TÉRMINOS Y NOMBRES PROPIOS

ahstrux nohtrum (n.). Guardia privado con licencia para matar. Sólo puede ser nombrado por el rey.

ahvenge (n.). Acto de retribución mortal, ejecutado por lo general por un amante masculino.

chrih (n.). Símbolo de una muerte honorable, en Lengua Antigua.

cohntehst (n.). Conflicto entre dos machos que compiten por el derecho a aparearse con una hembra.

Dhunhd (n. pr.). El Infierno.

doggen (n.). Miembro de la clase servil del mundo de los vampiros. Los doggen conservan antiguas tradiciones para el servicio a sus superiores. Tienen vestimentas y comportamientos muy formales. Pueden salir durante el día, pero envejecen relativamente rápido. Su expectativa de vida es de aproximadamente quinientos años.

ehros (n.). Elegidas entrenadas en las artes amatorias.

las Elegidas (n.). Vampiresas criadas para servir a la Virgen Escribana. Se consideran miembros de la aristocracia, aunque sus intereses son más espirituales que temporales. Tienen poca, o ninguna, relación con los machos, pero pueden aparearse con miembros de la Hermandad, si así lo dictamina la Virgen Escribana, a fin de propagar su clase. Algunas tienen la habilidad de vaticinar el futuro. En el pasado se usaban para satisfacer las necesidades de sangre de miembros solteros de la Hermandad y, después de un periodo en que los hermanos la abandonaron, esta práctica ha vuelto a cobrar vigencia.

esclavo de sangre (n.). Vampiro hembra o macho que ha sido subyugado para satisfacer las necesidades de sangre de otros vampiros. La práctica de mantener esclavos de sangre ha sido prohibida recientemente.

exhile dhoble (n.). Gemelo malvado o maldito, el que nace en segundo lugar.

ghardian (n.). El que vigila a un individuo. Hay distintas clases de ghardians, pero la más poderosa es la de los que cuidan a un hembra sehcluded.

glymera (n.). Núcleo de la aristocracia equivalente, en líneas generales, a la crema y nata de la sociedad inglesa de los tiempos de la Regencia.

hellren (n.). Vampiro macho que se ha apareado con una hembra y la ha tomado por compañera. Los machos pueden tomar varias hembras como compañeras.

Hermandad de la Daga Negra (n. pr.). Guerreros vampiros muy bien entrenados que protegen a su especie contra la Sociedad Restrictiva. Como resultado de una cría selectiva en el interior de la raza, los hermanos poseen inmensa fuerza física y mental, así como la facultad de curarse rápidamente. En su mayor parte no son hermanos de sangre, y son iniciados en la Hermandad por designación de los hermanos. Agresivos, autosuficientes y reservados por naturaleza, viven apartados de los humanos. Tienen poco contacto con miembros de otras clases de seres, excepto cuando necesitan alimentarse. Son protagonistas de leyendas y objeto de reverencia dentro del mundo de los vampiros. Sólo se les puede matar infligiéndoles heridas graves, como disparos o puñaladas en el corazón y lesiones similares.

leahdyre (n.). Persona poderosa y con influencias.

leelan (n.). Palabra cariñosa que se puede traducir como «querido/a».

lewlhen (n.). Regalo.

lheage (n.). Apelativo respetuoso usado por un esclavo sexual para referirse a su amo o ama.

lys (n.). Herramienta de tortura empleada para sacar los ojos.

mahmen (n.). Madre. Es al mismo tiempo una manera de decir «madre» y un término cariñoso.

mhis (n.). Especie de niebla con la que se envuelve un determinado entorno físico; produce un campo de ilusión.

nalla o **nallum** (n.). Palabra cariñosa que significa «amada» o «amado».

newling (n.). Muchacha virgen.

el Ocaso (n. pr.). Reino intemporal, donde los muertos se reúnen con sus seres queridos para pasar la eternidad.

el Omega (n. pr.). Malévola figura mística que busca la extinción de los vampiros debido a una animadversión contra la Virgen Escribana. Vive en un reino intemporal y posee enormes poderes, aunque no tiene el poder de la creación.

periodo de fertilidad. (n.). Momento de fertilidad de las vampiresas. Por lo general dura dos días y viene acompañado de intensas ansias sexuales. Se presenta aproximadamente cinco años después de la «transición» de una hembra y de ahí en adelante tiene lugar una vez cada década. Todos los machos tienden a sentir la necesidad de aparearse, si se encuentran cerca de una hembra que esté en su periodo de fertilidad. Puede ser una época peligrosa, pues suelen estallar múltiples conflictos y luchas entre los machos contendientes, particularmente si la hembra no tiene compañero.

phearsom (n.). Término referente a la potencia de los órganos sexuales de un macho. La traducción literal sería algo como «digno de penetrar a una hembra».

Primera Familia (n. pr.). El rey y la reina de los vampiros y todos los hijos nacidos de esa unión.

princeps (n.). Nivel superior de la aristocracia de los vampiros, superado solamente por los miembros de la Primera Familia o las Elegidas de la Virgen Escribana. Se debe nacer con el título; no puede ser otorgado.

pyrocant (n.). Se refiere a una debilidad crítica en un individuo. Dicha debilidad puede ser interna, como una adicción, o externa, como un amante.

rahlman (n.). Salvador.

restrictor (n.). Miembro de la Sociedad Restrictiva, humano sin alma que persigue a los vampiros para exterminarlos. A los restrictores se les debe apuñalar en el pecho para matarlos; de lo contrario, son eternos. No comen ni beben y son impotentes. Con el tiempo, su cabello, su piel y el iris de los ojos pierden pigmentación, hasta que acaban siendo rubios, pálidos y de ojos incoloros. Huelen a talco para bebé. Tras ser iniciados en la sociedad por el Omega, conservan su corazón extirpado en un frasco de cerámica.

rythe (n.). Forma ritual de salvar el honor, concedida por alguien que ha ofendido a otro. Si es aceptado, el ofendido elige un arma y ataca al ofensor u ofensora, quien se presenta sin defensas.

sehclusion (n.). Estatus conferido por el rey a una hembra de la aristocracia, como resultado de una solicitud de la familia de la hembra. Coloca a la hembra bajo la dirección exclusiva de su ghardian, que por lo general es el macho más viejo de la familia. El ghardian tiene el derecho legal de determinar todos los aspectos de la vida de la hembra y puede restringir a voluntad toda relación que ella tenga con el mundo.

shellan (n.). Vampiresa que ha elegido compañero. Por lo general las hembras no toman más de un compañero, debido a la naturaleza fuertemente territorial de los machos que han elegido compañera.

Sociedad Restrictiva (n. pr.). Orden de cazavampiros convocados por el Omega, con el propósito de erradicar la especie de los vampiros.

symphath (n.). Subespecie de la raza de los vampiros que se caracteriza, entre otros rasgos, por la capacidad y el deseo de manipular las emociones de los demás (con el propósito de realizar un intercambio de energía). Históricamente han sido discriminados y durante ciertas épocas han sido víctimas de la cacería de los vampiros. Están en vías de extinción.

trahyner (n.). Palabra que denota el respeto y cariño mutuo que existe entre dos vampiros. Se podría traducir como «mi querido amigo».

transición (n.). Momento crítico en la vida de un vampiro, cuando él, o ella, se convierten en adultos. De ahí en adelante deben beber la sangre del sexo opuesto para sobrevivir y no pueden soportar la luz del sol. Generalmente ocurre a los veinticinco años. Algunos vampiros no sobreviven a su transición, en particular los machos. Antes de la transición, los vampiros son físicamente débiles, no tienen conciencia ni impulsos sexuales y tampoco pueden desmaterializarse.

la Tumba (n. pr.). Cripta sagrada de la Hermandad de la Daga Negra. Se usa como sede ceremonial y también para guardar los frascos de los restrictores. Entre las ceremonias realizadas allí están las iniciaciones, los funerales y las acciones disciplinarias contra miembros de la Hermandad. Sólo pueden entrar los miembros de la Hermandad, la Virgen Escribana y los candidatos a ser iniciados.

vampiro (n.). Miembro de una especie distinta del *Homo sapiens*. Los vampiros tienen que beber sangre del sexo opuesto para sobrevivir. La sangre humana los mantiene vivos, pero la fuerza no dura mucho tiempo. Tras la transición, que ocurre a los veinticinco años, no pueden salir a la luz del día y deben alimentarse de la vena regularmente. Los vampiros no pueden «convertir» a los humanos por medio de un mordisco o una transfusión sanguínea, aunque en algunos casos raros son capaces de procrear con otras especies. Los vampiros pueden desmaterializarse a voluntad, aunque deben ser capaces de calmarse y concentrarse para hacerlo, y no pueden llevar consigo nada pesado. Tienen la capacidad de borrar los recuerdos de los humanos, siempre que tales recuerdos sean de corto plazo. Algunos vampiros pueden leer la mente. Su expectativa de vida es superior a mil años y, en algunos casos, incluso más.

la Virgen Escribana (n. pr.). Fuerza mística que hace las veces de consejera del rey, guardiana de los archivos de los vampiros y dispensadora de privilegios. Vive en un reino intemporal y tiene enormes poderes. Capaz de un único acto de creación, que empleó para dar existencia a los vampiros.

wahlker (n.). Individuo que ha muerto y ha regresado al mundo de los vivos desde el Ocaso. Son muy respetados y reverenciados por sus tribulaciones.

whard (n.). Equivalente al padrino o la madrina de un individuo.

Campamento de guerreros del Sanguinario,
Viejo Continente, 1644

Quisiera tener más tiempo.

Aunque en realidad, ¿qué diferencia habría? El tiempo sólo sirve si uno hace algo con él, y él ya había hecho allí todo lo que podía.

Darius, hijo de sangre de Tehrror, hijo abandonado de Marklon, estaba sentado en el suelo de tierra aplanada, con su diario abierto sobre las rodillas y una vela de cera de abeja frente a él. La única luz con que contaba era aquella pequeña llama que se agitaba con el viento. Su habitación era el último rincón de una cueva. Sus vestiduras eran de cuero burdo y gastado, igual que las botas, que eran del mismo material.

En su nariz, la fetidez del sudor masculino y el olor acre de la tierra se mezclaban con el hedor dulzón de la sangre de los restrictores.

Con cada bocanada de aire que tomaba, aquella peste inmunda parecía aumentar.

Mientras hojeaba los pergaminos del diario, el pensamiento de Darius fue hacia atrás en el tiempo, poco a poco, día a día, hasta llegar a la época en la que no estaba aún allí, en el campamento de guerreros.

Extrañaba tanto su «hogar» que sentía dolor físico. Su permanencia en aquel campo la vivía mucho más como pérdida, casi amputación, que como mudanza.

Había sido criado en un castillo en el que la elegancia y la gracia eran el pan de cada día. Entre las gruesas paredes que habían protegido a su familia de humanos y restrictores por igual, todas las noches eran como noches estivales, cálidas y perfumadas. Los meses y los años pasaban dulce y plácidamente. Las cincuenta habitaciones por las que él solía deambular estaban bellamente adornadas con satenes y sedas, y los muebles eran todos de maderas preciosas. Abundaban los tapices, las ricas lámparas, los bordados. Entre óleos magníficos de extraordinarios marcos y bellas esculturas de mármol con figuras en elegantes poses, aquél era el escenario perfecto para una vida perfecta.

En aquellos tiempos jamás habría podido imaginar que un día llegara a encontrarse donde estaba ahora. Sin embargo, en los más recónditos cimientos de esa pasada vida maravillosa había puntos débiles, posiblemente origen de la catástrofe posterior.

El corazón palpitante de su madre le había dado derecho a vivir en aquel lugar, a ser acogido en tan privilegiado ambiente. Pero cuando el adorado órgano vital se detuvo en el pecho de su madre, Darius no sólo perdió a su mahmen verdadera, sino el único hogar que había conocido.

Su padrastro lo había expulsado y lo había enviado allí, impulsado por una enemistad que siempre había ocultado pero que de pronto exhibió abiertamente.

No había tenido tiempo ni siquiera de llorar a su madre. Y menos aún para preguntarse por las razones del abrupto odio del macho que lo había criado como si fuera su padre. Tampoco le dio tiempo a hacer valer entre la glymera su identidad de macho de buena crianza.

Le habían abandonado a la entrada de aquella cueva como si fuese un humano alcanzado por la peste. Y las batallas habían comenzado incluso antes de que pudiera ver al primer restrictor y de poder empezar el entrenamiento para combatir a los asesinos. Durante la primera noche y el primer día que pasó en las entrañas del campamento, fue atacado por otros reclutas que supusieron que sus finas ropas, la única cosa que le habían permitido llevarse, eran prueba de debilidad.

Pero él no sólo había sorprendido a sus compañeros, también se había sorprendido a sí mismo en esas horas aciagas.

Fue en ese momento cuando se dio cuenta, al igual que sus compañeros, de que aunque había sido criado por un macho de la aristocracia, por las venas de Darius corría la sangre de un guerrero, y no de un simple soldado; no, de un hermano. Sin que le hubiesen enseñado a defenderse, su cuerpo había sabido automáticamente qué hacer y cómo responder con implacable precisión a una agresión física. Al mismo tiempo que la mente se rebelaba contra la brutalidad de sus actos, las manos, los pies y los colmillos supieron exactamente lo que era necesario hacer.

Había, pues, otra faceta en él, un lado extraño, que no reconocía... una faceta que, sin embargo, de alguna manera parecía más cercana a él que esa imagen que desde hacía tanto tiempo veía en el espejo.

Con el tiempo, sus habilidades para el combate se habían vuelto incluso más asombrosas... y el horror que le inspiraban había ido disminuyendo. En realidad, no tenía más remedio que dejarse llevar: la semilla de su verdadero padre, y del padre de su padre y del padre del padre de su padre, estaba en su piel, sus huesos y sus músculos. Al aflorar, el linaje de guerrero puro lo había transformado. Era una fuerza poderosa.

Y un enemigo aterrador, letal.

En realidad el surgimiento de esa otra identidad le resultaba en extremo perturbador. Era como si su cuerpo proyectara dos sombras distintas sobre el suelo que pisaba, como si allí donde estuviese hubiera dos luces diferentes que iluminaran su cuerpo. Y sin embargo, aunque aquel comportamiento perverso y violento le ofendiera y vulnerase los valores en los que se había criado, en el fondo sabía que todo eso era parte de un plan más amplio, un propósito más importante al que estaba destinado a servir. Y esa idea lo había salvado una y otra vez de sus dudas, y también, claro está, de aquellos que buscaban hacerle daño dentro del campamento y de aquel que parecía querer matarle a él y a todos los demás. En verdad se suponía que el Sanguinario era el whard de todos los reclutas del campamento, pero se comportaba más bien como un enemigo, incluso mientras los instruía en el arte de la guerra.

O tal vez esa actitud era parte del entrenamiento. Al fin y al cabo, la guerra era horrible en todas sus fases, ya fuera la de preparación para la batalla o la del combate propiamente dicho.

Las enseñanzas del Sanguinario eran brutales y sus sádicas órdenes exigían actos en los cuales Darius no participaba. Darius siempre fue el ganador de los concursos de lucha que se organizaban entre los reclutas… pero no tomaba parte en la violación que constituía el castigo que recibían los vencidos. Él era el único al que le respetaban el derecho a negarse a participar en aquellos repugnantes ejercicios punitivos. El Sanguinario se opuso una vez a su negativa, pero cuando Darius estuvo a punto de derrotarlo, el satánico macho decidió no insistir en el asunto.

Aquellos a los que Darius vencía, entre los que se encontraban prácticamente todos los miembros del campamento, eran castigados por los demás y era en esos momentos, cuando el resto del campamento estaba ocupado mirando el espectáculo, cuando solía consolarse con su diario.

En ese momento Darius procuraba no mirar hacia el foso principal, pues allí se preparaba precisamente una de aquellas sesiones de castigo.

Odiaba pensar que era el causante, una vez más, de lo que iba a ocurrir en unos instantes, pero no podía hacer otra cosa. Tenía que entrenar, tenía que luchar y tenía que ganar. Así eran las leyes del Sanguinario.

Desde el foso principal se elevaban al aire asquerosos gruñidos y ovaciones y aclamaciones de lasciva y abyecta humillación.

Darius cerró los ojos para atenuar el intenso dolor de su corazón. El que estaba ejecutando el castigo en su lugar era un macho perverso, hecho a imagen y semejanza del Sanguinario. Un tipo que solía ofrecerse para llenar el vacío que dejaba Darius, pues infligiendo dolor disfrutaba tanto como dándose el mejor de los banquetes.

Pero quizá las cosas cambiaran pronto. Al menos para Darius.

Esta noche tendría lugar su prueba de habilidad en el campo de batalla. Después de recibir entrenamiento durante un año, al fin podría salir a combatir de verdad, y no sólo con guerreros sino con hermanos. Era un raro honor, señal de que la guerra con la Sociedad Restrictiva estaba, como casi siempre, en un momento álgido. La habilidad innata de Darius había ganado fama y Wrath, el Rey Justo, había ordenado que lo sacaran del campamento y terminaran de formarlo los mejores combatientes que tenía la raza vampira.

La Hermandad de la Daga Negra.

Sin embargo, primero había que pasar la prueba, o todo habría sido en vano. Si esa noche Darius daba muestras de que sólo estaba preparado para el entrenamiento y el combate con otros similares a él, entonces sería enviado de nuevo a la cueva para seguir recibiendo las famosas «enseñanzas» del Sanguinario. Y ya nunca volvería a ser puesto a prueba por los hermanos. Sólo podría servir como simple soldado.

Cada uno sólo tenía una oportunidad con la Hermandad, si es que la tenía. La prueba que tendría que pasar aquella noche no tenía nada que ver con estilos de combate y manejo de las armas. Era un examen que pondría a prueba su corazón: ¿Podría mirar de frente a los pálidos ojos de los enemigo, sentir su repulsivo olor dulzón y aun así mantener la cabeza fría, mientras su cuerpo se encargaba de aquellos asesinos?

Darius levantó los ojos del diario, de las palabras que había escrito sobre el pergamino hacía tantos años. En la entrada de la caverna había aparecido un grupo de cuatro guerreros altos y de hombros anchos, fuertemente armados.

Miembros de la Hermandad.

Conocía los nombres de los integrantes de aquel cuarteto: Ahgony, Throe, Murhder y Tohrture.

Darius cerró su diario, lo deslizó dentro de la hendidura de una roca y lamió suave y rápidamente el corte que se había hecho en la muñeca para suministrarse «tinta». La pluma de faisán que mojara con su sangre quedó allí a la vista, inerte. No sabía si volvería otra vez para usarla de nuevo. Suspiró y la guardó también en la hendidura.

Alzó la vela para apagarla y por primera vez fue plenamente consciente de lo que iba a suceder. Había pasado tantas horas escribiendo con aquella suave iluminación… que había acabado perdiendo la noción del pasado y del presente.

Darius apagó la llama con un soplido.

Al ponerse de pie, reunió sus armas: una daga de acero que le habían dado tras arrancársela al cuerpo aún tibio de un recluta muerto, y una espada que había cogido del armero de los reclutas. Ninguna de las dos empuñaduras había sido adaptada a la palma de su mano, pero a su mano poco le importaba esa pequeñez.

Al ver que los hermanos lo observaban sin brindarle saludo alguno, pero sin mostrar tampoco señales de desprecio, Darius deseó que entre ellos se encontrara su verdadero padre. Qué diferente sería todo aquello si tuviera a su lado a alguien a quien le importara realmente el resultado de su prueba de esa noche decisiva: no buscaba clemencia, favoritismos ni ninguna deferencia especial; pero se sentía solo, solo para siempre, separado de aquellos que lo rodeaban por un muro, a través del cual podía ver, pero que nunca podría atravesar.

Vivir sin familia era como vivir en una prisión extraña e invisible, en la cual los barrotes de la soledad y el desarraigo lo encerraban con más eficacia que el más duro acero. Y con el paso de los años acababan por aislar a un hombre de tal manera que al final no podía tocar nada ni nada podía tocarlo a él.

Darius no volvió la cabeza para mirar el campamento mientras caminaba hacia los cuatro que habían ido a buscarle. El Sanguinario sabía que esta noche iba a salir al campo de batalla y le importaba un bledo si regresaba o no. Y los otros reclutas, igual.

Al acercarse, Darius pensó que quizá necesitaría más tiempo para prepararse para aquella prueba a que iban a someterse su voluntad, su fuerza y su coraje. Pero el momento era aquél. No había vuelta atrás.

En verdad el tiempo parecía galopar, por mucho que uno quisiera que fuese más lento.

Al detenerse frente a los hermanos, Darius anheló oír una palabra de aliento o un buen deseo de alguien. Pero como sabía que no recibiría nada parecido, elevó una breve plegaria a la sagrada madre de la raza:

Querida Virgen Escribana, por favor, no permitas que fracase en esto.

CAPÍTULO
1

Otra maldita mariposa.

Cuando R. I. P. vio lo que estaba entrando por la puerta de su salón de tatuajes, supo que iba a terminar haciendo otra maldita mariposa. O tal vez dos.

A juzgar por los chillidos y las risitas de las dos rubias altas y bobaliconas que avanzaban hacia la recepcionista, estaba seguro de que no iba a grabarles ninguna calavera con huesos.

La aparición de aquellas Paris Hilton con su entusiasmo de niñas buenas haciendo una travesura le hizo mirar el reloj y desear que aquélla fuese la hora de cierre, y no la una de la mañana.

Joder, las mierdas que tenía que hacer por dinero. Casi siempre podía armarse de paciencia, abstraerse y soportar a los pelmazos que acudían a hacerse tatuajes, pero aquella noche las brillantes ideas de las ridículas princesitas lo irritaban. Era difícil sobrellevar las gilipolleces de las chiquillas, cuando acababa de pasarse tres horas trabajando sobre la piel de un ciclista, haciéndole un retrato en honor de su mejor amigo, que había muerto en la calle. Una cosa era la vida real y otra la fantasía de las preciosas idiotas.

Mar, la recepcionista, se le acercó.

—¿Puedes hacer uno rápido? —preguntó, mientras arqueaba las cejas llenas de piercings y entornaba los ojos—. No creo que te ocupe mucho tiempo.

—Sí, de acuerdo —respondió, mientras hacía un gesto con la cabeza hacia el sillón de los clientes—. Trae a la primera.

—Quieren estar juntas mientras les haces el tatuaje.

Faltaría más.

—No hay problema. Trae el taburete que está al fondo.

Mientras Mar desaparecía detrás de una cortina y él se preparaba, las dos chicas que estaban junto a la caja registradora se dedicaron a cacarear, excitadísimas, a propósito de los formularios de consentimiento que tenían que firmar. De vez en cuando las dos le lanzaban largas miradas de ojos desorbitados. Se diría que, con todos los tatuajes y todo el metal que llevaba encima, él fuera una especie exótica de tigre que ellas hubiesen ido a ver. Y al parecer, la fiera les gustaba mucho.

Santo Dios. Preferiría cortarse las pelotas antes que echar un polvo con aquellas dos. Ni por todo el oro del mundo.

Mar les hizo pagar por adelantado y luego se las presentó. Se llamaban Keri y Sarah. Esperaba algo peor. Ya estaba resignado a tatuar a una Tiffany y a una Brittney.

—Yo quiero un pez multicolor —dijo Keri, mientras se sentaba en el sillón tratando de hacer un gesto insinuante—. Justo aquí.

Se sacó del pantalón la blusita apretada, se bajó la cremallera de los vaqueros y luego la parte superior del tanga rosa. Mostraba con descaro el ombligo, en el que había un aro del que colgaba una piedrecita, también rosa, en forma de corazón.

—Bien —dijo R. I. P.—. ¿De qué tamaño?

Keri, la seductora, pareció algo decepcionada. Al parecer, creía que el tatuado autor de tatuajes babearía, como los chicos del equipo de fútbol de la universidad, al ver sus encantos.

—Bueno… no demasiado grande. Mis padres me matarían si supieran lo que estoy haciendo… así que no puede asomar por encima del bikini.

Por supuesto.

—¿Cinco centímetros? —R. I. P. levantó su mano llena de tatuajes y con un gesto de los dedos le dio una idea de la posible dimensión.

—Quizás un poco más pequeño.

R. I. P. le hizo un dibujo sobre la piel con un bolígrafo negro y ella le pidió que trabajase un poco por debajo de las líneas que había pintado. Luego se puso unos guantes negros, sacó una aguja nueva y conectó la pistola de tatuaje.

Keri no tardó más de segundo y medio en comenzar a lloriquear y apretar la mano de Sarah. Cualquiera hubiera dicho que estaba dando a luz sin anestesia. Igualito que el ciclista. Había una enorme diferencia entre los duros de verdad y los que pretendían serlo. Las mariposas, los peces y los corazoncitos no eran…

De pronto, la puerta del salón se abrió de par en par y R. I. P. se enderezó un poco en su taburete con ruedas.

Los tres hombres que entraron no llevaban uniforme militar, pero era evidente que no se trataba de meros civiles. Con chaquetas, pantalones y botas de cuero, eran unos tíos inmensos, cuya presencia redujo de inmediato, y de forma drástica, el tamaño de la tienda. Hasta el techo pareció más bajo. Se veían muchas sospechosas protuberancias debajo de las chaquetas. Seguramente cuchillos, e incluso armas de fuego.

Con un movimiento sigiloso, R. I. P. se movió hacia el mostrador, donde estaba el botón de alarma.

El tío de la izquierda tenía un ojo de un color y otro de otro, abundantes piercings de metal y una mirada asesina. El de la derecha parecía un poco más normalito, con cara de niño bueno y el pelo rojo; pero se comportaba como un veterano de guerra.

El del centro era el más difícil de catalogar. Ligeramente más grande que sus amigos, tenía el pelo castaño oscuro, cortado casi al rape, y una cara atractiva; pero sus ojos azules parecían los de un muerto. No se percibía el más mínimo brillo en ellos.

Un muerto viviente. Alguien que no tenía nada que perder.

—Hola —gritó R. I. P. para saludarlos—. ¿Necesitan un poco de tinta en la piel, señores?

—Él la necesita —dijo el de los piercings señalando con la cabeza a su amigo de ojos azules—. Y tiene su propio diseño, para hacérselo en los hombros.

R. I. P. evaluó rápidamente la situación. Los hombres no habían mirado a Mar de forma grosera. No tenían los ojos fijos en la caja registradora ni habían sacado sus armas. Esperaban con educación, sin nerviosismo. Como si estuvieran seguros de que haría lo que le pedían que hiciera.

R. I. P. se relajó en la silla y pensó que aquellos tíos eran como él.

—Perfecto. Enseguida acabo con esto y les atiendo.

Mar habló desde detrás de la cortina.

—Pero se supone que cerramos en menos de una hora…

—De todas formas lo haré —le dijo R. I. P. al del medio—. No se preocupe por la hora.

—Pues yo también me quedaré —dijo Mar, al tiempo que clavaba la mirada en el de los piercings.

El tío de ojos azules levantó las manos y comenzó a moverlas haciendo unos singulares gestos. Cuando terminó, el de los piercings tradujo:

—Dice que gracias. Ha traído su propia tinta, si no le molesta.

Aquello no encajaba precisamente con sus normas, e iba contra las normas sanitarias, pero R. I. P. siempre se mostraba flexible con los clientes especiales.

—No hay problema.

Volvió a concentrarse en el pez y Keri reanudó su rutina de quejidos y apretones de la mano de su amiga. Cuando terminó, R. I. P. no se sorprendió en absoluto al oír que Sarah, después de haber visto la «agonía» de su amiga, prefería que le devolvieran el dinero, en lugar de tener su propio tatuaje multicolor.

Buena noticia. Eso significaba que podía comenzar a trabajar en el tío de los ojos de muerto.

Mientras se quitaba los guantes negros y limpiaba un poco, R. I. P. se preguntaba qué querría que le tatuase aquel cliente. Y cuánto tiempo tardaría Mar en meterse entre los pantalones del tipo de los piercings.

En cuanto a lo primero, pensó que probablemente sería un buen diseño.

Y en cuanto a lo segundo… R. I. P. calculó unos diez minutos, porque Mar ya había captado la atención del individuo de los ojos disparejos, y desde luego era una chica muy eficiente, no sólo detrás del mostrador.

***

Al otro lado de la ciudad, lejos de los bares y los salones de tatuaje de la calle del Comercio, en un enclave de imponentes mansiones con fachadas de piedra y callejuelas empedradas, Xhex estaba de pie frente a un ventanal y miraba a través de su cristal antiguo.

Estaba desnuda, fría y llena de magulladuras.

Pero no sentía debilidad.

Abajo, una hembra humana se paseaba por la calle con un ruidoso perrito sujeto de una correa y un teléfono móvil en la oreja. En la acera del frente, la gente bebía, comía, leía, hacía su vida en otras mansiones elegantes. Los coches pasaban despacio, quizá por respeto a los poderosos vecinos de la zona, o tal vez por miedo a que el empedrado y los desniveles de la calle dañaran las suspensiones.

Pero aquella muchedumbre de *Homo sapiens* no podía verla ni oírla. Y no sólo porque las posibilidades sensitivas de esa otra raza fueran muy inferiores a las de los vampiros.

En el caso de Xhex, para ser más precisos, a las de los que son mitad vampiros, mitad symphath.

Aunque encendiera la luz del techo y se pusiera a gritar hasta quedarse sin voz, aunque agitara los brazos hasta que se le desprendieran de las articulaciones, los hombres y mujeres que estaban a su alrededor seguirían con sus ocupaciones, sin darse cuenta de que ella estaba atrapada en aquella habitación, detrás de un grueso vidrio. De nada le servía alzar el escritorio o la mesita de noche y romper el cristal, ni darle patadas a la puerta o tratar de escapar por el conducto de ventilación del baño.

Ya había intentado todo eso.

El instinto asesino que llevaba dentro no dejaba de asombrarse ante la naturaleza tan implacable de aquella celda invisible: realmente no había manera de salir de allí.

Xhex dio la espalda a la ventana y comenzó a dar vueltas alrededor de la enorme cama, con sus sábanas de seda y sus horribles recuerdos... luego se encaminó al baño con paredes de mármol... y siguió hacia la puerta que salía al pasillo. Dada la situación a la que se enfrentaba con su captor, lo de menos era la necesidad de hacer ejercicio: no se trataba de eso, sino de que no podía estarse quieta. Notaba que todo su cuerpo estaba ansioso y lleno de energía.

Ya había pasado por una situación similar y sabía que la mente, al igual que un cuerpo que se está muriendo de hambre, podía devorarse a sí misma después de un tiempo largo si no se le daba algo en que ocuparse.

¿Su distracción favorita? Los cócteles. Después de haber trabajado en bares durante años, conocía millones de cócteles y combinados de todo tipo y los repasaba uno a uno, imaginándose las botellas y las copas, la forma en que se agregaba el hielo y las hierbas frescas.

Esos pensamientos la habían mantenido cuerda.

Hasta ese momento, había fundado sus esperanzas en que alguien cometiera un error, un desliz que le diera la oportunidad de escapar. Pero no se había presentado ninguna ocasión propicia, y esa esperanza estaba comenzando a desvanecerse, dejando al descubierto un inmenso agujero negro que parecía presto a devorarla. Así que Xhex continuaba preparando cócteles en su cabeza… y buscando una salida.

Y en esas circunstancias, su experiencia pasada le ayudaba de una manera extraña. Cualquier cosa que sucediese allí, por mala que fuera, aunque doliese mucho físicamente, no tendría punto de comparación con lo que había pasado anteriormente.

Estaba ante un problema menor.

O… al menos eso era lo que ella se decía. Aunque a veces parecía un problema mayor.

Xhex siguió paseándose, del ventanal al escritorio y luego de nuevo hasta la cama. Entró en el baño. No había cuchillas ni cepillos para el pelo ni peines, sólo algunas toallas que estaban ligeramente húmedas y una o dos pastillas de jabón.

Cuando Lash la secuestró, usando la misma clase de magia que la mantenía atrapada ahora en estas habitaciones, la llevó a su elegante mansión y la primera noche y el primer día que pasaron juntos marcaron la pauta de por dónde marcharían las cosas de ahí en adelante.

En el espejo que había encima del lavabo, Xhex hizo una desapasionada inspección de su cuerpo. Tenía cardenales por todas partes… también cortes y rasguños. Lash era un tipo brutal en todo lo que hacía y ella le hacía frente porque prefería morirse luchando antes que permitir que la matara sin resistencia. Era difícil discernir qué magulladuras le habían sido infligidas por él y cuáles eran consecuencia de lo que ella le hacía al maldito bastardo.

Si pudiera verle el culo y otras partes del cuerpo, Xhex estaba segura de que Lash no tendría mucho mejor aspecto que ella.

Ojo por ojo.

El infortunado corolario del asunto era que a él le gustaba que ella respondiera al fuego con fuego. Y cuanto más luchaban, más excitado se sentía. Xhex notaba que Lash se asombraba ante sus propias reacciones, sus excitaciones, sus emociones. Los dos primeros días, Lash adoptó una actitud castigadora, vengativa, tratando de desquitarse por lo que le había hecho a su última novia; evidentemente, las balas que ella había introducido en el pecho de aquella perra lo habían indignado terriblemente. Pero luego las cosas cambiaron. Él comenzó a hablar menos de su ex y más sobre partes del cuerpo, empezó a desarrollar fantasías sobre un futuro en el que ella daba a luz a su descendencia.

Tales eran las conversaciones íntimas de aquel desgraciado.

Ahora, cuando se acercaba a ella, los ojos de Lash brillaban de distinta manera, y si por casualidad llegaba a dejarla inconsciente en medio del combate, cuando Xhex recuperaba el sentido por lo general lo encontraba abrazado a su cuerpo.

La hembra le dio la espalda al espejo y se quedó paralizada antes de dar otro paso.

Había alguien abajo.

Salió del baño, se dirigió a la puerta que llevaba al pasillo y tomó aire lenta y profundamente. Cuando un asqueroso olor a sudor y descomposición llegó a su nariz, supo sin duda alguna que quien deambulaba por allí abajo era un restrictor. Pero no se trataba de Lash.

No, era su secuaz, el que iba todas las noches antes de que llegara su captor para prepararle algo de comer. Lo cual significaba que Lash debía de estar en camino.

Joder, qué suerte la suya: la había capturado el único miembro de la Sociedad Restrictiva que comía y follaba. Los demás eran impotentes, como hombres de noventa años, y se mantenían del aire. Pero, ¿qué pasaba con Lash? El desgraciado era totalmente funcional, por así decirlo.

Al regresar junto a la ventana, Xhex acercó la mano al cristal. La barrera invisible que constituía su prisión era un campo de energía que al tacto se sentía como una superficie de intenso calor. No había manera de atravesarla. No había forma de escapar del maldito recinto etéreo.

Parecía haber una pequeña posibilidad… cuando Xhex, soportando el calor, hacía un poco de presión, sentía que cedía algo, pero sólo hasta cierto punto. Luego la barrera recuperaba consistencia y la sensación ardiente se volvía tan aguda que tenía que retirar la mano y soportar unos instantes de dolor.

Mientras esperaba a que Lash regresara, Xhex dejó que su mente se concentrara en el macho en el que trataba de no pensar.

En especial, procuraba no pensar en él si Lash estaba cerca. No sabía hasta qué punto podía penetrar el bastardo en su mente, no quería arriesgarse a que le leyera el pensamiento. Si el maldito intuía que el soldado mudo era su alma gemela, como solía decirse, Xhex estaba segura de que usaría esa información contra ella… y contra John Matthew.

Pese a todo, una imagen de aquel macho pasó por su cabeza. Sus ojos azules vibraban con tanta claridad en esa imagen, que Xhex podía ver los matices de azul que había en ellos. Dios, aquellos hermosos ojos azules la enloquecían.

Todavía recordaba la primera vez que lo había visto, cuando aún era un pretrans. La había mirado con mucho respeto y asombro, como si ella fuera algo extraordinario, una especie de aparición. Desde luego, en ese momento lo único que ella sabía era que aquel macho había introducido en ZeroSum un arma de contrabando y, como jefe de seguridad del club, estaba dispuesta a desarmarlo y sacarlo del club a patadas. Pero luego se enteró de que el Rey Ciego era su whard y eso lo cambió todo.

Tras informarse sobre quién estaba detrás de él, John no sólo era bienvenido con todas las armas que quisiera, sino que se había convertido en un cliente especial, junto con sus dos amigos. Desde entonces, solía visitar el club regularmente y siempre la observaba. Tenía sus maravillosos ojos azules clavados en ella dondequiera que estuviese.

Y luego había pasado por la transición. Dios, se había transformado en un gigante y, abruptamente, a la tierna timidez de su mirada, que se mantenía a veces, se había sumado un cierto ardor que la perturbaba.

No había sido fácil combatir el ansia de cariño, pero, fiel a su naturaleza asesina, Xhex había logrado matar la ternura con que él la miraba.

Con los ojos puestos en la calle, Xhex pensó en aquella ocasión en que habían estado juntos en su apartamento del sótano. Después del increíble rato de sexo, cuando había tratado de besarla, cuando sus ojos azules brillaban con la marca inconfundible de la vulnerabilidad y la compasión que tanto la había cautivado, ella se había alejado. Implacable, lo abandonó.

Sencillamente, no había sido capaz de soportarlo. No pudo aguantar aquellas sensaciones blandas, asociadas a corazones, besos y flores… No pudo asumir la responsabilidad de estar con alguien que sentía algo así por ella, ni asumir la terrible verdad: ella, asesina y todo, tenía la capacidad de amarlo de la misma manera.

El precio pagado por aquella actitud fue muy alto: la muerte de su mirada especial.

El único consuelo que le quedaba era que entre los machos que probablemente tratarían de ir a rescatarla: Rehvenge, iAm y Trez, es decir la Hermandad, no se encontraba John. Si él se unía a la búsqueda, era porque tenía que hacerlo como soldado, pero no porque se sintiera impulsado a hacerlo como una misión suicida de carácter personal.

No, John Matthew no iría a la guerra por lo que sentía por ella.

Y tras haber visto cómo un macho honorable se destruía por tratar de rescatarla, le resultaba consolador pensar que no tendría que pasar otra vez por eso.

Notó que el olor de un filete recién asado invadía la mansión, e inmediatamente apagó sus pensamientos y procuró envolverse en su fuerza de voluntad como si fuera una armadura.

Su «amante» estaría allí en cualquier momento, así que necesitaba clausurar todas sus escotillas mentales y prepararse para la batalla de la noche. Una gigantesca sensación de fatiga la invadió, pero su voluntad de hierro retiró enseguida ese peso muerto. Necesitaba alimentarse, todavía más de lo que necesitaba dormir, pero no podía satisfacer ahora ninguna de esas dos necesidades.

Era cuestión de resistir hasta que alguien diera un paso en falso.

Tenía que eliminar al macho que se había atrevido a retenerla contra su voluntad.

CAPÍTULO

2

†

En realidad, Blaylock, hijo de Rocke, conocía a John Matthew desde hacía poco más de un año.

Pero eso no reflejaba realmente la estrecha relación de fraternidad que había entre ellos. La vida de la gente tiene dos cronologías independientes: la del calendario y la percibida. La primera se atiene al ciclo universal de días y noches, que, en el caso de ellos, sumaba un poco más de trescientos sesenta y cinco. Pero era preciso considerar la forma en que había transcurrido ese periodo de tiempo, los intensos sucesos que incluía, las muertes, la destrucción, el entrenamiento, la camaradería, los combates.

Teniendo en cuenta todo eso, a Blaylock le parecía que llevaban juntos cerca de cuatrocientos mil años. Y así seguirían muchos más, pensó mientras miraba a su amigo.

John Matthew estaba observando los dibujos hechos con tinta que adornaban las paredes del salón de tatuajes. Sus ojos recorrían las calaveras, las dagas, las banderas de Estados Unidos y los numerosos símbolos chinos que había aquí y allá. Los tres guerreros eran de gran tamaño, y hacían que el local, de tamaño normal, pareciese diminuto. Allí, parecían de otro planeta. En abierto contraste con su aspecto de la época en que era un pretrans, John tenía ahora la masa muscular de un luchador profesional, pero como su esqueleto era tan grande, el peso se repartía a lo largo de los huesos, lo cual le daba una apariencia más elegante que la de aquellos humanos que parecían inflados artificialmente dentro de sus apretadas mallas. Había adquirido la costumbre de cortarse el pelo al rape y eso hacía que las líneas de su rostro parecieran más duras. Los círculos negros que tenía debajo de los ojos reforzaban su apariencia de matón. Una apariencia terrible.

La vida le había golpeado con dureza, pero en lugar de acobardarse por ello, cada golpe y cada caída lo habían vuelto más duro, más fuerte. Ahora estaba hecho de puro acero. Ya no quedaba nada del frágil muchacho que había sido alguna vez.

Pero tampoco había que extrañarse: eso era crecer. No sólo cambia tu cuerpo, tu cabeza también cambia. Pero es una pena. Mientras observaba a su amigo, la pérdida de la inocencia le parecía casi un crimen.

Y hablando de pérdidas de inocencia, Blay se fijó entonces en la recepcionista que estaba detrás del mostrador. Permanecía apoyada en una vitrina llena de piercings, exhibiendo unos pechos que sobresalían por encima del sostén y la camiseta negra que llevaba puesta. La camiseta tenía una manga negra y blanca y la otra negra y roja. La chica llevaba aros de metal en la nariz, las cejas y las dos orejas. En medio de los dibujos de tatuajes que adornaban las paredes, ella era un vivo ejemplo de lo que uno se podía hacer si quería. Un ejemplo muy sexi y atractivo… con los labios pintados de rojo borgoña y con el pelo del color de la noche.

Todo en ella hacía juego con Qhuinn, hasta el punto de que era como una versión femenina de él.

Y he aquí que los ojos de distintos colores de Qhuinn ya se habían fijado en ella y le estaba dedicando aquella inconfundible sonrisa que venía a decir *te tengo*.

Blay deslizó una mano dentro de su chaqueta de cuero y palpó hasta encontrar su paquete de Dunhill. Joder, nada lo hacía desear tanto un cigarrillo como pensar en la vida amorosa de Qhuinn.

Y era evidente que esa noche tendría que encender unos cuantos, pues Qhuinn acababa de caminar hasta donde estaba la recepcionista y la estaba devorando con los ojos, como si ella fuera una cerveza fría y él llevara horas trabajando bajo el sol. Qhuinn clavó los ojos en los senos de la muchacha. Se intercambiaron sus nombres, y mientras lo hacían, ella le permitió tener un mejor panorama de sus atributos, inclinándose con coqueto descaro sobre los antebrazos.

Qué suerte que a los vampiros no les afectara el cáncer. Iba a fumar como nunca.

Blay le dio la espalda a la caja registradora y se dirigió a donde estaba John Matthew.

—Es genial —dijo señalando el dibujo de una daga.

—¿Alguna vez te vas a hacer un tatuaje? —preguntó John con el lenguaje de señas.

—No lo sé.

Dios sabía que le gustaba cómo quedaban…

Su mirada volvió a clavarse en Qhuinn, que en ese momento estaba arqueando su inmenso cuerpo sobre la chica humana. Sus enormes hombros, sus caderas apretadas y sus poderosas piernas le prometían un revolcón espectacular.

Qhuinn era el rey del sexo.

No es que Blay lo supiera de primera mano. Pero lo había visto y lo había oído… y se imaginaba cómo debía de ser. Porque cuando se presentó la oportunidad, había sido relegado a una clase exclusiva y especial: la de aquellos que habían sido rechazados.

De hecho, era más una categoría que una clase… porque él era el único ser con el que Qhuinn se negaba a tener sexo.

—Ay… ¿nunca se va a pasar este ardor? —preguntó una voz femenina.

Al oír una profunda voz masculina que contestaba, Blay miró hacia el sillón donde se hacían los tatuajes. La rubia a la que acababan de hacerle un tatuaje se estaba poniendo la blusa sobre el vendaje de celofán y observaba al tío que acababa de tatuarla como si fuera un médico que le estuviera dando valiosa información para su supervivencia.

Las dos chicas se dirigieron luego a la recepcionista. A la que no se había hecho nada porque había cambiado de opinión se le devolvió su dinero. Las dos miraron a Qhuinn de pies a cabeza.

Siempre ocurría lo mismo, dondequiera que estuviese, y eso hacía que Blay adorara a su mejor amigo. Pero ahora le ocurría lo contrario, lo vivía como un rechazo infinito: cada vez que Qhuinn decía sí, hacía que ese único no de su vida sonara más rotundamente.

—Yo estoy listo, señores, ¿y ustedes? —gritó el hombre de los tatuajes desde dentro.

John y Blay se dirigieron al fondo de la tienda y Qhuinn abandonó a la recepcionista sin mediar palabra y los siguió. Una cosa buena de Qhuinn era la seriedad con la que se tomaba su papel de *ahstrux nohtrum* de John: se suponía que debía estar con John las veinticuatro horas del día, los siete días de la semana, y ésa era una tarea que se tomaba más en serio incluso que la actividad sexual.

Después de sentarse en el sillón que había en el centro de la estancia, John sacó un pedazo de papel y lo desdobló sobre el mostrador del artista.

El hombre frunció el ceño y miró lo que John había dibujado.

—Entonces, ¿quiere que grabe estos cuatro símbolos a lo largo de sus hombros?

John asintió con la cabeza.

—*Puedes embellecerlos como quieras, pero tienen que distinguirse con claridad.*

Después de que Qhuinn tradujera, el artista asintió con la cabeza.

—Bien. —Luego agarró un bolígrafo negro y comenzó a hacer un marco de elegantes arabescos alrededor del dibujo—. ¿Qué significan estos signos, por cierto?

—Sólo son símbolos sin importancia —respondió Qhuinn.

El artista volvió a asentir y siguió dibujando.

—¿Qué tal les parece esto?

Los tres muchachos se inclinaron para mirar.

—Joder —dijo Qhuinn en voz baja—. Eso es genial.

Y lo era. Era absolutamente perfecto, sin duda un tatuaje que John llevaría en la piel con orgullo, aunque se suponía que nadie vería los caracteres en Lengua Antigua ni aquel espectacular trabajo ornamental. Lo que decían los signos no era algo que él quisiera que se divulgase. Precisamente eso era lo propio de los tatuajes: no tenían que ser públicos y Dios sabía que John tenía suficientes camisetas para cubrirlo.

John asintió y el artista se puso de pie.

—Voy a por el papel de calco. Lo copiaré sobre su piel, lo que no llevará mucho tiempo, y luego comenzaremos a trabajar.

John puso un frasco de cristal lleno de tinta sobre el mostrador y comenzó a quitarse la chaqueta. Blay se sentó en un taburete y extendió los brazos. Teniendo en cuenta la cantidad de armas que John llevaba en los bolsillos, no sería buena idea que colgara la chaqueta, sin más, en cualquier percha.

Tras quitarse la camisa, John se acomodó, inclinado hacia delante, con sus pesados brazos apoyados en una barra acolchada. El artista de los tatuajes pasó la imagen al papel de calco, después puso la hoja sobre la parte superior de la espalda de John, la alisó y finalmente la retiró.

El dibujo formaba un arco perfecto sobre toda la extensión de los músculos que iban de hombro a hombro, cubriendo la mayor parte de la inmensa espalda de John.

Los caracteres de la Lengua Antigua eran realmente preciosos, se dijo Blay.

Al observar esos símbolos, Blay pensó por un breve y ridículo instante en cómo se vería su propio nombre grabado sobre los hombros de Qhuinn, tallado en aquella suave piel, a la manera en que lo hacían en la ceremonia de apareamiento.

Eso nunca iba a suceder. Ellos estaban destinados a ser los mejores amigos, nada más... lo cual, comparado con no serlo, era mucho, desde luego. Pero ¿en comparación con ser amantes? Prefería no pensar en esa triste analogía.

Blay echó un vistazo a Qhuinn. Estaba mirando a John con un ojo y con el otro a la recepcionista, que había cerrado la puerta de la tienda y había vuelto a situarse junto a él.

Bajo la bragueta de sus pantalones de cuero era evidente la magnitud de su excitación.

Blay bajó la vista hacia la montaña de ropa que tenía sobre el regazo. Entonces procedió a doblarla con cuidado, prenda por prenda: la camiseta interior, la camisa y luego la chaqueta de John. Cuando levantó la mirada, Qhuinn estaba deslizando lentamente el índice por el brazo de la mujer.

Iban a terminar metiéndose detrás de la cortina que había a mano izquierda. La puerta de la tienda ya estaba cerrada con llave. La cortina era bastante delgada, pero Qhuinn follaría con la mujer, y sin quitarse sus armas. De modo que John estaría seguro en todo momento... y Qhuinn saciaría sus deseos de echar un polvo.

Lo cual significaba que Blay sólo tendría que soportar los ruidos que hicieran.

Eso era mejor que ver todo el espectáculo. En especial porque era un espectáculo muy hermoso ver a Qhuinn follando. Sencillamente... muy hermoso.

Antes, cuando Blay trataba de portarse como un heterosexual, los dos habían follado simultáneamente con gran cantidad de mujeres humanas, aunque ya no podía recordar ningún rostro, ni ningún cuerpo, ni siquiera un nombre.

Para él, Qhuinn había sido siempre el único. Siempre.

***

La sensación de picor que producía la aguja del tatuaje era un placer.

Al cerrar los ojos y respirar lenta y profundamente, John pensó en la superficie de contacto entre el metal y la piel, en cómo el metal agudo penetraba en la suave piel y la sangre fluía... en cómo sabía exactamente dónde estaba la perforación.

En ese momento, por ejemplo, el artista estaba trabajando directamente en la parte superior de su columna vertebral.

John era experto en eso de cortar en pedazos, sólo que a mayor escala, y más como cortador que como cortado. Por supuesto, había salido del campo de batalla con algún corte en más de una ocasión, pero había dejado un buen reguero de cortes, heridas y agujeros tras él y, al igual que el artista del tatuaje, siempre iba a trabajar con sus propias herramientas: en la chaqueta llevaba toda clase de dagas y navajas e incluso un trozo de cadena. También tenía un par de pistolas, buenas compañeras, por si acaso.

Bueno... todo eso y un par de cilicios con púas.

Aunque nunca usaba los cilicios contra el enemigo.

No, los cilicios no eran armas. Y aunque hacía ya casi cuatro semanas que no se ajustaban a las piernas de nadie, no eran completamente inútiles. En la actualidad funcionaban como una especie de manta de seguridad. Sin ellos, John se sentía desnudo.

La cosa era que esos brutales instrumentos eran el único vínculo que tenía con la hembra a la que amaba. Lo cual, considerando el estado en que habían quedado las cosas entre ellos, tenía gran sentido. Un sentido que le parecía cósmico.

Sin embargo, los cilicios no eran suficientes para él. Lo que Xhex solía usar alrededor de los muslos para dominar su lado symphath no le ofrecía a John la sensación de cercanía que estaba buscando, y eso era lo que lo había llevado a optar por su propia versión de autocastigo metálico. Xhex siempre iba a estar con él. En su piel y también debajo de ella. En sus hombros y también en su mente.

Ojalá este humano estuviera haciendo un buen trabajo con el diseño.

Cuando los hermanos necesitaban tatuajes por cualquier razón, Vishous era quien manejaba la aguja y el tío era todo un profesional. Joder, la lágrima roja en la cara de Qhuinn y la fecha negra que le había hecho en la nuca eran geniales. El problema era que si John acudía a V para un trabajo semejante, enseguida iban a surgir preguntas, y no sólo por parte de V, sino también de todos los demás.

No había muchos secretos en la Hermandad y, al menos de momento, John prefería mantener en privado sus sentimientos por Xhex.

La verdad era que... estaba enamorado de ella. Totalmente, sin fisuras ni dudas, sin posibilidad de arrepentirse. Con ella hasta la muerte. Y aunque fracasó, aunque había ofrecido en vano su corazón, eso no importaba.

Ya había aceptado que la hembra a la que deseaba no lo deseaba a él.

Pero no podía vivir con la idea de que ella fuese torturada o estuviese muriendo lentamente.

Ni con la idea de no poder darle, en el peor de los casos, un funeral apropiado.

John estaba obsesionado con la desaparición de Xhex. Tan obsesionado que estaba al borde de la autodestrucción. Se sentía capaz de hacer cualquier cosa a quien se la había llevado. Pero eso sólo era asunto suyo, de nadie más.

Lo único bueno de la situación era que la Hermandad también estaba decidida a descubrir qué demonios le había ocurrido a Xhex. Los hermanos nunca abandonaban a nadie en una misión. No podían olvidar que cuando fueron al norte, a rescatar a Rehvenge de aquella colonia de symphaths, Xhex era parte fundamental del equipo. Al desvanecerse la confusión del rescate vieron que había desaparecido y todos dieron por hecho que había sido raptada. Sólo había dos grupos de raptores posibles: los symphaths o los restrictores.

O sea, era como elegir entre la peste y el virus ébola.

Todo el mundo, incluidos John, Qhuinn y Blay, estaba trabajando en el caso y, por consiguiente, encontrarla parecía parte del trabajo de John como soldado.

El zumbido de la aguja se detuvo y el artista le pasó un trapo por la espalda.

—Está quedando muy bien —dijo el tipo, y siguió trabajando—. ¿Quiere hacerlo en dos sesiones o sólo en ésta?

John miró a Blay y dijo algo por señas.

—Dice que quiere terminar esta misma noche, si tiene tiempo —tradujo Blay.

—Sí, claro. ¿Mar? Llama a Rick y dile que voy a llegar tarde.

—Ahora mismo —dijo la recepcionista.

No, John no iba a permitir que los hermanos vieran el tatuaje, por maravilloso que quedara.

Tenía las cosas muy claras. Para empezar, había nacido en una estación de autobuses y había sido abandonado a su suerte. Luego cayó en el sistema de protección social humano. Más tarde fue recogido por Tohr y su pareja, pero ella fue asesinada poco después y él desapareció. Y ahora Z, que había sido asignado para servir como su contacto, estaba comprensiblemente dedicado a su shellan y su hija recién nacida.

Hasta Xhex lo había abandonado antes de la tragedia.

Así que era capaz de saber cuándo molestaba, y de apañárselas solo. Además, era sorprendentemente liberador no tener que preocuparse por la opinión de nadie. Eso lo dejaba libre para alimentar su violenta obsesión de seguir el rastro del que había raptado a Xhex, para arrancarle al maldito canalla todas las extremidades, una a una.

—¿Le importa contarme qué es esto? —preguntó el artista.

John levantó los ojos y pensó que no había razón para mentir al humano. Además, Blay y Qhuinn sabían la verdad.

Blay pareció un poco sorprendido, pero tradujo sus palabras:

—Dice que es el nombre de su chica.

—Ah, claro, me lo imaginaba. ¿Se van a casar?

Después de que John hiciera unas señas, Blay volvió a traducir:

—Es, simplemente, un recuerdo en su honor.

Hubo una pausa y luego el tipo de los tatuajes dejó la pistola sobre el mostrador en el que estaba la tinta. Se levantó la manga de su camiseta negra y puso su antebrazo frente a los ojos de John. En él se veía el dibujo de una mujer despampanante, con el pelo ondeando al aire por encima del hombro y la mirada fija. Aquella mujer parecía mirarte desde la piel.

—Era mi chica. Ya no está con nosotros. —Hizo un silencio, le dio un tirón a la manga y se tapó el tatuaje—. Así que le entiendo muy bien a usted.

Cuando la aguja volvió a comenzar, a John le costó trabajo respirar. La idea de que Xhex probablemente estuviera muerta se lo comía vivo... y lo peor era imaginarse la forma en que probablemente había muerto.

John sabía quién se la había llevado. Sólo había una explicación lógica: cuando ella entró en el laberinto para ayudar a liberar a Rehvenge, apareció Lash, y cuando él desapareció, ella también desapareció. Desde luego, no era una coincidencia.

Nadie había visto nada. Había cerca de cien symphaths en la cueva donde Rehv estaba y ocurrían muchísimas cosas al mismo tiempo... Además, Lash no era un restrictor común y corriente.

Ah, no... aparentemente él era el hijo del Omega. El fruto mismo del mal. Y eso significaba que el desgraciado tenía sus propios recursos.

John había visto en persona algunas de sus espectaculares exhibiciones durante la batalla librada en la colonia: si aquel individuo podía crear bombas de energía con las manos y enfrentarse cara a cara con la bestia de Rhage, entonces, ¿por qué no iba a ser capaz de raptar a alguien frente a las narices de todo el mundo? Lo cierto era que, si Xhex hubiese sido asesinada esa noche, ellos habrían encontrado el cadáver. Y si estaba viva, pero herida, habría tratado de comunicarse telepáticamente con Rehvenge, de symphath a symphath. Y si lo que había ocurrido era que estaba viva, pero necesitaba unas pequeñas vacaciones... sólo se habría marchado después de asegurarse de que todo el mundo estuviera a salvo.

Los hermanos estaban trabajando sobre las mismas suposiciones, con las mismas hipótesis, de modo que todo el mundo buscaba restrictores. Y aunque la mayor parte de los vampiros se habían marchado de Caldwell para refugiarse en sus casas de seguridad después de los ataques, la Sociedad Restrictiva, bajo la batuta de Lash, había comenzado a traficar con drogas para conseguir dinero; y eso ocurría principalmente alrededor de los clubes del centro de la ciudad, en la calle del Comercio. Patrullar por los callejones sórdidos era el juego de moda. Todo el mundo buscaba muertos vivientes que olieran a una mezcla de ambientador y cadáver putrefacto.

Ya habían pasado cuatro semanas y no habían encontrado nada más que indicios de que los restrictores estaban moviendo la mercancía en la calle, para surtir a humanos.

John se estaba volviendo loco. Se desesperaba por no saber nada y soportaba muy mal el temor que eso conllevaba. Y también rabiaba por tener que contener sus impulsos violentos. Le resultaba increíble descubrir lo que puedes hacer cuando no tienes más remedio: tenía que parecer normal, tranquilo y sereno, si quería participar en la búsqueda. Así que, para su propio asombro, ésa era la imagen que proyectaba.

¿Y a qué obedecía el tatuaje? Era su manera de sentar un precedente en medio de aquella endemoniada situación. Su declaración de que, aunque Xhex no lo quisiera, ella era su compañera y él la honraría, viva o muerta. Su idea era más o menos la siguiente: la gente sentía lo que sentía y no era culpa de nadie que la conexión sólo se produjera en un sentido. Simplemente era así.

Dios, John se arrepentía por haber sido tan frío la segunda vez que estuvieron juntos.

Esa última vez.

De repente, John tomó aire y puso freno a sus emociones. Volvió a guardar en la botella el genio de la tristeza, el arrepentimiento y el rechazo. No podía permitirse bajar la guardia. No podía detenerse, tenía que seguir buscándola, seguir poniendo un pie delante del otro. El tiempo pasaba rápido, aunque él quería que fuera más lento para poder tener más posibilidades de encontrarla viva.

Pero al reloj le traían sin cuidado sus opiniones.

Querido Dios, pensó John. Por favor no permitas que fracase en esto.

CAPÍTULO
3

Me lo dices en serio? ¿Crees que soy gilipollas?

Al oír las palabras que rebotaban dentro del Mercedes, Lash apretó las manos sobre el volante y miró por el parabrisas. Tenía una navaja en el bolsillo de su traje Canali y el impulso de sacarla y cortarle el cuello al humano era casi irresistible.

Pero, claro, luego tendría un cadáver del cual ocuparse y toda la tapicería quedaría manchada de sangre.

Lo cual era un coñazo.

Lash miró hacia el asiento del copiloto. El elegido entre centenares de candidatos era el típico traficante de bajo nivel y ojos escurridizos. En la pequeña marca circular que tenía en la cara se podía leer la historia de abusos que debió de sufrir de niño —una cicatriz perfectamente redonda y del tamaño de la punta de un cigarrillo—, y en sus ojos astutos y nerviosos se reflejaba la dura vida que debió de llevar en la calle. La codicia se le notaba en la manera en que miraba a su alrededor dentro del automóvil, como si estuviera tratando de descubrir la forma de quedarse con él. La rapidez con que se había construido una reputación como traficante hablaba a las claras de su inteligencia innata y su carácter hiperactivo.

—Más que un club —dijo Lash en voz baja—. Mucho más. Tú tienes futuro en este negocio y yo te lo estoy ofreciendo en bandeja de plata. Mis hombres te recogerán aquí mañana por la noche.

—¿Y qué pasa si no me presento?

—Es tu decisión. —Desde luego, si eso sucedía, el desgraciado aparecería muerto por la mañana, pero eso sólo era un detalle sin importancia que no merecía la pena comentar.

El chico miró a Lash a los ojos. El humano no tenía cuerpo de luchador, más bien era del tamaño de alguien a quien debían de haberle pegado el culo con cinta en los vestuarios de la escuela. Pero era evidente que la Sociedad Restrictiva necesitaba ahora dos clases de miembros: gente que produjera dinero y soldados. Después de mandar al señor D a inspeccionar Xtreme Park y observar quién movía la mayor cantidad de mercancía, el que había quedado a la cabeza de la lista era este pequeño desgraciado de mirada de reptil.

—¿Eres marica? —preguntó el chico.

Lash no pudo ni quiso evitar que una de sus manos se levantara del volante y se introdujera en la chaqueta.

—¿Por qué lo preguntas?

—Porque hueles a marica. Y también te vistes como un marica.

Lash se movió tan rápido que su presa no tuvo tiempo siquiera de recostarse en el asiento. Con un lance veloz, sacó la navaja y puso la afilada hoja justo sobre la arteria que latía a un lado del cuello blanco.

—Lo único que hago con los hombres es matarlos —dijo Lash—. ¿Quieres terminar muerto? Porque yo estoy listo para complacerte.

El chico abrió desmesuradamente los ojos, y todo el cuerpo comenzó a temblarle debajo de su ropa sucia.

—No… no tengo ningún problema con los maricas.

El muy idiota no había entendido nada, pero tampoco importaba.

—¿Hay trato o no hay trato? —dijo Lash, al tiempo que hacía presión con la punta de la navaja. Cuando ésta penetró en la piel, la sangre brotó formando una burbuja que se quedó inmóvil por una fracción de segundo, como si estuviera tratando de decidir si bajaba por la hoja de metal o por la suave superficie de la piel.

Se decidió por la hoja metálica y comenzó a correr formando un hilillo rojo como un rubí.

—Por favor… no me mates.

—¿Cuál es tu respuesta?

—Sí. Lo haré.

Lash presionó un poco más y vio correr la sangre. Por un momento se sintió cautivado por la realidad de saber que, si enterraba la navaja un poco más, el humano dejaría de existir, como una bocanada de aire que desaparece en la noche helada.

A Lash le gustaba sentirse como un dios.

Pero cuando el chico empezó a lloriquear, Lash retrocedió y se serenó. Con un movimiento rápido limpió la hoja de la navaja y la cerró.

—Te va a gustar lo que te espera. Te lo prometo.

Lash le dio al chico la oportunidad de recuperar el aliento, lo que sabía que no le llevaría mucho rato. Los granujas de su calaña tenían un ego que parecía una pelota inflable. La presión, en particular la que provenía de un cuchillo en la garganta, lo hacía explotar. Pero tan pronto como la presión cedía, los dichosos egos se volvían a inflar.

El chico se arregló su raída chaqueta de cuero.

—A mí me gusta cómo vivo.

Bingo.

—Entonces, ¿por qué estás mirando mi coche como si lo quisieras tener en tu garaje?

—Yo tengo un automóvil mejor que éste.

—Ah, ¿de veras? —Lash miró al desgraciado de pies a cabeza—. Vienes aquí todas las noches en una bicicleta. Tus vaqueros están rotos, y no precisamente adrede, porque sean de marca. ¿Cuántas chaquetas tienes en tu armario? Ah, espera, guardas tus cosas en una caja de cartón debajo del puente. —Lash entornó los ojos al ver la expresión de sorpresa del chico que estaba en el asiento del pasajero—. ¿Crees que no te investigamos? ¿Crees que somos así de estúpidos?

Lash apuntó con el dedo hacia Xtreme Park, donde varios muchachos subían y bajaban por las rampas con sus monopatines.

—Tú vives en ese parque de allá. Perfecto. Felicidades. Pero nosotros queremos llevarte más lejos. Si te unes a nosotros, tendrás una organización detrás de ti… dinero, mercancía, protección. Si te unes a nosotros vas a ser algo más que un gilipollas que se pasa la vida de aquí para allá, gastando suelas sobre el cemento. Nosotros te ofrecemos futuro.

La mirada calculadora del chico se deslizó desde el reducido territorio que ocupaba en Caldwell hacia el horizonte, donde se alzaban los rascacielos. La ambición estaba allí, era evidente, y ésa era la razón por la cual había sido elegido. Lo que necesitaba ese pequeño desgraciado era una manera de ascender, de salir de allí.

Que iba a venderle el alma al diablo para hacerlo era algo que sólo comprendería cuando fuera demasiado tarde. Así eran las cosas con la Sociedad. Por lo que Lash había escuchado de boca de los restrictores que ahora dirigía, nunca se les revelaba totalmente la situación antes de hacerles el encargo, y eso era comprensible. Si alguno de ellos se hubiera imaginado que el demonio lo estaba esperando al otro lado de la puerta a la que llamaba, ¿alguien se habría ofrecido voluntariamente a meterse en eso?

¡Sorpresa, sorpresa, desgraciado!

Aquello no era Disney World y cuando te montabas en la montaña rusa ya no había manera de bajarse.

A Lash, sin embargo, no le preocupaba el engaño.

—Estoy listo para hacer cosas grandes —murmuró el chico.

—Bien. Ahora largo de mi coche. Mi socio te recogerá mañana por la noche a las siete.

—De acuerdo.

Una vez concluido el negocio, Lash siempre estaba impaciente por deshacerse del idiota de turno. El chico olía a demonios y estaba pidiendo una ducha a gritos: necesitaba que lo restregaran con un cepillo de púas de acero.

En cuanto se cerró la puerta, Lash dio marcha atrás en el estacionamiento y se dirigió a la calle que corría paralela al río Hudson. Agarrando con fuerza el volante, puso rumbo a su casa. Esta vez no le impulsaba el deseo de matar.

Las ganas de follar suponían un impulso igual de fuerte para él.

La calle en la que vivía, en la parte vieja de Caldwell, tenía mansiones victorianas a uno y otro lado, con aceras llenas de árboles. Ninguna de las propiedades de la zona bajaba del millón de dólares. Los vecinos recogían lo que deponían sus mascotas, nunca hacían ruido y sólo ponían la basura en los callejones de atrás, y únicamente en los días apropiados. Pasó frente a su mansión, que hacía esquina, y dobló la calle para entrar en el garaje, sintiendo un cosquilleo de felicidad al pensar en que todos aquellos humanos estirados tenían, sin saberlo, un vecino como él: se comportaba y se vestía como ellos, pero su sangre era negra y tenía el alma de una estatua de cera.

Empuñó el mando a distancia de la puerta del garaje, sonrió, y sus colmillos, un regalo genético por parte de madre, se alargaron mientras se preparaba para su rutina, su esperado *Hola, ya estoy aquí.*

Pero no, nunca era una rutina. Volver a ver a Xhex no tenía nada de rutinario.

Aparcó rápidamente el AMG, se bajó y tuvo que estirar el cuerpo. Ella lo dejaba molido en cada encuentro, eso era cierto, y la verdad era que adoraba esa sensación de rigidez que le quedaba después… no sólo en el miembro viril.

Nada como una buena oponente para animarse.

Al atravesar el jardín trasero y entrar en la casa por la cocina, sintió el olor del filete y del pan fresco.

Pero en ese momento no tenía ganas de comer. Gracias a la conversación que acababa de tener lugar en el parque, aquel miserable patinador iba a ser su primera inducción, la primera ofrenda que le llevaría a su padre, el Omega. Y eso lo excitaba, se moría por echar un polvo.

—¿Estás listo para comer? —preguntó el señor D desde el fogón, al tiempo que le daba la vuelta al filete. El maldito tejano había resultado bastante útil, además de por su misión inicial de orientarlo a través de la Sociedad Restrictiva: también era un buen asesino y un cocinero más o menos decente.

—No, ahora voy a subir. —Arrojó su teléfono móvil y las llaves sobre la gran mesa de granito—. Deja la comida en la nevera y cierra la puerta al salir.

—Sí, señor.

—Estamos preparados para mañana por la noche. Recogerás a la víctima a las siete. Ya sabes dónde encontrarlo.

—Sí, señor.

Tal era la respuesta favorita del hijo de puta, y era una de las razones por las que seguía vivo y como segundo de a bordo.

Lash pasó junto a la alacena, atravesó el comedor y dobló a la derecha, hacia la escalera de madera tallada. La primera vez que vio la mansión estaba desocupada y sólo quedaban en ella los restos de la elegante vida que había quedado atrás: el papel de colgadura de seda, las cortinas de damasco y un sillón de orejas. Ahora la mansión se había ido llenando de antigüedades, esculturas y alfombras finas. Llegar a donde quería le llevaría más tiempo del que había pensado, pero no se podía levantar una casa de la noche a la mañana.

Al subir las escaleras, sintió que tenía los pies ligeros y su cuerpo comenzó a estremecerse de excitación mientras se desabotonaba el abrigo y luego la chaqueta.

Al acercarse a Xhex, Lash era muy consciente de que lo que había comenzado como un castigo se había convertido en una adicción: lo que lo esperaba al otro lado de la puerta de su habitación era mucho más de lo que él había pensado.

Desde luego, fue muy sencillo al principio: él se la había llevado porque ella le había quitado algo. Cuando Xhex estaba en aquella cueva en la colonia, había apuntado su arma contra el pecho de la hembra de Lash y había apretado el gatillo, llenándola de plomo. Eso no era aceptable. Ella le había quitado su juguete favorito y él era un desgraciado cabrón que vivía según la ley del ojo por ojo, diente por diente.

Luego la había llevado allí y la había encerrado en su habitación, con el propósito de ir destruyéndola poco a poco, amputándole zonas de la mente, robándole emociones y cortándole partes de su cuerpo. En resumen, sometiéndola a todo tipo de abusos y torturas, mierdas que la fueran quebrantando hasta que se rompiera definitivamente.

Y luego, como se hacía con cualquier cosa dañada, la arrojaría a la basura.

Ése era el plan. Sin embargo, se estaba haciendo evidente que no era fácil doblegar a Xhex.

Desde luego. Aquella hembra estaba hecha de titanio. Sus reservas de energía estaban demostrando ser infinitas, y él tenía unos cuantos moretones que lo probaban.

Al llegar a la puerta, Lash se detuvo para quitarse toda la ropa. Había llegado a la conclusión de que, si le gustaban los trapos que llevaba encima, tenía que quitárselos antes de entrar, porque ella lo destrozaba todo en cuanto se le acercaba.

Tras desabrocharse los pantalones, se quitó los gemelos de los puños, los dejó en la mesita del hall y se quitó la camisa de seda.

Tenía marcas por todo el cuerpo. Marcas de los puños de Xhex. De sus uñas. De sus colmillos.

Lash notaba el temblor de la punta de su pene mientras se miraba las distintas heridas y magulladuras. Gracias a la sangre de su padre que corría por sus venas, sanaba rápidamente, pero a veces las lesiones que ella le dejaba duraban varios días, y eso lo emocionaba por alguna extraña razón. Le hacía estremecerse hasta el tuétano de los huesos.

Cuando eres el hijo del mal, hay pocas cosas que no puedas hacer o poseer o matar. Sin embargo, no podía controlar el lado mortal de Xhex. Era un trofeo que siempre se le escapaba, que podía tocar, pero no poner en su estantería.

Y eso la convertía en un ser especial. Eso la volvía un objeto precioso.

Y eso hacía... que la amara.

Mientras se tocaba una magulladura de tono azulado en la parte interna del antebrazo, Lash sonreía. Tenía que ir esa noche a casa de su padre para confirmar la inducción, pero primero pasaría un rato especial con su hembra y sumaría unos cuantos arañazos a su colección. Y antes de partir, le dejaría un poco de comida.

Como todos los animales valiosos, ella necesitaba que la cuidaran.

Al alargar la mano hacia el picaporte, Lash frunció el ceño pensando en el tema de la alimentación. Ella era sólo medio *symphath* y su lado de vampiro era lo que le preocupaba. Tarde o temprano iba a necesitar algo que no se podía comprar en el supermercado del barrio... y encima no era algo que él pudiera darle.

Los vampiros necesitaban alimentarse de la sangre de un miembro del sexo opuesto. Eso era una ley inmutable. Si tenías esa constitución biológica, te morías si no usabas lo que te habían puesto en la boca, es decir los colmillos, y bebías sangre fresca. Y ella no podía alimentarse de lo que corría por las venas de Lash, pues ahora toda su sangre era negra. Por eso, sus hombres, los pocos que le quedaban, estaban buscando a un vampiro macho de edad adecuada, pero hasta ahora no habían encontrado nada. Caldwell estaba casi deshabitada en lo que tocaba a los vampiros civiles.

Aunque siempre quedaba el recurso a aquel que tenía congelado.

El problema era que él había conocido a ese desgraciado en su vida pasada, y la idea de que Xhex se alimentara de la vena de alguien de quien había sido amigo sencillamente lo irritaba. No podía aceptarla.

Además, el bastardo era hermano de Qhuinn y, a decir verdad, Lash no quería que Xhex se mezclara con esa familia.

En fin. Tarde o temprano sus hombres darían con algo, tenían que hacerlo. Porque su nuevo juguete favorito, la hembra combativa, era de gran valor y debía estar a su disposición mucho tiempo.

Al abrir la puerta, Lash sonrió.

—Hola, querida, ya he llegado.

***

Al otro lado de la ciudad, en el salón de tatuajes, Blay mantuvo la atención principalmente en lo que estaba pasando en la espalda de John. Había algo hipnótico en el trabajo de la aguja sobre las líneas del dibujo. De vez en cuando el artista se detenía para limpiar la piel con una toalla de papel y después el zumbido de la pistola volvía a llenar el silencio.

Por desgracia, a pesar de lo cautivador que era observar el proceso del tatuaje, a Blay todavía le quedaba suficiente conciencia como para percatarse del momento en que Qhuinn decidió follar con la humana: después de que la parejita conversara en voz baja y se acariciara repetidamente los brazos y los hombros, los asombrosos ojos de colores distintos se clavaron en la puerta principal.

Y un momento después, Qhuinn fue hasta ella para asegurarse de que estuviera bien cerrada.

Pero su mirada verde y azul no se cruzó con la de Blay al dirigirse hacia el cuarto donde se hacían los tatuajes.

—¿Estás bien? —le preguntó a John.

John levantó la mirada y asintió, Qhuinn le dijo rápidamente mediante el lenguaje de señas:

—¿Te importa si hago un poco de ejercicio detrás de esa cortina?

«Por favor di que sí te molesta», pensó Blay. «Por favor dile que se quede aquí».

—En absoluto —respondió John, sin embargo—. Da satisfacción a tus necesidades.

—Estaré alerta si me necesitas. Aunque tenga que salir con la polla al aire.

—Sí, pero te agradeceré que, en la medida de lo posible, nos ahorres ese espectáculo.

Qhuinn se rió.

—De acuerdo. —Se quedó quieto un instante, pero luego dio media vuelta sin mirar a Blay.

La mujer entró primero en el cuarto y, teniendo en cuenta la forma en que bamboleaba las caderas, ya estaba tan preparada como Qhuinn para lo que iba a suceder. Luego los grandes hombros de Qhuinn se inclinaron un poco mientras desaparecía de vista y la cortina volvía a su lugar.

La luz que había en el techo del otro cuarto y las anoréxicas fibras de la cortina proporcionaban una perfecta visión de las siluetas, así que Blay pudo ver cómo Qhuinn estiraba los brazos y la agarraba del cuello para acercarla a él.

Blay volvió los ojos hacia el tatuaje de John, pero el esfuerzo no duró mucho. Dos segundos después estaba otra vez hipnotizado por el espectáculo mitad chinesco, mitad pornográfico. No tanto por lo que estaba sucediendo como por los detalles de todo el asunto. En una acción rutinaria típica de Qhuinn, la mujer estaba ahora de rodillas y él tenía sus manos entre el pelo de la hembra. Le movía la cabeza y sacudía las caderas mientras le penetraba la boca.

Los ruidos en sordina eran tan increíbles como las imágenes, y Blay tuvo que reacomodarse en la silla, pues sintió que su cuerpo se ponía rígido. Deseaba estar allí dentro, de rodillas, dejándose llevar por las manos de Qhuinn. Quería tener la boca llena. Quería ser el responsable de los jadeos y los esfuerzos de su amado.

Pero eso nunca sucedería.

Joder, ¿qué demonios pasaba? Qhuinn había follado en clubes, en baños, coches y callejones, y ocasionalmente en camas. Había tenido sexo con miles de desconocidos, hombres y mujeres, machos y hembras por igual… Era un donjuán con colmillos. Y ser rechazado por él era como ser expulsado de un parque público.

Blay intentó desviar la mirada de nuevo, pero el eco de un gemido volvió a atraer sus ojos hacia…

Qhuinn tenía la cabeza vuelta, y vio sus ojos a través de una ranura de la cortina. Y cuando sus miradas se cruzaron, notó un brillo especial… casi como si se hubiese excitado más al ver quién lo estaba observando.

Blay sintió que su corazón se detenía. En especial cuando Qhuinn levantó a la mujer, le dio la vuelta y la inclinó sobre el escritorio. Le bajó los vaqueros de un tirón y se dispuso a…

Por Dios. ¿Sería posible que su mejor amigo estuviera pensando lo mismo que él?

Pero Qhuinn giró ahora el torso de la mujer hacia su pecho y después de susurrarle algo al oído, ella se rió y colocó la cabeza de modo que él pudiera besarla. Lo cual hizo.

«Maldito idiota», dijo Blay para sus adentros. «Maldito hijo de puta».

Qhuinn sabía exactamente con quién estaba follando… y con quién no.

—John, ¿te importa que me fume un cigarrillo afuera? —preguntó mientras sacudía la cabeza.

Cuando John le dijo que no le importaba, Blay se levantó y dejó la ropa sobre el asiento. Luego le dijo al tipo del tatuaje:

—¿Sólo hay que quitar el cerrojo?

—Sí, y puedes dejarla abierta si te vas a quedar al otro lado.

—Gracias, hermano.

—De nada.

Blay se alejó del zumbido de la pistola de tatuar y de la sinfonía de gruñidos que salían de la cortina, salió del salón y se recostó contra la pared, al lado de la entrada. Sacó un paquete de Dunhill, extrajo un cigarrillo, se lo llevó a los labios y lo encendió con su mechero negro.

La primera calada siempre era gloriosa para él. Siempre era mejor que todas las que seguían.

Expulsó el humo despacio, odiándose por su costumbre de observar retorcidamente las cosas, de ver conexiones inexistentes, de malinterpretar actos, miradas y contactos casuales.

Era patético, en verdad.

Qhuinn no había levantado la vista mientras se la mamaban para mirarlo a él. Estaba vigilando a John Matthew. Y le había dado la vuelta a la mujer y la había penetrado por detrás porque así era como le gustaba hacerlo, no porque estuviese imaginando que lo sodomizaba a él.

Deseaba que sus esperanzas no fueran eternas, o acabarían aniquilando su sentido común y afectando a su instinto de conservación.

Mientras fumaba con furia contenida, estaba tan absorto en sus propios pensamientos que no vio la sombra que había en la boca del callejón, al otro lado de la calle. Sin darse cuenta de que lo estaban observando, siguió fumando, mientras la noche helada devoraba las volutas de humo que salían de sus labios.

Llegó a la conclusión de que no podía seguir así por más tiempo, y eso le produjo una sensación de frío que le caló hasta los huesos.

B ueno, creo que hemos terminado.

John sintió un último latigazo sobre el hombro y luego la pistola se quedó en silencio. Se incorporó, abandonando al fin la posición en la que había pasado las últimas dos horas, estiró los brazos por encima de la cabeza y trató de acomodarse el torso, que se le había quedado entumecido.

—Deme un segundo y le limpio.

El humano roció unas toallas de papel con jabón antibacteriano. John volvió a apoyar el peso de su cuerpo sobre la columna y dejó que el cosquilleo que aún sentía reverberara por toda su piel.

En el pleno estado de placidez que eso produjo, cruzó por su memoria un viejo recuerdo, que no se le había presentado desde hacía muchos años. Era de los días en que vivía en el orfanato de Nuestra Señora, cuando todavía no sabía lo que era en realidad.

Uno de los benefactores de la iglesia era un millonario que poseía una casa enorme sobre el lago Saranac. Cada verano, los huérfanos eran invitados a visitar la casa por un día. Jugaban al fútbol en el jardín, montaban en un hermoso barquito de madera y comían ricos bocadillos y grandes cantidades de sandía.

John siempre acababa con insolación. Daba igual la cantidad de porquerías que le echaran encima. Su piel siempre se quemaba, de modo que finalmente decidieron relegarlo, dejándolo a la sombra del porche. Obligado a ver los toros desde la barrera, John observaba cómo jugaban los otros niños y niñas. Oía sus risas desde el jardín. Mientras a él le llevaban los bocadillos para que comiera solo, hacía el papel de espectador en lugar de formar parte de la fiesta.

Pensó que era curioso que ahora sintiera su piel como la sentía en aquellos tiempos, cuando se quemaba: tensa e irritable, en especial cuando el artista le puso un trapo húmedo encima y comenzó a trazar círculos sobre la tinta fresca.

Joder. John recordaba muy bien lo mucho que temía a la tortura anual en el lago. Deseaba tanto estar con los demás... aunque, en realidad, el sufrimiento tenía menos que ver con lo que estaban haciendo que con la necesidad de encajar dentro del grupo. Por Dios santo, aunque hubieran estado comiendo vidrio, de todas formas él habría querido incorporarse al grupo.

Esas seis horas en el porche, sin otra cosa para distraerse que una historieta de tebeo o, tal vez, la observación del nido caído de un pajarillo, que inspeccionaba y volvía a inspeccionar, parecían meses enteros. Demasiado tiempo para pensar y sufrir. John siempre había deseado que lo adoptaran, y en momentos de soledad como aquéllos ese deseo lo consumía. Incluso más que estar con los otros pequeños, él deseaba una familia, una madre y un padre de verdad, no sólo unos guardianes a los que les pagaban por educarlo.

Quería pertenecer a alguien. Quería que alguien le dijera: *Eres mío.*

Desde luego, ahora que conocía su verdadera naturaleza... ahora que vivía como un vampiro entre vampiros, entendía mucho mejor lo que significaba «pertenecer» a alguien. Claro, los humanos tenían su concepto de la unidad familiar, del matrimonio y toda esa mierda, pero sus verdaderos congéneres se parecían más a un grupo de animales. Los lazos de sangre y los apareamientos se vivían de forma mucho más visceral. Eran fundamentales.

Mientras pensaba en su triste infancia, John sentía un terrible dolor en el pecho, pero no porque deseara dar marcha atrás en el tiempo y decirle a aquel chiquillo que sus padres iban a ir a buscarle. No, le dolía porque era consciente de que lo que tanto deseaba casi lo había destruido. Su adopción finalmente se había hecho realidad, pero eso de «pertenecer» a alguien no había durado mucho. Wellsie y Tohr habían pasado fugazmente por su vida, le habían dicho lo que era y le habían mostrado brevemente lo que significaba tener un hogar… pero luego habían desaparecido.

Así que John podía decir categóricamente que era mucho peor haber tenido unos padres y haberlos perdido, que no haberlos tenido en absoluto.

Sí, desde luego, Tohr estaba de regreso en la mansión de la Hermandad, pero sólo sobre el papel. Para John seguía estando lejos: aunque ahora decía las cosas correctas, ya habían tenido lugar demasiados desapegos y era demasiado tarde para iniciar un aterrizaje.

John ya había dado por terminado todo ese asunto de Tohr.

—Aquí tiene un espejo. Mírese.

John asintió con la cabeza en señal de agradecimiento y se dirigió a un espejo de cuerpo entero que había en un rincón. Mientras Blay regresaba de su largo descanso para fumar y Qhuinn salía de detrás de la cortina, John dio media vuelta y le echó un vistazo a lo que llevaba en la espalda.

Santo Dios. Era exactamente lo que deseaba. Y la caligrafía era perfecta.

John asintió mirándose al espejo con deleite y detenimiento. Joder, era una verdadera lástima que nadie, aparte de sus amigos, fuera a ver su tatuaje. Era sencillamente espectacular.

Y lo mejor era que, sucediera lo que sucediera luego, encontrara a Xhex viva o muerta, ella siempre estaría con él.

Las cuatro semanas transcurridas desde el secuestro habían sido las más largas de su vida. Y había tenido que afrontar días bastante largos en su corta vida.

No saber dónde estaba Xhex, ignorar lo que le había ocurrido, haberla perdido… John se sentía como si tuviera una herida mortal, aunque tenía la piel intacta y sus brazos y sus piernas estaban sanos y su pecho no había sido penetrado por bala o daga alguna.

Para su corazón, sólo para su corazón, ella era su compañera. Tenía que rescatarla, aunque con ello le proporcionase una vida en la que él no estaría incluido. Él sólo quería que su amada estuviera viva y a salvo.

John miró al artista, se llevó la mano al corazón e hizo una pronunciada reverencia. Al ponerse derecho, le tendió la mano al hombre de los tatuajes.

—De nada, hermano. Significa mucho para mí que le guste. Déjeme ponerle un poco de crema y una venda.

Mientras se estrechaban las manos, John dijo algo por señas y Blay tradujo:

—No es necesario. Él cicatriza muy rápido.

—Pero va a necesitar tiempo para… —El artista se inclinó y frunció el ceño al ver de nuevo el tatuaje. No era posible…

Antes de que el tipo comenzara a hacer preguntas, John retrocedió y arrancó su camisa de las manos de Blay. El hecho era que la tinta que había llevado provenía de la reserva de V, lo cual significaba que tenía entre sus componentes un poco de sal. Ese nombre y esos fabulosos arabescos los llevaba para siempre.

Su piel ya había sanado.

Era una de las ventajas de ser un vampiro casi puro.

—El tatuaje es genial —dijo Qhuinn—. Puro sexo.

Como si se hubiesen puesto de acuerdo, la mujer a la que Qhuinn acababa de follarse llegó desde el otro cuarto. La expresión de dolor de Blay fue imposible de ocultar. En especial cuando ella deslizó un papel en el bolsillo trasero de Qhuinn. Sin duda su número de teléfono. Pero en realidad ella no debía abrigar esperanzas. Después de que Qhuinn follaba con alguien, eso era todo, como si sus compañeros sexuales fueran una especie de comida que no se podía volver a probar y de la que nunca quedaban sobras. Con todo, a la chica parecían brillarle los ojos.

—Llámame —murmuró la satisfecha hembra con una confianza que sin duda se iría desvaneciendo con el paso de los días.

Qhuinn le dedicó una sonrisa.

—Cuídate.

Al oír esa palabra, Blay se relajó y sus grandes hombros parecieron aflojarse. En el idioma de Qhuinn, eso era sinónimo de *nunca te voy a volver a llamar, ver o follar.*

John sacó su cartera, que estaba llena de billetes, y en la que no había ninguna identificación, y sacó cuatrocientos dólares, que era el doble del precio del tatuaje. Cuando el artista comenzó a negar con la cabeza y a decir que eso era demasiado, John le hizo una seña a Qhuinn.

Los dos levantaron su mano derecha delante de los humanos y entraron en sus mentes para borrar los recuerdos de las últimas dos horas. Ni el artista ni la recepcionista tendrían un recuerdo concreto de lo que había ocurrido. A lo sumo, algo así como sueños vagos. Quizá sufrirían un ligero dolor de cabeza.

Los dos humanos quedaron en trance, y John, Blay y Qhuinn salieron por la puerta del salón y se internaron entre las sombras. Esperaron a que el artista recuperara el sentido y fuera hasta la puerta para cerrarla... y, luego, a trabajar.

—¿Vamos al Sal's? —preguntó Qhuinn con una voz más ronca de lo normal debido a la satisfacción poscoital.

Blay encendió otro Dunhill y John asintió con la cabeza y dijo por señas:

—Nos están esperando.

Uno tras otro, sus amigos desaparecieron en medio de la noche. Pero antes de desmaterializarse, John se detuvo por un momento, pues en su interior comenzaron a sonar las alarmas.

Miró a izquierda y derecha y sus ojos de águila penetraron la oscuridad. La calle del Comercio tenía muchas luces de neón y había coches circulando porque apenas eran las dos de la mañana, pero John no estaba interesado en las partes iluminadas.

Lo que le interesaba eran los callejones oscuros.

Alguien los estaba observando.

John metió la mano dentro de su chaqueta de cuero y cerró la palma alrededor de la empuñadura de la daga. No tenía problemas para matar a los enemigos, en especial ahora que sabía muy bien quién tenía a su hembra... y esperaba que algo que oliera a carne descompuesta se acercase a él.

Pero no tuvo tanta suerte. En lugar de eso, su móvil sonó. Sin duda debían de ser Qhuinn o Blay, que se estaban preguntando dónde estaba.

John esperó un minuto más y luego decidió que la información que esperaba obtener de Trez e iAm era mucho más importante que acabar con cualquier asesino que estuviera escondido entre las sombras.

Con la sed de venganza fluyendo por sus venas, John se desmaterializó y volvió a tomar forma en el estacionamiento del restaurante Sal's. No había coches alrededor y las luces que normalmente iluminaban el edificio de ladrillo estaban apagadas.

Las puertas dobles del garaje se abrieron enseguida y Qhuinn asomó la cabeza.

—¿Por qué has tardado tanto?

Paranoia, pensó John.

—Estaba revisando mis armas —dijo por señas mientras entraba.

—Podrías haberme dicho que esperara. O hacerlo aquí.

—Sí, mamá.

El interior del local estaba decorado al estilo de la Mafia, con papel de pared rojo y alfombras afelpadas que se extendían por todas partes. Todo lo que había en el club, desde las sillas hasta las mesas con mantel, los platos y los cubiertos, era reproducción exacta de lo que había allí en los sesenta y el ambiente era el de un casino: sofisticado, rico y elegante.

Cuando entraron, Sinatra estaba cantando *Fly Me to the Moon*.

Probablemente los altavoces del techo se negaban a reproducir cualquier otra cosa.

Los tres machos pasaron junto al mostrador de la entrada y siguieron hacia el bar, donde flotaba un penetrante aroma a tabaco, a pesar de las restricciones contra los cigarrillos que existían en Nueva York. Blay se metió detrás de la barra de teca para buscar una Coca-Cola y John dio una vuelta, con las manos en las caderas y los ojos clavados en el suelo de mármol, siguiendo el camino formado por los sofás de cuero que había distribuidos por el salón.

Qhuinn tomó asiento en uno de ellos.

—Nos dijeron que esperáramos y nos preparáramos una bebida. Vendrán en un minuto…

En ese momento, desde la habitación del fondo, a la que sólo entraban los empleados, llegó el eco de unos golpes secos y un gruñido cortó la melodía de Sinatra. Al tiempo que soltaba una maldición, John siguió el ejemplo de Qhuinn y se sentó frente a él. Si las Sombras estaban dándole su merecido a algún desgraciado, lo más probable es que tardaran más de un minuto.

Qhuinn estiró las piernas debajo de la mesa negra y reacomodó la espalda. Todavía estaba radiante, tenía las mejillas rojas por el ejercicio sexual y los labios hinchados por los besos. Por un momento, John sintió la tentación de preguntarle por qué insistía en follar con otra gente frente a Blay, pero decidió olvidarse de la pregunta mientras contemplaba la lágrima roja que tenía tatuada en la mejilla.

¿Qué otra cosa podía hacer el pobre para echar un polvo? Literalmente estaba pegado a John y lo único que hacían era salir a pelear... Además, Blay era miembro de su equipo.

Blay regresó con su refresco, se sentó junto a John y guardó silencio.

Curiosamente, nadie dijo nada.

Diez minutos después, la puerta marcada con el letrero «Sólo personal autorizado» se abrió y apareció Trez.

—Siento que hayáis tenido que esperar. —Agarró una toalla de detrás de la barra y se limpió la sangre de los nudillos—. iAm está dejando una basura en el callejón y ya viene.

John preguntó por señas:

—¿Sabemos algo?

Después de que Qhuinn tradujera, Trez levantó las cejas y sus ojos adoptaron una expresión calculadora.

—¿Sobre qué?

—Sobre Xhex —dijo Qhuinn.

Trez volvió a doblar la toalla que había quedado manchada de rojo, y dijo:

—Lo último que supe era que Rehv estaba viviendo en el complejo con vosotros.

—Así es.

La Sombra puso las manos sobre la teca y se inclinó hacia delante, mientras los músculos de sus hombros se perfilaban por debajo de la ropa.

—Entonces, ¿por qué me preguntáis a mí por la búsqueda y el rescate de Xhex?

—Vosotros la conocéis muy bien —dijo John por señas.

Después de la traducción, los ojos oscuros de Trez brillaron con una luz verde.

—Es cierto. Ella es como mi hermana, aunque no lleve mi sangre.

—Entonces, ¿cuál es el problema? —dijo John por señas.

Al ver que Qhuinn vacilaba, como si quisiera asegurarse de que John realmente necesitara preguntarle eso a una Sombra, John le hizo señas para que hablara.

Qhuinn sacudió la cabeza.

—Dice que lo entiende. Sólo quiere asegurarse de que se están cubriendo todos los ángulos.

—Así es, pero no creo que haya dicho eso. —Trez sonrió con frialdad—. Y mi problema es el siguiente. El hecho de que estéis aquí y hayáis venido a preguntar qué ha pasado sugiere que ni vosotros ni vuestro rey confiáis en que Rehv os diga cuál es la situación, o que no creéis que él esté arriesgándolo todo para encontrarla. Y ya sabéis... que esa mierda no me gusta.

iAm entró por la puerta y se limitó a hacer un ademán con la cabeza mientras se situaba junto a su hermano, lo cual era el mayor gesto de bienvenida que se podía esperar de él. No desperdiciaba palabras. Ni golpes, a juzgar por la cantidad de sangre que tenía en la camiseta. Además, tampoco pidió que le dijeran de qué se había hablado hasta el momento. Parecía completamente listo para actuar, lo cual significaba que había visto algo a través de la cámara de seguridad que había al fondo, o que estaba sintiendo la tensión que brotaba del poderoso cuerpo de su hermano.

—No hemos venido aquí a pelear ni a ofender a nadie —dijo John—. Sólo queremos encontrarla.

Hubo una pausa después de que Qhuinn tradujera. Y luego Trez hizo la pregunta del millón.

—¿Sabe vuestro rey que estáis aquí?

John negó con la cabeza y Trez entornó los ojos todavía más.

—¿Y qué es exactamente lo que esperáis obtener de nosotros?

—Cualquier cosa que sepáis o creáis saber acerca del paradero de Xhex. Y cualquier información sobre el tráfico de drogas aquí en Caldwell. —John esperó a que Qhuinn lo alcanzara con la traducción y luego continuó—: Suponiendo que Rehv tenga razón y Lash haya sido el que acabó con esos narcotraficantes en la ciudad, entonces es obvio que él y la Sociedad Restrictiva quieren llenar el vacío que crearon. —Otra pausa para esperar a Qhuinn—. Así que ¿adónde va la gente a comprar, aparte de los clubes en la calle del Comercio? ¿Hay una tienda en algún lugar? ¿Y quiénes son los grandes proveedores con los que trabajaba Rehv? Si Lash está tratando de traficar con droga, tiene que conseguir la mercancía en alguna parte. —Una última pausa para Qhuinn—. Hemos estado en los callejones, pero hasta ahora eso no nos ha llevado a ninguna parte. Sólo hemos encontrado a humanos negociando con humanos.

Trez aflojó las manos, pero se podía masticar la tensión reinante mientras su cabeza le daba vueltas a algo.

—¿Puedo preguntarte algo?

—Claro —dijo John.

Trez miró a su alrededor y luego volvió a mirar a John a los ojos.

—En privado.

Cuando la Sombra hizo su petición, John vio que Qhuinn y Blay se ponían rígidos y supo lo que estaban pensando. Trez era un aliado, pero también era peligroso por definición. Las Sombras se guiaban por sus propios códigos y eran capaces de hacer cosas que dejaban a los symphaths con la boca abierta.

Pero tratándose de Xhex, él estaba dispuesto a meterse en la boca del lobo si era preciso.

—Siempre y cuando tenga a mano papel y un bolígrafo, podemos hacerlo —dijo John. Al ver que ni Blay ni Qhuinn traducían, el sordomudo frunció el ceño y les dio un codazo a los dos.

Qhuinn se aclaró la garganta y miró a Trez por encima de la barra.

—Como ahstrux nohtrum de John, voy a donde él vaya.

—Pero no en mi casa. Ni en la de mi hermano.

Qhuinn se puso de pie, como si estuviera dispuesto a tumbar a la Sombra si tenía que hacerlo.

—Así son las cosas.

John se levantó del sofá y puso su cuerpo delante del de Qhuinn, antes de que el desgraciado hiciera algo irreversible. Tras hacer un gesto con la cabeza hacia el fondo, adonde suponía que iría con Trez, esperó a que la Sombra le mostrara el camino.

Pero, naturalmente, Qhuinn tenía que abrir su bocaza.

—A la mierda, John.

John dio media vuelta y dijo:

—¿Acaso tengo que darte una maldita orden? Voy a ir con él y tú te vas a quedar aquí afuera. Punto. Fin de la discusión.

—Eres un desgraciado —le respondió Qhuinn por señas—. No sólo soy tu guardaespaldas por diversión…

El sonido de un timbre interrumpió la discusión y los dos se volvieron a mirar a las Sombras.

iAm miró el monitor de seguridad que estaba debajo de la barra.

—Nuestra cita de las dos y media ya está aquí.

Trez salió de detrás del mostrador y se dirigió a la puerta principal, pero antes centró su atención en Qhuinn durante un largo momento y luego se dirigió a John.

—Dile a tu amigo que es difícil proteger a alguien cuando estás muerto.

La voz de Qhuinn resonó con la fuerza de un puñetazo.

—Iría hasta la muerte por él.

—Si sigues con esa actitud, esa afirmación puede dejar de ser una metáfora.

Qhuinn enseñó los colmillos y soltó un siseo, que parecía brotar desde el fondo de la garganta, convirtiéndose en ese animal salvaje y terrible sobre el que los humanos han inventado todo tipo de mitologías. Mientras miraba con odio a Trez, era obvio que, en su mente, ya se estaba subiendo a la barra para estrangular a la Sombra.

Trez sonrió con frialdad y no se movió ni un ápice.

—Un chico duro, ¿no? ¿O sólo es puro espectáculo?

Difícil saber cuál de los dos era más peligroso. La Sombra tenía trucos, se guardaba ases en la manga; pero Qhuinn parecía un bulldozer listo para demoler un edificio. En todo caso, aquello era Caldwell y no Las Vegas, y John no era un apostador al que le gustara arriesgarse.

La respuesta correcta era no dejar que la fuerza imparable se encontrara con el obstáculo impredecible.

John cerró el puño y lo estrelló contra la mesa. El golpe sonó con tanta violencia que todo el mundo se volvió a mirar y Blay tuvo que atrapar su Coca-Cola, pues había salido volando por los aires.

Tras captar de ese modo la atención de los dos combatientes, John les hizo un corte de mangas a los dos: al ser mudo, eso era lo mejor que podía hacer para decirles que se calmaran.

Los ojos bicolores de Qhuinn se clavaron de nuevo en la Sombra.

—Es lo mismo que tú harías por Rehv. No me puedes culpar.

Hubo una pausa… y luego la Sombra pareció relajarse un poco.

—Cierto. —Mientras la atronadora tormenta de testosterona parecía bajar de intensidad hasta convertirse en un rugido sordo, Trez asintió con la cabeza—. Sí… es cierto. Y no le voy a hacer daño. Si él se porta como un caballero, yo me portaré igual. Tienes mi palabra.

—Quédate con Blay —dijo John, antes de dar media vuelta y seguir a la Sombra.

Trez lo condujo a un pasillo ancho, flanqueado a ambos lados por cajas de cerveza y licor. La cocina estaba al fondo, separada por un par de puertas giratorias que no sonaban cuando las atravesabas.

Bien iluminada y con suelo de baldosa roja, el corazón del restaurante, la cocina, estaba impecable y era enorme, del tamaño de una casa, con muchos fuegos, un congelador para la carne y metros y metros de encimeras de acero inoxidable. Había cacerolas colgando del techo y debajo de las mesas. Un guiso delicioso burbujeaba en el primer fogón.

Trez se acercó y levantó la tapa. Después de inhalar profundamente, miró a John con una sonrisa.

—Mi hermano es un cocinero estupendo.

«Seguro», pensó John. Aunque con las Sombras uno siempre tenía que preguntarse qué había en la olla. Se decía que a ellos les gustaba comerse a sus enemigos.

Trez volvió a poner la tapa sobre la olla y alargó el brazo hacia un montón de libretas. Tomó una, la deslizó por la encimera y sacó un bolígrafo de una taza.

—Esto es para ti. —Trez cruzó los brazos sobre el pecho y se recostó contra la estufa—. Cuando llamaste y pediste que nos viéramos, me quedé sorprendido. Como ya he dicho, Rehv y tú vivís bajo el mismo techo, así que no es posible que no sepas lo que está haciendo en la colonia. Por lo tanto, debes saber, al igual que tus jefes, que esta semana está inspeccionando el extremo más lejano del laberinto... y también debes saber que no ha encontrado absolutamente nada que lo lleve a creer que Xhex ha sido raptada por un symphath.

John no hizo ningún movimiento, ni para confirmar ni para negar.

—Y también me sorprende que me preguntes por el tráfico de drogas, sobre todo teniendo en cuenta que Rehv sabe todo lo que hay que saber sobre ese tema aquí en Caldwell.

En ese momento, iAm entró a la cocina. Se acercó a la olla y volvió a revolver el contenido, luego se cruzó de brazos junto a su hermano y adoptó la misma postura. John no sabía que fueran gemelos. Maldición, era asombroso.

—Entonces, ¿qué está pasando, John? —murmuró Trez—. ¿Por qué tu rey no sabe en qué andas metido y por qué no hablas con mi amigo Rehvenge?

John miró a las dos Sombras y luego agarró el bolígrafo y escribió. Cuando les enseñó el papel, las Sombras se inclinaron para leer.

«Sois perfectamente conscientes de lo que sucede aquí. Dejemos de perder el tiempo».

Trez soltó una carcajada. iAm incluso sonrió.

—Sí, captamos muy bien tus emociones. Sólo pensamos que querrías dar alguna explicación. —Al ver que John negaba con la cabeza, Trez asintió—. Está bien. Vale. Respeto tu deseo de no perder más tiempo. ¿Quién más sabe que tienes un interés personal en esto?

John volvió a tomar el bolígrafo.

«Rehv, probablemente, dado que es un symphath, Qhuinn y Blay. Pero ninguno de los hermanos».

iAm habló:

—Entonces el tatuaje que acabas de hacerte... ¿tiene algo que ver con ella?

John pareció momentáneamente sorprendido, pero luego pensó que seguramente podían oler la tinta fresca, o sentir las reverberaciones del dolor que aún experimentaba.

Con letra segura escribió: «Eso no es asunto tuyo».

—Bien, puedo respetar ese secreto —dijo Trez—. Escucha... no pretendo ofenderte, pero ¿por qué no puedes confiar en los hermanos para contarles esta mierda? ¿Es porque ella es symphath y te preocupa cómo se lo tomen? Porque están claramente con Rehv.

«Usa la cabeza. Si logramos encontrarla después de una dura batalla, todo el mundo en la casa esperará una ceremonia de apareamiento. ¿Crees que a ella le gustaría eso? ¿Y qué pasa si está muerta? No quiero levantarme todos los días para encontrarme con un grupo de gente que está esperando a que me ahorque en el baño».

Trez soltó otra carcajada.

—Bueno… tienes razón. No puedo argumentar nada contra esa exposición tan lógica.

«Así que necesito vuestra ayuda. Ayudadme a ayudarla».

Las dos Sombras se miraron y hubo un largo momento de silencio. Seguramente estaban manteniendo una conversación telepática, de materia gris a materia gris, pensó John.

Después de un momento, volvieron a clavar la mirada en él y, como siempre, Trez fue el que habló.

—Bueno, como tú has tenido la cortesía de ser claro, nosotros vamos a hacer lo mismo. Hablar contigo de esta manera nos pone en una situación difícil. Nuestra relación con Rehv es muy estrecha, como sabes, y él está tan comprometido en esta búsqueda como tú. —Mientras John trataba de encontrar una salida a esa situación, Trez agregó—: Sin embargo, te vamos a decir una cosa… ninguno de nosotros ha encontrado ningún rastro de Xhex. Por ninguna parte.

John tragó saliva mientras pensaba que eso no era una buena noticia.

—No hay rastro, todo lo contrario. O bien Xhex está muerta… o está retenida en algún lugar mediante un bloqueo. —Trez lanzó una maldición—. Yo también creo que Lash la tiene. Y estoy convencido de que él está buscando dinero en la calle y que es la única posibilidad de encontrarlo. Si tuviera que arriesgar una hipótesis, diría que está probando traficantes humanos antes de convertirlos en miembros de la Sociedad Restrictiva. Apostaría cualquier cosa a que va a comenzar a inducirlos cuanto antes. Sin duda, querrá tener un total control sobre su equipo de vendedores, y la única manera de hacerlo es convirtiéndolos en restrictores. En cuanto a los lugares de venta, los centros comerciales siempre son un buen vivero. Al igual que las escuelas, aunque eso va a ser difícil para vosotros, porque funcionan de día. Las obras también son lugares donde se mueve droga. Algunos empleados, con carretillas, siempre solían comprarnos a nosotros. También está ese parque Xtreme, donde los muchachos patinan. Ahí se mueve mucha mercancía. Y debajo de los puentes, aunque en ese punto la mayoría de los clientes son mendigos, así que el dinero que se mueve allí probablemente es muy escaso para los intereses de Lash.

John asintió. Desde luego, al final le estaba dando el tipo de información que esperaba obtener.

Escribió de nuevo:

«¿Qué hay de los proveedores? Si Lash ha asumido el papel de Rehv, ¿no va a necesitar entrar en contacto con ellos?».

—Claro. Sin embargo, el proveedor más importante de la ciudad, Ricardo Benloise, está bastante aislado. —Trez lanzó una mirada a su hermano y hubo otro momento de silencio. Finalmente iAm asintió, y Trez siguió—: Está bien. Veremos si podemos conseguirte alguna información sobre Benloise, al menos para que puedas rastrearlo en caso de que se encuentre con Lash.

—Muchas gracias —dijo John por señas sin pensar si le entendían o no.

Los dos hermanos asintieron y luego Trez dijo:

—Dos advertencias, si no te importa.

John les hizo una seña con las manos para que continuaran.

—Una: mi hermano y yo no le ocultamos nada a Rehv. Así que vamos a contarle que has venido a vernos. —Al ver que John fruncía el ceño, Trez sacudió la cabeza—. Lo siento. Así son las cosas.

iAm terció.

—A nosotros nos parece bien que tú investigues más a fondo. Aunque los hermanos también lo están haciendo, cuantos más sean los que estén trabajando en el asunto, mayores serán las posibilidades de salvación de Xhex.

John lo comprendía perfectamente, aunque de todas formas quería mantener el asunto en privado. Pero antes de que pudiera escribir nada, Trez siguió.

—Y dos: debes informarnos plenamente de todo cuanto averigües. Rehvenge, ese maldito controlador, nos ha ordenado que nos mantengamos al margen del asunto. Y el hecho de que aparecieras aquí nos ha proporcionado una muy oportuna forma de involucrarnos.

Al ver que John se preguntaba por qué demonios Rehv querría atar las manos de los dos guerreros, iAm lo explicó.

—Cree que sólo conseguiremos que nos maten.

—Y debido a nuestra… —Trez hizo una pausa, como si estuviera buscando la palabra correcta— «relación» con Rhev, estamos maniatados.

—Es como si nos hubiese encadenado a la pared.

Trez se encogió de hombros.

—Por eso hemos accedido a verte. En cuanto nos enviaste ese mensaje, supimos…

—Que ahí estaba la oportunidad…

—Que llevábamos tiempo esperando.

Mientras las Sombras se completaban las frases mutuamente, John respiró hondo, con cierto alivio. Al menos había quienes entendían lo que él estaba pensando.

Transcurridos unos breves instantes de silencio, Trez extendió el puño y cuando John chocó sus nudillos contra él, la Sombra asintió con la cabeza.

—Mantengamos esta pequeña conversación como una cosa reservada, entre nosotros, ¿vale?

John se inclinó sobre la libreta.

«Creí que habíais dicho que le contaríais a Rehv que estuve aquí».

Trez leyó lo que decía y se volvió a reír.

—Ah, claro, vamos a contarle que estuviste de visita y que cenaste aquí.

iAm sonrió discretamente.

—Pero no necesita saber el resto.

***

Cuando Trez y John se fueron al fondo del local, Blay terminó su Coca-Cola y siguió a Qhuinn con la mirada. El tipo se paseaba nerviosamente alrededor de la barra, como si fuera un pajarillo al que le acabaran de cortar las alas.

Sencillamente, no soportaba que lo dejaran al margen de ningún asunto. Ya fuera una cena o una reunión, un juego o una pelea. Quería tener participación en todo.

Y la verdad era que aquel histérico movimiento, aquella silenciosa agitación, era peor que si estallara en maldiciones. Resultaba inquietante.

Blay se levantó y se metió detrás de la barra con el vaso vacío. Mientras volvía a llenarlo y observaba cómo la espuma oscura entraba en contacto con el hielo, se preguntó por qué se sentiría tan atraído por Qhuinn. Él era un tipo básicamente educado, que siempre daba las gracias y pedía las cosas por favor. Qhuinn, en cambio, era un salvaje que mandaba a todo el mundo a la mierda por cualquier nimiedad.

Tal vez los opuestos sí se atraían. Al menos a él le atraía aquel polo opuesto…

iAm regresó y con él venía lo que sólo se podía describir como un macho imponente. Iba vestido de manera impecable, desde el corte de su abrigo gris oscuro hasta el brillo de los zapatos. En lugar de corbata, usaba un pañuelo de seda. Era rubio, tenía el pelo muy corto por detrás y largo por delante y sus ojos eran del color de las perlas.

—¡Puta Virgen! ¿Qué demonios estás haciendo aquí? —La voz de Qhuinn retumbó al tiempo que iAm desaparecía por el fondo—. Maldito sinvergüenza.

La primera reacción de Blay fue ponerse rígido, en guardia. Lo último que necesitaba era otro espectáculo erótico. Temía que Qhuinn se sintiera atraído por aquel tipo.

Pero enseguida salió de su error.

El macho que acababa de llegar soltó una carcajada y dio un cordial abrazo a Qhuinn.

—Tienes una manera preciosa de expresarte, primo. Yo diría que tu oratoria está a medio camino entre la de un camionero, un marinero y un chiquillo de doce años.

Saxton. Era Saxton, hijo de Tyhm. Blay recordaba haberlo visto en una o dos ocasiones.

Qhuinn retrocedió.

—Es la nueva lengua, ¿o acaso no te han enseñado nada en Harvard?

—Nada de nada. Estaban más preocupados por las leyes sobre contratos, propiedades y todas esas zarandajas. También les interesan, eso sí, los agravios, que para que lo sepas, son actos perjudiciales que cometemos contra los demás. O sea, lo que sueles hacer tú.

Qhuinn enseñó sus colmillos blancos y brillantes al sonreír abiertamente.

—Pero me estás hablando de las leyes humanas, que no me afectan. Ellos no pueden controlarme.

—¿Y quién puede hacerlo?

—No te lo voy a decir. Pero, cuéntame, ¿qué estás haciendo aquí?

—Pues gestiono unos cambios de propiedades a los hermanos Sombra. ¿O acaso crees que he estudiado toda esa jurisprudencia humana por pasar el rato? —Los ojos de Saxton se desviaron hacia un lado y se cruzaron con los de Blay. De manera instantánea, la expresión del tipo se volvió más seria y llena de curiosidad—. Vaya, hola.

Saxton dio la espalda a Qhuinn y se acercó a Blay con tanto interés que éste se sintió impulsado a mirar hacia atrás para ver si había alguien más.

—Blaylock, ¿verdad? —El macho tendió su elegante mano por encima de la barra—. Hace años que no te veo.

Blay siempre se había sentido un poco cohibido en presencia de Saxton, porque el «maldito sinvergüenza» siempre tenía la respuesta adecuada para todo. Y daba la impresión de que no sólo conocía la respuesta precisa, sino que te estaba haciendo una especie de examen que no te convenía suspender.

—¿Cómo estás? —dijo Blay estrechándole la mano.

Saxton olía realmente bien y daba la mano con firmeza.

—Has crecido mucho.

Blay se ruborizó.

—Igual que tú.

—¿De veras? —Los ojos color perla del recién llegado relampaguearon—. ¿Y eso es bueno o malo?

—Ah… bueno, claro. Pero yo no…

—Entonces, dime a qué te has dedicado este tiempo. ¿Estás casado con alguna linda hembra elegida por tus padres?

Blay soltó una aguda carcajada.

—Dios, no. No tengo a nadie.

Qhuinn se metió en la conversación colocándose entre ellos.

—¿Y qué tal te va, Sax?

—Bastante bien. —Saxton ni siquiera miró a Qhuinn mientras respondía, pues mantenía toda su atención centrada en Blay—. Aunque mis padres quieren que me vaya de Caldwell. Pero no tengo intención de hacerlo.

Como necesitaba desviar la mirada, Blay se concentró en su refresco y se puso a contar los cubos de hielo que flotaban en el vaso.

—¿Y qué estás haciendo tú aquí? —preguntó Saxton.

Hubo una larga pausa y, después de un rato, Blay levantó la mirada preguntándose por qué Qhuinn no había respondido.

Ah. Claro. Saxton no estaba hablando con su primo, sino con él.

—Contesta, Blay. —Qhuinn le miraba con el ceño fruncido.

Por primera vez en… una eternidad, parecía que… su mejor amigo y él se iban a mirar a los ojos. Pero en realidad no era para tanto. Para no variar, los ojos de Qhuinn estaban fijos en otro: Saxton estaba siendo objeto de un examen que habría cohibido a cualquiera que se sintiera menos seguro. Pero el primo de Qhuinn se sentía segurísimo, o no se había dado cuenta de que sufría semejante escrutinio.

—Respóndeme, por favor, Blaylock —murmuró el macho.

Blay se aclaró la garganta.

—Estamos aquí para ayudar a un amigo.

—Admirable. —Saxton sonrió y dejó ver unos magníficos colmillos que resplandecieron con la luz—. ¿Sabes una cosa? Creo que deberíamos vernos un día de éstos.

La voz de Qhuinn resonó con su habitual timbre temible.

—Claro. Será estupendo. Te voy a dar mi número.

Mientras recitaba los dígitos de su número telefónico, iAm, John y Trez regresaron al bar. Hubo un par de presentaciones y se entabló una animada conversación, pero Blay se mantuvo al margen. Se terminó el refresco y puso el vaso en el posavasos.

Cuando salió del bar y pasó junto a Saxton, éste estiró el brazo.

—¡Ha sido un placer verte otra vez!

En un acto reflejo, Blay estrechó la mano que le ofrecían… y, después del apretón, se dio cuenta de que tenía una tarjeta en la palma. Saxton sólo sonrió al ver su sorpresa.

Blay se guardó la tarjeta en el bolsillo. Saxton volvió la cabeza y miró a Qhuinn.

—Te llamaré pronto, primo.

—Sí, claro.

La despedida fue considerablemente menos amistosa por parte de Qhuinn, pero a Saxton pareció no importarle, o quizá no lo notó, aunque esto último era difícil de creer.

—Si me disculpáis —dijo Blay, sin dirigirse a nadie en particular.

Salió del restaurante solo y cuando atravesó las puertas del garaje, encendió un cigarrillo y se recostó contra la fría pared de ladrillo, apoyando una bota contra el edificio.

Sacó la tarjeta. Era gruesa, de cartón color crema. Grabada, no impresa, por supuesto. Estaba escrita con letra negra y antigua. Se la acercó a la nariz. Tenía el perfume de su dueño.

Agradable. Muy agradable. Qhuinn no era partidario de los perfumes, de modo que sólo olía a cuero y a sexo la mayor parte del tiempo.

Suspiró, se guardó la tarjeta en la chaqueta, le dio otra calada al cigarrillo y soltó el humo lentamente. No estaba acostumbrado a que lo observaran de aquella forma. O a que se le acercaran de aquel modo. Siempre era él quien estaba pendiente del otro. En realidad, Qhuinn había sido el único objeto de todas sus atenciones desde que tenía memoria.

Las puertas se abrieron y sus amigos salieron.

—Joder, odio el humo del tabaco —susurró Qhuinn, mientras movía la mano para dispersar la nube de humo que Blay acababa de exhalar.

Blay apagó su Dunhill contra el talón de la bota y guardó el cigarrillo a medio fumar en el bolsillo.

—¿Adónde vamos?

—Al parque Xtreme —dijo John por señas—. El que está cerca del río. La verdad es que también nos han dado otra pista, pero ésa va a necesitar un par de días más.

—¿Ese parque no está en el territorio de las bandas de pandilleros? —preguntó Blay—. ¿No hay mucha policía por allí?

—¿Y por qué preocuparse de los policías? —Qhuinn soltó una carcajada—. Si nos metemos en problemas con el Departamento de Policía, Saxton siempre podrá sacarnos del lío. ¿No?

Blay miró a Qhuinn y esta vez sí tenía que haberse preparado, pues la mirada azul y verde de Qhuinn estaba clavada en él y, en cuanto fue consciente de ello, Blay sintió la conocida excitación que le invadió el pecho y otras partes del cuerpo.

Dios… era el macho al que amaba, pensó. Y siempre sería así.

Amaba la fuerza de aquella mandíbula, y las cejas rectas y negras, y los piercings que subían por la oreja y adornaban el labio inferior. Amaba el pelo negro, grueso y brillante, y la piel dorada, y ese cuerpo musculoso. Amaba la manera en que se reía y el hecho de que jamás llorase, aun ante la peor de las adversidades. Amaba las cicatrices recónditas que nadie conocía, y lo amaba, en fin, por la convicción de que él siempre sería el primero en correr hacia un edificio en llamas, o hacia una pelea sangrienta, o hacia un horrible accidente automovilístico.

Amaba todo lo que Qhuinn era y siempre sería.

Pero también sabía que las cosas nunca iban a cambiar.

—¿Qué es lo que no va a cambiar? —preguntó Qhuinn con el ceño fruncido.

Ay, mierda. Estaba pensando en voz alta.

—Nada. ¿Vamos, John?

John miró a sus dos amigos. Luego asintió con la cabeza.

—Sólo tenemos tres horas antes de que amanezca. Hay que darse prisa.

Me encanta la forma en que me miras.

Desde el otro extremo de la habitación, Xhex no hizo comentario alguno al oír las palabras de Lash. A juzgar por la manera en que yacía al pie del escritorio, con uno de los hombros más alzado que el otro, Xhex pensó que era muy posible que le hubiese dislocado el brazo. Y no era la única lesión que presentaba Lash. Por su barbilla corría un chorro de sangre negra que brotaba del labio que ella le había cortado. Además, durante un tiempo cojearía a causa del fuerte mordisco que le había dado en el muslo.

Lash la miraba intensamente, de pies a cabeza, pese a lo cual Xhex no se inmutaba. Mantenía la mirada, no intentaba cubrirse. Si él quería intentar un segundo asalto, iba a necesitar toda la fuerza que le quedaba. Y, además, la modestia, el recato, sólo tenían sentido si a uno le importaba su propio cuerpo. Y ella había perdido ese interés hacía mucho tiempo.

—¿Crees en el amor a primera vista? —preguntó Lash de pronto. Luego soltó un gruñido, se levantó del suelo y tuvo que agarrarse de la cómoda para lograrlo. De paso, hizo fuerza para probar el estado del brazo—. ¿Crees en el amor a primera vista? —insistió Lash.

—No.

—Vaya, tenemos aquí una escéptica. —Lash fue cojeando hasta el baño. De pie entre las puertas, apoyó una mano contra la pared, se volvió hacia la izquierda y respiró profundamente.

Con un violento tirón colocó en su sitio el hombro dislocado. El crujido y la maldición subsiguiente resonaron con fuerza. Luego se dejó caer hacia delante, respirando de forma entrecortada. Los cortes que tenía en la cara dejaron manchas negras sobre el yeso blanco. Al cabo de unos instantes se volvió hacia Xhex y sonrió.

—¿Quieres ducharte conmigo? —Al ver que ella permanecía en silencio, Lash sacudió la cabeza—. ¿No? Qué lástima.

Luego desapareció entre las paredes de mármol y momentos más tarde se oyó el ruido del agua.

Sólo cuando olió el fino jabón, además de oír el ruido del grifo, es decir al saber que se estaba bañando, Xhex empezó, con mucho cuidado, a relajar sus doloridas y entumecidas extremidades.

Nada de debilidad. Ella no estaba dispuesta a mostrar la más mínima flaqueza. Y no era sólo por el deseo de parecer fuerte para que aquel canalla se lo pensara dos veces antes de volverse a meter con ella. También se mantenía firme porque su naturaleza se negaba a ceder ante nadie. No le cabía duda: moriría peleando.

Eso era lo que le decía su instinto, lo más profundo de su ser: era invencible y eso no lo decía su ego. Todas sus vivencias, todas sus experiencias demostraban que, sin importar lo que le hicieran, ella podía afrontarlo todo.

Pero, santo Dios, cómo odiaba aquellas peleas con Lash. Cómo odiaba aquel despliegue de sexo violento.

Cuando el secuestrador salió del baño un poco más tarde, estaba limpio. Sus heridas ya se encontraban en proceso de curación: los moretones se veían más pálidos, los arañazos estaban desapareciendo y los huesos se recomponían a simple vista, con mágica celeridad.

Vaya suerte la suya. Estaba frente el maldito conejito de los anuncios, al que nunca se le acababan las pilas.

—Voy a ver a mi padre. —Se acercó a Xhex, y ella enseñó los colmillos. Lash pareció sentirse halagado por un momento—. Me encanta tu sonrisa.

—No es una sonrisa, estúpido.

—Muy bien, pues sea lo que sea, en todo caso, me gusta. Por cierto, algún día te voy a presentar a mi querido viejo. Tengo planes para nosotros.

Lash trató de inclinarse, sin duda para besarla, pero al notar que ella comenzaba a sisear, poniéndose en guardia de nuevo, lo pensó mejor.

—Regresaré, mi amor —susurró.

Lash sabía que su presa detestaba toda aquella mierda amorosa, y precisamente por eso se regodeaba en ella. Así que ella esta vez tuvo cuidado de ocultar su aversión. Tampoco lo provocó cuando dio media vuelta y se marchó.

Cuanto más se negaba a hacerle el juego, más le confundía y a ella se le aclaraban más las ideas.

Oyó que se movía por la habitación de al lado, y se lo imaginó vistiéndose. Mantenía su ropa en la otra habitación desde que fue consciente de lo violentas que iban a ser las cosas entre ellos. No le gustaba el desorden y era quisquilloso con la ropa. No dejaba que se la destrozase.

Se hizo el silencio y al cabo de un instante lo oyó bajar las escaleras. Xhex respiró hondo y se levantó del suelo. El baño todavía estaba lleno de vapor y de aromas tropicales tras la ducha de Lash. Aunque odiaba la idea de lavarse con el mismo jabón que él, le disgustaba más lo que tenía sobre la piel.

En cuanto se colocó bajo el chorro de agua caliente, el mármol del suelo se volvió rojo y negro. Los dos tipos de sangre se desprendían de su cuerpo y se iban por el desagüe. Xhex se duchó rápidamente porque, aunque Lash se había marchado hacía un momento, nunca podía saberse cuándo regresaría. A veces volvía enseguida. En otras ocasiones no aparecía en todo el día.

La fragancia de aquellas sofisticada mierda francesa que Lash se empeñaba en tener en su baño le producía náuseas; aunque suponía que a la mayoría de las hembras les encantaría la mezcla de lavanda y jazmín. Joder, cómo le gustaría tener a mano el maravilloso gel antibacteriano de Rehv. Gozaría aplicándoselo por todo el cuerpo, aunque sin duda los cortes le arderían de forma infernal. Pero Xhex no tenía problemas con el dolor. Todo lo contrario: la idea de quedar en carne viva le resultaba atractiva.

Cada esfuerzo para pasarse el jabón por un brazo o una pierna le provocaba dolores. Los sufría cuando se inclinaba hacia un lado o hacia delante, e incluso le asaltaban sin ninguna razón. Xhex pensó en los cilicios que siempre había usado para controlar su naturaleza symphath. Con todos aquellos combates que mantenía a diario en la habitación, su cuerpo recibía la suficiente dosis de dolor como para mantener contraladas sus inclinaciones perversas. Aunque en realidad eso no importaba mucho. ¿Por qué no ser perversa ahora? No se encontraba rodeada de gente «normal» y la parte malvada de su personalidad la ayudaba a manejar la situación en que se encontraba.

Sin embargo, tras veinte años usando los cilicios, era extraño no llevarlos puestos. Había dejado el par de cadenas con púas en la mansión de la Hermandad… sobre la cómoda de la habitación en la que se había quedado aquel día antes de ir a la colonia. Tenía el propósito de regresar al final de la noche, ducharse y volver a ponérselos… pero ahora debían de estar llenándose de polvo a la espera de que ella regresara.

A decir verdad, Xhex estaba comenzando a perder la esperanza de volver a reunirse con sus cilicios.

Era curioso ver cómo la vida podía dar un gran vuelco de repente: salías de casa esperando regresar pronto, pero luego el camino que parecía ir hacia la derecha te llevaba bruscamente hacia la izquierda…

¿Durante cuánto tiempo conservarían los hermanos las cosas que ella había dejado en la mansión?, se preguntaba Xhex. ¿Cuánto tiempo pasaría antes de que sus pocas pertenencias, tanto las que estaban en la mansión de la Hermandad, como las de la cabaña del río, o las que guardaba en un sótano, fueran relegadas al olvido, o lo que era peor, al basurero? Probablemente dos semanas. Salvo en el caso de las pertenencias del sótano, cuya existencia sólo conocía John, que posiblemente sobreviviesen algo más.

Pasadas esas dos semanas, seguramente sus cosas serían guardadas en un armario. Luego irían a parar a unas cajas amontonadas en el ático.

O tal vez simplemente las tirasen a la basura.

Eso era lo que sucedía cuando la gente moría. Las pertenencias de la persona fallecida acababan en la basura, a menos que tuvieran algún valor y alguien se apropiara de ellas.

Pero no había gran demanda de cilicios. No eran objetos codiciados.

Cerró el grifo, salió de la ducha, se secó con la toalla y regresó a la habitación. Justo cuando se sentó al lado de la ventana, la puerta se abrió y el restrictor que se encargaba de la cocina entró con una bandeja llena de comida.

Siempre parecía confundido cuando dejaba la comida sobre el escritorio y miraba a su alrededor: como si después de todo este tiempo todavía no entendiera por qué diablos tenía que llevar comida caliente a una habitación que estaba vacía. El hombrecillo también inspeccionó las paredes y recorrió con los ojos las manchas frescas de sangre negra. Como era un tipo muy pulcro, sin duda quería poner un poco de orden: cuando Xhex llegó allí el primer día, el papel de pared estaba en perfecto estado. Ahora, sin embargo, parecía que lo hubiesen traído directamente de un vertedero.

Mientras se acercaba a la cama y arreglaba el cobertor y las almohadas que estaban tiradas alrededor, dejó la puerta completamente abierta. Xhex pudo ver el pasillo y las escaleras que llevaban abajo.

Pero no había razón para correr hacia la puerta. Derribarlo tampoco serviría de nada. Ni podía usar el método symphath, pues el bloqueo del que era víctima era tanto físico como mental. Imposible dominar su cuerpo o su mente.

Lo único que Xhex podía hacer era observarlo y cultivar la esperanza de poder atacarlo de alguna manera algún día. Dios, aquella sensación de impotencia, la angustia de no poder dar rienda suelta al instinto asesino, debía de ser lo que sentían los leones de los zoológicos cuando los domadores entraban en la jaula con sus escobas y sus alimentos: mientras el domador podía ir y venir y cambiar tu entorno, tú estabas atrapado, encadenado, impotente.

Y sentías deseos irrefrenables de atacar, de morder.

Cuando el hombrecillo se marchó, Xhex se acercó a la comida. Enfurecerse con el filete no la iba a ayudar y necesitaba las calorías para seguir luchando, así que se lo comió todo. Todo lo que comía le sabía a cartón. Se preguntaba si alguna vez volvería a comer algo por puro placer y no por la necesidad de mantener las fuerzas. Ese comportamiento era lógico, pero no despertaba ninguna ilusión a la hora de las comidas.

Cuando terminó de comer, Xhex regresó a la ventana, se sentó en el sillón y dobló las rodillas hasta que chocaron con el pecho. Al mirar hacia la calle no se relajaba, pero al menos se quedaba quieta, reposaba un poco.

Aunque ya habían pasado varias semanas de encierro, seguía buscando la manera de escapar… y no dejaría de hacerlo, lo intentaría hasta el último aliento.

Igual que el instinto que la impulsaba a luchar contra Lash, el impulso de escapar no sólo era resultado de las difíciles circunstancias en que estaba, sino que era parte de la esencia misma de la hembra que era ella. Al pensar en ello se acordó de John.

Estaba decidida a escapar de él.

Xhex recordó una ocasión en la que estuvieron juntos. No la última vez, cuando él pasó factura, por así decirlo, por todo el rechazo que ella le había demostrado, sino aquella otra, en su apartamento del sótano. Después del encuentro sexual, él había hecho el ademán de besarla… era evidente que quería algo más que un polvo rápido y brusco. ¿Y cuál fue su respuesta? Xhex se alejó enseguida y se dirigió al baño, donde se lavó exhaustivamente, como si la hubiese ensuciado. Luego se marchó.

Así que no podía culparlo por la forma en que se habían despedido.

Xhex miró alrededor de su prisión de muros invisibles. Probablemente iba a morir allí. Y probablemente se iba a morir pronto, teniendo en cuenta que no se había alimentado de sangre fresca en mucho tiempo y se encontraba bajo gran estrés físico y emocional.

La idea de su propia muerte la hizo pensar en la cantidad de rostros que había observado mientras la vida abandonaba su cuerpo y el alma volaba libremente. Como la asesina que era, la muerte había sido su trabajo. Como symphath, la muerte había sido una especie de vocación.

El proceso siempre le resultó fascinante. Cada una de las personas que había matado luchó contra la marea del destino, incluso aunque supieran que estaban perdidas. Al verla ante sí, con cualquiera de las armas que manejase, sabían que aunque lograsen salir indemnes la primera vez, ella iba a volver a atacar. Sin embargo, eso no parecía importar. El horror y el dolor actuaban como una fuente de energía que alimentaba el espíritu de lucha y Xhex sabía lo que se sentía. Sabía muy bien que uno lucha por respirar aunque no pueda llevar aire a sus pulmones. Sabía que se formaba un velo de sudor frío encima de la piel recalentada, que los músculos se debilitaban, y aun así uno siempre seguía ordenándoles que se movieran.

Los que la secuestraron la vez anterior la habían llevado hasta el borde del rigor mortis en varias ocasiones.

Aunque los vampiros creían en la Virgen Escribana, los symphaths no tenían ninguna noción de vida después de la vida. Para ellos, la muerte era una rampa de salida, pero no hacia otra autopista, sino hacia una pared de ladrillo contra la cual te estrellabas. Después de la vida no había nada.

Desde luego, ella no creía en toda esa mierda de las divinidades. La muerte era el momento en que se apagaban las luces, fin de la historia. Por Dios santo, la había visto tan de cerca en tantas ocasiones: después del gran combate no seguía… nada. Sus víctimas sólo habían dejado de moverse, paralizadas en la posición en la que estuvieran cuando su corazón se había detenido. Y tal vez algunas personas muriesen con una sonrisa en el rostro, pero lo que a Xhex le decía su experiencia era que se trataba más bien de una mueca.

Lo suyo sería que si estuvieran viendo una luz blanca brillante y acercándose al reino de los cielos, los muertos estuvieran radiantes, como si les hubiera tocado la lotería.

Pero quizá parecieran tan tristes, no por adivinar el lugar al que iban, sino por saber de qué lugar venían.

Los remordimientos… uno pensaba en las cosas de las que se arrepentía.

Aparte de haber querido nacer en circunstancias diferentes, sólo dos de las muchas barbaridades cometidas en su vida le pesaban realmente en la conciencia.

Deseaba haberle dicho a Murhder, hacía ya muchos años, que ella era medio symphath. De esa manera, cuando fue llevada a la colonia, él no habría ido a rescatarla. Habría sabido que era inevitable que la otra rama de su familia fuera a por ella y no habría terminado donde terminó.

Y también deseaba poder viajar atrás en el tiempo y decirle a John Matthew que lo sentía. De todas maneras lo habría alejado de ella, porque era la única manera de que no repitiese los errores de su otro amante. Pero le habría hecho saber que no era por culpa de él, sino de ella.

Al menos, se dijo, John acabaría saliendo bien librado, pues tenía a los hermanos y al rey de la raza para que lo cuidaran. Gracias a que ella lo había rechazado, estaba a salvo de cometer una gran estupidez.

Xhex sabía que estaba sola y que las cosas iban a salir como tenían que salir. Su destino estaba escrito.

Tras llevar una vida violenta, para ella no era ninguna sorpresa descubrir que tendría un final violento… pero, fiel a su naturaleza, Xhex estaba segura de que podría llevarse con ella a unos cuantos en su viaje de salida.

CAPÍTULO
7

Mierda, la oscuridad se estaba desvaneciendo.

Mientras miraba su reloj de pulsera, John pensó que mirar el reloj era una pérdida de tiempo. El ardor que sentía en los ojos le decía todo lo que necesitaba saber sobre el escaso tiempo que le quedaba.

La simple intuición de que se avecinaba el amanecer era suficiente para hacerlo parpadear intensamente.

Desde luego, la actividad en el parque Xtreme ya estaba bajando, y los yonquis rezagados se levantaban de los bancos o se escondían en los baños públicos para inyectarse una última dosis. A diferencia de otros parques de Caldwell, éste estaba abierto las veinticuatro horas del día, y tenía luces fluorescentes que colgaban de altos postes e iluminaban toda la zona pavimentada. Era difícil decir en qué estaban pensando los urbanistas que planearon la ciudad cuando decidieron que el parque estuviera abierto todo el tiempo, como si fuera un negocio… porque eso era exactamente lo que sucedía allí. El parque era una empresa que permanecía abierta y en movimiento sin pausa alguna. Con aquella cantidad de drogas pasando de mano en mano, el lugar era como un gigantesco bar de trapicheo, pero alejado de los locales de la calle del Comercio.

No obstante, no había ningún restrictor por allí. Sólo humanos haciendo negocios con otros humanos que se drogaban entre las sombras.

Pero el lugar era prometedor. Si Lash todavía no había infiltrado a nadie en la zona, pronto lo haría. Incluso a pesar de la vigilancia intermitente de la policía desde sus coches, había a la vez mucha privacidad y mucha visibilidad. El parque estaba diseñado como una enorme terraza, con sumideros en el suelo, que se alternaban con rampas y muros. El resultado era que la gente podía ver a la policía cuando se acercaba y esconderse en todo tipo de lugares.

Y, joder, vaya si estaban bien entrenados para esfumarse. Desde su punto de observación detrás de un cobertizo, John y sus amigos habían visto el mismo espectáculo una y otra vez. Lo cual los hacía preguntarse por qué la policía no enviaba coches sin identificación, o agentes de incógnito disfrazados de yonquis.

Pensándolo bien, quizá eso ya estaba sucediendo. Tal vez también había otras personas que, al igual que John, resultaban invisibles para la multitud. Bueno, aunque no exactamente como él y sus compañeros. No había forma de que un miembro de la policía, por mucho entrenamiento y condecoraciones que tuviese, pudiera pasar totalmente desapercibido; y eso mismo les sucedía a los vampiros, razón por la cual John y sus amigos llevaban unas tres horas borrando el recuerdo a todos cuantos se cruzaban casualmente con ellos.

Era extraño estar en un lugar y no estar al mismo tiempo… ver sin ser vistos.

—¿Nos desmaterializamos? —preguntó Qhuinn.

John levantó la vista hacia el cielo, cada vez más claro, y se dijo, a modo de pobre consuelo, que en aproximadamente trece horas la maldita lámpara de calor que era el sol se iba a meter debajo de un manto y ellos podrían retomar su lugar en aquel escondite y seguir esperando.

—¡John, vámonos!

Durante una fracción de segundo, John estuvo a punto de arrancarle la cabeza a su amigo. Incluso llegó a levantar las manos y a prepararse para gritarle todo tipo de improperios.

Lo que lo detuvo fue un pensamiento repentino: así como esperar allí durante horas no garantizaba que Lash apareciera, gritarle a Qhuinn tampoco los acercaría a su objetivo.

Finalmente, John asintió y echó un último vistazo a su alrededor. Había un solo traficante que parecía dirigir todo el tinglado y el chico parecía quedarse hasta el final. Su base estaba junto a la rampa del centro, lo cual era inteligente, porque eso significaba que podía ver todo lo que sucedía en el parque, desde los extremos hasta la calle por la que pasaban los policías.

El chico parecía tener diecisiete o dieciocho años y llevaba ropa holgada, lo cual no era extraño, sino todo lo contrario, entre los patinadores y probablemente también indicio de que consumía lo que vendía. Parecía necesitar un buen baño y que lo restregaran con un cepillo bien fuerte, pero se mantenía alerta y parecía astuto. Y aparentemente trabajaba solo. Lo cual era interesante. Para dominar un territorio de venta de drogas, por lo general los vendedores contaban con refuerzos que los protegían, de lo contrario los atacarían para quitarles la mercancía o el dinero. Pero este jovencito… estaba solo todo el tiempo.

O tenía un buen respaldo en la sombra, o estaba a punto de ser destronado.

John se puso de pie en el lugar en el que había permanecido escondido y les hizo una seña a sus amigos.

—Vamos.

Cuando volvió a tomar forma, la gravilla crujía bajo sus botas de combate. Al tiempo que su peso se condensaba, una brisa fría lo golpeaba en la cara. El jardín de la mansión de la Hermandad estaba limitado por la fachada de la casa y el muro de seis metros de altura que rodeaba la propiedad. La fuente de mármol blanco que había en el centro todavía estaba seca y la media docena de coches que estaban estacionados en fila dormían a la espera de entrar acción.

El zumbido de unos potentes engranajes que se pusieron en marcha lo hizo levantar la cabeza. En un movimiento coordinado, las persianas de acero estaban descendiendo sobre las ventanas y los paneles iban cubriendo lentamente los cristales de colores, como los párpados de muchos ojos que se cerraran para dormir el día entero.

A John le horrorizaba entrar. Aunque había cerca de cincuenta habitaciones por las cuales podía deambular, pensar que iba a tener que quedarse encerrado hasta el atardecer hacía que la mansión le pareciese poco más que una caja de zapatos.

Cuando Qhuinn y Blay se materializaron a uno y otro lado, John subió los escalones hacia la puerta doble de la entrada y atravesó el porche.

Luego se plantó frente a la cámara de seguridad. Al instante, el cerrojo se corrió y John entró en un vestíbulo que parecía salido de la Rusia zarista. Columnas de malaquita y mármol soportaban un cielo raso pintado que tenía una altura de tres pisos. Candelabros dorados y múltiples espejos generaban y reflejaban una luz atemperada que enriquecía todavía más los colores. La escalera parecía una alfombra infinita que se extendiera hasta los cielos, y su barandilla dorada se dividía para formar las bases de un balcón abierto en el segundo piso.

Su padre no había ahorrado en nada y era obvio que tenía un acentuado gusto por lo dramático. Lo único que necesitabas era un poco de música de fondo y te podías imaginar a un rey que bajaba como flotando bajo su manto…

En ese momento apareció Wrath en el segundo piso, con su inmenso cuerpo forrado de cuero negro y el pelo largo y negro cayéndole alrededor de sus hombros enormes. Llevaba puestas sus gafas oscuras y, aunque estaba en la cima de una escalera en la que era fácil caerse, no miraba hacia abajo. No había razón para hacerlo. Sus ojos se habían vuelto inservibles y ahora estaba totalmente ciego.

Pero eso no significaba que no supiera dónde estaba. A su lado, *George* lo tenía todo controlado. El perro lazarillo estaba a cargo del rey, conectados ambos a través del arnés que rodeaba el pecho y las caderas del hermoso perro de raza golden retriever. Eran como una versión posmoderna de Benitín y Eneas, un Buen Samaritano canino que podría participar en concursos de belleza y un guerrero brutal que obviamente era capaz de cortarte el cuello por simple capricho. Pero los dos se complementaban bien, y desde luego Wrath estaba bastante encariñado con su animal. El perro recibía tratamiento de mascota del soberano: al diablo con las latas de comida para perros, *George* tragaba lo mismo que comía su amo, es decir, magníficos filetes de vaca y mucho cordero. Y se decía que el retriever dormía en la misma cama que Beth y Wrath, aunque eso todavía estaba por verse, pues nadie era admitido en la recámara de la Primera Familia.

Cuando Wrath comenzó a bajar hacia el vestíbulo cojeaba, por una lesión que le había causado algo que hacía en el Otro Lado, en el reino de la Virgen Escribana. Nadie sabía a quién veía o por qué solía tener siempre un ojo negro o el labio partido, pero todo el mundo, incluso John, se alegraba al ver esas sesiones, pues mantenían a Wrath lejos del campo de batalla, sin poner en peligro su vida.

Con el rey bajando la escalera y algunos de los otros hermanos entrando por la puerta que John acababa de usar, se imponía una rápida huida. Si las Sombras habían percibido el olor a tinta fresca, la gente que se estaba reuniendo para la Última Comida percibiría tatuaje en un segundo, en cuanto se acercaran lo suficiente.

Por fortuna, había un bar en la biblioteca y John se dirigió él y se sirvió una copa de Jack Daniel's. La primera de muchas.

Se puso, pues, a la labor de emborracharse: se recostó contra la gran encimera de mármol y deseó con todas sus fuerzas tener una máquina del tiempo, aunque era difícil saber si preferiría ir hacia delante o hacia atrás en ella.

—¿Quieres algo de comer? —preguntó Qhuinn desde la puerta.

John no levantó la vista, sólo negó con la cabeza y se sirvió un poco más del líquido que le proporcionaba tanto alivio.

—Bien, de todas formas te traeré un bocadillo.

Lanzando una sorda maldición, John dio media vuelta y exclamó con señas:

—He dicho que no.

—¿Roast beef? Buena idea. Y te pondré, además, un poco de pastel de zanahoria. Te haré llegar una bandeja a tu habitación. —Qhuinn dio media vuelta—. Si esperas cinco minutos más, todo el mundo estará ya sentado a la mesa, así que podrás subir con tranquilidad.

Qhuinn se marchó, lo cual significaba que, aparte de arrojarle el vaso a la cabeza, no había otra manera de hacerle entender que quería estar aislado, completamente aislado, sin bandejas ni vistas ni nada de nada.

A decir verdad, no le tiró la copa para no desperdiciar el licor. Además, a Qhuinn podías darle en la cabeza con todos los vasos y todas las botellas del mundo y seguiría tan campante, como si nada.

Por fortuna, el alcohol comenzó a hacer efecto y una somnolienta nube se instaló primero sobre la cabeza de John, luego sobre los hombros y enseguida comenzó a descender por el cuerpo. La bebida acallaba sus pensamientos, pero al menos los huesos y los músculos se relajaban, y todo parecía menos angustioso.

Tras esperar cinco minutos, siguiendo la sugerencia de Qhuinn, John agarró su vaso y su botella y subió las escaleras de dos en dos. Mientras subía, lo persiguieron las voces sordas que salían del comedor; pero sólo se trataba de una conversación sin importancia y bastante apagada. Últimamente no había mucha animación ni muchas risas durante las comidas.

Al llegar a su habitación, John abrió la puerta. Entró en algo muy parecido a una selva. Había ropa tirada en todas partes, hasta en los lugares más inverosímiles: la cómoda, el sillón, la cama, el televisor de plasma. Como si el armario hubiera reventado, esparciendo su contenido por toda la estancia. Una buena cantidad de botellas vacías de Jack Daniel's se alineaba sobre las dos mesitas de noche que había a lado y lado de la cabecera de la cama, e innumerables latas de cerveza se acumulaban en el suelo y hasta entre las sábanas revueltas y el cobertor.

Fritz y su equipo de limpieza llevaban dos semanas sin poder entrar, y al paso que iban las cosas iban a necesitar un bulldozer cuando John finalmente decidiera franquearles la puerta.

Mientras se desvestía, John dejó caer los pantalones de cuero y la camisa en el suelo, en el lugar donde estaba, pero fue más cuidadoso con la chaqueta hasta que le sacó las armas; luego la arrojó en una esquina de la cama. Entró en el baño y revisó dos veces sus dos dagas y luego limpió rápidamente las pistolas con el equipo de limpieza que había dejado junto a uno de los lavabos.

Aunque había dejado que sus buenos modales cayeran en picado, hasta alcanzar los niveles de cualquier estudiante descuidado, sus armas eran otra cosa. Había que mantenerlas en buen estado para que cumplieran adecuadamente su cometido.

John se duchó rápidamente y, mientras se pasaba el jabón por el pecho y el abdomen, recordó aquella época en que incluso el roce del agua caliente era suficiente para excitarlo. Pero eso ya había quedado atrás. No había tenido una erección… desde la última vez que había estado con Xhex.

Sencillamente, no estaba interesado en el sexo, ni siquiera en sueños, lo cual era nuevo. Demonios, antes de pasar por la transición, cuando no se suponía que tuviera aún conciencia de su sexualidad, su subconsciente había inventado todo tipo de escenas ardientes. Y aquellas orgías eran tan reales, tan detalladas, que parecían verdaderos recuerdos y no creaciones de su mente juvenil y calenturienta.

Pero ahora en sus sueños sólo había escenas terroríficas en las que él huía presa del pánico, pero no sabía qué era lo que lo perseguía… ni si alguna vez podría ponerse a salvo.

Al salir del baño encontró una bandeja con un bocadillo de roast beef y un trozo enorme de pastel de zanahoria. Nada de beber, eso sí, pues Qhuinn sabía que la hidratación corría sólo por cuenta del señor Daniel.

John comió de pie, delante del escritorio, desnudo como había llegado al mundo, y cuando la comida llegó al estómago, enseguida le absorbió toda la energía, dejando su mente en blanco. Se limpió la boca con la servilleta de lino, sacó la bandeja al pasillo y se dirigió al baño, donde se cepilló los dientes como un autómata.

Apagó las luces del baño y luego las de la habitación y se sentó en la cama con su amigo el señor Jack Daniel.

A pesar de lo fatigado que se sentía, no tenía ganas de acostarse: aunque se le cerraban los ojos de puro cansancio, sabía que tan pronto como pusiera la cabeza en la almohada, los pensamientos comenzarían a dar frenéticas vueltas en su cabeza y terminaría completamente despierto, contemplando el techo y contando las horas y los muchos dolores que le abrumaban.

Terminó de beber el licor que quedaba en el vaso y apoyó los codos sobre las rodillas. Momentos después, empezó a mecer la cabeza, al tiempo que se le cerraban los párpados. Se inclinó hacia un lado, y se dejó ir, a pesar de que no sabía si caería sobre las almohadas o encima del cobertor.

Fueron las almohadas.

Subió los pies a la cama con mucho esfuerzo, se echó las mantas sobre las caderas y tuvo un momento de gozoso hundimiento, como un desmayo. Tal vez el ciclo que le torturaba se rompiera esa noche. Quizá aquella gloriosa sensación de alivio lo arrastrara hacia el agujero negro en el que deseaba estar. Tal vez…

Pero de repente abrió los ojos de par en par y se quedó mirando la oscuridad.

Nada. Estaba tan cansado que empezaba a temblar, pero no sólo estaba completamente despierto… también estaba totalmente alerta. Al restregarse la cara con las manos, pensó que le pasaba algo parecido a los abejorros, de los que se decía que era imposible que pudieran volar. Los físicos sostenían que no era posible, pero los abejorros volaban todo el tiempo. Él no podía estar despierto, pero lo estaba.

Se acostó de espaldas, cruzó los brazos sobre el pecho y bostezó con tanta fuerza que le crujió la mandíbula. Ahora su dilema era si debía encender la luz o no. La oscuridad amplificaba el zumbido que resonaba en su cabeza, pero la luz de lámpara hacía que los ojos le ardieran hasta hacerle sentirse como si sus ojos estuviesen segregando arena en lugar de lágrimas. Cuando le atenazaba esa duda, solía alternar los ratos con luz y sin luz.

Desde afuera, desde el pasillo de las estatuas, le llegó el sonido de los pasos de Zsadist, Bella y Nalla, que se dirigían a su habitación. Mientras la pareja hablaba sobre la cena, Nalla gorjeaba y emitía los pequeños chillidos de los bebés cuando tienen la barriga llena y sus padres están con ellos.

Blay pasó después. Además de V, él era la única persona de la casa que fumaba, de modo que así fue como lo identificó. Y Qhuinn estaba con Blay. Tenía que ser él. De otra manera, Blay no habría encendido un cigarrillo antes de llegar a su habitación.

Ésa era la venganza por lo de la recepcionista en el salón de tatuajes. ¿Y quién podía culparlo?

Se produjo un largo silencio y luego se oyó el paso de un último par de botas.

Era Tohr, que también iba a acostarse.

Se le podía reconocer por el silencio más que por el sonido: las pisadas eran lentas y relativamente ligeras, para ser un hermano. Tohr estaba esforzándose para volver a ponerse en forma, pero aún no estaba autorizado para salir al campo de batalla, lo cual era muy comprensible. Necesitaba ganar bastante peso antes de poder de enfrentarse cuerpo a cuerpo con el enemigo.

Ya no habría más pasos. Lassiter, alias la sombra dorada de Tohr, no dormía, así que el ángel solía quedarse abajo, en la sala de billar, viendo programas intelectuales de televisión. Cosas como pruebas de paternidad en algún reality show, maratones de amas de casa y similares.

Silencio… silencio… silencio.

Cuando los fuertes latidos de su corazón comenzaron a irritarlo, John soltó una maldición y se estiró para encender la luz. Se recostó de nuevo contra las almohadas y dejó caer los brazos. John no compartía la fascinación de Lassiter por la tele, pero cualquier cosa era mejor que aquel silencio. Así que rebuscó entre las botellas vacías y finalmente encontró el mando a distancia. Pulsó el botón de encendido. Hubo una pausa, un instante de incertidumbre, como si el aparato hubiese olvidado cuál era su función, pero enseguida surgió la imagen.

Linda Hamilton iba corriendo por un pasillo y su cuerpo rebosaba poder. Abajo, al fondo, se abría la puerta de un ascensor... y aparecían un chico bajito de cabello corto y Arnold Schwarzenegger.

John volvió a pulsar el botón de encendido y apagó la imagen.

La última vez que vio aquella película fue con Tohr, en la época en que el hermano lo había sacado de la triste existencia que llevaba y le había mostrado quién era realmente... antes de la catástrofe, de que todas las costuras de sus vidas quedaran deshechas.

En el orfanato, en el mundo humano, John siempre había sido consciente de que era distinto, y esa noche el hermano le había proporcionado el «porqué» de esa sensación. La cisión de los colmillos lo había explicado todo.

Naturalmente, el hecho de descubrir que no eras lo que siempre habías imaginado que eras provocaba una gran ansiedad. Pero Tohr se había quedado con él, simplemente acompañándolo mientras veía la tele, aunque esa noche tenía que salir a pelear y a pesar de que tenía una shellan embarazada a la que debía cuidar.

Eso era lo más amable que habían hecho por él en toda su vida.

Volvió a la realidad. Arrojó el mando sobre la mesita de noche, pero rebotó y derribó una de las botellas vacías. El resto de burbon que aún quedaba se derramó y John se estiró para agarrar una camiseta y limpiar con ella el líquido vertido. Lo cual, considerando el estado en que se encontraba el resto del cuarto, era como acompañar una gigantesca hamburguesa y patatas fritas con una Coca-Cola sin calorías.

Pero, en fin…

John secó la mesa, levantando las botellas una por una, y luego abrió el cajón para secar lo que hubiera podido humedecerse… pero…

Dejó caer la camiseta, y se hizo con un viejo libro forrado en cuero.

El diario llevaba unos seis meses en su poder, pero no lo había leído.

Era lo único que tenía de su padre.

Puesto que no tenía adónde ir ni nada mejor que hacer, John abrió el cuaderno. Las páginas eran de papel pergamino y olían a viejo, pero la tinta todavía se podía leer bien.

Pensó en aquellas notas que había escrito a iAm y a Trez en el restaurante de Sal's y se preguntó si su letra y la de su padre serían parecidas. Como las entradas del diario estaban escritas en Lengua Antigua, no había manera de saberlo.

Procuró fijar los ojos cansados en las páginas. Comenzó examinando solamente cómo se hacían los caracteres, cómo los trazos se enlazaban para formar los símbolos, cómo no había ningún error ni ningún tachón, cómo, a pesar de que las páginas no tenían rayas, su padre había logrado escribir en líneas perfectamente rectas. John se imaginó cómo debía de inclinarse Darius sobre las páginas para escribir a la luz de una vela, mientras mojaba la pluma…

Un extraño temblor se apoderó de él, un temblor que lo hizo preguntarse si se estaría poniendo malo… pero el malestar pasó al mismo tiempo que una imagen le pasaba por la mente.

Una inmensa casa de piedra similar a aquella en la que vivían ahora. Una habitación adornada con cosas hermosas. Una apresurada entrada garabateada en estas páginas, sobre el escritorio, antes de un gran baile.

La luz de una vela, tibia y suave.

John se sacudió y siguió pasando las páginas. A veces no sólo miraba las líneas llenas de caracteres, sino que los leía…

El color de la tinta cambió de negro a marrón cuando su padre escribió sobre su primera noche en el campamento de guerreros. El frío que sentía. Lo asustado que estaba. Lo mucho que echaba de menos su hogar.

Lo solo que se sentía.

John sentía tanta empatía con ese macho que parecía como si no hubiese distancia entre el padre y el hijo: a pesar de los muchos años que los separaban y de estar a un continente entero de distancia, era como si él estuviera en los zapatos de su padre.

Bueno, claro. Al fin y al cabo, se hallaba exactamente en la misma situación: una realidad hostil con cantidad de rincones oscuros… y sin padres que lo apoyaran, ahora que Wellsie estaba muerta y Tohr era un fantasma viviente.

Resulta difícil saber cuándo se le cerraron definitivamente los párpados.

Pero en algún momento John se quedó dormido, mientras sostenía con reverencia la única cosa que le quedaba de su padre.

CAPÍTULO
8

Primavera de 1671
Viejo Continente

Darius se materializó en medio de un espeso bosque. Concretamente, tomó forma al lado de la entrada a una cueva. Mientras inspeccionaba el paisaje nocturno, prestó atención a cualquier sonido que llamara su atención… Se oían suaves pisadas de ciervos que vagaban junto al riachuelo y la brisa soplaba entre las agujas de los pinos. También podía oír su propia respiración. Pero no había ningún humano ni ningún restrictor por allí.

Esperó un momento más y luego se introdujo en la cueva, pasando por debajo de la roca que sobresalía encima de la entrada. Atravesó un espacio abierto que la naturaleza había creado, como casi todo lo que había por allí, hacía millones de años. A medida que se adentraba, el aire se iba volviendo más espeso, con un olor que él detestaba, el de la tierra y la fría humedad. Le recordaba el campamento de guerreros y aunque había salido de ese lugar infernal hacía ya veintisiete años, los recuerdos de sus días con el Sanguinario eran suficientes para hacerlo estremecerse. Incluso tantos años después, era incapaz de soportarlo.

En la pared del fondo, Darius pasó la mano por la superficie húmeda e irregular de la roca, hasta encontrar la palanca de hierro que activaba el mecanismo de las puertas ocultas. Se oyó un chirrido sordo cuando los goznes comenzaron a girar y luego una parte de la cueva pareció deslizarse hacia la derecha. Darius no esperó a que el panel se corriera totalmente, sino que se deslizó de medio lado por la abertura creciente. Al otro lado de la puerta, accionó una segunda palanca y esperó a que el muro volviera a su lugar.

El largo camino hasta el sanctasanctórum de la Hermandad estaba iluminado por antorchas que ardían con ferocidad y proyectaban sombras aterradoras, que se agitaban sobre el suelo y el techo. Iba por la mitad del camino cuando las voces de sus hermanos llegaron hasta sus oídos.

Era evidente que había varios de ellos en la reunión, a juzgar por la sinfonía de voces roncas que se pisaban unas a otras y pugnaban por predominar.

Probablemente él era el último en llegar.

Cuando alcanzó la reja de hierro, sacó una pesada llave del bolsillo de su abrigo y la introdujo en la cerradura. Abrir la puerta requería hacer fuerza, incluso en su caso, pues la reja sólo se soltaba de su ancla si quien quería entrar podía demostrar que era digno de abrirla.

Cuando llegó al amplio espacio que se abría en las entrañas de la tierra, la Hermandad ya estaba toda allí. Con su aparición, la reunión comenzó.

Se colocó al lado de Ahgony, cesaron las voces y Wrath el Justo miró a la concurrencia. Los hermanos respetaban al líder de la raza, aunque no fuera un guerrero, porque era un macho honorable y de porte majestuoso, cuyo sabio consejo y prudente reserva eran muy valiosos en toda circunstancia, y también para la guerra contra la Sociedad Restrictiva.

—Guerreros míos —dijo el rey—. Me dirijo a vosotros esta noche con graves noticias y una solicitud. Un doggen emisario llegó hasta mi casa esta tarde y solicitó una audiencia privada. Después de negarse a presentar su caso ante mi asistente, se echó a llorar.

Mientras los claros ojos del monarca recorrían los rostros de la concurrencia, Darius se preguntó adónde conduciría aquella historia. No debía de tratarse de nada bueno, pensó.

—Fue entonces cuando intervine. —El rey bajó brevemente la mirada—. El amo del doggen lo envió a comunicarme la peor de las noticias. La hija soltera de la familia ha desaparecido. Se retiró temprano y todo parecía en orden. Cuando su doncella le llevó un refrigerio a mediodía, por si le apetecía comer algo, su habitación estaba desierta.

Ahgony, el líder plebeyo de la Hermandad, intervino.

—¿Cuándo fue vista por última vez?

—Antes de la Última Comida. La muchacha se presentó ante sus padres y les dijo que no tenía apetito y quería echarse. —La mirada del rey siguió recorriendo a los presentes—. Su padre es un hombre justo que me ha hecho muchos favores personales. Más importante aún, sin embargo, es el servicio que ha ofrecido a la raza en su conjunto como leahdyre del Consejo.

Al oír un coro de maldiciones que resonaron con potencia contra las paredes de la cueva, el rey asintió.

—Así es, se trata de la hija de Sampsone.

Darius cruzó los brazos sobre el pecho. Ciertamente, eran muy malas noticias. Las hijas de la glymera eran como joyas, piedras preciosas para sus padres... hasta que pasaban al cuidado de otro macho honorable, que las trataría como tales. Estas hembras eran vigiladas y permanecían recluidas... No desaparecían así como así de las casas de sus familias.

Sin embargo, podían ser raptadas.

Como todas las cosas especiales, las hembras de buena familia eran muy valiosas y, como ocurría siempre cuando se trataba de la glymera, se consideraba que el bien individual era menos importante que el de la familia: se pagaban rescates, pero no tanto para salvar la vida de esas muchachas como para cuidar la reputación del linaje. En verdad, no era un caso extraordinario que una hembra virginal como aquélla fuera secuestrada por dinero, debido al terror que inspiraba la deshonra social.

La Sociedad Restrictiva no era la única fuente de maldad en el mundo. Los vampiros también eran capaces de hacer daño a sus congéneres.

La voz del rey resonó en la cueva con tono profundo y exigente:

—Como mi guardia privada, acudo a vosotros para que pongáis remedio a esta situación. —Los ojos del soberano se clavaron en Darius—. Y hay uno entre vosotros a quien le pediré que deshaga este entuerto.

Darius hizo una reverencia, dándose por aludido, antes de que la solicitud fuese formulada. Como siempre, estaba dispuesto a realizar cualquier misión que le encomendara su rey.

—Gracias, mi guerrero. Tu habilidad para gobernar será muy valiosa bajo el techo de esa casa ahora sumida en el caos. Y también lo será tu famoso sentido del protocolo. Y cuando descubras al forajido, tengo confianza en ti. Sin duda conseguirás el resultado que todos anhelamos. Elige a los que trabajarán contigo hombro con hombro y, sobre todo, encuentra a la muchacha. Ningún padre debería tener que soportar este horror.

Darius no podía estar más de acuerdo.

Era una sabia decisión, tomada por un rey sabio. Ciertamente, Darius era un gobernante nato, y además tenía una debilidad particular por las hembras, seguramente como consecuencia de haber perdido a su madre. No era que los otros hermanos no se entregaran a la misión con la misma dedicación, que sí lo hacían, tal vez con la excepción de Hharm, que tenía una visión más bien despectiva de las hembras; pero Darius era capaz de ofrecer algo más en este caso y el rey sabía bien lo que hacía.

Una vez recibida la orden, Darius iba a necesitar ayuda. Miró a su alrededor, a sus hermanos, para determinar a quién debía elegir. Analizó uno a uno los rostros adustos que conocía tan bien. De pronto vio una cara desconocida entre ellos.

Al otro lado del altar, el hermano Hharm estaba al lado de una versión más joven y delgada de sí mismo. Su hijo tenía el pelo negro y los ojos azules como su progenitor, y compartía, a escala juvenil, idénticos hombros anchos y el pecho inmenso que caracterizaban a Hharm. Pero la semejanza se limitaba a eso. Hharm estaba recostado con arrogancia contra la pared de la cueva, lo cual no era ninguna sorpresa. Aquel macho prefería el combate a la conversación y prestaba poca atención a esta última. El chico, en cambio, estaba tan interesado en lo que se hablaba que parecía hipnotizado, y sus inteligentes ojos contemplaban al rey con reverencia.

Tenía las manos entrelazadas en la espalda. Parecía calmado, pero en realidad se estaba retorciendo las manos donde nadie podía verlo, aunque el movimiento de los músculos de sus antebrazos delataba su nerviosismo a quienes le observaran con atención.

Darius entendía muy bien cómo se sentía el chico.

Después de las palabras del rey, todos los soldados saldrían al campo de batalla y el hijo de Hharm sería puesto a prueba por primera vez frente al enemigo.

No estaba adecuadamente armado.

Recién salido del campamento de guerreros, sus armas no eran mejores que las que Darius había tenido en su día... sólo unas cuantas que el Sanguinario ya había desechado. Lo cual era deplorable. Darius no había tenido un padre que lo ayudara, pero Hharm debería haberse encargado de su hijo y haberle proporcionado herramientas bien hechas, que como mínimo fueran tan buenas como sus propias armas.

El rey levantó los brazos y miró hacia el techo:

—Que la Virgen Escribana otorgue a los aquí reunidos toda la gracia y los colme de bendiciones, y que ampare a estos soldados de honor que ahora salen a luchar.

La respuesta de los hermanos fue un grito de guerra al que Darius se unió con todas sus fuerzas. El clamor guerrero sonó y resonó como una letanía. A medida que el estruendo subía y subía de intensidad, el rey parecía crecerse, hasta que tendió una mano hacia un lado. El joven heredero al trono salió de entre las sombras. Su expresión era propia de alguien que tuviera mucho más de siete años. Wrath, hijo de Wrath, era, al igual que Tohrment, la viva imagen de su progenitor. Y eso era lo único que asemejaba a las dos parejas. El rey regente era sagrado, no sólo para sus padres, sino para toda la raza.

Ese macho en miniatura era el futuro, el próximo líder... la evidencia de que, a pesar de los horrores cometidos por la Sociedad Restrictiva, los vampiros sobrevivirían.

Y Wrath no le tenía miedo a nada. Aunque muchos pequeños se habrían escondido detrás de sus padres en presencia de un hermano, el joven Wrath los observaba como si supiera que, a pesar de su tierna edad, él llegaría algún día a mandar sobre las fuertes espaldas y los terribles brazos de aquellos que tenía frente a él.

—Adelante, mis guerreros —dijo el rey—. Idos ya, y empuñad vuestras dagas con precisión mortal.

Ésas eran palabras terribles para los tiernos oídos de un pequeño, pero en medio de la guerra no tenía sentido ocultar a la siguiente generación una realidad palpable. Wrath, hijo de Wrath, nunca estaría en el campo de batalla, era demasiado importante para la raza, pero sería entrenado para que pudiera apreciar lo que afrontaban los machos que tenía bajo su autoridad.

Cuando el rey posó sus ojos sobre su hijo, se le llenaron de orgullo y felicidad, esperanza y amor.

Qué diferentes eran Hharm y su hijo. Ese muchacho estaba al lado de su padre de sangre, pero a juzgar por la atención que éste le prestaba, podría haber estado al lado de un desconocido.

Ahgony se acercó a Darius.

—Alguien debería cuidar a ese chico.

Darius asintió con la cabeza.

—Así es.

—Lo traje del campamento de guerreros esta noche.

Darius miró de reojo a su hermano.

—¿De veras? ¿Dónde estaba su padre?

—Entre las piernas de una doncella.

Darius maldijo entre dientes. Ciertamente, el hermano tenía un espíritu salvaje a pesar de su linaje. Estaba dominado por sus peores instintos. Tenía hijos a montones, lo cual podría explicar, aunque no justificar, su falta de consideración con el muchacho. Desde luego, sus otros hijos no eran elegibles para la Hermandad, porque sus madres no tenían sangre de Elegidas.

Sin embargo, Hharm parecía no darse por enterado.

Mientras el pobre chico permanecía aislado, Darius recordó su primera noche en el campo: cómo se había sentido separado de todo el mundo... cómo temía enfrentarse al enemigo sólo con su ingenio y el poco entrenamiento que tenía para reforzar su coraje. No es que a los hermanos no les importaba cómo le iba. Pero ellos tenían que cuidarse a sí mismos y él debía demostrar que podía hacer lo propio.

Aquel joven estaba, obviamente, en la misma situación. Pero tenía un padre que podría haberle facilitado las cosas.

—Adiós, Darius —dijo Ahgony, al tiempo que el rey y su hijo se mezclaban con los hermanos, estrechando sus manos y preparándose para partir—. Voy a escoltar al rey y al príncipe.

—Adiós, hermano mío. —Los dos machos se abrazaron rápidamente y luego Ahgony se reunió con los Wrath y salió con ellos de la cueva.

Tohrture dio un paso al frente y empezó a adjudicar territorios para la noche. Empezaron a formarse parejas y Darius miró por encima de las cabezas al hijo de Hharm. El chico había retrocedido hasta colocarse contra la pared y estaba rígido, inmóvil, con las manos detrás de la espalda. Hharm parecía interesado solamente en intercambiar historias disparatadas con los demás.

Tohrture se llevó dos dedos a la boca y silbó.

—¡Hermanos! ¡Atención! —La cueva quedó en silencio—. Gracias. ¿Tenemos claro el territorio de cada uno?

Hubo una respuesta afirmativa colectiva y los hermanos comenzaron a marcharse. Hharm ni siquiera miró a su hijo. Se dirigió a la salida, sin más.

Al ver aquello, el chico estiró las manos y se las frotó con ansiedad. Luego dio un paso hacia delante y pronunció el nombre de su padre una vez… y otra.

El hermano descastado dio media vuelta, y en su rostro pudo verse la expresión de alguien que tiene que asumir una obligación indeseable.

—Bueno, vamos…

—Si me lo permites —terció Darius, interponiéndose entre ellos—. Sería un placer para mí que él me ayudara en mi misión. Si no supone una ofensa para ti.

La verdad era que no le preocupaba en absoluto si Hharm lo consideraba una ofensa o no. El chico necesitaba más de lo que su padre iba a darle. Darius no podía quedarse quieto cuando veía una injusticia.

—¿Acaso crees que no puedo cuidar a mi propia progenie? —le espetó Hharm.

Darius se volvió hacia el macho y se irguió frente a él. Prefería una negociación pacífica cuando se presentaba un conflicto, pero con Hharm no había manera de razonar. Darius estaba preparado para responder a la fuerza con la fuerza.

Al ver que la Hermandad se detenía y se arremolinaba, expectante, a su alrededor, Darius bajó la voz, aunque sabía que todos los presentes iban a oír cada palabra.

—Dame al chico y te lo devolveré sano y salvo al amanecer.

Hharm aulló como un lobo en presencia de la sangre.

—Igual que yo, hermano.

Darius se acercó más.

—Si lo llevas a pelear y muere, cargarás esa vergüenza sobre la conciencia de tu linaje por tiempo inmemorial. —Era difícil saber si la conciencia de Hharm se podría inmutar por eso—. Entrégamelo a mí y te ahorraré esa carga.

—Nunca me has agradado, Darius.

—Y sin embargo, en el campamento siempre estabas dispuesto a castigar a aquellos que yo derrotaba. —Darius enseñó los

101

colmillos—. Considerando lo mucho que disfrutabas con eso, pensé que me tendrías cierto afecto. En fin, debes saber que si no me permites hacerme cargo del chico, te derrotaré en este mismo lugar, ahora mismo. Te golpearé hasta que te declares vencido.

Hharm desvió los ojos hasta mirar por encima del hombro de Darius, mientras lo consumían los recuerdos del pasado. Darius sabía muy bien lo que Hharm estaba recordando en ese momento: la noche en que Darius lo había derrotado en el campamento y que, cuando éste se negó a castigarlo por sus deficiencias, el Sanguinario mismo decidió hacerlo. Brutal era una palabra suave para describir lo que había sido aquella sesión, y aunque Darius detestaba traer ese recuerdo a colación, la seguridad del chico bien valía el uso de medios tan poco dignos.

Hharm sabía bien quién ganaría en un intercambio de golpes.

—Llévatelo —dijo el macho secamente—. Y haz lo que quieras con él. Renuncio aquí mismo a considerarlo mi hijo.

El hermano dio media vuelta, se alejó…

Y se llevó con él todo el aire de la cueva.

Los guerreros lo vieron marcharse y su silencio resonó más que el grito de guerra de hacía unos instantes. Repudiar a un hijo era un acto antinatural para la raza, tanto como cenar a la luz del día. Era la ruina para una familia.

Darius se acercó al joven. Aquella cara… ¡Querida Virgen Escribana! La expresión del chico no era de tristeza, no era de desconsuelo, ni siquiera de vergüenza.

Era una verdadera máscara de muerte.

Darius le tendió la mano.

—Saludos, hijo. Soy Darius y seré tu whard en el combate.

El joven parpadeó.

—¿Me oyes? Iremos de incógnito, juntos, a las montañas.

Darius notó que de repente le dedicaba una intensa mirada; era evidente que el chico estaba buscando indicios de obligación o compasión en su actitud protectora. Pero no iba a encontrar ninguno. Darius conocía con exactitud el difícil terreno en que se encontraba el chico y por eso era muy consciente de que cualquier asomo de ternura sólo acarrearía más desgracia y más sufrimiento al muchacho.

—¿Por qué? —preguntó una voz ronca.

—Iremos de incógnito a las montañas para encontrar a esa hembra —dijo Darius con serenidad—. Ésa es la razón.

El chico miró a Darius con ojos penetrantes. Luego se llevó una mano al pecho. Hizo una reverencia y habló.

—Me esforzaré por servirte de ayuda en lugar de ser una carga.

Admirable. Era tan difícil sentirse rechazado... Y todavía más difícil levantar la cabeza después de semejante afrenta.

—¿Cómo te llamas? —preguntó Darius.

—Tohrment. Soy Tohrment, hijo de... —El chico soltó un rabioso suspiro—. Soy Tohrment.

Darius se acercó al joven y le puso la mano sobre un hombro.

—Ven conmigo.

El chico lo siguió, obediente... y salieron del círculo que formaban los otros hermanos... salieron del santuario... de la cueva... hacia la noche.

El cambio en el pecho, en el sentimiento de Darius, se produjo en algún momento entre ese acercamiento inicial y el instante en que se desmaterializaron juntos.

Sintió por primera vez como si tuviera una familia propia... porque aunque el chico no era producto de su sangre, él había asumido la responsabilidad de cuidarlo.

En consecuencia, estaba dispuesto a intervenir ante cualquier peligro que amenazara al joven, dispuesto a sacrificarse. Tal era el código de honor de la Hermandad, pero sólo hacia los otros hermanos. Tohrment aún no era parte del grupo, sólo era un iniciado gracias a su linaje, lo cual le había dado acceso a la Tumba, pero no más allá. Si no lograba demostrar su capacidad, quedaría vetado para siempre.

En verdad, considerando las cosas fríamente, el chico podía ser herido en el campo de batalla y abandonado a su suerte, hasta morir.

Pero Darius no permitiría que eso pasara.

Siempre había deseado tener un hijo propio.

A treinta kilómetros de Charleston,
Carolina del Sur

¡Joder, qué árboles más grandes hay aquí!

Con eso, estaba todo dicho. La furgoneta de *Paranormal Investigators*, dotada de antena vía satélite, dio un giro para salir de la carretera rural SC 124. Luego Gregg Winn pisó el freno y se inclinó sobre el volante.

Absolutamente… *perfecto.*

La entrada a la casa señorial estaba elegantemente flanqueada por robles del tamaño de cohetes y cientos de frondosos arbustos que se mecían en medio de la brisa. Al final del sendero, cerca de un kilómetro más adelante, la mansión, custodiada por columnas, se alzaba hermosa, como una dama vigilante, mientras el sol del atardecer le pintaba la cara con luz dorada.

La presentadora de *PI,* Holly Fleet, se inclinó hacia delante desde el asiento trasero de la furgoneta.

—¿Estás seguro de esto?

—Es un alojamiento, ¿no? —Gregg apretó el acelerador—. Y está abierto al público.

—Llamaste cuatro veces, y nada.

—Tampoco dijeron que estuviera prohibido el paso.

—No te devolvieron la llamada.

—Da igual.

Gregg necesitaba dar un paso adelante. Los programas especiales de *PI* estaban a punto de subir de nivel dentro de la cadena, lo cual significaba más publicidad. Ciertamente, no estaban a la altura de las célebres emisiones de *American Idol*, pero habían superado al episodio más reciente de *Magia al descubierto* y, si esa tendencia continuaba, el dinero iba a aumentar considerablemente.

El largo sendero que llevaba hasta la casa no era un camino que se adentrara sólo en la finca, sino también en el tiempo. Al inspeccionar los alrededores cubiertos de césped, Gregg tenía la sensación de que en cualquier momento aparecerían soldados de la Guerra de Secesión y varias jovencitas Vivien Leigh[*] correteando alegremente por caminos y florestas.

El sendero de gravilla llevaba a los visitantes directamente hasta la entrada principal. Gregg aparcó a un lado, dejando espacio por si otros coches necesitaban pasar.

—Vosotros dos quedaos aquí. Voy a entrar solo.

Se bajó del coche, se cubrió la camiseta Ed Hardy con una chaqueta deportiva negra y se bajó las mangas para ocultar su Rolex de oro. La furgoneta, decorada con el dibujo de una lupa gigante sobre un fantasma negro y sombrío, el logo de *PI*, ya era suficientemente llamativa y no cabía duda de que aquélla era la casa de una persona sobria. La cuestión era que hacer las cosas al estilo de Hollywood no necesariamente representaba una ventaja fuera de Los Ángeles y ese pintoresco lugar estaba muy alejado del paraíso de las cirugías plásticas y los bronceados artificiales.

Los mocasines de Prada crujieron sobre la gravilla del sendero mientras se dirigía a la entrada. La casa blanca era una sencilla construcción de tres plantas, con porches en el primero y el segundo pisos y un techo con buhardilla. La elegancia de las proporciones y el tamaño mismo del lugar la colocaban en la categoría de las mansiones. Y para completar la apariencia de majestuosidad, todas las ventanas estaban cubiertas por dentro con cortinas de colores y a través de los cristales se podían ver los candelabros que colgaban de los techos altos.

Menuda pensioncita.

La puerta principal era enorme, propia de una catedral. El aldabón de bronce representaba la cabeza de un león. Parecía

---

[*] Vivien Leigh es la actriz que da vida a Escarlata O'Hara en la película *Lo que el viento se llevó*.

de tamaño casi natural. Gregg levantó el aldabón con esfuerzo y lo dejó caer.

Mientras esperaba, se aseguró de que Holly y Stan estuvieran donde los había dejado. Lo último que necesitaba en ese momento, cuando iba a tener que desplegar todas sus dotes y sus encantos de vendedor, eran refuerzos. Los modos de sus colegas, demasiado convencionales, no serían de mucha utilidad.

De no haberse dado la coincidencia de que estaban haciendo un trabajo en Charleston, lo más posible es que no hubiesen acudido personalmente. Pero como aquella visita sólo suponía un desvío de media hora, que apenas les apartaba de su camino, valía la pena hacer el esfuerzo. Para el programa especial de Atlanta aún faltaba un par de días, así que tenían tiempo para esto. Y, más importante aún, él se moría de ganas de…

La puerta se abrió de par en par y Gregg no pudo contener una sonrisa al ver lo que había al otro lado. Joder… esto se ponía cada vez mejor. El tío de la puerta tenía pinta de mayordomo inglés de película, desde el brillo de los zapatos hasta el chaleco negro y la chaqueta. Por no hablar del semblante.

El mayordomo habló.

—Buenas tardes, señor. —También tenía un acento especial. No totalmente británico, ni francés, pero sí europeo, sofisticado—. ¿En qué puedo ayudarle?

—Gregg Winn. —Le tendió la mano—. Llamé por teléfono un par de veces, aunque no estoy seguro de que hayan recibido mis mensajes.

El mayordomo le estrechó la mano rápidamente.

—En efecto.

Gregg esperó a que el hombre continuara, pero cuando vio que no tenía intención de decir nada más, carraspeó.

—Bueno, tenía la esperanza de que nos permitieran investigar un poco acerca de su preciosa casa y los alrededores. La leyenda de Eliahu Rathboone es muy especial, me refiero a que… lo que cuentan sus huéspedes es asombroso. Mi equipo y yo…

—Disculpe que lo interrumpa, pero en la propiedad está prohibido hacer cualquier clase de…

—Estamos dispuestos a pagar.

—No se puede filmar. —El mayordomo tenía ahora una sonrisa forzada—. Estoy seguro de que entiende que preferimos mantener la privacidad.

—Para serle sincero, no estoy de acuerdo con esa decisión. ¿Qué daño puede hacer que investiguemos un poco? —Gregg bajó la voz y se inclinó hacia delante—. A menos, claro, que sea usted quien camina por ahí en medio de la noche. O quien cuelga esa misteriosa vela en la habitación del segundo piso…

La cara del mayordomo permaneció inmutable, aunque toda su persona dejaba entrever un claro sentimiento de desprecio.

—Ha sido un placer conocerle, señor.

El tono era inequívoco. No era una sugerencia. Era una orden.

Pero Gregg no estaba dispuesto a recibir órdenes. A la mierda. En su vida ya había tenido que vérselas con problemas más serios que un tío raro vestido de pingüino.

—Piénselo, hombre. Me imagino que ustedes deben de recibir muchos huéspedes gracias a esas historias de fantasmas. —Gregg bajó la voz todavía un poco más—. Nuestra audiencia es inmensa. Si creen que tienen una buena cantidad de visitantes ahora, imagínese cómo crecería el negocio con una emisión a nivel nacional. Aunque fueran ustedes mismos los autores de la leyenda sobre Rathboone, nosotros podríamos colaborar… ¿Comprende lo que quiero decir?

El mayordomo dio un paso atrás y comenzó a cerrar la puerta.

—Buenos días, señor…

Gregg se colocó en el marco de la puerta, para impedirle que cerrara. Aunque el asunto de la casa no era una exclusiva mundial, tampoco estaba dispuesto a aceptar un *no* por respuesta. Y, como siempre le ocurría, la negativa no hacía más que aumentar su interés.

—Por lo menos, nos gustaría quedarnos a pasar la noche. Estamos haciendo algunas tomas en escenarios de la Guerra Civil, en los alrededores y necesitamos un lugar donde dormir.

—Me temo que no es posible. Estamos al completo.

En ese momento, como si fuera un regalo de Dios, una pareja bajaba por la escalera con las maletas en la mano. Gregg sonrió al verlos por encima del hombro del mayordomo.

—Pero parece que va a quedar sitio libre. —Mientras decía esto pensaba rápidamente en cuál sería la actitud más apropiada para la ocasión. Finalmente puso su mejor cara de le-prometo-que-no-voy-a-causar-ningún-problema—. Entiendo sus razones. Así que no filmaremos nada ni haremos ninguna grabación. Lo juro por mi abuela. —Luego levantó la mano para saludar a la pareja y les habló—: ¿Qué tal, chicos, disfrutaron de la estancia?

—¡Ya lo creo, fue increíble! —dijo la novia, esposa, amante de turno o lo que fuera—. ¡Eliahu es real!

El novio, esposo, conquistador o lo que fuera asintió con la cabeza.

—Yo no lo creía. Nunca me tragué las historias de espectros y fantasmas… Pero, joder… yo también lo oí.

—Y vimos la luz. ¿Le han contado algo sobre la luz?

Gregg se llevó la mano al pecho con actitud de asombro.

—No, ¿de qué luz hablan? Cuéntenmelo todo…

Mientras la pareja comenzaba una detallada descripción de todas las cosas «increíblemente asombrosas» que habían presenciado durante su «increíble» estancia, el mayordomo entornaba los ojos. Era evidente que sólo sus buenos modales frenaban en ese momento su impulso asesino. Educadamente, dio un paso atrás para permitir que Gregg y la pareja que estaba a punto de marcharse siguieran conversando, pero en sus ojos empezaban a acumularse nubes de tormenta.

—Espere, ¿ésa no es la furgoneta de ese programa tan famoso? —El hombre frunció el ceño y se inclinó hacia un lado—. Por Dios santo, ¿usted trabaja en…?

—*Paranormal Investigators* —dijo Gregg—. Yo soy el productor.

—¿Y dónde está la presentadora? —El tipo miró de reojo a su amiga—. ¿Ella también está aquí?

—Por supuesto. ¿Les gustaría conocer a Holly?

El hombre dejó en el suelo la maleta que llevaba en la mano y se arregló como pudo la camiseta.

—Claro, ¿sería posible?

—Pero si ya nos íbamos —interrumpió la mujer, recelosa—. ¿No es cierto, Dan?

—Sí, claro, pero si tuviéramos la oportunidad de…

—Hemos de irnos ya, si queremos estar en casa al anoche-cer. —La mujer se dirigió al mayordomo—. Gracias por todo, señor Griffin. Hemos pasado unos días increíbles.

El mayordomo hizo una elegante reverencia.

—Espero que regresen pronto, señora.

—Ah, por supuesto que lo haremos. Éste es el sitio perfec-to para nuestra boda. La celebraremos en septiembre. Es un alo-jamiento increíble.

—Maravilloso —agregó su prometido, como si quisiera recuperar los puntos que había perdido con la novia.

Gregg no insistió en que conocieran a Holly. La pareja avanzó hacia la puerta. El hombre se detuvo un momento y miró hacia atrás como si tuviera la esperanza de que Gregg los siguiera. Pero Gregg estaba a lo suyo.

—Entonces, si no tiene inconveniente, iré a por nuestro equipaje —le dijo al mayordomo—. Mientras tanto, usted podrá prepararnos la habitación, señor Griffin.

El aire pareció condensarse alrededor del mayordomo, que de todas formas cedió.

—Tenemos dos habitaciones.

—Perfecto. Y como está claro que usted es un hombre de principios, Stan y yo compartiremos habitación. En aras de la decencia.

El mayordomo arqueó las cejas.

—Muy bien. Si usted y sus amigos tienen la bondad de esperar en el salón que hay a mano derecha, me ocuparé de que el ama de llaves les prepare sus habitaciones.

—Fantástico. —Gregg le puso una mano en el hombro al mayordomo—. No molestaremos en absoluto. Prácticamente no notarán nuestra presencia.

El mayordomo hizo un gesto y se echó hacia atrás.

—Una advertencia, si me lo permite.

—Dígame.

—No suban al tercer piso.

Menuda advertencia… parecía una frase sacada de una pe-lícula de terror.

—Por supuesto que no. Se lo prometo.

El mayordomo se marchó por el pasillo. Gregg se asomó a la puerta principal e hizo señas a los otros dos. Al bajarse del coche, los inmensos pechos de Holly se sacudieron por debajo de la camiseta negra que llevaba puesta. Los vaqueros se le ceñían tan por debajo de las caderas que el vientre femenino brilló con todo su esplendor. Gregg no la había contratado precisamente porque fuera muy inteligente, sino más bien por aquellas otras cualidades, tan televisivas. Y sin embargo, la chica había demostrado ser más de lo que él esperaba. Como tantas otras muñequitas, no era completamente estúpida, sólo lo suficiente, y tenía una asombrosa capacidad para estar donde debía estar en el momento preciso.

Stan abrió la puerta corrediza de la furgoneta y se bajó. Parpadeó y se echó hacia atrás las greñas. Como siempre vivía drogado, era el personaje perfecto para aquella clase de trabajo: tenía muchos conocimientos técnicos, y a la vez era lo suficientemente flexible, porque todo le daba igual, para cumplir lo que se le ordenaba.

Lo último que Gregg necesitaba era un cámara rebelde, con ínfulas artísticas.

—Traed el equipaje —les gritó Gregg. Lo cual significaba: *traed, no sólo las maletas, sino también el equipo de filmación portátil.*

Desde luego, no era el primer lugar al que tenía que acceder con engaños.

Mientras Gregg volvía a entrar, la pareja que se estaba marchando pasó junto a la furgoneta. El hombre parecía más pendiente de Holly que del camino.

Holly tenía tendencia a causar ese efecto en los hombres. Otra razón para tenerla cerca.

Otra razón era que no le hacía ascos a los encuentros sexuales sin compromiso.

Gregg entró en el salón y le echó un rápido vistazo general. Los óleos que colgaban de las paredes parecían de museo, las alfombras eran persas, las paredes estaban adornadas con frescos que representaban escenas bucólicas. Había candelabros de plata en todas las mesas y ni uno solo de los muebles era moderno… todo parecía del siglo XIX o incluso más antiguo.

El periodista que llevaba dentro comenzó a sentir un gran alborozo. Ningún alojamiento rural, ni siquiera los mejores, tenía aquella clase de decoración. Así que allí pasaba algo raro, o la leyenda de Eilahu realmente estaba atrayendo a muchos clientes cada noche, lo que daba para gastar a todo trapo en decoración.

Gregg se acercó a uno de los retratos más pequeños. Mostraba a un joven de unos veinte años. Desde luego, era antiguo. El joven estaba sentado en una silla de respaldo alto, con las piernas cruzadas a la altura de las rodillas y sus elegantes manos a un lado. Tenía el pelo negro peinado hacia atrás y sujeto con una cinta, dejando al descubierto un rostro muy atractivo. La ropa era… bueno, Gregg no era historiador, así que no estaba seguro, pero parecían prendas de la época de George Washington y sus amigos.

Ese tipo debía de ser Eliahu Rathboone, pensó Gregg. El abolicionista secreto que siempre dejaba encendida una luz para animar a quienes quisieran escapar a refugiarse en su casa… el hombre que había muerto por la causa, incluso antes de que ésta fuese adoptada por los del Norte… el héroe que había salvado a tanta gente y había muerto en la flor de la vida.

Ése era su fantasma.

Gregg formó un cuadrado con sus manos e hizo un paneo por la habitación antes de colocar el imaginario objetivo de su imaginaria cámara sobre el rostro del cuadrito.

—¿Ése es él? —la voz de Holly llegó desde atrás—. ¿De verdad es él?

Gregg la miró con rostro radiante.

—Esto es mejor que las imágenes que vimos en Internet.

—Es… superatractivo.

Lo era. Como todo lo demás: la historia, la casa y aquella gente que salía de allí hablando de apariciones.

Al diablo con el viaje a aquel asilo de Atlanta. Éste iba a ser su próximo programa especial en vivo y en directo.

—Quiero que ablandes al mayordomo —le dijo Gregg a la chica en voz baja—. Ya sabes a qué me refiero. Quiero tener acceso a todo.

—Pero no voy a dormir con él. No me gusta la necrofilia y ese tipo, si no es un muerto viviente, le falta poco.

—¿Te he pedido que te abras de piernas con él? Hay otras maneras de conseguirlo. Tienes dos días: hoy y mañana. Quiero hacer el programa especial aquí.

—Te refieres a…

—Vamos a transmitir en vivo desde aquí en diez días.
—Gregg se dirigió al ventanal que daba sobre el sendero bordeado de árboles. A cada paso que daba, las tablas del suelo crujían.

«¡Allá vamos, queridos premios Emmy!», pensó Gregg.

Era absolutamente perfecto.

J ohn Matthew se despertó con una mano sobre el miembro. O, mejor dicho, se medio despertó de esa manera.

Sin embargo, al contrario que él, aquello sobre lo que tenía apoyada la mano estaba completamente despierto.

En medio de la confusión, cruzaban por su mente imágenes de Xhex y él… Se veía con ella en la cama de aquel apartamento ubicado en un sótano. Estaban completamente desnudos. La hembra estaba montada sobre él, y él le acariciaba los senos. El cuerpo de Xhex era sólido, la vagina estaba caliente y húmeda. La sentía así en su pene. John notaba cómo aquel poderoso cuerpo se arqueaba una y otra vez, refregándose eróticamente contra aquella despierta parte de su cuerpo que se moría por penetrarla.

John necesitaba estar dentro de ella. Necesitaba dejar una parte de él en aquel maravilloso rincón femenino.

Necesitaba marcarla.

El deseo sexual era tan abrumador que no tenía más remedio que actuar… Medio dormido, unas veces se asomaba a la realidad y otras volvía al maravilloso sueño. Se incorporó y se metió uno de los pezones de Xhex en la boca. Mientras lo chupaba y lo mordisqueaba ligeramente, acariciándola con la lengua, John se daba cuenta en el fondo de que eso no estaba sucediendo de verdad. Además, incluso como fantasía, no era correcto. No era justo con ella y, sin embargo, las visiones parecían tan reales y su mano trabajaba sobre el pene con tanta fuerza... que todo resultaba demasiado real como para rechazarlo, para huir de él.

No había marcha atrás.

John se imaginó que la tumbaba de espaldas y se alzaba sobre ella, mientras clavaba los ojos en aquellos ojos grises como el metal. Ella tenía las piernas abiertas, rodeándole las caderas. El brillante sexo de la hembra parecía listo para recibir lo que él quería darle y el aroma de la excitación de Xhex penetraba en su nariz hasta nublarle el entendimiento por completo. Mientras recorría con las palmas de sus manos aquellos senos y aquel abdomen, John se maravillaba al pensar en lo parecidos que eran sus cuerpos. Ella era más pequeña que él, claro, pero sus músculos eran igual de duros y estaban igual de listos para el combate. A John le encantaba sentir la dureza de aquel cuerpo, tan fuerte debajo de una piel suave. Adoraba su vigor. Lo adoraba todo.

La verdad era que la deseaba con locura.

Y de pronto sintió que no podía seguir adelante.

Era como si su fantasía se hubiese quedado atascada, como si la cinta se hubiese enredado, como si el DVD estuviera rayado, el archivo digital dañado. Y lo único que le quedaba era aquella abrumadora atracción y aquella sensación de éxtasis que estaba a punto de enloquecerlo...

Xhex levantó las manos y le agarró el rostro. En cuanto percibió el contacto con esa piel, John sintió que Xhex lo dominaba y tomaba el control de su cabeza, de su cuerpo, de su alma: era su única dueña. Era suyo.

—Ven a mí —dijo ella volviendo la cabeza para ofrecerle la boca.

John sintió que se le humedecían los ojos. Por fin se iban a besar. Por fin iba a suceder aquello que ella le había negado...

Pero cuando él se inclinó a besarla... ella le desvió la boca hacia el pezón.

John se sintió momentáneamente rechazado, pero luego experimentó una extraña sensación de júbilo. Ese gesto era tan propio de ella, que John se imaginó que tal vez no era un sueño. Tal vez eso sí estaba sucediendo de verdad. Así que, dejando a un lado la tristeza, se concentró en lo que ella quería darle.

—Márcame —dijo ella con voz profunda.

John sacó los colmillos y deslizó su punta afilada por la areola, trazando un círculo, acariciándola. Quería preguntarle si estaba segura, pero ella anticipó una silenciosa respuesta con su actitud. Con un movimiento rápido, Xhex se levantó del colchón y apretó la cabeza del amante contra su piel, de tal manera que, cuando la mordió, brotó un hilillo de sangre.

John se echó hacia atrás, temeroso de haberle hecho daño; pero cuando vio que ella se sacudía con evidente excitación, tuvo un orgasmo.

—Tómame —le ordenó ella, al tiempo que el pene de John expulsaba chorros ardientes sobre sus muslos—. Hazlo, John. *Ahora.*

No tuvo que pedírselo dos veces, pues él estaba tan fascinado con la gota de color rojo intenso que se deslizaba por su pálido seno que, dejándose llevar por su lengua, siguió el hilillo de sangre hasta el pezón y…

Su cuerpo entero se estremeció al sentir el sabor de aquella sangre. Volvió a tener un orgasmo. La marcó con su semilla. La sangre de Xhex era espesa y fuerte. Nada más probarla, John se convirtió en un adicto a tan maravillosa sustancia. Mientras la saboreaba John creyó oír que ella soltaba una carcajada de satisfacción, pero enseguida volvió a sumirse, a perderse en el mar de placer de lo que ella le estaba ofreciendo.

Su lengua recorrió primero la parte mordida y luego el pezón entero. Después sus labios se sellaron alrededor de buena parte del pecho y comenzó a beber sin parar, llevando la sangre de Xhex hasta lo más profundo de sus entrañas. La comunión con ella era exactamente como la había deseado, y ahora que se estaba alimentando de su sangre, el placer lo envolvió como nunca creyó que fuera posible.

Movido por el deseo de darle algo a cambio, John bajó el brazo de manera que su mano rozó la cadera de Xhex y se internó entre los muslos. Siguiendo el camino de los tensos músculos, el excitado macho encontró lo que estaba buscando… Ay, Dios, Xhex estaba húmeda, ardiendo, lista para recibirlo, muriéndose de deseo. Y aunque no sabía nada sobre la anatomía femenina, John dejó que los gemidos y las sacudidas de Xhex le enseñaran adónde debía llevar los dedos y qué debía hacer.

No pasó mucho tiempo antes de que sus dedos estuvieran tan mojados como lo que estaba acariciando. Deslizó un dedo hasta el fondo. Utilizando el pulgar comenzó a dar masaje en la parte superior del sexo de su amada y rápidamente encontró un ritmo similar a aquel con el que sus labios succionaban la sangre en el seno.

John la estaba llevando al límite, arrastrándola hacia el orgasmo. En realidad, le devolvía lo mismo que él estaba obteniendo. Quería estar dentro de ella cuando la amada llegara al clímax. Así alcanzaría la plenitud, la cima.

Experimentaba la urgencia de un macho enamorado. Un simultáneo e interminable orgasmo era lo que necesitaba para sentirse en paz.

Retiró la boca del seno, sacó la mano de donde la tenía y se reacomodó de manera que el miembro quedara sobre las piernas abiertas de Xhex. Mientras clavaba la mirada en aquellos ojos, mientras acariciaba con el pelo la cara de Xhex, comenzó a acercar la boca lentamente para coronar aquel momento incendiario, pero…

—No —dijo ella—. No se trata de eso.

John Matthew se incorporó de pronto. La fantasía del sueño se desvanecía y su pecho parecía comprimido por gélidos y dolorosos barrotes.

Irritado, vio que desaparecía toda su excitación, que ya no tenía duro el pene, que se había encogido por completo.

No se trata de eso.

El sueño había sido un sueño, pero las palabras no las había soñado, ésas eran las palabras que ella le había dicho realmente… y precisamente en medio de un encuentro sexual como el del sueño.

Bajó la mirada hacia su cuerpo desnudo. Allí estaba la semilla que había creído expulsar dentro del cuerpo de Xhex. John vio el semen regado por su abdomen y por las sábanas.

Y se sintió solo.

Miró el reloj. No había oído la alarma. O tal vez ni siquiera se había molestado en ponerla antes de dormirse.

En la ducha, John se lavó rápidamente, empezando por el pene. Detestaba lo que había hecho en medio de su ensoñación. Se sentía totalmente sucio por masturbarse en aquella situación.

De ahora en adelante dormiría con los vaqueros puestos si era necesario.

Aunque, conociendo a su mano, tan independiente ella, sabía que probablemente terminara metiéndose por la bragueta de todas maneras.

Si no había otro remedio, se tendría que encadenar las muñecas a la cabecera de la cama.

Después de afeitarse, ocupación que, como la de lavarse los dientes, era un automatismo más que una muestra preocupación por su apariencia, John apoyó las palmas de las manos contra la pared de mármol y dejó que el agua le cayera encima.

Los restrictores eran impotentes. Los restrictores eran… impotentes.

Sintió el chorro caliente sobre la espalda y la cabeza.

El sexo despertaba en él sus peores recuerdos. La imagen de una sórdida escalera apareció en su mente como una mancha. Abrió los ojos y se obligó a volver al presente. Aunque eso no implicaba, en realidad, ninguna mejoría.

Había recreado miles de veces lo ocurrido durante la salvación de Xhex, lo que hubo que hacer para que no la maltrataran de esa manera.

Ay… Dios…

Los restrictores eran impotentes. Siempre lo habían sido.

Pensativo, casi como un zombi, salió de la ducha, se secó y se dirigió a la habitación para vestirse. Cuando se estaba poniendo los pantalones de cuero, su teléfono sonó y él se inclinó para sacarlo de la chaqueta.

Era un mensaje de Trez.

Lo único que decía era: *189 st. Francis av 10 esta noche.*

Cerró el teléfono. El corazón le comenzó a palpitar con brutal intensidad. Buscaba cualquier esperanza, la más mínima fisura… sólo estaba esperando encontrar un pequeño resquicio en el mundo de Lash, algo a través de lo cual se pudiera deslizar para destruir todo su maldito universo.

Xhex bien podía estar muerta y por tanto era posible que hubiera de vivir sin ella; pero eso no significaba que no pudiera vengarla.

En el baño, John se puso los correajes con las cartucheras y las vainas, se colgó las armas y, tras agarrar la chaqueta, salió al pasillo. Se detuvo un momento, al pensar en toda la gente que se debía de estar reuniendo abajo… y en la hora que era. Las persianas todavía estaban cerradas.

Así que en lugar de doblar a la izquierda, hacia la gran escalera y el vestíbulo, dobló a la derecha… y caminó en completo silencio a pesar de las pesadas botas que llevaba puestas.

**

Blaylock salió de su habitación un poco antes de las seis, porque quería ver si John estaba bien. Por lo general siempre llamaba a su puerta a la hora de comer, pero hoy no había ocurrido eso, lo cual significaba que estaba muerto o completamente ebrio.

Al llegar a la puerta de su amigo, se detuvo y se inclinó. Al otro lado no se oía nada.

Llamó, sin obtener ninguna respuesta; soltó una maldición, abrió y entró. Joder, parecía que la habitación hubiese sido saqueada por un ejército, había ropa por todas partes y la cama parecía un auténtico vertedero.

—¿Está ahí? —dijo una voz tras él.

Al oír la voz de Qhuinn, Blay se quedó rígido y tuvo que contenerse para no dar media vuelta. No había razón para hacerlo. Ya sabía que Qhuinn debía de llevar una camiseta Sid Vicious o Slipknot metida en unos pantalones de cuero negros. Y que su cara estaría perfectamente afeitada, y por tanto con la piel muy suave. Y también sabía, sin necesidad de mirar, que su pelo negro estaría ligeramente mojado después de la ducha.

Blay entró en la habitación de John y se dirigió al baño. Sus actos, se dijo, serían suficiente respuesta.

—¿John? ¿Dónde estás, John?

En el baño recibió la bofetada del mucho vapor allí condensado, y percibió el aroma del jabón que John usaba siempre. También había una toalla húmeda sobre la encimera. No hacía mucho, por tanto, que se había marchado.

Al dar media vuelta para salir, se estrelló contra el pecho de Qhuinn.

Fue como si le hubiese atropellado un coche. Su amigo alargó los brazos para evitar que se cayera.

Esquivó la ayuda.

No, no. Nada de contacto. Blay retrocedió rápidamente y desvió la mirada hacia la habitación.

—Lo siento, no miraba por dónde iba. —Hubo una tensa pausa—. No está aquí.

Qhuinn se inclinó hacia un lado e interpuso su cara, su hermosa cara, en la línea de visión de Blay. Cuando se enderezó, los ojos de Blay lo siguieron porque no tenían otra opción.

—Ya nunca me miras a los ojos.

No, no lo hacía.

—Sí, claro que te miro.

Desesperado por huir de aquella mirada verde y azul, Blay puso un poco de distancia y se agachó para recoger la toalla. Luego la estrujó y la echó por la trampilla para la ropa sucia.

Por increíble que parezca, aquel gesto le ayudó. Se sintió mejor al imaginar que era su propia cabeza la que caía por el hueco.

Ya más tranquilo, se dio la vuelta. Incluso le sostuvo la mirada a Qhuinn.

—Voy a bajar a comer.

Empezaba a sentirse bastante orgulloso de sí mismo, cuando la mano de Qhuinn lo agarró del antebrazo y lo detuvo en seco.

—Tenemos un problema. Tú y yo.

—¿De veras? —Era una pregunta meramente retórica, porque se trataba de una conversación que no tenía ningún interés en sostener.

—¿Qué diablos te pasa a ti?

Blay parpadeó. ¿Qué diablos le pasaba *a él*? Él no era el que andaba follando con todo lo que tenía agujeros.

No, él sólo era el patético idiota que suspiraba por su mejor amigo. Lo cual lo situaba en un terreno muy alejado de Qhuinn. Sintió que estaba a punto de echarse a llorar e hizo un supremo esfuerzo para dominarse.

Lo logró, pero se sintió vacío.

—Nada. No me pasa nada.

—Mentira.

Aquello no era justo. Ya habían hablado de eso. Qhuinn era un degenerado pero no un desmemoriado, tenía que acordarse por fuerza.

—Qhuinn… —Blay se pasó una mano por el pelo, incapaz de completar la frase sólo iniciada.

Como si estuviera esperando el instante preciso, la maldita voz de Bonnie Raitt resonó en ese momento en su cabeza cantando… *No puedo hacer que me ames si tú no… no puedes hacer que tu corazón sienta algo que no…*

El enamorado que hacía un momento iba a llorar, ahora no pudo contener una carcajada.

—¿Qué es tan gracioso?

—¿Es posible que te castren sin que te des cuenta?

Ahora fue Qhuinn quien se sorprendió.

—No, a menos que estés totalmente borracho.

—Bueno, pues yo estoy sobrio. Completamente sobrio. Como siempre. —Pensándolo bien, tal vez sería bueno seguir el ejemplo de John y comenzar a emborracharse—. Aunque creo que voy a tener que cambiar eso. Si me disculpas…

—Blay…

—No. Tú no tienes por qué hablarme en ese tono. —Blay le hizo un corte de mangas a su amigo—. Tú ocúpate de lo tuyo. Es lo que haces mejor. Y a mí déjame en paz.

Blay salió de la habitación de nuevo totalmente irritado y confundido. Por fortuna, sus pies sí sabían lo que hacían.

Al atravesar el corredor de las estatuas, hacia la gran escalera, Blay pasó frente a todas las obras maestras del arte grecorromano y deslizó sus ojos por aquellos cuerpos masculinos. Naturalmente, se imaginó la cara de Qhuinn en cada una de ellas…

—No tienes por qué ponerte así. —Qhuinn lo seguía de cerca y le hablaba en voz baja.

Blay llegó a la parte superior de las escaleras y miró hacia abajo. El deslumbrante vestíbulo parecía esperarlo, con toda su luz y todo su esplendor. Se dijo, de manera absurda, que era el lugar perfecto para una ceremonia de apareamiento…

—Blay. Vamos, cálmate. Nada ha cambiado.

Se dio la vuelta para mirar a su promiscuo amado. Qhuinn tenía el ceño fruncido y lo miraba con ferocidad. Estaba muy claro que quería seguir hablando, pero Blay ya había terminado.

Así que comenzó a bajar los escalones rápidamente.

Desde luego, no se sorprendió cuando sintió que Qhuinn lo seguía y pretendía prolongar la conversación.

—¿Qué diablos se supone que significa eso?

Lo último que haría en su vida sería mantener esa conversación delante de toda la gente que estaba en el comedor. Qhuinn, el exhibicionista, no tenía ningún problema en hacer todo tipo de cosas ante la gente, pero a Blay tener público no le ayudaba lo más mínimo.

Así que retrocedió dos pasos hasta quedar cara a cara con su amigo.

—¿Cómo se llamaba?

Qhuinn se sorprendió.

—¿De qué hablas?

—¿Cuál era el nombre de la recepcionista?

—¿Qué recepcionista?

—La de anoche. La del salón de tatuajes.

Qhuinn entornó los ojos.

—Joder, vamos…

—Su nombre.

—Dios, no tengo la menor idea. —Qhuinn levantó las palmas de las manos como diciendo que aquello era una bobada—. ¿Qué importancia tiene eso?

Blay abrió la boca dispuesto a decir, o mejor dicho gritar, que lo que no había significado nada para Qhuinn había sido un infierno para él, pero en el último instante guardó silencio porque pensó que quedaría como un imbécil posesivo y caprichoso.

Así que en lugar de hablar, se metió la mano en el bolsillo, sacó el tabaco y se llevó un cigarrillo a los labios. Luego lo encendió, mientras contemplaba los ojos de colores distintos.

—Detesto que fumes —susurró Qhuinn.

—Pues supéralo.

Blay dio media vuelta y siguió bajando las escaleras.

Adónde vas, John?

En el cuarto trastero, ubicado en la parte trasera de la mansión, John se quedó paralizado, con la mano sobre una de las puertas que llevaba al garaje. Maldición… en una casa tan grande, uno pensaría que podía encontrar caminos de salida discretos. Pero no… había ojos por todas partes. Opiniones… por todas partes.

En ese aspecto, la mansión era como el orfanato.

John se dio la vuelta para mirar de frente a Zsadist. El hermano tenía una servilleta en una mano y un biberón en la otra, lo que quería decir que acababa de levantarse de la mesa del comedor o que acababa de salir del cuarto del bebé. Y encima, quien venía detrás era Qhuinn, que llevaba en una mano una pata de pavo a medio comer. Si no fuera por lo molesto de la situación, se habría echado a reír por el cómico aspecto de ambos.

La llegada de Blay acabó por convertir aquello en algo muy parecido a una asamblea.

Z hizo un gesto con la cabeza hacia la mano que John tenía apoyada en la puerta y, a pesar del biberón, su semblante era torvo, como el de un asesino en serie. Desde luego, ayudaba la cicatriz que le atravesaba la cara, y también el destello negro de sus ojos.

—Te he hecho una pregunta, muchacho.

—Voy a sacar la basura —replicó por señas.

—¿Y dónde está la basura?

Qhuinn terminó la pata de pavo de un solo bocado y se dirigió deliberadamente hacia los cubos de basura, donde se deshizo del hueso.

—Eso, John. ¿Por qué no contestas esa pregunta?

—Voy a salir —indicó con las manos, diciendo la verdad al fin.

Z se inclinó y puso la palma de la mano sobre la puerta, para impedir que la abriera.

—Has estado saliendo cada vez más temprano por las noches, pero has llegado al límite. No te voy a dejar salir tan temprano. Te vas a chamuscar. Y, para tu información, si vuelves a pensar en salir sin tu guardaespaldas, Wrath usará tu cara como saco de boxeo, ¿entendido?

—Por Dios Santo, John. —La voz de Qhuinn resonó con rabia—. Nunca te he puesto pegas a nada. Jamás te he presionado en ningún sentido. ¿Y tú me jodes de esta manera?

John clavó la mirada en algún lugar por encima de la oreja izquierda de Z. Tuvo la tentación de decir que había oído hablar de la época en que el hermano andaba buscando a Bella y de cómo había hecho toda clase de locuras. Pero mencionar el secuestro de la shellan de Zsadist sería como poner un capote rojo ante un un toro bravo y John ya estaba corriendo demasiados riesgos.

Z bajó la voz.

—¿Qué sucede, John?

John no dijo nada. Apretó los dientes.

—John. —Z se acercó todavía más—. Te juro que te voy a arrancar una respuesta como sea.

—No sucede nada. Simplemente pensé que era más tarde.

La mentira apestaba, porque, de ser cierto, habría salido por la puerta principal y además no habría tratado de encubrir su escapada con la historia de la basura. Pero no le importaba. Tenía preocupaciones más urgentes que lo que pensaran de él sus amigos.

—No te creo. —Z se enderezó y miró su reloj—. Y no vas a salir de aquí antes de diez minutos.

John cruzó los brazos sobre el pecho para indicar que no pensaba hacer ningún otro comentario. Para no pensar, cantaba mentalmente el tema de un conocido programa de televisión. Sin duda, estaba a punto de estallar.

Y la mirada de Z seguro que no ayudaba.

Pasó el tiempo, y aguantó.

Diez minutos después, el sonido de las persianas que se levantaban en toda la mansión dio por concluido el toque de queda y Z hizo un gesto con la cabeza hacia la puerta.

—Está bien, ya puedes irte ahora si quieres. Al menos, ahora no te vas a chamuscar. —John dio media vuelta—. Y si te vuelvo a atrapar sin tu *ahstrux nohtrum*, te delataré.

Qhuinn soltó una maldición.

—Sí, claro, y entonces me despedirán, lo cual significa que V me meterá una daga por el culo. Muchas gracias.

John agarró el picaporte de la puerta y salió de la casa como una flecha, incapaz de soportar más tensión. No quería tener problemas con Z porque lo respetaba mucho, pero si seguía allí un segundo más no respondía de sus actos. Estaba tan inquieto, tan angustiado, que era capaz de cualquier cosa.

En el garaje, dobló a la izquierda y se dirigió a la puerta de salida, que estaba en la pared del fondo. Avanzó procurando no mirar los ataúdes que estaban apilados allí. No. Lo último que necesitaba ahora era tener en su cabeza la imagen de una de aquellas cosas. ¿Eran dieciséis? En fin, fueran cuantas fueran, le repugnaban.

Abrió la puerta de acero y salió al jardín que se extendía alrededor de la piscina vacía y llegaba hasta el borde de la muralla. Sabía que Qhuinn lo seguía de cerca, porque el olor a reprobación contaminaba el aire como lo hace el de la humedad en un sótano. Y Blay también iba con ellos, a juzgar por el aroma a colonia.

Justo cuando estaba a punto de desmaterializarse, alguien lo agarró del brazo con fuerza. Cuando dio media vuelta, listo para decirle a Qhuinn que se fuera a la mierda, se detuvo en seco.

El que lo tenía agarrado del brazo era Blay y los ojos azules del pelirrojo relampagueaban.

Blay comenzó a decir algo con señas en lugar de hablar, probablemente porque así obligaba a John a prestar atención.

—Quieres hacerte matar, perfecto. A estas alturas, ya me estoy resignando a esa posibilidad. Pero no pongas a otros en peligro. Eso no lo voy a tolerar. No vuelvas a salir sin avisar a Qhuinn.

John miró a Qhuinn por encima del hombro de Blay. Parecía como si quisiera golpear algo, de lo furioso que estaba. Ah, claro, ésa era la razón por la que Blay estaba hablando por señas. No quería que el vampiro con ojos de distintos colores supiera lo que decía.

—¿Está claro? —preguntó Blay con enérgicas señas.

Era muy raro que Blay expresara su opinión sobre cualquier cosa, y eso hizo que John, convencido de que esta vez estaba realmente preocupado, ofreciera una explicación.

—No puedo prometer que algún día no tenga que escaparme. Sencillamente, no puedo hacerlo, y no puedo decirte la razón. Créeme, no puedo.

—John…

John negó con la cabeza y apretó el brazo de Blay.

—Eso es algo que sencillamente no puedo prometerle a nadie, con todo lo que está pasando por mi cabeza. Pero no saldré sin decirle adónde voy y cuándo voy a volver.

Blay apretó los dientes. Era un tipo silencioso, pero no era estúpido. Sabía muy bien que había cosas que no se podían negociar.

—Está bien. Puedo aceptar eso.

—Escuchadme, ¿os molestaría compartir conmigo vuestras declaraciones de amor? —gritó Qhuinn.

John dio un paso atrás.

—Vamos a ir a Xtreme Park, y estaré allí hasta las diez. Luego iremos a la avenida St. Francis. Trez me ha enviado un mensaje.

John se desmaterializó y, luego de viajar hacia el suroeste, tomó forma detrás del cobertizo donde se habían escondido la noche anterior. Cuando sus amigos aparecieron detrás de él, se propuso hacer caso omiso de la tensión que pesaba en el aire.

Miró hacia la zona de suelo de cemento e identificó a los diversos personajes que andaban por allí. Ese jovencito con los bolsillos llenos todavía estaba en todo el centro, recostado contra una de las rampas, encendiendo y apagando un mechero. Había cerca de media docena de muchachos montando en sus patinetes y otros tantos conversando y haciendo girar las ruedas de sus tablas. Siete coches de distintos tipos estaban en el aparcamiento. La policía patrullaba lentamente. John pensó, con rabia, que aquello era una colosal pérdida de tiempo.

Tal vez si se adentraban en los callejones del centro tendrían más posibilidades…

Un Lexus que entró al aparcamiento y no ocupó ninguno de los espacios disponibles, sino que se detuvo en posición perpendicular a los otros siete coches… Del asiento del conductor se bajó alguien que parecía un chico de secundaria, con pantalones anchos y un sombrero de vaquero.

Pero la brisa llevó hasta ellos un inconfundible olor a morgue cerrada, sin sistema central de ventilación.

Y también había un toque de Old Spice o un perfume similar.

John se irguió y su corazón comenzó a latir como loco. Su primer impulso fue el de abalanzarse sobre el desgraciado, pero Qhuinn lo retuvo, agarrándolo con mano de hierro.

—Espera un poco —dijo—. Es mejor averiguar un poco más.

John sabía que su amigo tenía razón, así que le puso freno a su cuerpo y se concentró en memorizar la matrícula del Lexus cromado: LS600H.

Cuando las otras puertas del coche se abrieron, se bajaron tres tipos más. No eran tan pálidos como podían llegar a serlo los restrictores viejos, pero tenían una apariencia bastante macilenta y, claro es, apestaban.

Joder, aquella mezcla de olor a muerto y a talco para bebés resultaba realmente desagradable.

Uno de los asesinos se quedó junto al coche, los otros dos se pusieron junto al del sombrero vaquero. Cuando se encaminaron a la plaza pavimentada, todos los ojos del parque se clavaron en ellos.

El chico de la rampa central se irguió y se guardó el mechero en el bolsillo.

—Mierda, cómo me gustaría tener el coche aquí —susurró Qhuinn.

Tenía razón. A menos que hubiese cerca un rascacielos, desde el que pudieran tener una visión privilegiada de los alrededores, no habría manera de seguir la pista al Lexus cuando se marchara.

El traficante, pese a haberse puesto claramente en guardia, no se movió mientras se aproximaban los restrictores. En realidad, tampoco parecía sorprendido por la visita. Lo más probable era que se tratara de una reunión previamente concertada. Tras conversar un poco, los asesinos rodearon al chico y todo el grupo regresó al coche.

Todos los asesinos, menos uno, se subieron al automóvil.

Había llegado el momento decisivo. ¿Qué podían hacer? ¿Robar un coche cualquiera, haciéndole un puente, y salir en persecución de los asesinos? ¿O deberían materializarse sobre el techo del maldito Lexus y atacarlos allí mismo, sin más? El problema era que las dos soluciones implicaban el riesgo de perturbar la paz del lugar y su capacidad de borrar la memoria de los humanos tenía ciertos límites. Allí había demasiada gente.

—Parece que uno de ellos se va a quedar —murmuró Qhuinn.

En efecto, uno de los restrictores se quedó en el aparcamiento, mientras el Lexus maniobraba y abandonaba el lugar.

Dejar escapar a aquel coche fue una de las cosas más difíciles que John había tenido que hacer en la vida. Pero, mirando las cosas con serenidad, la realidad era que aquellos malditos cadáveres vivientes sólo habían recogido al principal traficante de aquel territorio, para lo que fuera. Sin duda regresarían. Y además habían dejado allí a uno de los asesinos. Por tanto, no les habían perdido la pista. John y sus amigos tenían trabajo que hacer.

El vampiro mudo observó al asesino mientras caminaba hacia el parque. A diferencia del tipo al que al parecer estaba reemplazando, le gustaba pasearse arriba y abajo, observando a todos los que tenían los ojos clavados en él. Era evidente que los muchachos de los patinetes se habían puesto nerviosos. Algunos incluso se marcharon. Pero no todo el mundo estaba alerta... o lo suficientemente sobrio como para preocuparse por la presencia de aquel inquietante individuo.

Se oyó un suave golpeteo. John bajó la mirada y vio que su pie se movía con la velocidad de una taladradora. No se había dado cuenta. La ansiedad podía con él.

Procuró dominarse. No podían desperdiciar aquella pequeña oportunidad, así que le ordenó a su pie que se estuviera quieto y esperó... y esperó... y esperó.

Pasó casi una hora hasta que el miserable se acercó, poniéndose por fin a su alcance, y todo aquel esfuerzo de autocontrol dio sus frutos.

Utilizando el poder de su mente, apagó la farola cercana, para que pudieran atacar al fulano en la penumbra. Luego, John salió de detrás del cobertizo.

El restrictor volvió la cabeza y lo vio llegar. Sabía que acababa de comenzar la lucha, pues el hijo de puta sonrió y se llevó la mano a la chaqueta.

John no creyó que fuera a sacar un arma. No era posible. La única regla de los combates entre vampiros y restrictores era que no se podía pelear cerca de los humanos… y allí había muchos.

Pero eso no regía para aquel enemigo, que sacó una automática y comenzó a disparar.

John saltó como un resorte. Se podría decir que voló para ponerse a cubierto. Hubo un gran revuelo en el parque. Se oyeron más disparos, que rebotaron contra el cemento mientras los humanos gritaban y corrían a esconderse.

Detrás del cobertizo, John apoyó la espalda en las tablas y sacó su propia arma. Cuando Qhuinn y Blay se reunieron con él, hubo un segundo de comprobación general para ver si había heridos, que coincidió con una pausa en el tiroteo.

—¿Qué demonios está haciendo ese idiota? —dijo Qhuinn con señas—. ¿Por qué dispara, con todo este público?

Se oyeron unas pisadas y el seco ruido metálico de un cargador que se encajaba en la pistola. John miró hacia la puerta del cobertizo. Vio la cadena con el candado. Cogió éste, lo abrió con el poder de su mente y se quedó con la cadena.

—Fingid que estáis heridos, o marchaos —les dijo John a sus amigos.

—Ni hablar —negó Qhuinn por señas.

John le apuntó con su arma, muy irritado.

Al ver que su amigo retrocedía, John tomó aire, aliviado. Esto se iba a hacer a su manera: él sería quien se enfrentara al asesino. Fin de la discusión.

—Vete a la mierda —moduló Qhuinn con los labios. Luego, Blay y él se desmaterializaron.

De inmediato, soltando un brutal rugido, John se dejó caer de lado y su cuerpo rebotó en el suelo, inerte, como un saco de cemento. Se aseguró de tener su SIG debajo del pecho, sin seguro.

Las pisadas se acercaban. Oyó una especie de risa perversa, como si el asesino celebrara la oportunidad de su vida.

**

Cuando Lash regresó de casa de su padre, tomó forma en la habitación contigua a la que servía de prisión a Xhex. A pesar de lo mucho que quería verla, se mantuvo alejado. Cada vez que regresaba del Dhunhd, se sentía como un guiñapo durante cerca de media hora y no era tan estúpido como para presentarse en inferioridad de condiciones y darle a ella la oportunidad de matarlo.

Porque estaba seguro de que ella, si podía, no dudaría en matarlo. Lo cual le excitaba. Casi le parecía conmovedor.

Mientras yacía sobre la cama, con los ojos cerrados, notaba su cuerpo torpe y frío. Respiraba hondo y se sentía como un pedazo de carne que se estuviera descongelando. Aunque en realidad donde había estado no hacía frío. De hecho, los cuarteles de su padre eran cálidos y bastante cómodos. Agradables incluso, suponiendo que te gustara el estilo Liberace.

Papi casi no tenía muebles, pero tenía suficientes candelabros como para hundir un barco.

Los escalofríos parecían más bien relacionados con el hecho de pasar de una realidad a otra. Cada vez que regresaba a este lado, le resultaba un poco más difícil la recuperación. La buena noticia era que no creía que tuviera que ir allá muchas más veces. Ahora que había estudiado todos sus trucos y ya los dominaba, en realidad no había necesidad de volver. Y a decir verdad, el Omega no era exactamente una compañía muy estimulante.

Y aunque había heredado el gusto por la depravación de un desgraciado canalla, absolutamente perverso y diabólico, que casualmente era su padre, siempre acababa saturado, harto de aquellas visitas.

La vida amorosa de su padre era bastante aterradora, incluso para él.

Lash ni siquiera sabía qué eran aquellas malditas cosas que había en su cama. Bestias negras, sí, pero el sexo de esos seres era tan difícil de discernir como su especie, y el rastro de aceite que dejaban por donde pasaban era horrible. Además, siempre querían follar, aunque hubiese visita.

Y su padre nunca se negaba.

Al oír un pitido, Lash se metió la mano en el bolsillo de la chaqueta para sacar el móvil. Era un mensaje del señor D: *Estamos en camino. Tenemos al chico.*

Lash miró el reloj y se incorporó de inmediato, mientras pensaba que debía de ir mal, que aquélla no podía ser la hora correcta. Había regresado hacía ya dos horas. ¿Cómo había podido perder así la noción del tiempo?

Al ponerse en posición vertical el estómago le dio un vuelco. Incluso llevarse las manos a la cara le costó más trabajo del debido. El peso muerto de su cuerpo, unido a los dolores que aún sufría, lo hicieron recordar la época en que padecía gripes. Era la misma sensación. ¿Sería posible que estuviese enfermando?

Suspirando, dejó caer los brazos sobre el regazo. Luego observó el baño. La ducha parecía estar a kilómetros de distancia y se preguntaba si valdría la pena aquel esfuerzo.

Le costó otros diez minutos sacudirse la pesada sensación de letargo y, cuando se puso de pie, se estiró para activar de nuevo la circulación de su sangre negra. Resultó que el baño estaba a sólo unos cuantos metros y que con cada paso se fue sintiendo mejor. Antes de abrir el agua caliente, Lash se miró en el espejo y revisó su todavía amplia colección de moretones. La mayor parte de los que su amor le produjo la noche anterior ya habían desaparecido, pero sabía que pronto tendría más…

Notó algo. Frunció el ceño y levantó un brazo. La herida que tenía en la parte interna del antebrazo parecía más grande, no más pequeña.

Cuando le hizo presión con el dedo, no le dolió, pero la cosa tenía mala cara: una herida abierta, de color gris en el centro, y rodeada por una línea negra.

Lo primero que se le ocurrió fue que necesitaba ir a ver a Havers… pero eso era ridículo, un mero atavismo de su antigua vida. Como si pudiera presentarse en la clínica y pedir que le hicieran un chequeo.

Además, no sabía adónde se había trasladado la maldita clínica. Lo cual solía ser un daño colateral del éxito de los ataques. La gente se tomaba tu amenaza tan en serio que se escondía debajo de las piedras.

Se metió bajo el chorro de agua caliente y tuvo cuidado de restregarse la herida con jabón, pensando que si era algún tipo de infección, eso podría ayudar… y luego se puso a pensar en otras cosas.

Tenía ante sí una noche espectacular. La inducción a las ocho. Encuentro con Benloise a las diez.

Y luego, de vuelta para otro encuentro amoroso.

Salió, se secó y revisó la herida. Parecía irritada por el contacto con el jabón, y ahora estaba rezumando un líquido negruzco.

Joder, además esa maldita mancha iba a ser difícil de sacar de sus camisas de seda.

Se puso encima una venda pequeña, del tamaño de una tarjeta, y pensó que tal vez sería mejor que esa noche él y su novia fueran más suaves.

Tendría que atarla.

En unos segundos se puso un precioso traje de Zegna y salió. Al pasar frente a la puerta de la habitación principal, se detuvo y cerró el puño. Después de golpear la madera con suficiente fuerza como para despertar a un muerto, sonrió.

—Volveré pronto y traeré unas cadenas.

Lash esperó alguna respuesta. Al ver que no había ninguna, puso la mano en el picaporte y el oído sobre la puerta. El sonido de la respiración serena de Xhex era tan suave como una corriente de aire. Allí estaba, viva. Y todavía estaría viva cuando él regresara.

Controlándose al máximo, Lash soltó el picaporte. Si abría la puerta, perdería otro par de horas.

Bajó a la cocina y buscó algo de comer, pero no encontró nada. La cafetera estaba programada para encenderse hacía dos horas, de modo que al levantar la tapa vio algo parecido al aceite quemado. Y cuando abrió la nevera tampoco encontró nada que le llamara la atención, aunque se estaba muriendo de hambre.

Terminó desmaterializándose en la cocina, con las manos vacías y el estómago más vacío aún. No era lo más apropiado para su estado de ánimo, pero no quería perderse el espectáculo. Tenía ganas de ver cómo le hacían a otro lo que le habían hecho a él durante su inducción.

La granja estaba situada al noreste de la mansión y, en cuanto tomó forma en el jardín, Lash se dio cuenta de que su padre estaba adentro: un extraño estremecimiento agitaba su sangre cada vez que estaba cerca del Omega. Era como un eco sonando en un espacio cerrado… aunque no estaba seguro de si aquello era bueno o malo. De lo que estaba seguro era de que era inquietante. Muy inquietante para él.

La puerta principal estaba abierta. Subió los escalones que conducían al porche y entró en el salón medio derruido pensando en su inducción.

—Fue cuando pasaste a ser de mi total propiedad.

Lash dio media vuelta. El Omega estaba en el salón y sus vestiduras blancas le cubrían la cara y las manos. Su energía negra penetraba en el suelo y formaba una sombra oscura.

—¿Estás ilusionado, hijo mío?

—Sí. —Lash miró hacia atrás, a la mesa del comedor. El balde y los cuchillos que habían usado con él también estaban allí. Listos y a la espera.

El ruido de la gravilla bajo las ruedas lo hizo mirar hacia la puerta.

—Ya están aquí.

—Hijo mío, me gustaría que me trajeras más candidatos. Siempre tengo hambre de nuevos iniciados.

Lash se dirigió a la entrada.

—No hay problema.

En eso, al menos, estaban en total sintonía. Más iniciados significaban más dinero, más combates.

El Omega se acercó por detrás de Lash, que oyó un suave roce, al tiempo que una mano negra bajaba por su espalda.

—Eres un buen hijo.

Durante una fracción de segundo, Lash sintió una punzada en el fondo de su negro corazón. Eran exactamente las mismas palabras que solía decirle el vampiro que lo había criado.

—Gracias.

El señor D y los otros dos se bajaron del Lexus… y sacaron al humano. El pequeño desgraciado todavía no se había dado cuenta de que estaba a punto de convertirse en un cordero pascual, en la víctima de un horrible sacrificio. Pero en cuanto viera al Omega, seguro que le iba a quedar bien claro.

Mientras yacía boca abajo y los pasos de su enemigo se acercaban, John respiró por la nariz, que se le llenó de tierra. En términos generales, hacerse el muerto no era una idea muy inteligente, pero estaba seguro de que aquel hijo de puta tan rápido con el gatillo no sería muy cuidadoso al acercarse,

¿Cómo era que había iniciado un tiroteo en medio de un parque público? ¿Acaso ese idiota nunca había oído hablar del Departamento de Policía de Caldwell? ¿O del *Caldwell Courier Journal*?

Las botas se detuvieron cerca. El desagradable olor dulzón de los restrictores le produjo náuseas, que hubo de contener como pudo.

John sintió que algo romo le apretaba el brazo izquierdo, como si el asesino estuviera verificando con la bota si estaba muerto. Y luego, de repente, como si estuviera viendo la escena y quisiera entretener al maldito zombi, Qhuinn dejó escapar un patético gemido desde el otro extremo del cobertizo, donde se había vuelto a materializar, haciéndose el herido.

Sonó como si le hubieran perforado el hígado y estuviera derramándose sobre el colon.

Dejó de sentir la presión. Las botas se movieron, como si el tipo fuese a investigar de dónde había salido el gemido. John abrió un ojo. El asesino estaba en una pose de película, sosteniendo el arma con las dos manos y apuntando hacia el frente, mientras movía el cañón de un lado al otro, con más afectación que eficacia. Sin embargo, aunque estaba ridículo en aquella actitud tan teatral, las balas eran balas y sólo se necesitaría un ligero cambio de dirección para que John recibiera un tiro.

Lo bueno era que no le importaba. Mientras el desgraciado se movía sigilosamente hacia el lugar de donde provenían los gemidos de Qhuinn, una imagen del rostro de Xhex cruzó por la mente del muchacho, impulsándolo a saltar y ponerse de pie con un solo movimiento. Aterrizó encima de la espalda del asesino, al que agarró con el brazo que tenía libre y con las dos piernas, mientras le ponía el arma en la cabeza.

El restrictor se quedó paralizado durante una fracción de segundo y John silbó para indicar a Qhuinn y a Blay que podían salir.

—Es hora de tirar el arma, idiota —dijo Qhuinn, reapareciendo. Luego, sin darle tiempo al desgraciado para que obedeciera, agarró el brazo del asesino con sus dos manos y lo rompió como si fuera una rama.

El crujido de los huesos resonó con más fuerza que el silbido de John de hacía un instante. El resultado fue una horrible fractura y una Glock que ya no estaba en poder del enemigo.

Mientras el restrictor se doblaba de dolor, se empezaron a oír las sirenas. Parecían estar lejos, pero se acercaban rápidamente.

John arrastró al restrictor hacia la puerta del cobertizo y, después de que Blay despejara el camino, dio un empujón a su presa, para que desapareciera de la vista.

Con aire urgente, le dijo a Qhuinn moviendo los labios:

—Ve a por la Hummer.

—Si esos policías vienen por nosotros, tenemos que evaporarnos —replicó Qhuinn, también moviendo los labios.

—Yo no me voy a ir. Trae la Hummer.

Qhuinn se sacó las llaves del bolsillo y se las arrojó a Blay.

—Ve tú. Y vuelve a cerrar la cadena, ¿entendido?

Blay no desperdició ni un segundo y salió como un rayo. Luego se oyó un ligero sonido metálico mientras volvía a poner la cadena en su lugar y cerraba el candado.

El asesino estaba comenzando a sacudirse con más fuerza, pero eso era bueno; después de todo, lo que ellos necesitaban era que estuviese consciente.

John dio la vuelta al maldito asesino, hasta dejarlo sobre el estómago y tiró de su cabeza hacia atrás hasta que la columna vertebral crujió como una rama seca.

Qhuinn sabía exactamente lo que tenía que hacer. Se arrodilló y plantó la cara justo frente a la del asesino.

—Sabemos que tenéis una hembra prisionera. ¿Dónde está?

El ruido de las sirenas se volvía más fuerte. Lo único que logró emitir el asesino fue una serie de gruñidos, así que John bajó un poco la presión y permitió que entrara un poco de aire en sus pulmones.

Qhuinn le dio una terrible bofetada al desgraciado.

—Te he hecho una pregunta, maricón. ¿Dónde está la hembra?

John aflojó un poco más, pero no tanto como para que el maldito pudiera escaparse. Al sentirse más suelto, el asesino comenzó a estremecerse de miedo, demostrando que, a pesar de que parecía muy aterrador con su pistola, a la hora de la verdad no era más que un idiota.

La segunda bofetada de Qhuinn fue más fuerte.

—Respóndeme.

—No… no hay ningún prisionero.

Cuando Qhuinn volvió a levantar la mano, el asesino retrocedió. Parecía claro que, aunque los malditos restrictores estuviesen muertos, sus centros receptores del dolor seguían funcionando normalmente.

—Te pregunto por una hembra que raptó el jefe de restrictores. ¿Dónde está?

John se inclinó para entregarle su arma a Qhuinn y, luego, se llevó la mano libre a la parte baja de la espalda y sacó su cuchillo de cacería. Lo hizo sin decir nada y lo puso justo delante de los ojos del asesino. El desgraciado comenzó a sacudirse como un animal, pero fue rápidamente contenido por el inmenso cuerpo de John, que lo cubría por completo.

—Vas a hablar —dijo Qhuinn con cinismo—. Créeme.

—No sé nada de ninguna hembra. —Las palabras fueron apenas un murmullo, pues el brazo de John comprimía con fuerza la garganta.

Entonces John dio un nuevo tirón a su cabeza hacia atrás y el asesino gritó.

—¡No sé nada!

Ahora las sirenas parecían muy cerca y se oyó el chirrido de los frenazos de varios automóviles en el aparcamiento.

Era hora de andar con cuidado. Aquel restrictor ya había demostrado que desconocía por completo la única regla de su guerra, así que mientras con cualquier otro asesino uno podía estar seguro de que guardaría silencio, no era el caso con el señor Gatillo Fácil.

John miró a Qhuinn para avisarle, pero éste ya estaba afanándose para arreglar el problema. Había encontrado un montón de trapos llenos de aceite. Cogió uno y lo metió en la boca del restrictor. Después se quedaron quietos.

Desde afuera se oían, amortiguadas, las voces de los policías.

—Cúbreme.

—De acuerdo.

John dejó el cuchillo a un lado para poder agarrar al desgraciado con las dos manos. Se oían muchos pasos, la mayor parte a lo lejos, pero con seguridad pronto estarían más cerca.

Mientras los uniformados se dispersaban por el parque, las radios de los coches patrulla, al parecer aparcados cerca del cobertizo, intercambiaban información sobre la inspección inicial. Un par de minutos después, los policías regresaban a sus vehículos.

—Unidad Cuarenta y dos a base. La zona está tranquila. No hay víctimas. Tampoco hay crim…

Con una patada rápida, el restrictor golpeó una lata con la bota. Y enseguida, por los ruidos que se oyeron, los tres vampiros fueron conscientes de que todos los policías se habían girado y apuntaban sus armas hacia el cobertizo.

***

—¿Qué diablos es esto?

Lash sonrió al ver cómo los ojos del chico se clavaban en el Omega. Aunque estaba cubierto por un manto, había que ser un idiota redomado para no darse cuenta de que allí había algo raro.

Al ver que los pies del chico comenzaban a retroceder para salir de la granja, los restrictores que andaban con el señor D se situaron a cada lado del pequeño desgraciado y lo agarraron de los brazos.

Lash señaló la mesa del comedor con la cabeza.

—Mi padre lo atenderá allí.

—¿Atenderme? ¿Cómo que va a atenderme? —Ahora el chico estaba en total estado de pánico y se movía como un cerdo en el matadero. Lo cual, en realidad, era un preludio adecuado de lo que estaba a punto de pasar.

Los asesinos lo inmovilizaron y lo acostaron sobre la madera llena de agujeros, sujetándole los tobillos y las muñecas mientras el Omega se acercaba en medio de los gritos y las desesperadas e inútiles sacudidas.

Cuando el maligno se levantó la capucha, todo quedó en silencio.

Enseguida, el grito que brotó de la boca del humano cortó el aire y rebotó contra el techo, llenando el aire de la decrépita casa.

Lash retrocedió y dejó que su padre comenzara a trabajar, mientras observaba cómo la ropa del humano quedó hecha jirones con una simple pasada de la palma negra y transparente por encima de su cuerpo. Y luego llegó la hora del cuchillo, cuya hoja reflejó por un instante la luz de la lámpara barata que colgaba del techo lleno de mugre.

El señor D era el que se ocupaba de los detalles, digamos técnicos, colocando los cubos bajo los brazos y las piernas y corriendo de un lado para otro.

Lash recordó que estaba muerto después de que le drenaran las venas y sólo se despertó cuando una corriente que sólo Dios sabía de dónde había salido recorrió todo su cuerpo. Así que fue interesante para él ver cómo funcionaba todo aquello: cómo extraían toda la sangre del cuerpo. Cómo abrían el pecho y el Omega se cortaba su propia muñeca para dejar caer aceite negro dentro de la cavidad corporal del sacrificado. Cómo el maligno creaba una bola de energía que introducía dentro del cuerpo. Y luego, lo que había sido introducido en cada vena y cada arteria se iba reanimando poco a poco. El último paso era la extracción del corazón. Lash observó cómo palpitaba en la mano del Omega antes de que lo guardaran en un frasco de cerámica.

Al evocar su propio despertar del reino de los muertos, Lash recordó que su padre agarró al señor D y lo obligó a alimentarlo. Él era mitad vampiro y necesitaba sangre, pero este humano, en cambio… se despertó abriendo y cerrando la boca como un pescado y perdido en medio de una gran confusión.

Lash se llevó la mano al pecho y sintió los latidos de su corazón…

Entonces notó algo húmedo en la manga.

Mientras el Omega comenzaba su rutina de actos de máxima depravación con el iniciado, Lash subió al baño del segundo piso. Se quitó la chaqueta, la dobló y… se dio cuenta de que no había dónde ponerla. Todo estaba cubierto por dos décadas de polvo, hollín y quién sabe qué otros tipos de suciedad.

Por Dios, ¿por qué no había enviado a alguien para que limpiara aquel antro infecto?

Terminó encontrando una percha. Al levantar el brazo para colgar la chaqueta, vio una mancha negra justo donde se había puesto la venda, y también vio que en la parte interna del codo había una mancha de humedad.

—Maldición.

Se quitó los gemelos de los puños, se desabotonó la camisa y se quedó paralizado al mirarse el pecho.

Se miró al sucio espejo, incrédulo. Tenía otra herida en el pectoral izquierdo, de las mismas dimensiones de la primera, y una tercera junto al ombligo.

Sintió pánico. Se mareó y tuvo que agarrarse al lavabo. Su primer impulso fue correr junto al Omega y pedirle ayuda, pero se contuvo; a juzgar por los gritos y los gruñidos que venían de abajo, todavía había mucho trabajo en el comedor y sólo un idiota se atrevería a interrumpir semejante escena.

El Omega era volátil por naturaleza, pero tenía una capacidad de concentración infernal para ciertas cosas.

Apoyado aún en el lavabo, Lash dejó caer la cabeza al sentir que el estómago le daba un vuelco. Se preguntó cuántas heridas de aquellas tendría… pero no quería saber la respuesta.

Se suponía que su inducción, su renacimiento, lo que fuera, era permanente. Eso era lo que su padre le había dicho. Él era hijo del maligno y provenía de una fuente de maldad eterna.

Pudrirse dentro de su propia piel no formaba parte de lo acordado.

—¿Estás bien? ¿Qué haces ahí adentro?

Lash cerró los ojos, irritado al máximo, pues la voz del tejano resonó como una lluvia de clavos sobre su espalda. Pero no tenía energía para mandarlo a la mierda.

—No pasa nada. ¿Cómo van las cosas allí abajo? —preguntó.

El señor D carraspeó, pero el tono de reprobación todavía era patente en sus palabras.

—Creo que todavía falta un rato, señor.

Genial.

Lash obligó a su columna vertebral a enderezarse y se volvió para mirar a su segundo al mando…

Un instante después sintió que los colmillos se alargaban dentro de su boca y, durante un momento, no pudo entender por qué. Luego se dio cuenta de que sus ojos se habían clavado en la yugular del señor D.

En el fondo de su estómago, Lash sintió un hambre abismal, feroz. Un hambre que había olvidado.

Todo ocurrió demasiado rápido. Fue incapaz de pararse a pensar ni siquiera un segundo. Sin saber cómo ni por qué, se lanzó sobre el señor D. Lo empujó contra la puerta, mientras se inclinaba hacia su garganta.

La sangre negra que entró en contacto con su lengua era el tónico que necesitaba y Lash empezó a succionar con desesperación. Al principio, el tejano trató de forcejear, aunque luego se quedó quieto. Pero el maldito no tenía de qué preocuparse. Allí no había ningún impulso sexual. Sólo era un asunto de simple nutrición.

Y cuanto más tragaba, más necesitaba.

Mantuvo al asesino apretado contra su pecho, y se alimentó como un maldito desgraciado.

Cuando se apagó el último eco del ruido que hizo la bota del asesino al golpear la lata, Qhuinn, furioso, se sentó en silencio sobre las piernas del desgraciado. Lo había hecho una vez, pero desde luego no iba a tener una segunda oportunidad.

Mientras, los policías rodearon el cobertizo.

—Está cerrado —dijo uno de ellos agitando el candado.

—Aquí hay casquillos.

—Esperad, hay algo dentro… ¡Dios, qué olor tan horrible!

—Sea lo que sea, lleva muerto por lo menos una semana. Qué peste. Es peor que los guisos de atún que hace mi suegra.

Hubo varias exclamaciones y comentarios sobre el dichoso olor.

En medio de la oscuridad, John y Qhuinn se miraron a los ojos y esperaron. Si los policías tumbaban la puerta y entraban, la única solución sería desmaterializarse y dejar allí al restrictor; no había forma de mover la masa del asesino a través del aire. Los policías no tendrían la llave del candado, de modo que si querían abrirlo tendría que ser de un disparo, o haciendo palanca con mucha fuerza.

Quizá pensaran que no valía la pena tanto despliegue y tanto escándalo para entrar en un simple cobertizo donde, como mucho, podrían encontrar un par de ratas muertas.

—Sólo había un tirador, según la llamada que hicieron al número de emergencias. Y no puede estar ahí adentro.

Se oyó una tos y luego una maldición.

—Y si lo estuviera —bromeó una voz—, no viviría mucho, nadie puede aguantar semejante olor.

—Llamad al encargado del parque o lo que sea —dijo una voz ronca—. Alguien tiene que sacar de ahí ese animal muerto. Entretanto, vayamos a peinar todos los alrededores. Venga, en marcha.

Hubo nuevos cruces de palabras y luego ruido de pisadas. Un poco después, se oyó que uno de los coches arrancaba.

—Tenemos que matarlo —susurró Qhuinn por encima del hombro de John—. Saca ese cuchillo, acaba con él y larguémonos de aquí.

John negó con la cabeza. No estaba dispuesto a soltar su trofeo.

—John, no podemos llevárnoslo. Mátalo para que podamos irnos.

Aunque Qhuinn no podía ver sus labios, John replicó:

—A la mierda. Él es mío.

Por nada del mundo permitiría que se le escapara de las manos aquella fuente de información. Si sucedía algo, podrían dar largas a la policía humana con sus poderes mentales... o incluso por la fuerza, si fuese necesario.

En ese momento se oyó el sonido metálico de un cuchillo que alguien sacaba de su funda.

—Lo siento, John, tenemos que irnos.

John quiso gritar, pero, lógicamente, no emitió ningún sonido.

Qhuinn agarró a John del cuello de la chaqueta y tiró de él hacia atrás para tumbarlo, de modo que o bien soltaba al restrictor, o bien le arrancaba la cabeza al asesino. Y como los asesinos sin cabeza no pueden hablar, John prefirió soltarlo y apoyó las manos contra el frío suelo de cemento.

No podía permitir que su amigo le arrebatara la única esperanza de encontrar a su amada. Así que se abalanzó sobre Qhuinn y aquello fue Troya. John y Qhuinn comenzaron a forcejear para hacerse con la daga. Esta vez no sólo se movió una lata, sino que rodaron por el suelo todo tipo de trastos. Los policías empezaron a gritar. El asesino la emprendió a golpes con la puerta para poder salir…

Por encima de de aquel estruendo infernal sonó un disparo, seguido de un eco metálico.

La policía acababa de reventar el candado de la cadena.

Desde el suelo, John trató de ver lo que estaba ocurriendo. Qhuinn desenfundó un cuchillo y lo lanzó con mano certera hacia el otro extremo del cobertizo.

La hoja penetró con enorme fuerza en el torso del asesino. Con una llamarada cegadora, como si hubiera caído un rayo, y un estallido atronador y seco, el restrictor regresó a su creador, dejando atrás sólo un tufo apestoso… y un hueco más que considerable en la puerta del cobertizo.

Con tanta adrenalina corriendo por sus venas, ni John ni Qhuinn podían desmaterializarse, así que se tumbaron en el suelo, uno a cada lado del agujero que había dejado el restrictor, y se quedaron quietos, sin respirar siquiera, mientras veían asomar, con infinita prudencia, el cañón de una pistola, luego la pistola entera y el policía que la empuñaba. Después, otro.

Por fortuna, los dos policías decidieron inspeccionar el cobertizo con demasiada cautela.

—Eh, tienes la bragueta abierta. —Cuando los policías se dieron la vuelta para ver de dónde venía aquella voz, John desenfundó sus dos pistolas y, con un rápido movimiento cruzado, les dio un golpe certero y seco en la cabeza. Los agentes quedaron en el suelo, sin sentido.

Justo en ese momento llegó Blay con la Hummer.

John saltó por encima de los policías desvanecidos y se arrastró hasta la camioneta, mientras que Qhuinn lo seguía. Las pesadas botas que el maldito vanidoso se empeñaba en usar hacían más ruido del deseado en momentos como aquellos. John se abrió camino hasta la puerta trasera, que Blay acababa de abrir y se precipitó dentro de la furgoneta, mientras que Qhuinn se deslizaba en el asiento trasero.

Blay arrancó, pisando el acelerador hasta el fondo. John resopló, aliviado por haber tenido que lidiar sólo con un par de policías, aunque con seguridad los otros agentes ya estarían buscándoles, si no persiguiéndoles.

Se dirigían hacia el norte, hacia la autopista. John saltó por encima del respaldo para pasarse al asiento trasero... y puso sus manos en el cuello de Qhuinn.

Al ver que se recrudecía la pelea entre ambos, Blay gritó desde su puesto al volante.

—¿Qué diablos os pasa?

Pero no respondieron. John estaba demasiado ocupado estrangulando a Qhuinn, y éste poniéndole un ojo a la funerala al otro.

Iban a una velocidad disparatada, sin duda llamando la atención, por la carretera que bordeaba la ciudad, y era posible que la policía ya tuviese identificada la camioneta, si alguno de los agentes había recuperado la conciencia a tiempo de ver la matrícula antes de que desapareciesen de la vista.

Y, para completar el sombrío panorama, John y Qhuinn combatían denodadamente en el interior del coche.

Como pudo, Blay condujo el vehículo hasta el aparcamiento de Sal's. Fue directamente a la zona de la parte trasera del restaurante, donde no había luz.

Cuando apagó el motor, John y Qhuinn ya se habían hecho sangre, y seguían enzarzados. La pelea no terminó hasta que Trez, tan furioso como ellos, si no más, sacó a John a rastras por la puerta. Qhuinn fue sacado de forma similar por iAm. Al parecer, el pelirrojo se las había arreglado para dar la voz de alerta antes de que llegaran.

John escupió para limpiarse la boca y los miró con odio a todos.

—Creo que os debéis conformar con el empate, chicos —dijo Trez, más tranquilo, incluso con una sonrisita—. ¿De acuerdo?

John temblaba de rabia. Aquel asqueroso restrictor era el único instrumento con que contaba para encontrar el lugar... la historia... *lo que fuera*. Y como a Qhuinn se le había metido en la cabeza matar al desgraciado, se habían quedado sin la única pista para llegar hasta su amada.

Cuando se tranquilizó un poco cayó en la cuenta de que el restrictor había muerto con demasiada facilidad. Contra lo que ocurría siempre, esta vez una simple perforación en la caja torácica había bastado para hacerlo reventar. Nunca morían por una puñalada, ni por dos.

Quizá, al fin y al cabo, su compañero no había querido matarlo

Qhuinn se limpió la boca con el dorso de la mano.

—Por Dios santo, John. ¿Acaso piensas que yo no quiero encontrarla? ¿Crees, de verdad, que no me importa? ¡Joder, he salido contigo todas las noches a buscar, a patrullar a la caza de alguna pista! —Le apuntó con el dedo con aire feroz—. Así que escucha bien: que tú y yo terminemos en medio de un grupo de humanos con un restrictor muerto no es para que nos sintamos orgullosos. ¿Quieres contarle a Wrath cómo te enfrentaste con ese desgraciado? Yo no. Y si vuelves a apuntarme con un arma alguna vez, te mataré sin pararme a considerar quién eres ni la misión que los superiores me hayan encomendado.

John, que le había leído los labios perfectamente, pues al gritar desaforadamente Qhuinn vocalizaba mucho, prefirió no contestar. Era presa de una gran confusión. Ahora ya no sabía si estaba tomando las mejores decisiones, si estaba escogiendo el camino acertado. Sólo tenía clara una cosa: debía encontrarla, iba a rescatarla. Y pasaría por encima de lo que fuese necesario y de quien fuese preciso para conseguirlo.

—¿Me estás oyendo? —preguntó Qhuinn—. ¿Te ha quedado claro?

John se paseaba de un lado a otro, con las manos en las caderas y la cabeza gacha. Cuando al fin pudo calmarse un poco, empezó a tener un atisbo de lucidez, y a reconocer que su amigo tenía razón. Y también se dio cuenta de que había perdido los papeles en aquel cobertizo. ¿Realmente había sido capaz de apuntarle a la cabeza con una pistola a su amigo?

Sintió arrepentimiento, vértigo, desesperación, náuseas.

Si no se tranquilizaba un poco, iba a tener problemas aún más graves que el de buscar a la hembra desaparecida. Terminaría muerto, ya fuera por descuido en el combate o porque Wrath lo liquidase de una patada. Una merecida patada, para mayor escarnio.

John miró a Qhuinn. Joder, la expresión de aquel rostro lleno de piercings se había vuelto sumamente amenazadora. Estaba claro que sólo la amistad evitaba que lo matara en aquel mismo instante, y no porque Qhuinn fuera un tipo duro, sino porque él, John, era un imbécil tan grande que nadie podía soportarlo ya.

John, arrepentido, se acercó a su amigo y le tendió la mano, hubo una larga pausa. A nadie le extrañó que el tipo duro cediera al fin y estrechase la mano del vampiro mudo.

—Yo no soy el enemigo, John.

John asintió con la cabeza, reconociendo que tenía toda la razón. Luego se explicó por señas.

—Lo sé. Sólo que… necesito encontrarla. ¿Y si al final resultara que ese asesino era el único camino que teníamos para llegar a ella?

—Tal vez lo fuese, pero la situación se volvió crítica. Para poder rescatarla tenemos que estar vivos, ¿no? No podrás seguir buscándola si estás en un ataúd. Y además, nunca pensé que una cuchillada pudiera matarlo.

John no encontró argumentos para rebatirle.

—Así que escucha, maldito loco, tú y yo estamos juntos en esto —dijo Qhuinn con voz suave, vocalizando todo lo que podía—. Y yo estoy aquí para asegurarme de que no te matan. Estoy dispuesto a seguirte a donde sea, de verdad. Pero tienes que contar conmigo.

—Voy a matar a Lash —dijo John de manera atropellada—. Voy a poner mis manos alrededor de su repulsivo cuello y voy a mirarlo a los ojos mientras muere. No me importa cuánto me cueste… lo voy a destruir. Lo juro por…

¿Por qué podía jurar? No podía jurar por su padre. Ni por su madre.

—… Lo juro por mi propia vida.

Cualquier otro habría tratado de apaciguarlo con un discurso convencional, diciéndole que había que tener fe, que había que confiar y cosas por el estilo. Pero Qhuinn prefirió ponerle una mano sobre el hombro.

—¿Te he dicho últimamente cuánto te quiero?

—Todas las noches que sales conmigo para ayudarme a encontrarla estás diciéndome en silencio que me aprecias.

—Y conste que no lo hago por el maldito trabajo.

Esta vez, cuando John le extendió la mano, su amigo no se la apretó, sino que le dio un abrazo. Luego Qhuinn se apartó y miró su reloj.

—Tenemos que ir a la avenida Saint Francis.

—Todavía quedan diez minutos. —Trez le pasó el brazo a Qhuinn por encima de los hombros y comenzó a caminar con él hacia la puerta de la cocina—. Entrad a asearos un poco y luego podéis dejar la furgoneta en nuestro garaje. Le cambiaré la matrícula mientras estáis fuera.

Qhuinn miró a Trez de arriba abajo.

—Eres muy amable.

—Sí, soy un príncipe, ¿no? Y para probarlo, os voy a contar todo lo que sé sobre Benloise.

John los siguió, pensativo, hasta el interior del restaurante. Su fracaso al no haber obtenido nada de aquel asesino lo hizo concentrarse, lo llenó de valor y fortaleció su decisión.

Lash no se iba a marchar de Caldwell. No podía hacerlo. Mientras estuviera a la cabeza de la Sociedad Restrictiva, tenía que seguir enfrentándose cara a cara con la Hermandad; y los hermanos tampoco se iban a mover de la ciudad, pues la Tumba estaba ubicada allí. Así que, aunque los vampiros civiles hubiesen huido, Caldie seguiría siendo el epicentro de la guerra, porque el enemigo no podría ganar mientras los hermanos siguieran existiendo.

Tarde o temprano, Lash iba a cometer un error y cuando eso ocurriera John estaría allí.

Pero la espera podía enloquecer a cualquiera. Cada maldita noche en la que no encontraban nada y no pasaba nada… era como un infierno eterno.

Lash soltó por fin la vena del señor D y lo empujó, echándolo hacia un lado, como si fuera el plato sucio que queda al terminar la comida. Recostado contra la encimera del baño, se regocijó al sentir que su apetito había quedado saciado y su cuerpo ya parecía más fuerte. No obstante, ahora se sentía muy pesado. No era problema, sino un malestar pasajero, que padecía siempre que se alimentaba.

Había estado alimentándose de la sangre de Xhex regularmente, pero sólo por divertirse, y estaba claro que eso no era lo que él necesitaba para llenarse la barriga.

Lo cual quería decir que… ¿Sería posible que sólo pudiese mantenerse con una dieta de sangre negra de restrictores?

No, de ninguna manera. Eso no iba con él. Nunca le había gustado. ¡Cómo iba a vivir sólo de sangre de asquerosos machos restrictores!

Levantó el brazo y miró su reloj. Eran las diez y diez. Se miró. Parecía un harapiento, y además se sentía como tal. Tampoco le gustó el aspecto de D.

—Arréglate —le dijo—. Necesito que me hagas un recado.

Le dio instrucciones con ansiedad.

—¿Entendido? —dijo Lash, cuando terminó.

—Sí, señor. —El tejano miró a su alrededor, como si estuviera buscando una toalla.

—Abajo hay toallas —le dijo Lash con tono brusco—. Y tienes que traerme ropa limpia para cambiarme. Ah, y antes de irte, sube un poco de comida a la habitación.

El señor D se limitó a asentir con la cabeza y salió. Iba rápido, aunque las piernas le temblaban.

—¿Le diste un móvil al nuevo recluta? ¿Y una identificación? —le gritó Lash.

—Están en el buzón. Y te he puesto un mensaje con el número.

Aquel desgraciado era realmente un magnífico asistente personal.

Lash se metió en la sucia y oxidada ducha. Abrió los grifos y se quedó sorprendido bajo el chorro de agua. Estaba convencido de que o no saldría nada, o sólo un chorrito de agua sucia. Pero al parecer estaba de suerte, pues brotaba un chorro limpio y abundante.

Era muy bueno poder ducharse, era como recargar el cuerpo.

Después de terminar, Lash se secó con su propia camisa y se dirigió a la habitación. Se echó en la cama, cerró los ojos y se puso la mano sobre el estómago, encima de las heridas. Como si tuviera que protegerlas de algo. Era una tontería, pero sentía la necesidad de hacerlo.

Como los ruidos procedentes del primer piso parecían indicar que las cosas avanzaban allí, Lash se sintió aliviado… y un poco sorprendido. Los ruidos ya no parecían gemidos y gritos de dolor y miedo; por el contrario, parecían adentrarse más bien en el territorio de lo pornográfico, pues los gruñidos que ahora se escuchaban sonaban a orgasmos.

«¿Eres marica?», le había preguntado el chico.

Tal vez había sido la expresión de un deseo, más que una pregunta verdadera.

En fin. Lash no quería pasar mucho tiempo con su padre, así que, con suerte, el nuevo recluta le serviría de juguete por un tiempo.

Lash cerró los ojos y trató de desconectar. Los planes para la Sociedad, los recuerdos de Xhex, la frustración que le producía todo el asunto de la alimentación… todo le daba vueltas en la cabeza, pero su cuerpo estaba demasiado cansado para mantener la conciencia.

Se sumió en un sueño profundo, y entonces tuvo la extraña visión. Lo invadió con una extraña nitidez, penetrando en su mente desde algún lugar misterioso y quitando de en medio todas las demás preocupaciones.

Se vio a sí mismo caminado por el jardín de la finca en la que había crecido, en dirección hacia la mansión. Dentro de ésta, las luces estaban encendidas y se veía gente que se movía de un lado para otro… Igual que la noche en que había asesinado a los dos vampiros que lo criaron. Pero Lash no conocía a esas personas. Esta gente era distinta. Eran los humanos que habían comprado la casa.

A la derecha estaba la zona donde él había enterrado los cadáveres de sus padres.

Se vio a sí mismo, de pie, junto al lugar donde había cavado un hoyo y había arrojado los cuerpos. El terreno todavía era un poco irregular, a pesar de que un jardinero había hecho allí nuevas plantaciones.

Después de arrodillarse, Lash estiró la mano… pero de pronto se dio cuenta de que su brazo no era su brazo.

Su cuerpo se había transformado en algo similar al de su padre: una sombra negra y vibrante.

Por alguna causa, esta revelación lo llenó de terror.

Lash trató de levantarse, pero sólo pudo forcejear dentro de su piel inmóvil.

Había caído demasiado bajo como para poder liberarse de aquella fuerza.

***

La galería de arte de Ricardo Benloise estaba ubicada en el centro, cerca del complejo del hospital Saint Francis. El estilizado edificio de seis pisos llamaba la atención entre los rascacielos de los años veinte que lo rodeaban. Una reciente remodelación le había cambiado completamente la cara, transformando su fachada en una superficie de acero pulido y grandes ventanales.

Parecía una joven, pequeña y prometedora estrella en medio de un grupo de viudas grandullonas y decrépitas.

Cuando John y sus amigos aparecieron en la acera de enfrente, la zona estaba llena de gente. La galería también. A través de las grandes cristaleras se podía ver a cientos de hombres y mujeres vestidos de negro, todos con una copa de champán en la mano, que se paseaban observando atentamente lo que colgaba de las paredes. Cuadros que, al menos desde el exterior, parecían trabajos hechos a medias por niños de cinco años años y neuróticos obsesionados con las uñas.

A John no lo impresionaba en absoluto el arte de vanguardia. Algunas veces discutía sobre el asunto, y hasta opinaba con mucha pasión, pero en realidad le traía sin cuidado.

Trez les había dicho que se dirigieran a la parte trasera del edificio, así que atravesaron la calle y se adentraron por el callejón que llevaba hasta la parte posterior de la galería. Mientras que la fachada principal era atractiva y acogedora, la de atrás era un fiel reflejo de la parte sucia del negocio. No tenía ninguna ventana. Todo estaba pintado de color negro mate. Sólo había una zona de descargas, con dos puertas que estaban tan cerradas como las de una caja fuerte.

Según la información que les había suministrado Trez, aquellos adefesios que llamaban obras de arte, y que se exponían en aquel momento allí mismo para gozo de seudoartistas, no eran los únicos productos que entraban y salían de aquel lugar. Seguramente por eso había tantas cámaras de seguridad en aquella sórdida parte trasera.

Por fortuna, también había muchas sombras, ideales para esconderse, así que, en lugar de exponerse a los objetivos de las cámaras, se desmaterializaron y reaparecieron junto a un montón de contenedores de madera que estaban colocados en un rincón.

La ciudad todavía estaba llena de vida a esa hora. Los cláxones, las sirenas de la policía y los rugidos de los autobuses llenaban el aire con una estruendosa sinfonía urbana…

De repente, un coche dobló por el fondo del callejón y apagó las luces al acercarse a la galería.

—Justo a tiempo —susurró Qhuinn—. Ahí tenemos otra vez a ese Lexus.

John respiró hondo y trató de calmarse para no perder el control.

El coche se detuvo frente a la zona de descarga y la puerta se abrió. Cuando la luz interior se encendió, se hizo visible el mismo restrictor bajito que habían visto en el parque, el que olía a Old Spice; no había ningún otro conocido. Ni rastro de Lash.

El primer impulso de John fue el de saltar sobre el asesino… pero había que contenerse. Según Trez, se suponía que Lash asistiría a la reunión. Y si interrumpían una reunión concertada, era posible que Lash se diera cuenta de que algo sucedía.

Considerando la gran cantidad de recursos y poderes de los restrictores, el elemento sorpresa era crucial en aquella misión.

John se preguntó por un momento si debería enviar un mensaje a los hermanos. Avisarles de lo que ocurría. Buscar refuerzos. Dudaba. Finalmente, se decidió y sacó el móvil. Mientras el asesino entraba a la galería, John le envió un breve mensaje de texto a Rhage:

189 St. Francis. Lash está en camino. 3 de nosotros en el callejón trasero.

Al guardarse el teléfono en el bolsillo, sintió las miradas de Blay y Qhuinn detrás de sus hombros. Uno de ellos le dio un apretón, en señal de aprobación.

Lo cierto era que Qhuinn tenía razón. Si la meta era capturar a Lash, tendrían mayores posibilidades si contaban con ayuda. John tenía que actuar con inteligencia en aquel asunto, porque era evidente que cometer más estupideces no lo llevaría a donde quería.

Un momento después, Rhage se materializó a la entrada del callejón. Vishous venía con él. Hollywood era el adecuado cuando se trataba de Lash, porque el hermano era el dueño de la única arma que se podía enfrentar cara a cara con aquel maldito: su dragón siempre lo acompañaba a todos lados.

Los dos hermanos se acurrucaron junto a John y antes de que pudieran hacer ninguna pregunta, John comenzó a hablarles por señas:

—Yo seré quien mate a Lash. ¿Entendido? Tengo que ser yo.

Vishous asintió de inmediato y respondió también con señas:

—Conozco tu historia con ese desgraciado. Pero si la situación llega a un punto donde se trate de elegir entre tu vida o la de ese maldito, vamos a tener que olvidarnos de tu honor, e intervendremos. ¿Está claro?

John respiró hondo. No le quedaba más remedio que reconocer que V había hablado con toda sensatez.

—Me aseguraré de que las cosas no lleguen a ese extremo.

—De acuerdo.

Permanecieron quietos, en guardia. El restrictor que había llegado en el Lexus volvió a salir, se subió al coche... y arrancó. Era como si la reunión hubiese sido cancelada.

—Arriba —dijo Rhage, y desapareció.

Mientras maldecía para sus adentros, John siguió el ejemplo del hermano y tomó forma en la azotea de la galería de Benloise. Desde allí observaron cómo el coche se detenía en la calle St. Francis. Por fortuna, el asesino era un buen ciudadano y puso el intermitente, señalando que iba a girar hacia la izquierda. John dispersó sus moléculas y reapareció dos edificios más allá, en el punto al que se dirigía el Lexus. A medida que el coche avanzaba, John iba desmaterializándose y reapareciendo de edificio en edificio. El asesino giró a la derecha y se internó en la parte más antigua de Caldwell.

Allí no había azoteas ni tejados planos. Sólo se podía aterrizar en incómodos y muy puntiagudos techos victorianos.

Por suerte, las suelas de las botas de combate de John tenían buen agarre.

Como si fuera una gárgola, John se fue agarrando a torrecillas, buhardillas y ventanas, mientras perseguía a su presa desde el aire... hasta que el Lexus dobló por un callejón y se metió detrás de una fila de antiguas mansiones de fachada de piedra.

John conocía un poco el barrio, no demasiado, gracias a aquella visita al apartamento que Xhex tenía en un sótano, el cual estaba relativamente cerca.

Pero no era un territorio habitual de la Sociedad Restrictiva. Por lo general, sus refugios estaban en zonas mucho menos acomodadas.

Había una sola explicación. Debía de ser la zona donde vivía Lash.

Un tío como él, al que siempre le habían gustado las joyas, la ropa cara y todo ese tipo de mierdas, necesitaría que le hicieran un trasplante de personalidad para poder adaptarse a barrios más bajos. Se había criado en un ambiente opulento y, sin duda, debía de considerar que vivir en un barrio de lujo era una necesidad esencial.

El corazón de John comenzó a latir con fuerza.

El Lexus se detuvo frente a un garaje. La puerta se abrió y entró. Un momento después, el asesino atravesó un jardín y se dirigió hacia la parte trasera de una de las mansiones más bonitas.

Rhage apareció al lado de John y le dijo por señas:

—Tú y yo entraremos por la parte de atrás. Vishous y los chicos se van a desmaterializar para cruzar la puerta principal. V ya está en el porche y dice que no hay acero.

John asintió. Los dos se desmaterializaron hasta una terraza, al tiempo que el restrictor abría la puerta de lo que parecía una lujosa cocina. Esperaron un momento, quietos como estatuas, mientras el asesino desactivaba el sistema de seguridad.

El hecho de que el desgraciado hubiese desactivado la alarma no significaba necesariamente que Lash no estuviera adentro. Los restrictores necesitaban de tiempo en tiempo unas cuantas horas para recargarse, y sólo un imbécil se quedaría completamente desprotegido mientras lo hacía.

A John sólo le quedaba confiar en que lo que estaba buscando estuviera en aquella casa.

X hex estaba sentada en el sillón, junto a la ventana, cuando oyó los ruidos en el techo. Los golpes amortiguados eran lo suficientemente fuertes como para sacarla de aquella gimnasia mental en que se sumía para mantenerse en buena forma.

Miró hacia el cielo raso…

Abajo, el sistema de seguridad se apagó y su aguzado oído alcanzó a oír el *bip-bip-bip* que hacía la alarma cuando se desactivaba. Después oyó los pasos del restrictor que le traía la comida…

Algo raro estaba pasando. Algo no iba bien.

Xhex se enderezó en la silla, tensó todos sus músculos, desde el cuello hasta los pies, y aguzó sus antenas mentales. Aunque no podía enviar señales symphath y su capacidad para percibir las emociones estaba disminuida, ésta todavía funcionaba en cierta medida… y así fue como supo que en la casa había alguien más, aparte de aquel asesino.

Varios cuerpos. Dos atrás. Tres en la parte frontal. Y las emociones de los individuos que rodeaban la mansión parecían propias de soldados: tensión contenida, una serenidad letal, plena concentración.

Y no se trataba de restrictores.

Xhex se puso de pie de un salto.

Dios. La habían encontrado. Los hermanos la habían encontrado.

Y la emboscada se estaba desarrollando en el momento oportuno. Abajo, Xhex oyó un grito de sorpresa y un ruido de cuerpos que forcejeaban. Luego, las pisadas de unas botas en medio de un combate cuerpo a cuerpo, y la llegada de refuerzos que venían desde otro lugar.

Aunque el único que podía oírla era Lash, Xhex comenzó a gritar con todas sus fuerzas, con la esperanza de que, aunque fuera por una vez, su voz pudiera sobrepasar las paredes invisibles de su jaula.

＊＊

John Matthew no podía creer que el restrictor no se hubiese dado cuenta de que ellos estaban en la casa. A menos que el maldito estuviera enfermo o algo así, debería haberse percatado de que había vampiros por todas partes. Pero no, el maldito siguió adelante con sus asuntos, y hasta dejaba la puerta abierta.

Lo primero que había que hacer en una maniobra de infiltración era dominar el terreno asaltado. En cuanto John atravesó el umbral, redujo al restrictor, agarrándole los brazos por detrás, obligándolo a tumbarse boca abajo en el suelo y sentándose encima. Entretanto, Rhage entró con pies sorprendentemente ligeros, mientras V y los chicos llegaban a la cocina desde el comedor.

Inspeccionaron rápidamente el primer piso de la casa. John sintió un cosquilleo que le bajaba por la espalda… como si lo acariciaran con un cuchillo. Al mirar a su alrededor, no pudo descubrir el origen de la sensación, así que decidió hacer caso omiso de sus instintos.

—Al sótano —susurró Rhage.

Vishous bajó acompañado de Rhage.

Mientras sus amigos le cubrían la espalda, John pudo concentrarse en el restrictor que tenía debajo. El maldito estaba muy callado, muy quieto. Seguía respirando, pero eso era todo.

¿Acaso se había golpeado con algo al caer? ¿Estaría sangrando? Por lo general los asesinos solían forcejear.

Se resistían como demonios.

Después de buscar señales de sangre o cualquier tipo de herida, John le movió la cabeza sin darle la oportunidad de zafarse. Le dio un violento tirón del pelo.

Encontró algo, sí, pero con seguridad aquello no había sido causado por su ataque. En el lado izquierdo del cuello del asesino había dos pinchazos y un moretón circular, producto de una succión.

Qhuinn se acercó y se puso de rodillas.

—¿Quién ha estado trabajando en tu cuello, grandullón?

El restrictor no contestó.

Rhage y V se desmaterializaron desde el sótano y se dirigieron al segundo piso.

Mientras los hermanos se movían sigilosamente por la casa, Qhuinn agarró la barbilla del asesino.

—Estamos buscando a una hembra. Y puedes evitarte muchos y muy graves problemas si nos dices dónde está.

El restrictor frunció el ceño y levantó lentamente los ojos. Parecía señalar hacia arriba.

Aquello era todo lo que John necesitaba.

Agarró la mano de Blay y la puso sobre el asesino. En cuanto el rehén cambió de manos, John se levantó de un salto y atravesó el comedor y el vestíbulo corriendo. La escalera era amplia y estaba alfombrada. Subió de tres en tres. Cuanto más avanzaba, su instinto se ponía más alerta.

Xhex estaba en aquella casa.

Al llegar arriba, Rhage y V aparecieron frente a él y le cortaron el paso.

—La casa está vacía…

John interrumpió a Rhage con enérgicas señas.

—Ella está aquí. Está aquí, en alguna parte. Lo sé.

Rhage lo agarró del brazo.

—Bajemos e interroguemos al restrictor. Así podremos saber más…

—¡No hace falta! ¡Ella está aquí!

Vishous se situó frente a John. Sus ojos de diamante relampaguearon:

—Escúchame, hijo. Te aseguro que tienes que bajar.

John entornó los ojos. No sólo querían que bajara. No querían que estuviera allí *arriba*.

—¿Qué habéis encontrado?

Ninguno respondió.

—¿Qué habéis encontrado?

Se zafó por sorpresa de los dos hermanos. Oyó que Rhage maldecía, al tiempo que V se situaba frente a una puerta.

La voz de Hollywood resonó con resignación.

—No, V, déjalo entrar. Déjalo entrar… su odio a Lash no puede crecer, nada cambiará.

Los ojos de V relampaguearon como si estuviera a punto de protestar, pero luego sacó un cigarro de su chaqueta y se hizo a un lado.

Rígido como si de repente se hubiera transformado en una estatua, John abrió la puerta y se detuvo en seco. La tristeza que se respiraba en la habitación formaba una especie de umbral que había que obligarse a atravesar. El cuerpo de John penetró la fría pared de desolación sólo porque sabía que tenía que hacerlo.

Ella había estado encerrada allí.

Xhex había estado allí… y le habían hecho daño allí.

John abrió la boca y comenzó a respirar ansiosamente mientras sus ojos recorrían los desconchados y los arañazos de las paredes. Había cientos, junto con manchas negras… y otras manchas de sangre seca.

Una sangre de un color rojo profundo.

John se acercó y pasó la mano por una hendidura profunda. El papel de la pared estaba roto y se podía ver el yeso debajo.

Su respiración se fue agitando más y más a medida que recorría la habitación. La cama era un absoluto desastre, había almohadas tiradas por el suelo y el cobertor estaba enredado…

Había sangre por todas partes.

John se agachó, recogió una almohada y se la llevó a la nariz. Recibió una fuerte bocanada de aquello con lo que soñaba todas las noches: el aroma de Xhex.

Sintió que las rodillas se le aflojaban y cayó como una piedra sobre el colchón. Hundió la cara en la almohada y aspiró ansiosamente el aroma de Xhex. Su fragancia flotaba en el aire como un recuerdo tangible y esquivo al mismo tiempo.

Xhex había estado allí. Recientemente.

Miró de reojo las sábanas llenas de sangre. Y las paredes ensangrentadas.

Había llegado demasiado tarde.

John sintió que la cara se le humedecía y que algo bajaba por su barbilla, pero en realidad no le importó llorar. Se sentía consumido por la idea de haber estado tan cerca de salvarla… y no haber llegado a tiempo.

El sollozo que subió hasta su garganta produjo, asombrosamente, un gemido audible.

***

A lo largo de toda su vida, el corazón de Xhex había demostrado ser prácticamente inexpugnable. Desde hacía mucho tiempo sospechaba que eso era resultado de su naturaleza symphath, una especie de rasgo congénito que la hacía más resistente a ciertas cosas que hacían desmoronarse a la mayoría de las hembras.

Sin embargo, su suposición resultó errada.

Al ver a John Matthew y observar cómo su enorme cuerpo se desplomaba sobre la cama, aquel órgano que latía detrás de su esternón se rompió en pedazos, como si fuera un espejo caído.

Quedó hecho trizas.

Xhex se sintió totalmente hundida al ver cómo John acunaba esa almohada entre sus brazos, como si fuera un recién nacido abrazando su peluche. Y en ese momento de absoluta desesperación, habría hecho cualquier cosa para aliviar el dolor de John. Aunque no tenía idea de por qué él sentía lo que sin duda sentía, las razones eran lo de menos.

El sufrimiento de John era lo primordial.

Sintiéndose débil, Xhex se arrodilló junto a él, mientras grababa en su mente aquella imagen trágica.

A Xhex le pareció que hacía siglos que no lo veía. ¡Dios! Seguía siendo muy apuesto, incluso más de lo que ella recordaba en sus momentos de recogimiento. Con aquel perfil fuerte y de rasgos duros y esos extraordinarios ojos azules, la cara de John era la de un guerrero. Y además tenía un enorme cuerpo que no desentonaba con el rostro, con unos hombros en los que cabrían tres hembras como ella. Toda la ropa que llevaba era de cuero, a excepción de la camiseta que tenía debajo de la chaqueta. Llevaba, en fin, la cabeza rapada, como si hubiese dejado de preocuparse por el peinado y sencillamente se la rasurara con una maquinilla.

Tenía sangre de restrictor en la parte delantera de la chaqueta y en la camisa.

Se veía que había matado a alguno esa noche. Y tal vez ésa era la razón por la cual la había encontrado.

Bueno, la razón por la que casi la había encontrado.

—John —dijo con suavidad una voz masculina.

Xhex miró hacia la puerta, aunque él no lo hizo. Qhuinn estaba de pie, junto a los hermanos Rhage y Vishous.

De inmediato, Xhex notó la expresión de asombro que tenían los hermanos en la cara y se dio cuenta de que seguramente hasta entonces no habían tenido conciencia de la conexión tan seria que existía entre ella y John. Pero ahora ya lo sabían. Y no les quedaba ninguna duda.

Cuando entró en el cuarto y se acercó a la cama, Qhuinn volvió a llamar a John con voz suave:

—John, ya llevamos media hora aquí. Si vamos a interrogar a ese restrictor que tenemos allá abajo para obtener pistas sobre ella, necesitamos moverlo rápido. No queremos hacerlo aquí y sé que tú quieres estar a cargo de todo.

NO, por Dios, no podían marcharse.

—Llévame contigo —susurró Xhex con desesperación—. Por favor… no me dejes aquí.

Abruptamente, John levantó la vista hacia ella, como si hubiese escuchado su súplica.

Pero no. El joven sólo estaba mirando a su amigo a través de ella.

Al ver que asentía, Xhex memorizó los rasgos de la cara de John, pues sabía que era la última vez que lo vería. Cuando Lash se enterara de aquella infiltración, o bien la mataría de inmediato, o la trasladaría a otro lugar, y lo más seguro era que no pudiese sobrevivir hasta que volvieran a encontrarla.

Xhex levantó la mano. Aunque no sirviera de nada, la puso sobre la cara de John y acarició con su pulgar el rastro que habían dejado las lágrimas. Se imaginó que podía casi sentir la tibieza de su piel y la humedad de sus mejillas.

Habría dado cualquier cosa por poder abrazarlo. Y todavía más por poder marcharse con él.

—John... —gimió Xhex—. Ay, Dios... ¿por qué te estás haciendo esto?

John frunció el ceño, pero sin duda se debía a lo que Qhuinn estaba diciendo. Pero él también levantó la mano y la puso justamente encima de donde ella lo estaba acariciando.

Sin embargo, fue sólo para secarse las lágrimas.

Cuando se puso de pie, John agarró la almohada y pasó a través de su invisible amada.

Xhex observó cómo desaparecía la espalda de John y sintió cómo palpitaba la sangre en sus oídos. Aquello era el preludio de la muerte, pensó. Poco a poco, centímetro a centímetro, todo lo que la unía a la vida se estaba yendo, alejándose, marchándose. Con cada paso que John daba hacia la puerta, Xhex sentía que el aire abandonaba sus pulmones, que su corazón dejaba de palpitar. Que su piel se enfriaba.

La oportunidad de que la rescataran se estaba desvaneciendo. La oportunidad de...

Fue en ese momento cuando se dio cuenta de qué era lo que había estado combatiendo toda la vida, y por primera vez no se sintió inclinada a ocultar sus emociones. No tenía necesidad de hacerlo. Él estaba con ella, pero ella estaba totalmente sola y separada de él. Hizo un supremo esfuerzo para comunicarse, para expresar por primera vez en su vida sus sentimientos.

—John —dijo Xhex en voz baja.

Él se detuvo y miró hacia atrás, hacia la cama.

—Te amo.

Aquel atractivo rostro se contrajo de dolor. John se frotó el pecho, como si alguien le estuviese apretando el corazón hasta casi matarlo.

Y luego dio media vuelta.

El cuerpo de Xhex se sobrepuso a su mente. Con un movimiento frenético, la hembra corrió hacia la puerta abierta, con los brazos extendidos y la boca abierta.

Al estrellarse contra los confines de su prisión, Xhex oyó un ruido fuerte, como una sirena... o el silbido de los fuegos artificiales cuando salen hacia el cielo... o tal vez la alarma se había disparado.

Pero no era nada de eso.

Eran sus propios gritos desesperados.

J ohn tuvo que hacer un esfuerzo supremo para obligarse a salir de aquella habitación. Sólo un último resto de raciocinio le recordó la necesidad de interrogar al restrictor. De no ser por ello, no habría sido capaz de moverse ni un centímetro.

El caso es que podría jurar que había sentido la presencia de Xhex… pero sabía que no podía ser nada más que una fantasía, resultado de su ansiedad. Ella no estaba en esa habitación. Había *estado* allí, eso sí. La única oportunidad de averiguar lo que le había ocurrido le estaba esperando abajo, en la cocina.

Mientras se dirigía al primer piso, John se restregó los ojos y la cara. Notó que su mano, como si tuviera vida independiente, quería quedarse cerca de las mejillas. La piel de esa zona vibraba… como había vibrado en las pocas ocasiones en que Xhex lo había tocado.

Pensó en toda la sangre que había en aquella habitación y se estremeció. Xhex debía de haberse enfrentado a Lash, y aunque le enorgullecía pensar que ella le había infligido al asqueroso monstruo un buen número de heridas, no podía soportar la imagen de lo que seguramente habría ocurrido allí.

John dobló a la izquierda y entró en el comedor dando grandes zancadas, tratando de concentrarse en lo que tenía que hacer. Era difícil, porque se sentía como si lo hubiesen despellejado y arrojado al mar. Empujó la puerta giratoria que daba paso a la cocina y…

En cuanto sus ojos se clavaron en aquel restrictor, un terremoto sacudió sus entrañas y el universo entero pareció saltar en pedazos.

Abrió la boca todo lo que pudo y dejó escapar un grito mudo.

Se abalanzó sobre la hedionda criatura. La rabia alargó los colmillos dentro de su boca. Había perdido el control. Era como si su cuerpo lo gobernase un piloto automático. Se desmaterializó para reaparecer justo frente al asesino. Al quitar a Blay de encima del restrictor, el vampiro enamorado y desesperado que era John atacó con una ferocidad sobre la que había oído hablar... pero que nunca había visto.

Una ferocidad que ciertamente nunca había experimentado.

Con la visión borrosa y los músculos llenos de la energía que producía el odio ciego, atacaba sin pensar ni detenerse en nada, las manos convertidas en garras, los colmillos afilados como dagas. No era un vampiro, sino un terrorífico animal.

No tenía noción del tiempo... y ni siquiera sabía qué había hecho. La única sensación que logró penetrar vagamente hasta su conciencia fue el hedor dulzón que lo rodeaba.

Un rato después... mucho después... toda una vida después... John se detuvo para tomar aliento, y empezó a hacerse cargo de la situación. Estaba a cuatro patas, con la cabeza colgando, como quien dice, de la columna vertebral, y los pulmones ardiendo por el violentísimo ejercicio. Tenía las palmas de las manos plantadas sobre un suelo de baldosas que ahora estaba negro de sangre de restrictor, y algo le chorreaba por el pelo y la boca.

Escupió un par de veces para tratar de deshacerse de aquel sabor desagradable, pero, fuera lo que fuera, aquella mierda no sólo estaba en su boca y sus dientes; le bajaba por la garganta hasta las entrañas.

Y también le ardían los ojos, y veía borroso.

¿Acaso estaba llorando otra vez? No podía ser eso. Ya no se sentía triste... sólo vacío.

—Por Dios... —dijo alguien en voz baja.

Sintió una súbita y abrumadora fatiga. Se dejó caer hacia un lado. Apoyó la cabeza en un charco frío y pastoso y cerró los ojos. Ya no le quedaban fuerzas. Lo único que podía hacer, y no sin esfuerzo, era respirar.

Un rato después, oyó que Qhuinn le hablaba. Por pura cortesía, más que porque tuviera idea de lo que sucedía, John asintió con la cabeza al notar que su amigo hacía una pausa, como si esperase respuesta.

Se sobresaltó momentáneamente cuando sintió que lo agarraban de los hombros y las piernas, y logró abrir los párpados al sentir que lo levantaban.

Qué extraño. Las encimeras y los armarios de la cocina eran blancos cuando los había visto por primera vez. Ahora… estaban pintados de algo negro y brillante.

En medio de una suerte de delirio, John se preguntó por qué habrían hecho semejante cosa, con tan mal gusto.

El negro no era un color muy acogedor, ni apropiado para una cocina.

Cerró los ojos. Notó que lo llevaban a cuestas y luego sintió una sacudida, y que su cuerpo caía como un bulto arrojado a cualquier parte de mala manera. El motor de un coche que se encendía. Puertas que se cerraban.

Poco a poco volvía su ser. Estaban en movimiento. Sin duda debían de estar regresando al complejo de la Hermandad.

Volvió a dominarle el agotamiento.

Antes de desmayarse del todo, levantó la mano y se la llevó a la mejilla. Lo cual lo hizo recordar que había olvidado la almohada en la maldita casa.

Gracias a ese pensamiento recuperó la conciencia de inmediato y se incorporó como un resorte, como si fuera Lázaro regresando de entre los muertos.

Pero Blay estaba allí, con lo que él estaba buscando.

—Aquí está. Sabía que querrías llevarla contigo.

John agarró aquella almohada que todavía olía a Xhex y se abrazó a ella. Y eso fue lo último que recordó del tormentoso y alucinado viaje de regreso a casa.

***

Cuando Lash se despertó, estaba exactamente en la misma posición en que se hallaba cuando se quedó dormido: acostado sobre la espalda, con los brazos cruzados sobre el pecho… como si fuera un cadáver en un ataúd. Cuando era vampiro, solía moverse mucho mientras dormía y por lo general se despertada de lado, con la cabeza debajo de una almohada.

Se sentó, y lo primero que hizo fue mirar las lesiones que tenía en el pecho y el estómago. Estaban igual. No parecían peor, ni mejor. Y su energía tampoco había mejorado de forma significativa. Seguía sintiéndose débil.

A pesar de que había dormido por lo menos tres horas. ¿Qué demonios pasaba?

Gracias a Dios, había tenido el buen sentido de posponer la cita con Benloise. Uno no se reunía con un hombre como ése cuando tenía el aspecto, y no sólo el aspecto, de quien lleva dos semanas de juerga ininterrumpida.

Bajó esforzadamente las piernas de la cama, tomó fuerzas y se obligó a levantar el trasero del colchón para ponerse en pie. Se tambaleó. Volvió a tomar aire y notó que no se oía ningún ruido abajo. O sí. En realidad se escuchaba algo. Alguien estaba vomitando. Lo cual significaba que el Omega había terminado su trabajo con el nuevo recluta y el chico estaba comenzando un periodo de seis a diez horas de náuseas y vómitos continuados.

Lash levantó del suelo la camisa manchada y el traje y se preguntó dónde diablos estaría su ropa de repuesto. El señor D no necesitaba tres horas para ir a ver a Benloise, aplazar el encuentro y dirigirse a la mansión para dar de comer a Xhex y sacar otro traje del armario.

Empezó a bajar las escaleras. Móvil en mano, marcó el número del maldito tejano. Saltó el contestador y gritó: «¿Dónde demonios está mi ropa, idiota?».

Colgó y siguió hacia el comedor. El nuevo recluta ya no estaba sobre la mesa; tenía medio cuerpo debajo de ésta y la cabeza metida en un cubo, mientras se estremecía como si tuviera en las entrañas una rata que no lograba encontrar la salida.

—Te voy a dejar aquí —dijo Lash en voz alta.

Al oírle, el recluta hizo una pausa en sus arcadas y levantó la vista. Tenía los ojos rojos y de su boca abierta salía algo parecido a agua sucia.

—¿Qué… qué me está sucediendo? —preguntó con un hilo de voz y aire demente.

Lash se llevó la mano a la herida del pecho. Ahora le costaba trabajo respirar, mientras pensaba otra vez en que a los reclutas nunca les contaban la historia completa. Nunca sabían lo que les esperaba, ni lo que valía realmente aquello a lo que habían renunciado ni lo que recibían a cambio.

Hasta ese momento, nunca había pensado en él mismo como en un recluta. Él era el hijo, no otra pieza del engranaje del Omega. Pero ¿qué sabía él en realidad?

Retiró la mano de la herida.

—Tranquilo, no te preocupes —dijo de manera brusca—. Todo… va a ir bien. Dentro de un rato te quedarás dormido y, cuando despiertes… serás otra vez tú mismo, pero te notarás mejor, mucho mejor que antes.

—Ese ser que…

—Es mi padre. Pero olvídate de él. Tú vas a trabajar para mí, como ya te dije. Eso no ha cambiado. —Lash se dirigió a la puerta, impulsado por un insuperable deseo de salir corriendo—. Enviaré a alguien a buscarte.

—Por favor, no me dejes —dijo el chico con ojos llorosos, alargando penosamente una mano manchada de sangre—. Por favor…

Lash sintió que sus costillas se comprimían, oprimiéndole los pulmones hasta el punto de impedir su correcto funcionamiento. Se estaba quedando sin aire.

—Vendrán a recogerte.

Por fin atravesó la puerta, huyendo de aquella casa y de aquel caos. Se apresuró a subirse al Mercedes, se sentó frente al volante y cerró la puerta y todas las ventanillas. Arrancó a toda velocidad para alejarse de la granja. Necesitó recorrer varios kilómetros antes de poder respirar normalmente y sólo volvió a sentirse bien cuando vio los rascacielos del centro.

Mientras se dirigía a la mansión, llamó un par de veces más al señor D. Pero siempre le salía el buzón de voz.

Entró en el callejón y marchó hacia el garaje. Se sentía tan frustrado que estaba a punto de lanzar el teléfono por la ventanilla…

Sin embargo, de pronto levantó el pie del acelerador y frenó bruscamente.

La puerta del garaje de la mansión estaba abierta de par en par y el Lexus del señor D estaba aparcado dentro. Todo aquello iba contra las normas, contra el estricto protocolo de seguridad que regía en la Sociedad.

Eso y el hecho de que el señor D no contestara a sus llamadas le puso en guardia. Alarmado, pensó inmediatamente en Xhex. Si esos malditos hermanos se la habían llevado, los ataría en el jardín y dejaría que el sol los chamuscara lentamente.

Lash cerró los ojos y se concentró en su percepción, en su intuición, que no solía engañarle… Luego recurrió a la telepatía. Tras unos instantes, percibió señales del señor D, pero muy deficientes, muy débiles. Casi imperceptibles.

Era evidente que el maldito idiota había sufrido alguna desgracia. Pero aún no lo habían matado.

Llegó otro coche detrás de él y le pitó, y Lash se dio cuenta de que estaba parado en la mitad de la calle, lo cual también atentaba contra todas las reglas de la Sociedad.

Normalmente su primer impulso habría sido meter el Mercedes en el garaje y entrar corriendo a la mansión, listo para luchar… pero no era el mismo de siempre. Aún estaba torpe, embotado, medio grogui. Si los hermanos estaban todavía dentro, no podría hacerles frente. No era buen momento para pelear.

Hasta los restrictores podían acabar muertos un día. Y hasta el hijo del maligno podía ser enviado de vuelta a su creador.

Pero ¿qué pasaría con su hembra?

Sentía un extraño terror frío. Como impulsado por esa sensación, Lash siguió por el callejón hasta la bocacalle. Dos veces dobló a la derecha. Pasó de nuevo frente a su casa, y rogó que ella estuviera todavía…

Tomó aire, levantó la vista hacia las ventanas del segundo piso y vio a Xhex en la habitación. Experimentó tal alivio que más que suspirar rugió. Fuera lo que fuese lo ocurrido en la casa, entrara en ella quien entrase, Xhex todavía estaba donde él la había dejado. Sólo él podía verla al otro lado de ese cristal, con los ojos levantados hacia el cielo y la mano en el cuello. Parecía absorta y angustiada.

«Qué hermosa imagen», pensó. El pelo le había crecido mucho en el cautiverio y comenzaba a ensortijarse. El reflejo de la luna sobre su rostro de pómulos salientes y labios perfectos era absolutamente romántico.

Aún estaba allí, aún le pertenecía.

Tuvo que hacer un esfuerzo para seguir andando. Pensó que, de momento, estaba segura donde estaba: su prisión invisible era impenetrable para vampiros, humanos o restrictores. Lo mismo para un hermano que para cualquier idiota con un arma y mucha arrogancia.

Pero ¿qué podía hacer? ¿Entrar en la casa y correr el riesgo de enzarzarse en un combate con los hermanos? ¿Y si resultaba herido? En ese caso seguramente la perdería, porque aquel embrujo en el que Xhex estaba atrapada se mantenía gracias a la energía que él le suministraba. Y ya le estaba costando bastante reunir la energía suficiente para mantener activo el hechizo. Por una vez en él, que tanto despreciaba las debilidades, se impuso el realismo.

Y eso que la idea de seguir su camino y no entrar en la casa era una auténtica tortura.

Pero era la decisión correcta. Si quería conservar a Xhex, tenía que dejarla allí hasta que amaneciera. No correría el riesgo de combatir y quedarse sin energías.

Tardó un tiempo en darse cuenta de que estaba dando vueltas en el coche sin rumbo. La idea de marcharse a dormir a uno de esos decrépitos locales que tenía la Sociedad Restrictiva le deprimía hondamente.

Siguió vagando.

Joder, ¿es que nunca iba a amanecer?

Pese a lo mucho que había pensado y lo bien que razonaba, en el fondo se preguntaba si no sería un cobarde que buscaba excusas para huir. Pero tenía que hacer frente a la verdad. Estaba tan decaído, tan falto de fuerzas, que le costaba trabajo mantener los ojos abiertos. Casi no podía manejar con garantías el volante. Cuando comenzó a subir el puente que llevaba hacia el oeste, se preguntaba por qué se sentía tan cansado. Las heridas podían ser resultado de los combates con Xhex, pero la fatiga no era normal. Aquello era…

La respuesta se le ocurrió al mirar hacia el este. Tenía que habérsele ocurrido antes, porque en realidad era una explicación obvia. Y sin embargo lo golpeó con tanta fuerza que soltó el acelerador.

Este y oeste. Izquierda y derecha. Noche y día.

Desde luego, alimentarse con la asquerosa sangre del señor D sólo lo ayudaba parcialmente.

Él necesitaba una hembra. Una restrictora hembra.

¿Por qué no se le había ocurrido antes? Los vampiros macho sólo se fortalecían de verdad al beber la sangre del sexo opuesto. Y aunque el legado de su padre predominaba en él, estaba claro que todavía le quedaba suficiente parte de vampiro como para necesitar una alimentación vampírica.

Sólo después de morder las venas del señor D se había sentido parcialmente satisfecho. Pero sólo parcialmente.

Era una importante conclusión, y abría un nuevo futuro para Xhex.

Los ruidos de la sangrienta refriega que había tenido lugar abajo llegaron hasta los oídos de Xhex y, a juzgar por el hedor que entraba ahora por la rendija de la puerta, apenas podía imaginarse lo que le habían hecho a aquel restrictor que le llevaba la comida.

Se diría que una parte del primer piso había sido redecorada con arabescos pintados con sangre de restrictor.

Le sorprendió que los hermanos hubiesen decidido desmembrar a aquel maldito asesino en la casa... Por lo que sabía, Butch O'Neal solía pulverizar a los asesinos para impedir que regresaran al Omega. Pero hacer algo así, en la casa. Le sorprendería que quedara algún pedazo de restrictor mayor que una uña.

O alguien había enloquecido o se trataba de un mensaje para Lash.

Tras el caótico fragor del combate, hubo un extraño momento de silencio, y luego se oyeron muchas pisadas. Cuando no quedó nada que matar, se marcharon.

El fuego del pánico volvió a encenderse en su pecho y tuvo que hacer un esfuerzo supremo para dominarse. ¡Maldición! No se iba a desmoronar. Lo único que le quedaba en aquella horrible situación era ella misma, sus propias fuerzas, su propio valor. Ella era el arma secreta. Su mente y su cuerpo eran las únicas cosas que Lash no podía quitarle.

Si las perdía, estaría perdida para siempre. No podría llevarse a Lash con ella cuando se fuera de este mundo. Porque ya no tenía esperanzas de sobrevivir, sino sólo de arrastrarle en la muerte.

Pensando esas cosas, Xhex sacaba la energía suficiente para seguir viva y combatiendo. Esa fría determinación la ayudaba a controlar sus emociones, tan intensas que podrían haber llevado a la locura a cualquier otra que fuese sólo un poco menos fuerte. Así que, con otro titánico esfuerzo espiritual, apartó de su pensamiento todo lo que había sentido al estar cerca de John Matthew.

Tenía que olvidarse de todo aquello. Lo importante era lo importante.

Ya plenamente centrada en su lucha, cien por cien en guardia, Xhex se dio cuenta de que no había oído ningún estallido ni había percibido ningún resplandor. Eso quería decir que no habían apuñalado al asesino. Y el olor era tan fuerte que estaba segura de que habían dejado el cuerpo, o lo que quedara de él, en la casa.

Lash se volvería loco de furia. Lo había visto relacionarse con el tejano y, aunque él lo había negado, estaba segura de que su carcelero tenía un vínculo especial con aquel maldito subordinado. Así que lo que tenía que hacer era explotar esa debilidad. Presionarlo todo lo posible hasta que perdiera los estribos. Tal vez se desmoronara totalmente...

En medio del silencio y de aquel hedor dulzón, Xhex comenzó a pasearse de aquí para allá. Y terminó junto a la ventana. Sin pensar en el campo de fuerza invisible que la rodeaba, levantó las dos manos para abrir la ventana. En el último instante, demasiado tarde, cayó en la cuenta de que seguía prisionera.

Instintivamente, dio un salto hacia atrás, pues esperaba sufrir la habitual descarga dolorosa.

Pero en lugar de eso, sólo sintió un cosquilleo.

Algo había cambiado en las condiciones de su prisión.

Intentó pensar, recuperar la serenidad. Volvió a acercarse a la barrera e hizo presión, esta vez adrede, con las palmas de las manos. Lo que necesitaba para hacer una evaluación precisa de lo que ocurría era mantenerse fría, lo más objetiva posible. Así lo hizo; pero resultó que el cambio era tan obvio que lo hubiese notado aunque estuviese medio enloquecida.

Había debilidad en la resistencia de la barrera. Una inconfundible debilidad. Una debilidad nueva.

La pregunta era por qué. Y también si la debilidad iría a más. Y se preguntaba si era un problema pasajero... ¿Debía empujar con todas sus fuerzas para ver si se rompía la ahora débil barrera? ¿No habría algún peligro, no sería una trampa?

Inspeccionó la ventana. Aparentemente, todo estaba igual, nada había cambiado en su prisión; pero cuando apoyó la mano contra la barrera cercana al cristal, con cierta prudencia, sólo para ver si no estaba alucinando, comprobó que estaba en lo cierto. Era mucho más débil.

¿Acaso Lash estaba muerto? ¿Había sido herido?

En ese momento, un enorme Mercedes negro pasó lentamente frente a la casa y Xhex percibió que el maldito hijo de puta iba dentro. Y ya fuera porque Lash había estado alimentándose de su sangre o porque la barrera se estaba debilitando, Xhex pudo sentir claramente las emociones de su verdugo con su lado symphath: se sentía, solo, aislado. Estaba nervioso. Y débil.

Vaya, vaya, vaya...

Desde luego, eso explicaba la disminución en la resistencia que había percibido en el campo de fuerza. ¿Explicaba, además, por qué Lash no había subido de inmediato a su habitación? Si ella fuera Lash y no se notara con fuerzas, esperaría hasta el amanecer antes de entrar.

O iría a buscar refuerzos.

Y para eso servían los teléfonos móviles, ¿no?

Tras un interminable rato rondando por la casa, el Mercedes salió del vecindario y no volvió a aparecer. Xhex dio dos pasos hacia atrás para alejarse de la ventana. Después de tensar las piernas, adoptó una posición de combate, cerró los puños y arqueó ligeramente el cuerpo a la altura de las caderas. Respiró hondo, se concentró al máximo y lanzó contra la barrera invisible el puñetazo más violento de su vida.

La debilitada cárcel inmaterial le devolvió el golpe, pero la habitación entera se estremeció. El campo de fuerza pareció estremecerse, como si estuviera intentando reequilibrarse después de sufrir un seísmo. Antes de que pudiera recuperarse por completo, Xhex le lanzó otro golpe, aún más fuerte.

Pareció como si un lejano cristal situado en el límite de de la barrera se rompiera por el impacto.

Xhex se quedó aturdida en un primer momento. Enseguida pudo sentir la brisa azotándole la cara. Se miró los nudillos ensangrentados. Había roto algo, en efecto, y no tan inmaterial como creía.

Mientras pensaba lo que debía hacer a continuación, miró hacia la puerta que John y los hermanos habían dejado abierta.

Lo último que quería era escapar cruzando el interior de la casa, pues no conocía su distribución y no tenía idea de lo que se podía encontrar por el camino. Pero algo en su interior le decía que probablemente estaba demasiado débil para desmaterializarse, así que si trataba de escapar por la ventana, no estaba segura de poder desaparecer a tiempo.

Podía romperse la cabeza.

La puerta abierta era, pese a todo, la más sensata vía de escape. Para romper aquella zona de la barrera ya no podía usar los puños, demasiado magullados. Utilizaría su cuerpo como ariete.

La prisionera dio media vuelta, apoyó la espalda contra la pared, respiró hondo y se lanzó a través de la habitación y embistió con toda su alma.

El choque le provocó un dolor ardiente, que parecía quemarle todas las células de su cuerpo. Aquella horrible y agónica sensación la dejó ciega. La mágica celda había resistido el impacto y la tenía envuelta, atrapada en su campo de fuerza. Se sentía como muerta…

Pero eso sólo duró un momento, porque enseguida se produjo algo así como un brusco desgarro en la barrera. Xhex, sobreponiéndose a su dolor y su agotamiento, decidió jugarse el todo por el todo para intentar llegar al otro lado, lejos de la maldita habitación.

Y por fin irrumpió al otro lado del campo de fuerza. Se estrelló contra la pared del corredor con tanta violencia que pensó que no sólo había abierto un agujero en la prisión inmaterial, sino también en los ladrillos.

Con la cabeza dándole vueltas y los ojos debatiéndose entre la oscuridad y el resplandor de miles de chispas, Xhex se esforzó por recuperar la lucidez. Había logrado salir de allí, pero aún no era libre.

Miró hacia atrás y vio cómo el aire se estremecía. Se recomponía el campo de fuerza después de haber sido perforado por ella. Si hubiera seguido en el otro lado, ahora ya no podría escapar. Se preguntó si Lash percibiría en la distancia que su hechizo se había roto.

Pero no era momento para andarse con especulaciones. Su voz interior era imperativa.

«¡Vete ahora mismo. Sal de aquí… corre!».

Xhex se levantó del suelo y comenzó a caminar por el pasillo. Sintió que las piernas le temblaban. Llegó a las escaleras y bajó dando tumbos. En el vestíbulo, el olor a sangre de restrictor le produjo arcadas. Se alejó de allí lo más rápido que pudo, aunque no tanto por el hedor como por el afán de escapar. Todo el movimiento que había notado en la casa tenía lugar en la parte cercana a la puerta trasera, de modo que convenía buscar otra solución.

La más sencilla estaba ante sus narices. La puerta principal se levantaba ante ella, gigantesca, adornada con tallas y un vitral con barrotes de hierro. Era impresionante, pero de apertura sencilla, pues sólo contaba con una cerradura corriente.

Eso sería fácil.

Xhex se acercó a la puerta, puso la mano sobre la cerradura y concentró toda la energía que le quedaba en mover los pasadores. Uno… dos… tres… y cuatro.

Abrió la puerta. Cuando ya tenía un pie afuera, oyó que alguien entraba en la cocina.

¡Mierda! Lash estaba de regreso. Había vuelto a por ella.

Echó a correr olvidando su agotamiento, impulsada por el pánico. No obstante, teniendo en cuenta el terrible estado en que se encontraba, sabía que no iba a llegar muy lejos. Mientras quemaba sus últimas energías desmaterializándose, cosa que consiguió pese a sus dudas, decidió que lo mejor que podía hacer era ir a su apartamento del sótano. Al menos allí estaría a salvo mientras se recuperaba.

Xhex tomó forma frente a la puerta secreta que llevaba a su estudio. Abrió la cerradura de cobre con la mente. Al cruzar la puerta, las luces del corredor blanco se encendieron, pues funcionaban con un sensor de movimiento. Tuvo que levantar el brazo para protegerse los ojos, mientras bajaba a tientas las escaleras. Cerró la puerta mentalmente y siguió su camino, tambaleándose.

Se dio cuenta de que estaba coja.

¿Sería una lesión importante? ¿Se la había hecho al chocar contra la barrera inmaterial o al estrellarse contra la pared de verdad?

Qué diablos importaba.

Fue hasta su habitación y se encerró allí. Encendió las luces y clavó la mirada en la cama. Sábanas blancas y limpias. Los almohadones cuidadosamente colocados. La colcha sin una arruga.

Por desgracia, no pudo llegar hasta el colchón, pues cuando sintió que se le doblaban las rodillas, no pudo resistir más y se dejó caer. Se desplomó en el suelo como muerta.

Estaba inconsciente.

***

Blaylock volvió a entrar en la mansión con Rhage y Vishous sólo veinte minutos después de haberse marchado con John. En cuanto lo dejaron a salvo en el complejo, regresaron para terminar de registrar la propiedad: esta vez estaban buscando cosas pequeñas, como tarjetas de identificación, ordenadores, dinero en efectivo, drogas, cualquier cosa que les proporcionara información.

Tras ver la carnicería que había protagonizado John Matthew, Blay apenas dio importancia a la sangre que cubría la cocina y enseguida comenzó a abrir armarios y cajones. Vishous se dirigió al segundo piso, mientras Rhage se ocupaba de la parte frontal de la casa.

De pronto se oyó gritar a Rhage.

—La puerta principal está abierta de par en par.

Así que alguien había estado allí después de que ellos se marcharan con John. ¿Un restrictor? No era muy probable, pues ellos nunca habrían dejado la puerta abierta. ¿Tal vez un ladrón humano? Los hermanos no habían cerrado con llave la puerta trasera después de salir, así que tal vez alguien se había arriesgado a entrar.

Si había sido un humano, debía de haberse llevado la impresión de su vida. Eso explicaría que hubiese salido a toda prisa por la otra puerta, para no cruzar otra vez el espantoso escenario.

Blay sacó su arma, temeroso de que hubiese alguien en la casa, y con la mano que tenía libre, siguió registrándolo todo rápidamente. Encontró dos teléfonos móviles en un cajón, los dos sin cargador. V se encargaría de ellos. También había algunas tarjetas al lado del teléfono, pero todas eran de contratistas humanos que probablemente habían trabajado en la remodelación de la casa.

Registró los cajones que había debajo de la encimera.

Se incorporó. Justo frente a él había un frutero lleno de manzanas.

Al mirar en dirección a la estufa, vio algunos tomates. Y una hogaza de pan francés envuelta en papel.

Se dirigió a la nevera y la abrió. Leche. Un bocadillo de comida orgánica, de Whole Foods. Un pavo listo para ser cocinado. Beicon ahumado.

No parecía comida para prisioneros.

Blay levantó la cabeza hacia el techo, donde se oían las pisadas de V, que iba de una habitación a otra. Luego sus ojos revisaron la cocina en conjunto, desde el abrigo de cachemira dejado sobre una butaca hasta las cacerolas de cobre que estaban colocadas en las estanterías, pasando por la cafetera llena de café.

Todo estaba nuevo y parecía recién salido de una foto de catálogo. Todas aquellas cosas eran, además, de marcas conocidas y buenas.

Aquello encajaba a la perfección con la personalidad de Lash, el señorito. Pero se suponía que los restrictores no podían comer. Así que, a menos que estuviesen tratando a Xhex como a una reina, lo cual era muy poco probable, alguien que no era restrictor comía regularmente en aquella casa.

La despensa estaba a la salida de la cocina y Blay pasó por encima de un charco de sangre de restrictor para echar un vistazo a sus estanterías: había suficiente comida enlatada como para mantener a toda una familia durante un año.

Ya salía de allí cuando sus ojos captaron algo en el suelo: había unas cuantas rayaduras en la superficie inmaculada de la madera... y tenían forma de media luna.

Se agachó y apartó algunos objetos que le estorbaban en su inspección. La madera parecía lisa y perfecta, sin más rayaduras. Dio unos cuantos golpecitos con los nudillos y descubrió que sonaba a hueco. Así que sacó su cuchillo y usó la empuñadura para dar más golpes y determinar las dimensiones precisas del hueco. Luego le dio la vuelta al arma e introdujo la punta del cuchillo por una de las hendiduras.

Levantó una tabla, sacó una linterna y alumbró el interior.

Se veía una bolsa de basura, del mismo color que la sangre de los restrictores.

La sacó, la abrió y soltó una exclamación.

—¡Puta mierda!

Rhage apareció enseguida detrás de él.

—¿Qué has encontrado?

Blay metió la mano en la bolsa y sacó un puñado de billetes arrugados.

—Dinero en efectivo. Mucho dinero.

—Sácalo. V ha encontrado en el segundo piso un portátil y una ventana rota, que no estaba así antes. He cerrado la puerta principal por si a los humanos les da por husmear. —Rhage miró el reloj—. Tenemos que marcharnos de aquí antes de que salga el sol.

—Entendido.

Blay agarró la bolsa y dejó el escondite abierto, pues pensó que cuanto más evidente fuera la infiltración, mejor. De todas maneras, a quien entrara le sería imposible pasar por alto los trocitos de restrictor que habían quedado desperdigados por todas partes.

Cómo le gustaría ver la cara que iba a poner el maldito Lash cuando regresara y se encontrara aquel espectáculo.

Los tres se dirigieron al jardín de atrás. Rhage y Blay se desmaterializaron, mientras Vishous hacía un puente para poner en marcha el Lexus que estaba en el garaje, para confiscarlo también.

Todo eso sucedió sin que nadie propusiera quedarse para ver quién aparecía. Era imposible. El amanecer no perdonaba.

De regreso en la mansión de la Hermandad, Blay entró al vestíbulo con Hollywood. Había mucha gente esperándolos. Butch se hizo cargo del botín para procesarlo después en la Guarida. En cuanto pudo escaparse, Blay subió a la habitación de John.

Llamó a la puerta y por toda respuesta sonó un gruñido. Abrió y entró. Vio a Qhuinn sentado en un sillón junto a la cama. La lámpara que estaba sobre la mesita de al lado proyectaba una luz amarilla en medio de la oscuridad, que iluminaba a Qhuinn y también el bulto que yacía en la cama, cubierto con el edredón.

John estaba inconsciente.

Qhuinn, por otro lado, parecía absorto en la botella que tenía junto al brazo. Sostenía en la mano una copa llena del fino tequila que se había convertido últimamente en su bebida predilecta.

Por Dios, con Qhuinn tomando tequila y John entregado al Jack, Blay estaba empezando a pensar que debería cambiar de hábitos. La cerveza empezaba a parecerle una vulgar bebida de adolescentes.

—¿Cómo está? —preguntó Blay en voz baja.

Qhuinn dio un sorbo a su vaso.

—Bastante mal. He llamado a Layla. Necesita alimentarse.

Blay se acercó a la cama. Los ojos de John no parecían cerrados, sino más bien clausurados. Tenía las cejas tan apretadas y la frente tan arrugada que se diría que estaba tratando de resolver un intrincado problema de física en mitad del sueño. Tenía la cara extraordinariamente pálida, lo cual hacía que el pelo pareciese todavía más negro, y respiraba con dificultad. Estaba desnudo. Alguien le había quitado del cuerpo la mayor parte de la sangre del restrictor que había masacrado.

—¿Tequila? —preguntó Qhuinn.

Blay asintió y estiró la mano sin mirar, mientras seguía observando a John. Aunque esperaba que Qhuinn le pasara la botella, su amigo le pasó el vaso. Blay se lo bebió de un trago.

Bueno, ya sabía por qué a Qhuinn le gustaba tanto aquel licor.

Después de devolver el vaso, Blay cruzó los brazos sobre el pecho y escuchó cómo Qhuinn volvía a llenarlo. Por alguna razón, el delicioso sonido de la cara bebida cayendo sobre el vaso de cristal lo relajó.

—No puedo creer que haya llorado —murmuró Blay—. Me refiero a que… Bueno, sí puedo creerlo, pero estoy sorprendido…

—Obviamente, ella había estado en esa habitación. —La botella de tequila regresó a la mesa con un golpe seco—. Pero no pudimos encontrarla.

—¿John ha dicho algo?

—No. Ni siquiera cuando lo metí en la ducha y me lavé con él.

Aquélla era una imagen de la que Blay realmente podía y debía prescindir. Menos mal que a John no le gustaban los machos.

Se oyó un golpecito en la puerta y enseguida invadió la habitación un aroma a canela y especias. Blay fue hasta la puerta y dejó entrar a Layla, al tiempo que le hacía una inclinación de cabeza.

—¿En qué puedo serviros? —La Elegida frunció el ceño al mirar hacia la cama—. Vaya, ¿está herido?

Mientras ella se acercaba a John Matthew, Blay pensó que sobre todo estaba herido por dentro.

—Gracias por venir —dijo Qhuinn, levantándose de la silla. Luego se inclinó sobre John y le dio un golpecito en el hombro—. Oye, hermano, despiértate por un segundo.

John se enderezó desconcertado, ansioso, como si estuviera luchando contra las olas del mar. Se sacudió y parpadeó nerviosamente.

—Es hora de comer como es debido. —Sin volverse a mirarla, Qhuinn tendió la mano a Layla para que se acercara—. Es preciso que te centres un momento y luego te dejaremos en paz.

La Elegida vaciló un momento… y luego avanzó. Agarró lentamente la mano que le tendían, deslizando su piel sobre la de Qhuinn y caminando con una especie de tierna timidez que hizo que Blay sintiera pena por ella.

A juzgar por el rubor que cubrió repentinamente sus mejillas, Blay tuvo el presentimiento de que, al igual que le sucedía a todo el mundo, la Elegida se sentía atraída por Qhuinn.

—John… hermano. Vamos, necesito que prestes atención. —Qhuinn dio un tirón a Layla, de manera que la Elegida acabó sentada en la cama. En cuanto vio el estado en que se encontraba el herido, la muchacha se apresuró a ayudarlo.

—Señor… —La voz de la Elegida resonó con una suavidad y una ternura inimaginables. Se levantó la manga de la túnica—. Señor, despierte y tome de mí lo que pueda ofrecerle. En verdad, está usted muy necesitado de alimentación.

John empezó a negar con la cabeza, pero Qhuinn reaccionó enseguida:

—¿Quieres encontrar a Lash? Pues no podrás hacerlo si sigues en este estado. No puedes ni levantar la maldita cabeza… Perdona la brusquedad de mis palabras, Elegida. Muchacho, necesitas recuperar fuerzas. Vamos, no seas estúpido, John.

Los ojos de dos colores de Qhuinn se habían clavado en Layla cuando se excusó por su brusquedad. Y seguramente ella respondió con una sonrisa, pensó Blay, porque, por un momento, Qhuinn ladeó la cabeza como si estuviera disfrutando de la contemplación de su belleza.

O tal vez eran imaginaciones suyas.

Tenía que ser eso.

Sí, seguro que era eso.

Layla dejó escapar una exclamación cuando los colmillos de John se clavaron en su piel y comenzó a tomar lo que ella le ofrecía. Satisfecho, Qhuinn regresó a su asiento y llenó de nuevo el vaso. Después de tomarse la mitad, se lo pasó a Blay.

Beber otro trago le pareció a Blay lo mejor que podía hacer en aquel momento. Se colocó tras el sillón y apoyó un brazo en el respaldo, mientras daba un sorbo largo y lento, y luego otro, antes de devolver el vaso.

Se quedaron así, compartiendo el tequila, mientras John se alimentaba de Layla… Al cabo de un rato, de duración imprecisa, Blay se dio cuenta de que había puesto los labios en el mismo lugar donde los colocaba Qhuinn para beber.

Tal vez fuera por el alcohol, o quizá por el hecho de que, desde donde Blay estaba, cada vez que respiraba sentía el aroma oscuro de Qhuinn, pero el caso era que su excitación empezaba a hacérsele intolerable.

Blay se dio cuenta de que tenía que marcharse.

Quería acompañar a John, apoyarle, pero con cada minuto que pasaba, se acercaba más y más a Qhuinn. Hasta el punto de que la mano que colgaba del respaldo del sillón ya estaba casi acariciando aquella melena negra.

—Tengo que irme —dijo Blay con voz ronca y devolvió el vaso por última vez, antes de dirigirse a la puerta.

—¿Estás bien? —le preguntó Qhuinn.

—Sí. Que duermas bien, y cuídate, Layla.

—¿No necesitas alimentarte? —preguntó Qhuinn.

—Mañana.

Salió, deseando no encontrarse con nadie en el pasillo.

Blay no había notado aún hasta qué punto, pero sabía que estaba excitado… y eso, por muy bien educado que fuera un macho, no se podía esconder tras unos pantalones de cuero ajustados.

A l Otro Lado, Payne daba vueltas alrededor de la fuente de su madre. Sus pies formaban círculos en el estanque que recogía el agua del surtidor. Mientras chapoteaba, mantenía su túnica recogida y escuchaba el canto de los pajarillos de colores que vivían en el árbol blanco de la esquina. Las pequeñas aves trinaban y saltaban de rama en rama, picoteándose unas a otras, limpiando constante, se diría que eternamente, su plumaje.

Payne no entendía cómo aquellas criaturas podían pensar que aquella actividad tan limitada justificaba una existencia.

En el santuario no existía el tiempo, no había concepto de tal cosa y, sin embargo, Payne soñaba con tener un reloj de bolsillo o uno de pared para saber cuánto se retrasaba el Rey Ciego.

Todas las tardes tenían una sesión de combate. Bueno, durante lo que debía de ser la tarde para él. Porque, ella, atrapada allí en el Otro Lado, vivía en una perenne mañana.

Payne se preguntó cuánto tiempo haría ya que su madre la había sacado de aquel profundo estado de congelación, permitiéndole disfrutar de un poco de libertad. No había manera de saberlo. Wrath había comenzado a acudir de forma regular hacía más o menos… ¡Otra vez con el tiempo a vueltas! En fin, el caso es que llevaban quince ocasiones, lo que significaba que ella había sido reanimada tal vez… bueno… ¿Podían haber transcurrido unos seis meses?

Pero lo importante de verdad era saber cuánto tiempo había permanecido retenida en aquel estado. Y por importante que fuese, tampoco tenía tanta curiosidad como para preguntárselo a su madre. Ellas no se hablaban. Hasta que aquella hembra «divina» que la había traído al mundo no estuviera dispuesta a dejarla salir de allí, Payne no tenía nada que decirle.

En verdad, aquel silencio obligado no parecía estar sirviendo de gran cosa. No valía para nada, en absoluto. Y Payne tampoco esperaba otra cosa. Cuando tienes una madre de pesadilla que es la creadora de la raza, es decir que no rinde cuentas a nadie, ni siquiera al rey…

Entonces… No había manera de escapar.

Cuando comenzó a pasearse por el estanque a mayor velocidad y su túnica comenzó a empaparse, Payne se alejó de la fuente y se puso a corretear, con los puños por delante y lanzando golpes al aire.

Lo de portarse como una Elegida bondadosa y obediente sencillamente no formaba parte de su naturaleza, y ésa era la raíz de todos los problemas surgidos entre ella y su madre.

Dios, qué lástima, qué desilusión.

Venga, supéralo ya, querida madre.

Aquella forma de comportarse y aquellas convicciones eran para otra gente. Además, si la Virgen Escribana esperaba tener otro fantasma enfundado en una túnica, flotando como una brisa silenciosa por una habitación con aire acondicionado, que hubiera elegido a otro padre para sus hijos.

La impronta vital del Sanguinario estaba claramente grabada en la personalidad de Payne. Los rasgos de carácter de su padre habían pasado a una nueva generación.

De pronto, Payne dio media vuelta, detuvo el puño de Wrath con el antebrazo y de inmediato le lanzó una patada al hígado, que no alcanzó su objetivo por muy poco. El rey contraatacó rápidamente, con un codazo que, de darle, le habría causado, sin duda, una severa contusión.

Payne se agachó rápidamente para esquivar el golpe y lanzó otra patada que buscaba tirar al rey de espaldas; pero aunque era ciego, éste tenía una increíble intuición para saber con precisión dónde estaba ella y qué movimientos hacía, y se salvó del ataque.

También adivinó que ella trataría de atacar por el flanco, y por eso giró sobre los talones, para sorprenderla con una patada por la espalda antes de que pudiese acometerle por el costado.

Payne, al ver que su maniobra fracasaba, cambió de plan, se tiró al suelo y, moviendo las dos piernas al tiempo, lo agarró de los tobillos y le hizo perder el equilibrio. Entonces se movió rápidamente hacia la derecha para evitar que aquel inmenso cuerpo le cayera encima. Luego dio un ágil salto, se le echó sobre la espalda y le envolvió el cuello con el brazo, en una llave perfectamente ejecutada. Para tener más fuerza, se agarró la muñeca con la otra mano y apretó cuanto pudo.

Pero el rey no iba a resignarse a semejante derrota. Giró sobre sí mismo y se dio la vuelta.

Su increíble fuerza le permitió ponerse de pie a pesar de la llave de que era víctima, y luego saltó en el aire, cargando con ella, hasta que aterrizaron en el mármol, Payne debajo y él encima.

Menudo colchón para el rey… Payne casi sentía cómo se doblaban sus huesos.

Sin embargo, el rey era por encima de todo un macho de honor y, por consideración a la inferioridad de la musculatura de la muchacha, nunca la mantenía atrapada en el suelo durante mucho tiempo. Lo cual irritaba mucho a Payne y era otra razón para que el rey lo hiciese. Ella habría preferido un combate sin reglas, pero los sexos presentaban diferencias insalvables. Los machos, sencillamente, era más grandes y, por tanto, más fuertes.

Por mucho que le molestara, Payne no podía hacer nada al respecto.

Y cada vez que lograba propinar al rey un buen golpe gracias a que ella era más rápida, se sentía extraordinariamente bien. Casi era feliz cuando lo conseguía.

El rey se levantó con agilidad y se dio la vuelta. Su largo pelo negro trazó un elegante círculo en el aire antes de caer sobre su judogi blanco. Con las gafas oscuras que siempre ocultaban sus ojos y aquel tremendo despliegue de músculos, estaba aterrador, magnífico. Era, sin duda, un acabado producto del mejor de los linajes de la raza vampira, sin contaminación alguna de sangre humana o de cualquier otro tipo.

Y eso tenía sus inconvenientes. Según había oído, la ceguera del rey era el resultado de su extremada pureza de sangre.

Payne se fue a levantar y sintió un doloroso espasmo en la espalda, pero hizo caso omiso y se enfrentó de nuevo a su oponente. Esta vez, fue ella la que decidió atacar sin reserva alguna, lanzando golpes a diestro y siniestro. Una vez más se evidenció que la habilidad de Wrath, el ciego, para esquivar y contener golpes que no veía venir era absolutamente asombrosa.

Tal vez por eso nunca se quejaba de su ceguera.

Eso Payne se lo imaginaba. Jamás lo habían comentado, claro, porque tampoco es que ellos hablaran mucho. Y a ella le parecía perfecto hablar tan poco.

Payne se preguntaba a menudo cómo sería la vida de Wrath en el mundo exterior.

¡Cuánto envidiaba la libertad de la que disfrutaba el ciego!

Payne y Wrath continuaron luchando, persiguiéndose alrededor de la fuente, luego por la galería de las columnas y la puerta que llevaba al interior del santuario. Y luego otra vez alrededor de la fuente.

Como ocurría al final de cada sesión, los dos quedaron sangrando y llenos de magulladuras. Pero no había razón para preocuparse. En cuanto bajaban las manos y cesaba el intercambio de golpes, las heridas comenzaban a sanar.

El último golpe de la sesión correspondió a Payne. Fue un asombroso gancho que dio en mitad de la mandíbula del rey y le desplazó la cabeza hacia atrás, haciendo que la melena se le agitara en el aire.

Siempre acordaban en silencio cuál era el momento de terminar, aunque ninguno de los dos decía nada.

Se recuperaban mientras caminaban hombro con hombro hasta la fuente, estirando los músculos y colocándose todas las partes de los descoyuntados cuerpos en su lugar. Se lavaban la cara y las manos con el agua limpia y cristalina de la fuente y se secaban con suaves toallas que Payne tenía preparadas para la ocasión.

A pesar de que intercambiaban golpes y no palabras, Payne había llegado a pensar en el rey como en un amigo. Y a confiar en él.

Era la primera vez que tenía un amigo en la vida.

Y eran sólo amigos, pues a pesar de lo mucho que Payne admiraba los considerables atributos físicos del rey, en ellos no encontraba una pizca de atracción. En buena medida, gracias a eso se mantenía la extraña amistad. Ella no se habría sentido cómoda si las cosas fuesen de otra manera.

No, Payne no estaba interesada en hacer vida sexual, ni con Wrath ni con nadie más. Los vampiros machos tenían tendencia de muy dominantes, en especial los que provenían de los mejores linajes. No podían evitarlo, se trataba, una vez más, de un comportamiento determinado por la sangre. Y ella ya estaba harta de que otros tuvieran tanto poder decisorio sobre su vida. Lo último que necesitaba era, encima, liarse con un macho controlador.

—¿Estás bien? —le preguntó Wrath cuando se sentaron en el borde de la fuente.

—Sí, muy bien. ¿Y tú? —A Payne ya no le molestaba, como al principio, que él le preguntara si estaba bien. Las primeras dos veces se había sentido ofendida, porque, ¿acaso pensaba que no iba a ser capaz de soportar los dolores causados por el combate? Pero luego se dio cuenta de que la pregunta no tenía nada que ver con su sexo; Wrath le preguntaría lo mismo a cualquier rival con el que se midiera físicamente.

—Me siento estupendamente, genial —dijo Wrath y su sonrisa dejó ver unos colmillos tremendos—. Ese gancho ha sido estupendo, por cierto.

Payne sonrió con tanta franqueza, con la boca tan abierta, que le dolieron las mejillas. Era otra de las razones por las que le gustaba estar con él. Como Wrath no podía ver, no había razón para ocultar sus emociones.

Nada la hacía más feliz que oírle decir que lo había impresionado con sus cualidades de luchadora.

—Bueno, majestad, sus giros inesperados siempre me acaban derrotando. Son mortales.

Ahora era Wrath el que enseñaba con alegría todos los dientes y Payne se sintió conmovida por un momento, al pensar que sus elogios significaban algo para el rey.

—La fuerza y el tamaño tienen sus ventajas —murmuró Wrath, con un poco de falsa modestia.

De repente, el rey pareció mirarla de verdad. Las gafas de sol hicieron que Payne pensara, una vez más, que le daban una apariencia cruel, aunque el rey había demostrado, una y otra vez, que no tenía ninguna crueldad.

Wrath carraspeó.

—Gracias por estos ratos. Las cosas no andan bien en casa.

—¿Por qué?

Ahora Wrath giró la cabeza, como si quisiera mirar el horizonte. Posiblemente era un mecanismo de defensa para ocultar las emociones a los demás.

—Hemos perdido a una hembra. La capturó el enemigo. —El rey sacudió la cabeza—. Y uno de los nuestros está sufriendo mucho por eso.

—¿Eran pareja?

—No… pero él se comporta como si lo fueran. —El ciego se encogió de hombros—. No me percaté a tiempo del fuerte lazo que había entre ellos. Nadie lo notó, en realidad. Pero ahora es evidente y anoche lo confirmamos de una manera muy desagradable.

El deseo de saber más sobre lo que sucedía allá abajo, sobre cómo eran aquellas vidas terrenales que estaban expuestas a tantas cosas y que debían de ser tan vibrantes, la impulsó a mostrarse más curiosa que de costumbre.

—¿Qué sucedió?

El rey se echó el pelo hacia atrás y suspiró.

—Anoche mató brutalmente a un restrictor. Fue tremendo. No hubo ocasión ni de interrogarle. Simplemente lo masacró.

—Pero ése es su deber, ¿no?

—No fue en el campo de batalla. Fue en la casa donde los asesinos habían tenido retenida a la hembra. Podíamos haberlo interrogado, pero John sencillamente lo hizo trizas. Y el caso es que es un buen chico. Pero el comportamiento de un macho enamorado puede ser letal. A veces eso es útil, pero en otras ocasiones, todo lo contrario. ¿Entiendes a qué me refiero?

Se quedó pensativa, pensando en el mundo exterior, en lo que debía de ser combatir la maldad. Trataba de rebuscar en sus recuerdos de la efímera época terrenal

En ese momento, apareció la Virgen Escribana. Sus vestiduras negras flotaban un poco por encima del suelo de mármol.

El rey se puso de pie e hizo una reverencia, pero su gesto, lleno de dignidad, no tenía nada de servil. Otra razón para que le agradara tanto a Payne.

—Querida Virgen Escribana.

—Wrath, hijo de Wrath.

Y eso fue... todo. Como nadie hacía preguntas a la madre de la raza, y la Virgen Escribana permaneció en silencio, pasó un buen rato durante el cual lo único que se oyó fue el movimiento del aire.

El cielo nos libre de la tentación de hacerle una pregunta a esa hembra.

Además, era evidente la razón de aquella interrupción: la madre de Payne no quería que hubiese ningún contacto entre su hija y el mundo exterior.

—Es hora de retirarme —le dijo Payne al rey. Prefería irse por propia iniciativa, porque no sabía lo que podría salir de su boca si su madre se atrevía a decirle que se marchara.

El rey extendió su puño.

—Adiós. ¿Volvemos a luchar mañana?

—Con mucho gusto. —Payne hizo chocar los nudillos contra el puño del rey, tal como él le había enseñado que era la costumbre, y se dirigió a la puerta que llevaba al interior del santuario.

Al otro lado de los paneles blancos, el verde césped la encandiló, fue un regalo para sus ojos. Tuvo que parpadear al pasar frente al Templo del Gran Padre, camino de las habitaciones de las Elegidas. Flores amarillas, blancas, rosa y rojas crecían en ramilletes por todas partes. Los tulipanes se mezclaban en maravillosa confusión con los junquillos y los lirios.

Aquello era la primavera, según recordaba por su breve estancia en la tierra.

Allí siempre era primavera, una primavera que nunca llegaba a alcanzar la magnificencia y el calor de la víspera del verano. O, al menos, de lo que ella había leído acerca del comienzo del verano.

El edificio rodeado de columnas en el cual residían las Elegidas estaba dividido en cubículos que ofrecían un mínimo de intimidad a sus ocupantes. La mayor parte de ellos estaban vacíos ahora, y no sólo porque las Elegidas fuesen una especie en vías de extinción. Desde que el Gran Padre las había «liberado», la colección privada de etéreas e inútiles doncellas de la Virgen Escribana se estaba reduciendo. Lógica consecuencia de la libertad para hacer viajes al mundo exterior.

Curiosamente, ninguna de ellas había decidido renunciar a su categoría de Elegida. A diferencia de lo que sucedía antes, si querían ir un tiempo al complejo privado del Gran Padre en el mundo exterior, podían regresar sin problema al santuario.

Payne se encaminó directamente a los baños y sintió alivio al ver que se encontraba sola. Sabía que sus «hermanas» no entendían lo que ella hacía con el rey y además, así disfrutaba de un tranquilo reposo después de aquel brutal ejercicio, sin la presencia de miradas curiosas.

El baño común era un amplio salón cubierto de mármol, con una inmensa piscina y una cascada al fondo. Como sucedía con todo lo relacionado con el santuario, las leyes de la razón no regían allí: la corriente de agua tibia que caía del borde de la piedra blanca siempre estaba limpia y fresca, aunque no se veía la fuente de la cual brotaba ni ningún tipo de mecanismo depurador.

Se quitó su túnica hecha a medida, que había arreglado para que hiciera juego con el judogi de Wrath, como él llamaba a ese vestido, y se sumergió en la piscina con la ropa interior todavía puesta. La temperatura siempre era perfecta. Como otras veces, añoró un baño demasiado caliente o demasiado frío. Tanta perfección acababa siendo aburrida, agobiante.

En el centro del gran estanque de mármol, el agua era lo suficientemente profunda como para nadar y el cuerpo de Payne agradeció la posibilidad de estirarse y moverse sin tener que hacer pie.

En realidad, aquel final placentero era la mejor parte del ejercicio físico que practicaba con Wrath. Dejando aparte las ocasiones en que lograba asestarle un buen golpe al rey.

Cuando llegó a la cascada, Payne se metió debajo y se soltó el pelo. Lo tenía más largo que Wrath y había aprendido, no sólo a hacerse una trenza, sino a recogérselo en la base de la nuca. De no hacerlo, proporcionaría a Wrath una peligrosa agarradera para dominarla.

Debajo de aquella lluvia cristalina y templada, la esperaban delicadas pastillas de un jabón de olor dulce. Payne se enjabonó todo el cuerpo. Una de las veces que se dio la vuelta en busca de más jabón, notó que no estaba sola.

Por lo menos, la figura vestida de negro que había entrado cojeando no era su madre.

—Saludos —gritó Payne.

N'adie hizo una reverencia, pero no contestó, como solía ser su costumbre, y Payne sintió de pronto mucha pena por haber dejado tan descuidadamente su túnica en el suelo.

—Yo la recogeré —dijo con voz fuerte, que resonó contra las paredes.

Pero N'adie sacudió la cabeza y la levantó.

¡La criada era tan cariñosa, abnegada y callada, siempre cumpliendo con sus obligaciones sin quejarse, pese a que no estaba en las mejores condiciones físicas!

Aunque nunca hablaba, era imposible no imaginarse su triste historia.

Otra razón más para despreciar a Aquella que había dado origen a la raza, pensó Payne.

Las Elegidas, al igual que la Hermandad de la Daga Negra, habían sido criadas y educadas dentro de ciertos parámetros, con un objetivo preciso. Mientras los machos debían tener la sangre espesa y un cuerpo fuerte, y ser agresivos y valientes en la batalla, las hembras debían ser inteligentes y resistentes, capaces de contener las tendencias más primitivas de los machos y, en definitiva, de civilizar a la raza. El yin y el yang. Dos partes de un todo, que siempre estarían unidas gracias al requisito de que un sexo tuviera que alimentarse de la sangre del otro.

Pero no todo era bueno en el esquema divino. La verdad era que la endogamia había ocasionado ciertos problemas y, aunque en el caso de Wrath las leyes ordenaban que, como hijo del rey, él fuera el heredero del trono, con o sin discapacidad, las Elegidas no tenían tanta suerte. Los defectos físicos estaban vetados por las leyes de crianza. Siempre había sido así. De modo que alguien como N'adie, que tenía una discapacidad, quedaba condenada a servir a sus hermanas escondida bajo un manto... como una vergonzosa anomalía oculta, de la que nadie hablaba, y que, sin embargo, inspiraba un cierto «amor».

O quizá fuera más adecuado decir «compasión».

Payne sabía muy bien cómo se debía de sentir aquella hembra. No por su defecto físico, sino por el hecho de vivir condenada a incumplir eternamente unas expectativas que era imposible satisfacer. En ese sentido, eran iguales.

Y hablando de expectativas...

Layla, otra de las Elegidas, entró en el baño y se quitó la túnica, que entregó a N'adie con aquella amable sonrisa que la caracterizaba.

Sin embargo, aquella expresión de amabilidad desapareció cuando bajó los ojos y entró en el agua. En efecto, la hembra parecía sumida en pensamientos que no eran precisamente agradables.

—Saludos, hermana —dijo Payne.

Layla volvió la cabeza rápidamente y levantó las cejas.

—Ah… no me había dado cuenta de que estabas aquí. Saludos, hermana.

Tras hacer una pronunciada reverencia, la Elegida se sentó en uno de los escalones de mármol que quedaban bajo el agua. Aunque Payne no era muy habladora, algo en el aura silenciosa que rodeaba a la otra hembra la hizo acercarse.

Se enjuagó el jabón, nadó hasta el otro lado y se sentó junto a Layla, que ahora estaba lamiéndose los pinchazos que tenía en la muñeca.

—¿A quién alimentaste? —preguntó Payne.

—A John Matthew.

El nombre le sonaba. Tal vez era el macho al que había hecho referencia el rey.

—¿Y todo salió bien?

—En efecto. Así fue.

Payne se recostó, apoyando la cabeza en el borde de la piscina, y se quedó contemplando la belleza de la Elegida. Tras unos instantes, murmuró:

—¿Puedo hacerte una pregunta?

—Por supuesto.

—¿Cuál es la causa de tu tristeza? Siempre que regresas… pareces apesadumbrada. —En realidad, Payne conocía la respuesta. Que una hembra se viera obligada a tener relaciones sexuales y alimentar a un macho sólo porque era una tradición era una violación, un atropello inconcebible.

Layla miró las marcas de los pinchazos en sus venas con una especie de concentración desapasionada, como si estuviera contemplando las heridas de otra persona. Y luego sacudió la cabeza.

—No me voy a quejar por la gloria que me ha sido concedida.

—¿Gloria? En verdad parece que te hubiesen concedido algo completamente distinto. —Más bien una maldición.

—No, no. Ser útil es una gloriosa bendición...

—Por favor, no te escondas tras esas palabras rutinarias cuando tu rostro delata los verdaderos sentimientos de tu corazón. Y, como siempre te digo, si albergas alguna crítica contra la Virgen Escribana, me encantará oírla. —Al ver que los claros ojos verdes de Layla se abrían con expresión de asombro, Payne se encogió de hombros—. No es ningún secreto lo que siento. Nunca lo he ocultado.

—No... en verdad no lo has hecho. Sólo que parece tan...

—¿Inapropiado? ¿Tan vulgar? —Payne se frotó las manos con aire displicente—. Qué lástima.

Layla suspiró profundamente.

—He recibido un entrenamiento muy completo, como bien sabes. Entrenamiento de ehros.

—Y eso es lo que no te gusta...

—En absoluto. Eso es lo que no conozco, pero quisiera conocer.

Payne frunció el ceño.

—¿Acaso no te han usado?

—Eso es, John Matthew me rechazó la noche de su transición, después de que lo acompañara durante el cambio. Y cuando voy a alimentar a los hermanos, nunca me tocan.

—¿Qué dices? —No se lo podía creer—. Tú quieres tener sexo. Con uno de ellos.

Layla pareció ponerse a la defensiva.

—Estoy segura de que, entre todas mis hermanas, tú entiendes mejor que nadie lo que es no ser más que una especie de promesa.

¡Qué equivocada había estado Payne sobre aquella amiga!

—Con el debido respeto, no puedo imaginarme por qué querrías... hacer *eso*... con uno de esos machos.

—¿Por qué no habría de quererlo? Los hermanos y esos tres machos jóvenes son hermosos, asombrosas criaturas llenas de energía. Y como el Gran Padre nos dejó intactas... —Layla negó con la cabeza—. Después de haber recibido las enseñanzas y haber oído las descripciones y haber leído acerca del acto... quiero experimentarlo de verdad. Aunque sea una sola vez.

—En verdad, yo no puedo sentir la menor inclinación por eso. Nunca la he sentido y no creo que la sienta. Prefiero pelear.

—Pues te envidio.

—¿Ah, sí?

Los ojos de Layla parecían más viejos ahora.

—Es mucho mejor no tener ningún interés que sentirse insatisfecha. La insatisfacción crea un vacío que pesa demasiado.

Cuando N'adie apareció con una bandeja llena de frutas troceadas y zumo, Payne se dirigió a ella.

—N'adie, ¿no quieres venir a sentarte con nosotras?

Layla le sonrió a la criada.

—Sí. Por favor, ven.

Pero negó con la cabeza, hizo un gesto de gratitud, y se limitó a dejar junto a ellas el refrigerio que con tanta consideración había preparado para luego cruzar cojeando el arco que marcaba la salida de los baños.

Payne frunció el ceño, disgustada. Ella y la Elegida Layla se quedaron en silencio. Mientras reflexionaba sobre la conversación que acababa de tener, le costaba trabajo entender cómo ellas dos podían tener concepciones tan opuestas… y tener razón las dos.

Por el bien de Layla, Payne deseó estar equivocada, pues sería una gran desilusión ansiar algo que era mucho menos maravilloso que las expectativas que despertaba.

Una hembra?… —La voz suave y cavernosa del Omega resonó mucho más de lo que se podría esperar por su volumen. Las dos palabras dichas en voz muy baja llegaron hasta todos los confines del salón de piedra pulimentada que constituía su recámara privada.

Lash hizo el mayor esfuerzo posible para parecer indiferente, mientras permanecía recostado en una de las paredes negras.

—Necesito alimentarme de su sangre.

—¿De veras?

—Son las leyes de la biología.

Bajo sus vestiduras blancas, el Omega tenía un aspecto impresionante mientras se paseaba en círculos por el salón. Con la capucha puesta, los brazos cruzados y las manos ocultas entre las amplias mangas, parecía el alfil de un siniestro y gigantesco tablero de ajedrez.

Pero no era un alfil, sino el rey.

La estancia del maligno tenía el tamaño de un salón de baile y estaba decorado muy apropiadamente, con cantidad de candelabros negros y basamentos que sostenían cientos de velas también negras. Sin embargo, estaba lejos de ser un lugar austero. Para empezar, las velas emitían un inquietante resplandor rojo. Y las paredes, el suelo y el techo estaban cubiertos del mármol más extraordinario que Lash, un tipo habituado al lujo, hubiera visto en la vida. Desde cierto ángulo, parecía negro, desde otra perspectiva parecía de un rojo metálico y, teniendo en cuenta que la fuente de luz parpadeaba constantemente, allí siempre estabas envuelto en una mezcla de los dos colores.

No era difícil imaginarse la razón de aquella decoración. El guardarropa del Omega se limitaba a un montón de aquellas túnicas impecablemente blancas que caían como cortinas. En aquel ambiente él era el principal foco de atención, lo único que sobresalía. El resto carecía de importancia.

Y así también dirigía su mundo.

—¿Y esa hembra sería tu compañera, hijo mío? —preguntó el Omega desde el otro extremo del salón.

—No —mintió Lash—. Sólo una fuente de alimentación.

No había que darle al Omega más información de la necesaria: Lash era muy consciente de lo voluble que podía ser su padre. La clave estaba en mantenerse fuera del alcance de su peligroso radar.

—¿Acaso no te he dado suficiente fuerza?

—Mi naturaleza vampira es como es.

El Omega se volvió para mirar a Lash. Después de una pausa, su voz fantasmal susurró:

—En efecto. Creo que eso es cierto.

—La traeré ante ti —dijo Lash, al tiempo que se retiraba de la pared—. La llevaré a la granja. Esta noche. La conviertes y así tendré lo que necesito.

—¿Y yo no puedo proporcionarte eso?

—Me lo vas a proporcionar. Cuando la inicies, tendré la fuente de sangre que necesito para tener poder.

—Entonces, ¿me estás diciendo que estás débil?

Odiaba tener que reconocerlo, pero su debilidad debía de ser más que evidente. El Omega podía percibir muchas más cosas que cualquiera, y seguramente se había dado cuenta desde hacía tiempo.

Al ver que Lash guardaba silencio, el Omega flotó hasta quedar frente a él.

—Nunca he iniciado a una hembra.

—Ella no tiene por qué pasar a formar parte de la Sociedad Restrictiva. Sería sólo para mí.

—Para ti.

—No hay razón para que salga a combatir.

—Y esta hembra ya la has elegido…

—Así es. —Lash soltó una risita al pensar en Xhex y en el daño que era capaz de hacer—. Estoy seguro de que la vas a aprobar.

—Estás seguro.

—Tengo muy buen gusto.

En derredor, las llamas rojas temblaron, como si una brisa las hubiese agitado.

De repente, el Omega se levantó la capucha y dejó al descubierto una cara traslúcida, de rasgos y ángulos similares a la versión en carne y hueso de Lash.

—Regresa al lugar de donde viniste —sentenció el Omega, al tiempo que levantaba una mano oscura que parecía hecha de humo. El maligno acarició la mejilla de Lash y dio media vuelta—. Regresa al lugar de donde viniste.

—Te veré al anochecer —dijo Lash—. En la granja.

—Al anochecer.

—¿Quieres que sea más tarde? ¿Mejor a la una de la madrugada? Nos veremos a esa hora entonces.

—En efecto, me verás.

—Gracias, padre.

Mientras el Omega flotaba por encima del suelo, la capucha volvió a su lugar como por su propia voluntad. Sin intervención de nadie, uno de los paneles que cerraba el salón se deslizó, abriéndose. Un momento después, Lash se quedó solo.

Respiró hondo, se restregó la cara y miró a su alrededor, hacia todas aquellas llamas rojas y las impresionantes paredes. Pensó que aquello era una especie de útero.

Hizo un esfuerzo, se concentró y, gracias a su fuerza de su voluntad, salió del Dhunhd y regresó a la decrépita casa tipo rancho que había usado como plataforma de lanzamiento. Al despertarse otra vez dentro de su cuerpo, sintió asco, porque estaba acostado en un sofá tapizado con una tela barata con un vulgar diseño de hojas. Y la textura de la tela era asquerosa. Y a decir verdad, olía a perro.

A un perro que se hubiese revolcado entre el barro. O mejor, en un estercolero.

Levantó la cabeza y se subió la camisa hasta el cuello, para mirarse el torso. Todavía estaban allí. Las lesiones no habían desaparecido, y estaban creciendo.

Se pasó las manos por la cabeza y luego revisó su móvil, pero no vio ningún mensaje de nadie. Ningún mensaje del señor D ni de ningún otro asesino que diese su informe. Pero la ausencia de comunicaciones tenía sentido. Todo el mundo estaba coordinado y todos los asuntos canalizados a través de su segundo al mando, de modo que, si ese hijo de puta había mordido el polvo, la Sociedad no podía ponerse en contacto con Lash.

Tal vez el maldito tejano había sido un asistente personal demasiado bueno.

Sintió un poco de hambre, fue hasta la cocina y abrió la puerta del refrigerador. Vacío. Nada de nada.

Lash cerró la puerta de la nevera con violenta frustración. Más que nunca, despreciaba el mundo y a todos sus habitantes. Siempre lo había hecho, pero ahora que no tenía unos huevos con tocino que llevarse a la boca, lo despreciaba todavía más.

Además, hallarse en un lugar tan miserable agudizaba aquella sensación. La casa era de nueva adquisición y hasta entonces sólo había estado en ella una vez; demonios, ni siquiera el señor D sabía que era propiedad de la Sociedad. El caso es que Lash la había comprado en una subasta porque iban a necesitar lugares donde fabricar metadona y la maldita casa tenía un sótano enorme. Lo asombroso era que su dueño no hubiese sido capaz de pagar la hipoteca. Salió baratísima. Estaba a punto de derrumbarse, en realidad.

No le faltaba mucho para venirse abajo.

Lash se dirigió al garaje y se sintió aliviado al subirse al Mercedes… aunque detestaba la idea de tener que ir a un McDonald's a por un McMuffin de huevo y un café. Incluso tendría que esperar su turno, como cualquiera, al lado de camioneros y mamás con niños gritones.

Mientras regresaba a la mansión, el estado de ánimo de Lash se iba volviendo más sombrío y se ennegreció del todo cuando llegó frente al garaje. La puerta seguía abierta, pero el Lexus ya no estaba.

Aparcó el Mercedes donde no se viera, cerró la puerta con el mando a distancia y se bajó. El jardín trasero parecía relativamente en orden, pero en cuanto se acercó a la casa notó el olor a sangre de restrictor…

Se paró en seco en la terraza y alzó la cabeza para mirar al segundo piso. ¡Dios!

Impulsado por la furia y el miedo, comenzó a correr, subió los escalones de entrada de un salto y atravesó la puerta...

Se frenó al ver la carnicería que lo esperaba en la cocina. Por Dios... *su cocina*.

Parecía que lo hubiesen rociado todo con aceite. Y, claro, no quedaba mucho del señor D. El torso del asesino estaba tirado en mitad del suelo, junto a la estufa, pero los brazos y las piernas aparecía dispersos, aquí y allá... vísceras diversas colgaban de los pestillos de los armarios.

Por algún extraño milagro, la cabeza del tejano todavía estaba unida al tronco. Los ojos se abrieron y la boca comenzó a moverse en cuanto se dio cuenta de que no estaba solo; una súplica gutural salió de sus labios hinchados y llenos de coágulos de sangre negra.

—¡Maldito maricón! —le espetó Lash—. Mírate. ¡Por Dios santo!

Pero de pronto recordó que tenía problemas mayores que el lamentable estado físico de su segundo, así que saltó por encima del desastre, atravesó el comedor y corrió hacia las escaleras.

Al entrar a la habitación que compartía con Xhex, no encontró más que un gran vacío... y en el campo de energía un agujero en el centro.

—¡Maldición!

Dio media vuelta, y a través de la puerta abierta vio el desconchón en la pared del pasillo. Acercó la nariz y sintió el aroma de Xhex en el yeso y el papel roto.

Había logrado romper el campo de fuerza.

Desde luego, seguía en la habitación después de que el señor D fuera atacado. ¿Habrían vuelto los hermanos para ayudarla a escapar?

Una rápida inspección de la casa hizo que el humor de Lash se volviera más venenoso aún. El portátil había desaparecido. Tampoco estaban allí los teléfonos móviles.

Maldición.

En la cocina, se dirigió a la despensa para revisar el...

—¡A la mierda! —Al arrodillarse, Lash vio la tabla del suelo levantada. ¿También se habían llevado su reserva de dinero en efectivo? ¿Cómo demonios la habían encontrado?

Desde luego, el señor D parecía el muñeco de una clase de anatomía. Tal vez había cantado. Lo cual significaba que Lash no podía estar seguro de qué otras casas habían quedado expuestas al ataque de los hermanos.

Presa de un ataque de ira, estrelló su puño contra lo primero que encontró.

Un inmenso frasco de aceitunas, que se hizo pedazos. El jugo lo salpicó todo y las aceitunas rodaron en todas direcciones.

Se acercó al señor D. Al ver que la boca ensangrentada comenzaba a moverse de nuevo, Lash se sintió asqueado por el espectáculo.

Entonces se inclinó sobre la encimera y sacó un cuchillo. Lo agarró del mango y se agachó.

—¿Les dijiste algo?

El señor D negó con la cabeza. Lash lo miró a los ojos. La parte blanca se estaba volviendo gris oscura y las pupilas se habían dilatado tanto que ya no se veía el iris. Sin embargo, aunque parecía al borde de la muerte, si lo dejaban en ese estado, el señor D podría quedarse así para siempre, pudriéndose dentro de su propia piel. Sólo había una manera de «matarlo».

—¿Estás seguro? —murmuró Lash—. ¿Ni siquiera cuando te arrancaron los brazos?

La boca del señor D se movió otra vez y los sonidos brotaban como burbujas de una lata de comida para perros.

Al tiempo que lanzaba una maldición llena de asco, Lash apuñaló el pecho vacío del restrictor, deshaciéndose de ese modo de al menos una parte del desastre. El estallido y el relámpago se sucedieron rápidamente y luego Lash se encerró en la casa. Echó llave a la puerta trasera y se dirigió de nuevo al segundo piso.

Tardó cosa de media hora en preparar el equipaje y, mientras bajaba las seis lujosas maletas Prada por las escaleras, trató de recordar la última vez que había tenido que cargar con su propio equipaje. Hacía mucho, mucho tiempo.

Colocó las maletas en la puerta, conectó la alarma, cerró y guardó sus cosas en el Mercedes.

Se alejó pensando que odiaba la idea de regresar a aquella maldita casa tipo rancho. Pero por el momento no le quedaba más remedio, y tenía otras cosas más urgentes de las cuales preocuparse que la calidad del sitio donde se iba a quedar.

Necesitaba encontrar a Xhex. Si estuviera sola, no había manera de que hubiese ido muy lejos. Estaba demasiado débil. Así que la Hermandad debía de tenerla.

Por Dios… su padre llegaría a la una de la mañana para la inducción, así que tenía que encontrarla rápido. Eso o encontrar a otra que le sirviera.

***

El golpe en la puerta con el que John se despertó resonó con una fuerza descomunal, como el disparo de un arma de fuego.

Al oírlo, se incorporó y se quedó sentado en la cama. Se restregó los ojos, silbó para indicar que estaba abierto y rezó para que sólo fuese Qhuinn con una bandeja con comida.

Pero la puerta no se abrió.

John frunció el ceño y dejó caer las manos.

Entonces se puso de pie, agarró un par de vaqueros y se los subió hasta las caderas, fue hasta la puerta.

Wrath estaba en el umbral, con *George* a su lado. Y no eran los únicos. Rehvenge, Tohr, todos los hermanos…

Ay… Dios… no.

John comenzó a mover las manos rápidamente mientras sentía que su corazón dejaba de latir:

—¿Dónde habéis encontrado el cuerpo? —preguntó por señas.

—Está viva —respondió Rehvenge, alcanzándole un teléfono móvil—. Acabo de recibir el mensaje. Presiona el cuatro.

John tardó un segundo en asimilar la información. Enseguida arrebató el teléfono a Rehv y presionó la tecla cuatro. Se oyó un pitido y luego…

Dios bendito, era la voz de Xhex. Era *su* voz.

«Rehv… estoy fuera. Me he escapado». Luego se oía un profundo suspiro. «Estoy bien. Estoy intacta. Estoy afuera». Seguía una pausa larga, tan larga que John creyó que el aparato se había estropeado. Pero volvió a oírse la voz. «Necesito un poco de tiempo. Estoy a salvo… pero tengo que permanecer lejos una temporada. Necesito tiempo. Avisa a todo el mundo… avisa… a todo el mundo. Me pondré en contacto…». Se oía otra pausa y luego su voz sonaba con más fuerza, casi con rabia. «En cuanto pueda pueda... Lash es mío. ¿Me entiendes? Nadie más puede matarlo, sólo yo. Eso es fundamental».

Ahí terminaba el mensaje.

John volvió a pulsar el número cuatro y lo escuchó de nuevo. Luego le devolvió el móvil a Rehv y se encontró con la mirada de sus ojos color amatista. John era muy consciente de que Rehv llevaba muchos años al lado de Xhex. Sabía que no sólo compartía con ella muchas experiencias, sino también la sangre symphath, lo cual, en muchos sentidos, lo cambiaba todo. Y además, sabía que Rehv era mayor y más sabio y todo eso. Menuda mierda.

Pero el macho enamorado que llevaba dentro equilibraba las cosas. En lo referente a ella, nadie, ni siquiera Rehv, era superior a él.

Así que preguntó:

—¿Dónde estará?

Qhuinn tradujo. Rehv reflexionó, asintió con la cabeza y aventuró una posibilidad.

—Xhex tiene una cabaña a unos veinte kilómetros al norte de aquí. Sobre el río Hudson. Pienso que puede estar allí. Desde allá tiene acceso a un teléfono y es un sitio seguro. Iré a hablar con ella. Si quieres acompañarme...

Nadie pareció sorprenderse por la última sugerencia de Rehv, salvo John, que así se dio cuenta de que su secreto ya no era tan secreto. A la vista de su comportamiento en aquella habitación de la casa-prisión de Lash, era lógico que los otros se hubieran dado cuenta de sus sentimientos. Por no hablar de la forma en que había masacrado al restrictor. Todos sabían lo que sentía por Xhex.

Por eso se había presentado allí todo el grupo. Estaban reconociendo su estatus de macho enamorado y presentaban sus respetos. Los derechos y deberes de los machos enamorados eran sagrados.

John miró a Qhuinn.

—Dile que le acompañaré.

Cuando le hicieron la correspondiente traducción, Rehv asintió y se volvió hacia Wrath.

—Me acompañará, pero sólo él. No puede acompañarle Qhuinn. Ya vamos a tener suficientes problemas con ella por aparecer sin anunciarnos. La conozco muy bien.

Wrath frunció el ceño.

—Maldición, Rehv…

—Cuando hay complicaciones, es una bomba de relojería. Ya pasé una vez por esto mismo con Xhex. Si aparecemos con alguno más, huirá y no va a volver a llamar. Además, John… Bueno, da igual, diga lo que diga me va a seguir de todas maneras. ¿No es así, hijo? Si se quedara aquí bajo la vigilancia de Qhuinn, le daría esquinazo y me seguiría sin detenerse ante nada.

John no vaciló en confirmar con un rotundo movimiento de cabeza las palabras de Rehv.

Mientras Qhuinn maldecía como un loco, Wrath sacudía la cabeza.

—¿Para qué demonios te he asignado un ahstrux?

Hubo un momento de tenso silencio, durante el cual el rey estudió a John y a Rehv. Luego volvió a hablar.

—Por Dios, está bien… Por esta vez te dejaré ir sin tu guardia personal, pero no puedes enfrentarte al enemigo. Terminantemente prohibido. Irás a esa cabaña y sólo a esa cabaña. ¿Entendido? Luego regresarás aquí a recoger a Qhuinn antes de ir al campo de batalla. ¿Está claro?

John asintió y dio media vuelta hacia el baño.

—Diez minutos —dijo Rehv—. Dentro de diez minutos nos vamos.

John estuvo listo en menos de la mitad de tiempo. No habían pasado cinco minutos cuando ya estaba abajo, paseándose de un lado a otro del vestíbulo. Llevaba encima todas sus armas, como mandaba el protocolo, e iba forrado de cuero. Y lo que era más importante aún, le poseía una furia infernal. Su sangre bramaba como un huracán.

Mientras estaba esperando a Rehv notó que había muchos ojos clavados en él, desde la sala de billar, desde el comedor. Desde el balcón del segundo piso. Ojos que lo observaban, aunque nadie decía nada.

La Hermandad y los otros habitantes de la casa estaban impresionados por la fuerte conexión que había entre él y Xhex. John suponía que su estupefacción era comprensible. Al fin y al cabo, se había enamorado de una symphath.

No era lo habitual, pero nadie podía elegir de quién se enamoraba, ni obligar a nadie a enamorarse de uno.

Pero todas esas consideraciones eran lo de menos. Lo importante era que ella había sobrevivido. *¡Xhex estaba viva!*

Rehvenge bajó la escalera apoyándose en su bastón rojo cada vez que pisaba con el pie derecho. No iba vestido para luchar, sino para protegerse del frío. Su abrigo de visón rozaba las puntas de sus zapatos y llegaba hasta los puños de su elegante traje negro.

Al llegar a la altura de John, se limitó a hacer un gesto con la cabeza. Después atravesó la puerta hacia la noche fría.

El aire olía a fresca limpieza.

El perfume de la primavera. El de la esperanza y el renacer.

Camino al Bentley, John aspiró aquel bendito aire, llenándose los pulmones, y lo retuvo allí, mientras pensaba que Xhex seguramente estaba haciendo exactamente lo mismo en ese momento.

John sintió que se le humedecían los ojos. El corazón le rebosaba de alegría y gratitud.

No podía creer que fuese a verla... Dios, iba a volver a verla. Volvería a mirar el fondo de aquellos maravillosos ojos que parecían de un extraño metal precioso. Y la abrazaría... No, eso quizás no fuese posible o conveniente.

Joder, le resultaría difícil no rodearla con los brazos y tenerla así hasta el día siguiente... o hasta la semana siguiente.

Rehv se subió al coche y encendió el motor, pero no arrancó. Sólo se quedó mirando por el parabrisas hacia el sendero de piedras.

Habló en voz baja.

—¿Cuánto hace que estás enamorado de ella?

John sacó una pequeña libreta y escribió:

«Desde el momento en que la conocí».

Rehv leyó la respuesta y frunció el ceño.

—¿Y ella siente lo mismo?

John le mantuvo la mirada cuando negó con la cabeza. No tenía sentido negarlo. A un symphath no se le podían ocultar esas cosas.

Rehv movió la cabeza con cierto pesar.

—Sí, así es Xhex. Maldición... Venga, vayamos de una vez.

El coche arrancó con un rugido y se internó en la noche.

La esperanza era una emoción traicionera.

Pasaron dos noches antes de que Darius entrara finalmente en la casa de la familia de la hembra secuestrada, y cuando la inmensa puerta se abrió para que pasaran Tohrment y él, fueron recibidos por un doggen cuyos ojos reflejaban a la vez sufrimiento y esperanza. En verdad, la expresión del mayordomo manifestaba tanta admiración que era evidente que se sentía como quien acompaña a dos salvadores, no a dos simples mortales.

Sólo el tiempo y los caprichos de la fortuna mostrarían si su esperanza era acertada o no.

Darius y Tohrment fueron conducidos con toda celeridad a un imponente estudio. El caballero que se levantó a saludarlos tuvo que agarrarse a un sillón forrado de seda para no caerse.

—Bienvenidos, señores, gracias por venir —dijo Sampsone, al tiempo que alargaba ambas manos para estrechar las de Darius—. Siento no haber podido recibirlos estas dos últimas noches. Mi adorada shellan...

La voz del macho se quebró. Antes de romper el silencio que siguió, Darius se movió hacia un lado.

—Permítame presentarle a mi colega, Tohrment, hijo de Hharm.

Al ver cómo Tohrment se inclinaba con la mano apoyada en el pecho, junto al corazón, Darius vio con claridad que el hijo tenía unos magníficos modales. Desde luego, no había salido a su padre.

El dueño de la casa le devolvió la reverencia.

—¿Puedo ofrecerles algo de beber o de comer?

Darius negó con la cabeza y se sentó. Tohrment se quedó en su sitio, detrás de él.

—No, muchas gracias —dijo Darius—. Si no le parece mal, podemos hablar de lo que ha ocurrido en esta casa.

—Sí, sí, claro. ¿Qué quieren saber?

—Todo. Cuéntenos… todo lo que pueda.

—Mi hija… la luz de mi vida… —El macho sacó un pañuelo—. Ella era una muchacha virtuosa y honrada. Créanme, una hembra cariñosa como ninguna que hayan podido conocer.

Darius, consciente de que si ya habían perdido dos noches, bien podían esperar un poco más, permitió que el padre se dejara llevar un momento por sus recuerdos; pero enseguida trató de conseguir que el atribulado padre fuese al grano.

—Y esa noche, señor, esa terrible noche… —terció, en cuanto se presentó una ocasión—. ¿Qué pasó en esta casa?

El macho asintió con pesadumbre y se secó los ojos.

—Ella se despertó de su reposo diario sintiéndose un poco indispuesta. Por eso se le recomendó recluirse en sus habitaciones, cuidar de su salud. Le llevaron una comida a medianoche y luego otra antes del amanecer. Ya no fue vista más veces. Su habitación nocturna está en el segundo piso, pero ella también tiene, como el resto de la familia, habitaciones subterráneas. Sin embargo, a menudo prefería no bajar con nosotros durante el día y, como tenemos acceso a su habitación a través de pasillos internos, pensamos que estaría suficientemente segura… —Al macho se le quebró la voz—. Cómo pude ser tan descuidado, tan idiota…

Darius entendía la angustia de aquel padre.

—Encontraremos a su hija. De una forma u otra, la encontraremos. ¿Nos permitiría usted ir ahora mismo a su habitación?

—Por favor. —El macho le hizo una seña al doggen y el mayordomo se acercó—. Sillas tendrá mucho gusto en acompañarlos. Yo… prefiero esperar aquí.

—Desde luego.

Darius se puso de pie, el padre se levantó y le estrechó la mano.

—¿Podría hablarle un momento? A solas.

Darius aceptó. Tohrment y el doggen salieron y el señor de la casa volvió a desplomarse en la silla.

—En verdad... mi hija era una hembra de honor. Virtuosa. Inmaculada...

Hizo una pausa. Darius creyó intuir cuál era la preocupación del señor de la casa: si no la recuperaban en el mismo estado virginal, el honor de la muchacha, así como el de toda la familia, estaría en peligro.

—No puedo decir esto en presencia de mi amada shellan —prosiguió el macho—. Pero nuestra hija... Si ha sido deshonrada... tal vez sería mejor dejarla...

Darius entornó los ojos.

—¿Preferiría usted que no la encontráramos?

Aquellos ojos pálidos se llenaron de lágrimas una vez más.

—Yo... —De repente, el macho sacudió la cabeza—. No... no. La quiero de vuelta. No importa lo que haya ocurrido, no importa en qué condiciones esté... desde luego, quiero a mi hija.

Darius dejó de sentirse inclinado a su favor; el mero hecho de que se le hubiera pasado por la cabeza negar a su hija de sangre le parecía antinatural, odioso, grotesco.

—Me gustaría ir a sus habitaciones ahora —dijo con tono mucho más seco que el usado hasta entonces.

El señor de la casa chasqueó los dedos y el doggen reapareció en el umbral del despacho.

—Por aquí, señor —dijo el mayordomo.

Mientras su protegido y él eran conducidos a través de la casa, Darius revisaba las puertas y las ventanas. Todas estaban blindadas. Había acero por todas partes, ya fuera entre los cristales o reforzando los paneles de madera. Entrar sin ser invitado no sería fácil... y Darius pensaba que todas las habitaciones del segundo y el tercer piso estarían equipadas de la misma manera, lo mismo que las habitaciones de los sirvientes.

También iba estudiando cada cuadro y cada alfombra, en realidad todos los objetos preciosos visibles a su paso. Aquella familia ocupaba una destacada posición en la glymera, tenía las arcas repletas y un linaje envidiable. Por tanto, el hecho de que su hija soltera hubiese sido secuestrada tenía consecuencias que no sólo eran sentimentales: la muchacha era una mercancía. Cuando se estaba en esa posición, una hembra en edad de casarse no sólo era un bien hermoso... sino también un objetivo con profundas implicaciones sociales y financieras.

Y no acababa ahí la cosa. Como sucedía con todas las cosas valiosas, si resultaba manchada o deteriorada, bajaba de precio. La deshonra de una hija, ya fuera real o fruto de los rumores, era una mancha que no se borraría en varias generaciones. Sin duda, el señor de aquella mansión amaba a su hija sinceramente, pero no incondicionalmente. Todas las consideraciones apuntadas distorsionaban sus sentimientos.

Darius creía ahora que aquel macho consideraba mejor que su hija regresara en un ataúd, a que lo hiciera viva pero deshonrada. Lo último sería una maldición, y lo primero una gran tragedia que despertaría simpatía y compasión.

Darius odiaba a la glymera. Realmente la odiaba.

—Aquí están las habitaciones privadas de la señorita —dijo el doggen abriendo una puerta.

Mientras Tohrment entraba a la habitación iluminada, Darius preguntó:

—¿Alguien ha limpiado la habitación? ¿Alguien entró a ordenarla después de que fuera vista por última vez?

—Por supuesto.

—Déjanos solos, por favor.

El doggen hizo una inclinación de cabeza y desapareció.

Tohrment dio una vuelta por la antesala, observando las cortinas de seda y el precioso tapizado de los muebles. En un rincón había un laúd, y en otro un fino bordado a medio terminar. En las estanterías había libros escritos por humanos y manuscritos en Lengua Antigua.

Lo primero que saltaba a la vista era que no había nada raro, nada fuera de lugar. Pero era difícil saber si eso se debía a la labor de los sirvientes o reflejaba las circunstancias de la desaparición.

—Es raro que se la llevaran sin tocar nada, ¿verdad? —le dijo Darius al chico.

—Desde luego.

Darius entró en la recámara propiamente dicha. Las cortinas estaban hechas de pesados brocados que la luz del sol no podía traspasar. La cama estaba rodeada por otros paneles de la misma tela, que colgaban del dosel.

Luego, Darius fue hasta el armario y abrió las puertas talladas. Preciosos vestidos de colores, zafiro, rojo, rubí y verde esmeralda colgaban de las perchas, en inusual despliegue de belleza. Y del panel interior de una de las puertas colgaba una percha vacía, como si la muchacha se hubiese engalanado para desaparecer.

Sobre el tocador reposaban varios botes con ungüentos, aceites perfumados y polvos, y un cepillo para el pelo. Todo muy bien colocado.

Darius abrió un cajón... y soltó una exclamación. Estuches de joyas. Había varios joyeros de cuero.

Abrió uno.

Los diamantes resplandecieron con la luz que proyectaba un candelabro cercano.

Darius devolvió el joyero a su lugar y notó que Tohrment se detenía en el umbral y clavaba los ojos en la preciosa alfombra amarilla y roja.

El ligero rubor que cubría el rostro del joven hizo que Darius se sintiera momentáneamente triste.

—¿Nunca habías estado en la recámara de una hembra?

Tohrment se puso todavía más rojo.

—Pues... no, señor.

Darius le hizo un gesto con la mano.

—Bueno, estamos trabajando. Así que lo mejor será que dejes a un lado la timidez.

Tohrment carraspeó.

—Sí, claro.

Darius se aproximó a las puertas de vidrio que daban a una terraza, y salió seguido por Tohrment.

—Se puede ver a través de los árboles —murmuró el chico, mientras se acercaba al borde.

Era cierto. A través de los brazos raquíticos y sin hojas de los árboles, se podía ver la mansión contigua. La gran casa era similar en tamaño y distinción a la que pisaban en ese momento, con preciosas filigranas de metal en las torrecillas y hermosos jardines... Pero, por lo que Darius sabía, no estaba habitada por vampiros. Se giró y empezó a inspeccionar la terraza: puertas, ventanas, pestillos, cerraduras. Todo lo revisó.

Nadie había forzado nada. Además, con el frío que hacía, no era razonable pensar que la chica hubiese dejado abierto el ventanal.

Todo eso significaba que se había marchado por su propia voluntad o había dejado entrar a quien después se la llevó. Eso, suponiendo que el supuesto intruso hubiese entrado por allí arriba.

Darius miró la habitación a través de los cristales y trató de imaginar qué había ocurrido allí.

Al diablo con la forma en que habían entrado. Lo más importante era saber cómo salieron, o cómo salió ella sola. Era muy poco probable que el secuestrador la hubiese sacado a través de la casa: seguramente la habrían hecho desaparecer durante las horas de oscuridad. De lo contrario, podía haber quedado reducida a cenizas.

Pero siempre había gente alrededor durante la noche.

No, pensó Darius. Tenían que haber salido por esa habitación.

En ese momento, Tohrment interrumpió sus meditaciones.

—No se ve nada desordenado, ni dentro ni fuera. No hay rayaduras en el suelo ni marcas en las paredes, lo cual significa...

—Que ella pudo dejarlos entrar y que tampoco opuso mucha resistencia.

Darius regresó al interior y agarró el cepillo para el pelo. Entre las cerdas había finos cabellos rubios. Era natural, pues los dos padres eran rubios.

Había que empezar a preguntarse qué podía hacer que una hembra honrada huyera de la casa de su familia antes del amanecer, sin dejar ningún rastro ni llevarse nada.

Una respuesta cruzó por su mente: un macho.

Los padres no siempre conocen toda la vida de sus hijas. ¿O sí?

Darius miró hacia la noche y recorrió con sus ojos los sombríos jardines y los oscuros árboles... y la mansión contigua.

Pistas... allí tenía que haber pistas para resolver el misterio.

La respuesta que estaba buscando debía de estar allí, en alguna parte. Sólo tenía que atar todos los cabos.

—¿Y ahora adónde vamos? —preguntó Tohrment.

—Hablaremos con los sirvientes. Uno a uno, en privado.

En circunstancias normales, en casas como aquélla a los doggen nunca se les ocurriría hablar de algo indebido. Pero no se encontraban en circunstancias normales y era enteramente posible que la compasión y el aprecio por la pobre muchacha eliminaran las reticencias de los empleados

Y a veces la parte trasera de las casas sabía cosas que no se conocían en la parte delantera, la zona noble.

Darius dio media vuelta y se dirigió a la puerta.

—Ahora, perdámonos.

—¿Perdernos?

Salieron los dos juntos y Darius miró a un lado y otro del pasillo.

—Sí, perdernos. Ven por aquí.

Decidió ir hacia la izquierda porque, en la dirección contraria, había un par de puertas que llevaban a otra terraza, así que era evidente que la escalera de servicio no estaba por allí. Mientras caminaban a través de múltiples habitaciones primorosamente decoradas, sentía un dolor tan grande en el corazón que le costaba trabajo respirar. Dos décadas después, todavía sufría por lo que tuvo y ya no tenía. La dolorosa pérdida de posición todavía le carcomía el alma, y a veces hasta los huesos. Lo que más echaba de menos era a su madre, ciertamente. Pero también la vida civilizada, llena de comodidad y refinamiento, de aquellos tiempos añorados.

Darius hacía aquello para lo que había sido entrenado por la raza y que era la razón misma de su existencia. Y como lo hacía a conciencia, se permitía ciertos… lujos. Además, se había ganado el respeto de sus compañeros de armas. Pero no había alegría en su existencia. Ni asombro. Ni fascinación.

¿No le afectaban los sentimientos? ¿Es que sólo le importaban las cosas hermosas? ¿Era un frívolo? Si algún día tenía una casa grande y hermosa, con numerosas habitaciones llenas de objetos finos y caros, ¿sería verdaderamente feliz?

Se respondió que no. No sería feliz si estaba solo bajo ese lujoso techo.

Le hubiera gustado que, como en otros tiempos, la gente con los mismos intereses viviera en comunidad. Echaba de menos una sociedad protegida por fuertes murallas, un grupo que fuera una familia por los lazos de sangre y por decisión propia.

La Hermandad no vivía en común porque, en opinión de Wrath el Justo, eso sería peligroso para la raza; si el enemigo llegaba a conocer el domicilio común de la Hermandad, todos estarían en peligro. De un solo golpe podrían liquidar a su ejército entero.

Darius entendía esa forma de pensar, pero no estaba seguro de que fuese una idea acertada. Si los humanos podían vivir en castillos fortificados en medio de sus campos de batalla, los vampiros también podían hacerlo.

Aunque la Sociedad Restrictiva era un enemigo mucho más peligroso que cualquiera de los que tenían los humanos, eso tenía que reconocerlo.

Caminaron por un largo pasillo y finalmente encontraron lo que esperaban hallar: un panel que se abría hacia una escalera interior, sin duda de servicio, totalmente desprovista de adornos.

Siguiendo los escalones de pino, Darius y Tohrment llegaron a una pequeña cocina y su aparición interrumpió la cena que tenía lugar alrededor de una larga mesa de roble. Los doggen allí reunidos dejaron sobre la mesa las jarras de cerveza y los trozos de pan que estaban comiendo y se pusieron de pie.

—Por favor, sigan comiendo. —Darius y les hizo un gesto con las manos para que se sentaran—. Quisiéramos hablar con el mayordomo del segundo piso y con la doncella de la muchacha.

Todos volvieron a sentarse en su sitio excepto dos: una hembra de pelo blanco y un joven de cara amable.

—Si hubiese algún lugar donde pudiéramos charlar en privado... —le dijo Darius al joven.

—Tenemos una salita. —El joven señaló una puerta junto al hogar—. Ahí encontrarán lo que están buscando.

Darius asintió y se dirigió a la doncella, que estaba pálida y temblorosa.

—No te asustes. Tú no has hecho nada malo, querida. Ven, no te voy a hacer nada, te lo aseguro.

Era mejor empezar con ella, pues no estaba seguro de que aquella hembra fuese capaz de esperar a que terminaran de hablar con el mayordomo del segundo piso. Podía morirse de miedo.

Tohrment abrió la puerta y los tres entraron en un salón completamente desprovisto de ornamentos.

En aquellas grandes propiedades, las habitaciones nobles estaban decoradas con gran lujo, pero las estancias de la servidumbre sólo tenían propósitos utilitarios.

E l Bentley de Rehv abandonó la carretera 149 norte y dobló por una estrecha entrada sin pavimentar. John se inclinó hacia el parabrisas para observar mejor el panorama. Los faros del coche iban iluminando los troncos de los árboles a medida que el vehículo zigzagueaba hacia el río. El paisaje se hacía cada vez más exuberante y agreste.

Apareció ante ellos una cabaña insignificante. Pequeña, oscura y sin pretensiones. Una construcción de estilo rústico con garaje independiente. Estaba, eso sí, en perfectas condiciones.

John abrió la puerta del coche Bentley incluso antes de que se detuviera por completo. Se bajó y se encaminó a la cabaña sin que Rehv se hubiese apeado aún. El miedo que le había invadido era en realidad una buena señal. Lo mismo había sentido en la colonia symphath. Sin duda Xhex protegía su casa con uno de sus campos de fuerza.

Sus propias pisadas le retumbaron en los oídos al atravesar el camino de entrada, pero se hizo el silencio cuando entró en el pequeño jardín rodeado de césped seco. John no llamó. Puso la mano sobre la cerradura y trató de abrirla con el pensamiento.

Pero la cerradura no se movió ni un milímetro.

—No podrás entrar aquí con tu fuerza mental —dijo Rehv, que se acercaba con una llave de cobre. La metió en la cerradura y abrió la puerta.

John frunció el ceño al no poder distinguir nada. Todo era oscuridad. Se puso en guardia, a la espera de que sonara una alarma.

—Xhex no cree en la utilidad de las alarmas —dijo Rhev en voz baja, leyéndole el pensamiento. Le sujetó para impedirle que entrase. Luego, en voz más alta, llamó a su amiga—: Xhex, Xhex, baja el arma, no dispares, somos John y yo.

Curiosamente, en aquella cabaña la voz de Rehv sonaba muy rara, pensó John.

No hubo respuesta alguna.

Rehv encendió las luces, soltó el brazo de John y los dos entraron en la cabaña. La cocina sólo tenía lo esencial: unos quemadores de gas, una vieja nevera y un fregadero de acero inoxidable. Nada sofisticado, pero útil al fin y al cabo. Todo parecía muy limpio y no había desorden por ninguna parte.

Miraron la estancia principal. No había correo ni revistas. Ningún arma a la vista.

Olía a moho, eso sí.

Al fondo había un espacio con un ventanal que daba hacia el río. Los muebles eran escasos: sólo un par de sillas de mimbre, un tosco sofá y una mesita.

Rehv siguió hasta el fondo, hacia una puerta cerrada que había a mano derecha.

—Xhex, ¿estás ahí?

Otra vez la voz le sonó muy rara a John.

Rehv puso la palma de la mano sobre la puerta y se inclinó hacia delante cerrando los ojos. De pronto, experimentó una especie de estremecimiento y dejó caer los hombros.

Xhex no estaba allí.

John se le adelantó, puso la mano en el picaporte y abrió la puerta de la habitación. En efecto, estaba vacía. Al igual que el baño.

—Maldición. —Rehv dio media vuelta y se marchó.

Cuando John sintió que una puerta se cerraba, se imaginó que Rhev había salido al porche. Maldijo para sus adentros. Miró a su alrededor. Todo estaba limpio y ordenado. Nada fuera de lugar. Las ventanas estaban cerradas y no había indicios de que las puertas hubiesen sido abiertas recientemente.

El polvillo fino que lo cubría todo era una prueba concluyente.

Era posible que Xhex hubiese estado allí, pero tiempo atrás. Y, si había estado hacía poco, procurando no tocar nada, no se había quedado mucho tiempo, porque John no podía detectar su aroma.

Estaba a punto de hundirse. Era como si la hubiese perdido otra vez.

Al principio, la noticia de que ella estaba a salvo le pareció suficiente para hacerle feliz, pero ahora, la simple idea de que estuviera escondida lejos de él le resultaba extrañamente dolorosa. Además, se sentía impotente. No había manera de averiguar lo sucedido.

Cada vez se sentía peor.

Al cabo de un rato se reunió con Rehv en el porche. Sacó su libreta, garabateó algo rápidamente y rogó al cielo que el symphath pudiera comprender sus sentimientos.

Rehv miró por encima del hombro y leyó lo que John había escrito. Al cabo de unos instantes, respondió.

—Sí, claro. Les diré que ella no estaba aquí y que fuiste a comer conmigo al local de iAm. Eso te dará por lo menos un margen de tres o cuatro horas.

John se llevó la mano al pecho e hizo una reverencia.

—Pero no vayas a meterte en un lío. No necesito saber adónde vas, eso es asunto tuyo. Pero si te pasa algo, me pondrás en una situación muy difícil. —Rehv volvió a clavar los ojos en el río—. Y no te preocupes por ella. Ya tiene experiencia. Ésta es la segunda vez que... que... se la llevan de esa forma.

John agarró con fuerza el brazo de Rehv. Pero el symphath no hizo ningún gesto... probablemente no podía sentir nada debido a lo que hacía para controlar su lado *symphath*.

—Sí. Como lo oyes, es la segunda vez. Ella y Murhder habían estado paseando... —Al ver que los colmillos de John se alargaban, Rehv esbozó una sonrisa—. Eso pasó hace mucho tiempo, olvida los celos. No hay necesidad de preocuparse por ello. En fin, ella terminó yendo a la colonia por razones familiares, pero su familia la engañó y la retuvieron allí. Cuando Murhder fue a rescatarla, los symphaths lo atraparon también y la situación se volvió crítica. Tuve que negociar con ellos para rescatarlos a los dos; pero el caso es que su familia la vendió en el último minuto, justo delante de mis narices.

—¿A quién? —preguntó John por señas.

—A unos humanos. Xhex se escapó, sin embargo, igual que esta vez. Y se mantuvo alejada de todos nosotros por un tiempo. —Ahora los ojos de color amatista de Rehv brillaron en medio de la oscuridad—. Ella siempre fue una hembra fuerte, pero después de lo que esos humanos le hicieron, se volvió de acero.

—¿Cuándo ocurrió? —dijo John modulando las palabras con los labios y tratando de controlarse.

—Hace unos veinte años. —Rehv volvió a mirar el agua—. Tiene que quedarte claro que ella no bromeaba en ese mensaje. A Xhex no le haría ninguna gracia que nadie pretenda convertirse en héroe liquidando a Lash. Tiene que hacerlo con sus propias manos. ¿Quieres ayudar? Déjala que se acerque a nosotros cuando esté lista… y mientras, mantente alejado.

Desde luego, lo más probable era que ella no tuviera ninguna prisa por buscarlo, pensó John. Y en cuanto a Lash, ¿qué podía hacer él? No estaba seguro de poder contener su sed de venganza. Ni siquiera por ella.

Trató de no pensar en aquellas cosas. Los dos machos se dieron un rápido abrazo y luego John se desmaterializó.

Cuando tomó forma, estaba otra vez en Xtreme Park, detrás del cobertizo, observando las rampas y las pistas vacías. El principal traficante no había regresado. Y tampoco se veían chicos con monopatines. Era de esperar. ¿Quién iba a aparecer por allí después del jaleo de la noche anterior, con los disparos y todos aquellos policías por husmeando?

Durante una temporada, el parque iba a ser como una ciudad fantasma.

John se recostó en la tosca madera del cobertizo, con todos los sentidos alerta. Comenzaron a pasar los minutos. John fue consciente del transcurso del tiempo tanto por el movimiento de la luna en el cielo, como porque su cerebro fue pasando de la tensión casi maniaca a una situación más serena, ansiosa pero razonable. Seguía torturándose, pero la tormenta interior era más fácil de soportar.

Xhex estaba libre y él ni siquiera sabía cómo se encontraba. ¿Estaría herida? ¿Necesitaría alimentarse?

Suspiró. Tenía que apartar de sí aquellos pensamientos.

Además, debería marcharse. Wrath había sido bastante claro en su advertencia de que no se metiese en peleas sin Qhuinn y, aunque desierto por ahora, el parque todavía era un sitio peligroso.

De repente, John cayó en la cuenta de adónde debería ir.

Se incorporó, se detuvo un momento y miró a su alrededor con el ceño fruncido. Otra vez tuvo la sensación de que alguien le observaba, que lo estaban siguiendo. Lo mismo le había sucedido al salir del salón de tatuajes la otra noche.

Esta vez, sin embargo, no se sentía con fuerzas para lidiar con su paranoia, así que se limitó a desmaterializarse. Quien lo estuviese siguiendo debería seguirlo por el éter o perderlo de vista. Allá el espía. Tampoco le importaba gran cosa lo que hiciera.

Se sentía completamente agotado.

Reapareció a sólo unas calles de la casa donde había masacrado al restrictor la noche anterior. Se sacó del bolsillo interior de su chaqueta de cuero una llave de cobre parecida a la que Rehv había usado en la cabaña.

La tenía desde hacía más o menos mes y medio. Xhex se la había dado aquella noche en que él le dijo que podía confiar en que no revelaría su secreto, su condición de symphath. Como ocurría con los cilicios, la llevaba con él a todas partes.

Al llegar junto a las escaleras de la cercana mansión antigua, insertó el trozo de metal y abrió la puerta. Las luces del sótano se activaban con el movimiento y de inmediato iluminaron un pasillo formado por muros de piedra pintada de blanco.

Una vez que hubo entrado, John cerró con cuidado y luego se dirigió a la única puerta que había en el interior.

Xhex lo había dejado entrar una vez a aquel refugio privado. Fue una noche en la que él necesitaba estar solo… pero aceptó su hospitalidad, y él perdió la virginidad.

Sin embargo, Xhex se había negado a besarlo.

La misma llave que había servido en la puerta principal abría la que llevaba a la habitación. La cerradura cedió sin oponer resistencia, las luces se encendieron y John entró…

Casi se muere al ver lo que había en la cama. Sintió que el corazón y los pulmones le dejaban de funcionar, que el cerebro suspendía toda actividad y que la sangre se le congelaba en las venas.

El cuerpo desnudo de Xhex estaba sobre las sábanas, hecho en un ovillo.

Cuando la habitación se llenó repentinamente de luz, la mano de Xhex se cerró sobre la pistola que reposaba sobre el colchón y, sin alzarla, apuntó a la puerta.

La hembra no tenía fuerzas para levantar la cabeza ni el arma, pero John estaba seguro de que sí podía apretar el gatillo.

Así que levantó los brazos con las palmas de las manos hacia delante, dio un paso hacia un lado y cerró la puerta con el pie.

La voz de Xhex sonó como un susurro.

—John…

Una lágrima roja como la sangre se formó en el ojo que estaba a la vista. John vio cómo se deslizaba lentamente por la nariz y caía sobre la almohada.

Xhex retiró la mano de la pistola y se la llevó a la cara, moviéndola lentamente, como si necesitara hacer un gran esfuerzo. Quería ocultar sus lágrimas.

Tenía marcas y cardenales por todo el cuerpo, en distintos estados de cicatrización, y había perdido tanto peso que los huesos se le marcaban. Tenía una tonalidad gris en la piel y su aroma natural casi había desaparecido.

Xhex se estaba muriendo.

John, horrorizado por lo que estaba viendo y sintiendo, tuvo que apoyarse en la puerta para no caerse.

Pero, pese a los temblores, reaccionó. Su mente entró en funcionamiento. La doctora Jane tenía que visitar a Xhex, y había que alimentarla cuanto antes.

No quedaba mucho tiempo.

Si quería que ella viviera, tenía que tomar la iniciativa.

John se quitó la chaqueta de cuero y se subió la manga, mientras se acercaba a Xhex. Lo primero que hizo fue cubrir la desnudez de su amada, doblando la sábana con delicadeza sobre el maltrecho cuerpo. Lo segundo, ponerle la muñeca junto a la boca… y esperar a que el instinto de Xhex la hiciera reaccionar.

Aunque ella no quisiera, su cuerpo no iba a ser capaz de resistir la tentación de tomar lo que él le estaba ofreciendo.

El instinto de supervivencia siempre se impone, incluso por encima de los sentimientos. John lo sabía muy bien.

Xhex sintió un suave roce en el hombro y en las caderas cuando John la envolvió en la sábana.

Aspiró profundamente y lo único que percibió fue el olor agradable, limpio y saludable de un macho... y ese aroma despertó una intensa sensación de hambre en sus entrañas. Salió de su sopor con un sordo rugido, incluso un poco antes de que el macho le colocara sus venas junto a la boca.

Su instinto de symphath salió a la superficie.

Xhex pudo captar las emociones de John.

Estaba tranquilo y concentrado en su propósito, absolutamente firme, tanto en los sentimientos como en las intenciones. John estaba decidido a salvarla, aunque fuera lo último que hiciese en la vida.

—John... —susurró Xhex.

El problema era que John, su John, era el único que sabía lo cerca que ella estaba de la muerte.

Su rabia, el odio a Lash, le había servido de sustento mientras estaba encerrada y sometida a tantos abusos. Xhex llegó a creer que eso también le serviría para seguir adelante una vez que estuviera libre. Pero en cuanto hizo aquella llamada a Rehv, sintió que toda su energía la abandonaba y que sólo le quedaban fuerzas para mantener los latidos de su corazón.

Y ni siquiera el corazón estaba funcionando muy bien que digamos.

John acercó todavía más la muñeca… de tal modo que le rozó los labios.

Xhex sintió que sus colmillos se alargaban perezosamente, al tiempo que su corazón daba un vuelco, prueba evidente de que no estaba funcionando bien.

Entre ambos había ahora un tenso silencio. Xhex se encontraba frente a un dilema: alimentarse con la sangre de John y seguir adelante, o rechazarlo y morir en su presencia pocas horas después. Porque estaba segura de que John no iba a ir a ninguna parte.

Xhex se quitó la mano de la cara y levantó los ojos hacia John. Estaba tan guapo como siempre. Aquel rostro era la viva imagen del macho con el que soñaban todas las hembras.

Quiso acariciar la cara del joven guerrero.

John pareció sorprendido al principio, pero enseguida se inclinó para que la palma de la mano de Xhex alcanzara su tibia mejilla. Pero el esfuerzo necesario para mantener el brazo en alto resultó excesivo. John notó que su amada temblaba, puso su propia mano sobre la de Xhex y la ayudó a acariciarle.

Sus profundos ojos azules eran como el cielo al anochecer.

Xhex tenía que tomar una decisión. Alimentarse de la sangre de John o…

Sintió que le faltaban fuerzas incluso para rematar ese pensamiento, y creyó que la vida se le escapaba. Suponía que seguía viva porque aún podía pensar, pero no se sentía nada bien, era como si ya no fuese ella misma. Su habitual actitud combativa había desaparecido por completo. El principal rasgo de su carácter, lo que la definía en el mundo, se había evaporado.

Era lógico. Ya no tenía interés en seguir viviendo y no podía fingir lo contrario, ni por él, ni por ella misma.

Dos secuestros eran demasiado. Había tocado fondo.

Y sin embargo…

¿Qué podía hacer?

Xhex se humedeció los labios. Era lo que era porque así lo había querido el destino. Nadie elige a sus padres. Los años que había pasado respirando, comiendo, peleando y haciendo el amor tampoco habían cambiado su naturaleza, inmutable. Sin embargo, ahora tenía la oportunidad de marcharse por propia voluntad, de elegir su destino… y además, de hacerlo después de haber puesto sus cosas en orden.

Sí, ésa era la respuesta. Las terribles tres o cuatro últimas semanas habían servido para algo: le habían descubierto lo que tenía que hacer antes de morir. Y aunque se trataba de un solo deber, era más que suficiente. Algo así como la justificación de una vida entera.

La determinación que de pronto se apoderó de ella vino a resucitarla. Sintió, o creyó sentir, que mejoraba su cuerpo y que se disipaba aquella extraña sensación de letargo que había nublado su pensamiento. Ahora estaba despejada y alerta. Con un movimiento brusco, retiró la mano de la mejilla de John, lo que asustó a éste, aunque se calmó en cuando vio que Xhex se llevaba su muñeca a la boca y sacaba los colmillos.

El joven vampiro sintió un cálido alivio, una felicidad que nunca había experimentado.

Pero la dicha sólo le duró hasta que se dio cuenta de que Xhex no parecía tener fuerza suficiente para perforarle la piel. Los colmillos de la amada apenas podían arañarle.

John reaccionó de inmediato. Con un movimiento rápido, se mordió, pinchó su propia vena y luego acercó la muñeca hasta los labios de Xhex.

La primera impresión fue… transformadora. La sangre de John era tan pura que quemaba la boca y la garganta de Xhex. Luego le incendió el estómago y las llamas se propagaron por todo el cuerpo, descongelándola, llenándola de vida. Salvándola.

Xhex comenzó a beber la sangre de John con la voracidad propia de quien con ello vuelve a la vida. Cada trago era como un salvavidas al que se podía agarrar, una cuerda con la que salir del abismo de la muerte, la brújula que necesitaba para encontrar el camino de regreso a casa.

Y John se la ofreció incondicionalmente, sin abrigar ninguna esperanza y sin que ese gesto implicara ningún cambio en sus emociones.

Lo cual le causaba a Xhex, que lo notaba a pesar de su frenesí, un gran dolor. Sabía muy bien que le había roto el corazón y que no le había dejado ninguna ilusión a la que pudiera agarrarse.

El hecho de que John, a pesar de todo, no la había abandonado hizo que sintiera una inmensa admiración por él.

Pasó el tiempo y cuando finalmente se sintió satisfecha, soltó la muñeca de John y la lamió para cerrar la herida.

El temblor comenzó poco después. Empezó en las manos y los pies y rápidamente se centró en el pecho. Incontrolables espasmos hacían que le castañetearan los dientes. El cerebro, el cuerpo entero sufría sacudidas. Perdía la visión, la noción de la realidad.

Xhex, pese a todo, alcanzó a ver que John sacaba su móvil de la chaqueta.

Trató de agarrarlo de la camisa y balbuceó:

—No… no… no.

Pero él hizo caso omiso de su súplica y envió un mensaje de texto.

—Jo… joder… no… —gruñó Xhex.

El macho cerró el teléfono, ella siguió protestando.

—Si tratas… de… de llevarme a que me vea Ha… Havers… ahora será fa… fatal.

El miedo que tenía a las clínicas y los procedimientos médicos la llevaría a perder el escaso dominio de sí misma que le quedaba. Cuando la dominaba el pánico era temible, y gracias a John ahora tenía fuerzas para dar salida a su terror.

Y eso no iba a ser divertido para nadie.

Pero John sacó una libreta y garabateó algo. Luego se la mostró. Cuando el enamorado se marchó un momento después, Xhex se limitó a cerrar los ojos al oír cómo se cerraba la puerta.

Pasada la primera euforia tras la alimentación, volvía a estar agotada. Ya no corría peligro de muerte, pero estaba lejos de la recuperación total.

La hembra respiró por la boca y se preguntó si tendría suficiente energía para levantarse, vestirse y salir de allí antes de que la brillante idea de John se consumara. Pero una rápida evaluación de su estado le mostró que eso no iba a suceder. Si no podía ni levantar la cabeza de la almohada por más de un segundo, era una bobada pensar en ponerse de pie.

John no tardó mucho en regresar con la doctora Jane, la médica privada de la Hermandad de la Daga Negra. La fantasmagórica doctora llevaba un maletín negro. Mostraba un talante optimista, un aire de eficiencia médica que Xhex apreciaba mucho, pero sólo cuando se trataba de que curase a otros.

La doctora se acercó y puso su maletín en el suelo. Su bata blanca y toda la parafernalia médica eran tangibles, pero las manos y la cara eran traslúcidas. Todo cambió cuando se sentó en el borde de la cama. Entonces su cuerpo tomó forma y la mano que puso sobre el brazo de Xhex era cálida y sólida. Muy real.

Sin embargo, hasta el suave contacto con la doctora hizo que Xhex se estremeciera. Realmente no le gustaba que nadie la tocara.

La buena doctora retiró la mano enseguida, y Xhex tuvo la sensación de que se había dado cuenta de su fobia al contacto.

—Antes de que me digas que me vaya, quisiera decirte unas cuantas cosas que debes saber. En primer lugar, no le voy a contar a nadie dónde estás y no divulgaré nada de lo que me digas o de lo que encuentre en el examen que te voy a hacer. Tengo que informar a Wrath de que te he visto, pero los datos clínicos son confidenciales, sólo de tu incumbencia.

Eso sonaba bien. En teoría. Pero Xhex no quería que aquella hembra se le acercara con nada de lo que llevaba en su maletín negro.

La doctora Jane siguió hablando.

—En segundo lugar, no sé nada sobre symphaths. Así que si esa parte de tu naturaleza implica alguna diferencia anatómica significativa… quizá no pueda saber cómo tratarla. ¿Aun así me autorizas a que te reconozca?

Xhex carraspeó y trató de contener el temblor de los hombros.

—No… no quie… no quiero que… me examine… nadie.

—John me dijo algo así. Pero tienes que reflexionar. No olvides que has sufrido un trauma…

—No… no fue… tan… tan gra… grave… —Xhex percibió en ese momento la reacción emocional de John ante lo que acababa de decir, pero aún no tenía la energía necesaria para pensar y sacar conclusiones claras—. Es… estoy… bien.

—Entonces, mejor. Tómatelo como un reconocimiento de rutina, por si acaso.

—¿Parez… parezco una… una hembra ruti… rutinaria?

Los ojos verdes de la doctora Jane se entrecerraron.

—Pareces una hembra hermosa y fuerte que ha sido golpeada, que durante demasiado tiempo no se ha alimentado adecuadamente. Y que no ha dormido. A menos que quieras decirme que ese cardenal que se ve en tu hombro es maquillaje y esas bolsas debajo de los ojos son producto de mi imaginación.

Xhex no estaba dispuesta a ceder. Estaba acostumbrada a tratar con gente que no aceptaba el no por respuesta. ¡Llevaba años trabajando con Rehv!

Pero, a juzgar por el tono firme y neutro de la doctora, era evidente que ella también estaba habituada a salirse con la suya.

—Jo... joder, dejadme... en...

—Cuanto antes empecemos, antes terminaremos.

Xhex miró de reojo a John y pensó que si realmente la tenían que examinar, su presencia no ayudaba mucho. El joven guerrero no necesitaba saber más de lo que ya debía haberse imaginado al ver el estado en que ella se encontraba.

La doctora giró la cabeza.

—John, ¿tendrías la bondad de esperar en el pasillo?

El interpelado bajó la cabeza y salió de la habitación, mientras Xhex observaba cómo su inmensa espalda desaparecía tras la puerta. Cuando se oyó el clic de la cerradura, la buena doctora abrió su maldito maletín y lo primero que sacó fue el estetoscopio y el tensiómetro.

—Sólo voy a escuchar tu corazón. —Se colocó el estetoscopio en las orejas.

La simple visión de los instrumentos médicos fue como si echaran combustible en la hoguera de los temblores de Xhex, que reanudó sus convulsiones.

La doctora se detuvo.

—Calma. No te voy a hacer daño. No voy a hacer nada que no quieras que haga.

Xhex cerró los ojos y se echó de espaldas. Cuando consiguió calmarse un poco sintió que le dolían todos los músculos del cuerpo.

—Acabemos con esto de una vez.

Notó que Jane retiraba la sábana y una corriente de aire frío rozó su piel. Después sintió un contacto de metal frío sobre el esternón. Un aluvión de recuerdos amenazó con destruir el dique que mantenía retenidas sus emociones, así que abrió los ojos y los clavó en el techo, mientras trataba de impedir que su cuerpo terminara levitando encima del colchón.

—Rapi... rápido, doc... doctora. —Sabía que no podría contener el pánico por mucho tiempo.

—Por favor, respira hondo —dijo la doctora Jane.

Xhex obedeció. Tomó aire con una mueca de dolor. Era evidente que tenía una o más costillas rotas, probablemente por el golpe que se había dado contra la pared de aquel pasillo al salir de la habitación.

—¿Podrías sentarte? —preguntó la doctora Jane.

Xhex soltó una maldición cuando trató, sin éxito, de levantar el torso de la cama. La doctora tuvo que ayudarla. Cuando le puso la mano en la espalda, Xhex se quejó, pero trató de disimular automáticamente.

—Ha sido un quejido involuntario. No me duele tanto.

—No te creo. —La doctora siguió trabajando con aquel objeto de metal tan frío al tacto—. Respira lo más hondo que puedas sin sentir dolor.

Xhex lo hizo, con mucho sufrimiento, y se sintió aliviada cuando la mano de la doctora la empujó de nuevo contra las almohadas y luego la volvió a tapar con la sábana.

—¿Puedo mirarte los brazos y las piernas para ver si estás herida? —Xhex se encogió de hombros. La doctora Jane dejó el estetoscopio a un lado y se colocó a los pies de la cama. Al poco, Xhex sintió otra corriente de aire mientras la doctora le retiraba la sábana de las piernas. Llegada a ese punto, Jane pareció vacilar.

—Tienes unas marcas muy profundas en los tobillos —murmuró, casi como si estuviera hablando consigo misma.

Bueno, eso era porque Lash la había atado con cables metálicos algunas veces.

—Muchas magulladuras…

Xhex detuvo el examen al sentir que la doctora subía la sábana hasta la altura de sus caderas.

—Basta con saber que tengo más magulladuras hacia arriba, ¿vale?

La doctora Jane volvió a poner la sábana en su lugar.

—¿Puedo palparte el abdomen?

—Si quieres.

Xhex se puso rígida al pensar que la iba a destapar otra vez, pero la doctora Jane sólo alisó la sábana y luego comenzó a hacerle presión en el abdomen. Por desgracia, no había manera de ocultar las muecas de dolor, en especial cuando el examen se fue aproximando a la parte baja, al vientre.

La doctora se incorporó y miró a Xhex a los ojos.

—¿Me dejarías hacerte un examen interno?

—¿Cómo interno? —Cuando Xhex entendió lo que significaba, negó con la cabeza rotundamente—. No, ni hablar.

—¿Has sufrido abusos sexuales?

—No.

La doctora Jane movió la cabeza con aire preocupado.

—¿Hay algo que deba saber que no me hayas dicho? ¿Te duele especialmente alguna parte del cuerpo?

—Estoy bien.

—Estás sangrando. No creo que te hayas dado cuenta. Pero estás sangrando.

Xhex frunció el ceño y bajó la mirada hacia sus temblorosos brazos.

—Hay sangre reciente en la parte interior de tus muslos. Por eso te he preguntado si te puedo hacer un examen interno.

Xhex tuvo un acceso de pavor.

—Te lo preguntaré una vez más. ¿Has sufrido intromisiones sexuales no consentidas? —No había ninguna emoción detrás de esas palabras, que en su boca eran términos clínicos. Y la doctora no se había equivocado con el tono. A Xhex no le habría gustado percibir en ella indicios de compasión o de alarma.

Al ver que Xhex no respondía, la doctora Jane interpretó el silencio correctamente.

—¿Hay alguna posibilidad de que estés encinta?

Santo Dios.

Los ciclos de fertilidad de las symphath eran extraños e impredecibles y ella había estado tan absorta en el drama de su cautiverio, que ni siquiera había estado atenta a esos fenómenos naturales.

En ese momento odiaba ser una hembra.

—No lo sé.

La doctora Jane asintió con la cabeza.

—Ya te he dicho que no conozco bien vuestra naturaleza. ¿Cómo puedes saber si estás encinta?

Xhex sacudió la cabeza.

—No hay manera de que me haya quedado embarazada. Mi cuerpo ha soportado demasiadas cosas.

—Déjame hacer el examen interno, ¿de acuerdo? Sólo para estar seguras de que no hay ningún motivo de preocupación. Y luego me gustaría llevarte al complejo de la Hermandad para hacerte una ecografía. Parecías muy dolorida cuando te examiné el abdomen. Le he pedido a V que venga con un coche. Debe de estar al llegar.

Xhex casi no oía lo que le decía. Ahora estaba demasiado absorta, recordando las últimas semanas. Había estado con John la víspera del secuestro. Aquella última vez. Tal vez…

Si estaba encinta, se negaba a creer que tuviera algo que ver con Lash. Eso sería demasiado cruel. Insoportablemente cruel.

Además, tal vez el sangrado tuviera otra explicación.

Un aborto, por ejemplo. Sí, podía ser eso, se dijo una y otra vez.

—De acuerdo —dijo Xhex—. Pero que sea un examen rápido. No tolero bien esas mierdas. No respondo de mis actos si tardas más de un par de minutos.

—Me daré prisa.

Mientras cerraba los ojos y se preparaba, una rápida sucesión de imágenes cruzó por su cabeza: su cuerpo sobre una mesa de acero inoxidable en un cuarto con paredes embaldosadas; ella, atada por los tobillos y las muñecas; médicos humanos con ojos desorbitados que se le acercaban; una cámara de vídeo sobre su cara, y luego sobre todo su cuerpo, y un escalpelo que resplandecía gracias a la luz procedente del techo.

De pronto oyó algo parecido a secos tirones de algún tejido elástico. *Tac, tac.*

Xhex abrió los ojos sobresaltada, pues no estaba segura de que lo que había oído fuera realidad o producto de una alucinación. Pero era cierto. La doctora Jane se acababa de poner sus guantes de látex.

—Lo haré con suavidad —dijo.

Pero lo de la suavidad era relativo, claro.

Xhex apretó el borde de la sábana y sintió cómo los músculos de sus muslos se encogían. Se puso tensa de pies a cabeza. Le faltaba el aire, pero, al menos, la extrema tensión había eliminado los temblores.

—Rápido, por favor, doctora.

—Xhex… quiero que me mires a los ojos.

Xhex la miró.

—¿Cómo?

—Mírame. Aquí. —La doctora apuntó hacia sus ojos—. Mírame. Mírame a la cara y piensa que a mí también me han hecho esto, ¿de acuerdo? Sé muy bien lo que estoy haciendo y no sólo porque me lo hayan enseñado.

Xhex se esforzó en dominarse, en obedecerla y… realmente le ayudó. Contemplar aquellos ojos verdes realmente le ayudaba.

—Podrás sentirlo.

—¿Qué dices?

Xhex carraspeó.

—Si estoy… encinta, podrás sentirlo.

—¿Cómo?

—Cuando… bueno, notarás algo duro. Adentro. No… —Xhex trató de respirar, mientras recordaba lo que le había oído decir a la familia de su padre—. Las paredes no resultarán suaves al tacto.

La doctora Jane ni siquiera parpadeó.

—Entendido. ¿Estás lista?

No lo estaba, pero mintió.

—Sí.

Xhex estaba bañada en sudor frío cuando por fin terminó el examen. La costilla rota la estaba matando por culpa de la respiración agitada

—¿Qué hay? —preguntó con voz ronca.

23

Te digo que Eliahu está vivo. Eliahu Rathboone... está vivo.

De pie en su habitación de la mansión Rathboone, Gregg Winn estaba observando el panorama por la ventana, un típico paisaje de Carolina del Sur salpicado de musgo. Bajo la luz de la luna, éste parecía, más que musgo, una misteriosa sombra de origen incierto.

—Gregg, ¿has oído lo que te he dicho?

Gregg se restregó los ojos para espabilarse y miró hacia atrás, a su joven presentadora. Holly Fleet estaba de pie, muy cerca del marco de la puerta. Llevaba su larga melena rubia recogida hacia atrás y ya se había quitado el maquillaje, razón por la cual sus ojos no resultaban tan grandes ni cautivadores como se veían con las pestañas postizas y aquel polvillo brillante que usaba frente a la cámara. Pero llevaba, eso sí, una bata de seda rosa que no ocultaba nada de su espectacular cuerpo.

La chica estaba temblorosa.

—¿Eres consciente —preguntó Gregg arrastrando las palabras— de que ese hijo de puta se murió hace más de ciento cincuenta años?

—Entonces, es verdad que su fantasma se encuentra aquí.

—Los fantasmas no existen. —Gregg dio media vuelta—. Tú deberías saberlo mejor que nadie.

—Así es. Pero éste sí existe.

—¿Y me has despertado a la una de la mañana para decirme eso?

No parecía un comportamiento muy inteligente por parte de la chica. Casi no habían dormido la noche anterior. Gregg se había pasado el día entero al teléfono, hablando con Los Ángeles. Se había acostado hacía apenas una hora y, pese al estrés que sufría, el enorme cansancio hizo que se durmiese profundamente enseguida.

Desde luego, el estrés era explicable, porque las cosas no iban bien. El mayordomo no quería dar su brazo a torcer, no daba permiso para hacer el programa. Dos nuevos intentos de Gregg habían fracasado. Durante el desayuno, el mayordomo se negó cortésmente, pero a la hora de la cena la cena, sencillamente, lo ignoró. Nunca le había ocurrido nada semejante.

Habían conseguido, eso sí, unos excelentes planos. Gracias a los muy significativos y evocadores rincones filmados de manera clandestina, su jefe le había dado luz verde para hacer desde allí el programa especial; pero a la vez le presionaba para que consiguiese la autorización cuanto antes. Ya mismo. Deseaba grabar un adelanto, un promocional para que subiese la audiencia.

Y eso era imposible si el mayordomo no se ablandaba.

—¿Me escuchas? —dijo Holly—. ¿Me estás escuchando?

—¿Qué decías?

—Que me quiero ir.

Gregg frunció el ceño. No acababa de asimilar que aquella chica pudiera ser tan estúpida.

—¿Adónde quieres irte?

—Quiero volver a Los Ángeles.

Sí que era idiota, había que reconocerlo.

—¿A Los Ángeles? ¿Estás bromeando? Pues va a ser imposible. Tenemos trabajo que hacer aquí.

Teniendo en cuenta la rígida actitud del mayordomo, ese trabajo incluía una gran cantidad de súplicas, engaños… y lo que hiciera falta. Justamente, la especialidad de Holly. Además, que estuviera asustada podía ser una ventaja, pues así tendría más posibilidades de conmover al puñetero mayordomo. Los hombres solían ablandarse ante el miedo de las chicas guapas, en especial los de talante caballeroso y heroico, cual era el caso.

—En realidad… —Holly se apretó las solapas de la bata… de manera que la parte delantera de la tela, aunque la tapó un poco, marcó con mayor claridad los duros pezones—… me estoy muriendo de miedo.

Caramba. Lo mismo quería llevarlo a su cama, y si era así, tal vez Gregg no estuviera *tan* cansado.

—Ven aquí.

Gregg abrió los brazos. Ella se acercó y se apretó contra el productor, que sonrió mientras apoyaba la mandíbula en la cabeza de la muchacha. Qué bien olía ahora. Ya no se ponía el raro perfume habitual, sino otro mucho mejor, mucho más agradable y sugerente.

—Nena, cariño, sabes muy bien que tienes que quedarte con nosotros. Necesito tu magia ante la cámara.

Las ramas de los árboles y el musgo se mecían con la brisa. La luz de la luna hacía que los líquenes pareciesen adornos de seda colgados de los árboles, como si estuviesen vestidos de gala.

—Pero aquí pasa algo raro, de verdad —dijo la chica con voz quejumbrosa, abrazada a Gregg.

Abajo, en el jardín, apareció una figura solitaria. Debía de tratarse de Stan, que iba a dar un paseo.

Gregg negó con la cabeza.

—Lo único raro es ese maldito mayordomo. Venga, piénsalo. ¿No quieres hacerte famosa? Si emitimos el especial desde aquí, se te abrirán muchas puertas. Pronto podrías ser la presentadora de *Bailando con las estrellas* o *Gran hermano*.

Gregg se dio cuenta de que había atraído su atención porque la chica se relajó. Para tranquilizarla más todavía más, comenzó a acariciarle la espalda.

—Ésta es mi chica. —Gregg observó a Stan mientras se alejaba, con las manos en los bolsillos, en dirección contraria a la casa, la larga melena agitada por el viento. En cuanto avanzara unos metros más, cuando saliera de debajo de los árboles, quedaría totalmente iluminado por la luz de la luna—. Necesito que te quedes aquí, conmigo. Como ya te dije, tú mejor que nadie deberías saber que las historias de fantasmas nunca son más que el resultado de casualidades y habladurías. Y tenemos que fomentarlas. A la gente le gusta creer en misterios. ¡Démosle este fantasma!

En ese momento, alguien empezó a subir las escaleras. Las pisadas eran suaves, pero los chirridos y crujidos de la vieja madera de los escalones las convirtieron casi en estruendosas.

—¿Eso es lo que te da tanto miedo? ¿Unos cuantos ruidos en mitad de la noche? —Gregg la miraba intensamente. Los rellenos labios de la chica le trajeron unos cuantos buenos recuerdos. Le acarició la boca con el pulgar, mientras pensaba que se debía de haber puesto más silicona, porque ahora estaban más provocativos y hermosos.

—No… —susurró la muchacha—. No es eso lo que me asusta.

—Entonces, ¿por qué crees que hay un fantasma?

Gregg, distraído, volvió a mirar por la ventana. Aquella solitaria figura salió en ese momento al claro iluminado por la luna… y se desvaneció en el aire.

—Creo que hay un fantasma porque acabo de tener sexo con él —dijo Holly—. Me acabo de acostar con Eliahu Rathboone.

E n el pasillo de paredes de piedra de aquel sótano, John se paseaba frente a la puerta de Xhex. De un lado a otro, una y otra vez. Sin escuchar absolutamente nada de lo que sucedía al otro lado de la puerta, dentro de la habitación.

Ansioso, se consolaba pensando que ese silencio era buena señal. La inexistencia de gritos e insultos seguramente significaba que el examen de la doctora Jane no le estaba causando mucho dolor a su amada.

Mandó un mensaje a Rehvenge contándole que Xhex había aparecido y que iban a tratar de llevarla al complejo. Sin embargo, no mencionaba el escondite del sótano. Era evidente que ella quería mantener en secreto aquel refugio, porque si Rehv hubiese conocido su existencia, seguramente habría insistido en ir allí después de ver que no estaba en la cabaña del río.

El enamorado miró el reloj y se pasó las manos por el pelo una vez más, mientras se preguntaba cómo se las apañarían Wrath, Rhage y Z para afrontar aquella situación de mierda. Ellos tenían experiencia. Z, por ejemplo, estuvo con Bella cuando ésta daba a luz. ¿Cómo demonios podían…?

De pronto se abrió la puerta y John vio interrumpidas sus meditaciones. Giró sobre los talones y las suelas de sus botas chirriaron por el roce contra el suelo.

La doctora Jane parecía preocupada.

—Xhex ha aceptado ir al complejo sanitario. V debería estar ya ahí fuera con la Escalade. ¿Te importa ver si ha llegado?

John asintió, y preguntó por señas:

—¿Ella está bien?

—Ha pasado por una experiencia difícil. Ve a mirar si está la furgoneta. Y vas a tener que llevarla hasta el vehículo en brazos, ¿vale? No quiero que camine y tampoco quisiera usar una camilla, para no llamar demasiado la atención en la calle.

John no perdió ni un segundo. Salió del sótano como una flecha.

Y allí estaba, con las luces apagadas pero el motor encendido, la camioneta. Tras el volante se veía una llamita anaranjada. V se estaba fumando uno de sus cigarros.

El hermano bajó la ventanilla.

—¿La vamos a llevar?

John asintió con la cabeza y se apresuró a regresar en su busca.

Cuando llegó hasta la puerta de la habitación, la encontró cerrada, así que dio un golpecito.

—Un momento —gritó la doctora Jane desde adentro—. Listo —dijo tras unos instantes.

John abrió y encontró a Xhex acostada de lado. Estaba envuelta en una toalla y una sábana limpia la cubría de pies a cabeza. Por Dios… John sintió una infinita angustia al ver que su amada seguía teniendo un aspecto muy preocupante.

John se aproximó y tuvo una extraña sensación. Nunca, como en ese momento, se había sentido tan alto.

En realidad era enorme y quizás lo extraño era que no se hubiese dado cuenta antes.

—Te voy a llevar en brazos —le dijo por señas, y modulando a la vez las palabras con los labios.

Xhex lo miró a los ojos, asintió y trató de incorporarse. Entretanto, él se agachó y la levantó de la cama con los brazos.

Xhex era muy liviana. Mucho más que antes.

Cuando John se enderezó con la enferma en brazos, la doctora Jane colocó rápidamente la ropa de la cama y avanzó hacia la puerta.

Al sentir la rigidez del cuerpo de Xhex y notar el esfuerzo que parecía estar haciendo para no temblar, John pensó en cuánto le gustaría tener voz para decirle que se relajara. Estaba muy claro que a Xhex no le gustaba que la llevaran en brazos de un lado para otro.

Al menos en condiciones normales.

A John el pasillo se le hizo interminable. Era como si en unos instantes se hubiese alargado kilómetros. Al llegar afuera, los tres metros que los separaban de la camioneta le parecieron trescientos.

V se bajó enseguida y abrió la puerta trasera de la camioneta.

—Puedes acostarla ahí. Puse unas mantas antes de salir.

John asintió y se inclinó para acomodar a Xhex en él sitio que le habían preparado.

En ese momento ella tendió la mano y lo agarró del hombro.

—Quédate conmigo, por favor.

John se quedó paralizado durante una fracción de segundo... y luego, haciendo alarde de agilidad y fuerza, se subió a la camioneta de un salto y se sentó, mientras la mantenía abrazada. Le resultó difícil acomodarse, pero después de unos momentos se recostó contra la pared interior de la camioneta, con las rodillas dobladas y Xhex en su regazo, apretada contra el pecho.

Cerraron las puertas de atrás, luego las otras y finalmente se oyó el rugido del motor.

A través de las ventanas oscurecidas, se veían miles de luces parpadeantes mientras abandonaban la ciudad.

Al ver que Xhex comenzaba a temblar, John la abrazó con más fuerza, manteniéndola apretada contra su cuerpo para transmitirle un poco de calor. Y tal vez lo consiguió, porque después de un rato ella pareció relajarse y el temblor fue cediendo poco a poco.

Dios... hacía tanto tiempo que deseaba tenerla entre sus brazos que se había imaginado miles de circunstancias en las que eso sucedía.

Pero nunca se le había ocurrido imaginarse aquel escenario.

Sumido en tales pensamientos, respiró hondo y captó el olor que despedía su propio cuerpo. Olía a especias negras. Era el mismo aroma que había notado en los hermanos cuando sus shellans estaban cerca. La clase de olor que significaba que su cuerpo se estaba imponiendo sobre sus emociones y que ya no había marcha atrás.

Joder. Maldita naturaleza: no había manera de disimular el triunfo del instinto ni de detenerlo. Durante todo este tiempo, desde que la conoció, John se había ido acercando a ese límite y era evidente que lo había sobrepasado cuando la amada se alimentó con su sangre.

—John —susurró Xhex.

John le dio un golpecito en el hombro para indicar que la estaba escuchando.

—Gracias.

El macho apoyó la mejilla en la cabeza de Xhex, para que ella pudiera sentir sus movimientos, y asintió.

A John no le sorprendió demasiado que ella se apartara. Lo que no esperaba era que lo hiciese para poder mirarle a los ojos.

Se sobresaltó al ver aquel rostro tan demacrado. Xhex estaba enferma, y además aterrorizada. Sus ojos grises tenían un tono maciliento que no había visto nunca.

—Todo va a ir bien —dijo modulando las palabras con los labios—. Te vas a poner bien.

—¿De veras? —Xhex cerró los ojos con fuerza—. ¿Tú lo crees de verdad?

Desde luego, John haría cuanto estuviera en su mano para que así fuera.

Xhex volvió a abrir los ojos y habló con voz ronca.

—Lo siento mucho.

—¿Por qué?

—Por todo. Por tratarte como lo hice. Por ser quien soy. Tú te mereces algo mucho mejor. Yo… de veras lo siento.

La voz se le quebró al final. Parpadeó, emocionada, apoyó la cabeza otra vez en el pecho de John y se llevó la mano al corazón.

En ese momento John deseaba desesperadamente poder hablar, pues lo último que haría sería retirar a Xhex de su regazo para sacar la maldita libreta.

Al final, hizo lo único que estaba a su alcance: abrazarla con más fuerza.

De todas formas, no se hacía ilusiones. No malinterpretaría la conversación pensando que era lo que no era. Una disculpa no era una declaración de amor. Ni siquiera era necesaria, pues él ya la había perdonado de todas maneras. Sin embargo, las palabras de Xhex le proporcionaron un gran consuelo. Su relación no era la que él anhelaba, desde luego, pero el cariño y la gratitud eran mucho mejor que nada.

John le recolocó la sábana sobre los hombros y luego dejó caer la cabeza hacia atrás. Mientras miraba por la ventanilla, sus ojos buscaron las estrellas que poblaban aquel denso cielo de terciopelo.

Pensó que era como si también el cielo estuviera recostado sobre su pecho en lugar de allí arriba.

Xhex estaba viva. Y entre sus brazos. Y él la estaba llevando a casa.

Sí. Después de todo, las cosas podrían haber salido mucho peor.

Al cabo del tiempo, Lash acabaría diciéndose que uno nunca sabe para quién trabaja ni lo que le puede deparar el porvenir. Nunca puedes saber hasta qué punto la sencilla decisión de girar a la derecha o a la izquierda en un cruce puede cambiar las cosas. Algunas veces, las decisiones no tienen trascendencia alguna, pero otras, en cambio… te llevan a lugares inesperados.

Pero en ese momento todavía no lo había descubierto y avanzaba en su coche por la zona rural de las afueras de Caldwell, mientras se preguntaba qué hora sería. Miró el reloj. Un poco más de la una.

—¿Todavía falta mucho?

Lash miró de reojo hacia el asiento del copiloto. La prostituta que había recogido en un callejón del centro debió de ser suficientemente atractiva y tenía bastante silicona en el cuerpo como para hacer películas porno, pero la adicción a las drogas la había convertido en una criatura huesuda y nerviosa.

También parecía desesperada. Tan desesperada que Lash sólo había tenido que ofrecerle un billete de cien dólares para que se subiera al Mercedes y lo acompañara a una «fiesta».

—Ya estamos cerca —respondió Lash, mientras volvía a concentrarse en la carretera.

Se sentía muy decepcionado. Tenía que haber sido Xhex quien viajase con él, y además en el asiento de atrás, amarrada y con una mordaza… Ésa hubiera sido una escena mucho más romántica. Pero, en lugar de eso, ahora debía conformarse con aquella desagradable perra. En fin, no podía hacer otra cosa. Las circunstancias le habían puesto en esa situación: necesitaba alimentarse y su padre lo estaba esperando. Encontrar a Xhex requería mucho más tiempo del que tenía.

Una de las peores concesiones que había tenido que hacer era que la perra que iba a su lado fuese humana, es decir, mucho menos útil que una vampira desde todos los puntos de vista. De todas formas esperaba que los ovarios marcaran una diferencia, al menos alimenticia, cuando llegara el momento de chupar su sangre.

En realidad no había podido encontrar una hembra de su misma especie.

—¿Sabes que yo antes era modelo? —dijo la mujer arrastrando las palabras.

—¿De veras?

—En Manhattan. Pero, ¿sabes?, esos malditos desgraciados… no te aprecian por lo que vales. Sólo quieren usarte como un objeto, ¿sabes?

Menuda lata. Lo primero que tendría que hacer en cuanto la tuviera a su servicio era eliminar de su vocabulario aquella muletilla imbécil del *¿sabes?* Menuda idiota, ¿pensaba de verdad que le iba mejor de puta en Caldwell que de modelo en Manhattan?

—Me gusta tu coche.

—Gracias —murmuró Lash.

La mujer se agachó y sus pechos sobresalieron por encima de la blusita rosa que llevaba puesta. La prenda tenía manchas de grasa a los lados, como si hiciera un par de días que no la lavaba, y la mujer olía a perfume barato de cereza, sudor y humo de crack.

—¿Sabes? Tú me gustas…

La mujer le puso la mano sobre el muslo y luego bajó la cabeza hasta ponerla sobre las piernas de Lash. Cuando notó que estaba hurgando entre sus pantalones, agarró un mechón de pelo teñido y tiró de él sin el más mínimo cuidado.

Pero ella ni siquiera se quejó.

—No empecemos todavía —dijo Lash—. Ya casi hemos llegado.

La mujer se humedeció los labios.

—De acuerdo. Vale.

Los cerros pelados que se extendían a cada lado de la carretera resplandecían con la luz de la luna, y las casas de madera esparcidas por aquí y por allá sobresalían gracias a su color blanco. Casi todas ellas tenían la luz del porche encendida, pero nada más. Por esa zona, todo el mundo se recogía temprano.

Era una de las razones por las que la Sociedad tenía refugios allí, en la tierra de la tarta de manzana y las banderas de Estados Unidos.

Cinco minutos después, tomaron el desvío a la granja y finalmente aparcaron cerca de la puerta principal.

—Aquí no hay nadie —dijo la mujer—. ¿Acaso somos los primeros en llegar a la fiesta?

—Sí. —Lash apagó el motor—. Vamos a…

El sonido metálico que sintió junto al oído lo dejó paralizado.

La voz de la prostituta ya no era acaramelada.

—Sal del coche, hijo de puta.

Lash volvió la cabeza y con ello prácticamente le dio un beso al cañón de una nueve milímetros. Al otro lado del cañón, las manos de la puta parecían bastante firmes y sus ojos brillaban con una especial astucia que Lash no podía desconocer.

Sorpresa, sorpresa, pensó Lash.

—Sal del coche —le espetó la mujer.

Lash sonrió lentamente.

—¿Alguna vez has usado ese aparato?

—Muchas. —La mujer ni siquiera parpadeó—. Y no tengo ningún problema con la sangre. Hasta me gusta.

—Ah, bueno. Me alegro por ti.

—Bájate ya…

—Entonces, ¿cuál es el plan? Me bajo del coche, me disparas en la cabeza y me abandonas y ¿luego te llevas el Mercedes, mi reloj y mi billetera?

—Y lo que llevas en el maletero.

—¿Necesitas una rueda de repuesto? ¿Sabes lo que te digo? Puedes conseguir una en una tienda de Firestone o Goodyear sin meterte en líos. Te lo digo sólo para que lo tengas en cuenta.

—¿Crees que no sé quién eres tú?

Lash estaba plenamente seguro de que no tenía ni idea.

—¿Sabes quién soy? ¿Por qué no me lo dices?

—He visto este coche. Yo te he visto antes. He comprado tus drogas.

—Una clienta. Qué graciosa coincidencia.

—Te he dicho que salgas del coche o te mato.

Al ver que Lash no se movía, la mujer movió la pistola un poco hacia un lado y apretó el gatillo para hacer un disparo de aviso. Al sentir que la bala destrozaba la ventanilla trasera, Lash se enfureció. Una cosa era amenazarle y otra muy distinta causar daños en su propiedad.

Mientras la mujer volvía a apuntar el cañón de la nueve milímetros a sus ojos, Lash se desmaterializó.

Volvió a tomar forma al otro lado del coche. Vio cómo la mujer giraba en el asiento, mirando a todas partes, y su melena se agitaba en el aire.

Preparado para darle un par de lecciones del mayor interés, Lash abrió de par en par la puerta del Mercedes y la sacó a rastras, tirándole de un brazo. Dominarla y quitarle la pistola fue cosa de un segundo. Luego se metió la nueve milímetros en el cinturón, en la espalda y la apretó contra su pecho.

—¿Qué… qué… qué ha pasado?

—Me dijiste que me bajara del coche —le dijo Lash al oído— y eso fue lo que hice.

El cuerpo de la mujer parecía una hoja batida por el viento, un puro temblor envuelto en ropa barata. En comparación con las batallas que solía librar con Xhex, aquello era de risa. ¡Qué aburrimiento!

—Entremos —murmuró Lash, bajando la boca hasta la garganta de la mujer acariciándole la yugular con uno de los colmillos—. El otro invitado a la fiesta ya debe de estar esperándonos.

La mujer se apartó de él y volvió la cabeza para mirarlo, estupefacta. Lash sonrió y le enseñó todo su equipo dental. El grito que lanzó asustó a un búho que estaba en un árbol cercano. Para asegurarse de que se callaba, Lash le tapó la boca con la mano que tenía libre y la obligó a entrar por la puerta.

Adentro, la casa olía a muerte, gracias a la inducción que había tenido lugar la noche anterior y a la sangre que había en los cubos. Lash encendió la luz con el pensamiento, la mujer atisbó lo que había en la estancia, se puso rígida de terror y se desmayó.

Mejor para ella, y para todos. Le fue mucho más sencillo ponerla sobre la mesa y amarrarla bien.

Después de descansar un momento, Lash llevó los cubos a la cocina, los vació y los lavó en el fregadero, limpió los cuchillos y pensó en lo mucho que le gustaría que el señor D todavía estuviera vivo para que se encargara del trabajo sucio.

Echó la llave, y en ese momento cayó en la cuenta de que el recluta que habían convertido la noche anterior no parecía estar por ninguna parte.

Después de llevar los cubos al comedor, los puso debajo de las muñecas y los tobillos de la prostituta y volvió a registrar rápidamente el primer piso. Como vio que allí no había nada ni nadie, subió corriendo al segundo piso.

La puerta del armario que había en la habitación estaba abierta y había una percha sobre la cama, como si alguien hubiese sacado una camisa. Y la ducha todavía estaba mojada.

¿Qué demonios había pasado?

¿Cómo diablos podía haberse marchado ese desgraciado? No había ningún coche disponible, así que la única posibilidad era largarse a pie y buscar a alguien que lo llevara. O hacer un puente al camión de alguno de los vecinos y robarlo.

Lash volvió a bajar y vio que la puta había recuperado el sentido y estaba tratando de quitarse la mordaza, mientras abría mucho los ojos y se sacudía desesperadamente sobre la mesa.

—No tardaremos mucho —le dijo, mientras observaba la raquíticas pantorrillas de la mujer. Tenía tatuajes en las dos piernas, pero eran un caos de dibujos sin ningún tema definido, como manchones hechos al azar. Algunos tatuajes se podían identificar, pero había otros que estaban borrosos, repintados o que habían cicatrizado mal.

Lash comenzó a pasearse por la casa: de la cocina al comedor, de éste al salón. Los ruidos del golpeteo de los tacones contra la mesa y el roce de las cuerdas contra la piel se fueron desvaneciendo mientras se preguntaba dónde diablos estaría el nuevo recluta y por qué su padre se retrasaba.

Media hora después, todavía seguía sin saber nada, así que mandó un rápido mensaje mental al otro lado.

Pero su padre no respondió.

Lash volvió a subir al segundo piso y cerró la puerta, pues pensó que tal vez no se estaba concentrando lo suficiente porque estaba irritado y frustrado. Se sentó en la cama, puso las manos sobre las rodillas y trató de serenarse. Cuando el ritmo de su corazón se regularizó, respiró hondo y volvió a enviar un mensaje. Pero nada.

¿Le habría pasado algo al Omega?

Movido por un ataque de angustia, Lash decidió ir en persona hasta el Dhunhd.

Sus moléculas se dispersaron y comenzaron a viajar, pero cuando trataron de volver a condensarse en el otro plano de la existencia, sintió que estaba bloqueado. No podía entrar. Acceso denegado.

Fue como estrellarse con una pared. Al rebotar, de regreso, contra la cama, su cuerpo absorbió el golpe sin mayores daños, pero sintió náuseas.

¿Qué demonios pasaba?

Sonó el timbre de su teléfono, lo sacó del bolsillo del abrigo y frunció el ceño al ver el número de quien llamaba.

—¿Sí? —dijo.

La risita que se oyó al otro lado de la línea parecía la de un chiquillo.

—Hola, idiota. Habla tu nuevo jefe. ¿Sabes a quién acaban de promover? Por cierto, tu papi dice que no lo molestes más. Mala idea, la de preguntar por las damas... deberías conocer mejor a tu padre. Ah, y ahora se supone que tengo que matarte. Nos vemos.

El nuevo recluta comenzó a reír a carcajadas y el sonido de aquella risa taladró la cabeza de Lash hasta que el teléfono quedó en silencio.

El interlocutor había colgado.

**

No estaba embarazada. Al menos, la doctora Jane no había encontrado nada raro.

Pero, gracias a esa espantosa revisión médica, Xhex casi ni se había enterado del viaje hasta el complejo de la Hermandad. La idea de que hubiese una mínima posibilidad de que...

Después de todo, no tenía puestos los cilicios, que eran el elemento destinado a controlar sus tendencias symphath, incluida la ovulación.

¿Qué había hecho?

Bueno, era un asunto inquietante, y lo que tenía que hacer ahora era dejar de pensar en eso. Dios sabía que ya tenía suficientes preocupaciones con lo que estaba sucediendo.

Al respirar profundamente, Xhex sintió el aroma de John y se concentró en los fuertes latidos de su corazón. No pasó mucho tiempo antes de que el sueño la dominara y la combinación del cansancio, con la pesadez natural que seguía a la ingestión de sangre y la necesidad de olvidarse por un rato de lo que estaba pasando, la sumió en un estado de sopor profundo. Dormía en la parte trasera de la camioneta.

Se despertó al sentir que la levantaban. Abrió los ojos.

John la llevaba a través de una especie de aparcamiento que, a juzgar por las paredes y el techo abovedado, debía de estar bajo tierra. Vishous, que mostraba una actitud sorprendentemente colaboradora, abrió una inmensa puerta de acero y al otro lado… la pesadilla.

El salón alargado tenía paredes de cemento, suelo de baldosas y un techo bajito con luces fluorescentes incrustadas en el cielo raso.

En ese momento el pasado se apoderó de su cabeza y el recuerdo de experiencias anteriores, de pesadillas de otro tiempo, desplazó la noción del presente. Mientras todavía estaba en brazos de John, su cuerpo pasó de la debilidad a la histeria y comenzó a forcejear como una bestia para liberarse. La conmoción fue instantánea, la gente corría hacia ella y se oía un sonido estridente, como el de una sirena…

Vagamente, notó que le dolía la mandíbula, y al cabo de unos instantes se dio cuenta de que la sirena eran sus propios gritos y el dolor procedía de sus esfuerzos abriendo la boca.

Y de repente lo único que veía la cara de John.

Había logrado darle la vuelta entre sus brazos, Dios sabe cómo, y ahora estaban frente a frente, mientras la sujetaba con fuerza de las caderas. Cuando la visión de ese pasillo infernal, de complejo hospitalario, dio paso a aquellos queridos ojos azules, Xhex pudo romper el embrujo del pasado y se dejó llevar.

John no dijo nada. Sólo se quedó quieto y dejó que ella lo mirara.

Era exactamente lo que ella necesitaba. La hembra herida clavó sus ojos en los del enamorado y se apoyó en ellos para apagar el incendio que la consumía por dentro.

John asintió con la cabeza y ella le respondió de igual manera.

Reemprendieron la marcha. De vez en cuando miraba alrededor, para ver por dónde iban; pero siempre acababa regresando al amparo de la mirada azul.

Se oían voces, muchas voces y un montón de puertas que se abrían y se cerraban. Vio una pared de baldosines verdes: estaba en una sala de reconocimiento, con una poderosa lámpara encima y todo tipo de instrumentos y material médico en armarios de cristal.

Cuando John la puso sobre la mesa, volvió a perder el control. Sus pulmones se negaron a seguir respirando, como si el aire estuviese envenenado. Miraba a todas partes, posándose en toda clase de objetos aterradores, como medicamentos, instrumentos médicos, y esa mesa… ¡la mesa!

—Otra vez la estamos perdiendo —dijo la doctora Jane con un tono implacablemente neutro—. John, ven aquí.

La cara de John volvió a aparecer y Xhex clavó sus ojos en los del guerrero de nuevo.

—Xhex —dijo la doctora Jane desde la izquierda—. Voy a sedarte un poco…

—¡Nada de drogas! —gritó casi sin darse cuenta—. Prefiero estar aterrorizada… a quedarme indefensa…

Tenía la respiración muy agitada, lo cual le resultaba increíblemente doloroso por las lesiones de las costillas. Cada vez que trataba de tomar aire se convencía más de que la vida tiene más de sufrimiento que de felicidad. Había pasado por muchos momentos como aquellos, demasiados momentos de dolor y de terror, demasiadas sombras que no sólo la acechaban, sino que acababan por quitarle toda luz a su existencia.

—Deja que me vaya. Déjame morirme… —A John se le dilataron los ojos de terror. Ella había encontrado uno de los cuchillos de John, lo había desenfundado y ahora estaba tratando de ponérselo en la mano—. Por favor, pon fin a esto… No quiero seguir, no puedo más… mátame, por favor.

De pronto se dio cuenta de que todos a su alrededor se quedaban tan aterrorizados como John. El mundo entero parecía haberse detenido y eso la ayudó a recuperar mínimamente la razón. Rhage y Mary estaban allí, en un rincón. También Rehv, Vishous y Zsadist. Pero nadie decía nada ni se movía un ápice.

John reaccionó al fin. Le quitó la daga de la mano y eso desencadenó un llanto incontrolable, desbordado. Xhex sabía que su enamorado no iba a usarla contra ella. Ni en ese momento ni nunca.

Y no tenía fuerzas para matarse ella misma. Desde hacía unos instantes, puede que tampoco tuviera verdadera intención de acabar su vida.

De repente, una tremenda emoción comenzó a hervir en sus entrañas. Volvía la crisis en su manifestación más aguda. Miró frenéticamente a su alrededor. Le pareció que las estanterías comenzaban a temblar y que el ordenador que estaba a la vista empezaba a sacudirse violentamente sobre el escritorio.

John enseguida se hizo cargo de lo que ocurría. Comenzó a hacer señas con ansiedad similar a la que manifestaba ella, y un momento después todo el mundo salió.

Excepto él.

Mientras trataba desesperadamente de controlarse, de no explotar, Xhex bajó la vista hacia sus manos. Temblaban tanto que parecían las alas de un colibrí.

Fue en ese momento cuando tocó fondo.

El grito que salió de su boca resonó con un extraño eco, agudo, metálico, horrendo.

Pero John no se alteró. Ni siquiera se movió. Tampoco lo hizo cuando soltó el segundo grito espeluznante.

John estaba decidido a resistir, a no moverse. Disimulaba su angustia gracias a un supremo esfuerzo de control interior. No parecía perturbado. Simplemente se quedó allí, con ella.

Xhex agarró la sábana en la que estaba envuelta y se la apretó sobre el cuerpo, muy consciente, pese a la locura de la crisis, de que se estaba desmoronando, de que la grieta que daba al abismo se había vuelto a abrir gracias al viaje por aquel pasillo aterrador y que ahora ya no había manera de cerrarla. De hecho, se sentía como si hubiese dos Xhex en aquella estancia: la loca que estaba gritando y llorando lágrimas de sangre; y otra Xhex, calmada y en su sano juicio, que estaba sentada en una esquina, observándose a sí misma y observando a John.

¿Alguna vez llegarían a unirse esas dos caras de la misma moneda? ¿O se quedaría para siempre así, partida en dos?

Su mente prefirió quedarse con la que observaba, y no con la histérica, y así fue como Xhex se recogió en aquel lugar silencioso, desde donde se veía a sí misma sollozando hasta la asfixia. Las lágrimas de sangre que bajaban por sus mejillas inmaculadamente blancas no le fastidiaban y tampoco la forma en que agitaba los brazos y las piernas, con los ojos muy abiertos, como si estuviera sufriendo un ataque de epilepsia.

Xhex sentía compasión por la hembra que había sido llevada a tales extremos. La hembra que durante tanto tiempo se había mantenido tan alejada de toda emoción, la que había nacido con una maldición, la que había perpetrado maldades y también había sido víctima de ellas.

Esa hembra se había endurecido y su mente y sus emociones se habían vuelto de acero.

Pero esa hembra se había equivocado al cerrarse de aquella manera, al aislarse completamente.

No era cuestión de fuerza, como ella siempre se había repetido a sí misma.

Era cuestión de estricta supervivencia… y sencillamente ya no aguantaba más.

Te acostaste… con Eliahu Rathboone?

Gregg apartó a Holly de su pecho y la miró directamente a la cara, mientras pensaba que la muchacha se había vuelto loca; o al menos que había perdido el poco seso que tenía. Así que ahora eran dos chiflados, porque era evidente que él había alucinado hacía un momento, con lo que acababa de «ver» allí fuera.

Pero la chica no tenía mirada de loca, ni mucho menos.

—Vino a mi lado. Yo me había quedado dormida…

Otra ronda de golpes en la puerta interrumpieron el relato de Holly y luego se oyó de nuevo la voz de Stan:

—Hola, ¿a qué hora vamos a…?

—Luego hablamos, Stan —lo interrumpió Gregg. Cuando cesaron los golpes, se oyeron pasos que se dirigían a la habitación de Holly y luego una puerta que se cerraba de un golpe.

—Ven aquí. —Gregg llevó a Holly hasta la cama—. Siéntate y cuéntame qué demonios crees que sucedió.

Gregg miraba aquellos labios carnosos, mientras la chica hablaba.

—Bueno, pues acababa de salir de la ducha. Estaba exhausta, así que me recosté en la cama para descansar un momento antes de ponerme el pijama. Debí de quedarme dormida… porque enseguida tuve aquel sueño…

Dios santo, qué mujer tan simple.

—Holly, el hecho de que hayas tenido una pesadilla no significa que…

—Aún no he terminado —lo interrumpió ella—. No fue una pesadilla.

—Pensé que estabas asustada.

—Lo aterrador vino después. —Holly tragó saliva y levantó las cejas—. ¿Me vas a dejar hablar?

—Está bien. —Gregg se mostró tolerante con la esperanza de que aquella preciosa boca, después de soltar los previsibles disparates, pudiera trabajar en otra cosa. Joder, qué labios tan excitantes—. Te escucho.

—Comencé a soñar que un hombre entraba en mi habitación. Era muy alto y musculoso… uno de los hombres más grandes que había visto en la vida. Iba totalmente vestido de negro y se acercó a mi cama. Olía maravillosamente y se quedó mirándome fijamente. Yo… —Holly se llevó la mano al cuello y luego la fue bajando lentamente hacia los senos—. Me quité la toalla y lo atraje hacia mí. Fue… indescriptible…

De repente a Gregg se le quitaron las ganas de saber qué había ocurrido después.

—Me poseyó —dijo Holly volviendo a llevarse la mano al cuello— como nunca nadie lo había hecho antes. Fue tan…

—O sea, que tenía una polla tan larga como una manguera y te folló de veinte formas diferentes. Enhorabuena. Tu subconsciente debería dirigir películas porno. Y dime, ¿qué tiene que ver eso con Eliahu Rathboone?

Holly lo miró con odio… y luego se abrió el cuello de la bata.

—Porque cuando me desperté, tenía esto. —Holly señaló lo que ciertamente parecían dos pequeñas heridas en su cuello—. Y tuve relaciones sexuales de verdad, no fue un sueño ni una alucinación.

Gregg frunció el ceño.

—Tú… ¿Cómo sabes que fue real?

—¿A ti qué te parece?

Gregg suspiró.

—¿Estás bien? —Le puso una mano sobre el brazo—. Quiero decir, no sé, ¿quieres que llamemos a la policía?

Holly soltó una carcajada ronca e increíblemente erótica.

—No, cariño, todo fue consentido. Fuera lo que fuese, lo acepté de muy buena gana. —Su expresión se ensombreció un poco—. Lo que me preocupa es que no sé qué fue lo que pasó exactamente. Al principio pensé lo mismo que tú, que lo había soñado. Hasta que…

Hasta que tuvo una innegable evidencia de lo contrario.

Gregg acarició las extensiones de pelo rubio que caían por los hombros de Holly.

—¿Estás segura de que te encuentras bien?

—Creo que sí.

Joder, Gregg no tenía muchos escrúpulos en el trabajo, pero aquello era otra cosa.

—Bueno, hasta aquí hemos llegado. Nos vamos mañana.

—¿Cómo? Ay, por Dios, Gregg… No quiero causarte problemas… Basta con que me marche yo. —Holly frunció el ceño—. Tal vez… tal vez también soñé la parte en que me despertaba. Me di otra ducha… tal vez no sucedió nada en realidad.

—A la mierda, llamaré a Atlanta por la mañana y les diré que hemos decidido hacer nuevos cambios en el programa. No voy a permitir que te quedes en un lugar donde no estás segura, ni que te vayas sola por ahí.

—Por Dios, vamos, eres muy caballeroso de verdad, pero no sé… Todo parece tan confuso ahora. Seguramente me sentiré mejor por la mañana. En realidad sólo estoy aturdida… todo fue muy raro. —Holly comenzó a acariciarse las sienes con los dedos, como si le doliera la cabeza—. Por raro que parezca, yo diría que quería que sucediera todo lo que pasó, de principio a fin…

—¿Tenías la puerta cerrada? —Gregg quería que Holly le contestara la pregunta, pero al mismo tiempo tampoco quería oír nada más sobre aquel fantasma superdotado.

—Siempre cierro la puerta antes de ducharme en un hotel.

—¿Y las ventanas?

—Estaban cerradas. Supongo que incluso están atrancadas. No lo sé.

—Bueno, esta noche te quedarás conmigo. Estarás más segura aquí. —Y con lo de la seguridad no sólo se refería a que ya no tenía intención de follar con ella, sino a que tenía un arma. Siempre la llevaba consigo. Tenía permiso para llevarla y sabía

248

cómo usarla. La compró años atrás, cuando hubo una gran ola de asaltos en Los Ángeles.

Gregg y Holly se metieron en la cama.

—Dejaré la luz encendida.

—Está bien, y cierra la puerta con llave.

Gregg asintió con la cabeza, se levantó de la cama, echó llave a la puerta y también puso la cadena; luego revisó rápidamente las ventanas para asegurarse de que estuvieran cerradas. Cuando se volvió a acostar, Holly se acomodó sobre su brazo y suspiró.

Entonces Gregg se incorporó un poco para echarse el cobertor por encima de las piernas, apagó la lámpara y se relajó sobre las almohadas.

Enseguida pensó en aquel hombre que había visto paseándose por el jardín. El recuerdo le inquietó sobremanera.

¡A la mierda! El fantasma follador debía de ser alguien del pueblo con una llave maestra, o un miembro del personal que sabía cómo forzar la cerradura.

Eso, en el caso de que hubiera sucedido algo en realidad. Y la verdad era que Holly parecía cada vez menos segura de ello…

En fin. Se marcharían por la mañana y punto.

Gregg frunció el ceño en medio de la oscuridad.

—Holly.

—¿Sí?

—¿Por qué pensaste que era Rathboone?

Holly soltó un gran bostezo.

—Porque era igual al tipo del retrato que hay en el salón.

CAPÍTULO

27

E n la sala de reconocimiento de la clínica subterránea que habían montado en el complejo de la Hermandad, John se encontraba frente a Xhex y se sentía absolutamente impotente. Mientras ella seguía acostada en la mesa de acero inoxidable, gritando como una loca, con las manos aferradas a la sábana, la cara contraída, la boca abierta y los ojos llenos de lágrimas de sangre que rodaban por sus mejillas blancas, él no podía hacer nada.

Sabía muy bien cómo se sentía Xhex. Y sabía que no había manera de alcanzarla en el fondo de aquel pozo: él también había estado allí. John sabía perfectamente lo que era tropezar, caerse y agonizar por el horror del abismo… aunque, técnicamente, tu cuerpo no hubiese ido a ninguna parte.

La única diferencia era que ella sí tenía una voz que le diera expresión, alas, a su infinito dolor.

A pesar de que le dolían los oídos y sentía que el corazón se le rompía al ver a Xhex en ese estado, permaneció firme, soportando la fuerza del huracán que emanaba de ella. Acompañarla, oírla y estar con ella era lo único que podía hacer mientras luchaba desesperadamente por no desmoronarse.

Pero, Dios, cómo le dolía el sufrimiento de Xhex. Le dolía pero al mismo tiempo le ayudaba a reunir fuerzas, mientras que el rostro de Lash se dibujaba cada vez con más claridad en su mente, como si fuera un fantasma que tomase forma. Al tiempo que Xhex gritaba y gritaba, John juraba con fuerza creciente que su corazón sólo se alimentaría de su deseo de venganza.

Xhex respiró hondo varias veces. Y luego dos más.

—Creo que ya ha pasado —dijo con voz ronca.

John esperó un momento para estar seguro de que había mejorado. Cuando vio que ella asentía con la cabeza, sacó su libreta y escribió algo rápidamente.

Puso lo escrito frente a Xhex, ella fijó los ojos en la página, pero tardó un momento en entenderlo.

—¿Puedo lavarme la cara antes?

John asintió y se dirigió al lavabo metálico de la sala. Tras abrir el grifo, tomó una toalla limpia de una pila que había al lado y la mojó. Con ella volvió al lado de Xhex. La enferma estiró las manos, él le puso la toalla sobre las palmas y contempló cómo se limpiaba lentamente la cara. No le resultaba fácil verla así, tan frágil. Evocó a la hembra que le había vuelto loco: fuerte, poderosa, siempre alerta.

El pelo le había crecido y estaba comenzando en encresparse en las puntas, lo cual sugería que, si Xhex no se lo cortaba regularmente, tendría una espesa melena rizada.

Dios, John se moría por acariciar aquel maravilloso pelo.

De repente, John bajó los ojos hacia los pies de la mesa de examen y se quedó paralizado. La sábana se había escurrido un poco… y había una mancha negra en las toallas que Xhex tenía envueltas alrededor de las caderas.

Al tomar aire, John percibió el olor de la sangre fresca y le sorprendió no haberse dado cuenta antes. Pero, claro, estaba muy distraído con la crisis de su amada.

Xhex estaba sangrando…

John le dio un golpecito suave en el hombro y moduló con los labios:

—Voy a llamar a la doctora Jane.

Xhex asintió.

—Sí. Terminemos con esto.

Impulsado por un súbito frenesí, John se dirigió hasta la puerta dando grandes zancadas. Afuera, en el pasillo, había una legión de caras preocupadas, con la doctora Jane a la cabeza.

—¿Ya puedo pasar a verla? —Al ver que John daba un paso hacia ella y le hacía señas urgentes con la mano, la doctora Jane entró.

Al pasar junto a John, éste la detuvo y, dando la espalda a Xhex, explicó a su manera:

—Está herida. Está sangrando.

La doctora Jane le puso una mano sobre el hombro. Cada uno ocupó el sitio del otro, de manera que ella quedó dentro de la sala y él fuera.

—Lo sé. ¿Por qué no esperas aquí afuera? Voy a cuidarla muy bien, no te apures. Ehlena, ¿te importaría venir? Voy a necesitar otro par de manos.

La shellan de Rehvenge entró en la sala de examen y John miró por encima de la cabeza de la doctora cómo Ehlena comenzaba a lavarse las manos.

—¿Por qué no te ayuda Vishous? —preguntó con señas.

—Sólo vamos a hacerle una ecografía para asegurarnos de que está bien. No la voy a operar. —La doctora Jane le sonrió con un aire muy profesional, lo cual era inquietante. Luego le cerró la puerta en la cara.

John miró a los demás. Todos los machos estaban en el pasillo. En la sala de reconocimiento, con ella sólo había hembras.

Angustiado, sintió que la cabeza comenzaba a darle vueltas. Tomó una decisión enloquecida.

Una pesada mano aterrizó sobre su hombro y enseguida oyó la voz de V.

—No; tienes que quedarte aquí, John. Suelta.

Se dio cuenta de que tenía la mano sobre el picaporte. Recuperó la sensatez y se dijo que debía soltarlo… pero V tuvo que ordenárselo otras dos veces antes de que su mano obedeciera y soltara el pestillo.

Ya no se oían gritos. No se oía nada.

John esperó mucho rato. Se paseó un poco y esperó un poco más. Vishous encendió un cigarro. Blay lo acompañó con uno de sus Dunhill. Qhuinn se tamborileaba en la pierna con los dedos. Wrath acariciaba la cabeza de *George,* mientras que el perro observaba a John con sus tiernos ojos color café.

Al cabo de un rato, la doctora Jane asomó la cabeza por la puerta y miró a su pareja.

—Te necesito.

Vishous apagó el cigarro contra la suela de su bota y se metió la colilla en el bolsillo de atrás del pantalón.

—¿Con traje de cirugía?

—Sí.

—Voy a cambiarme.

Vishous salió corriendo hacia los vestuarios y la doctora Jane miró a John.

—Seré muy, muy cuidadosa, no lo dudes…

—¿Cuál es el problema? ¿Por qué está sangrando? —preguntó John por señas.

—Ya te he dicho que está en las mejores manos.

Dicho esto, cerró otra vez la puerta.

Cuando V regresó, aunque se había quitado toda la ropa de cuero y se había puesto la quirúrgica, seguía pareciendo más un guerrero que un profesional sanitario. John deseó con toda su alma que fuera tan competente en el campo médico como lo era en el campo de batalla.

Los ojos de diamante de Vishous relampaguearon y, antes de entrar en la sala de reconocimiento, que obviamente estaba haciendo las veces de quirófano, puso una mano en el hombro de John, a modo de silenciosa promesa de hacer todo cuanto estuviese en su mano.

La puerta se cerró y el enamorado sintió ganas de gritar.

Pero, en lugar de hacerlo, siguió paseándose de un lado al otro del pasillo. Una y otra vez. Arriba y abajo. Pasó el tiempo. Los demás se dirigieron a un aula cercana y a otras dependencias, para hacer menos pesada la espera. Pero John no soportaba la idea de estar lejos de ella.

Cada vez alargaba más su compulsivo paseo, hasta que finalmente llegó a la salida que conducía hacia el estacionamiento. De vuelta, pasó de largo ante la dichosa puerta donde la estaban operando y llegó hasta los vestuarios. Sus largas piernas parecían devorar la distancia y lo que eran unos buenos cincuenta metros, se dirían apenas unos poco centímetros.

Al menos eso era lo que le parecía.

En el que debía de ser su quinto viaje hasta los vestuarios, dio media vuelta de repente y se encontró frente a la puerta de vidrio de la oficina. El escritorio, los archivadores y el ordenador le parecieron objetos absolutamente normales y John encontró una especie de consuelo en la contemplación de aquellos inofensivos objetos inanimados.

Pero esa sensación de calma desapareció cuando comenzó a avanzar de nuevo.

Por el rabillo del ojo, John alcanzó a ver las grietas que habían aparecido en la pared de cemento del fondo, fisuras que necesariamente se habían abierto como consecuencia de un tremendo golpe.

Recordó la noche en que aquello había ocurrido. Esa horrible noche.

En aquella ocasión Tohr y él estaban en la oficina. John se ocupaba de sus tareas escolares y Tohr trataba de mantenerse calmado, mientras llamaba insistentemente a casa. Cada vez que saltaba el buzón de voz, sin que Wellsie contestara, la tensión crecía... hasta que Wrath apareció con toda la Hermandad detrás.

La noticia de que Wellsie había muerto era trágica, espantosa... pero había más, porque luego Tohr se había enterado del «cómo»: no había muerto porque estuviera esperando a su primer hijo, sino porque un restrictor la había asesinado a sangre fría. La habían matado. La habían matado a ella y al bebé que llevaba dentro.

Eso era lo que había ocasionado las grietas.

John se acercó y pasó los dedos por las finas líneas que se habían dibujado en el cemento. La rabia que se apoderó de Tohr fue tan grande que literalmente hizo explosión en su interior, y la descarga emocional había hecho que se desmaterializara hacia algún lugar indeterminado.

John nunca supo adónde había ido Tohr.

De repente sintió que lo observaban, levantó la cabeza y miró alrededor. Tohr estaba al otro lado de la puerta de vidrio, de pie, en medio de la oficina, y lo estaba mirando fijamente.

John y Tohr se miraron entonces a los ojos, de macho a macho, ya no de adulto a joven.

John había envejecido y, como ocurría con tantas otras cosas, ya no había vuelta atrás.

—John. —La voz de la doctora Jane llegó desde el otro extremo del pasillo. John dio media vuelta y corrió a su encuentro.

—¿Cómo está Xhex? ¿Qué ha pasado?

—Está bien. Se está despertando de la anestesia. Voy a tenerla en cama durante las próximas seis horas o algo más. Al parecer, Xhex se alimentó con tu sangre. —John le enseñó la muñeca con los pinchazos y la doctora asintió—. Bien. Te agradecería que te quedaras con ella por si volviera a necesitarte, ¿vale?

No podía proponerle nada mejor.

Entró de puntillas en el improvisado quirófano, pues no quería hacer ningún ruido, pero Xhex no estaba allí.

—La hemos llevado a la habitación contigua —dijo V.

Antes de atravesar la puerta que había al fondo, John observó el estado en que había quedado la sala después de lo que le habían hecho a Xhex. En el suelo había un montón alarmantemente grande de gasas ensangrentadas; y también había sangre en la mesa. La sábana y las toallas en las que Xhex estaba envuelta estaban en un rincón, igualmente empapadas de sangre.

Había tanta sangre…

John silbó para que V levantara la vista.

—¿Podría alguien decirme qué demonios ha pasado aquí?

—Puedes preguntárselo a ella misma. —Después, el hermano sacó una bolsa de plástico para restos orgánicos y comenzó a meter en ella las gasas usadas. De repente se detuvo y agregó, pero sin mirar a John a los ojos—: Se pondrá bien.

En ese momento John fue consciente de la gravedad de lo ocurrido.

La cosa había sido peor. Mucho peor de lo que imaginaba, que ya era mucho.

Por lo general, cuando había víctimas durante una pelea súbita o en el campo de batalla, todo se sabía: fractura de fémur, tantas costillas rotas, una herida de cuchillo, una contusión craneal, tantas amputaciones… Pero de repente la herida era una hembra, a la que examinaron sin que hubiera machos presentes, y nadie dice ni una palabra sobre lo sucedido en la mesa de operaciones. ¿Por qué?

El hecho de que los restrictores fuesen impotentes no significaba que no pudieran hacer cosas con…

La oleada de frío que invadió súbitamente la sala hizo que V levantara otra vez la cabeza.

—Un consejo, John. Yo me guardaría esas hipótesis si quisiera ser el encargado de matar a Lash, ¿vale? No tendría sentido que Rehv o las Sombras, a pesar de lo mucho que los respeto, hicieran lo que te corresponde hacer a ti.

Dios, Vishous realmente era un gran tipo, pensó John.

Asintió con la cabeza y se dirigió hacia el cuarto donde estaba Xhex, mientras pensaba que aquellos machos no eran la única razón por la cual iba a mantener sus pensamientos en privado. Xhex tampoco tenía por qué saber hasta qué extremo estaba dispuesto a llegar.

***

Xhex se sentía como si alguien hubiese aparcado un Volkswagen en su útero.

La presión era tan grande que levantó la cabeza y bajó la mirada hacia su abdomen, para ver si estaba tan hinchado como un garaje.

No. Seguía tan plano como siempre.

Suspiró y dejó caer la cabeza.

En cierto sentido, no podía creer que se encontrara en la situación en que se hallaba en ese momento: recién operada, acostada de espaldas, con los brazos y las piernas todavía inmovilizados... y un desgarro en el útero reparado con cirugía urgente.

Mientras la dominó el pánico, estuvo convencida de que estaba en una situación irreversible, mortal de necesidad. La alteración emocional le impedía darse cuenta de que estaba en un lugar seguro y rodeada de gente en la que podía confiar.

Ahora, sin embargo, después de haber cruzado el círculo de fuego, verse intacta y en vías de curación era como alcanzar el paraíso.

Oyó un golpecito en la puerta y enseguida supo de quién se trataba, gracias al grato aroma que le llegó.

A toda velocidad se retocó el pelo, preguntándose qué aspecto tendría. Pero enseguida decidió que era mejor no saberlo.

—Adelante.

La cabeza de John Matthew apareció por la puerta con una evidente expresión interrogadora. Era su manera de preguntarle qué tal estaba.

—Estoy bien. Mucho mejor. Un poco aturdida por los medicamentos y esas cosas.

Entró y se recostó en la pared, metió las manos en los bolsillos y cruzó una bota sobre la otra. Llevaba una sencilla camiseta Hanes, blanca, pero aparentemente manchada de sangre de restrictor.

Olía como deben oler los machos. A jabón y sudor.

Y tenía el aspecto que deben tener los machos. Alto, ancho, letal.

Dios, ¿de verdad había perdido el control de aquella manera delante de él?

—Tienes el pelo más corto —dijo Xhex, por decir algo.

John sacó una de sus manos y se la pasó por la cabeza rapada. Al bajar la cabeza, los tremendos músculos que subían desde los hombros hasta el cuello se marcaron por debajo de la piel dorada.

De repente, Xhex, grave y todo, se preguntó si algún día volvería a hacer el amor.

Fue un extraño pensamiento, sin duda, considerando lo que había estado padeciendo durante las últimas…

Xhex frunció el ceño.

—¿Cuántas semanas estuve perdida?

John se lo explicó por señas.

—¿Casi cuatro? —Al ver que John asentía, se dedicó a doblar cuidadosamente la sábana que tenía sobre el pecho, meditabunda—. Casi… cuatro.

Bueno, los humanos la habían tenido retenida durante varios meses, antes de que ella pudiese escapar. Un secuestro de poco menos de cuatro semanas debería ser para ella un trauma fácil de superar.

Pero eso no era lo que ella deseaba. Ella no quería «superar» nada. Sólo quería «acabar» con todo.

—¿No quieres sentarte? —Xhex señaló un asiento que había al pie de la cama, una sencilla silla de hospital.

Xhex no quería que John se fuera.

John volvió a levantar las cejas, asintió y se acercó. Al tratar de acomodar su enorme cuerpo en el asiento, bastante incómodo, primero trató de cruzar las piernas a la altura de las rodillas y luego a la altura de los tobillos. Hasta que terminó sentado de medio lado, con las botas debajo de la cama y un brazo sobre el respaldo de la silla.

Entretanto, Xhex jugueteaba nerviosamente con la sábana.

—¿Puedo preguntarte una cosa?

Por el rabillo del ojo, Xhex vio que John asentía y que luego se movía para sacar de su bolsillo trasero una libreta y un bolígrafo.

Xhex carraspeó, mientras se preguntaba cómo plantear la pregunta.

Al final, se arrepintió y decidió preguntar algo completamente impersonal.

—¿Dónde fue visto Lash por última vez?

John asintió, se inclinó sobre la libreta y se puso a escribir con rapidez. Mientras las palabras iban tomando forma en la página, Xhex tuvo la oportunidad de contemplarlo... y se dio cuenta de que en realidad nunca había querido que él se fuera. Que siempre quiso y seguía queriendo que se quedara a su lado.

Estaba a salvo. Se sentía verdaderamente a salvo cuando estaba con él.

John se enderezó y le mostró la libreta. Luego pareció quedarse paralizado.

Por alguna razón, Xhex no podía leer lo que él había escrito, a pesar de que se estaba esforzando... Veía borroso.

Entonces John bajó el brazo lentamente.

—Espera, todavía no he podido leer lo que has escrito. Podrías... Pero, ¿qué ocurre? ¿Qué sucede? —Sus ojos se negaban a verlo con claridad. Lloraba.

John se inclinó hacia un lado y Xhex oyó un suave roce. Luego apareció el pañuelo de papel.

—Por Dios santo. —Xhex tomó el pañuelo y se lo llevó a los ojos—. Detesto portarme como una chiquilla. Realmente odio ser hembra.

Mientras maldecía los estrógenos, las faldas, el esmalte de uñas de color rosa y los malditos tacones, John le iba dando pañuelos de papel y recibiendo los que quedaban manchados de rojo gracias a las lágrimas de Xhex.

—Yo nunca lloro, ya lo sabes. —Xhex lo miró con rabia—. Nunca.

John asintió. Y le entregó otro maldito pañuelo de papel.

—Por Dios santo. Primero me pongo a gritar como una loca y ahora viene la mierda del llanto. Aquello era suficiente razón para matar a Lash.

Una bocanada de aire frío atravesó la habitación. Xhex miró a John... y se horrorizó. El rostro de John había pasado de la empatía a la sociopatía en una fracción de segundo. Hasta el punto de que estaba casi segura de que el enamorado no se había dado cuenta de que estaba enseñando los colmillos.

Entonces ella bajó la voz y prácticamente susurró lo que en realidad quería preguntar:

—¿Por qué te quedaste? Quiero decir allí, en la sala de cirugía, hace un rato. —Xhex bajó la mirada hacia las manchas rojas que habían quedado en el pañuelo que acababa de usar—. Te quedaste y... parecía que entendías lo que me estaba sucediendo.

En medio del silencio que siguió, Xhex se dio cuenta de que conocía bien el contexto de la vida de John: con quién vivía, lo que hacía en el campo de batalla, cómo peleaba, dónde pasaba su tiempo libre. Pero no sabía ningún detalle específico. Y su pasado era como un agujero negro.

De repente necesitaba información sobre él. Quería saberlo todo, conocerlo a fondo. ¿Por qué? Se preguntaba.

A la mierda la pregunta. Lo sabía de sobra: en medio del horror que había experimentado en la sala de cirugía, lo único que la había mantenido agarrada a la tierra había sido él y, aunque era extraño, ella se sentía ahora unida a John de un modo absoluto, esencial. Él la había visto en su peor momento, en el de mayor debilidad y locura, y no se había ido. No se había marchado, ni la había juzgado, ni se había dejado quemar por el furor de su estallido.

Era como si, por efecto de la llamarada, los dos se hubiesen fundido en un solo ser.

Aquello era más que una emoción circunstancial. Era un asunto que atañía a lo más profundo del alma.

—¿Qué demonios te ocurrió a ti, John? Me refiero al pasado.

John arrugó la frente y cruzó los brazos sobre el pecho. Era su turno de buscar las palabras correctas. De repente le asaltaron evocaciones sombrías. Xhex tuvo la impresión de que John tenía ganas de huir.

Mierda.

—Mira, no quiero presionarte. Y si quieres que piense que tu vida ha sido un camino de rosas, lo acepto y no volveré a preguntar. Pero cualquiera se habría sentido intimidado, por lo menos, por mis horribles accesos. Demonios, hasta la doctora Jane entró con cara de susto cuando me descontrolé. Pero tú no. Tú te quedaste allí, como un... como un... valiente. —Xhex miró aquella cara dura y contraída—. Te miré a los ojos, John, y vi en ellos algo más que compasión. Percibí una comprensión muy profunda.

Después de una larga pausa, John volvió la página de la libreta y garabateó algo rápidamente. Cuando le mostró a Xhex lo que había escrito, a ella le dieron ganas de maldecir, aunque entendía bien el deseo de saber de John.

«Primero dime qué te hicieron en la sala de cirugía. Primero dime cuál era el problema».

Ah, sí, claro. Una información por otra, el clásico intercambio justo.

***

A Lash sólo le llevó algo menos de una hora trasladarse con la prostituta y el Mercedes desde la granja hasta la casa estilo rancho en la que se había refugiado. Estaba en situación de emergencia, tratando simplemente de sobrevivir, así que se había movido a toda velocidad y con mucha decisión.

Se detuvo en una choza en medio del bosque, donde recogió algunos pertrechos esenciales.

Cuando entró en el garaje, esperó a que la puerta se cerrara por completo antes de bajarse del coche y sacar a la puta del asiento trasero. Dejó en la cocina a la mujer, que no dejaba de retorcerse, y fabricó una buena cantidad de aquello con lo que había encerrado a Xhex.

Pero la barrera mágica no servía para encerrar a esa chica.

El Omega sabía dónde estaban sus restrictores en este lado de la realidad. Los podía sentir gracias a que eran ecos de su propia existencia. Y, debido a eso, los asesinos podían conectarse con sus compañeros.

Así que la única oportunidad que Lash tenía de mantenerse oculto era encerrarse a sí mismo. El señor D no sabía que Xhex estaba en aquella habitación del segundo piso: era evidente su, digamos confusión, cada vez que le ordenaban que llevara comida allí.

Desde luego, la gran pregunta era si aquel campo de fuerza podría mantener de verdad al Omega a raya. Y por cuánto tiempo.

Lash empujó a la ramera al baño con el mismo cuidado y consideración que habría mostrado por una mochila llena de ropa sucia. Al aterrizar en la bañera, la mujer gimió ruidosamente, a pesar de la cinta que le tapaba la boca.

Lash regresó al coche.

Deshacer el equipaje le llevó cerca de veinte minutos. Lo dejó todo en el sótano, sobre el suelo de cemento. Siete escopetas de cañones recortados, una bolsa de supermercado llena de dinero en efectivo, tres libras de explosivo plástico C4, dos detonadores a distancia, una granada de mano, cuatro pistolas automáticas… Munición. Munición. Munición.

Subió las escaleras y apagó la luz del sótano. Luego fue hasta la puerta trasera de la casa, la abrió y sacó la mano. El aire fresco de la noche penetraba a través del escudo, pero su mano percibió la nueva limitación a la que estaba sometido. La barrera era bastante fuerte… pero tenía que serlo más aún.

Lash cerró la puerta, echó la llave y subió corriendo al baño.

Parecía muy profesional cuando sacó el cuchillo, cortó la cuerda con la que había amarrado las muñecas de la mujer y…

Ella comenzó a agitar los brazos hasta que él le dio un golpe en la cabeza y la dejó inconsciente. Corte. Corte. Corte. Lash le hizo tres cortes profundos en las muñecas y el cuello y luego se sentó a observar cómo se desangraba lentamente.

—Vamos, perra… desángrate, *desángrate*.

Miró el reloj y pensó que a lo mejor debió mantenerla consciente, porque así el ritmo cardiaco sería más alto, lo cual aseguraría una mejor presión sanguínea y acortaría aquella insoportable espera.

Mientras observaba el proceso, Lash pensó que no tenía idea de cuánta sangre tenía que perder la mujer, pero el charco rojo que se había formado debajo crecía cada vez más y la blusa rosa ya se había vuelto casi negra.

Lash movía el pie con creciente impaciencia a medida que pasaban los minutos… Al fin notó que la piel de la mujer ya no estaba pálida, sino gris, y que la sangre ya no subía de nivel en la bañera. Así que dio por terminado el asunto, le cortó la blusa, con lo cual dejó al descubierto un horroroso par de implantes, y la apuñaló en el pecho, atravesándole el esternón con la hoja del cuchillo.

Luego hizo el siguiente corte, pero esta vez en su propia piel.

Entonces puso la muñeca encima del agujero que había hecho en el pecho de la desgraciada y observó cómo comenzaban a caer gotas negras sobre aquel corazón inmóvil. Nuevamente no estaba seguro de cuánta sangre debía pasarle, pero prefirió pecar por exceso. Luego se concentró para llevar energía hasta la palma de su mano y, gracias a la fuerza de su voluntad, las moléculas del aire comenzaron a girar como si fueran un tornado hasta convertirse en una suerte de poder cinético que él podía controlar.

Lash bajó la vista hacia el cuerpo desangrado de la prostituta. Tenía el maquillaje corrido sobre las mejillas y el pelo parecía más bien una peluca.

Necesitaba desesperadamente que aquello funcionara, pues por el esfuerzo de mantener la barrera y la pequeña bola de fuego aéreo que sostenía en la mano, ya notaba cómo su energía se iba consumiendo.

Tenía que salir bien necesariamente.

Lash arrojó la bola de fuego dentro de la cavidad torácica de la mujer y sus extremidades se sacudieron contra las paredes de la bañera como si fueran la cola de un pescado agonizante. Cuando el rayo de luz se apagó y se dispersó, Lash se quedó esperando... rogando que...

De pronto la mujer dejó escapar un aterrador suspiro. Espeluznante y magnífico a la vez.

Lash se quedó fascinado al ver cómo el corazón de la mujer comenzaba a latir de nuevo y la sangre negra que él le había dado era absorbida por la carne del pecho. El proceso de reanimación le provocó una fuerte excitación hizo que su pene se endureciera. Aquello era poder de verdad, pensó.

Realmente era un dios, igual que su padre.

Lash se puso en cuclillas y observó cómo regresaba el color a la piel de la mujer. Y cuando la vida retornó al macilento cuerpo, vio que las manos de la mujer se aferraban al borde de la bañera y los músculos de sus muslos se endurecían.

El siguiente paso era algo que Lash no entendía muy bien, pero tampoco tenía intención de cuestionarlo. Seguiría al pie de la letra todos los pasos, por si acaso. Cuando la mujer parecía haber vuelto a la vida de forma definitiva, Lash le metió la mano en el pecho y le arrancó el corazón.

Más jadeos. Más suspiros. Lo de siempre.

Lash estaba encantado con lo que había logrado, en especial cuando puso la palma de la mano sobre el pecho de la mujer y ordenó a su cuerpo que se regenerara, y he aquí que los huesos y la carne siguieron sus órdenes y la mujer volvió a quedar como era antes.

Sólo que mejor. Porque ahora era útil para él.

Lash se incorporó y abrió el grifo de la ducha. Cuando el agua comenzó a caer sobre el cuerpo y la cara de la mujer, sus ojos parpadearon y sus manos empezaron a moverse lastimosamente, como tratando de pelear contra la lluvia fría.

Se preguntó cuánto tendría que esperar. ¿Cuánto tiempo tendría que dejar pasar antes de ver si estaba realmente más cerca de conseguir lo que se convertiría en su sustento?

Sintió que una oleada de cansancio subía por su columna vertebral y le nublaba la mente. Se dejó caer sobre el armarito que había debajo del lavabo. Luego cerró la puerta de una patada, apoyó los brazos sobre las rodillas y observó cómo la prostituta comenzaba a sacudirse.

Parecía muy débil.

Demasiado débil.

Debería ser su Xhex quien estuviera allí. Debería haberle hecho la transformación a ella y no a una humana miserable y deteriorada.

Lash se llevó las manos a la cara y dejó caer la cabeza, al tiempo que sentía que la excitación lo abandonaba. Las cosas no deberían ser así. Eso no era lo que él había planeado.

Ahora estaba huyendo. Perseguido. Escondido como una rata.

¿Qué demonios iba a hacer sin su padre?

Mientras esperaba a que Xhex respondiera a su pregunta, John se concentró en las palabras que había escrito, remarcándolas con el bolígrafo una y otra vez.

Probablemente no debería andarse con aquellas exigencias, considerando el estado en que ella se encontraba, pero necesitaba recibir algo a cambio. Si iba a mostrar su colección de desgracias, no podía ser el único que se quedara desnudo.

También necesitaba saber de verdad qué era lo que le sucedía a Xhex. Y ella era la única que podía decírselo.

Mientras el silencio se extendía, en lo único en lo que John podía pensar era en que Xhex le estaba dando con la puerta en las narices. Otra vez. No era algo tan novedoso, así que no debería afectarle tanto. Dios sabía que había sido rechazado muchas veces.

Pero la verdad era que nunca había sentido…

—Yo te vi. Ayer.

La voz de Xhex hizo que John levantara la cabeza.

—¿Qué? —preguntó el macho, modulando la palabra con los labios.

—Él me tenía en aquella habitación. Yo te vi. Entraste y caminaste hasta la cama. Y te llevaste una almohada. Yo estuve… todo el tiempo junto a ti.

John levantó la mano y se la llevó a la mejilla. Ella esbozó una sonrisa.

—Sí, te toqué la cara.

Por Dios…

—¿Cómo es posible? —preguntó John.

—No estoy muy segura de cómo lo hace. Pero así fue como me atrapó. Todos estábamos en la caverna en la que tenían a Rehv, en la colonia. Los symphaths acababan de entrar y Lash me atrapó… sucedió tan jodidamente rápido que no pude reaccionar. De repente sentí que me tumbaban y me arrastraban, pero no podía oponer resistencia y nadie podía oír mis gritos. Era como un campo de fuerza. Si estás dentro y tratas de romperlo, el impacto es doloroso y rápido… pero es más que un asunto psicológico. Es una barrera física. —Xhex levantó una mano e hizo además de empujar el aire—. Una red. Sin embargo, lo extraño es que puede haber otra gente en el mismo espacio. Como cuando tú entraste en esa habitación.

John sintió de repente que por alguna razón le dolían las manos. Al bajar la mirada, vio que apretaba con inconsciente furia los puños y se estaba clavando la libreta y el bolígrafo. Se dominó lo suficiente para escribir y comunicar sus sentimientos a la hembra.

«Ojalá hubiera sabido que estabas allí. Habría hecho algo. Dios sabe que lo habría hecho».

Xhex leyó lo que John había escrito, le miró y le puso una mano sobre el brazo.

—Lo sé. No es culpa tuya. No podías saber que estaba allí, prisionera.

Pero eso no era consuelo para John, macho enamorado. No podía soportar la idea de haber estado junto a ella sin saberlo.

Volvió a escribir, con evidente nerviosismo.

«¿Lash volvió luego? ¿Apareció por allí después de que nos fuéramos nosotros?».

Al ver que Xhex negaba con la cabeza, sintió tanto alivio que fue como si su corazón volviera a latir.

—Pasó por delante de la casa en su coche, pero pasó de largo.

«¿Cómo escapaste?».

John buscaba una página en blanco, de las que le iban quedando pocas.

—¿Sabes una cosa? Vas a tener que enseñarme el lenguaje por señas.

John parpadeó.

—Y no te preocupes, yo aprendo rápido. —Xhex respiró hondo antes de responder a la pregunta que le había hecho—. Desde que me secuestró, la barrera siempre había sido lo suficientemente fuerte como para mantenerme atrapada. Pero después de vuestra incursión… —frunció el ceño—. ¿Fuiste tú el que acabó con aquel asesino, abajo, en la cocina?

John sintió que sus colmillos se alargaban.

«Maldición, sí».

Xhex le regaló una sonrisa llena de gratitud, pero también cargada de amenazas para sus enemigos.

—Buen trabajo. Lo oí todo. Como te decía, cuando todo quedó en silencio, tuve ya muy claro que tenía que escapar o…

O morir, pensó John. Gracias a lo que él había hecho en esa cocina, ella no podía permanecer más tiempo en aquella casa.

—Así que estaba…

John levantó la mano para indicarle que esperara un momento. Luego escribió algo rápidamente. Le mostró a Xhex la libreta, ella frunció el ceño y sacudió la cabeza.

—Ah, claro que sé que no lo habrías hecho si hubieses sabido que yo estaba allí. Pero no lo sabías. No me extraña que no pudieras contenerte. Créeme, soy la última persona con la que tienes que disculparte por matar a uno de esos desgraciados.

Pese a todo, John todavía sentía escalofríos al pensar que la había puesto en peligro, aunque fuera sin querer.

Xhex volvió a respirar hondo.

—En todo caso, cuando os marchasteis, se hizo evidente que la barrera se estaba debilitando. Hice unas pruebas a puñetazos y me di cuenta de que tenía una oportunidad de escapar. —La hembra se miró los nudillos—. Al final, reuní todas mis fuerzas, tomé impulso y me lancé contra la puerta. La primera vez no lo logré. Hacía falta más fuerza.

Xhex se reacomodó en la cama e hizo una mueca de dolor.

—Creo que fue entonces cuando sufrí el desgarro interno. Me hice mucho daño al romper la barrera definitivamente, fue como atravesar un muro de cemento a medio fraguar. Además, luego me estrellé contra la pared.

John sintió la tentación de decirse que los hematomas que había visto en la piel de Xhex también eran consecuencia de su violento modo de escapar, pero finalmente no cayó en ella. Conocía bien a Lash. Había visto la crueldad reflejada en su cara suficientes veces como para estar absolutamente seguro de que Xhex fue sometida a torturas mientras permaneció en manos del enemigo.

—Por eso tuvieron que operarme.

Xhex hizo esa afirmación con voz clara y neutra. El problema fue que evitó mirar a John a los ojos.

Así que el enamorado pasó la página y escribió algo en mayúsculas y luego agregó unos signos de interrogación. Cuando le dio vuelta a la libreta, Xhex apenas miró lo que decía:

«¿DE VERDAD?».

Xhex desvió la mirada y, evasiva, clavó sus ojos grises en un rincón del cuarto.

—También pudo ser consecuencia de un combate con él. Pero no tenía ninguna hemorragia interna antes de escaparme, así que… ésa es la historia.

John resopló. Pensó en los arañazos y las manchas de sangre que había visto en las paredes de aquella habitación. Volvió a escribir, sintiendo un profundo dolor moral.

Cuando Xhex vio lo que él había escrito, pareció crisparse. Su cara se convirtió en una especie de máscara. John pensó que parecía casi una desconocida y luego bajó la mirada hacia lo que acababa de escribir en el papel:

«¿Fue muy horrible?».

Suspiró y se dijo que no debía haber preguntado eso. Él había visto el estado en que ella se encontraba. Había oído sus gritos en la sala de cirugía y había estado con ella durante aquel terrible ataque de pánico. ¿Qué más necesitaba saber?

Estaba comenzando a escribir una disculpa, cuando ella habló con un hilillo de voz:

—Fue… normal. Quiero decir que…

John clavó los ojos en el rostro de Xhex y deseó con todas sus fuerzas que siguiera hablando.

La hembra tragó saliva.

—No me gusta engañarme. Eso no sirve para nada. Tenía muy claro que, si no me escapaba, no iba a durar mucho más. —Sacudió lentamente la cabeza sobre la almohada blanca—. Me estaba debilitando mucho debido a la falta de sangre y a los continuos combates que me obligaba a librar. Lo cierto es que no me importaba morir, en realidad. Y sigue sin importarme. La muerte no es más que un proceso, posiblemente muy doloroso, pero cuando termina la cosa mejora, porque ya no existes y ya no queda nada, ni dolor ni mierda alguna.

Que su amada pareciera tan indiferente ante la misma vida hizo que John se angustiara. Se removió en el asiento, tratando de contener el impulso de ponerse a pasear de un lado a otro.

—¿Quieres saber si fue horrible? —murmuró Xhex—. Soy guerrera por naturaleza. Hasta cierto punto, esa experiencia no fue nueva ni inesperada. Nada que no pudiera afrontar. Soy muy dura. Perdí la cabeza en la clínica porque odio todo lo que tenga que ver con médicos, pero no debido a lo que pasó con Lash.

Es así debido a su pasado, pensó John.

—Te diré una cosa. —Xhex volvió a clavar la mirada en los ojos de John y él tuvo que parpadear debido a la intensidad de aquella expresión—. ¿Sabes qué sería lo verdaderamente terrible? ¿Sabes lo que de verdad haría que las últimas tres semanas fueran absolutamente insoportables? No poder matarlo. Eso sí sería horrible.

El macho enamorado que John llevaba dentro se sublevó en sus entrañas y aulló con todas sus fuerzas. Fue tal la conmoción que sufrió que se preguntó si no se daría cuenta de que no estaba dispuesto a permitir que ella fuera la que acabara con aquel maldito monstruo. Los machos protegían a sus hembras. Era una regla universal que debía cumplir.

Además, la posibilidad de que Xhex volviera a acercarse a ese desgraciado lo hacía enloquecer. Lash ya se la había llevado una vez. ¿Por qué no iba a atraparla de nuevo con una de sus trampas?

Y sin duda sería muy difícil recuperarla por segunda vez.

—Eso es todo —dijo Xhex—. Ya he cumplido con mi parte. Ahora es tu turno.

Tenía razón.

Ahora fue John el que clavó la mirada en un rincón. Por Dios. ¿Por dónde empezar?

Pasó una página de la libreta, bajó el bolígrafo y…

No se le ocurrió nada que escribir. El problema era que tenía demasiadas cosas que decir, muchísimo que contarle, y eso resultaba horriblemente deprimente.

Unos golpecitos en la puerta hicieron que los dos volvieran la cabeza hacia ella.

—Maldición —dijo Xhex en voz baja—. ¡Un minuto, por favor!

La presencia de alguien esperando en la puerta aumentaba las reticencias de John. Eso, sumado a su incapacidad para hablar y su tendencia innata a ocultar sus sentimientos, hizo que le zumbara la cabeza de pura angustia.

—Sea quien sea, por mí puede esperar ahí afuera toda la noche —dijo Xhex y alisó la sábana que le cubría el estómago—. Quiero saber lo que tienes que contarme.

De pronto John se sintió liberado. Ya no estaba bloqueado. Rápidamente escribió:

«Sería más fácil mostrarte una cosa».

Xhex alzó las cejas, sorprendida, y luego asintió con la cabeza.

—Está bien. ¿Cuándo?

«Mañana por la noche. Si para entonces ya puedes salir».

—Es una hermosa cita. —Xhex levantó la mano… y la posó delicadamente sobre el brazo de John—. Quiero que sepas que…

En ese momento volvieron a llamar a la puerta y los dos soltaron una maldición al unísono.

—¡Un minuto! —gritó Xhex antes de volverse a concentrar en John—. Quiero que sepas que… puedes confiar en mí.

John la miró a los ojos y enseguida se sintió transportado a otro plano de la existencia. Tal vez sí que existía el paraíso, y si no, puesto que existía Xhex, ¿a quién le importaba el cielo? Lo único que John sabía era que Xhex y él estaban juntos en ese momento y que el resto del mundo había perdido interés.

¿Sería posible enamorarse dos veces de la misma persona?, se preguntó.

—¿Qué demonios estás haciendo ahí adentro?

La voz de Rehv desde el otro lado de la puerta rompió la magia del momento, pero no la borró.

Nada podría borrarla de su memoria, de su alma, pensó John, al tiempo que Xhex retiraba la mano y él se ponía de pie.

—Entra, imbécil —gritó Xhex.

En cuanto entró en el cuarto, John percibió el cambio que se produjo en el ambiente. Xhex y Rehv se miraron a los ojos sin decir nada. El mudo enamorado se dio cuenta de que se estaban comunicando por telepatía, con los recursos de su naturaleza symphath.

Para ser discreto, John se dirigió a la puerta y, justo cuando estaba a punto de salir, Xhex le interpeló.

—¿Volverás?

Al principio John pensó que Xhex estaba hablando con Rehv, pero luego el macho lo agarró del brazo y lo detuvo:

—Oye, hermano. Te pregunta que si vas a volver.

John miró hacia la cama. Había olvidado su libreta y su bolígrafo sobre la mesita, así que simplemente asintió con la cabeza.

—¿Pronto? —preguntó Xhex—. Porque no estoy cansada y tengo muchas ganas de aprender el lenguaje por señas.

John volvió a asentir, chocó su puño con el de Rehvenge y salió.

Al pasar junto a la camilla de la sala de reconocimiento, agradeció que V ya hubiese terminado de limpiar y no estuviera por allí. Porque la verdad era que no habría podido ocultar la sonrisa que iluminaba su cara, y tampoco tenía ganas de dar explicaciones.

***

Blay caminaba en silencio junto a Qhuinn por el pasillo subterráneo que unía el centro de entrenamiento con el vestíbulo de la mansión.

El sonido de sus pasos destacaba en medio del silencio. Ni él ni Qhuinn decían nada. Tampoco se tocaban.

Sobre todo, no se tocaban.

Tiempo atrás, antes de que Blay le confesara a Qhuinn su gran secreto, antes de que sus relaciones se volvieran tan complicadas, Blay sencillamente le habría preguntado a Qhuinn en qué estaba pensando, porque era evidente que estaba preocupado por algo. Ahora, sin embargo, lo que antes habría sido una pregunta sin importancia, hubiera parecido una intromisión inaceptable.

Al salir al vestíbulo a través de la puerta secreta que había debajo de las escaleras, Blay se dio cuenta de que tenía pavor a lo que quedaba de noche.

Por fortuna no quedaba mucho, pero dos horas podían parecer toda una vida en ciertas circunstancias.

—Layla debe de estar esperándonos —dijo Qhuinn cuando llegaron al pie de las escaleras.

Fantástico. Era justamente la diversión que Blay necesitaba.

No. Tras ver otras veces la manera en que aquella Elegida miraba a Qhuinn, Blay sencillamente no se sentía capaz de ser testigo otra vez de aquel deslumbramiento. En especial esa noche, pues lo ocurrido con Xhex lo había dejado muy tenso. En cierto sentido, más tenso de la cuenta.

—¿Vienes? —preguntó Qhuinn, arrugando el ceño con aire impaciente.

Blay dirigió la mirada hacia el aro que Qhuinn tenía en el labio inferior.

—Pero, Blay ¿Estás bien? Mira, creo que necesitas alimentarte, amigo. Hemos pasado por muchas dificultades últimamente.

¡Amigo!… Por Dios, ¡cómo odiaba esa palabra!

Pero, a la mierda con ese rollo. Era preciso controlarse.

—Sí, claro.

Qhuinn lo miró con extrañeza.

—¿En mi habitación o en la tuya?

Blay soltó una risa irónica y comenzó a subir.

—¿Crees que eso tiene alguna importancia?

—No.

—Pues eso.

Al llegar al segundo piso, los dos amigos pasaron frente al estudio de Wrath, que estaba cerrado, y se encaminaron al pasillo de las estatuas.

Primero llegaron ante la habitación de Qhuinn, pero Blay pasó de largo, dispuesto a jugar, por una vez, en terreno propio.

Por supuesto, Blay entró primero, y detrás su amigo, que cerró suavemente.

Blay se dirigió al baño, al lavabo, abrió el grifo y se inclinó para lavarse la cara. Se estaba secando cuando sintió un difuso olor a canela que le indicó que Layla acababa de llegar.

Entonces apoyó las palmas de las manos contra el mármol del lavabo y bajó la cabeza, intentando relajarse. Afuera, en su habitación, sonaban las voces de Layla y Qhuinn, más alta la del segundo, cambiando impresiones.

Blay terminó de secarse, dejó la toalla en su sitio, dio media vuelta y se dispuso a hacer lo que tenía que hacer. Qhuinn estaba sobre la cama, con la espalda recostada en la cabecera, las botas cruzadas y las manos entrelazadas sobre el pecho. Sonreía con encanto a la Elegida. Layla parecía ruborizada. Estaba de pie, cerca de Qhuinn, con los ojos clavados en la alfombra. Se retorcía nerviosamente sus pequeñas y delicadas manos.

Cuando Blay salió del baño, los dos le miraron. La expresión de Layla no cambió, pero la de Qhuinn, por el contrario, sí pareció volverse más hermética.

—¿Quién va primero? —preguntó Blay, acercándose a ellos.

—Tú —murmuró Qhuinn—. Empieza tú.

Blay no iba a meterse en la cama con el otro, claro está, así que se dirigió al sillón y se sentó. Layla se le acercó con delicadeza y se arrodilló frente a él.

—Señor —dijo, al tiempo que le ofrecía la muñeca.

En ese momento se encendió la tele y Qhuinn comenzó a cambiar de canal repetidamente. Finalmente optó por ver un combate de boxeo.

—¿Me has oído, señor? —dijo Layla.

—Dicúlpame. —Blay se inclinó, tomó entre sus inmensas manos aquel delicado antebrazo y lo sostuvo con firmeza, pero procurando no apretar demasiado—. Agradezco mucho lo que me ofreces.

Blay la mordió con toda la suavidad de la que era capaz, pese a lo cual vio, con pena, que ella se sobresaltaba un poco. Habría retirado sus colmillos enseguida para disculparse, pero era mejor no hacerlo, pues eso significaba que de inmediato debería morderla de nuevo.

Mientras bebía la sangre de la Elegida, Blay miró hacia la cama. Qhuinn estaba absorto en el combate de la televisión y tenía el puño derecho levantado.

—¡Joder! —murmuró Qhuinn—. Eso sí que es pelear.

Blay se concentró en lo que estaba haciendo y terminó rápidamente. Al soltar la muñeca de la Elegida, miró el hermoso rostro de Layla.

—Has sido muy amable, como siempre.

Layla sonrió con satisfacción.

—Señor… siempre es un placer servirte.

La ayudó a levantarse. Una vez más, se quedó admirado por la elegancia innata de la muchacha. Además, era una maravilla como alimentadora: la fortaleza que le proporcionaba era sencillamente milagrosa. Blay ya podía sentir cómo su cuerpo se llenaba de energía y hasta se suavizaban sus preocupaciones.

Todo ello gracias a lo que Layla le había dado.

Qhuinn enseñaba ahora los colmillos, pero no por la presencia de Layla, sino por el excitante frenesí del combate que estaba viendo.

La expresión de satisfacción de Layla se transformó en un gesto de resignación que Blay conocía muy bien.

Blay frunció el ceño.

—Qhuinn, ¿te vas a alimentar?

El interpelado pidió un momento de paciencia con un gesto de la mano.

Los ojos de distintos colores de Qhuinn permanecieron pegados a la pantalla hasta que el árbitro dio por terminado el combate; luego miró Layla. Con un gesto sensual, el gigante se movió hacia un lado de la cama, para hacer sitio a la delicada hembra.

—Ven aquí, Elegida.

Esas tres palabras, unidas a la mirada insinuante, fueron como un puñetazo para Blay. Y no era que Qhuinn se estuviese portando de esa manera por la presencia de Layla; es que era así.

Qhuinn respiraba aire, respiraba sexo.

Layla también pareció acusar la actitud del vampiro, porque se arregló nerviosamente la túnica, primero el cinturón que la mantenía cerrada y luego las solapas.

Por alguna razón, Blay pensó por primera vez que la muchacha debía de estar completamente desnuda debajo de la túnica.

Qhuinn tendió una mano hacia ella y la palma de Layla se depositó, temblorosa, sobre ella.

—¿Tienes frío? —le preguntó Qhuinn, incorporándose. Por debajo de la apretada camiseta, los abdominales aparecieron en todo su esplendor.

Layla negó con la cabeza. Blay se metió otra vez en el baño, cerró la puerta y abrió el grifo de la ducha. Se desnudó, se metió debajo del agua y trató de olvidar lo que estaba ocurriendo en su cama.

Tarea en la que tuvo éxito a medias, porque sólo logró eliminar a la Elegida de la escena de sus pensamientos.

Blay comenzó a fantasear. Se imaginó en la cama con su amigo, besándose. Soñó despierto con que sus colmillos acariciaban aquella piel aterciopelada…

Era normal que los machos tuvieran una erección después de alimentarse. En especial si además tenían pensamientos eróticos. Y el jabón también contribuía a la excitación.

Por no hablar de las fantasías sobre lo que ocurría tras los besos.

Blay apoyó una mano contra la pared del mármol y se llevó la otra al miembro viril.

Lo que hizo fue algo similar a una comida rápida: buena, porque hay hambre, pero ni remotamente parecido a lo que es un banquete de verdad.

La segunda vez que se masturbó tampoco mejoró la situación, de modo que se negó a conceder a su cuerpo una tercera oportunidad. Porque, pensándolo fríamente, todo aquel asunto era repulsivo. Qhuinn y Layla juntos al otro lado de la puerta, mientras él se masturbaba debajo del agua caliente. ¡Por favor!

Salió de la ducha, se secó, se puso una bata y se dio cuenta de que no había llevado ropa limpia para vestirse. Al agarrar el pomo de la puerta para salir, rogó que las cosas siguieran tal como él las había dejado.

Y así era, gracias a Dios. Qhuinn tenía la boca sobre la otra muñeca de Layla y estaba tomando lo que necesitaba, mientras ella permanecía arrodillada junto a él.

No estaba ocurriendo nada abiertamente sexual.

La sensación de alivio que sintió hizo que Blay se diera cuenta de lo tenso que vivía últimamente. Siempre tenía los nervios a flor de piel, por todo lo que tenía que ver con Qhuinn.

Aquello no era sano ni bueno para nadie.

Y, además, considerando las cosas objetivamente, ¿de verdad estaba mal que Qhuinn sintiera lo que sentía? Uno no puede elegir quién le atrae y quién no le atrae.

Blay se dirigió al armario, sacó una camisa y unos pantalones de combate negros. Justo cuando regresaba al baño, Qhuinn retiraba la boca de la vena de Layla.

El macho, al parecer lleno, dejó escapar un gruñido de satisfacción y sacó la lengua para lamer los pinchazos que habían dejado sus colmillos. Al ver un destello plateado, Blay alzó las cejas. Ahora tenía un piercing en la lengua. Blay se preguntó quién se lo habría puesto.

Probablemente Vishous. Esos dos pasaban ahora mucho tiempo juntos. Así fue como Qhuinn obtuvo la tinta para el tatuaje de John.

El caso es que mientras la lengua de Qhuinn lamía la piel de la Elegida, el metal brillaba.

—Gracias, Layla. Eres muy buena con nosotros.

El vampiro recién alimentado sonrió y de inmediato bajó las piernas de la cama, como si fuera a levantarse. Layla, por su parte, no se movió. En lugar de seguir el ejemplo de Qhuinn y prepararse para irse, agachó la cabeza y clavó los ojos en su regazo...

O mejor dicho, en sus muñecas, que se alcanzaban a ver debajo de las mangas de la túnica. Blay frunció el ceño al ver que parecía tambalearse.

—¡Layla! —dijo, acercándose—. ¿Te sientes bien?

Qhuinn se le acercó por el otro lado de la cama.

—¿Qué sucede, Layla?

Ahora fueron los machos quienes se arrodillaron frente a ella.

Blay habló primero.

—¿Hemos bebido demasiada sangre?

Qhuinn se apresuró a ofrecerle su propia muñeca.

—Toma de mí.

Mierda, Layla había alimentado a John la noche anterior. Tal vez había sido demasiado.

Los ojos de maravilloso color verde claro de la Elegida se clavaron en el rostro de Qhuinn. No parecían desorientados, sólo tristes, terriblemente melancólicos.

Qhuinn retrocedió.

—¿Qué he hecho?

—Nada —dijo ella con voz profunda—. Si me disculpáis, regresaré al santuario.

Layla hizo ademán de levantarse, pero Qhuinn la agarró de la mano y se lo impidió.

—Layla, ¿qué ocurre?

Dios, aquella voz era tan gentil, tan suave. Lo mismo que su mano, que ahora estaba bajo su barbilla y le levantaba la cara.

—No puedo hablar de eso.

—Sí, sí puedes. —Qhuinn hizo una seña con la cabeza hacia Blay—. Él y yo guardaremos tu secreto.

La Elegida respiró hondo y al dejar escapar el aire pareció darse por vencida, como si se le hubiese acabado la gasolina, como si ya no le quedara energía ni voluntad.

—¿De verdad guardaréis el secreto?

—Sí. ¿Verdad, Blay?

—Claro, desde luego. —Blay se puso una mano sobre el corazón—. Lo juro. Haremos cualquier cosa para ayudarte. Lo que sea.

Layla miró a los ojos de Qhuinn.

—¿Acaso te resulto desagradable a la vista, señor? —Al ver que Qhuinn fruncía el ceño y no respondía, Layla se tocó las mejillas y la frente—. ¿Acaso me alejo tanto del ideal de belleza como para no…?

—Dios, no. ¿De qué estás hablando? Eres preciosa.

—Entonces… ¿por qué razón nunca me llamáis?

—No entiendo, nosotros te llamamos constantemente. Yo te llamo, y Blay y John y Rhage y V. Siempre te pedimos a ti porque tú…

—Pero sólo me usáis para la alimentación, para beber mi sangre.

Blay se puso de pie y comenzó a retroceder hasta que sus piernas golpearon el sillón y se sentó. Cuando su trasero tocó la tela acolchada, la expresión de la cara de Qhuinn estuvo a punto de hacerle reír a carcajadas. ¡Estaba asombrado!

A Qhuinn nunca le pillaban por sorpresa, porque había estado expuesto a muchos peligros y vivido muchas experiencias a lo largo de su relativamente corta vida, gracias al destino y a su propia decisión, y también porque así era su personalidad. Qhuinn sabía navegar en todos los mares, manejarse en toda clase de situaciones…. Excepto en ésta, evidentemente. Pues parecía que alguien acabara de golpearlo en la cabeza con un bate de béisbol.

—Yo… —Qhuinn carraspeó—. Yo… yo…

Otra pasmosa novedad: estaba tartamudeando.

Layla llenó el silencio.

—Sirvo a los machos y a los hermanos de esta casa con orgullo. Doy sin recibir nada a cambio, porque para eso me entrenaron, y me complace hacerlo. Pero os digo esto porque vosotros me habéis preguntado y... creo que debo hacerlo. Cada vez que regreso al santuario o a la casa del Gran Padre, me siento terriblemente vacía. Hasta el punto de que estoy pensando que debería renunciar. En verdad... —Layla sacudió la cabeza—. No puedo seguir haciendo esto, aunque es todo lo que conozco. Sólo que... mi corazón no puede seguir.

Qhuinn dejó caer las manos y se las restregó sobre las piernas, muy confuso.

—Pero, no sé cómo preguntártelo... ¿Quisieras seguir adelante con... el asunto... si pudieras?

—Por supuesto —respondió Layla con voz fuerte y clara—. Me enorgullece poder ser de utilidad.

Ahora Qhuinn se estaba pasando la mano por el pelo.

—¿Y qué es lo que necesitas exactamente para considerar que eres útil?

Era como asistir, sin poder hacer nada, a un choque entre dos trenes. Blay debería haberse marchado, pero no se podía mover, sencillamente tenía que ver la colisión porque era un espectáculo hipnotizador.

Naturalmente, el rubor que cubría las mejillas de Layla la volvía incluso más hermosa de lo que era habitualmente.

Tras unos instantes de silencio, la muchacha abrió esos preciosos labios. Y los cerró. Y los volvió a abrir. Pero no salió ningún sonido de aquella boca maravillosa.

—Está bien —susurró Qhuinn—. No tienes que contestarme. Ya sé qué es lo que quieres.

Blay notó que un sudor frío le bajaba por el pecho y apretó la ropa que tenía en la mano.

—Habla, pues —preguntó Qhuinn bruscamente—. ¿A quién quieres?

Hubo otra larga pausa y luego ella respondió.

—A ti.

Blay se puso de pie.

—Os dejaré solos.

Blay iba completamente ciego mientras avanzaba hacia la puerta. Había agarrado la ropa instintivamente, sin pensarlo. Al cerrar oyó la voz de Qhuinn.

—Iremos muy lentamente. Si vamos a hacer esto, será muy despacio.

Una vez en el pasillo, Blay se apresuró a alejarse de su habitación y sólo se dio cuenta de que todavía estaba en bata cuándo llegó a las puertas dobles que llevaban al ala de la mansión que ocupaba el servicio. Así que se deslizó por las escaleras que llevaban al teatro del tercer piso y se vistió frente a la máquina de hacer palomitas de maíz.

La rabia lo dominaba. Era como un cáncer voraz que estuviese devorando sus entrañas. Y lo peor era que se trataba de una rabia estéril, inútil.

Blay se quedó mirando las estanterías repletas de películas, pero los títulos que se podían leer en el lomo no eran más que dibujos incomprensibles para sus ojos.

Lo que terminó buscando no fue una película, sino un trozo de papel, que finalmente encontró en un bolsillo de su chaqueta.

CAPÍTULO

29

C uando la puerta de la sala de recuperación se cerró, Xhex
pensó que debería decir algo, y en voz alta, a Rehvenge.

—Entonces, bueno, dime… ¿cómo estás?

Él interrumpió su torpe charla caminando directamente
hacia ella, mientras se apoyaba en su bastón rojo y sus mocasines
resonaban en el suelo. Tenía una expresión feroz y sus ojos de
color violeta echaban fuego.

Xhex se sintió intimidada, así que se cubrió un poco más
con la sábana y murmuró:

—¿Qué demonios te pasa?

Rehv la agarró entre sus largos brazos y la apretó contra
su pecho con mucho cuidado. Luego colocó la mejilla junto a la
de Xhex y dijo con voz grave:

—Creí que no volvería a verte.

Al sentir que Rehv se estremecía, Xhex levantó las manos
y, después de un momento de vacilación, lo abrazó con la misma
intensidad.

—Hueles igual que siempre —dijo ella con voz ronca y
apoyó la nariz contra el cuello de su fina camisa de seda—. Dios,
hueles igual que siempre.

El aroma de la colonia cara que usaba Rehv la transportó
a los días en que los cuatro pasaban tanto tiempo en ZeroSum:
Rehv dirigiéndolo todo, iAm llevando la contabilidad, Trez en-

cargándose del funcionamiento y la logística y ella de la seguridad.

Aquel olor fue el gancho que la agarró y la sacó del agujero del secuestro, al establecer de nuevo la conexión con su pasado y hacer caso omiso de las horribles tres últimas semanas.

Pero Xhex, en realidad, no quería que se restableciera ese vínculo. Eso sólo iba a hacer que su partida fuera más difícil. Era mejor pensar sólo en los sucesos inmediatos y las metas más próximas.

Y luego desaparecer.

Rehv se echó hacia atrás.

—No quiero cansarte, así que estaré un momento, nada más. Pero necesitaba… necesitaba verte.

—Claro.

Xhex y Rehv se quedaron un rato abrazados. Como siempre, sintió una comunión especial con él. Su naturaleza compartida de symphaths los unía.

—¿Necesitas algo? —preguntó Rehv—. ¿Algo de comer?

—La doctora Jane dijo que no debía ingerir nada sólido antes de un par de horas.

—Está bien. Oye, tenemos que hablar sobre el futuro…

—Claro, el futuro. —Mientras decía esas palabras, Xhex proyectaba en su cerebro una imagen de ellos dos discutiendo, como siempre había ocurrido y como era de esperar que siguiese sucediendo. Lo hizo para convencer a Rehv de que tenía noción del futuro, por si estuviera leyendo su mente.

Aunque no podía saber si se lo había creído.

—Ahora vivo aquí, por cierto —dijo Rehv.

—¿Dónde estoy exactamente?

—En el centro de entrenamiento de la Hermandad. —Rehv frunció el ceño—. Creí que ya habías estado aquí, que conocías el lugar.

—En esta parte del complejo, no. Por eso no lo había reconocido, aunque me lo imaginaba. Ehlena fue muy amable conmigo, por cierto. Allá adentro. —Xhex señaló con la cabeza la sala donde la operaron—. Y, antes de que lo preguntes, me voy a poner bien. Eso es lo que dijo la doctora Jane.

—Bien. —Rehv le dio un apretón—. Iré a buscar a John.

—Gracias.

Al llegar a la puerta, Rehv se detuvo y miró a Xhex intensamente.

—Escucha —dijo con tono imperativo, aunque omitió el insulto de rigor—. Tú eres importante. Y no sólo para mí, sino para mucha gente. Así que haz lo que tengas que hacer para recuperarte, pero no creas que no sé lo que estás planeando hacer después.

Xhex lo miró con rabia.

—Maldito entrometido.

—Es lo que hay. —Rehv alzó las cejas—. Te conozco demasiado bien. No la cagues, Xhex. Nos tienes a todos nosotros a tu lado. Puedes superar esto sin necesidad de hacer tonterías.

Cuando Rehv salió, Xhex pensó que era admirable la fe que su amigo tenía en su capacidad de resistencia. Una fe que, por desgracia, ella no compartía.

De hecho, la sola idea de pensar en un futuro más allá del funeral de Lash le causaba una insoportable sensación de fatiga por todo el cuerpo. Xhex dejó escapar un gruñido, cerró los ojos y rogó que Rehvenge se mantuviera alejado de sus asuntos...

***

Se despertó sobresaltada. No tenía idea de cuánto tiempo había dormido, ni de dónde estaba John...

Bueno, tras echar un vistazo en derredor, la respuesta a la segunda pregunta era fácil: John estaba en el suelo, frente a su cama, echado de lado y con la cabeza apoyada sobre el brazo a modo de almohada. Parecía tenso a pesar de que estaba dormido, pues tenía el ceño fruncido y la boca apretada.

La hembra sintió una asombrosa sensación de alivio al verlo. No solía enternecerse, porque era una hembra dura. Pero esta vez no combatió aquel sentimiento. No tenía suficiente energía y, además, no había nadie más allí ante quien hubiera que disimular.

—John...

Tan pronto como pronunció su nombre, John se levantó del suelo de linóleo y adoptó una posición de ataque, interponiendo su cuerpo de guerrero entre ella y la puerta que llevaba al pasillo. Era evidente que estaba dispuesto a hacer añicos a quien osara amenazar a su amada.

Lo cual era dulce, conmovedor.

Mucho más que un ramo de flores, que además la habría hecho estornudar.

—John... ven aquí.

El guerrero esperó un momento, mientras ladeaba la cabeza para ver si se escuchaba algún ruido extraño afuera. Luego dejó caer los puños y se acercó. En cuanto sus ojos se posaron en Xhex, la mirada brutal se desvaneció, los colmillos se replegaron y apareció en él una expresión de infinita ternura.

Buscó su libreta, escribió algo y se lo mostró.

—No, gracias. Todavía no tengo hambre. Lo que me encantaría sería...

Xhex miró el baño que había en la esquina.

«Una ducha», escribió John.

—Exacto. Me encantaría una ducha de agua bien caliente.

John comenzó a disponerlo todo enseguida: fue hasta el baño para abrir el grifo, preparó unas toallas, una pastilla de jabón y un cepillo de dientes que dejó en la encimera.

Xhex trató de sentarse... y se dio cuenta de que tenía una roca de muchas toneladas sobre el pecho. Se sentía como si estuviera intentando levantar una montaña con los hombros. Necesitó hacer un gran sacrificio para sacar las piernas por el lado más cercano de la cama. Hizo un supremo esfuerzo, porque estaba segura de que si no lograba ponerse en pie por sí misma, John llamaría a la doctora y se quedaría sin la anhelada ducha.

John llegó a su lado justo cuando los pies descalzos tocaron el suelo, y le ofreció el brazo a manera de bastón para mantener el equilibrio. Las sábanas cayeron al suelo, y los dos se sobresaltaron un poco, porque quedó desnuda; pero no era momento para andar con ataques de pudor.

—¿Qué hago con el apósito? —murmuró Xhex, al bajar la vista hacia el vendaje blanco que le cubría la pelvis.

John miró de reojo la libreta, como si estuviera tratando de discernir si podría alcanzarla sin soltar a Xhex. Pero antes de que tomara una decisión ella volvió a hablar.

—No quiero que venga la doctora Jane. Yo misma me lo puedo quitar.

Xhex levantó una esquina de la venda y, al sentir que se tambaleaba sobre sus pies, pensó que posiblemente debería quitársela acostada y bajo supervisión médica. Pero... a la mierda.

—¡Ay… —gritó al dejar al descubierto una hilera de puntadas negras—. Joder… la compañera de V realmente es muy buena con la aguja y el hilo, ¿verdad?

John agarró el trozo de gasa ensangrentada y lo depositó en la papelera que había en una esquina. Después se quedó esperando, como si supiera que Xhex estaba pensando en volver a la cama.

Al pensar que la habían abierto de aquella manera sintió un leve mareo.

—Vamos —dijo Xhex con voz ronca.

John la dejó que llevara la iniciativa, que marcara el ritmo. Un ritmo, por lo demás, de tortuga.

—¿Podrías apagar las luces del baño? —dijo Xhex mientras avanzaban tan despacio que sus pies se movían apenas unos cuantos centímetros con cada paso—. No quiero verme en ese espejo.

En cuanto tuvo el interruptor a su alcance, John estiró el brazo y apagó la luz.

—Gracias.

El contacto del aire húmedo y el ruido del agua hicieron que Xhex se sintiera más relajada. El problema era que la tensión la había ayudado a mantenerse en pie, más o menos entera, y ahora con el relax podía derrumbarse.

—John… —¿Realmente aquel sonido tan débil era su voz?—. John, ¿te meterías en la ducha conmigo? Por favor.

Si hasta ese momento se habían movido con lentitud desesperante por culpa de ella, esta vez fue John quien batió el récord de demora. Gracias al rayo de luz que entraba desde el cuarto, Xhex vio que John asentía con la cabeza después de unos minutos interminables.

—Mientras te desvistes ahí afuera —dijo Xhex—, puedes cerrar la puerta, porque voy a usar el inodoro.

Tras decir esas palabras, Xhex se agarró a un toallero y se sostuvo sola. Hubo otra pausa y después el macho siguió las indicaciones de su amada.

Después de hacer lo que tenía que hacer, Xhex se puso de pie y abrió la puerta.

Lo primero que vio fue la libreta justo frente a sus ojos:

«Me habría dejado puestos los boxers, pero no uso nada debajo de los pantalones de cuero».

—Está bien. No soy timorata, tranquilo.

Pero cuando los dos entraron en la ducha quedó claro que eso no era del todo cierto. Aunque se podría pensar que, después de todo lo que Xhex había hecho y sufrido, estar a oscuras junto al cuerpo desnudo de un macho en el que confiaba y con el que ya había tenido relaciones no significaría gran cosa, la verdad es que sí significó mucho.

En especial cuando el cuerpo de John rozó la espalda de Xhex al cerrar la puerta de vidrio de la ducha.

Concéntrate en el agua, se dijo Xhex, excitada, al tiempo que se preguntaba si se estaría volviendo loca.

Cuando levantó la cabeza, Xhex perdió su precario equilibrio y la inmensa mano de John se deslizó por debajo de su brazo para sujetarla.

—Gracias —dijo con voz ronca.

A pesar de lo incómoda que resultaba la situación, el agua caliente le producía una sensación maravillosa al penetrar en el cuero cabelludo. Por un instante, el placer de la ducha fue más importante que el cuerpo desnudo de John Matthew.

—Joder, olvidé el jabón.

John se inclinó hacia delante y sus caderas se clavaron en las de Xhex. Y aunque ella se puso rígida y se preparó para un encuentro erótico… vio que John no estaba excitado.

Lo cual, pensándolo bien, era un alivio.

Después de todo lo que Lash le había hecho…

Al sentir el jabón entre sus manos, Xhex sencillamente se olvidó de todo lo que había sucedido en aquella habitación. Enjabonarse, enjuagarse, secarse. Regresar a la cama. Eso era en lo único que debía pensar.

El fuerte y distintivo olor del jabón del macho llegó hasta su nariz y Xhex no tuvo más remedio que parpadear, admirada.

Era exactamente lo que ella habría elegido.

***

Era asombroso, pensó John mientras se mantenía de pie detrás de Xhex.

Si miras tus genitales y les dices que si no se comportan como es debido los vas a cortar para luego enterrarlos en el jardín, te hacen caso. Increíble.

Nunca olvidaría una lección tan interesante.

La ducha era bastante espaciosa para una persona, pero resultaba estrecha para dos. Él tenía que mantener el trasero contra la fría pared de baldosines para asegurarse de que los disciplinados genitales se mantuvieran completamente alejados de Xhex.

Después de todo, la charla previa que había tenido con ellos había hecho maravillas, pero tampoco debía arriesgarse. No eran de fiar.

Además, le impresionaba mucho que Xhex estuviera tan débil que tenía mantenerla erguida, incluso después de haberse alimentado. Pero, claro, uno no se recupera de cuatro semanas en el infierno sólo con una siesta de dos horas, que era todo lo que Xhex había dormido, según indicaba su reloj.

Al agarrar el champú, Xhex arqueó la espalda y su pelo húmedo rozó el pecho de John, al dar media vuelta para quitarse la espuma. El enamorado la iba sosteniendo de una u otra forma según las necesidades de cada momento: primero del brazo derecho, luego del izquierdo y luego otra vez del derecho.

El problema fue cuando se inclinó hacia delante para lavarse las piernas.

—Mierda… —Xhex se tambaleó de manera tan repentina, que las manos de John resbalaron, ella perdió el equilibrio y se fue contra el pecho de John.

Éste sintió que de repente Xhex se le escapaba de las manos. Luego su cuerpo se estrelló contra la pared, mientras trataba de encontrar la manera de sujetarla que requiriese menos contacto.

—Necesitaría ducharme sentada —dijo Xhex—. Al parecer soy incapaz de mantenerme en pie.

Hubo una pausa. John le quitó el jabón de las manos. Moviéndose lentamente, le cambió el sitio y la recostó contra la esquina que él había estado ocupando hasta entonces.

Mientras se arrodillaba, John le dio vueltas al jabón entre las manos para producir bastante espuma. El agua le caía por la espalda y la cabeza y se derramaba por todo el cuerpo. El suelo de baldosas era resbaladizo, había que estar muy atento. O no.

Estaba a punto de tocarla. Y eso era lo único que importaba.

John le agarró un tobillo y le dio un golpecito suave. Al cabo de un momento, Xhex pasó su peso a la otra pierna y dejó que él le levantara el pie. John dejó la barra de jabón junto a la puerta y comenzó a enjabonarle la planta del pie y luego el talón, frotando, limpiando...

En realidad, adorándola sin esperar nada a cambio.

El macho trabajaba lentamente, en especial cuando comenzó a subir por la pierna. Se paraba con mucha frecuencia para asegurarse de no hacer excesiva presión sobre los moretones. Las pantorrillas de Xhex parecían de roca y los huesos que subían a la rodilla eran tan fuertes como los de un macho, pero seguía siendo delicada a su manera. Al menos en comparación con él. Al menos para él.

Cuando llegó más arriba, a los muslos, se centró en la parte exterior. Lo último que quería era que ella pensara que quería tener relaciones con ella. Al alcanzar las caderas, se paró y volvió a buscar el jabón.

Terminó con la primera pierna. Le dio un golpecito en el otro tobillo y sintió alivio al ver que ella le daba la oportunidad de repetir el proceso.

Masajes lentos, lento progreso... y sólo por la parte exterior.

Cuando acabó, se puso de pie y la volvió a situar debajo del agua. Mientras la sostenía otra vez del brazo, le entregó el jabón para que ella se lavara todo lo demás.

—John —dijo Xhex.

Como estaban a oscuras, él silbó para indicar que la escuchaba.

—Eres un hombre de honor, un caballero, ¿lo sabías? De los pies a la cabeza.

Xhex levantó las manos y le agarró la cara.

Sucedió tan rápido que John no podía creerlo. Más tarde recrearía esa escena en su mente una y otra vez, alargando infinitamente el momento, reviviéndolo y alimentándose de ese recuerdo.

Pero cuando ocurrió duró sólo un instante. Fue un simple impulso de la hembra. Un casto regalo en señal de gratitud por otro casto regalo.

Xhex se puso de puntillas como pudo y puso su boca sobre la de John.

Menuda suavidad. Los labios de Xhex eran increíblemente suaves. Y delicados. Y tibios.

El contacto le pareció muy fugaz. Pero John hubiera querido que se prolongara durante horas y horas, y de haber sido así tampoco habría sido suficiente.

—Ven a acostarte conmigo —dijo Xhex, al tiempo que abría la puerta de la ducha y salía—. No me gusta verte en el suelo. Te mereces algo mucho mejor.

Sin saber muy bien lo que hacía, John cerró el grifo y la siguió. Se secaron. Ella se envolvió el torso en una toalla y él se la puso en las caderas.

John se acostó primero y una vez en la cama abrió los brazos por impulso natural, casi inconscientemente. Si lo hubiese pensado antes, seguramente no lo habría hecho. El caso es que hizo bien en no pensarlo, porque la hembra llegó hasta él igual que el agua de la ducha, con un calor que penetró por su piel y le llegó a lo más hondo.

Xhex siempre llegaba a lo más profundo. Siempre había sido así.

Él tenía la sensación de que le había robado el alma desde la primera vez que la vio.

Cuando John apagó la luz y ella se acomodó junto a él, pareció que la hembra estuviese buscando refugio en su corazón, como si quisiera establecerse allí para siempre.

Y así, el calor interior de Xhex fue calmando el alma turbulenta de John, que pudo respirar profundamente por primera vez en meses.

Lleno al fin de paz, el enamorado cerró los ojos, aunque no tenía la intención de dormirse. Quería gozar despierto de aquel momento.

Pero se durmió, muy bien, profundamente.

E n la salita de estar de los criados de la mansión de Sampsone, Darius concluyó su entrevista con la doncella de la muchacha desaparecida.

—Gracias —dijo, poniéndose en pie y moviendo la cabeza en señal de despedida—. Agradezco tu sinceridad.

La doggen hizo una reverencia.

—Por favor encuéntrela. Y tráigala a casa, señor.

—Eso haremos. —Darius miró de reojo a Tohrment—. ¿Serías tan amable de hacer pasar al mayordomo?

Tohrment abrió la puerta a la doggen y los dos salieron juntos.

En su ausencia, Darius comenzó a pasearse por la salita de suelo entarimado. Sus botas de cuero describían una y otra vez un círculo alrededor del escritorio que había en el centro. La criada no sabía nada relevante. Para su sorpresa, había sido completamente abierta y no parecía esconder nada. No había, pues, nada nuevo. Seguía el misterio.

Tohrment regresó con el mayordomo y volvió a ocupar la misma posición, a la derecha de la puerta, en silencio. Lo cual era bueno. Por lo general, durante un interrogatorio a un civil, lo mejor era tener un solo interrogador. El chico, sin embargo, prestaba otros servicios. Nada escapaba a sus penetrantes y atentos ojos, así que siempre era posible que captara algo que pasara desapercibido a Darius, más atento a las palabras que a los gestos y otras circunstancias.

—Gracias por avenirse a hablar con nosotros —le dijo Darius al mayordomo.

El doggen hizo una venia.

—Será un placer servir de ayuda, señor.

—Estupendo. —Darius se sentó en el banco de madera que había usado también en el interrogatorio de la criada. Por naturaleza, los doggen tendían a conceder mucha importancia al protocolo y, por tanto, en situaciones como aquélla, preferían que sus superiores estuvieran sentados, mientras que ellos permanecían de pie—. ¿Cómo te llamas?

Hizo la enésima reverencia.

—Soy Fritzgelder Perlmutter.

—¿Y cuánto tiempo llevas con la familia?

—Nací en esta casa hace setenta y siete años. —El mayordomo entrelazó las manos por detrás de la espalda y enderezó los hombros—. Desde mi quinto año de vida he servido a la familia con orgullo.

—Larga historia. Entonces debes de conocer bien a la hija.

—Sí. Es una hembra honorable. Una gloria, una dicha para sus padres y para su linaje.

Darius miró directamente a los ojos del mayordomo.

—¿Y tú no te diste cuenta de nada que llevara a sospechar que la chica pudiera desaparecer?

La ceja izquierda del mayordomo pareció temblar fugazmente y hubo un largo silencio.

Darius bajó el tono de voz. Ahora casi susurraba.

—Si necesitas garantías, tienes mi palabra de hermano de que ni yo ni mi colega le revelaremos a nadie lo que digas. Ni siquiera al mismo rey.

Fritzgelder abrió la boca y tomó aire.

Darius se quedó en silencio. Presionar demasiado al pobre macho sólo serviría para demorar la posible revelación. Al fin y al cabo, el doggen sólo tenía dos posibilidades: hablar o no hablar. Las cartas estaban sobre la mesa.

El mayordomo sacó de un bolsillo interior del uniforme un pañuelo blanco y brillante, perfectamente planchado. Después de secarse el sudor que le perlaba el labio superior, se apresuró a guardarlo.

—Nada saldrá de estas paredes —susurró Darius—. Ni una sílaba.

El mayordomo tuvo que tragar saliva un par de veces antes de conseguir que su voz medio ahogada se hiciese audible.

—En verdad… ella está por encima de cualquier reproche. De eso estoy seguro. No había ningún… acuerdo con ningún macho cuyos detalles desconocieran sus padres.

—Pero… —murmuró Darius.

En ese momento la puerta se abrió de par en par y apareció el mayordomo que los había recibido en primer lugar. No parecía sorprendido por la reunión, pero sí se notaba que la desaprobaba abiertamente. Sin duda, alguno de sus subalternos debía de haberle avisado.

—Dirige usted un equipo maravilloso —le dijo Darius al recién llegado—. Mi colega y yo estamos gratamente impresionados.

El gesto de agradecimiento del mayordomo no logró borrar su expresión de desconfianza.

—Me siento halagado, señor.

—Ya estábamos acabando. ¿Tu amo está por aquí?

El mayordomo jefe respiró hondo. Al parecer, se sentía aliviado.

—Ya se ha retirado y esa es la razón por la cual he venido. Les manda sus saludos. Le gustaría acompañarles más tiempo, pero debe ocuparse de su adorada shellan.

Darius se puso de pie.

—Tu asistente estaba a punto de mostrarnos el jardín. Está lloviendo, de modo que con que nos acompañe él es suficiente. Volveremos aquí dentro de un rato. Gracias por tu gentileza.

—Es un placer, señor.

Fritzgelder hizo una reverencia a su superior y luego señaló con la mano una puerta que había al fondo.

—Por allí.

En el exterior, el aire no daba tregua. Era frío y húmedo. Había cesado la lluvia, pero hacía un frío terrible mientras avanzaban entre la neblina.

Fritzgelder sabía exactamente adónde llevarlos. El mayordomo rodeó la fachada trasera de la casa hasta la parte del jardín sobre la que daba la habitación de la hembra desaparecida.

De momento, las cosas estaban saliendo bien, pensó Darius.

El mayordomo se detuvo justo debajo de la ventana de la hija de Sampsone, pero no miró hacia los muros de piedra de la casa. Miró hacia afuera, a través de las jardineras y los pinos. Sus ojos apuntaban a la propiedad contigua. Y luego deliberadamente se volvió para mirar a Darius y a Tohrment.

—Levanten los ojos hacia la casa, y miren, sin que se note, los árboles —dijo, al tiempo que, para disimular, señalaba hacia la casa como si estuviese mostrándoles algo curioso. Sin duda debían de estar siendo observados desde los ventanales de la mansión—. Miren bien el claro.

En efecto, había un claro entre la maraña de ramas de los árboles, el mismo que permitía avistar la casa vecina desde el segundo piso.

—Esa brecha no existía, ni fue hecha por nuestros jardineros, señor —dijo el doggen en voz baja—. Descubrí su existencia cerca de una semana antes de que... de que ella desapareciera. Estaba arriba, limpiando las habitaciones. La familia se había retirado a sus aposentos subterráneos, pues era pleno día. Oí ruido de madera quebrándose y posé mis ojos en las ventanas, donde vi cómo cortaban las ramas.

Darius entornó los ojos.

—Las cortaron deliberadamente. ¿Eso es lo que quieres decir?

—Por supuesto. Deliberadamente. Pero yo no sospeché nada, pues los que viven allí son humanos. Pero ahora...

—Ahora te estás preguntando si no se trataba simplemente de podar los árboles. Dime, ¿a quién le has contado esto?

—Al mayordomo. Pero él me suplicó que guardara silencio. Es un macho honrado, orgulloso de servir a la familia. Ansía que ella sea encontrada...

—Pero desea evitar cualquier sospecha de que haya podido caer en manos humanas.

Después de todo, para la glymera los humanos eran casi como ratas que caminaban erguidas.

—Gracias por todo esto —dijo Darius—. Has cumplido bien con tu deber.

—Sólo les pido que la encuentren. Por favor. No me importa quién la haya raptado... sólo tráiganla a casa.

Darius miró con atención lo que se podía ver de la casa contigua.

—Eso haremos. Tarde o temprano, sea como sea.

Por el bien de aquellos humanos, Darius pensó que ojalá no se hubiesen atrevido a llevarse a uno de los suyos. Por orden del rey, había que evitar a la otra raza, pero si ellos habían tenido la temeridad de atacar a un vampiro, y además, a una hembra de la nobleza, no habría prohibiciones que valieran. Darius los asesinaría uno a uno en su cama y dejaría que los cuerpos se pudrieran allí.

G regg Winn se despertó abrazado a Holly. Sus tetas de silicona eran como un par de almohadillas gemelas que le presionaban el costado.

Echó un vistazo al reloj y vio que eran las siete de la mañana. Perfecto. Buena hora para hacer las maletas y largarse a Atlanta.

—Holly —le dio un empujoncito con la mano—. Despierta.

La joven emitió una especie de ronroneo y se estiró. Cuando su cuerpo se arqueó contra el de Gregg, la habitual erección matutina de éste se convirtió en un deseo poco menos que irresistible. Pero recordó por qué había terminado la chica en su cama la noche anterior y eso apaciguó rápidamente sus ímpetus eróticos.

Era un caballero en verdad.

—Holly. Vamos. Es hora de levantarse. —Gregg le retiró el pelo de la cara y se lo acarició—. Si nos apresuramos, estaremos en Atlanta al final de la tarde.

Lo cual no estaría nada mal, teniendo en cuenta el mucho tiempo que habían perdido con la dichosa historia de Rathboone.

—Está bien. Ya voy, ya voy.

No obstante, Gregg fue el único en ponerse en pie. Holly simplemente rodó hasta el lugar que él había dejado libre en la cama y se volvió a dormir.

El productor se dio una ducha y guardó sus cosas en las maletas haciendo el mayor ruido posible. Pero no sirvió de nada: ella estaba como muerta. No parecía dormida, sino en coma.

Gregg estaba a punto de salir a buscar a Stan, que era todavía peor, cuando oyó golpes en la puerta.

¿Era posible que el cámara más vago del mundo ya estuviera despierto?

Gregg empezó a hablarle incluso antes de abrir la puerta y ver si era él.

—Escucha, vamos a llevar el equipaje a la furgoneta, porque…

Pero era aquel maldito mayordomo. Y parecía que alguien hubiese arrojado una botella de vino rojo sobre su nuevo sofá blanco. Menuda cara fúnebre llevaba.

Gregg levantó la mano.

—Ya nos vamos. Estamos acabando de recoger, no se preocupe.

—El dueño ha decidido permitirles grabar aquí su programa especial.

Gregg parpadeó en silencio, con cara de idiota.

—¿Cómo dice?

El tono del mayordomo parecía todavía más irritado. Si es que eso era posible.

—El dueño me llamó esta mañana. Dijo que estaban autorizados para hacer su programa desde aquí.

Demasiado tarde, pensó Gregg, y soltó una maldición.

—Joder. Lo lamento, pero mi equipo y yo estamos…

—Encantados —remató Holly, al parecer repentinamente despierta.

Gregg volvió la cabeza y vio a su presentadora atándose la bata y levantándose de la cama.

—Es una excelente noticia —dijo la joven sonriendo al mayordomo, que parecía oscilar entre la desaprobación y el asombro de verla tan simpática y tan al natural, por así decirlo.

—Perfecto —soltó el mayordomo con tono patibulario—. Por favor, avísenme si necesitan algo.

Hizo una inclinación de cabeza y desapareció por el pasillo.

Gregg cerró la puerta.

—Creí que querías largarte de aquí.

—Bueno, ya es otro día, y he pasado la noche muy segura aquí contigo, ¿no? —Holly se le acercó y le acarició el pecho—. Así que me quedaré.

El tono de satisfacción de la voz de la muchacha lo hizo sospechar algo raro.

—¿Me has engañado? ¿Te inventaste todo eso del sexo con... con quien fuese el tío ese?

Ella negó con la cabeza rotundamente.

—No, no te he engañado, pero ahora creo, de verdad, que todo fue un sueño.

—¿Pero no decías que habías tenido relaciones sexuales auténticas, y que había pruebas... en fin, pruebas físicas de ello?

Holly entornó los ojos, como si estuviera tratando de ver a través de un vidrio empañado.

—Sí, pero, pensándolo mejor al cabo de estas horas, todo parece demasiado confuso para haber sido real. Anoche estaba muy perturbada, pero hoy... todo parece una estupidez.

—Pero parecías muy segura cuando llegaste aquí.

La chica negó ahora con la cabeza, muy lentamente.

—Empiezo a estar convencida de que no fue más que un sueño realmente increíble, sí, pero que no sucedió en realidad.

Gregg la miró a los ojos. Parecía muy segura de lo que decía.

De repente, Holly se llevó la mano a la sien.

—¿Tienes una aspirina?

—¿Te duele la cabeza?

—Sí, empieza a dolerme.

Fue hasta una maleta y sacó la bolsa de las medicinas.

—Escucha, haremos un rodaje de prueba y ya veremos qué pasa. Pero si decidimos quedarnos, no habrá vuelta atrás, no podrás salir otra vez con la pamplina de ayer. Si decidimos hacer el programa, lo haremos. No podremos huir a Atlanta si de repente nos sentimos molestos por cualquier cosa.

Lo cierto era que el tiempo empezaba a acuciarles.

—Entiendo. —La presentadora se sentó en la cama—. Te juro que lo entiendo y que no te crearé problemas.

Gregg le dio las aspirinas y luego fue hasta el cuarto de baño a por un vaso de agua.

—Escucha, ¿por qué no vuelves a la cama? Aún es temprano y estoy seguro de que Stan todavía debe de estar en coma profundo.

—¿Qué vas a hacer tú? —La joven bostezó y le devolvió el frasco de aspirinas y el vaso vacío.

Él señaló con la cabeza hacia el ordenador portátil.

—Bajaré al salón del primer piso y me pondré a revisar las tomas que hicimos anoche con las cámaras que escondimos. Las imágenes ya deben de estar descargadas en el sistema.

—¿Y por qué no te quedas aquí? —preguntó Holly, moviendo juguetonamente los dedos de los pies por debajo de las sábanas.

—¿Estás segura de que quieres que me quede?

La muy hermosa y muy operada muchacha sonrió con todo el encanto del mundo.

—Sí. Así dormiré mejor. Además, tú hueles bien cuando te duchas.

Tras la sugerente mirada que le dedicaba desde la cama, se habría necesitado un ejército para sacarlo de aquella habitación.

—Está bien. Vuelve a dormirte, *Lolli*.

Holly sonrió al escuchar el apelativo cariñoso que él mismo le puso cuando durmieron juntos por primera vez.

—Lo haré. Y gracias por quedarte conmigo.

Ella cerró los ojos y el productor se dirigió al sillón que había junto a la ventana. Se acomodó, suspiró y conectó el ordenador.

Las imágenes grabadas por las pequeñas cámaras que habían escondido en el corredor, en el salón y en el exterior, en el gran roble que estaba junto al porche, ya se habían cargado en el sistema, en efecto.

Teniendo en cuenta lo que había ocurrido, Gregg pensó en lo útil que hubiera sido instalar una cámara en la habitación de Holly. La lástima fue que, como los fantasmas no existen, no se les había pasado por la cabeza filmarlos. Las grabaciones ilegales no se hacían para espiar a los espectros, sólo tenían el propósito de captar la atmósfera del lugar, para contribuir más tarde al engaño, cuando llegara la hora de «invocar a los espíritus de la casa».

Cuando comenzó a revisar las imágenes, se dio cuenta de que ya llevaba mucho tiempo haciendo el mismo tipo de trabajos. Dos años, por lo menos. Y todavía no había visto ni oído nada que no se pudiera explicar.

Lo cual le daba igual, pues no estaba tratando de probar la existencia de los espíritus. Su trabajo era vender entretenimiento y ganar dinero.

Lo único que había aprendido en los últimos veinticuatro meses era que no le costaba trabajo mentir. En realidad, su magnífica capacidad de adaptación a la falsedad, lo cómodo que se sentía entre los engaños, era la razón de que fuera un buen productor de televisión. Para él lo importante era el objetivo final. Los detalles, ya fueran las localizaciones, el talento de los presentadores, los agentes, los dueños de las casas o lo que apareciera en la cinta, no eran más que piezas que podía colocar aquí o allá a su antojo. Para hacer un trabajo era capaz de mentir acerca de contratos, fechas, tiempos, imágenes y sonidos. Había aprendido a mentir con todos los recursos a su alcance.

Había manipulado, orquestado y…

De repente, saliendo de sus meditaciones, Gregg frunció el ceño y se inclinó sobre la pantalla.

Movió el ratón y se puso a ver de nuevo la grabación que acababa de revisar.

Lo que vio fue una silueta negra que se movía por el pasillo al que daban las habitaciones. Una silueta que desaparecía dentro de la habitación de Holly. La hora que aparecía sobreimpresa en la esquina inferior derecha era: 12.11 a.m.

O sea, algo así como cuarenta y cinco minutos antes de que ella fuera a buscarlo.

Gregg volvió a ver la grabación y observó que esa sombra inmensa se paseaba por el centro del pasillo en penumbra, perturbando la iluminación que entraba desde la ventana del fondo.

En su cabeza resonó la voz de Holly: «Porque acabo de tener relaciones con él».

Presa de un acceso de angustia y rabia, pulsó para que el vídeo siguiera avanzando a mayor velocidad, hasta que vio que alguien salía del cuarto de Holly, y bloqueaba la luz, cerca de treinta minutos después.

La figura marchó en la dirección opuesta, como si supiera dónde estaba la cámara y no quisiera que le viesen la cara.

Cuando Gregg estaba pensando que lo mejor sería llamar a la policía, la maldita cosa desapareció en el aire.

A la mierda.

J ohn Matthew se despertó, sintió a Xhex a su lado y el pánico se apoderó de él sin que aparentemente hubiera razón alguna para ello.

Quizá había tenido una pesadilla. ¿Habría sido un sueño?

Se incorporó lentamente. Enseguida notó que el brazo de Xhex se deslizaba por su pecho hasta el abdomen. Lo agarró antes de que llegara a las caderas. Dios, el brazo era suave, tibio, sensual…

—John —ronroneó Xhex, con voz apagada porque tenía la boca sobre la almohada.

El macho enamorado la rodeó con sus brazos y le acarició el pelo. En cuanto lo hizo, ella pareció volver a dormirse.

Gracias a una rápida mirada a su reloj supo que eran las cuatro de la tarde. Habían dormido varias horas y, si el rugido en su estómago era indicio de algo, ella también debía de estar muriéndose de hambre.

Se aseguró de que Xhex estuviera otra vez profundamente dormida, se zafó de sus brazos y se movió sigilosamente, mientras le escribía una nota rápida y se ponía los pantalones de cuero y la camiseta.

Salió al pasillo descalzo. Todo estaba en silencio porque allí ya no se hacía ningún entrenamiento, y eso era una lástima. A esa hora se deberían oír los gritos que salían del gimnasio durante los combates de preparación, el murmullo de las clases que daban en el salón y el golpeteo de las puertas de los vestuarios al abrirse y cerrarse.

Sin embargo, reinaba el silencio.

Aunque resultó que Xhex y él no estaban completamente solos.

Al llegar a la puerta de vidrio de la oficina, John se quedó helado.

Tohr estaba dormido sobre el escritorio. Tenía la cabeza apoyada en el antebrazo y el torso volcado hacia delante.

John estaba tan acostumbrado a que la visión de Tohr le inspirase impotencia y rabia, que se sorprendió cuando esta vez sintió, más bien, una terrible tristeza.

Él acababa de despertarse junto a Xhex, pero Tohr nunca más volvería a vivir algo semejante. Nunca más se daría la vuelta para acariciar el pelo de Wellsie. Nunca más iría a la cocina para llevarle algo de comer. Nunca más iba a abrazarla ni a besarla.

Y también había perdido al bebé.

Abrió la puerta convencido de que el hermano se iba a despertar, pero Tohr no se inmutó. Estaba completamente dormido, y era lógico, pues estaba tratando de volver a ponerse en forma, comiendo y haciendo ejercicio las veinticuatro horas del día. Ese esfuerzo se notaba. Los pantalones ya no le quedaban anchos y las camisas ya no le colgaban. Volvía a tener unos asombrosos músculos. Pero era evidente que el proceso era agotador.

¿Dónde estaría Lassiter?, se preguntó John al pasar junto al escritorio, en dirección al armario. El ángel solía mantenerse cerca del hermano.

Después de atravesar la puerta secreta que había en el armario, el macho enamorado recorrió el túnel que llevaba hasta la casa. A medida que avanzaba, las luces fluorescentes del techo parecían extenderse más y más hacia lo lejos, como si fuera un camino que fuese apareciendo a medida que era recorrido. Pero era una pura ilusión, porque al cabo de unos minutos el pasillo se acabó. Llegó a los escalones, los subió, tecleó un código y subió otro piso. Al salir al vestíbulo, oyó la televisión de la sala de billar y se imaginó que allí estaría el ángel.

Era el único de la casa capaz de ver a Oprah. Nadie, aparte de él, haría tal cosa, a menos que lo estuvieran amenazando con un arma en la cabeza.

La cocina estaba vacía. Los doggen debían de estar comiendo algo en las dependencias del servicio antes de ponerse a preparar la Primera Comida y ocuparse del arreglo de la casa.

Perfecto. En realidad no quería ayuda.

John se movió rápido. Sacó una cesta de la despensa y la llenó de provisiones hasta los topes. Unos bollos, un termo lleno de café, zumo de naranja, fruta en trocitos. Pastel. Pastel. Pastel. Taza. Taza. Vaso.

Estaba buscando cosas con muchas calorías. Esperaba que a Xhex le gustaran los dulces.

Pensando en eso, preparó un sándwich de pavo, por si acaso no le gustaban.

Y por una razón distinta, preparó también otro de jamón y queso.

Luego atravesó el comedor y se dirigió de nuevo a la puerta que estaba debajo de las escaleras…

—Eso es mucha comida para vosotros dos —dijo Lassiter, con un tono menos agresivo de lo habitual.

John dio media vuelta. El ángel estaba de pie en la puerta de la sala de billar, recostado contra el marco. Tenía una bota sobre la otra y los brazos cruzados sobre el pecho. Sus piercings dorados brillaban. Daba la impresión de tener ojos por todas partes, ojos que no pasaban nada por alto.

Lassiter esbozó una sonrisa.

—Así que ya estás viendo las cosas con otra perspectiva, ¿no?

Si esa conversación hubiese tenido lugar la noche anterior, John ya lo habría mandado a la mierda, pero ahora se sintió inclinado a transigir, a ser tolerante. En especial cuando pensó en las grietas de la pared de cemento, abiertas a costa de tanto dolor de Tohr.

—Bien —dijo Lassiter—, ya era hora. Has de saber que no estoy con él ahora porque todo el mundo necesita estar solo. Además, tengo que ver mi programa.

El ángel dio media vuelta y su pelo negro y rubio se agitó en el aire.

—Y te aconsejo que no digas nada. Oprah es asombrosa.

John sacudió la cabeza y sonrió, para su propio asombro. Lassiter podía ser un desgraciado metrosexual, pero había traído de regreso a Tohr y eso era algo muy importante. Para él, inolvidable.

Otra vez marchó por el túnel. De nuevo atravesó la puerta del armario. Y enseguida se vio dentro de la oficina, donde Tohr seguía durmiendo.

Al llegar al escritorio, el hermano se despertó con un espasmo corporal y levantó la cabeza de la mesa. Tenía media cara aplastada, como si se la hubiesen planchado

—John… —dijo con voz ronca—. Hola. ¿Necesitas algo?

El interpelado metió la mano en la cesta y sacó el sándwich de jamón y queso. Lo puso sobre el escritorio y lo deslizó hacia Tohr.

Éste parpadeó como si nunca hubiese visto dos panes de centeno con un poco de jamón y queso dentro.

John hizo un gesto con la cabeza y moduló con la boca una palabra:

—Come.

Tohr estiró la mano y la puso sobre el sándwich.

—Gracias.

El enamorado asintió con la cabeza. Sus dedos se demoraron un segundo sobre la superficie del escritorio. La despedida fue un golpecito rápido con los nudillos. Había demasiadas cosas que decir en el poco tiempo que tenía, y su mayor preocupación ahora era que Xhex no se despertara sola.

Cuando salió por la puerta, Tohr le dijo:

—Me alegra mucho que la hayas recuperado. Estoy muy feliz.

Al oír esas palabras, John clavó los ojos en aquellas grietas de la pared. A él le podría haber pasado lo mismo, pensó. Si Wrath y los hermanos hubiesen llamado a su puerta con malas noticias sobre su hembra, él habría reaccionado exactamente de la misma manera que Tohr.

Habría sentido que se hundía en el abismo y desaparecía para siempre.

Vio la cara pálida del macho que había sido su salvador, su mentor… lo más cercano a un padre que había conocido. Tohr había ganado peso pero su cara seguía estando demacrada y quizá eso nunca cambiara, se alimentara cuanto se alimentara.

Cuando sus ojos se cruzaron, John tuvo la sensación de que ellos dos habían pasado muchas cosas juntos, incluso mucho más de lo que reflejaba el ya largo tiempo que hacía que se conocían.

Puso la cesta en el suelo.

—Voy a salir con Xhex esta noche.

—¿De veras?

—Voy a enseñarle el lugar donde crecí.

Thor tragó saliva.

—¿Quieres las llaves de mi casa?

John dio un paso atrás. Sólo quería hacer partícipe a Tohr de sus planes, para tratar de suavizar la relación que últimamente había entre ellos.

—Mi intención no era llevarla allí…

—Pues ve. Además, sería bueno que le echaras un vistazo. Los doggen van una o dos veces al mes. —Tohr abrió uno de los cajones del escritorio. Sacó un llavero—. Toma.

John tomó las llaves sintiendo una vergüenza que le comprimía el pecho. Había estado muy ocupado odiando a Tohr últimamente, y sin embargo el hermano le ofrecía las llaves de su casa. Hacía algo que sin duda debía de romperle el corazón.

—Me alegro de que Xhex y tú os hayáis reencontrado. Tiene mucho sentido cósmico, en realidad. Es justicia poética.

John se guardó las llaves en el bolsillo para liberar la mano.

—No somos pareja.

La sonrisa que apareció por un segundo en el rostro de Tohr hizo que John recordase a su mentor de otro tiempo.

—Sí, sí que lo sois. Estáis hechos el uno para el otro.

Por Dios, pensó John, el olor de macho enamorado que despedía su cuerpo debía de ser excesivo. Sin embargo, no había razón para entrar en detalles sobre su especial relación con Xhex.

—Entonces, ¿vas a ir a Nuestra Señora? —Al ver que John asentía, Tohr se agachó y recogió una bolsa de plástico—. Llévate esto. Es dinero del tráfico de drogas que confiscaron en aquella mansión. Blay lo trajo. Supongo que el orfanato sabrá darle buen uso.

Luego Tohr se puso de pie, dejó la bolsa sobre el escritorio, tomó el sándwich, lo desenvolvió y le dio un mordisco.

—Tiene la dosis perfecta de mayonesa —murmuró—. Ni mucha ni poca. Gracias.

Thor se dirigió al armario.

John silbó suavemente y el hermano se detuvo, pero no dio media vuelta.

—Está bien, John. No tienes que decirme nada. Sólo ten cuidado esta noche, ¿vale?

Tohr salió enseguida de la oficina. Le había dado a John un ejemplo de gentileza y dignidad que él esperaba poder repetir algún día.

Cuando la puerta del armario se cerró, John pensó que quería ser como Tohr.

Salió al corredor, pensando que era como si el mundo volviera a encarrilarse: desde la primera vez que había visto a Tohr había querido ser como él, por su tamaño, por su inteligencia, por la forma en que trataba a su compañera, por su manera de luchar y hasta por el tono profundo de su voz.

Eso estaba bien.

Eso era correcto.

John no se hacía precisamente muchas ilusiones sobre lo que iba a ocurrir por la noche.

Esa casa le traería recuerdos, y a veces era mejor no desenterrar el pasado. En especial el suyo, pues era horrible.

Pero el caso era que así tendría más posibilidades de evitar que Xhex huyera en busca de Lash. Necesitaría otra noche, o tal vez dos, antes de recuperar completamente sus fuerzas. Y debería alimentarse al menos otra vez.

Con el plan de esa noche, John podría mantenerla a su lado, tenerla vigilada para que no hiciera locuras.

Pensara lo que pensara Tohr, John no se llamaba a engaño. Tarde o temprano ella iba a huir y él no podría detenerla.

***

En el Otro Lado, Payne se paseaba por el Santuario y el césped le hacía cosquillas en sus pies descalzos. Respiraba, con gozo, los aromas de la madreselva y los jacintos.

No había dormido ni una hora desde que su madre la había reanimado y aunque al comienzo eso parecía extraño, ya no pensaba en ello. Era así, y punto.

Lo más probable era que su cuerpo ya hubiese tenido suficiente reposo para toda una vida.

Pasó junto al Templo del Gran Padre, pero no entró. Y también pasó de largo frente a la entrada al jardín de su madre; era demasiado temprano para que Wrath llegara y ella sólo iba al jardín para librar sus peleas con el rey.

Al llegar al templo de las Elegidas recluidas, sin embargo, sí abrió la puerta, aunque no tenía claro qué la había impulsado a cruzar ese umbral.

Los recipientes con agua que las Elegidas habían usado tradicionalmente para observar los eventos del mundo exterior estaban alineados en perfecto orden sobre los distintos escritorios, y los rollos de pergamino y las plumas estaban igualmente listos.

Vio un rayo de luz y se dirigió a la fuente del destello. En el agua de uno de los recipientes de cristal se formaban círculos que giraban cada vez más lentamente, como si acabaran de usarlo.

Payne miró a su alrededor.

—Hola. ¿Hay alguien?

No hubo respuesta, pero Payne sintió un dulce olor a limón. N'adie había pasado por allí hacía poco con su trapo, para limpiar, lo cual era una pérdida de tiempo, en realidad. Allí no había polvo, ni hollín, ni tierra, ni suciedad alguna. Pero N'adie cumplía con su papel, formaba parte de la gran tradición de las Elegidas.

No tenían nada que hacer, salvo tareas que no tenían utilidad real.

Al dar media vuelta para salir y pasar junto a todas aquellas sillas vacías, Payne sintió que el fracaso de su madre era tan rotundo como el silencio que reinaba en aquel salón.

Ella detestaba a su madre, ciertamente. Pero había una triste realidad en todos aquellos planes que se habían hecho y habían terminado en nada: diseñar un programa de crianza que excluyera los defectos para que la raza fuese fuerte. Enfrentarse al enemigo en la tierra y ganar. Tener muchos hijos que la sirvieran con amor, obediencia y felicidad.

¿Dónde estaba ahora la Virgen Escribana? Sola. Nadie la veneraba. Nadie la quería.

Seguramente entre las nuevas generaciones tendría cada vez menos seguidores, a la vista del progresivo alejamiento de las tradiciones que se observaba entre los padres jóvenes.

Al salir del salón, Payne entró de nuevo en aquel reino de luz y, abajo, junto al espejo de agua, vio una silueta amarilla que bailaba con suave elegancia, como un tulipán mecido por la brisa.

Se encaminó hacia la figura y, cuando estuvo cerca, pensó que sin duda Layla había perdido la razón.

La Elegida entonaba una canción sin palabras, su cuerpo se movía al compás de un ritmo insonoro y su pelo ondeaba al viento como una bandera.

Era la primera vez que veía a Layla sin el tocado que usaban todas las Elegidas.

—¡Hermana mía! —dijo Layla, sorprendida por la visita, y se quedó quieta—. Perdóname.

Su brillante sonrisa resplandecía más que el amarillo de su túnica y su aroma era más intenso que nunca, impregnando el aire de olor a canela.

Payne se encogió de hombros.

—No hay nada que perdonar. Además, tu canción es muy agradable.

Layla volvió a retomar el elegante movimiento de sus brazos.

—Es un precioso día, ¿verdad?

—Así es. —De repente, Payne sintió una punzada de temor—. Tu estado de ánimo ha mejorado mucho.

—Tienes razón. —La Elegida siguió bailando, haciendo un precioso arco con el pie antes de elevarse por los aires con un salto—. Es verdad, es un precioso día.

—¿Qué es lo que te tiene tan complacida? —preguntó Payne, aunque ya conocía la respuesta. Bien sabía que los cambios de ánimo rara vez eran espontáneos; la mayoría necesitaban un factor desencadenante.

Layla dejó de bailar y sus brazos y su pelo quedaron en reposo. Mientras se llevaba los dedos a la boca, parecía no encontrar las palabras precisas.

Finalmente había logrado completar su servicio, pensó Payne. Su experiencia como ehros ya no era sólo teórica.

—Yo... —Un maravilloso y vibrante rubor cubrió sus mejillas.

—No digas más, pero quiero que sepas que me alegro mucho por ti —murmuró Payne. Decía la verdad, pero en el fondo sentía un curioso asomo de abatimiento.

Al parecer, ahora las únicas que seguían sin tener ninguna utilidad eran N'adie y ella.

—Él me besó —dijo Layla, al tiempo que miraba hacia el espejo de agua—. Puso su boca sobre la mía.

Con elegancia, la Elegida se sentó en el borde de estanque de mármol y pasó la mano por encima del agua. Al cabo de unos instantes, Payne se sentó a su lado, porque aunque fuera a costa de sentir algún dolor, era mejor estar en compañía que sola.

—¿Te gustó? ¿Disfrutaste?

Layla miró su propio reflejo en el agua, el pelo rubio que le caía por los hombros y parecía llegar hasta la superficie plateada del estanque.

—Fue como… si se prendiera un fuego dentro de mí. Una gran llamarada… que me consumió.

—Así que ya no eres virgen.

—Se detuvo después del beso. Dijo que quería que yo estuviera segura. —La sonrisa sensual que esbozó Layla era un claro reflejo de su pasión—. Estaba muy segura en ese momento, y sigo estándolo. Y creo que él también. De hecho, su cuerpo de guerrero estaba listo para mí. Me deseaba. Y ser deseada de esa manera fue un regalo indescriptible. Había pensado… que mi objetivo era completar mi educación, pero ahora sé que hay muchas cosas esperándome en el mundo exterior.

—¿Cosas que has de vivir con él —murmuró Payne—, o cosas que te deparará el cumplimiento de tu deber?

La pregunta hizo que Layla frunciera el ceño.

Payne asintió.

—Estoy segura de que estás más interesada en él que en la tarea que tienes encomendada.

Hubo una larga pausa.

—Esa pasión que sentí, esa corriente que era de los dos, mía y suya, seguramente es una señal del destino, ¿no crees?

—Sobre eso no puedo decir nada. —El destino la había llevado a un único y sangriento punto culminante… seguido de una quietud, una inactividad que prometía ser eterna. Carecía de experiencia para opinar sobre la clase de pasión a la cual se refería Layla.

En la cual se regocijaba Layla.

—¿Condenas mi comportamiento? —susurró Layla.

Payne levantó los ojos hacia la Elegida y pensó en lo que estaba ocurriendo, en la marcha de tantas compañeras, en aquel salón vacío, con todos aquellos escritorios igualmente vacíos, y aquellos recipientes visionarios que ya nadie tocaba con manos expertas. La felicidad que Layla sentía en este momento y que tenía sus raíces en sucesos del mundo exterior, alejados de la vida de las Elegidas, parecía preludio de otra deserción inevitable.

Y eso no era malo.

Payne estiró la mano y la puso sobre el hombro de Layla.

—En absoluto. Me alegro mucho por ti.

Layla, radiante, bella, adoptó ahora una expresión de asombro.

—Y a mí me alegra poder compartir esto contigo. Estoy a punto de estallar de dicha y no hay nadie con quien pueda hablar.

—Siempre podrás hablar conmigo. —Después de todo, Layla nunca la había juzgado, ni condenaba jamás sus tendencias masculinas. Payne se sentía muy inclinada a devolverle esa generosa y fraternal actitud—. ¿Regresarás pronto?

Layla asintió.

—Me dijo que podía volver a él en su… ¿Qué fue lo que dijo? Ah, sí, en su próxima noche libre. Y eso es lo que haré.

—Bueno, debes mantenerme informada. Me apetece mucho que me lo cuentes, quiero saber cómo te va.

—Gracias, hermana. —Layla puso su mano sobre la de Payne y se le humedecieron los ojos—. Llevo tanto tiempo sin ser de verdadera utilidad, y esto… esto es lo que siempre he querido. Me siento *viva*.

—Eso es maravilloso, hermana. Eso es muy bueno para ti.

Payne le dedicó una última sonrisa, se puso de pie y se marchó. Mientras regresaba a su cuarto, involuntariamente, se daba masaje en el pecho, allí donde sentía un nuevo dolor.

Necesitaba que Wrath llegara cuanto antes.

Xhex se despertó envuelta en el olor de John Matthew.
Y en aroma a café recién hecho.

Al abrir los párpados, sus ojos lo hallaron de inmediato entre la penumbra de la sala de recuperación. Estaba otra vez en el mismo asiento, un poco cruzado, sirviéndose café de un termo de color verde oscuro. Tenía puestos los pantalones de cuero y aquella incomparable camiseta, pero no las botas. Estaba descalzo.

Cuando se volvió hacia ella se llevó una sorpresa. Aunque cuando vio que se había despertado ya se estaba llevando a los labios la taza de café, enseguida se la ofreció a Xhex.

Un gesto que lo retrataba perfectamente.

—No, por favor —dijo Xhex—. Es tu café.

John se detuvo un momento como si estuviera pensando si debería contradecirla o no. Pero luego se llevó la taza a la boca y dio un sorbo.

Como se sentía un poco mejor, la hembra retiró las mantas y sacó las piernas de la cama, dispuesta a levantarse. Al ponerse de pie, la toalla se le cayó y oyó que John emitía un suave gemido.

—Ay, lo siento —murmuró, al tiempo que se inclinaba para recoger la toalla.

Xhex no lo culpaba por horrorizarse ante la visión de la cicatriz que todavía estaba en proceso de curación en la parte baja de su abdomen. No era algo que apeteciera ver antes de desayunar.

Después de envolverse de nuevo en la toalla, Xhex pasó al baño y se lavó la cara. Su cuerpo parecía estar reaccionando bien, su colección de magulladuras estaba desapareciendo y las piernas parecían más fuertes, cada vez más capaces de sostener su peso. Gracias al descanso y a que se había alimentado, los dolores ya no eran insoportables, sino más bien molestias cada vez más llevaderas.

Cuando salió del baño, habló.

—¿Crees que alguien me podrá prestar algo de ropa?

John asintió, pero enseguida hizo un gesto imperativo señalando la cesta de provisiones. Era evidente que quería que antes se alimentara. Ella estaba de acuerdo.

—Gracias —dijo Xhex, ajustándose la toalla sobre los senos—. ¿Qué tienes ahí?

Cuando la hembra se sentó, John le mostró lo que había. Primero se decidió por el sándwich de pavo, porque su cuerpo le estaba pidiendo proteínas. Desde su asiento, John, satisfecho, la veía comer mientras se tomaba su café. En cuanto Xhex terminó el pavo, John le ofreció un pastel.

La maravillosa dulzura del pastel la hizo desear un poco de café. Y allí estuvo John de inmediato con una taza en la mano, como si le hubiera leído el pensamiento.

Xhex se comió un segundo pastel y también un bollo. Y se bebió un vaso de zumo de naranja. Y otras dos tazas de café.

El silencio de John parecía tener un curioso efecto sobre ella. Normalmente Xhex solía ser muy callada y siempre prefería guardar sus pensamientos para sí misma. Pero, gracias a la presencia muda del macho enamorado, se sentía curiosamente impulsada a hablar.

—Estoy llena —dijo, recostándose plácidamente en las almohadas. Al ver que él levantaba las cejas con aire casi suplicante y le ofrecía el último pastel, Xhex negó con la cabeza—. Dios, no. No me cabe nada más.

Fue entonces cuando John comenzó a comer.

—¿Me estabas esperando? —preguntó Xhex, un poco enfadada. Al ver que él bajaba la mirada y encogía los hombros, soltó una maldición—. No tenías que hacerlo.

John volvió a encogerse de hombros.

—Tienes muy buenos modales —murmuró la hembra.

John se puso rojo como un tomate, y al verlo ella tuvo que ordenar a su corazón que se calmara un poco, porque amenazaba con desbocarse.

Se preguntó por qué. Sin mucha convicción se dijo a sí misma que tal vez tenía palpitaciones debido a que se acababa de meter dos mil calorías en su vacía barriga.

Pero, claro, no era por eso. Cuando John comenzó a lamerse el azúcar de los dedos, Xhex alcanzó a verle la lengua y experimentó un estremecimiento interno…

Pero de repente el recuerdo de Lash acabó con el incipiente temblor entre las piernas. Las imágenes que cruzaron por su mente la devolvieron a aquella maldita habitación. Vio a Lash encima de ella, obligándola violentamente a abrir las piernas…

—¡Mierda!… —Xhex se levantó de la cama apresuradamente y corrió al baño.

Casi no llegó a tiempo. Lo vomitó todo. Los pasteles, el café, el sándwich de pavo. Evacuación completa.

Mientras vomitaba, Xhex sentía otra vez las horribles garras de Lash sobre su piel… y su cuerpo dentro de ella, bombeando, penetrándola bruscamente…

Seguramente por eso devolvió también el zumo de naranja.

Dios, ¿cómo pudo soportar la violenta y asquerosa compañía de aquel desgraciado una y otra vez? Primero el combate, los puñetazos, los mordiscos, y luego el sexo brutal. Una y otra vez. Y los intentos de quitárselo de encima. De sacarlo de su cuerpo.

Mierda…

Una segunda oleada de arcadas interrumpió sus pensamientos y, aunque odiaba vomitar, fue un alivio porque le permitió no pensar en Lash. Era como si su cuerpo estuviese tratando de eliminar físicamente el trauma, de echar fuera todo resto de la pesadilla para poder comenzar de nuevo.

Cuando pasó lo peor, Xhex trató de relajarse. Respiró profundamente varias veces, y las arcadas amagaron con volver.

Pero ya no tenía nada más que vomitar. A menos que también arrojara los pulmones.

Mierda, Xhex odiaba las arcadas secas, sin nada que echar, casi tanto como el vómito propiamente dicho. Su retorno a la «vida normal» iba a ser una mierda.

Xhex levantó al fin la cabeza y tiró de la cadena.

Una toalla húmeda le rozó la mano y se sobresaltó, pero enseguida se dio cuenta de que era John, siempre dispuesto a mitigar su sufrimiento.

Le ofrecía lo que realmente necesitaba en ese momento: una toalla limpia y húmeda.

Después de hundir la cara en la toalla, Xhex se estremeció con alivio.

—Lo siento mucho. La comida estaba realmente muy buena, pero aún no estoy bien del todo.

***

Había que llamar a la doctora Jane.

Mientras Xhex permanecía sentada en el suelo, desnuda, frente al inodoro, John la observaba de reojo y mandaba un mensaje telefónico,

En cuanto pulsó la tecla *enviar*, arrojó el móvil sobre la encimera y sacó otra toalla limpia del montón que había junto al lavabo.

Quería cubrir a Xhex para que no estuviera desnuda. Además, le impresionaba mucho ver cómo su ahora frágil columna parecía estar a punto de quebrarse bajo la piel. Después de envolverla en la toalla, dejó las manos un momento sobre los hombros de la hembra.

Deseaba más que nada en el mundo apretarla contra su pecho, pero no sabía si ella querría ahora ese tipo de cuidados.

Xhex se recostó de pronto contra él, al tiempo que se cerraba la toalla en la parte del pecho.

—Déjame adivinarlo. Le has enviado un mensaje a la buena doctora.

Con Xhex contra su pecho, John decidió apretar su abrazo, cubrirla casi del todo, para que no tuviera el inodoro ante la cara, pero sí lo suficientemente cerca, por si volvía a necesitarlo.

—No hacía falta llamarla, no estoy enferma —dijo Xhex con voz ronca—. Quiero decir que esto no es consecuencia de la operación ni nada de eso. Sencillamente, comí con demasiada ansiedad, y demasiada cantidad.

Tal vez fuera así, pensó John. Pero de todas maneras no estaba de más que la doctora Jane le echase un vistazo. Además, necesitarían permiso para salir esa noche, suponiendo que todavía fuera posible hacerlo.

—Hola Xhex, hola John.

John respondió con un silbido a la voz de la doctora. Un segundo después la compañera de Vishous asomó la cabeza por la puerta del baño.

—¿Estáis de fiesta? ¿Y por qué no me habéis invitado? —dijo la doctora al entrar.

—Bueno, creo que sí te invitamos, y por eso estás aquí —murmuró Xhex, bromeando—. Estoy bien.

Jane se arrodilló y aunque sonreía con tranquilidad, sus ojos inspeccionaban el rostro de Xhex con profesional atención.

—¿Qué te ha pasado?

—Tuve náuseas después de comer. Vomité.

—¿Te importa que te tome la temperatura?

—Preferiría no tener nada en la boca por ahora, si no te importa.

Jane sacó de su maletín un instrumento blanco.

—Puedo ponértelo en el oído.

John se sorprendió cuando la mano de Xhex encontró la suya y le dio un fuerte apretón, como si necesitara apoyo. Para que ella supiera que él estaba ahí para lo que fuera, él le devolvió el apretón y, en cuanto lo hizo, la hembra se relajó de nuevo.

—Adelante, doctora.

Xhex ladeó la cabeza de tal modo que terminó apoyándola sobre los hombros de John. Así que él no tuvo otra alternativa que poner la mejilla sobre los suaves rizos de la cabeza femenina.

Para el gusto de John, la doctora trabajaba demasiado rápido, pues un segundo después ya estaba sacando el termómetro, lo que significaba que Xhex levantaría la cabeza de nuevo y se rompería la magia de aquel tierno contacto.

—No hay fiebre. ¿Me dejas que mire la cicatriz?

Xhex se abrió la toalla y dejó al descubierto la línea que cruzaba el abdomen de un lado a otro.

—Tiene buen aspecto. ¿Qué comiste?

—Demasiado.

—Entiendo. ¿Algún dolor?

Xhex negó con la cabeza.

—Me siento mejor. De verdad. Lo que necesito es algo de ropa, la que sea, cualquier cosa, y unos zapatos… y probar otra vez en la Primera Comida.

—Tengo ropa quirúrgica, y desde luego en la casa nos ocuparemos de alimentarte otra vez.

—Perfecto. Gracias. —Xhex comenzó a ponerse de pie y John la ayudó a levantarse, mientras, siempre caballeroso, le mantenía la toalla en su lugar—. Porque vamos a salir. Pero, tranquila, no para pelear.

John asintió con la cabeza y dijo por señas:

—Sólo vamos a estirar las piernas. Lo juro.

La doctora Jane entornó los ojos.

—Sólo puedo ofrecer una opinión médica sobre esos planes. Y en ese sentido creo que tú —miró a Xhex— deberías comer algo y quedarte aquí el resto de la noche. Pero eres una adulta y puedes tomar tus propias decisiones. Sin embargo, debéis tener esto en cuenta. Si salís sin Qhuinn, sin duda tendréis graves problemas con Wrath.

—Está bien —dijo John por señas. No es que le encantara ir de aquí para allá con una niñera, pero tampoco quería que Xhex corriera riesgos.

El enamorado no se hacía ilusiones sobre la hembra que amaba. Ella podía decidir marcharse en cualquier momento en busca de venganza, y cuando las cosas llegaran a ese punto, a John le vendría bien contar con refuerzos.

Lash se despertó en la misma posición en que se había quedado dormido: sentado en el suelo en el baño de aquella casa tipo rancho, con los brazos cruzados sobre las rodillas y la cabeza agachada.

Al abrir los ojos se dio cuenta de que estaba excitado.

Había soñado con Xhex, y las imágenes habían sido tan claras, las sensaciones tan vívidas, que se sorprendió al ver que no había eyaculado durmiendo. Estaban de nuevo en aquella habitación juntos, peleando, mordiéndose y luego él la violaba, después de obligarla a tumbarse, a recibirle pese al evidente asco que le daban aquellas penetraciones forzosas.

¡Estaba tan enamorado de la maldita vampira!

Oyó un ruido. Era como si alguien estuviera haciendo gárgaras. Alzó la cabeza. La chica de plástico estaba recuperando la conciencia y comenzaba a retorcerse las manos y a abrir y cerrar los párpados como si fueran un par de persianas dañadas.

Cuando sus ojos se fijaron en aquel pelo aplastado y aquella blusa llena de sangre, Lash sintió un pinchazo en las sienes, como si tuviera una desagradable resaca. La maldita perra le daba asco, allí tirada, en medio de su propia porquería.

Evidentemente, había vomitado. Lash se dijo que era bueno haber estado dormido mientras lo hacía, ahorrándose ese repulsivo espectáculo.

Lash se retiró el pelo de los ojos y sintió que sus colmillos se alargaban. Pensó que, pese a todo, era hora de usar a aquella hembra.

Joder, le resultaba tan atractiva como un trozo de carne descompuesta.

Agua. Eso era lo que requería aquella pesadilla. Agua y...

Cuando Lash se inclinó para abrir el grifo, la mujer lo miró.

El grito que salió de su boca ensangrentada resonó contra las paredes embaldosadas. Lash temió quedarse sordo.

Malditos colmillos, la mujer debió de asustarse al verlos. Pensó morderla para que se quedase callada. Pero le resultaba imposible morderla antes de que la asquerosa perra se diera un baño.

De pronto se dio cuenta de que la mujer no estaba mirándole la boca. Aquellos ojos desorbitados estaban clavados en su frente.

Al sentir que el pelo se le venía encima una vez más, se lo echó para atrás y sintió que se quedaba con algo en la mano.

Lash bajó la mano muy despacio.

No, no había tocado su cabello rubio.

Era un trozo de piel.

Lash se volvió hacia el espejo y gritó, o mejor dicho, se oyó gritar. Su imagen en el espejo se había vuelto incomprensible y la piel que se le acababa de caer había dejado al descubierto una capa negra y rezumante que recubría su cráneo blanco. Lash tocó con el dedo el borde del trozo de piel que aún permanecía en su sitio y notó que estaba suelto; cada centímetro de su cara no era más que una especie de sábana medio despegada que recubría el hueso.

—¡No! —gritó, tratando de volver a poner la piel en su sitio.

Las manos. Dios, no era posible: le ocurría lo mismo en las manos. De ellas pendían colgajos de piel. Se arrancó las mangas de la camisa y de inmediato deseó haberlo hecho con más delicadeza, pues su dermis quedó pegada a la fina seda de la camisa.

¿Qué le estaba ocurriendo?

Lash vio en el espejo cómo la puta pasaba corriendo a toda velocidad detrás de él, huyendo como loca.

Así que reunió todas las fuerzas que le quedaban y salió a perseguirla, pero sintió que su cuerpo ya no se movía con la potencia y la elegancia a las que estaba acostumbrado. Corriendo tras su presa, notaba la fricción de la ropa contra el cuerpo; y se aterrorizó al pensar en lo que podría estarle ocurriendo.

Agarró a la prostituta justo cuando ésta había alcanzado la puerta trasera y comenzaba a abrir la cerradura. La empujó, la agarró del pelo, le echó la cabeza hacia atrás y la mordió con todas sus fuerzas, chupando de inmediato aquella sangre negra.

Cuando terminó y sintió que se había tomado hasta la última gota, soltó a la mujer, que cayó sobre la alfombra.

Luego regresó al baño tambaleándose como un borracho y encendió las luces que rodeaban el espejo.

A medida que se quitaba la ropa, Lash iba descubriendo el horror que ya se podía apreciar en su cara: sus huesos y sus músculos estaban al descubierto, y brillaban con una capa negra y aceitosa bajo la luz de las bombillas.

Se había convertido en un cadáver. Un cadáver que se mantenía erguido, caminaba y respiraba, cuyos ojos se movían en las órbitas sin la protección de párpados ni pestañas, y en cuya boca no había nada más que colmillos y dientes.

El último trozo de piel que le quedaba era el que estaba unido a su precioso cabello rubio, pero también se deslizaba por la parte posterior de la cabeza, como una peluca que se hubiese quedado sin pegamento.

Lash se arrancó el último trozo y, con sus manos esqueléticas, acarició aquello que tanto orgullo le proporcionara. Desde luego, el paso de la mano dejó un rastro negro entre aquellos rizos, ensuciándolos...

Lash dejó caer su cuero cabelludo y se miró fijamente en el espejo.

A través del enrejado de las costillas alcanzaba a ver su propio corazón palpitando. En medio del pánico se preguntó qué más podía pasarle y cómo quedaría cuando la espantosa transformación llegara a su fin.

—¡Dios! —Su voz ya no parecía la de siempre, sino un eco extraño que distorsionaba las palabras de una forma aterradoramente conocida.

***

Blay se encontraba frente a la puerta abierta del armario y observaba con ojo crítico toda su ropa. Era absurdo, pero sentía deseos de llamar a su madre para pedirle consejo.

Eso era lo que siempre hacía cuando tenía que ponerse elegante.

Pero ahora era un encuentro que Blay quería posponer todo lo posible. Su madre daría por hecho que se trataba de una cita con una hembra y se entusiasmaría, y él se vería obligado a mentirle o a salir del armario.

Sus padres nunca se habían metido en sus asuntos... Pero él era su único hijo y el hecho de que no estuviera interesado en las hembras no sólo significaba que no tendrían nietos, sino que además serían repudiados por la aristocracia. Como era de esperar, la glymera aceptaba la homosexualidad, pero siempre y cuando estuvieras unido a una hembra, y nunca jamás hablaras del asunto o hicieras algo que confirmara abiertamente tus tendencias sexuales.

Apariencias. Lo importante era guardar las apariencias. ¿Y qué pasaba si salías del armario?

Caías en desgracia.

Y tu familia también.

En el fondo, Blay no podía creer que estuviera a punto de salir con un macho. Para ir a un restaurante y luego a tomar unas copas...

Su compañero de cita seguramente estaría muy elegante. Como siempre.

Así que Blay sacó un traje de Zegna gris, con finas rayas de color rosa pálido. Una camisa de algodón de Burberry, cuyo tono coincidía con las rayas del traje, con puños y cuello blancos. Y zapatos... zapatos... zapatos...

Pum, pum, pum, llamaban a la puerta.

—Oye, Blay.

Mierda. Ya había puesto el traje sobre la cama y estaba recién bañado, en bata y con gel en el pelo.

¡El gel!, eso sí que lo iba a delatar.

Fue hasta la puerta y la abrió apenas un centímetro. Qhuinn estaba en el pasillo, listo para pelear, con el arnés del pecho en la mano, pantalones de cuero y las botas nuevas perfectamente atadas.

Curiosamente, esta vez la imagen del guerrero no le hizo mucho efecto. Blay tenía demasiado presente la imagen de Qhuinn acostado en su cama y con los ojos fijos en la boca de Layla.

Mala idea, eso de haber elegido su cuarto para el asunto de la alimentación, pensó Blay. Porque ahora no dejaba de preguntarse hasta dónde habrían llegado las cosas entre esos dos en otra cama.

Conociendo a Qhuinn, claro, las cosas habrían llegado hasta el final. No hacía falta ser adivino para saberlo.

—John me ha enviado un mensaje —dijo Qhuinn—. Xhex y él van a ir a Caldie, y por primera vez el muy desgraciado…

Se quedó callado de pronto. Se había abierto un poco más la puerta. Los ojos de Qhuinn miraron a Blay de arriba abajo. Luego se echó hacia un lado para mirar por detrás de Blay.

—¿Qué sucede?

Blay se cerró la bata.

—Nada.

—Llevas otra colonia y… ¿qué te has hecho en el pelo?

—Nada. ¿Qué decías sobre John?

Hubo una pausa.

—John, claro. Bueno, pues el caso es que van a salir y nosotros vamos a acompañarlos. Claro que tenemos que vigilarlos de forma discreta, pues querrán un poco de intimidad. Pero podemos…

—Es mi noche libre.

Qhuinn frunció el ceño.

—¿Y qué?

—Pues que no trabajo.

—Pero eso nunca te ha importado. Cuando hay trabajo, no hay noche libre.

—Pues ahora sí me importa.

Qhuinn se volvió a echar a un lado y miró por detrás de la cabeza de Blay.

—¿Te vas a poner ese traje sólo para impresionar a los de la casa?

—No.

Hubo un largo silencio, roto por una brusca pregunta.

—¿De quién se trata?

Blay soltó la puerta y dio un paso atrás. Si iban a entrar en ese tema, no tenía sentido hacerlo en el pasillo, para que todo el mundo les oyera.

—¿Tiene alguna importancia de quién se trate? —replicó con rabia.

La puerta se cerró de un golpe.

—Sí, claro que importa.

Con la intención de mandar a Qhuinn a la mierda, Blay se abrió el cinturón de la bata y se la quitó, dejando al descubierto su cuerpo desnudo. Y luego se puso los pantalones… sin nada debajo.

—Con alguien que conozco.

—¿Hembra o macho?

—Ya te he dicho que eso no importa.

Otra larga pausa, durante la cual Blay se puso la camisa y se la abotonó.

—Es mi primo —gruñó Qhuinn—. Vas a salir con mi primo Saxton.

—Tal vez. —Blay se dirigió a la cómoda y abrió su joyero. Allí había gemelos de todas las clases, y todos resplandecían. Escogió unos que tenían rubíes.

—¿Es una venganza por lo de anoche con Layla?

Blay se quedó frío, mientras se ponía uno de los gemelos.

—¡Por Dios!

—He acertado, ¿no? Eso es lo que…

Blay dio media vuelta.

—¿Alguna vez se te ha ocurrido que tal vez no tenga nada que ver contigo, que simplemente un tío me invitó a salir y yo quiero ir? ¿No se te ha pasado por la cabeza que eso es normal? ¿O acaso eres tan egocéntrico que lo miras todo y a todos sólo con referencia a ti?

Qhuinn pareció retroceder.

—Saxton es un puto.

—Bueno, supongo que tú sabes bien en qué consiste ser un puto.

—Lo es. Es un puto, un puto muy sofisticado, muy elegante, pero un puto como la copa de un pino.

—Tal vez lo único que quiero es un poco de sexo. —Blay alzó las cejas—. Llevo algún tiempo sin tener relaciones sexuales, y esas hembras que me follé en los bares sólo para seguirte el ritmo no me proporcionaron gratas experiencias, si quieres que te diga la verdad. Creo que es hora de tener una relación sexual de verdad y como debe ser.

El maldito Qhuinn tuvo el descaro de ponerse pálido. Verdaderamente pálido. Incluso dio un paso hacia atrás y tuvo que apoyarse en la puerta.

—¿Adónde vais? —preguntó con voz ronca.

—Me ha invitado a comer en Sal's y luego iremos a un local de copas. —Blay se puso el otro gemelo y se dirigió a la cómoda a por sus calcetines de seda—. Y después… quién sabe.

Un olor a especies negras atravesó la habitación y lo dejó callado. A pesar de que mil veces había imaginado todas las posibles formas en que se podría desarrollar esa conversación… nunca pensó que lograría despertar el aroma a macho enamorado en Qhuinn.

Blay se dio la vuelta.

Después de un largo y tenso momento, caminó hacia su mejor amigo, atraído por la irresistible fragancia. A medida que Blay se acercaba, los ojos ardientes de Qhuinn lo devoraban y el vínculo que había entre ellos, y que había permanecido enterrado por ambas partes, salió a la luz de pronto, como un gran estallido, en la habitación.

Cuando quedaron frente a frente, Blay se detuvo. Los pechos se rozaron.

—Sólo tienes que decirme que no vaya —susurró Blay con voz ronca— y no iré.

Las manos de Qhuinn se cerraron sobre el cuello de Blay y la presión lo hizo echar la cabeza hacia atrás y respirar con ansiedad. Los fuertes pulgares se clavaban a uno y otro lado de su mandíbula.

Fue un momento eléctrico.

Lleno de potencial.

Iban a terminar en la cama, pensó Blay, al tiempo que cerraba sus manos sobre las gruesas muñecas de Qhuinn.

—Dime que no vaya, Qhuinn. Dímelo y pasaré la noche contigo. Saldremos con Xhex y John, y cuando terminemos, regresaremos aquí. *Dime que no vaya.*

Los ojos de distintos colores, azul y verde, que Blay se había pasado la vida contemplando se clavaron en la boca de Blay. Los pectorales de Qhuinn subían y bajaban como si acabara de correr la maratón.

—Mejor aún —dijo Blay arrastrando las palabras—, ¿por qué no me besas, sin más?

Blay sintió que lo empujaban contra la cómoda. El mueble se estrelló estruendosamente contra la pared. Un cepillo de pelo cayó al suelo, temblaron los frascos de colonia. Qhuinn puso sus labios sobre los de Blay, al tiempo que le enterraba más y más los dedos en la garganta.

Pero a Blay no le importó aquella violencia. Lo que deseaba recibir de Qhuinn era precisamente ese trato duro y desesperado. Y Qhuinn parecía totalmente consciente de ello, mientras le metía la lengua y comenzaba a reclamar sus derechos, a tomar posesión de su territorio.

Con manos temblorosas, Blay se sacó la camisa de los pantalones y se bajó la bragueta. Había esperado aquello tanto tiempo.

Pero todo terminó tan rápido como empezó.

Qhuinn se dio media vuelta al mismo tiempo que los pantalones de Blay tocaban el suelo. Prácticamente corrió hacia la puerta. Con una mano sobre el picaporte, dio un violento cabezazo contra los paneles de madera. Y luego otro.

Finalmente habló con voz ahogada:

—Vete y pásalo bien. Pero ten cuidado, por favor, y trata de no enamorarte de él, porque te romperá el corazón.

Qhuinn desapareció en un abrir y cerrar de ojos, y la puerta se cerró sin hacer ningún ruido.

Blay se quedó donde estaba, con los pantalones alrededor de los tobillos y una erección que, a pesar de ir cediendo, le resultaba terriblemente vergonzosa por muy solo que estuviera. El mundo le daba vueltas y el pecho se le comprimía como un puño. Parpadeó rápidamente, para contener las lágrimas que asomaron a sus ojos.

Como si fuera un anciano, se inclinó lentamente hacia delante, se subió los pantalones y se los abrochó con manos temblorosas. Sin meterse la camisa, fue hasta la cama y se sentó.

Cuando su teléfono comenzó a sonar en la mesita de noche, dio media vuelta y miró la pantalla. En parte esperaba que fuese Qhuinn, pero también era la última persona con la que quería hablar.

De todas maneras dejó que saltara el contestador.

Pensó en el tiempo que había pasado en el baño, preocupándose por afeitarse bien, cortándose las uñas y arreglándose el pelo con el maldito gel. Luego pensó en el largo rato que había pasado frente al armario. Todo eso le parecía ahora una estúpida pérdida de tiempo.

Se sentía sucio. Completamente mancillado.

Ya no tenía intención de salir con Saxton ni con nadie esa noche. No podía hacerlo con ese estado de ánimo. No había razón para someter a un tío inocente a tanta frustración, a tanta rabia.

Dios…

Maldición.

Se sintió incapaz hasta de hablar, se estiró hasta la mesita y agarró el móvil. Al abrirlo vio que era Saxton el que había llamado.

¿Querría cancelar la cita? Eso sí que sería un alivio. Ser rechazado dos veces la misma noche no era precisamente una gran noticia, pero al menos le evitaría tener que inventar una excusa.

Al entrar en el buzón de voz, Blay apoyó la frente sobre la palma de la mano y se quedó mirando sus pies descalzos.

—Buenas noches, Blaylock. Me imagino que en este momento estás frente a tu armario, tratando de decidir qué ponerte. —La voz suave y profunda de Saxton fue como un bálsamo que lo llenó de consuelo—. Bueno, ciertamente yo estoy eligiendo mi propia ropa… Y creo que voy a optar por un traje con chaleco a cuadros. Así que creo que un traje a rayas sería el acompañamiento perfecto por tu parte. —Hubo una pausa y luego se escuchó una carcajada—. No es que te esté diciendo qué debes ponerte, claro. Pero llámame si estás preocupado, por favor. Me refiero a la ropa, naturalmente. —Otra pausa y luego terminaba diciendo con tono serio—: Tengo muchas ganas de verte. Adiós.

Blay se quitó el teléfono de la oreja y pensó en borrar el mensaje. Pero al final decidió guardarlo. Fue como un impulso, como si el instinto le ordenase conservarlo.

Suspiró, y se esforzó en ponerse de pie. Aunque las manos le temblaban, se metió la camisa dentro de los pantalones y se dirigió a la cómoda.

Colocó en su sitio los frascos de colonia que habían caído y recogió el cepillo del suelo. Luego abrió el cajón de los calcetines y sacó los que necesitaba.

Terminó de vestirse.

D arius había quedado en encontrarse con su joven protegido después del anochecer, pero antes de dirigirse a la mansión ocupada por humanos que habían visto a través de los árboles, se materializó en el bosque que rodeaba la caverna de la Hermandad.

Debido a que los hermanos vivían dispersos por aquí y por allá, la comunicación era difícil y se había diseñado un sistema para el intercambio de noticias, notas y anuncios. Todos iban a la caverna una vez cada noche para ver si los otros les habían dejado algo o para dejar sus propias misivas.

Tras asegurarse de que nadie lo estaba viendo, se introdujo en el oscuro enclave, cruzó la puerta secreta y avanzó a través de la serie de rejas que llevaban hasta el sanctasanctórum. El «sistema de comunicación» no era más que un nicho excavado en la pared de piedra, en el cual se podía dejar correspondencia. Estaba colocado en lo más profundo de la cueva.

Sin embargo, Darius no alcanzó a llegar muy lejos en su intento de ver si le habían dejado algo.

Al llegar a la última reja, vio sobre el suelo de roca lo que a primera vista parecía un montón de ropa doblada junto a una mochila.

Estaba a punto de desenfundar su daga negra, cuando divisó una cabeza que se movía en la pila de ropa.

—¡Tohr! —Darius bajó el arma.

—Sí. —El muchacho se dio la vuelta sobre su precario lecho—. Buenas noches, señor.

—¿Qué haces aquí?

—He dormido en este lugar.

—Eso es evidente. —Darius se acercó y se puso de rodillas—. Pero ¿por qué no regresaste a tu casa?

Después de todo, aunque había sido repudiado por su padre, Hharm rara vez visitaba su morada oficial. Así que seguro que el joven podría quedarse junto a su mahmen.

El chico se puso de pie, pero, aún medio dormido, se tuvo que apoyar en la pared.

—¿Qué hora es?

Darius agarró a Tohr del brazo.

—¿Has comido algo?

—¿Me he retrasado?

Darius no se molestó en hacer más preguntas. Lo que quería saber estaba escrito en el empeño con el que el chico se negaba a mirarlo a los ojos: en efecto, lo habían expulsado de la casa de su padre.

—Tohrment, ¿cuántas noches llevas durmiendo aquí, sobre este suelo helado?

—Puedo encontrar otro sitio para dormir. No me volveré a quedar aquí.

—Espera aquí, por favor.

Darius atravesó la reja y miró si tenía correspondencia. Al encontrar comunicaciones de Murhder y Ahgony, pensó en dejarle una misiva a Hharm. Una nota que dijera algo así como: Maldito imbécil, ¿cómo es posible que desprecies a tu hijo de sangre hasta el extremo de que no tenga otro lugar donde refugiarse que una cama de piedra en una cueva?

Darius regresó junto a Tohrment y encontró que el chico ya había recogido el morral y se había puesto sus armas.

Darius maldijo para sus adentros.

—Iremos primero a la mansión de la muchacha. Tengo algo que discutir con... ese mayordomo. Trae tus cosas, hijo.

Tohrment lo siguió, más alerta de lo que estaría cualquiera después de quién sabe cuántos días sin comer ni dormir bien.

Se materializaron ante la mansión de Sampsone. Darius hizo una seña con la cabeza, señalando hacia la derecha, para in-

dicar que deberían dirigirse a la parte posterior de la casa. Al llegar a la puerta por la que habían salido la noche anterior, llamaron con el aldabón.

El mayordomo abrió e hizo una reverencia.

—Señores, ¿qué podemos hacer para ayudarlos en su búsqueda?

Darius entró.

—Me gustaría hablar de nuevo con el mayordomo del segundo piso.

—Desde luego. —Otra reverencia—. ¿Tendrían ustedes la amabilidad de seguirme hasta la sala de estar?

—Esperaremos aquí. —Darius se sentó frente a la mesa en la que comía la servidumbre.

El doggen palideció.

—Señor… éste es…

—Es donde quisiera hablar con el mayordomo Fritzgelder. No creo que sea bueno afligir más a tu amo y a tu señora presentándonos en su casa sin anunciarnos. No somos invitados, estamos aquí para ayudarlos en su tragedia.

El mayordomo hizo otra reverencia, esta vez tan pronunciada que fue increíble que no se cayera.

—Es verdad, tiene usted razón. Buscaré a Fritzgelder ahora mismo. ¿Hay algo más que podamos hacer para que estén cómodos?

—Sí. Te agradeceríamos mucho que nos trajeras algo de comer, y un poco de cerveza.

—Claro, señor, por supuesto. —El doggen inclinó la cabeza y dio media vuelta para retirarse—. Debí ofrecérselo antes, por favor, perdóneme.

Cuando se quedaron solos, Tohrment habló.

—No tienes que hacer eso.

—¿Qué es lo que no tengo que hacer? —preguntó Darius arrastrando las palabras, mientras deslizaba los dedos por la superficie desgastada de la mesa.

—Pedir comida para mí.

Darius miró hacia atrás.

—Mi querido chico, lo he hecho para tranquilizar al mayordomo. Nuestra presencia en este salón es una fuente de gran incomodidad para él, como lo es la idea de que interroguemos a

su personal. Traernos algo de comer supone un cierto alivio para él. Ahora, por favor, siéntate y, cuando lleguen los alimentos, debes tomarlos todos, pues yo estoy lleno.

Se oyó el crujido de la madera cuando Tohrment se sentó.

El mayordomo regresó poco después. Con las manos vacías.

¿Dónde estaba la comida?

—Señores —dijo el mayordomo con orgullo, al tiempo que abría la puerta con elegancia.

Una fila de criados entró entonces con toda clase de bandejas y jarras. Mientras colocaban el festín sobre la mesa, Darius alzó las cejas y miró a Tohrment. Luego clavó los ojos en los distintos manjares.

Tohrment, siempre tan educado, se sirvió de la forma más recatada.

Darius asintió con la cabeza y se dirigió al mayordomo.

—Es una comida digna de esta casa. Tu amo debe de estar en verdad muy orgulloso.

Cuando el jefe de los criados y los demás salieron, el mayordomo del segundo piso esperó pacientemente, al igual que Darius, a que Tohrment saciara su apetito. Y luego Darius se levantó.

—Mayordomo Fritzgelder, ¿puedo pedirte un favor?

—Por supuesto, señor.

—¿Serías tan amable de guardar la mochila de mi colega durante la noche? Volveremos al acabar nuestra vigilancia.

—Oh, sí, señor. —Fritzgelder hizo una reverencia—. Cuidaré muy bien sus cosas.

—Gracias. Ven, Tohrment, tenemos que irnos.

Al salir de la casa, Darius percibía la ira contenida del chico. No se sorprendió, pues, cuando sintió que lo agarraba del brazo.

—Puedo cuidarme solo.

Darius le miró de reojo.

—No tengo ninguna duda de eso. Sin embargo, no necesito un compañero debilitado por falta de comida y por el sueño atrasado.

—Pero...

—Si crees que esta familia tan pudiente escatimaría una comida, sabiendo que puede contribuir a la búsqueda de su hija, estás muy equivocado.

Tohrment dejó caer la mano.

—Encontraré alojamiento. Y comida.

—Sí, lo harás. —Darius señaló con la cabeza el círculo de árboles que rodeaba la propiedad contigua—. Y ahora, ¿procedemos?

Tohrment asintió. Se desmaterializaron hacia el bosque y luego pasaron hasta la otra finca, la de los humanos.

Con cada paso que daban hacia su destino, Darius sentía un aplastante temor, que fue creciendo hasta dificultar su respiración. El tiempo corría en su contra.

Cada noche que pasaba sin encontrar a la muchacha era un paso más hacia su muerte.

Y les faltaba muy poco.

La terminal de autobuses de Caldwell estaba en el centro, al lado del complejo industrial que se extendía por la zona sur de la ciudad. La vieja construcción de techo plano estaba rodeada por una reja, como si los autobuses pudieran huir en cualquier momento, y la entrada tenía un espacio abierto en el centro.

Cuando John tomó forma en la parte trasera de un autobús que estaba estacionado junto al andén, esperó a Xhex y a Qhuinn. La siguiente en llegar fue Xhex y, joder, lo cierto era que ya tenía mucho mejor aspecto: al parecer, la segunda incursión alimenticia fue un éxito y ya había recuperado el color de las mejillas. Todavía llevaba puestos los pantalones de cirugía que la doctora Jane le había dado, pero arriba llevaba uno de los buzos de capucha negra de John y una de sus chaquetas de entretiempo.

A John le gustaba la pinta que tenía con aquella extraña indumentaria. Le encantaba pensar que llevaba puesta su ropa. Le encantaba que le quedara tan grande.

Le encantaba que Xhex, vestida así, pareciera una niña.

No es que ya no le gustaran los pantalones de cuero y las camisetas sin mangas que solía ponerse, y aquella cara de «te-arranco-las-pelotas-si-no-te-comportas-como-es-debido» que ponía a todas horas. Eso también lo excitaba mucho. Sólo que, por alguna misteriosa razón, la apariencia que tenía Xhex en ese momento le parecía más íntima, más tierna.

—¿Por qué estamos aquí? —preguntó Xhex y miró a su alrededor. No parecía decepcionada ni molesta, gracias a Dios. Debía de ser pura curiosidad.

Qhuinn tomó forma a unos diez metros de ellos y enseguida cruzó los brazos sobre el pecho, como si tuviera que hacer un esfuerzo para no pegar a nadie. Evidentemente, estaba de pésimo humor. Absolutamente iracundo. No había pronunciado ni dos palabras en el vestíbulo mientras John le contaba los lugares a los que irían.

John no estaba seguro de la causa de ese estado de ánimo, hasta que Blay pasó junto al grupo, elegantísimo con un traje gris a rayas. Blay sólo se había detenido un segundo para despedirse de John y Xhex. Ni siquiera había mirado de reojo a Qhuinn antes de atravesar el vestíbulo y perderse en la noche.

También iba muy perfumado.

Era evidente que debía de tener una cita. Pero ¿con quién?

En ese momento rugió un autobús que salía del estacionamiento y el humo amenazó con provocarle un estornudo a John.

—Vamos —le dijo a Xhex con una seña y se cambió la mochila de un hombro a otro.

Los dos atravesaron el pavimento húmedo, en dirección a las luces fluorescentes de la terminal. Aunque hacía frío, John llevaba la chaqueta de cuero abierta, para tener libre acceso a sus dagas o su pistola. Y Xhex también iba armada.

Podía haber restrictores en cualquier parte. Además, a veces los humanos también podían ser unos idiotas.

John le abrió la puerta y sintió alivio al ver que, aparte del hombre que vendía los billetes, que estaba en una caseta blindada, sólo había un viejo durmiendo en uno de los bancos de plástico. Más allá, una mujer con una maleta. Y nadie más.

Xhex habló en voz baja:

—Este lugar te debe de causar mucha tristeza.

Seguramente tenía razón. Pero no por lo que él había vivido allí, sino por lo que debió de sentir su madre, sola y dolorida, mientras daba a luz.

El joven enamorado silbó con fuerza. Levantó la mano cuando los tres humanos lo miraron. Luego entró en la conciencia de cada uno de ellos, los puso en un ligero trance y se dirigió a la puerta metálica que tenía un cartel que decía: «Mujeres».

Empujó la puerta, entró en el baño y escuchó con atención. No se oía nada. El sitio estaba vacío.

Xhex pasó junto a él y sus ojos inspeccionaron las paredes de cemento, los lavabos metálicos y los tres cubículos. Olía a cloro y a piedra húmeda. Los espejos no eran de cristal, sino de metal pulido. Todo estaba atornillado al suelo o a la pared, desde los dispensadores del jabón hasta el cartel de «Prohibido fumar» y la papelera.

Xhex se detuvo frente al cubículo para discapacitados. Al abrir la puerta con el codo, retrocedió. Parecía confundida.

—Aquí… —Señaló el suelo, hacia el rincón—. Aquí fue donde… aterrizaste.

Cuando se volvió para mirar a John, él se encogió de hombros. No sabía exactamente en qué cubículo había sido, pero era lógico suponer que, si vas a tener un bebé, quieras estar en el cubículo más espacioso.

Xhex se quedó mirándolo de forma penetrante, como si estuviera viendo a través de él. John se volvió rápidamente para comprobar que no había nadie detrás de ellos. No. Sólo estaban él y ella, en el baño de mujeres.

—¿Qué pasa? —preguntó John cuando ella dejó que se cerrara la puerta.

—¿Quién te encontró?

El macho hizo como que barría el suelo.

—Algún empleado de la limpieza —dedujo la hembra.

John asintió con la cabeza y enseguida sintió vergüenza por haber nacido allí, de tan mala manera. Se avergonzaba de su historia.

—No pienses eso que estás pensando —dijo Xhex, acercándose—. Créeme, yo no soy quién para juzgarte. Mis circunstancias no son mucho mejores. Demonios, sin duda son peores.

Al ser medio symphath, medio vampiresa, John se podía imaginar que sus orígenes eran extraños. Por lo general, las razas no solían mezclarse voluntariamente ni en circunstancias felices.

—¿Y adónde fuiste después?

John abrió la puerta para salir del baño y miró a su alrededor. Qhuinn estaba en una esquina, observando las puertas de la terminal con ansia, como si estuviera deseando la aparición de alguien que oliera a talco para bebés. Cuando levantó la mirada,

John le hizo una seña con la cabeza; luego sacó del trance a los humanos, les borró el recuerdo de esos últimos minutos. Hecho esto, los tres se desmaterializaron al tiempo.

Cuando volvieron a tomar forma, estaban en el patio trasero del orfanato de Nuestra Señora, al lado del tobogán y el recinto de arena. Un frío viento de marzo corría por los terrenos de aquel refugio que había construido la Iglesia para los niños sin padres. Las cadenas de los columpios chirriaban cuando las sacudía la brisa. Arriba, en el segundo piso, las ventanas del dormitorio estaban a oscuras. También las de la cafetería y la capilla.

—¿Te recogieron unos humanos? —Xhex suspiró, mientras Qhuinn iba a sentarse en uno de los columpios—. ¿Fuiste criado por humanos? ¡Dios!

John caminó hacia el edificio, pensando que aquella excursión tal vez no había sido tan buena idea. Xhex parecía aterrada.

—Tú y yo tenemos más cosas en común de las que pensaba.

John se detuvo en seco y ella pareció leer su pensamiento, captar sus emociones.

—Yo también fui criada por gente que no se parecía a mí. Aunque, considerando la otra mitad de mi naturaleza, eso tal vez fue una bendición.

Xhex se acercó y miró fijamente a John.

—Fuiste más valiente de lo que crees. —Señaló el orfanato con la cabeza—. Cuando estabas aquí, fuiste más valiente de lo que crees.

John no estaba de acuerdo, pero tampoco iba a destruir la fe que su amada tenía en él. Al cabo de un momento, tendió la mano hacia Xhex y se dirigieron juntos a la puerta trasera. Entraron.

Todavía usaban el mismo limpiador. Era el viejo olor a limón.

Y la distribución del lugar tampoco había cambiado. Lo cual significaba que la oficina del director debía de estar todavía al fondo del pasillo, en la parte frontal del edificio.

Marchando por delante de Xhex, John se dirigió a aquella vieja puerta de madera, se quitó la mochila de la espalda y la dejó colgada en el picaporte.

—¿Qué llevas ahí, por cierto?

John levantó la mano y se explicó por señas que ella interpretó correctamente.

—Dinero. El que encontraste cuando atacasteis la mansión del asesino.

John asintió.

—Buen lugar para dejarlo.

John dio media vuelta y se quedó mirando el pasillo sobre el que se encontraba el dormitorio. Mientras le cruzaban por la mente miles de recuerdos, sus pies se pusieron en movimiento incluso antes de que pensara que le gustaría ver el lugar donde alguna vez había reclinado la cabeza. Era tan extraño estar de nuevo allí, recordar la soledad y el miedo, la sensación de ser completamente distinto, en especial cuando se encontraba con otros chicos de su misma edad.

Estar cerca de chicos que deberían ser iguales a él era lo que más había ansiado en toda su vida.

***

Xhex seguía a John por el pasillo, a cierta distancia.

El macho caminaba en silencio, sin hacer ruido, y ella siguió su ejemplo. Casi parecían dos fantasmas en aquel corredor oscuro.

Mientras avanzaban, Xhex notó que aunque la construcción era antigua, todo estaba como nuevo, impecable: el suelo de linóleo, las paredes color beis, y hasta las ventanas protegidas con alambre de púas. No había ni una brizna de polvo, ni telarañas, ni grietas en el recubrimiento de yeso.

Y eso la llenó de esperanza en que las monjas y los administradores cuidaran a los chicos con la misma atención que cuidaban las dependencias.

Llegaron a una puerta doble. Xhex notó que los sueños de los chicos que dormían al otro lado, las oleadas de emoción que surgían de ellos, llegaban a sus sensibles receptores symphath.

John asomó la cabeza. Mientras observaba a aquellos que se encontraban ahora donde él había estado, Xhex, tras él, fruncía el ceño.

Percibía que el patrón emocional de John tenía una sombra. Era como una estructura paralela, separada, que ella había creído captar en alguna otra ocasión, pero que ahora le parecía evidente.

Xhex nunca había notado algo parecido en nadie. No lo podía explicar… y tampoco creía que John fuera consciente de lo que sucedía. Sin embargo, ese viaje a su pasado estaba haciendo más visible la grieta, la escisión de su subconsciente.

Y también otras cosas.

John había pasado por lo mismo que ella, había crecido perdido y solo, al cuidado de gente para la que atenderlo era un trabajo y no una consecuencia del amor.

Por una parte, pensó que debería decirle a John que no siguiera con la visita nostálgica, pues podía sentir lo mucho que le estaba costando, y todo lo que le faltaba aún por sufrir. Pero, al mismo tiempo, Xhex se sentía cautivada por lo que le estaba mostrando.

Y no sólo porque su naturaleza symphath se alimentara de las emociones de los demás.

No, Xhex quería saber más sobre aquel macho en particular. Lo quería intensamente.

John estudiaba a los chiquillos dormidos y se sentía transportado a su pasado. Ella, mientras tanto, se concentró en la observación de aquel perfil de rasgos duros, ahora resaltado por la luz de seguridad que había sobre la puerta.

Puso su mano sobre el hombro de John, que se sobresaltó.

Xhex quería decir algo inteligente y amable, buscaba palabras que tocaran la misma fibra que él le había tocado a ella con aquel viaje al ayer. Pero las revelaciones de John iban mucho más allá de lo que se podía expresar con palabras. En un mundo lleno de codicia y crueldad, él le estaba rompiendo el corazón con lo que le estaba dando, con aquel regalo, aquella hondísima narración sin palabras.

John se había sentido muy solo allí, y los ecos del antiguo dolor lo estaban matando. Y sin embargo iba a seguir adelante porque le había prometido a Xhex que lo haría.

Los hermosos ojos azules de John se clavaron en los de su amada y, cuando ladeó la cabeza en señal de interrogación, ella se dio cuenta de que las palabras no servían para nada en momentos como ése.

Así que se acercó a John y le pasó un brazo por la parte baja de la espalda. Y con la otra mano le agarró la nuca y lo atrajo hacia ella.

John vaciló, pero enseguida se dejó llevar, al tiempo que ponía sus brazos alrededor de la cintura de Xhex y hundía la cara en su cuello.

Xhex lo abrazó para transmitirle su energía y ofrecerle su protección. Mientras permanecían así, uno contra el otro, Xhex miró por encima de los hombros de John, hacia el dormitorio, hacia las cabecitas que reposaban en aquellas almohadas.

En medio del silencio sintió que el pasado y el presente se mezclaban; pero eso era un espejismo. No había manera de consolar al chiquillo que John era en aquella época.

Xhex estaba ahora frente al adulto en que se había convertido.

Lo tenía entre sus brazos, y por un momento se imaginó que nunca, jamás, lo dejaría ir.

S entado en aquella habitación de la mansión Rathboone, Gregg Winn pensó que debería sentirse mejor de lo que se sentía. Gracias a unos cuantos planos muy sugerentes de aquel retrato que había en el salón, junto con algunas fotografías de los jardines tomadas al atardecer, sus jefes de Los Ángeles estaban encantados con el material promocional que les había enviado y estaban listos para comenzar a emitirlo. El mayordomo también había adoptado una actitud más amable y había firmado todos los documentos legales que les otorgaban permiso para acceder a todas partes.

Stan, el cámara, bien podría hacerle un examen proctológico a la maldita casa, teniendo en cuenta todos los lugares a los que podía llegar con sus objetivos.

Pero el productor no tenía el sabor de la victoria en la boca. No, tenía la sensación de que había algo malo en todo aquello, y además sufría un dolor de cabeza que iba de la base del cráneo hasta el lóbulo frontal.

El problema era lo de aquella cámara oculta que habían instalado en el pasillo la noche anterior.

No había ninguna explicación racional para lo que había captado.

Y era toda una ironía que un «cazafantasmas» necesitara tomarse una copa de alcohol duro en cuanto se veía por fin ante una figura que desaparecía en el aire. Lo normal hubiera sido que se sintiese más bien dichoso al ver que, por primera vez, no necesitaba pedirle al cámara que falsificara las imágenes.

¿Y qué pasaba con Stan? Sencillamente, se había encogido de hombros. ¡Estaba seguro de que se trataba de un fantasma, y eso no lo perturbaba lo más mínimo!

Pero, claro, Stan era una de esas personas que, si la ataban a la vía del ferrocarril, se echaba una siesta antes de que pasara el tren.

Ser un idiota tenía sus ventajas.

Al oír que el reloj de abajo daba las diez, Gregg se puso de pie y se acercó a la ventana. Joder, se sentiría mejor con respecto a todo ese asunto si la noche anterior no hubiese visto a aquella figura de pelo largo que se paseaba por el jardín.

En ese momento Gregg oyó que Holly hablaba detrás de él.

—¿Esperas ver al conejito de Pascua en ese jardín?

La miró de reojo y pensó que estaba preciosa recostada en las almohadas y con la nariz hundida entre las páginas de un libro. Cuando la chica lo sacó, Gregg se quedó sorprendido al ver que se trataba de una historia sobre los Fitzgerald y los Kennedy escrita por Doris Dearns Goodwin. Se había imaginado que Holly sería más dada a leer la biografía de Tori Spelling o alguna celebridad por el estilo.

—Sí, la verdad es que me muero por ver al conejito de Pascua —murmuró—. Y creo que voy a bajar al jardín para ver si puedo encontrar su maldita madriguera.

—Pero no se te ocurra traer malvaviscos. Los huevos de colores, los conejitos de chocolate, todo eso está bien. Pero no me gustan los malvaviscos.

—Le pediré a Stan que venga a hacerte compañía, ¿vale?

Holly alzó los ojos del libro.

—No necesito niñera. Y menos una que seguramente se encerrará en el baño a fumarse un porro.

—Pero no quiero dejarte sola.

—No estoy sola. —La chica hizo un gesto con la cabeza hacia un rincón de la habitación—. Con que conectes la cámara será suficiente.

El productor se recostó contra la ventana. La forma en que el pelo de Holly reflejaba la luz era asombrosa. Desde luego, debía de teñirle el pelo un experto, porque tenía el tono perfecto para su piel.

—No estás asustada, ¿verdad? —dijo Gregg, mientras se preguntaba cuándo y cómo se habrían cambiado los papeles de aquella forma tan asombrosa.

—¿Te refieres a lo de anoche? —Holly sonrió—. No. Creo que esa «sombra» no es más que una broma de Stan, furioso con nosotros por sacarlo de su habitación. Ya sabes cómo detesta eso. Además, eso me hizo volver a tu cama, ¿no? Porque tú no has hecho mucho para lograrlo.

Gregg agarró su cazadora y se acercó a la chica. Luego le puso una mano en la barbilla y la miró a los ojos.

—¿Me sigues queriendo igual?

—Siempre lo he hecho. —Holly bajó la voz—. Es una maldición.

—¿Una maldición?

—Vamos, Gregg. —Al ver que él sólo la miraba, Holly levantó las manos—. Tú eres una mala elección para mí. Estás casado con tu trabajo y venderías el alma al diablo para poder triunfar. Reduces todo y a todos los que te rodean al mismo denominador común y eso te permite utilizar a todo el mundo. ¿Y qué pasa cuando dejan de ser de utilidad? No recuerdas ni su nombre.

Por Dios, Holly era más aguda de lo que él había pensado.

—Entonces, ¿por qué quieres tener algo conmigo?

—Algunas veces me lo pregunto yo misma. —Los ojos de la chica volvieron a centrarse en el libro, pero no parecían estar leyendo. Permanecían clavados en la página—. Supongo que es porque era muy inocente cuando te conocí y tú me diste una oportunidad cuando nadie quería hacerlo; me enseñaste muchas cosas. Y ese enamoramiento inicial todavía sigue vigente.

—Tal como lo dices, haces que parezca una verdadera desgracia.

—Es posible. Tenía la esperanza de que se me pasara… Pero vienes y haces cosas tales como protegerme… y vuelvo a caer.

Gregg se quedó mirándola fijamente mientras estudiaba los rasgos perfectos, la piel tan suave y el cuerpo tan espectacular.

De pronto se sintió extraño y confundido, como si le debiera una disculpa a la chica. Para salir de la confusión, decidió ir hasta la cámara y encenderla.

—¿Tienes tu móvil a mano?

Holly metió la mano en el bolsillo de la bata y sacó una BlackBerry.

—Aquí está.

—Llámame si pasa algo raro, ¿vale?

Holly frunció el ceño.

—¿Estás bien?

—¿Por qué lo preguntas?

Ella se encogió de hombros.

—No lo sé. Es que nunca te había visto tan…

—¿Nervioso? Sí, supongo que es por algo relacionado con esta casa.

—No quería decir nervioso. Me refería a tu conexión conmigo. Es como si me estuvieras viendo por primera vez.

—Yo siempre te miro.

—Pero no así.

Gregg se dirigió a la puerta y antes de salir se detuvo.

—¿Puedo hacerte una pregunta un poco extraña? ¿Te tiñes el pelo?

Holly se llevó la mano a su rubia melena.

—No. Nunca lo he hecho.

—¿De verdad eres así de rubia?

—Tú deberías saberlo mejor que nadie.

Se sintió como un idiota.

—Bueno, las mujeres también puede teñirse allá abajo… ya sabes.

—Bueno, pues yo no.

Gregg frunció el ceño y se preguntó quién demonios lo había hipnotizado y ahora estaba controlando su cabeza: parecía tener un montón de pensamientos extraños, como si alguien se los impusiera.

Se despidió con un gesto de la mano, salió al pasillo y miró a izquierda y derecha, mientras aguzaba el oído. No se oían pisadas. Ni crujidos de la madera. No había nadie cubierto con una sábana, paseándose por allí como un fantasma.

El productor se puso la cazadora y se apresuró a llegar a las escaleras, diciéndose que detestaba oír el eco de sus pisadas. Ese ruido le hacía sentirse perseguido.

Miró detrás de él. El corredor estaba desierto.

Abajo, en el primer piso, comprobó qué luces estaban encendidas. Una en la biblioteca. Una en el recibidor. Una en el salón.

Luego se asomó por la puerta y se detuvo un momento a observar el retrato de Rathboone. Por alguna razón, la pintura ya no le parecía tan romántica ni tan comercializable.

Por alguna razón que en realidad estaba clarísima. Ojalá no se la hubiera mostrado nunca a Holly. Tal vez así no habría impresionado tanto su subconsciente como para que terminara fantaseando con que el tipo venía y se la follaba. ¡Joder! Recordó la expresión de Holly mientras hablaba de su famoso sueño. No le llamaba la atención el miedo, sino la sensualidad que parecía emanar de sus gestos. ¿También pondría esa cara después de haber retozado con él?

¿Alguna vez se había parado a pensar si ella había quedado tan satisfecha como él? ¿O si había quedado al menos medianamente satisfecha?

Abrió la puerta frontal y salió al jardín como un comando en medio de una misión, aunque en realidad no sabía adónde ir. Bueno, lo que quería de verdad era alejarse de ese ordenador y esas puñeteras imágenes… y de aquella habitación en la que reposaba una mujer que tal vez tenía más seso del que había imaginado.

Ahora resultaba que había tropezado con un auténtico fantasma.

Qué limpio parecía el aire allí.

Gregg se alejó de la casa y cuando había recorrido unos cien metros caminando sobre el césped, se detuvo y miró hacia atrás. En el segundo piso vio la luz de su habitación y se imaginó a Holly recostada en la cama, con ese libro entre sus largas y delicadas manos.

Siguió caminando, hacia la línea de árboles y el riachuelo.

Se preguntó si los fantasmas tendrían alma. ¿O serían más bien puras almas, seres hechos de alma?

¿Los ejecutivos de televisión tendrían alma?

Preguntas existenciales.

Gregg dio un paseo alrededor de la finca y se detuvo a acariciar unos líquenes y la corteza de unos robles, y a sentir y disfrutar el olor de la tierra y la neblina.

Estaba regresando a la casa cuando se encendió una luz en el tercer piso y una sombra alta y oscura pasó frente a una ventana.

Apretó el paso.

Y luego comenzó a correr.

Ya iba lanzado cuando saltó los escalones del porche hasta la puerta, la abrió y subió las escaleras de tres en tres. No le importó la advertencia de que no debía acercarse al tercer piso. Si despertaba a alguien, mala suerte.

Llegó al segundo piso y cayó en la cuenta de que no sabía cuál era la puerta que llevaba al ático. Mientras caminaba rápidamente por el pasillo, supuso que los números que había sobre las puertas indicaban que todas ésas eran habitaciones de huéspedes.

Luego pasó frente al almacén, y ante el cuarto de la limpieza.

Y por fin, gracias a Dios, una puerta con un cartel en el que se leía: «Salida».

Gregg la abrió de par en par y subió las escaleras como una tromba. Al llegar arriba, encontró una puerta cerrada. Por la rendija se veía una luz.

Golpeó con todas sus fuerzas, pero no hubo respuesta.

—¿Quién está ahí? —gritó agarrando el picaporte—. ¿Hay alguien?

—¡Señor! ¿Qué está haciendo?

Gregg dio media vuelta y miró hacia las escaleras; allí estaba el mayordomo, quien, a pesar de la hora que era, todavía llevaba puesto su traje de pingüino.

Tal vez no dormía en una cama, sino que se colgaba de una percha en un armario, para no arrugar el traje.

—¿Quién está ahí adentro? —preguntó Gregg haciendo señas con el pulgar hacia la puerta.

—Lo siento, señor, pero el tercer piso es privado.

—¿Por qué?

—Eso no es de su incumbencia. Ahora, si me lo permite, le voy a pedir que regrese a su habitación.

Gregg abrió la boca para seguir discutiendo, pero lo pensó mejor y la cerró sin decir nada más. Había una mejor manera de llevar aquel asunto.

—Sí. Está bien. Ya bajo. —Puso cara de niño bueno mientras bajaba las escaleras y pasaba frente al mayordomo.

Luego caminó hasta su habitación y entró, como cualquier huésped obediente.

—¿Qué tal tu paseo? —preguntó Holly con un bostezo.

—¿Sucedió algo mientras estuve fuera? Por ejemplo, ¿entró un tío muerto hace muchos años y te echó un polvo?

—No. Bueno, lo único que oí fue a alguien corriendo por el pasillo. ¿Quién sería?

—Ni idea —murmuró Gregg, apagando la cámara—. No tengo la menor idea…

J ohn tomó forma junto a un poste de luz que seguramente no se sentía muy orgulloso de su trabajo. La luz que salía de aquella lámpara bañaba la fachada de un edificio de apartamentos que se habría visto mucho mejor si hubiera estado en total oscuridad: los ladrillos y el cemento no eran rojos y blancos, sino de un tono marrón sucio. Los vidrios rotos de varias ventanas estaban chapuceramente remendados con cinta adhesiva y mantas viejas. Hasta los escalones que llevaban al vestíbulo estaban agujereados, como si alguien los hubiese destrozado a conciencia con un pico.

El lugar estaba exactamente igual que la última noche que él había pasado allí, excepto por una cosa: la amarillenta nota oficial de clausura que tenía clavada en la puerta.

Cuando Xhex salió de las sombras y se reunió con él, John hizo su mejor esfuerzo para reflejar la máxima tranquilidad, o al menos una alteración llevadera... pero sabía que no estaba teniendo mucho éxito. El recorrido por su miserable vida estaba resultando más duro de lo que había pensado. En realidad era como montar en una montaña rusa. Una vez que te subes al carrito, no hay botón para parar la catarata de vértigo que se desencadena.

Quién iba a pensar que la historia de su vida estaba contraindicada para mujeres embarazadas, personas epilépticas y gente sensible en general.

No, no había manera de detenerse. Además, a Xhex tampoco le gustaría que no terminaran. Ella parecía notar todo cuanto él estaba sintiendo y eso incluiría la sensación de fracaso que experimentaría si abandonaba la misión antes de tiempo.

—¿Ya has terminado aquí? —susurró la hembra.

John asintió, siguió hasta la esquina y luego dobló por el callejón. Al llegar frente a la salida de emergencia se preguntó si la cerradura todavía estaría dañada…

La puerta cedió con un ligero empujón. Por supuesto, entraron.

La alfombra del corredor parecía más bien el suelo de tierra de una cabaña campestre. Estaba llena de manchas que habían penetrado en las fibras y se habían quedado allí para siempre. Había botellas de licor vacías, envoltorios de dulces y colillas de cigarrillos por todas partes, y olía a diablos.

Joder, ni una cisterna de ambientador podría con aquel hedor.

Cuando Qhuinn entró por la puerta de emergencia, John dobló a la izquierda, hacia la escalera, y comenzó un ascenso que le dio ganas de gritar. A medida que ascendía, las ratas salían corriendo de sus escondrijos y el mal olor se volvía más espeso, más intenso, como si la mierda que lo originaba fuera fermentando con la altura.

Llegaron al segundo piso. John tomó la delantera por el corredor y se detuvo frente a una mancha en la pared. Por Dios: todavía estaba ahí aquella mancha de vino. Aunque, ¿por qué le sorprendía? ¿Acaso esperaba que un equipo de expertos limpiadores se hubiera presentado allí en su ausencia para dejarlo todo reluciente?

El macho enamorado siguió hasta la puerta siguiente y entró en lo que una vez había sido su lugar de residencia…

Sintió una gran congoja. Todo estaba tal cual lo había dejado.

Nadie había vivido allí desde entonces. Se dijo que era lógico. La gente había empezado a marcharse de allí desde los tiempos en que él era uno de los inquilinos del edificio… Bueno, se marchaban los que podían permitirse un sitio mejor. Los que se quedaron fueron los yonquis. Y los apartamentos desocupados fueron invadidos por gente sin hogar, que se había metido, como las cucarachas, por las ventanas rotas y las puertas sin cerradura del primer piso. El punto final del éxodo lo debió marcar el anuncio de clausura, el papel que declaraba muerto oficialmente el edificio. Para entonces, el cáncer de la miseria lo había consumido todo excepto el ruinoso caparazón del inmueble.

Al ver una revista de culturismo sobre la cama situada al lado de la ventana, la realidad del lugar lo envolvió y lo transportó al pasado, aunque sus botas seguían plantadas en el aquí y el ahora.

Cuando abrió la puerta de la mugrienta y oxidada nevera encontró… ¡latas de yogur de vainilla! Sí, allí seguían porque ni los mendigos más miserables eran capaces de tomarse semejante mierda.

Xhex dio una vuelta y luego se detuvo junto a la ventana desde la que él había mirado tantas veces, tantas noches.

—Querías estar en un lugar distinto al que estabas.

John asintió con la cabeza.

—¿Cuántos años tenías cuando te encontraron? —Al ver que John le mostraba dos dedos dos veces, y luego exhibía dos dedos más, Xhex abrió los ojos—: ¿Veintidós? Y no tenías ni idea de que eras…

John negó con la cabeza y se agachó a recoger la revista. Mientras la hojeaba, se dio cuenta de que finalmente se había convertido en lo que siempre había querido ser: un tío grande y fuerte, un desgraciado, un malo. ¿Quién lo habría pensado? Cuando era un pretrans resultaba tan insignificante, tan a merced de tantas circunstancias…

John dejó la revista a un lado para ahuyentar ese pensamiento rápidamente. Estaba dispuesto a mostrarle a la hembra casi todo, menos eso. Nunca le enseñaría esa parte de su mierda de vida.

No visitarían el primer edificio en el que había vivido solo y ella nunca iba a saber por qué se había cambiado desde allí hasta el lugar en que ahora estaban.

—¿Quién te trajo a nuestro mundo?

Tohrment, dijo con palabras mudas, dibujadas con los labios.

—¿Cuántos años tenías cuando saliste del orfanato?

John le dijo por señas que dieciséis.

—¿Y te viniste aquí directamente desde el orfanato?

John asintió y se dirigió al armario que había sobre el lavabo. Abrió una de las puertas y vio lo único que esperaba haber dejado atrás. Su nombre. Y la fecha.

Se hizo a un lado para que Xhex pudiera ver lo que había escrito. John recordaba el momento en que lo escribió. Todo fue muy rápido. Tohr estaba esperándolo en la acera y él había entrado para sacar su bicicleta. Había garabateado esos datos a modo de testamento para… John no sabía para qué.

—No tenías a nadie —murmuró Xhex, mirando el armario—. Yo era igual. Mi madre murió al darme a luz y fui criada por una familia muy agradable, con la que no tenía nada en común. Me fui muy joven y nunca regresé, porque yo no pertenecía a ese lugar y algo me decía que era mejor para ellos que me marchara. No tenía ni idea de que era medio symphath y de que no había nada en el mundo reservado para mí. Pero tenía que marcharme, eso sí lo sabía. Por fortuna conocí a Rehvenge y él me mostró mi naturaleza.

Xhex miró al suelo, con cierta pesadumbre.

—Joder, qué cosas. Son esas coincidencias que se dan en la vida, como un milagro, ¿no? Si Tohr no te hubiese encontrado, tú…

Habría llegado a la transición y se hubiese muerto debido a que no contaba con la sangre que necesitaba para sobrevivir.

Pero John no quería pensar en eso, ni en que Xhex hubiese tenido una época de soledad como la que él había vivido.

—Vamos —dijo John—. Vamos a la siguiente parada.

***

Entre campos de maíz, Lash avanzaba en su coche por el camino de tierra que llevaba hasta la granja. Llevaba el psíquico encima, así que el Omega y su nuevo amiguito no podían localizarlo. También se había puesto una gorra de béisbol, una gabardina con el cuello subido y un par de guantes.

Se sentía como el hombre invisible.

Bueno, la verdad era que deseaba ser invisible. Porque odiaba su nueva imagen. Tras esperar un par de horas a ver qué más se le iba a caer en aquel proceso de descenso al mundo de los muertos vivientes, vio que al parecer había dejado de pudrirse, lo cual no fue para él de gran consuelo, desde luego. Pero fue un pequeño alivio.

Sólo la carne, una parte de su anatomía, se había descompuesto: los músculos todavía colgaban de los huesos.

Cuando se encontraba a medio kilómetro de su destino, aparcó el Mercedes en un bosque de pinos y se bajó. Como estaba usando todos sus recursos para mantener la protección del escudo, no le quedaba energía para desmaterializarse.

Así que le esperaba una caminata hasta la maldita casa. Quinientos metros eran muchos en las condiciones de debilidad de Lash, que tenía que hacer grandes esfuerzos sólo para moverse.

Pero cuando llegó a la casa de madera, notó que le llegaba una oleada de energía. Había tres coches bastante miserables frente a la entrada, y los reconoció. Los tres eran propiedad de la Sociedad Restrictiva.

Por tanto, la casa estaba llena de gente. Había cerca de veinte tíos en el interior, estaban en una gran fiesta. A través de las ventanas Lash alcanzaba a ver los barriles de cerveza y las botellas de licor. Por todas partes había sinvergüenzas que encendían porros y se inyectaban quién sabe qué porquerías.

¿Dónde estaba aquella pequeña sabandija?

Ah… llegaba justo a tiempo. Un cuarto coche aparcó ante la casa. No era como los otros tres. La pintura de coche de carreras probablemente era tan cara como el potente motor que guardaba en el capó. Las luces de neón le daban aspecto de nave espacial. El chico se bajó del asiento del conductor y he aquí que él también estaba muy arreglado: se había comprado unos vaqueros de marca y una chaqueta de cuero de Affliction. Además, encendía sus cigarrillos con lo que a distancia parecía un mechero de oro.

Esto sí que era un reto.

Si el chico entraba y se limitaba a participar en la fiesta, Lash se habría equivocado acerca de sus capacidades… y resultaría que el Omega sólo había conseguido a alguien con quien follar. Pero si Lash no se había equivocado, la fiesta iba a ponerse interesante.

Lash se cerró las solapas sobre la carne viva en que se había convertido ahora su cuello y trató de hacer caso omiso de lo estúpido que era. Él ya había estado en la situación privilegiada en la que se encontraba ahora ese chico. Se había regodeado en su estatus de tipo muy especial, y cuando eso pasó pensaba que iba a durar para siempre. Pero, si el Omega no dudaba en darle la patada al producto de su propia sangre, estaba claro que este exhumano de mierda no iba a durar mucho.

En ese momento, uno de los borrachos que estaban en el interior de la casa miró por la ventana, más o menos en dirección a Lash. Pensó que se estaba arriesgando mucho al acercarse tanto, pero la verdad era que no le importaba. No tenía nada que perder y en realidad no le hacía ilusión pasar el resto de sus días como un desagradable trozo de carne animado.

Ser feo, débil y pegajoso no era muy atractivo.

El viento helado le hacía temblar. Los dientes de esqueleto viviente le castañeteaban. Pensó en Xhex y se calentó un poco con su recuerdo. Le parecía mentira que sus días con ella hubieran tenido lugar hacía tan poco tiempo. Le parecía que habían pasado siglos desde entonces. Por Dios santo, esa primera lesión que se había visto en la muñeca había sido el principio del fin, pero, claro, no lo sabía en ese momento.

Sólo un arañazo.

Sí, claro, una heridita de nada.

Alzó la mano para arreglarse el pelo, palpó la gorra y recordó que ya no tenía nada que arreglarse. Lo único que le quedaba era un cráneo pelado, al que quizá tendría que sacar brillo.

Si tuviera más energía, habría comenzado a despotricar sobre la injusticia y la crueldad de su miserable destino. Su vida no tenía que haber sido así. No tenía que ver la fiesta desde fuera. Tenía que ser el centro, el más importante, el más especial, el único.

De pronto pensó en John Matthew. Cuando ese desgraciado había entrado al programa de entrenamiento de la Hermandad, era un pretrans, una auténtica insignificancia. Sólo tenía un nombre de la Hermandad y una cicatriz en forma de estrella en el pecho. Había sido el blanco perfecto de sus ataques, se había dedicado a mortificarlo sin tregua.

Joder, en esa época no tenía ni idea de lo que era ser el raro de la clase. Ignoraba hasta qué punto eso te hacía sentirte como un gusano, no tenía ni idea de que, en esas circunstancias, miras a la gente que sí tiene éxito y darías cualquier cosa por estar con ellos.

En fin, mejor no haber sabido lo que era eso. O tal vez lo habría pensado un poco antes de joderle la vida a aquel maldito John Matthew.

Pero en ese momento, mientras permanecía recostado contra la fría corteza de un roble, observando a través de las ventanas de la granja cómo vivía su vida otro chico dorado, Lash sintió que sus planes cambiaban.

Aunque fuera lo último que hiciera, iba a acabar con aquella pequeña sabandija.

Eso era incluso más importante que la captura de Xhex.

Que aquel tipo se hubiese atrevido a amenazarle de muerte no era el motivo principal de su decisión. Lo fundamental era mandarle un mensaje a su padre. Después de todo, Lash no era más que una manzana podrida que no había caído muy lejos del árbol. Y la venganza era dulce.

Esa es la antigua casa de Bella —dijo Xhex después de tomar forma en una pradera junto a John Matthew.

El macho enamorado asintió, por lo que ella miró con más interés aquel paisaje bucólico. La granja blanca de Bella, con su porche y sus chimeneas rojas, parecía una postal bajo la luz de la luna. Era una lástima que semejante lugar estuviese abandonado, custodiado sólo por las luces de seguridad exteriores.

Que la casita anexa tuviera un Ford F-150 estacionado en la entrada de gravilla y que a través de las ventanas se vieran luces encendidas, eran hechos que subrayaban la sensación de abandono.

—¿Bella fue la primera que te encontró?

John negó con la mano y señaló otra casita que estaba más adelante. Luego comenzó a decir algo por señas, pero al final se detuvo, consciente de que no le entendía. Su frustración por la barrera de la comunicación era evidente.

—¿Me hablas de alguien de esa casa? ¿Tú los conocías y ellos te pusieron en contacto con Bella?

John asintió. Del bolsillo de la chaqueta sacó lo que parecía un brazalete hecho a mano. Xhex lo tomó y vio que en la parte interior había grabados unos símbolos en Lengua Antigua.

—«Tehrror». —Cuando John se puso la mano en el pecho, Xhex le interpretó—: ¿Ése es tu nombre? Pero ¿cómo lo supiste?

John se tocó la cabeza y luego se encogió de hombros.

—Simplemente se te ocurrió. —Xhex observó con mayor atención la casita. Había una piscina en la parte trasera. Sintió que los recuerdos de John eran más vívidos en esa parte, pues cada vez que sus ojos pasaban por la terraza, su patrón emocional se encendía, como si fuera una luz de alarma.

Había llegado por primera vez allí para proteger a alguien. Bella no había sido la razón.

Mary, pensó Xhex. La shellan de Rhage, Mary. Pero ¿cómo se habían conocido John y ella?

Ahora estaba ante una especie de pared vacía. John no la estaba dejando entrar en esa parte de sus recuerdos.

—Bella entró en contacto con la Hermandad y Tohrment vino a por ti.

Al ver que John volvía a asentir, Xhex le devolvió el brazalete y, mientras el macho jugaba con él, ella se maravilló por la relatividad del tiempo. Sólo había pasado una hora desde que salieron de la mansión, pero era como si llevaran un año juntos.

Le había dado más de lo que ella esperaba… y ahora sabía con precisión por qué la había ayudado tanto cuando ella perdió el control en el improvisado quirófano.

John también había pasado por un infierno. El destino lo había vapuleado sin misericordia durante los primeros años de su vida.

La cuestión era, para empezar, por qué se había quedado perdido en el mundo de los humanos. ¿Dónde estaban sus padres? El rey había sido su whard cuando era un pretrans, eso era lo que decían sus papeles de identificación cuando ella lo vio por primera vez en ZeroSum. Xhex se imaginó que su madre habría muerto. La visita a la estación de autobuses lo confirmaba… pero había lagunas en aquella historia. Xhex tenía la impresión de que algunos de aquellos agujeros eran deliberados, mientras que otros sencillamente no sabía cómo llenarlos.

Xhex frunció el ceño al percibir que el padre de John todavía estaba muy presente en su vida, a pesar de que, al parecer, el joven no lo había conocido.

—¿Me vas a llevar a un último sitio? —preguntó Xhex en voz muy baja.

El macho echó un último vistazo al lugar y luego desapareció. Xhex lo siguió sin problemas, gracias a la mucha sangre de John que circulaba ahora por su organismo.

Cuando tomaron forma de nuevo frente a una imponente casa moderna, John se sintió tan abrumado por la tristeza que su estructura emocional comenzó a ceder de forma alarmante. Sin embargo, enseguida echó mano de su fuerza de voluntad y logró detener la desintegración antes de que ya no tuviera remedio.

Porque una vez que se derrumba el edificio emocional, ya no hay nada que hacer, quedas para siempre a merced de tus demonios internos.

Xhex, consciente de la tormenta espiritual de John, pensó en Murhder. Todavía podía recordar con exactitud cómo era el aspecto de la estructura emocional de Murhder el día que se enteró de su verdadera naturaleza. Las vigas de supuesto acero que debían sostener su salud mental quedaron reducidas a ruinas.

Xhex fue la única que no se sorprendió cuando él perdió la razón y desapareció.

John le hizo una seña con la cabeza, se dirigió a la puerta principal, introdujo una llave en la cerradura y abrió. Al sentir la ráfaga de aire que los recibió, Xhex percibió un fuerte olor a polvo y humedad, lo cual indicaba que era otra construcción abandonada. Pero no había nada ruinoso allí dentro, a diferencia del edificio de apartamentos en el que habían estado antes.

El macho enamorado encendió la luz del vestíbulo. Xhex casi se quedó sin aire. En la pared, a mano izquierda, había un pergamino en Lengua Antigua que proclamaba que aquélla era la casa del hermano Tohrment y su shellan Wellesandra.

Aquello explicaba por qué le dolía tanto a John ir allí. El hellren de Wellesandra no era el único que había salvado a aquel pretrans de llevar una vida miserable en las cloacas humanas.

Wellesandra también había sido importante para John. Muy importante.

Éste avanzó por el pasillo y encendió más luces, mientras en sus emociones se mezclaban un afecto agridulce y un dolor desgarrado. Cuando llegaron hasta la espectacular cocina de la casa, Xhex se acercó a la mesa que había en uno de los lados.

John se había sentado allí, percibió la hembra al poner las manos en el respaldo de uno de los asientos. La primera noche que pasó en esa casa, él se había sentado allí.

—Comida mexicana… —murmuró Xhex—. Tenías mucho miedo de ofenderlos. Pero luego… Wellesandra…

Como un sabueso tras un rastro fresco, Xhex fue siguiendo lo que percibía de los recuerdos de John.

—Wellesandra te sirvió arroz con jengibre. Y… pudín. Fue la primera vez que notaste la barriga llena sin que te doliera el estómago… estabas muy agradecido, pero no sabías cómo comportarte.

Miró a John, vio que se había puesto pálido y que sus ojos parecían demasiado brillantes y enseguida supo que se había transportado de nuevo al cuerpo de aquel jovencito escuálido que estaba sentado a la mesa, encogido sobre sí mismo… y se sentía abrumado ante el primer acto de amabilidad que alguien tenía con él en muchísimo tiempo.

Unos pasos en el corredor hicieron que Xhex levantara la cabeza. En ese momento se dio cuenta de que Qhuinn todavía estaba con ellos, y su pésimo humor era como una sombra tangible que proyectaba sobre todas las cosas mientras se paseaba por aquí y por allí.

Pero Qhuinn ya no tendría que acompañarlos más por ese día. Habían llegado al final del camino, al último capítulo en la historia de John.

Ella se había puesto al día en la historia de aquel maravilloso y desgraciado macho. Por desgracia, ahora lo apropiado sería regresar a la mansión… donde seguramente John la haría comer algo y trataría de alimentarla con sangre de nuevo.

Pero Xhex no quería regresar aún a la mansión. Había decidido tomarse esa noche libre. Eran sus últimas horas antes de emprender el camino de la venganza y perder con ello la tierna conexión que mantenía con John, ese profundo entendimiento que tenían ahora el uno del otro.

Porque ella no estaba dispuesta a engañarse: la triste realidad que los unía ahora como un poderoso lazo era, sin embargo, muy frágil. Xhex estaba segura de que se rompería cuando el presente regresara y se impusiera al pasado.

—Qhuinn, ¿querrías dejarnos solos, por favor?

Los ojos disparejos de Qhuinn se clavaron en John. Enseguida intercambiaron una serie de señas manuales.

—Me cago en… —espetó Qhuinn, antes de dar media vuelta y salir por la puerta frontal, echando pestes.

Cuando el eco del portazo se desvaneció, Xhex miró a John.

—¿Cuál era tu habitación?

Señaló un pasillo y se encaminó a él. Ella lo siguió y comenzaron a pasar a través de muchas habitaciones en las que se mezclaba lo moderno con el arte antiguo. La combinación hacía que la casa pareciera un museo habitado. La hembra exploró un poco, asomando la cabeza por las puertas abiertas de salones y habitaciones.

El cuarto de John estaba al otro lado de la casa. En cuanto entró, Xhex se hizo cargo del choque, digamos cultural, que debió de sufrir John al llegar allí. Había pasado de la miseria al esplendor, y todo por un simple cambio de domicilio: a diferencia del decrépito apartamento que habían visitado antes, éste era un refugio azul marino, con muebles estilizados, un baño de mármol y una alfombra tan gruesa y tupida como la piel de un oso polar.

Además, tenía unas puertas correderas de vidrio que daban a una terraza privada.

John fue hasta el armario y lo abrió. Por encima de su pesado brazo, Xhex vio una hilera de ropa diminuta que colgaba de perchas de madera.

Mientras John observaba todas aquellas camisas, chaquetas y pantalones, tenía los hombros tensos y apretaba con furia uno de los puños. Se sentía apesadumbrado por algo que había hecho o la forma en que había actuado; pero estaba claro que no tenía nada que ver con ella…

Era por Tohr. Tenía que ver con Tohr.

John se arrepentía del rumbo que habían tomado las cosas entre ellos últimamente.

—Habla con él —le dijo Xhex con voz suave—. Dile lo que sucede. Los dos os sentiréis mejor.

John asintió. La hembra percibió que su determinación se fortalecía.

Dios, Xhex nunca supo cómo había sucedido… pero el caso es que otra vez se había sorprendido a sí misma acercándose y abrazándolo por detrás, pasándole los brazos alrededor de la cintura. Xhex, además, se alegró íntimamente al sentir que las manos de John cubrían las suyas.

Aquel joven se comunicaba de muchas maneras diferentes. Y a veces una caricia expresaba mucho mejor lo que querías decir que las palabras mismas.

En medio del silencio, Xhex lo llevó hasta la cama y los dos se sentaron.

Ella lo miraba fijamente. Él le preguntó con un gesto interrogador qué sucedía.

—¿Estás seguro de que quieres que te lo diga? —Al ver que él asentía, Xhex lo miró a los ojos—. Sé que me has ocultado algo. Puedo sentirlo. Hay un vacío entre el orfanato y ese edificio de apartamentos.

Ni uno solo de los músculos faciales de John se movió. Ni siquiera un pequeño temblor. Tampoco hubo el más mínimo parpadeo. Pero aquella enorme capacidad de ocultar sus reacciones era irrelevante en este caso. Xhex sabía sobre él lo que sabía, y no podía ocultarlo.

—Está bien, no voy a preguntarte nada, no te voy a presionar.

Xhex recordaría mucho tiempo después de que se marchara el rubor que cubrió en ese momento las mejillas de John. La idea de que tarde o temprano se separarían fue lo que impulsó sus dedos hasta los labios del joven. Él se sobresaltó y ella lo calmó de inmediato.

—Quiero darte algo de mí —dijo Xhex con una voz profunda—. No se trata de devolverte lo que tú me has brindado. No es un frío intercambio de favores, no creas eso. Simplemente, quiero hacerlo.

Desde luego, habría sido genial poder llevarlo a los lugares donde ella había vivido y pasearlo por su vida, pero que John profundizara en el conocimiento de su pasado sólo iba a hacer que su misión suicida fuera más difícil. Más dura para él. Independientemente de lo que sintiera por John, ella iba a marcharse a la caza de su secuestrador.

Xhex no se engañaba sobre las posibilidades de sobrevivir a ese empeño.

Lash tenía recursos, muchos y muy temibles recursos.

Trucos malignos con los que hacía cosas perversas.

Evocó imágenes del maldito zombi, recuerdos horribles que la hicieron temblar, imágenes espantosas que sin embargo le sirvieron para empujarla hacia algo para lo que tal vez aún no estaba lista. Pero no se podía ir a la tumba con el infame estigma de que el último con quien había follado era Lash.

Menos aún, cuando tenía frente a ella al único macho que había amado en su vida.

—Quiero estar contigo —le dijo Xhex con voz alterada.

Los ojos sorprendidos de John estudiaron la cara de Xhex para asegurarse de que no había entendido mal. Enseguida, un relámpago ardiente fulminó todas sus emociones, destrozándolas y dejando en pie solamente el arrollador deseo sexual de un macho de sangre pura.

John hizo cuanto pudo por controlar su instinto y aferrarse a algún tipo de comportamiento racional. Pero todo eso sólo sirvió para que fuera ella la que diera por terminada la batalla entre razón y sensibilidad, al poner su boca contra la de John.

Dios, los labios del macho enamorado eran muy suaves.

A pesar de la explosión que Xhex percibía en la sangre de John, él mantuvo el control. Incluso cuando ella deslizó la lengua dentro de su boca. Y ese dominio de sí mismo facilitó las cosas a Xhex, mientras su mente, angustiada, oscilaba entre lo que estaba haciendo en ese momento… y lo que le habían hecho hacía apenas unos días.

La hembra deslizó las manos hasta el pecho de John y le acarició los poderosos músculos que recubrían el corazón. Lo empujó suavemente, tumbándolo en el colchón, disfrutó de su aroma, un olor que decía a gritos que deseaba aparearse con ella. La fragancia erótica de John, olor a especias, era completamente distinta del nauseabundo olor del restrictor en celo.

Gracias a ello, la hembra pudo distinguir muy bien entre el momento presente y lo ocurrido pocos días atrás.

El beso comenzó como una exploración, pero no se quedó en eso. John la envolvió entre sus brazos y la apretó contra él. Sus cuerpos entraron en contacto absoluto. Se acariciaban, jadeaban.

Lo hacían con gozosa lentitud.

Xhex se dejaba llevar, gozaba, hasta que la mano de John alcanzó sus senos.

Eso la descentró, la sacó de aquella habitación para transportarla lejos, muy lejos: de regreso al infierno.

Consciente de lo que le ocurría, luchó para volver en sí. Trataba de mantenerse en el presente, con John. Pero cuando de John rozó uno de sus pezones, sufrió otra conmoción. Xhex tuvo que hacer un esfuerzo para no temblar. A Lash le gustaba aprisionarla, inmovilizarla y posponer lo más posible lo inevitable. Disfrutaba arañándola, mancillándola con sus garras, porque si bien gozaba con los orgasmos, le gustaba todavía más aquel repulsivo preludio, que lo enloquecía.

El miembro erecto de John rozó la cadera femenina. Y algo pareció romperse en el interior de la hembra.

Xhex sintió que su dominio de sí misma llegaba al límite y se quebraba: fue como si el control del cuerpo se le escapara. Inevitablemente, desapareció la comunión con el vampiro enamorado. La magia del encuentro se había terminado.

Xhex se levantó de la cama de un salto. Notó el sobresalto y el horror posterior de John, pero estaba demasiado ocupada huyendo de su propio miedo para poder pararse a dar explicaciones. Luego comenzó a pasearse de un lado para otro, tratando desesperadamente de aferrarse a la realidad. Respiraba entrecortadamente, pero no a causa de la pasión, sino del pánico.

Menudo desastre.

Maldito Lash… una razón más para matarlo. Se lo debía a John. Tenía que destrozarlo para reparar el daño infligido a su John.

—Lo siento —gruñó Xhex—. No debí empezar… Lo siento de veras.

Un poco más calmada, se detuvo frente a la cómoda y se miró en el espejo que colgaba de la pared. John se había levantado y ahora estaba frente a las puertas correderas, con los brazos cruzados sobre el pecho y gesto grave, reconcentrado. Contemplaba la noche.

—John, no es por ti. Te lo juro.

El macho negó con la cabeza, sin mirarla.

Xhex se pasó las manos por la cara, con desesperación. El silencio y la tensión que inevitablemente había surgido entre ellos hicieron que aumentasen sus deseos de salir corriendo. No se sentía capaz de enfrentarse a aquella situación. La superaba. No podía pensar en lo que el restrictor le había hecho a ella, en lo que ella le acababa de hacer a John.

Xhex clavó los ojos en la puerta. Sus piernas se prepararon para partir. No era nuevo para ella. Llevaba toda la vida escapando de todo, sin dar explicaciones ni dejar rastro. Era una ventaja para su trabajo como asesina, pero para la vida normal…

—John…

El macho enamorado volvió la cabeza. Tenía una mirada ardiente, atormentada.

Xhex quería explicarle su comportamiento, decirle que se marchaba para no hacerle más daño. Pero enseguida pensó que debería inventar otra historia de mierda, cualquier excusa, y luego desmaterializarse y desaparecer de aquella habitación... y de la vida de John.

Pero sólo logró pronunciar su nombre. No le salían más palabras.

En ese momento John se giró para mirarla de frente. Le hizo señas de significado evidente.

—Lo siento. Vete, vete.

Pero Xhex no pudo moverse. Abrió la boca. No podía creer que estuviese a punto de decir lo que iba a decir. La revelación contradecía cuanto creía saber sobre sí misma.

Por Dios santo, ¿de verdad iba a hacerlo?

—John... yo... yo fui...

Xhex desvió la mirada hacia el espejo, donde vio su propia imagen. Las mejillas hundidas y el color macilento no sólo tenían su origen en la falta de sueño y la mala alimentación.

Con un súbito ataque de rabia, ella dijo:

—Lash no era impotente, ¿comprendes? No... era... impotente...

La temperatura de la habitación cayó abruptamente. Se congeló tan rápido y tanto, que su respiración comenzó a producir nubes de vapor.

Y lo que vio en el espejo la hizo dar media vuelta y retroceder: los ojos azules de John brillaban con una luz diabólica. El labio superior se contrajo para dejar al descubierto unos colmillos tan afilados y tan largos que parecían dagas.

Todos los objetos de la habitación comenzaron a vibrar: las lámparas de las mesitas de noche, la ropa en las perchas, el espejo de la pared. El temblor general fue creciendo hasta convertirse en un seísmo, un bramido. La hembra tuvo que apoyarse en el escritorio para no caerse.

El aire, sobrecargado, eléctrico, estaba a punto de explotar.

Estaban en peligro.

Y John era el centro de aquella inquietante concentración de energía.

En ese momento apretaba los puños con tanta fuerza que le temblaba todo el cuerpo.

El enfurecido macho abrió la boca, levantó la cabeza y dejó escapar un espeluznante grito de guerra.

El grito estalló con tanta violencia que ella tuvo que taparse instintivamente las orejas. Su onda expansiva le golpeó la cara.

Por un momento Xhex pensó que John había recuperado la voz, pero enseguida se dio cuenta de que lo que producía ese ruido no eran cuerdas vocales.

Las puertas de cristal habían estallado. Trozos de vidrio salieron de la casa para rebotar en el suelo de piedra, donde quedaron esparcidos, reflejando la luz como gotas de lluvia...

O como lágrimas.

En realidad, Blay no sabía lo que Saxton acababa de darle. Bueno, sí, era un cigarro, y de los caros, pero ya no recordaba el nombre.

—Creo que te va a gustar —dijo el vampiro dandi, mientras se acomodaba en su poltrona de cuero y encendía su propio puro—. Es tabaco negro, fuerte.

Blay encendió su mechero Montblanc y se inclinó hacia delante para dar una honda calada. Notó que los ojos de Saxton estaban fijos en él.

Otra vez.

No acababa de acostumbrarse a ser el objeto de tanta atención, así que, inquieto, echó un vistazo al local: cielo raso abovedado pintado de color verde oscuro, paredes negras brillantes, poltronas y sofás de cuero granate. Muchos machos humanos con ceniceros al lado.

En resumen, nada interesante, nada que pudiera competir con los ojos, la voz, el cuerpo de Saxton.

—A ver, dime la verdad… —Saxton expelió una nube de humo azul que eclipsó por un momento sus rasgos—, ¿te pusiste el traje de rayas antes o después de mi llamada?

—Antes.

—Sabía que tenías estilo.

—¿De veras?

—Sí. —Saxton lo miró fijamente desde el otro extremo de la pequeña mesa de caoba que los separaba—. De haber creído lo contrario, no te habría invitado a cenar.

La comida en Sal's había sido… maravillosa, ciertamente. Habían cenado en una mesa exclusiva. iAm les había preparado un menú especial a base de antipasto y pasta, con café con leche y tiramisú de postre. Tomaron vino blanco con el primer plato y tinto con el segundo.

La conversación había sido convencional, pero a la vez interesante, aunque eso fue lo de menos. Lo importante fue la comunicación a través del lenguaje corporal de ambos.

Así que así es una cita, pensó Blay. Un diálogo mediante sobrentendidos, mensajes lanzados por debajo de frases sobre libros, música y otras zarandajas.

No le sorprendía que Qhuinn evitara esos rituales, que fuera directo al sexo. Él no tenía paciencia para semejantes sutilezas. Además, no le gustaba leer y la música que escuchaba era un rock metálico que sólo podían soportar los subnormales o los sordos.

Un camarero vestido de negro se acercó.

—¿Qué desean tomar?

Saxton dio vueltas al cigarro entre los dedos, con placentera calma.

—Dos oportos. Croft Vintage 1945, por favor.

—Excelente elección.

Saxton volvió a clavar la mirada en Blay.

—Lo sé.

Blay miró por la ventana frente a la que estaban sentados y se preguntó si alguna vez dejaría de sonrojarse en presencia de Saxton.

—Está lloviendo.

—¿Sí?

Dios, cómo le gustaba aquella voz. Las palabras de Saxton eran tan suaves y deliciosas como el cigarro que se estaba fumando.

Blay movió nerviosamente las piernas. Cuando se dio cuenta, las cruzó.

Rebuscó en su mente algo con que matar el embarazoso silencio. Sólo se le ocurrían estúpidos comentarios sobre el clima. El fin de la velada se aproximaba. Ya sabía que Saxton, como él, había sentido mucho la muerte de Dominick Dunne, y que era fan de Miles Davis, pero ignoraba qué iban a hacer cuando llegara el momento de abandonar el bar de copas.

¿Se daría una de esas situaciones en las que se suelta un vulgar *llámame para repetirlo*? O quizá fuera infinitamente más complicado, caótico y placentero, con el típico remate en forma de *sí, ciertamente me gustaría ir a ver tus bocetos*.

A lo cual su conciencia intentaría que añadiese: *pero que conste que nunca he hecho esto con un tío y que cualquiera que no sea Qhuinn será un pobre sustituto de lo que de verdad quiero*.

—¿Cuándo fue la última vez que estuviste en una cita, Blaylock?

—Yo... —Blay dio una larga calada a su cigarro—. Hace ya mucho tiempo.

—¿Y qué has estado haciendo? ¿Te has dedicado a trabajar sin nada de diversión?

—Algo así. —Se dijo que arrastrar un amor no correspondido no encajaba en el concepto de trabajo, pero sí tenía mucho que ver con la falta de diversión.

Saxton sonrió.

—Me alegré mucho cuando me llamaste. Y me quedé un poco sorprendido.

—¿Por qué?

—Mi primo tiene una cierta actitud, cómo te diría... atávica, sí, como de posesión territorial en lo que a ti respecta.

Blay le dio la vuelta al cigarro y se quedó mirando la punta incandescente.

—Creo que estás exagerando un poco.

—Me estás diciendo cortésmente que no me entrometa, ¿me equivoco?

—No hay nada en lo que entrometerse. —Blay sonrió cuando el camarero puso dos vasos de oporto sobre la mesa redonda—. Créeme,

—Creo que Qhuinn es un personaje interesante. —Saxton alargó su elegante mano y tomó el vaso de oporto—. Es uno de mis primos favoritos, desde luego. Su inconformismo es admirable. Ha sobrevivido a situaciones que habrían acabado con un hombre menos valioso. Aunque no sé si enamorarse de él será un buen negocio.

Blay no estaba dispuesto a tocar ese tema.

—Así que, ¿vienes aquí a menudo?

Saxton soltó una carcajada al tiempo que sus ojos pálidos relampagueaban.

—No quieres hablar de ese asunto, ¿eh? —Miró a su alrededor y frunció el ceño—. Bueno, pues te diré que últimamente no he venido mucho. Mucho trabajar y poco salir.

—Me dijiste que eres abogado especializado en la Ley Antigua. Debe de ser un trabajo interesante.

—Me especializo en la gestión de legados y propiedades, así que cuando el negocio va bien, como ahora, puede deberse a circunstancias dramáticas. El Ocaso se llenó de inocentes por los ataques del verano pasado…

En el reservado de al lado, un grupo de individuos orondos, con relojes de oro y trajes de seda, soltó una estruendosa carcajada coral que dejaba ver lo muy borrachos que estaban todos. El más ruidoso de ellos se echó hacia atrás con tal descontrol que se estrelló contra Saxton.

Lo cual tuvo consecuencias, pues Saxton era un caballero; era homosexual, pero no era un afeminado.

—Discúlpenme, pero, ¿les molestaría bajar un poco el volumen?

El borracho se volvió y la barriga salió por encima del cinturón como si fuera a estallar.

—Sí, sí nos molestaría —dijo el hombre y entornó sus ojos acuosos—. Además, ustedes no pintan nada en este bar.

No aludía a su condición de vampiros, claro.

Al oír aquello, Blay, que daba un sorbo a su vino, notó un sabor avinagrado… aunque no tenía nada que ver con la calidad del oporto.

Un momento después, el tipo se volvió a sacudir, echándose sobre Saxton con tanta fuerza que casi le tira el vaso.

—Maldición —murmuró el primo de Qhuinn agarrando la servilleta.

El humano volvió a invadir el espacio de Blay y Saxton. Se diría que el cinturón le fuera a reventar en cualquier momento, con peligro de sacarle un ojo a alguien.

—¿Es que interrumpimos la fiesta de los dos niños bonitos cuando se preparan para chuparse esa cosa dura que tienen entre las piernas?

Saxton dibujó una inquietante sonrisa.

—Sí, nos estás interrumpiendo.

—Ay, cuánto lo sieeento… —Alzó su cigarro con gesto histriónico, como mofándose de Blay y Saxton—. No era mi intención ofenderos.

—Vámonos —dijo Blay, apagando el cigarro.

—¿Vais a salir corriendo, chicos? —El bocazas arrastraba las palabras—. ¿Vais a una fiesta donde hay otra clase de cigarros? ¿Os escoltamos para que podáis llegar a salvo?

Blay mantuvo sus ojos fijos en Saxton.

—De todas maneras, se está haciendo tarde.

—Todavía hay tiempo para muchas cosas.

Blay se puso de pie y se metió la mano en el bolsillo, pero Saxton, con un gesto, le impidió que sacara la billetera.

—No, por favor, yo invito.

Otra ronda de comentarios desagradables y burdos envenenó el aire todavía más. Blay apretó los dientes. Por fortuna, Saxton no tardó mucho en pagar al camarero y salir.

Afuera, el aire frío de la noche fue como un bálsamo para los sentidos. Blay respiró hondo.

—Esto no es lo habitual —murmuró Saxton—. De serlo, nunca te habría traído aquí.

—No pasa nada. —Cuando Blay comenzó a caminar, sintió que Saxton se apresuraba a alcanzarlo.

Llegaron a la entrada de un callejón y se detuvieron para dejar pasar a un coche que giró por la calle del Comercio.

—¿Cuáles son tus sentimientos sobre todo esto?

Blay miró al otro macho y decidió que la vida era demasiado corta para fingir que no sabía exactamente de qué estaba hablando.

—Para serte sincero, me siento extraño.

—Y no tiene nada que ver con esos payasos del bar, claro.

—Te mentí. Nunca había tenido una cita. —Al oír esas palabras Saxton levantó las cejas y Blay no pudo evitar una carcajada—. Soy un novato absoluto.

De repente, el tono algo meloso de Saxton dio paso a otro más auténtico. En sus ojos brilló una chispa de verdadero afecto.

—Bueno, pues me alegro de ser el protagonista de tu primera cita.

Blay miró a Saxton a los ojos.

—¿Cómo supiste que era gay?

—No lo sabía. Sólo tenía la esperanza de que fuera así.

Blay se volvió a reír.

—Bueno, pues tienes suerte. —Después de una pausa, le tendió la mano—. Gracias por esta velada.

Cuando se estrecharon las manos, hubo un estremecimiento de deseo en ambos.

—¿Te das cuenta de que las citas no terminan normalmente de esta manera? Suponiendo que las dos partes estén interesadas, claro.

Blay sintió que no quería soltar la mano de Saxton.

—¿Tú crees?

Saxton asintió con la cabeza.

—Lo más apropiado sería un beso.

Blay miró los labios de su nuevo amigo y se preguntó a qué sabrían.

—Ven aquí —murmuró Saxton, aprovechando aquel momento de máxima sintonía, y lo arrastró hacia las sombras del callejón.

Blay lo siguió, empujado por un impulso erótico al que no tenía intención de resistirse. Al amparo de las sombras, notó que el pecho de Saxton se pegaba al suyo y que las caderas se rozaban.

Se dio cuenta de que Saxton estaba excitado.

Y Saxton pudo comprobar que Blay también lo estaba.

—Dime una cosa —susurró Saxton—. ¿Alguna vez has besado a un macho?

Blay no quería pensar en Qhuinn en ese momento, así que sacudió la cabeza para borrar aquella imagen de su mente. Pero no lo logró, y los ojos de color azul y verde de Qhuinn siguieron resplandeciendo en su memoria.

De modo que hizo lo único que le permitiría dejar de pensar en su pyrocant.

Acortó la distancia entre su boca y la de Saxton.

* * *

Qhuinn sabía que debería haberse ido directamente a casa. Después de que lo echaran tan descaradamente de la casa de Tohr

—seguramente para que John y Xhex pudiera tener una pequeña charla en posición horizontal— debería haber regresado a la mansión, para refugiarse en una botella de Herradura y ocuparse de sus propios asuntos.

Pero ¡nooooo! Tomó forma frente al único bar-fumadero que había en Caldwell y observó —bajo la lluvia, como un perdedor cualquiera— cómo Blay y Saxton se sentaban a una mesa frente a la ventana. Desde su punto de observación vio cómo su primo miraba a su mejor amigo con lascivia, y luego vio cómo unos idiotas los molestaban y cómo ellos dejaban los cigarros recién empezados y sus oportos a medio terminar.

Como no quería que lo pillaran espiando, Qhuinn se desmaterializó hasta el callejón vecino... lo cual pronto se reveló como la peor de las decisiones.

La voz de Saxton llegó hasta sus oídos transportada por la brisa: «¿Te das cuenta de que las citas no terminan normalmente de esta manera? Suponiendo que las dos partes estén interesadas, claro». «¿Tú crees?». «Lo más apropiado sería un beso».

Qhuinn cerró violentamente los puños y durante una fracción de segundo consideró la posibilidad de salir de detrás del contenedor de basura que lo mantenía oculto. Pero ¿para qué iba a salir? ¿Para interponerse entre los dos y separarlos, como si fuera un árbitro de boxeo?

Pues sí. Exactamente para eso.

«¿Tú crees?».

Saxton había asentido con la cabeza.

«Lo más apropiado sería un beso».

«Ven aquí», había murmurado Saxton.

Mierda, el maldito cerdo hablaba como lo haría la voz de un servicio de sexo telefónico, romántico y excitado. Joder, y encima Blay obedecía y lo seguía hacia las sombras.

Había momentos en la vida en que la increíble capacidad auditiva de los vampiros se convertía en una desgracia, una maldición. Y si además de oírlo todo asomabas la cabeza por encima del contenedor de basura para poder tener una visión completa de la escena...

Al ver que Saxton y Blay se acercaban el uno al otro, Qhuinn abrió la boca. Pero no porque estuviera impresionado ni porque se estuviera preparando para entrar en acción.

Sencillamente no podía respirar. Era como si se le hubiese congelado el corazón.

No… no, maldición, no…

«¿Alguna vez has besado a un macho?».

Sí, sí lo ha hecho, quería gritar Qhuinn.

Blay negó con la cabeza. Realmente había sacudido la cabeza para decir que no, para mentir.

Qhuinn cerró los ojos. Se esforzó al máximo para tranquilizarse lo suficiente como para poder desmaterializarse.

Al tomar forma frente a la mansión de la Hermandad, temblaba de pies a cabeza… y por un momento consideró la posibilidad de agacharse y fertilizar las plantas del jardín con la cena que se había comido antes de salir con Xhex y John.

Pero tras respirar un par de veces decidió que era más sugestivo el plan A y emborracharse hasta acabar como una cuba. Con eso en mente, subió hasta la puerta, llamó para que Fritz lo dejara entrar y se dirigió a la cocina.

Demonios, tal vez sería mejor prepararse para una larga jornada. Dios sabía que Saxton no se iba a conformar con un beso o dos en medio de un callejón frío y húmedo, y además Blay parecía preparado para conseguir finalmente lo que llevaba tanto tiempo anhelando.

Así que tenía por delante mucho tiempo para empinar el codo.

Oía una y otra vez la voz de su primo: *¿Alguna vez has besado a un macho?*

La imagen de Blay negando con la cabeza era como una herida abierta en su cerebro.

Tales pensamientos empujaron a Qhuinn hasta la despensa en la que se guardaba el alcohol.

Qué original salida. Emborracharse para no pensar.

Pero tal vez resultara bueno, aunque sólo fuera una vez en la vida, hacer lo que hace todo el mundo.

Al atravesar de nuevo la cocina, Qhuinn se dio cuenta de que por lo menos había algo bueno en todo aquello. Cuando esos dos hicieran lo que iban a hacer, tendría que ser en la casa de Saxton, porque en la del rey no se admitía a visitantes ocasionales.

Al salir al vestíbulo, Qhuinn frenó en seco.

Blay acababa de entrar por la puerta.

—¿Ya estás de vuelta? —le preguntó con brusquedad—. No me digas que mi primo es de los que acaban rápido.

Blay ni siquiera se detuvo. Pasó de largo hacia las escaleras.

—Tu primo es un caballero.

Qhuinn alcanzó a su mejor amigo y comenzó a caminar detrás de él.

—¿De verdad crees eso? Por el contrario, mi experiencia me dice que sólo parece un caballero.

Blay se dio la vuelta.

—Siempre te había caído muy bien. Era tu primo favorito. Te recuerdo hablando de él como si fuera un dios.

—Pues he cambiado de opinión.

—Bueno, pues a mí me agrada. Y mucho.

Qhuinn quería soltar un gruñido, pero reprimió el impulso y prefirió abrir el tequila que había sacado de la despensa y dar un sorbo directamente de la botella.

—Me alegro por ti. Estoy *feliz* por vosotros dos.

—¿De veras? Entonces, ¿por qué bebes a morro?

Qhuinn ignoró la vitriólica pregunta y Blay decidió cambiar de tema.

—¿Dónde están John y Xhex?

—Por esos mundos de Dios. Solos.

—Creí que ibas a acompañarlos.

—Me despacharon por un rato. —Qhuinn se detuvo al final de las escaleras y se tocó la lágrima que le habían tatuado debajo del ojo—. Ella es una asesina, por Dios santo. Puede protegerlo perfectamente bien. Además, estaban en la antigua casa de Tohr.

Al llegar a su habitación, Qhuinn cerró la puerta de una patada y se quitó la ropa. Bebió más tequila a morro, cerró los ojos e hizo una invocación.

Layla sería una buena compañía en ese momento.

Exactamente lo que necesitaba.

Después de todo, ella había sido entrenada para practicar el sexo y lo único que quería era usarlo a él como objeto erótico. Qhuinn no tendría que preocuparse de que pudiera sentirse herida o desarrollara un vínculo con él. Era una profesional, por decirlo de alguna manera.

Desde luego, lo sería cuando terminara con ella.

Y en cuánto Blay, ¿qué podía hacer? No tenía idea de la razón por la cual había regresado en lugar de irse a la cama con Saxton, pero una cosa estaba clara: esos dos se sentían atraídos el uno por el otro, y Saxton no era de los que esperaban cuando se daban tales circunstancias.

No podía ni debía hacer nada. Después de todo, era su primo, ¿no?

Pero eso no lo salvaría si el hijo de puta le rompía el corazón a Blay.

41

La fiesta de la granja seguía y seguía, y cada vez llegaba más gente que dejaba el coche en el jardín y luego se apelotonaba en las habitaciones del primer piso. Muchos de los que estaban allí, aunque no todos, eran tipos que Lash había visto en Xtreme Park. Corría el alcohol. Cerveza. Tequila. Botellas. Barriles.

Sólo Dios sabía cuántas sustancias ilegales habría en los bolsillos de aquella infecta piara.

Mierda. Lash comenzó a pensar que tal vez estaba equivocado y que el Omega no tramaba nada, que simplemente había sucumbido a sus perversiones…

Le azotó una ráfaga helada, como de viento del norte. Se quedó completamente quieto y puso su mente en blanco, esforzándose a la vez por mantenerse camuflado.

Sombras… Proyectó una sombra sobre él y a través de él y a su alrededor.

La llegada del Omega fue precedida por un eclipse de luna. Los idiotas que había dentro de la granja no tenían ni idea de lo que sucedía, pero la pequeña sabandija sí. El chico se asomó a la puerta principal y su silueta quedó iluminada por la luz que salía de la casa.

El padre de Lash tomó forma sobre el césped quemado y sus vestiduras blancas giraron alrededor de su cuerpo. Su llegada había hecho bajar sensiblemente la temperatura del aire. En cuanto tomó forma, la sabandija se le acercó y se abrazaron.

Lash sintió la tentación de aproximarse y decirle a su padre que no era más que un marica caprichoso, y advertirle a esa rata que sus días estaban contados…

Pero en ese momento la cara encapuchada del Omega se volvió en dirección a Lash.

Éste se quedó absolutamente inmóvil y proyectó en su mente la imagen de una pizarra blanca, para hacerse invisible por dentro y por fuera. Sombra… sombra… sombra…

Ese instante se hizo eterno, porque, sin duda, si el Omega percibía la presencia de Lash todo habría terminado.

Al cabo de unos instantes, sin embargo, el Omega se volvió a centrar en su chico dorado. Un borracho se asomó a la puerta tambaleándose y cayó de bruces sobre el césped. Después de aterrizar aparatosamente, el tipo vomitó en los cimientos de la casa, lo cual provocó la risa de todos los que lo vieron. El barullo de la fiesta pareció incrementarse, y el Omega se dirigió a la casa.

La juerga siguió normalmente, sin duda porque esos pobres desgraciados estaban demasiado borrachos para darse cuenta de que, debajo de aquella túnica blanca, acababa de entrar el mismo demonio.

Pero no seguirían sumidos en la ignorancia por mucho tiempo.

Segundos después hubo una gigantesca explosión de luz que arrasó toda la casa y se proyectó por las ventanas hasta la línea de árboles. Cuando la llamarada se convirtió en un suave resplandor, ya no quedaba ningún superviviente de pie: todos esos idiotas habían caído al suelo al mismo tiempo. Fue un apoteósico fin de fiesta.

Joder, menuda mierda. Si aquello iba por el camino que se imaginaba…

Lash se acercó a la casa con cuidado de no dejar huellas. Mientras avanzaba, oyó un extraño ruido.

Llegó a una de las ventanas del salón y miró.

La sabandija arrastraba los cuerpos, alineándolos uno junto al otro, de manera que las cabezas apuntaban al norte y entre uno y otro no había más de treinta centímetros. Por Dios… había tantos cuerpos que la fila se extendía por todo el pasillo y entraba en el comedor.

El Omega permanecía al fondo, en actitud contemplativa, como si le gustara el espectáculo de ver a su encantador favorito moviendo cuerpos de un lado a otro.

Precioso.

La sabandija necesitó casi media hora para poner a todo el mundo en fila. A los que estaban en el segundo piso los bajó arrastrándolos por las escaleras, de modo que las cabezas dejaban un rastro de sangre al golpearse con los escalones.

Normal. Era más fácil arrastrar a los muertos por los pies.

Cuando todos quedaron alineados, la sabandija comenzó a trabajar con el cuchillo. De repente la granja se convirtió en una fábrica de restrictores, una planta de inducciones en serie. Comenzando desde el comedor, la sabandija fue cortando cuellos, muñecas, tobillos y pechos, y el Omega iba detrás dejando caer gotas de sangre negra dentro de las cavidades torácicas y aplicándoles luego la siniestra energía, antes de proceder a los tratamientos cardiacos, por así llamarlos.

Nada de frascos de cerámica ni rituales minuciosos para este grupo. Cuando sacaban los corazones, los dejaban a un lado sin más, a la espera de meterlos luego de nuevo.

Una masacre.

Cuando terminaron, había una laguna de sangre en el centro del salón, donde las tablas del suelo habían cedido, y otra al pie de las escaleras. Lash no alcanzaba a ver el comedor, pero estaba seguro de que allí debía de haber otro charco similar.

Poco después comenzaron los gemidos de los iniciados. La nueva fase de la fiesta era cada vez más ruidosa y más asquerosa. A medida que las transiciones fueron avanzando aquellos idiotas empezaran a vomitar lo que les quedaba de humanidad.

En aquella orgía agónica y confusa, el Omega iba de un lado a otro, danzando sobre la sangre coagulada sin que sus vestiduras blancas se mancharan.

En la esquina, la sabandija encendió un porro y se relajó, como si se estuviera tomando un descanso con la satisfacción del trabajo bien hecho.

Lash se alejó de la ventana y retrocedió hasta los árboles, manteniendo siempre los ojos fijos en la casa.

Maldición, él debería haber hecho algo como aquello. Pero carecía de los contactos en el mundo humano necesarios para lograrlo. A diferencia de la sabandija, que acababa de apuntarse un tanto.

Joder. A partir de ahora las cosas iban a cambiar para los vampiros. Otra vez se tendrían que enfrentar a una legión de enemigos.

Volvió al Mercedes, encendió el motor y se alejó de la granja por el camino largo, para mantenerse lo más lejos posible de la casa. Mientras el aire frío le golpeaba la cara gracias a la ventanilla rota, condujo con ánimo lúgubre. A la mierda con las hembras y todo lo demás. De ahora en adelante, su único objetivo en la vida sería acabar con la sabandija. Privar al Omega de su capricho. Destruir a la Sociedad Restrictiva.

Bueno, era una manera de hablar. Las hembras eran cosa aparte.

Lash se sentía absolutamente exhausto. Necesitaba alimentarse; a pesar de lo que estaba sucediendo con su apariencia exterior, sus entrañas todavía necesitaban sangre y tenía que resolver ese problema antes de iniciar la guerra con su papi.

Si no lo hacía, acabaría muerto.

Se encaminó al centro de la ciudad, sacó su móvil y se asombró al pensar en lo que estaba a punto de hacer. Pero, claro, la existencia de un enemigo común propiciaba extrañas alianzas.

***

En el complejo de la Hermandad, Blay se desvistió en el baño y entró en la ducha. Mientras le daba vueltas al jabón entre las manos para producir un poco de espuma, pensó en lo que acababa de ocurrir.

Pensó en aquel macho.

En aquel beso.

Se enjabonó el pecho, echó la cabeza hacia atrás y dejó que el agua caliente le corriera por todo el cuerpo. Procuró aflojar la tensión de todos sus músculos, demasiado tirantes. Se estiró y gozó bajo el agua caliente. Se tomó su tiempo con el champú, y un poco más aún con el jabón.

Siguió pensando en el beso.

Dios. El recuerdo de aquellos labios parecía un imán que arrastrara su mente hacia el encuentro del callejón una y otra vez. La atracción era demasiado grande para oponer resistencia, y la imagen, además, resultaba demasiado atractiva como para que quisiera evitarla.

Mientras se pasaba las manos por el torso, Blay se preguntó cuándo volvería a ver a Saxton.

Cuándo volverían a estar a solas.

Blay estaba bajando la mano, cuando oyó una voz.

—Señor, ¿está ahí?

Blay salió de la ducha apresuradamente. Tapándose el miembro en erección con las dos manos, asomó la cabeza por la puerta de vidrio.

—¿Layla?

La Elegida le sonrió con timidez y lo miró de arriba abajo.

—¿Me habéis llamado? ¿En qué puedo ser útil a los señores?

—Yo no te he llamado.

Debió de confundirse. A menos que…

—Qhuinn hizo una invocación llamándome. Supuse que debía acudir a su habitación, señor.

Blay cerró los ojos. Su erección se desvaneció mientras se cubría de insultos a sí mismo. Luego cerró el grifo, agarró una toalla y se la puso alrededor de las caderas.

—No, Elegida —dijo en voz baja—. No es aquí. Debes ir al cuarto de Qhuinn.

—¡Ay! Perdóname, señor —dijo Layla, al tiempo que comenzaba a retirarse con las mejillas encendidas de rubor.

—Está bien… ¡Cuidado! —Blay se abalanzó para sujetarla antes de que se cayese tras haber tropezado por culpa de la confusión que la dominaba—. ¿Estás bien?

—Sí, gracias, debería mirar para dónde voy. —Layla lo miró a los ojos y le puso las manos sobre los brazos—. Gracias.

Viendo aquel rostro absolutamente perfecto, entendió por qué Qhuinn estaba interesado en ella. Era etérea, claro, pero también irresistible, en especial cuando bajaba los párpados, y cuando sus ojos verdes relampagueaban.

Inocente pero erótica. Eso era. Una cautivadora combinación de pureza y sexualidad, una mezcla que resultaba irresistible para los machos normales, y no digamos para Qhuinn, que era capaz de follar con cualquier cosa que se moviese.

Blay se preguntó si la Elegida sabría eso. O si le importaría. Frunció el ceño y la soltó.

—Layla...

—Dime, señor,

Se quedó callado. ¿Qué le iba a decir? Era obvio que Qhuinn no la había llamado para alimentarse, porque ya lo habían hecho la noche anterior...

Por Dios, tal vez había una explicación sencilla. Como ya habían follado una vez, querían repetir.

—¿Señor?

—Nada, era una bobada. Será mejor que te vayas. Estoy seguro de que Qhuinn te está esperando.

—Así es. —En ese momento, la fragancia de Layla se intensificó y el aroma a canela llegó hasta la nariz de Blay—. Y estoy muy agradecida por eso.

Cuando Layla dio media vuelta y se marchó, Blay se quedó mirando cómo mecía las caderas. Sintió ganas de gritar. No quería pensar en Qhuinn haciendo el amor en el cuarto de al lado.

Hasta ese momento, la mansión era el único lugar que no se había contaminado con encuentros sexuales esporádicos.

No quería pensarlo, pero era lo único en lo que podía pensar. Layla dirigiéndose a la habitación de Qhuinn y dejando caer de los hombros aquella túnica blanca, para dejar al descubierto esos senos, ese abdomen y esos muslos que Qhuinn devoraría con los ojos. En un abrir y cerrar de ojos, Layla estaría sobre su cama y debajo de él.

Y Qhuinn se preocuparía por complacerla. Porque, al menos en lo que tenía que ver con el sexo, era generoso. No regateaba su tiempo ni su evidente talento. Qhuinn la follaría con todo lo que tenía, con las manos, con la boca...

Bueno, ya estaba bien. Para qué entrar en detalles.

Mientras se secaba, Blay pensó que Layla quizá fuese la compañera perfecta para Qhuinn. Con su entrenamiento, no sólo lo complacería sexualmente, sino que además no se le ocurriría esperar de él fidelidad, ni lo presionaría para que sintiera lo que no sentía. Probablemente Layla se uniría a la diversión de su amigo con otras parejas, porque, a juzgar por la forma en que caminaba, se sentía muy cómoda y muy feliz con su cuerpo.

Definitivamente, era perfecta para Qhuinn. Mucho mejor que Blay, eso seguro.

Además, Qhuinn le había dejado muy claro que acabaría emparejado con una hembra... una hembra con valores tradicionales, preferiblemente de la aristocracia. Suponiendo que alguna aceptara a un macho con un ojo de cada color.

Pensándolo bien, Layla encajaba perfectamente en las pretensiones de su amigo, pues no había nada más encumbrado y tradicional que una Elegida. Y era evidente que ella lo deseaba y que le importaba un pimiento el color de sus ojos.

Se sentía como si le hubiesen echado una maldición. Se dirigió al armario y se puso unos pantalones cortos y una camiseta para hacer ejercicio. No pensaba quedarse allí como un idiota, intentando leer, mientras en la habitación de al lado sucedía lo que tenía que suceder...

Tampoco quería pensar en ello, ni imaginarse nada.

Así que salió al corredor de las estatuas y apresuró el paso, mientras envidiaba la tranquilidad y la serenidad de aquellas figuras de mármol. En momentos como aquél, convertirse en una estatua parecía una buena idea. Las piedras no pueden ser felices, pero tampoco soportan dolores agudos, como el que le torturaba en ese momento

Llegó al vestíbulo, dio un rodeo y se metió por la puerta secreta. Al llegar al túnel que llevaba al centro de entrenamiento, empezó a trotar a modo de calentamiento. Cuando salió por el armario de la oficina no disminuyó el ritmo. El gimnasio era el único lugar en el que podía estar en esos momentos. Una hora en los aparatos más duros y se le quitarían las ganas de arrancarse la piel con una cuchara oxidada.

Al salir al pasillo que llevaba al gimnasio, se detuvo en seco cuando vio una figura solitaria recostada en la pared de cemento.

—¡Xhex! ¿Qué estás haciendo aquí?

La hembra levantó la vista. Sus ojos grises oscuros parecían pozos sin fondo.

—Hola.

Blay frunció el ceño mientras se acercaba.

—¿Dónde está John?

—Ahí dentro —Señaló con la cabeza hacia el gimnasio.

Eso explicaba el estruendo que Blay alcanzaba a oír. Era evidente que alguien estaba exprimiendo al máximo una de las máquinas de musculación.

—¿Qué ha pasado? ¿Por qué tienes esa cara y qué hace John machacándose en el gimnasio?

Xhex suspiró y apoyó la nuca en la pared.

—Lo único que se me ocurrió fue traerlo aquí.

—¿Por qué?

La hembra cerró los ojos.

—Digamos que quiere salir a matar a Lash.

—Bueno, eso es comprensible.

—Sí…

Blay tuvo la sensación de que no le había contado ni la mitad de la historia, pero estaba muy claro que eso era todo lo que Xhex iba a decirle.

De repente, aquellos ojos del color de la tormenta relampaguearon, y le sorprendió con un comentario devastador.

—Así que tú eres la razón de que Qhuinn estuviera de tan mal humor hoy.

Blay retrocedió. Luego negó con la cabeza.

—No tiene nada que ver conmigo. Qhuinn está de mal humor siempre. Vive enfadado.

—La gente que va en la dirección equivocada por lo general vive de mal humor. No es posible conseguir la cuadratura del círculo.

Blay tragó saliva. Pensó que, definitivamente, cuando uno se siente miserable, lo último que necesita es estar cerca de un symphath, aunque se trate de un ejemplar que no quiera hacerte daño.

No hay que acercarse a un symphath, por ejemplo, cuando uno sabe que el macho que desea está follándose a una Elegida que tiene una cara angelical y un cuerpo diseñado para la lujuria.

Sólo Dios sabía qué era lo que Xhex estaba percibiendo simplemente con mirarlo.

—Bueno… voy a hacer un poco de ejercicio —dijo Blay, como si se pudiera ir a aquel lugar vestido de aquella manera para hacer otra cosa.

—Perfecto. Tal vez puedas hablar con él.

—Lo haré. —Blay vaciló un momento, al ver que Xhex parecía tan hundida como lo estaba él—. Escucha, no te ofendas, pero tienes mal aspecto, pareces agotada. Tal vez deberías subir a una de las habitaciones de invitados y dormir un poco.

Ella negó con la cabeza.

—No pienso dejarlo solo. Me he salido aquí fuera porque lo estaba volviendo loco. Mi presencia no es buena para su salud mental en este momento. Pero espero que eso deje de ser así cuando haya destrozado todas las cintas sin fin y todas las malditas pesas.

—¿Las destroza?

—Estoy bastante segura de que el crujido y el olor a humo que noté hace un rato fueron el acta de defunción de una de esas máquinas.

—Joder.

—Sí, joder.

Blay se preparó mentalmente y entró en el gimnasio…

—Por Dios. ¡John!

El grito de Blay casi ni se oyó. Pero, claro, el zumbido de la cinta y el golpeteo de los pies de John habrían ahogado hasta un tiroteo.

El cuerpo inmenso del macho enamorado corría a toda velocidad sobre la máquina. Tenía la camiseta y el torso entero empapados en sudor. Por los puños le escurrían gotas que formaban un par de riachuelos gemelos a uno y otro lado del suelo. Los calcetines blancos presentaban sendas manchas rojas que indicaban que ya se había hecho profundas rozaduras en varias partes. El negro pantalón de deportes le golpeaba las piernas como si fuese una toalla mojada.

—¡John! —gritó Blay, al ver la cinta andadora que estaba al lado y de la cual todavía salía humo—. ¡John, joder!

Como los gritos no lograban llamar la atención de su amigo, Blay se situó frente a su campo visual y agitó las manos. Pero enseguida se arrepintió, pues los ojos que se clavaron en él ardían con tanto odio que no tuvo más remedio que retroceder.

Cuando John volvió a clavar la mirada en el vacío, Blay se dio cuenta de que su amigo pretendía seguir así hasta que sus piernas se convirtiesen en simples muñones.

—¡John, ya basta, por favor! —vociferó Blay—. ¡Te vas a desmayar!

Nada. Lo único que se oía eran los chirridos de la máquina y el estruendo de esos pies corriendo sobre la cinta.

—¡John! Por favor, déjalo. ¡Te estás matando!

A la mierda.

Se dirigió a la parte posterior de la máquina y la desenchufó de la pared. La máquina se detuvo abruptamente, John tropezó y se fue hacia delante, pero en el último momento pudo agarrarse a la consola.

Con la respiración agitada y la boca abierta, se dobló, en busca de aire.

Blay acercó una butaca y se sentó, de manera que pudiera mirarlo a la cara.

—John, ¿qué demonios sucede?

El interpelado soltó la consola y se dejó caer de culo, pues las piernas ya no daban más de sí. Tomó aire con ansia varias veces, se pasó la mano por el pelo empapado.

—Háblame, John. Lo que digas quedará entre nosotros. Te lo juro por la vida de mi madre.

Pasó un buen rato antes de que John levantara la cabeza y, cuando lo hizo, sus ojos resplandecían.

Pero no por el ejercicio.

—Cuéntamelo y te juro que no saldrá de aquí —insistió Blay—. ¿Qué sucedió?

Por fin empezó a mover las manos. Aunque el joven mudo estaba muy alterado, Blay pudo leer las señas perfectamente.

—Él le hizo daño, Blay. Él... le hizo daño.

—Sí, bueno, ya lo sé. Oí que estaba muy mal cuando...

John cerró los ojos con fuerza y sacudió la cabeza.

En medio del tenso silencio que siguió, Blay sintió que se le erizaba la piel de la nuca. ¡Mierda!

Había sido más grave de lo que pensaron inicialmente, ¿verdad?

—¿Fue muy grave? —musitó Blay.

—Muy grave —respondió John.

—Desgraciado. Desgraciado de mierda. Maldito hijo de puta de mierda.

Blay no era muy dado a decir groserías, pero algunas veces eso es lo único que te sale de la boca, y del alma. Xhex no era su hembra, pero, de acuerdo con sus principios, no se hace daño a las hembras. Por ninguna razón; y nunca, jamás, de esa manera.

Dios, la expresión de dolor de Xhex no sólo reflejaba preocupación por John. También tenía que ver con sus recuerdos. Con horribles recuerdos...

—John, lo siento muchísimo. De verdad.

Unas lágrimas rodaron por el rostro de John, que se tuvo que secar los ojos un par de veces antes de levantar la vista. En su rostro, la angustia se mezclaba con una furia sobrecogedora. Daba miedo verlo.

Con su historia, todo aquello tenía que resultarle doblemente insoportable. Estaba sometido a un sufrimiento infernal.

—Tengo que matarlo —dijo John por señas—. No podré seguir viviendo si no lo mato.

Blay asintió: le parecía un deseo más que justificado. Era un macho enamorado, del que habían abusado de pequeño, y cuya hembra había sido violada por un restrictor, antiguo vampiro. Un monstruo traidor a su especie.

La sentencia de muerte de Lash había quedado firmada.

Blay cerró el puño y ofreció a su amigo sus nudillos.

—Cualquier cosa que necesites, cualquier cosa que quieras, me la pides. Estoy contigo. Y no diré nada a nadie.

John esperó un momento y luego chocó su puño contra el de Blay.

—Sabía que podía contar contigo —dijo.

—Siempre —prometió Blay—. Siempre.

La casa de Eliahu Rathboone volvió a quedar en completo silencio una hora después del frustrado viaje de Gregg al tercer piso. Éste decidió esperar otro buen rato después de que el mayordomo volviera abajo, antes de intentarlo de nuevo.

Holly y él pasaron el tiempo conversando, no follando, que solía ser su modus operandi.

Lo cierto era que, cuanto más hablaban, más cuenta se daba Gregg de que no sabía absolutamente nada de ella. No tenía ni idea de que su hobby era algo tan tradicional como hacer punto. Ni que su mayor ambición era convertirse en presentadora de informativos en directo, lo cual no era tan raro: la mayoría de las chiquillas tontas que había conocido querían hacer algo mejor que entrevistar a idiotas aficionados o hacer sensacionales reportajes sobre plagas de cucarachas.

Gregg sí sabía antes de aquellas conversaciones que Holly había hecho sus pinitos en el mundo de la información local en Pittsburgh. Lo que no sabía era la verdadera razón por la que dejó aquel empleo. El director del informativo, que estaba casado, quería que ella se pusiera ante una cámara distinta, más íntima, y cuando ella se negó, le puso una trampa para que se equivocase estando en el aire y la despidió.

Gregg, eso sí, había visto la grabación, el momento en que trastocaba las palabras de la presentación. Pero nada sabía hasta entonces de lo que había sucedido en realidad.

Gregg suponía que eso era lo que había dado origen a sus prejuicios sobre Holly: que tenía una cara bonita, con un cuerpo despampanante y no mucho más que ofrecer. En realidad, tenía que haber reflexionado más, preguntarse por qué, si era tan tonta, siempre hacía su trabajo correctamente.

Pero no era ése su más grave error en lo que a ella se refería. Gregg no sabía que Holly tenía un hermano discapacitado y que ella lo mantenía.

La joven presentadora le había enseñado una fotografía de los dos juntos.

Y cuando Gregg le preguntó cómo era posible que nunca le hubiera hablado del chico, ella tuvo la valentía de contestarle con toda sinceridad: «Porque trazaste desde el principio los límites de esta relación y la existencia de mi hermano estaba fuera de esos límites».

Naturalmente, Gregg había tenido la típica reacción masculina. Negó que hubiera puesto tales límites, pero lo cierto era que ella tenía razón, y lo sabía. Él había marcado las pautas de la relación con claridad. Nada de celos, nada de explicaciones, nada de ataduras, nada personal.

Al darse cuenta de lo equivocado que estuvo, Gregg se sintió impulsado a abrazarla. Y lo hizo, apoyando la barbilla sobre su cabeza y acariciándole la espalda. Un momento antes de dormirse, Holly musitó algo en voz baja. Algo así como que era la mejor noche que había pasado con él… incluso teniendo en cuenta los monstruosos orgasmos que le había provocado en otras ocasiones.

Bueno, que le había provocado cuando le convenía a él. Porque también hubo muchas citas canceladas en el último minuto, muchos mensajes sin contestar y muchos roces, tanto verbales como físicos.

Joder… se había portado como un mierda, pensó Gregg.

Cuando finalmente se puso de pie para repetir la incursión en el tercer piso, arropó a Holly, conectó la cámara que se activaba con un sensor de movimiento y se escurrió hacia el pasillo.

Allí afuera reinaba el silencio.

Moviéndose sigilosamente por el corredor, se dirigió de nuevo hacia la salida. Enseguida estuvo escaleras arriba. Pasó el primer rellano y siguió el siguiente tramo de escalones, hasta la puerta.

Pero esta vez no llamó. Sacó un destornillador fino que se usaba normalmente para ajustar las cámaras e intentó forzar la cerradura. Para su sorpresa, fue más fácil de lo que había pensado. Sólo tuvo que insertar el destornillador, moverlo un poco, y la cerradura se abrió.

La puerta no chirrió al moverse, lo cual también le sorprendió, aunque no le causó mayor inquietud.

Lo que había al otro lado sí lo dejó frío.

El tercer piso era un salón grande que parecía sacado de otra época, con suelo de tablas y un techo de dos aguas que caía a ambos lados formando un ángulo agudo. Al fondo había una mesa con una lámpara de aceite encima, cuyo resplandor teñía las paredes de un color amarillo dorado… al tiempo que iluminaba las botas negras de alguien que estaba sentado en una silla ubicada fuera del haz de luz.

Eran unas botas grandes.

No tuvo ninguna duda sobre quién era el hijo de puta que estaba allí, ni sobre lo que había hecho.

—Te tengo grabado —le dijo Gregg a la figura.

La suave carcajada que Gregg escuchó en respuesta a sus palabras hizo que sus glándulas suprarrenales comenzaran a trabajar a marchas forzadas. Era una risa ronca y fría, como las que sueltan los asesinos en las películas justo antes de comenzar a trabajar con el cuchillo.

—¿De verdad? —Aquel acento, ¿de dónde diablos era? No era francés, ni húngaro…

En fin. El solo hecho de pensar que ese tipo se había aprovechado de Holly lo hizo sentirse más alto y más fuerte de lo que era en realidad.

—Sé lo que hiciste antenoche.

—Te pediría que te sentases, pero, como ves, sólo tengo una silla.

—No estoy de broma. —Gregg dio un paso hacia delante—. Sé lo que pasó con ella. Ella no te deseaba.

—Ella quería sexo.

Maldito desgraciado.

—¡Estaba dormida!

—No me digas. —La punta de una de las botas empezó a subir y bajar—. Las apariencias, al igual que la mente, pueden ser engañosas.

—¿Quién demonios te crees que eres?

—Soy el propietario de esta bella casa. Eso es lo que soy. Yo soy el que te dio permiso para jugar aquí con tus cámaras.

—Bueno, pues ya puedes olvidarte de eso. No le voy a hacer propaganda a este sitio.

—Oh, claro que lo harás. No lo puedes remediar, forma parte de tu naturaleza.

—Tú no sabes una mierda sobre mi naturaleza.

—Yo creo que más bien es al contrario. Tú no sabes una mierda, como dices, sobre ti mismo. Y debes saber, por cierto, que ella pronunció tu nombre cuando llegó al orgasmo.

Gregg se enfureció de tal modo que se arriesgó a dar otro paso hacia el misterioso personaje.

—Deberías ser más prudente —dijo la voz—, si no quieres salir lastimado. Todos dicen que estoy loco.

—Voy a llamar a la policía.

—No tienes ninguna razón para hacerlo. Ella y yo somos adultos responsables, ya sabes.

—¡Pero ella estaba dormida!

Esta vez la bota dibujó un arco y se plantó en el suelo.

—Cuidado con el tono que usas, niñato.

Antes de que Gregg tuviera tiempo de reaccionar ante el insulto, el hombre se inclinó hacia delante en la silla… y Gregg se quedó sin voz.

Lo que entró en el haz de luz era absurdo. En muchos sentidos.

Era el retrato. El retrato que estaba en el salón del primer piso. Sólo que estaba vivito y coleando. La única diferencia era que no tenía el pelo recogido hacia atrás; lo llevaba suelto sobre los hombros, que eran dos veces más anchos que los de Gregg, y se trataba de una melena negra y roja.

Para espanto de Gregg, tenía los ojos del color del amanecer y resplandecían en la oscuridad.

Eran unos ojos que hipnotizaban.

Eran ojos de demente.

—Sugiero que —dijo la voz con su extraño acento— salgas de este ático y regreses a los brazos de tu adorable dama…

—¿Eres descendiente de Rathboone?

El hombre sonrió. Sus dientes delanteros tenían algo muy extraño.

—Él y yo tenemos cosas en común, sí.

—Por Dios… pero eso es…

—Es hora de que te marches y termines tu pequeño proyecto. —El tipo dejó de sonreír, lo cual fue todo un alivio, porque su sonrisa le producía escalofríos—. Y te daré un consejo en lugar de la patada en el trasero que me gustaría darte. Deberías cuidar a tu mujer mejor de lo que lo has venido haciendo últimamente. Ella te quiere de verdad, aunque es evidente que no te lo mereces. Si la hubieras tratado como es debido no estarías despidiendo ese olor ridículo a culpa en este momento. Tienes suerte de tener a tu lado a una persona como ella, así que abre los ojos, imbécil.

Gregg no se sorprendía con mucha frecuencia. Pero esta vez se había quedado completamente sin palabras.

¿Cómo era posible que ese desconocido supiera tantas cosas?

Gregg odiaba que Holly se acostase con otro… pero, pensándolo bien… ¿de verdad había pronunciado su nombre al correrse?

—Adiós. —Rathboone levantó una mano e hizo un gesto de despedida—. Prometo dejar en paz a tu mujer, siempre y cuando tú dejes de ignorarla. Ahora vete, adiós.

Sin que mediara su voluntad, como si fuera un robot gobernado por una fuerza ajena, Gregg levantó el brazo y lo movió, dio media vuelta y comenzó a caminar hacia la puerta.

Dios, cómo le dolían las sienes. Dios… maldición… joder… por qué estaba… dónde…

De repente se quedó en blanco, como si su mente se hubiese quedado atascada.

Bajó al segundo piso.

Entró en su habitación.

Después de quitarse la ropa y meterse en la cama en calzoncillos, puso la cabeza en la almohada al lado de la de Holly, la abrazó y trató de recordar…

Se suponía que debía hacer algo. ¿Qué sería?…

El tercer piso. Tenía que subir al tercer piso. Tenía que averiguar qué estaba sucediendo allá arriba…

Un agudo pinchazo atravesó su cabeza, acabando no sólo con el impulso de moverse, sino con el interés por lo que sucediera en el ático.

Al cerrar los ojos, Gregg tuvo la extraña visión de un desconocido con cara familiar… pero luego se quedó otra vez en blanco y el mundo perdió importancia.

43

Infiltrarse en la mansión de al lado no representó ningún problema.

Después de observar la actividad de la casa y descubrir que no había nada que sugiriera movimiento dentro de sus muros, Darius anunció que Tohrment y él entrarían, y así lo hicieron. Tras desmaterializarse desde la arboleda que separaba las dos propiedades, tomaron forma de nuevo al lado del ala de la cocina, por donde entraron sin mayor dificultad a través de una puerta de madera sólida.

De modo que el mayor obstáculo que encontraron para entrar en la mansión fue la aplastante sensación de pavor que los invadía.

Con cada paso que daba, Darius tenía que hacer un esfuerzo para obligarse a seguir, pues su instinto le gritaba que se estaba equivocando. Y sin embargo se negó a dar marcha atrás. No tenía más lugares donde buscar, y aunque tal vez la hija de Sampsone no estuviera allí, su deber era descartar esa posibilidad. Y además necesitaba hacer algo, o se volvería loco.

—Esta casa parece embrujada —murmuró Tohrment, mientras los dos inspeccionaban el salón de la servidumbre.

Darius asintió con la cabeza.

—Pero recuerda que los fantasmas sólo habitan en tu mente y no entre quienes se encuentren bajo este techo. Vamos, debemos localizar dependencias subterráneas. Si los humanos la tienen cautiva, estará bajo tierra.

Atravesaron sigilosamente la inmensa cocina y la gran nave de las carnes curadas, que colgaban de ganchos incrustados en el techo. Estaba cada vez más claro que se trataba de una casa humana. Había mucho silencio, en contraste con cualquier mansión de una familia vampira, donde ésta sería la hora de la preparación de la Última Comida. Un jaleo.

Sin embargo, el hecho de que la casa fuera de la otra raza no desmentía que la hembra estuviese retenida allí, y tal vez era más bien un factor que podría llevar a esa conclusión. Aunque los vampiros tenían, lógicamente, plena certeza de la existencia de la humanidad, en la cultura humana sólo había mitos sobre los vampiros. Gracias a esa nebulosa, fomentada por ellos mismos, los poseedores de grandes colmillos sobrevivían con mayor tranquilidad. Sin embargo, de vez en cuando había contactos inevitables y de buena fe entre quienes preferían permanecer ocultos y aquellos a los que les gustaba husmear. Esos poco frecuentes roces entre las razas explicaban las terribles y descabelladas historias humanas acerca de los «espíritus», las «brujas», los «fantasmas» y los «chupadores de sangre». En efecto, la mente humana parecía tener necesidad de fabricar historias en ausencia de pruebas concretas. Eso era coherente con la concepción egocéntrica del mundo que tenía esa raza: cualquier cosa que no encajara con los esquemas humanos era explicada como fenómeno poco menos que mágico, como hechos «paranormales».

Para una familia humana, adinerada o no, sería una suerte capturar una prueba viviente de aquellas etéreas leyendas.

En especial si se trataba de una prueba adorable e indefensa.

A saber qué habrían podido ver los dueños de esta casa a lo largo del tiempo, qué rarezas, qué diferencias raciales habrían quedado expuestas sin querer a los ojos de los humanos.

Al fin y al cabo, las dos mansiones eran vecinas.

Darius maldijo para sus adentros y pensó que ésa era la razón por la cual los vampiros no debían vivir tan cerca de los humanos. Lo mejor era la separación. Vivir en comunidades protegidas y separados de los humanos.

Darius y Tohrment registraron todo el primer piso de la mansión, desmaterializándose de una habitación a otra, escurriéndose como sombras, rodeando muebles tallados y tapices bordados sin hacer ningún ruido.

¿Cuál era su mayor preocupación y además la razón por la cual no habían recorrido los pisos de piedra a pie? Que hubiese perros por allí. Muchas mansiones tenían perros de vigilancia, una complicación en la cual no querían enredarse. Con suerte, si había animales en la mansión, estarían acostados a los pies de las camas de sus amos.

Y ojalá ocurriese algo similar con los guardias de seguridad.

Darius y Tohrment parecían tener la suerte de su lado. No había perros. Ni guardias. Al menos, ninguno que hubiesen visto, oído u olido… y además pudieron localizar el pasadizo que llevaba a las habitaciones subterráneas.

Los dos sacaron sendas velas y las encendieron. Su luz parpadeaba sobre los escalones burdos y las ásperas paredes, todo lo cual parecía indicar que la familia nunca bajaba hasta allí. Sólo debían de hacerlo los sirvientes.

Era, además, otra prueba de que no se trataba de una casa vampira. En las residencias de los vampiros, los cuartos subterráneos eran los más lujosos.

Cuando llegaron a la zona subterránea propiamente dicha, vieron que el suelo dejaba de ser de piedra. Ahora era de tierra, y el aire estaba lleno de humedad. A medida que se fueron adentrando en la red de pasadizos fueron encontrando cuartos trasteros llenos de barriles de vino, carnes en salazón y cestas llenas de patatas y cebollas.

Darius esperaba encontrar, al final del pasillo principal, otras escaleras que pudieran llevarles arriba sin necesidad de deshacer el camino. Pero en lugar de eso llegaron a un punto muerto. Se acababa el corredor y no había ninguna puerta.

El vampiro miró a su alrededor para ver si había en el suelo o en la piedra indicios de la presencia de algún panel escondido. Pero no había nada.

Con el fin de estar seguros, él y Tohrment pasaron las manos por la superficie de la pared y por el suelo.

—Hay muchas ventanas en los pisos de arriba, pero todas iluminadas como si no ocultaran nada —murmuró Tohrment—. De tenerla allí, al menos habrían echado las cortinas. ¿Habrá algún cuarto ciego, sin ventanas?

Cuando los dos guerreros llegaron al final del corredor, aquella sensación de pavor, de estar en el sitio equivocado, se intensificó en Darius hasta el extremo de dificultarle la respiración. El sudor le corrió por los brazos y la espalda. Tenía la sensación de que Tohrment padecía el mismo estremecimiento nervioso, a juzgar por la manera como se movía hacia uno y otro lado.

Darius sacudió la cabeza.

—En verdad, parece que la muchacha no está aquí.

—Tienes razón, vampiro.

De pronto, dieron media vuelta desenfundando al unísono sus dagas.

Al ver lo que les había sobresaltado, Darius se explicó aquella extraña sensación de terror.

La figura enfundada en una túnica blanca que obstruía el camino de salida no era humana ni vampira.

Era un symphath.

Mientras esperaba a la puerta del gimnasio, Xhex estudiaba sus propias emociones con desapasionado interés. Era como mirar el rostro de un desconocido, como tomar nota de las imperfecciones, los colores de la piel y los rasgos. Observaba sus sentimientos como si fuera algo material, que se pudiese escudriñar a simple vista

Su instintivo deseo de venganza había sido eclipsado por una sincera preocupación por John.

Sorpresa, sorpresa.

Jamás imaginó que llegaría a ver aquella furia infernal tan de cerca. Y menos en alguien como John. Era como si el joven tuviera una bestia interior que se hubiese escapado de su jaula.

Joder, los instintos de los machos enamorados no eran como para tomarlos a broma.

Xhex no se engañaba. La pasión de macho enamorado era la razón por la que John había reaccionado de aquella manera y también era la causa de ese aroma a especies negras que había sentido cada vez que lo tenía cerca. Empezó a notarlo desde la primera vez que le vio después de escaparse de las garras de Lash. Durante los largos días de su secuestro, la atracción y el respeto de John por ella habían crecido, se habían vuelto irrevocables.

Mierda. Qué desastre.

Oyó que el zumbido de la máquina cesaba de repente y se imaginó que Blaylock la habría desenchufado. Bien hecho, pensó. Ella había tratado de evitar que John se matara de cansancio, pero al ver que ahora para ella era imposible comunicarse con él, decidió montar guardia allí fuera.

No estaba dispuesta a verlo suicidarse de aquella absurda manera. Con escuchar el ruido de la maldita cinta sin fin tenía más que suficiente.

De repente, al fondo del corredor se abrió la puerta de vidrio que llevaba a la oficina y apareció el hermano Tohrment. El resplandor que emanaba por detrás de él anunciaba que Lassiter también había bajado al centro de entrenamiento.

Pero el ángel caído se quedó atrás.

—¿Cómo está John? —Xhex pudo ver cómo la preocupación por John se reflejaba en la cara severa y los ojos cansados del hermano Tohrment, y también en su patrón emocional, cuyos circuitos relacionados con el arrepentimiento estaban encendidos.

No se podía esperar otra cosa.

Xhex miró de reojo hacia la puerta del gimnasio.

—Parece que está pensando en hacer carrera como atleta especialista en maratones.

La imponente estatura de Tohr la obligó a levantar la cabeza. Se llevó una gran sorpresa al ver lo que había detrás de sus ojos azules: en aquella mirada había conocimiento, un profundo conocimiento que hizo que los circuitos emocionales de Xhex se encendieran con alarma. Sabía por experiencia que los desconocidos que te miran así son peligrosos.

—¿Cómo estás tú? —preguntó Tohr con voz suave.

Era extraño; Xhex nunca había tenido mucho contacto con el hermano Tohr, pero cada vez que sus caminos se habían cruzado, él siempre fue particularmente… amable. Por eso mismo ella siempre lo evitaba. Xhex se sentía mucho mejor afrontando una actitud agresiva que la amabilidad.

Francamente, Tohr la ponía nerviosa.

Al ver que la hembra guardaba silencio, Tohr movió la cabeza con pesar, como si lo hubiese decepcionado pero no la culpara por ello.

—Está bien —dijo Tohr—. No te preguntaré más.

Por Dios, Xhex era un desastre.

—No, no, por favor. Está bien. Pero realmente no es de eso de lo que quieres hablar en este momento.

—Entiendo. —Tohr entornó los ojos mientras contemplaba la puerta del gimnasio. Xhex tuvo la impresión de que se sentía tan atrapado allí afuera como ella, uno y otra aislados del macho que estaba sufriendo en el interior—. Entonces, ¿fuiste tú la que llamó a la cocina y pidió que me llamaran?

Xhex sacó la llave que John había usado para entrar en la casa de Tohr.

—Sólo quería devolverte esto y contarte que hubo un problema.

El patrón emocional de Tohr se volvió negro de repente, como si hubiesen apagado la luz.

—¿Qué clase de problema?

—Una de las puertas correderas de vidrio está rota. Se necesitarán dos paneles de madera para cubrir el hueco. Pudimos volver a conectar el sistema de seguridad, de manera que los detectores de movimiento están encendidos, pero se está colando el viento. Estaría encantada de poder arreglarla hoy mismo.

Suponiendo que John no terminara fundiendo todas las otras máquinas del gimnasio, o se quedara sin zapatos de correr o cayera muerto de cansancio.

—¿Cuál fue? —Tohr tomó aire—. ¿De qué puerta se trata?

—La de la habitación de John Matthew.

El hermano frunció el ceño.

—¿Estaba rota cuando llegasteis?

—No... estalló de repente, sin más.

—El cristal no se rompe sin alguna razón.

Qué gran verdad. ¿Acaso Xhex no le había dado una buena razón a John Matthew?

—Es cierto, tienes razón.

Tohr se quedó mirándola y ella le sostuvo la mirada, mientras el silencio se volvía tenso como el aire en calma que precede a la tormenta. La cuestión era que, por muy amable y muy buen soldado que fuese Tohr, Xhex no tenía nada más que decirle.

—¿Con quién puedo hablar para conseguir unas planchas de madera? —preguntó Xhex.

—No te preocupes por eso. Y gracias por avisarme.

Cuando el hermano dio media vuelta y regresó a la oficina, Xhex se sintió como un gusano. Con un triste rasgo de humor negro se dijo que tenía un vínculo más con John Matthew: la pulsión suicida. Sólo que, en lugar autodestruirse batiendo un récord de atletismo, ella preferiría el método clásico: sacar un cuchillo y cortarse las venas.

Se reprochó ser tan infantil a veces en lo que tenía que ver con las emociones. Esos cilicios que le gustaba usar no sólo mantenían a raya su naturaleza symphath, sino que la ayudaban a disminuir la intensidad de las emociones que rechazaba por principio.

Que eran más o menos el noventa y nueve por ciento.

Diez minutos después, Blaylock asomó la cabeza por la puerta. Enseguida clavó los ojos en el suelo. La hembra percibió que su patrón emocional parecía una montaña rusa. Era de esperar. A nadie le gusta ver que un amigo se quiere matar y conversar con la persona que puso al desgraciado en esa situación no es exactamente una ocasión feliz.

—Escucha, John se ha ido a los vestuarios a darse una ducha. Logré que dejara de correr, pero está… Creo que necesita un poco más de tiempo.

—Está bien. Seguiré esperándolo.

Blaylock asintió con la cabeza. Hubo una tensa pausa.

—Ahora voy a hacer un poco de ejercicio.

Cuando desapareció, Xhex recogió su chaqueta y sus armas y se fue caminando lentamente hacia los vestuarios. La oficina estaba vacía, lo que significaba que Tohr debía de haberse marchado, seguramente para organizar a un grupo de doggen que fuera a reparar su casa.

Y el silencio que imperaba en el aire le hizo saber que tampoco había nadie en ninguno de los salones, ni en la clínica.

Así que se recostó en la pared y se dejó escurrir hasta que el trasero tocó el suelo. Luego puso los brazos sobre las rodillas, echó la cabeza hacia atrás y cerró los ojos.

Dios, estaba exhausta…

—¿John todavía está ahí dentro?

Xhex se despertó de golpe, con el arma apuntando directamente al pecho de Blaylock. Al ver que el chico saltaba hacia atrás, ella puso de nuevo el seguro y bajó el arma.

—Lo siento, los viejos hábitos son difíciles de olvidar.

—Claro. —Blay hizo una seña con la mano hacia los vestuarios—. ¿John todavía está ahí dentro? Lleva más de una hora.

Xhex miró su reloj.

—Joder.

Se levantó y abrió la puerta. El sonido del agua corriendo no significaba nada.

—¿Hay otra salida aquí?

—A través del gimnasio, que también sale a este pasillo.

—Muy bien, voy a hablar con él —dijo Xhex, esperando estar haciendo lo debido.

—Bien. Yo seguiré con mis ejercicios. Llámame si me necesitas.

Xhex empujó la puerta del todo y entró. Allí no había nada raro, sólo filas de casilleros metálicos, separados por bancos de madera. Siguiendo el ruido del agua, que venía de la derecha, Xhex pasó frente a los urinarios, algunos cubículos y los lavabos, todo lo cual tenía un aspecto solitario sin la presencia de machos sudorosos y desnudos que jugaran a pegarse con las toallas.

Xhex encontró a John en una zona abierta, con montones de duchas y suelo, paredes y cielo raso de baldosas. Todavía tenía puesta su camiseta y sus pantalones de gimnasia. Estaba sentado contra la pared, con los brazos colgando de las rodillas y la cabeza gacha, mientras le caía el agua sobre los hombros y el torso.

Lo primero que Xhex pensó fue que ella estaba exactamente en la misma posición hacía sólo un minuto.

Después se dijo que era un milagro que John pudiera estar tan quieto. Su patrón emocional estaba completamente encendido, al igual que la sombra que se proyectaba detrás de su alma y que brillaba con angustia. Era como si las dos partes de él estuvieran sumidas en un profundo dolor, sin duda porque había sufrido y había sido testigo de demasiadas pérdidas en esta vida… y tal vez iba a asistir a otra más. Y el lugar en que eso situaba a John desde el punto de vista de los sentimientos era aterrador. El denso agujero negro que se había creado en su interior era tan poderoso que envolvía por completo su psique… llevándolo al mismo lugar en que ella había estado en aquella maldita sala de cirugía.

Al borde de la locura.

Xhex pasó por encima del pequeño muro que separaba la zona de las duchas y sintió un escalofrío al percibir el frío que emanaba de su espíritu, de sus sentimientos… y tuvo la certeza de que lo había vuelto a hacer. Era lo mismo que le había pasado a Murhder, aunque peor.

Por Dios, ella era una maldita viuda negra cuando se relacionaba con machos honorables.

—John.

John no levantó la vista y Xhex no estaba segura de que fuese consciente de que ella estaba allí. Él estaba sumido en el pasado, atrapado en las garras de la memoria…

La hembra frunció el ceño y sintió que sus ojos seguían el camino del agua que rodeaba el cuerpo de John y se desplazaba sobre el suelo de baldosas… hacia el desagüe.

El desagüe.

Había algo raro en ese desagüe. Algo que tenía que ver con… ¿Tal vez con Lash?

Amparándose en su soledad y apoyándose en el sonido del agua, Xhex decidió usar su lado perverso por una buena causa. Sus poderes de symphath corrieron enseguida hacia John y penetraron en su territorio físico, al tiempo que se adentraban también en su mente y sus recuerdos.

Al ver que él levantaba la cabeza y la miraba con horror, todo se volvió negro y bidimensional. La pared de baldosas adquirió un tinte rojizo, el cabello oscuro y húmedo de John adquirió el color de la sangre y el agua borboteaba como si fuera champán de color rosa.

Las imágenes que Xhex vio estaban enmarcadas por un halo de terror y vergüenza: una escalera oscura en un edificio de apartamentos similar a aquel al que John la había llevado; él, como el pequeño pretrans que solía ser, siendo violado por un maloliente macho humano…

Dios.

No.

Xhex sintió que se le doblaban las rodillas. Se tambaleó y se dejó caer. El aterrizaje en el suelo de baldosas le sacudió los huesos y repercutió en sus dientes.

«No… John no», pensó Xhex. No podía soportar que le hubiera ocurrido aquello cuando era un chiquillo indefenso e inocente y estaba solo en el mundo, cuando estaba perdido en el mundo humano, haciendo esfuerzos para sobrevivir.

No era justo que le hubiera ocurrido algo tan espantoso.

Xhex y John se quedaron mirándose un buen rato, mientras ella daba rienda a su lado symphath y sus ojos se volvían cada vez más rojos.

John no parecía molesto porque lo hubiese invadido, sino por lo que había descubierto al hacerlo. Ella ahora lo sabía todo y eso le enfurecía tanto que Xhex se cuidó sabiamente de guardar para sus adentros cualquier expresión de pena o compasión.

Deseaba con todas sus fuerzas no tener que compartir aquello con nadie.

—¿Qué tiene que ver Lash con aquello? —preguntó ella con voz ronca—. Porque está por todas partes en tus recuerdos.

John clavó los ojos en el desagüe y Xhex tuvo la impresión de que estaba viendo cómo la sangre se acumulaba alrededor del círculo de acero inoxidable. La sangre de Lash.

Xhex entornó los ojos y la historia fue tomando forma en su mente con facilidad: Lash había descubierto el secreto de John. De alguna manera. Y Xhex no necesitaba echar mano de su lado symphath para saber lo que ese desgraciado pudo hacer con esa información.

Un locutor deportivo habría sido más discreto.

Al notar que la mirada de John volvía a clavarse en ella, Xhex sintió una estremecedora comunión con él. Sin barreras, sin temor de mostrarse vulnerable. Aunque los dos estaban completamente vestidos, se encontraban íntimamente desnudos el uno frente al otro.

Xhex sabía muy bien que nunca más volvería a tener esa sintonía con ningún otro macho. Ni con nadie más. Sin necesidad de palabras, John sabía todo lo que ella había pasado y todo lo que esa clase de experiencias generaba cuando, pasado el tiempo, algún incidente hacía explotar la bomba de relojería.

Y ella sabía lo mismo con respecto a él.

Quizá la sombra en el patrón emocional de John era una especie de bifurcación de su psique, causada por el trauma que había sufrido. Tal vez su mente y su alma habían acordado olvidar el pasado y guardarlo en el fondo de su desván emocional. Quizá ésa fuera la razón de que ambas partes de su alma escindida estuviesen tan vivas, tan activas.

Tenía sentido. Y también era explicable la sed de venganza que John estaba experimentando. Después de todo, Lash había estado íntimamente involucrado en la desgracia de los dos, la de John y la de Xhex.

¿Qué pasaría con la información sobre John si caía en las manos equivocadas? Algo casi tan malo como los espantosos hechos causantes del trauma, porque uno revivía esa mierda cada vez que alguien se enteraba de la historia. Por eso ella nunca hablaba sobre lo que había vivido en la colonia con su padre, ni lo que le había sucedido en aquella clínica de humanos…

John levantó el índice y se dio un golpecito junto a un ojo.

—¿Los tengo rojos? —murmuró Xhex. Al ver que él asentía, se restregó la cara—. Lo siento. Creo que voy a necesitar cilicios.

John cerró al fin el grifo. Parecía volver un poco a su ser.

—¿Quién más lo sabe?

John frunció el ceño. Luego respondió moldeando las palabras con los labios:

—Blay, Qhuinn, Zsadist, Havers y una terapeuta. —Luego movió la cabeza, y Xhex entendió que había llegado al final de la lista.

—No voy a contarle nada a nadie.

Xhex lo contempló de arriba abajo, desde los tremendos hombros hasta los poderosos bíceps y los imponentes muslos… y se sorprendió deseando que John hubiese tenido ese mismo tamaño en aquella sucia escalera. Al menos ya no era como cuando fue atacado, aunque eso sólo era cierto en lo que tenía que ver con la apariencia exterior. Por dentro, John seguía teniendo todas las edades por las que había pasado: aún era el bebé que había sido abandonado, el chiquillo al que nadie quería, el pretrans que luchaba solo en el mundo… y ahora el adulto que era un salvaje en el campo de batalla y un amigo fiel y, a juzgar por lo que le había hecho a aquel restrictor en la mansión de Lash y lo que sin duda quería hacerle a Lash, un enemigo temible.

Y eso representaba un problema, porque el asesinato del hijo del Omega era una misión suya y de nadie más.

Aunque no era el momento de preocuparse por eso.

Le vio los pantalones empapados, el cuerpo chorreante, y tuvo una idea que la sorprendió a ella misma.

Desde muchos puntos de vista, era una idea irracional y ciertamente no muy buena. Pero la lógica no jugaba un papel muy importante entre ellos en ese momento.

Xhex se inclinó hacia delante y apoyó las palmas de las manos sobre el suelo de baldosas. Moviéndose lentamente a cuatro patas, se fue acercando a John.

La hembra percibió el momento en que John sintió su aroma. No porque usara la telepatía, sino porque su miembro se endureció debajo del pantalón empapado.

Cuando quedaron frente a frente, Xhex clavó los ojos en la boca de John.

—Nuestras mentes ya están unidas. Ahora quiero que pase lo mismo con la piel, con los cuerpos.

Al decir eso, la hembra se inclinó y ladeó la cabeza. Justo antes de besarlo, se detuvo, pero no porque le preocupara que fuera a rechazarla. Gracias al olor a especias negras, sabía que John no se iba a echar para atrás.

—No, estás muy equivocado, John. —Tras leer las emociones del macho enamorado, Xhex negó con la cabeza—. No es que seas la mitad de macho por lo que te hicieron. Eres dos veces más macho que cualquier otro porque fuiste capaz de sobrevivir.

**

La vida te lleva a lugares inesperados.

John nunca habría podido imaginar que sería capaz de soportar que Xhex se enterara de los abusos que sufrió cuando era joven.

Independientemente de lo mucho que hubiera crecido su cuerpo, de lo fuerte que se hubiese hecho, nunca había dejado atrás el recuerdo de su antigua debilidad infantil. Y el peligro de que aquellos a quienes respetaba llegaran a averiguarlo algún día hacía revivir esa debilidad.

Sin embargo, allí estaba, con su secreto al descubierto, expuesto a la luz ante ella. Y no se había acabado el mundo.

¿Qué había pasado durante aquella extraña ducha de dos horas?

John aún se consumía por dentro al pensar que su amada había sufrido de aquella manera... Era demasiado doloroso pensar en eso, demasiado horrible para olvidarlo. Además, había que recordar que, como macho enamorado, John se sentía obligado a protegerla y mantenerla a salvo. Y encima él sabía con exactitud lo horrible que era ser violado.

Si la hubiese encontrado antes... si se hubiese esforzado más...

Sí, pero lo cierto era que ella se había escapado por sus propios medios. No había sido él su liberador... Por Dios santo, estuvo en la maldita habitación en la que ella había sido violada, *con ella*, y ni siquiera se había dado cuenta de que estaba allí.

Era un hecho demasiado vergonzoso, que casi quitaba las ganas de seguir viviendo. No podía apartar esa idea de la cabeza. Volvía una y otra vez, zumbaba, le golpeaba, le torturaba.

Lo único que lo mantenía mínimamente pegado a la realidad era la perspectiva de matar a Lash.

Mientras ese desgraciado siguiera por ahí, vivo, John tendría un objetivo que lo mantendría en pie.

Matar a Lash era su vínculo con la cordura, el motor que galvanizaba su cuerpo de acero.

Si se permitía una debilidad más, como la de no vengar a su hembra, estaría acabado para siempre.

—John —dijo Xhex, en un claro esfuerzo por sacarlo de esa espiral de angustia.

Al mirarla de frente, John vio aquellos ojos rojos brillantes y se acordó de que era una symphath. Lo que significaba que podía penetrar en él y desentrañar todos sus laberintos internos para liberar a sus demonios, por el solo gusto de verlos danzar. Pero ella no había hecho eso... Xhex había entrado en él, cierto, pero sólo para entender lo que estaba sintiendo. Y la contemplación de todos esos rincones oscuros no la hacía cantar de felicidad ni le provocaba rechazo.

En lugar de eso, se había acercado a él como una gata y parecía querer besarlo.

Los ojos del macho se clavaron ahora en los labios de la amada.

Le sorprendía sobremanera que, al parecer, pudiera aguantar esa clase de conexión. Aunque las palabras no eran suficientes para apaciguar el odio que se tenía a sí mismo, sentir las manos de Xhex sobre su piel, la boca de ella sobre la suya, el cuerpo de la hembra contra su cuerpo... era lo que necesitaba. Nada mejor que aquella charla sin palabras.

—Así es —le dijo Xhex mientras sus ojos parecían arder, y no sólo por su naturaleza symphath—. Tú y yo necesitamos esto, precisamente esto, y sólo esto.

John levantó sus manos frías y mojadas y las puso sobre el rostro de Xhex. Luego miró a su alrededor. Sin duda era el momento oportuno, pero no el lugar apropiado.

No iba a hacer el amor con ella sobre aquel duro suelo de baldosa.

—Ven conmigo —dijo por señas. Se puso de pie y tiró de ella para ayudarla a levantarse.

La erección tensaba la parte delantera de sus pantalones cuando salieron de los vestuarios. La urgente necesidad de aparearse era como un bramido de su sangre, pero la mantenía bajo control porque quería complacer a Xhex, ofrecerle un poco de ternura que le hiciera olvidar la violencia que había sufrido.

En vez de tomar el túnel de regreso a la casa, John dobló a mano derecha. No podía subir a su habitación con ella del brazo y ostentando una erección del tamaño de una viga.

Además, estaba empapado.

Menudo numerito.

Tendría que dar demasiadas explicaciones a los numerosos habitantes de la mansión.

Al lado de los vestuarios, pero totalmente aislado de ellos, había una sala de estiramientos, con mesas de masaje y un jacuzzi. Allí había cantidad de colchonetas azules que no habían sido usadas desde hacía mucho tiempo: los hermanos apenas tenían tiempo libre y ciertamente lo último que querían era ir allí a posar como bailarinas para estirar tendones y glúteos.

John atrancó la puerta con una silla de plástico y se dio la vuelta para mirar a Xhex.

La hembra estaba echando un vistazo. Su esbelto cuerpo y sus suaves curvas eran más atractivas que el mejor espectáculo de estriptis, se dijo John.

El macho enamorado se estiró hacia un lado y apagó las luces.

La única fuente de luz que quedó fue el piloto rojo y blanco que indicaba la salida y que creaba un haz de claridad que él partía en dos con su larga sombra.

—Dios, cómo te deseo —dijo Xhex.

No iba a tener que decirlo dos veces. John se quitó enseguida las zapatillas deportivas, se sacó la camiseta por encima de la cabeza y la dejó caer sobre las colchonetas con un golpe seco. Luego metió los pulgares entre el elástico de los pantalones y se los bajó hasta los muslos. El miembro saltó como un resorte. El hecho de que apuntara hacia ella como una viril flecha no era casualidad; todo en él, desde el cerebro hasta la sangre, desde los ojos hasta el corazón, estaba centrado en la hembra que se encontraba a tres metros de él.

Pero no iba a saltar sobre ella como un salvaje. No. Por mucho que el deseo lo estuviera matando, por mucho que le doliesen los testículos, no haría tal cosa.

El macho se estremeció, perdió la noción de la realidad, cuando Xhex se llevó las manos al borde de la sudadera que llevaba encima y, con un movimiento elegante, se la quitó por la cabeza. Debajo no había nada más que su hermosa y suave piel y aquellos senos firmes y altos.

El aroma de Xhex invadió toda la sala. John comenzó a jadear, los dedos de la hembra agarraron la cuerda que mantenía los pantalones de cirugía en su lugar y la soltaron. De inmediato, la prenda de algodón verde se deslizó hasta los tobillos.

Santo Dios, Xhex estaba desnuda ante John. Las curvas de su cuerpo eran maravillosas. Aunque habían estado juntos otras dos veces, en ambas ocasiones se trató de polvos rápidos y ardientes, así que el enamorado nunca había tenido la oportunidad de contemplarla de verdad...

El macho parpadeó.

Por un momento lo único que pudo ver fueron los moretones que tenía cuando la encontró, en especial los que tenía en la parte interna de los muslos. Saber ahora que no se los había hecho en un combate cuerpo a cuerpo, sino...

—No pienses en eso, John —dijo Xhex con voz ronca—. Yo no lo estoy haciendo y tú no deberías hacerlo tampoco. Limítate a no pensar en eso. Lash ya nos ha quitado demasiadas cosas a los dos.

John sintió que su garganta se aprestaba a soltar un rugido de venganza, pero logró contenerse porque sabía que Xhex tenía razón. A base de fuerza de voluntad, decidió finalmente que la puerta que estaba detrás de él, aquella que había atrancado con una silla, iba a mantener alejados no sólo a los ojos curiosos de los vivos, sino también a los fantasmas.

Ya habría tiempo para arreglar cuentas al otro lado de la puerta.

—Eres tan hermosa… —dijo John con gestos inequívocos.

John dio un paso hacia delante, y luego otro, y otro. Pero él no era el único que se estaba moviendo. Xhex salió a su encuentro y su figura quedó finalmente enmarcada por la sombra del macho.

Al llegar el uno junto al otro, el pecho de John palpitaba.

—Te amo —dijo modulando las palabras con los labios, en medio de la penumbra que creaba su propio cuerpo.

Luego los dos se tocaron: John le acarició la cara y ella le acarició el costado. Sus bocas se unieron por fin en medio del tiempo detenido, suavidad contra suavidad, tibieza contra tibieza. Mientras la apretaba contra su pecho desnudo, John la envolvió con los brazos y la besó más hondamente. Xhex siguió su ejemplo, deslizando las palmas de las manos por los costados de John hasta acomodarlas en la parte baja de la espalda.

El pene de John quedó atrapado entre los cuerpos y la fricción le producía oleadas de calor que subían y bajaban por su espalda. Pero el macho no tenía prisa. Con movimientos lentos, fue meciendo las caderas, restregando el miembro contra Xhex, mientras bajaba las manos por sus brazos y las acomodaba en la cintura.

Al tiempo que exploraba con la lengua la boca de Xhex, levantó una mano hasta el pelo que comenzaba a crecerle en la base de la nuca y dejó que la otra cayera hasta la parte posterior de uno de los muslos femeninos. Ella alzó la pierna enseguida, obediente. Luego pareció tomar impulso… Y con un movimiento ágil, Xhex se encaramó sobre las caderas de John, envolviéndolo con las piernas, presionándole los poderosos genitales. Cuando el pene de John tomó contacto con algo ardiente y húmedo, soltó un triunfal rugido y se apresuró a tumbarse con ella en el suelo, manteniéndola abrazada mientras se acostaban sobre las colchonetas, ella debajo y él encima.

John interrumpió entonces el largo beso y se separó lo suficiente como para poder deslizar la lengua por un lado del cuello de la amada. Luego repasó con los colmillos, que palpitaban al mismo ritmo que su miembro, la superficie del cuello, hasta la clavícula. Y mientras él bajaba, ella hundía los dedos entre el pelo del amante y lo mantenía pegado a su piel, empujándolo hacia sus senos.

En ese momento John se echó hacia atrás para contemplar la estampa de su cuerpo resplandeciente. Sus pezones estaban firmes, las costillas subían y bajaban y los músculos del abdomen se movían, flexibles, con el movimiento de las caderas. Entre los muslos, la promesa de su dulce sexo lo hizo abrir la boca y emitir un gemido sordo…

En ese momento, sin advertencia previa, Xhex le puso una mano sobre el miembro viril.

El contacto hizo que John se echara hacia atrás y tuviera que poner las palmas de las manos sobre el suelo para no caer, muerto de gozo.

—Eres muy hermoso —dijo Xhex con una especie de gruñido.

El sonido de su voz lo hizo reaccionar. Se zafó enseguida de la mano amada y se acomodó para quedar arrodillado entre las piernas de Xhex. Luego bajó la cabeza, cubrió uno de los pezones con su boca y comenzó a acariciarlo con la lengua.

El gemido que brotó de ella casi lo hizo correrse allí mismo. El macho en celo tuvo que hacer un esfuerzo supremo para contener su cuerpo desbocado y recuperar el control. Cuando pasó el peligro, John siguió lamiéndola… mientras dejaba que sus manos bajaran lentamente por las costillas, la cintura, las caderas.

En un gesto típico de ella, Xhex fue la que lo llevó hacia su vagina.

Cubrió la mano de John con su propia mano y lo condujo exactamente al lugar en que los dos querían que estuviera.

Un lugar ardiente, suave, lúbrico.

El orgasmo que palpitaba en la cabeza de la verga de John estalló en cuanto sus dedos tocaron aquella puerta que se moría por franquear. No había manera de contenerse.

Xhex soltó una carcajada llena de erotismo mientras John le llenaba las piernas de semen.

—¿Te gusta lo que estás tocando? —preguntó ella.

John la miró a los ojos, pero en lugar de asentir con la cabeza se llevó a la boca la mano que Xhex le había metido en su intimidad. Cuando sacó la lengua y cubrió con sus labios el dedo con el que la había acariciado, Xhex se estremeció y su cuerpo se sacudió sobre las colchonetas, proyectando más los senos y abriendo más las piernas.

Con los ojos entornados, John siguió mirándola a la cara, mientras apoyaba las manos en las caderas de Xhex y se inclinaba sobre su sexo.

Tal vez habría sido más delicado seguir con besos suaves. O más fino acariciarla un tiempo más con la lengua y con los dedos.

Pero no podía más. A la mierda con eso.

Impulsado por un deseo desbocado y salvaje, John se aproximó al sexo de Xhex con la boca y comenzó a chuparlo larga y profundamente. Aquel orgasmo prematuro había dejado parte de su semilla sobre ella. John sintió el sabor de ésta mezclado con las mieles de Xhex. El macho enamorado que llevaba dentro se regocijó en esa combinación.

Cuando terminara aquel encuentro, su aroma a especies negras la envolvería completamente, por dentro y por fuera.

Mientras seguía lamiendo, acariciando y penetrando, John sintió vagamente que Xhex le pasaba una pierna por encima de los hombros y comenzaba a moverse rítmicamente contra su barbilla, sus labios y su boca, aumentando la magia del momento e impulsándolo a complacerla todavía más.

Cuando Xhex llegó al orgasmo, pronunció el nombre de John. Dos veces.

Cuánto se alegró de no ser sordo además de mudo.

Por Dios, John sabía exactamente lo que hacía.

Ése fue el pensamiento que cruzó por la mente de Xhex después de bajar de la cima del clímax que él le había provocado con la boca. Y luego volvió a elevarse. El aroma de macho enamorado le llenaba la nariz. Los labios de John en su vagina eran una deliciosa dicha, y también su erecto miembro acariciándole las piernas…

Cuando John movió la lengua y se adentró aún más, Xhex volvió a perderse en una marea de placer. El calor húmedo que él le ofrecía, sumado a esas caricias tan suaves cuando la tocaba con los labios y tan ásperas cuando la tocaba con la barbilla, y al roce de la nariz contra la parte superior de su sexo, todo eso hizo estallar en pedazos su conciencia y fue una explosión deseada, de la que gozó como nunca había podido disfrutar de ninguna otra sensación.

En medio del fuego amoroso, John era lo único que había en el mundo, la única realidad existente. No había ni pasado ni futuro, nada más que sus cuerpos. El tiempo no tenía significado, el lugar no tenía importancia y los demás no tenían interés alguno.

Xhex deseó seguir así eternamente.

—Te quiero dentro de mí —musitó, tirando hacia sí de sus hombros.

John levantó la cabeza y subió por el cuerpo de Xhex, mientras su pene iba abriéndose camino entre aquellos suaves muslos, acercándose cada vez más al precioso objetivo.

Lo besó con pasión, hundiendo su boca en la de él, mientras bajaba la mano y lo guiaba a donde en ese momento ella necesitaba que entrase…

Ese cuerpo inmenso se sacudió cuando al fin se produjo la penetración, y ella gritó.

—¡Dios, Dios, Dios!

El poderoso pene del macho la llevó a regiones desconocidas al penetrarla lentamente, llenándola por completo, ensanchándola por dentro. Xhex arqueó la espalda para que pudiera llegar hasta el fondo y luego deslizó las manos hasta el final de la columna vertebral del macho… e incluso más abajo, para poder clavarle las uñas en el precioso trasero.

Los músculos de John se ensanchaban y se contraían debajo de las manos de Xhex cuando comenzó a entrar y salir rítmicamente. Su cabeza subía y bajaba contra la colchoneta. Entraba y salía, entraba y salía. El cuerpo de John era maravillosamente pesado encima de ella. Pesaba, sí, pero Xhex estaba encantada: su carne y sus curvas se adaptaban a la masa masculina, neutralizaban su peso, convirtiéndolo en otra fuente de placer.

Cubierta por su macho, se sentía tan cerca del orgasmo otra vez que los pulmones le ardían, ansiosos por gritar de gozo.

Entrelazó los tobillos por detrás de los muslos de John y comenzó a moverse a su mismo ritmo, hasta alcanzar un crescendo. Luego John levantó el torso y se apoyó sobre los puños, sosteniendo el peso de su pecho con los músculos de los brazos, para poder penetrar con más fuerza.

Su cara era una escultura erótica en la que se resaltaban todos aquellos rasgos que ella conocía tan bien: tenía los labios contraídos sobre aquellos colmillos blancos y largos, las cejas apretadas, los ojos resplandecientes y la mandíbula tan apretada que las mejillas parecían hundidas. Con cada embestida, sus pectorales y sus abdominales se contraían y el sudor de la piel brillaba con la tímida luz del piloto de la sala. La expresión de John fue la gota que colmó el vaso: Xhex se dejó arrastrar definitivamente por la fuerza del deseo.

—Toma mi sangre —le gruñó—. Bebe… ya mismo.

Mientras Xhex se sacudía con otro orgasmo, el macho se abalanzó sobre su garganta. Los colmillos pincharon la piel del cuello al tiempo que eyaculaba dentro de ella.

John ya no pudo detenerse, y Xhex tampoco quería que lo hiciera. John se siguió moviendo y bebiendo, y estremeciéndose dentro de ella. Mientras colmaba la vagina de Xhex con su semilla, se alimentaba con voracidad infinita.

Eso era lo que ella quería.

Cuando finalmente se quedó quieto, John prácticamente se derrumbó sobre Xhex.

Lo abrazó, mientras él lamía perezosamente los pinchazos de sus colmillos.

Algunas veces, para limpiar bien no basta con agua y jabón: hay que usar productos más fuertes. El suave paso de la esponja no consigue eliminar la suciedad arraigada. Lo que acababa de hacer la pareja era pasarse un fuerte estropajo por sus atormentadas almas, que empezaban a quedar más limpias. Pero aún les quedaba trabajo que hacer.

John levantó la cabeza y miró a su amada. Al ver preocupación en su rostro, le acarició suavemente el pelo.

Xhex sonrió.

—No te preocupes, estoy bien. Mejor que bien.

Una maliciosa sonrisa apareció en la hermosa cara del macho enamorado, que confirmó las palabras de ella:

—Tienes mucha razón, estás mejor que bien.

—No te hagas ilusiones, grandullón. ¿Crees que vas a conseguir que me sonroje como si fuera una chiquilla? ¿Piensas que los piropos me van a poner colorada? —Al ver que John asentía, Xhex entornó los ojos—. Pues has de saber que no soy de las que pierden la cabeza sólo porque un tío las besa ahí abajo.

John volvió a sonreír, y Xhex estuvo a punto de sonrojarse, cosa que logró evitar con un gran esfuerzo de autocontrol.

—Escucha, John Matthew. —Le agarró la barbilla—. No me vas a convertir en una de esas hembras embobadas con sus amantes. Eso no va a suceder. No está en mi naturaleza.

Lo decía bromeando, pero con un fondo de verdad. No estaba dispuesta a entregarse sin condiciones, como una chiquilla arrebatada por su primer amor. Pero en cuanto el macho movió las caderas y la penetró de nuevo, se le olvidaron todos los peligros, todos sus propósitos de mantener una relación equilibrada. Ahora no hablaba de machos dominantes y hembras tontas. Sólo emitía una especie de ronroneo.

Un *ronroneo*.

Resonó con extraño eco. John pensó que, de haber podido, Xhex lo hubiese contenido. Pero era incapaz de controlarlo. El ronroneo seguía.

El macho volvió a inclinar la cabeza sobre sus senos y comenzó a lamerla otra vez, mientras la embestía lenta, suavemente.

Sin poder contenerse, Xhex volvió a meter sus manos entre el pelo de John y susurró:

—Dios, John, me vuelves lo...

En ese momento John se detuvo en seco, retiró los labios del pezón de Xhex y le sonrió de oreja a oreja con aire triunfal.

—Eres un maldito capullo —dijo ella con una carcajada, consciente de que acababa de portarse justo como dijo que no se portaría nunca.

John asintió y volvió a penetrarla con su inmensa erección.

No le importó que el joven intentara demostrar quién era el jefe. De alguna manera, eso la hacía respetarlo aún más. Xhex haría lo que tenía que hacer, pues nunca había tenido dueño. Pero siempre se había sentido fascinada por la fuerza, en todas sus formas.

—No me voy a rendir, ¿sabes?

John apretó los labios y negó con la cabeza, como diciéndole que ya sabía que no se rendiría.

Intentó retirarse, pero ella soltó un gruñido y le clavó las uñas en el trasero.

—¿Adónde te crees que vas?

John se rió en silencio, le abrió más las piernas y volvió a bajar por su cuerpo, hasta situarse en el mismo lugar donde había empezado... otra vez con la boca sobre el sexo de la insaciable vampira.

Y su nombre resonó contra las paredes del cuarto, mientras le daba a Xhex un poco más de aquello que ella deseaba, necesitaba y sobre todo gozaba.

***

Hacer caso omiso del ruido que producía el sexo era una habilidad en la que Blay había desarrollado mucha, muchísima práctica.

Al salir del gimnasio, oyó el nombre de John, como un eco, a través de la puerta de la sala de estiramiento. Estaba claro que en aquel rincón del gimnasio no se estaba desarrollando una charla intelectual.

Blay se alegró por ellos. Esta nueva actividad física de su amigo era toda una bendición. Nada que ver con las palizas que se había dado un rato antes en las cintas andadoras.

Pensó durante un segundo si regresaba o no a la mansión, pero se acordó de Qhuinn y decidió que todavía era muy temprano para volver a su habitación. Así que entró en los vestuarios, se dio una ducha rápida y se puso unos pantalones quirúrgicos de los que Vishous tenía por allí. De nuevo en el pasillo, se apresuró a entrar en la oficina y cerrar la puerta.

Aguzó el oído y vio que todo parecía en calma, que era precisamente lo que buscaba. Un vistazo a su reloj le mostró que sólo había transcurrido un par de horas.

Sin saber qué hacer para matar el tiempo, acabó por sentarse detrás del escritorio. Después de todo, no escuchar a Xhex y a John era cuestión de decoro. Pero tratar de no oír a Qhuinn y a Layla era cuestión de supervivencia.

Mucho mejor intentar hacer lo primero que lo segundo. O sea, quedarse allí.

Se quedó mirando el teléfono.

El beso de Saxton había sido maravilloso.

Ma-ra-vi-llo-so.

Sintió que le invadía una oleada de calor, como si alguien hubiese encendido una hoguera en su interior.

Hizo ademán de descolgar… pero no parecía capaz de hacerlo, de llamarle. Su mano permaneció flotando en el aire, pero sin agarrar el auricular.

Luego recordó la imagen de Layla al salir de su baño y encaminarse a la habitación de Qhuinn.

Así que agarró el auricular, marcó el número de Saxton y se preguntó qué estaría haciendo en ese momento.

—Hola

Blay frunció el ceño y se enderezó en la silla. No había respuesta, sólo ruidos.

—¿Qué sucede? —Larga pausa—. ¿Saxton?

Se oyó una tos y luego un resoplido.

—Sí, soy yo…

—Saxton, ¿qué demonios pasa?

Hubo un terrible silencio, que rompió una declaración en todá regla.

—Me encantó besarte. —Aquella voz ahogada parecía cargada de nostalgia—. Y me encantó —tosió— estar contigo. Me quedaría mirándote horas, siglos.

—¿Dónde estás?

—En casa.

Blay miró otra vez su reloj.

—¿Y dónde está tu casa?

—¿Acaso quieres dártelas de héroe?

—¿Tendría que hacerlo?

Esta vez el acceso de tos no se detuvo tan rápidamente.

—Me temo que… yo… tengo que colgar.

Luego se oyó un clic y la línea quedó muda.

Blay notó que su instinto hacía saltar todas las alarmas. Salió corriendo por la puerta del armario hacia el túnel subterráneo y se desmaterializó al llegar a las escaleras que llevaban a la mansión.

Volvió a tomar forma ante otra puerta que estaba unos doscientos metros más allá.

En la entrada de la Guarida, puso la cara frente al objetivo de la cámara y oprimió el botón del intercomunicador.

—¿V? Te necesito.

Mientras esperaba, Blay rogó que Vishous estuviera disponible.

El panel se abrió. V estaba al otro lado, con el pelo mojado y una toalla negra haciendo funciones de taparrabos. Al fondo se oía la música de Jay-Z. Un aroma de tabaco turco llegó hasta su nariz.

—¿Qué pasa?

—Necesito que me consigas una dirección.

Aquellos gélidos ojos plateados se entrecerraron y el tatuaje de la sien izquierda se contrajo.

—¿Qué dirección estás buscando?

—La que corresponde al móvil de un civil. —Blay recitó los dígitos que acababa de marcar.

V arrugó la frente y dio un paso atrás.

—Es fácil.

Y lo fue. Tras pulsar un par de teclas en un portátil, V lo miró desde el escritorio:

—2105 Sienna Court... ¿Adónde diablos vas?

Blay, que ya salía disparado, respondió, volviéndose:

—A la puerta.

V se desmaterializó hasta la salida y la bloqueó.

—El sol saldrá en veinticinco minutos, ¿no te has dado cuenta?

—Entonces no me hagas perder tiempo. —Blay miró al hermano con los ojos entornados—. Déjame salir.

V debió de notar que se trataba de algo muy serio, porque soltó una maldición.

—Muévete o no podrás volver.

Cuando el hermano abrió la puerta, Blay se desmaterializó en el acto... para tomar forma en Sienna Court, una calle bordeada por árboles, con casas de estilo victoriano, de distintos colores. A la carrera, buscó el número 2105, identificado por una tablilla perfectamente colocada y visible, pintada de verde oscuro con bordes grises y negros. El porche delantero y la puerta lateral estaban iluminados por sendas lámparas, pero en el interior todo estaba en penumbra.

Blay pensó que las persianas internas ya debían de estar cerradas.

Así que no habría manera de entrar en la casa, porque era imposible atravesarlas.

Convencido de que las persianas serían de acero, pensó que lo único que podía hacer era llamar a la puerta. Fue al porche y tocó el timbre.

Los débiles rayos del sol que ya asomaba por el este calentaron su espalda, aunque apenas alcanzaban a crear sombras. Maldición, ¿dónde diablos estaba la cámara? Tenía que haber un circuito cerrado de televisión. Su objetivo tenía que estar en alguna parte...

Ah, sí, en los ojos del león del aldabón.

Blay se inclinó, puso la cara frente a aquella cabeza de bronce y golpeó en la puerta con sus puños.

—Déjame entrar, Saxton. —Al sentir que la espalda y los hombros se le calentaban más de la cuenta, se llevó la mano atrás.

El clic de la cerradura y el giro del picaporte lo hicieron ponerse en guardia, inquieto por lo que podía encontrarse.

La puerta se abrió sólo un poco. El interior de la casa parecía envuelto en sombras.

—¿Qué estás haciendo aquí? —preguntó una voz entre toses.

Blay se quedó frío al percibir olor a sangre.

Así que decidió empujar la puerta con los hombros y entrar.

—Qué demonios… —Saxton bajó la voz de repente—. Vete a casa, Blaylock. A pesar de lo mucho que me gustas, en este momento no estoy en condiciones de recibirte.

Claro, lo que tú digas.

Con un movimiento rápido, Blay, sin hacerle caso, cerró la puerta para evitar la luz del sol.

—¿Qué ha pasado? —preguntó, aunque ya lo sabía. Su instinto se lo estaba gritando—. ¿Quién te golpeó?

—Estaba a punto de darme una ducha. Tal vez quieras acompañarme. —Al ver que Blay tragaba saliva, Saxton se echó a reír—. Está bien. Yo me daré una ducha y tú te tomarás un café. Porque, según parece, vas a acompañarme.

Se oyó como echaba la llave de la puerta y luego se alejó arrastrando los pies, lo cual sugería que tenía alguna lesión.

No podía ver a Saxton en medio de aquella densa oscuridad, pero sí podía oírle. El ruido de sus pisadas venía de la derecha. Blay vaciló. No tenía sentido volver a mirar el reloj. Sabía que ya no le daba tiempo a regresar.

Así que, en efecto, se quedaría acompañándole. Pasaría todo el día allí.

El otro macho abrió una puerta que llevaba al sótano y aparecieron unas escaleras escasamente iluminadas. Bajo el suave resplandor de la escalera, Blay vio que el hermoso cabello rubio de su amigo estaba aplastado, con una mancha de color rojizo.

Se adelantó y agarró a Saxton del brazo.

—¿Quién te ha hecho esto?

Saxton se negó a mirarlo, pero el estremecimiento que sacudió su cuerpo dijo lo que su voz ya había insinuado: estaba cansado y dolorido.

—Digamos que… seguramente no volveré a ese local para fumadores durante una temporada.

Ese callejón junto al bar… mierda, Blay se había marchado primero, dando por hecho que Saxton haría lo mismo.

—¿Qué sucedió cuando me fui?

—No importa.

—¿Cómo que no importa?

—Si eres tan amable, permíteme —otra vez la maldita tos— regresar a la cama. No tengo fuerzas para atenderte, en especial si te vas a poner de mal humor. No me siento particularmente bien.

Blay se quedó sin aire.

—Por Dios —susurró.

CAPÍTULO
46

E l sol estaba a punto de romper la penumbra y empezar a iluminar el bosque cuando Darius y Tohrment tomaron forma frente a una pequeña cabaña de techo de paja situada a kilómetros y kilómetros del lugar del secuestro y la mansión contigua... y de aquella criatura que tenía algo de reptil y que los había saludado en el húmedo pasillo subterráneo.

—¿Estás seguro de que hacemos bien? —preguntó Tohrment, cambiándose la mochila de hombro.

Por el momento, Darius no se sentía seguro de nada. En verdad, estaba sorprendido de que hubiesen logrado salir de la casa, alejarse de aquel symphath sin librar una batalla. De hecho, habían sido escoltados hasta la salida como si fuesen invitados.

Pero, claro, los devoradores de pecados siempre estaban atentos a sus propios intereses y, en verdad, para el señor de aquella casa, Darius y Tohrment resultaban de mayor utilidad vivos que muertos.

—¿Estás seguro? —volvió a preguntar Tohrment—. Parece que no estás muy seguro de que debamos entrar.

—Pero mi vacilación no tiene nada que ver contigo. —Darius avanzó hacia delante, tomando el camino que llevaba hasta la puerta principal, un sendero labrado durante años por sus propias botas—. No permitiré que sigas durmiendo en las frías losas de la Tumba. Mi casa es humilde, pero tiene un techo y paredes lo suficientemente grandes para albergar no sólo a una, sino a dos personas.

Durante un breve instante, Darius tuvo la fantasía de que aún vivía tal como alguna vez lo había hecho, en un castillo lleno de habitaciones y doggen, con preciosos muebles; un lugar lujoso donde podía acoger a sus amigos y a su familia, mantener a salvo a aquellos a los que amaba y por los que velaba.

Tal vez encontrara una manera de recuperar el esplendor pasado.

Aunque, teniendo en cuenta que no tenía familia ni amigos, no era un objetivo urgente.

Darius se decidió. Abrió el pestillo de hierro y empujó la puerta de roble, que parecía más bien una pared móvil, a juzgar por su tamaño y su peso. Entraron. Darius encendió la lámpara de aceite que colgaba al lado de la entrada y cerró la puerta, atrancándola luego con una viga tan gruesa como el tronco de un árbol.

Era un hogar muy modesto. Sólo había una silla frente al fuego y un camastro al otro lado. Y bajo tierra tampoco había mucho más, sólo unas cuantas provisiones escondidas en el túnel secreto que salía más allá del bosque.

—¿Te apetece comer algo? —preguntó Darius mientras se quitaba las armas.

—Sí, señor.

El chico también se quitó las armas y se dirigió a la chimenea, donde se puso en cuclillas para encender la turba que siempre dejaba allí. Mientras el olor del humo se expandía por la habitación, Darius levantó la trampilla que había en el suelo de tierra y se dirigió abajo, donde guardaba los alimentos, la cerveza y los pergaminos. Regresó con queso, unos panes y algo de carne de ciervo curada.

El fuego proyectaba su luz sobre la cara de Tohr. Mientras se calentaba las manos, el chico preguntó:

—¿Cómo interpretas todo esto?

Darius se situó junto al chico y compartió lo poco que tenía para ofrecer con el único huésped que había llevado a su casa.

—Siempre he creído que el destino depara extraños compañeros de viaje. Pero la noción de que nuestros intereses puedan ser los mismos que los de aquellas... cosas... es un anatema. Sin embargo, claro, él parecía igualmente contrariado y decepcionado. En verdad, esos devoradores de pecados tienen una opinión tan pobre de nosotros como la que nosotros tenemos de ellos. Para ellos, no somos más que ratas.

Tohrment dio un sorbo a la cerveza.

—Nunca mezclaría mi sangre con la suya... me resultan repulsivos. Todos ellos.

—Y él siente y piensa de forma semejante. El hecho de que su hijo de sangre se llevara a la hembra y la retuviera, aunque sólo fuera por un día, entre las paredes de su casa, le resulta repulsivo. Por eso tiene tanto interés como nosotros en hallar a esos dos y devolverlos a sus familias.

—Pero ¿pór qué recurrir a nosotros?

Darius sonrió con frialdad.

—Para castigar al hijo. Es el correctivo ideal: hacer que los congéneres de la hembra le arrebaten a su «amor» y lo dejen, no sólo con el peso de su ausencia, sino con el recuerdo de haber sido derrotado por criaturas inferiores. Si devolvemos a la muchacha a su casa sana y salva, su familia se mudará de allí, se la llevará y nunca, jamás, permitirá que le vuelva a suceder algo malo. Ella vivirá largo tiempo en la tierra y el hijo de ese devorador de pecados pensará en eso cada vez que respire. Ésa es su naturaleza. Es un castigo desgarrador que el padre no podría aplicarle sin ti y sin mí. Por eso nos ha dicho adónde debemos ir y qué debemos buscar.

Tohrment sacudió la cabeza como si no entendiera la manera de pensar de la otra raza.

—Pero ella quedará mancillada a los ojos de su linaje. De hecho, la glymera los repudiará a todos...

—No, no lo harán. —Darius había alzado la mano para interrumpir al chico—. Porque nunca lo sabrán. Nadie deberá saberlo. Éste debe ser un secreto entre tú y yo. El devorador de pecados no podrá decir nada, pues si lo hiciese sus semejantes los repudiarían. De esta forma, la hembra será protegida de la desgracia.

—¿Y cómo lograremos engañar a Sampsone?

Darius se llevó la jarra de cerveza a los labios y dio un sorbo.

—Mañana, cuando caiga la noche, nos dirigiremos al norte, tal como sugirió el devorador de pecados. Encontraremos lo que nos pertenece y la traeremos a casa, al seno de su familia. Y les diremos que el culpable fue un humano.

—¿Y qué pasará si la hembra dice algo?

Darius ya había considerado esa posibilidad.

—Sospecho que, en su calidad de hija de la glymera, la muchacha debe ser muy consciente de lo mucho que podría perder. El silencio no sólo la protegerá a ella sino a toda su familia.

Aunque eso implicaba que iban a encontrarla en su sano juicio. Y podría no ser el caso si la Virgen Escribana había optado por brindar alivio a su alma torturada.

—Todo esto podría ser una emboscada —murmuró Tohrment.

—Tal vez, pero no lo creo. Además, no me da miedo la lucha. —Darius levantó los ojos y miró a su protegido—. Lo peor que me puede pasar es morir tratando de rescatar a una inocente, que es la mejor manera de marcharse de este mundo. Y, si es una trampa, te garantizo que me llevaré por delante a unos cuantos en mi camino hacia el Ocaso.

Una expresión de respeto y reverencia se apoderó del rostro de Tohrment. Darius sintió cierta tristeza ante esa demostración de fe. Si el chico tuviera un padre de verdad, en lugar de un bruto borracho, no tendría que idolatrar a un desconocido.

Y tampoco estaría en aquella casa tan modesta.

Sin embargo, Darius no tuvo el valor de decirle esas cosas.

—¿Más queso?

—Sí, gracias.

Cuando terminaron de comer, los ojos de Darius se clavaron en sus dagas negras, que todavía colgaban del arnés que llevaba sobre el pecho. Y entonces pensó que tenía la extraña convicción de que no pasaría mucho tiempo antes de que Tohrment tuviera también las suyas, pues el chico era inteligente e instintivo, y disponía de muchos recursos.

Desde luego, Darius todavía no lo había visto pelear. Pero ya llegaría la ocasión. En la guerra siempre se presentaba la oportunidad de ver pelear a los demás.

Tohrment frunció el ceño.

—¿Cuántos años dijeron que tenía la hembra?

Darius se limpió la boca con un trapo y sintió que se le erizaba la piel de la nuca.

—No lo sé.

Los dos se quedaron en silencio. Darius supuso que Tohrment estaba pensando lo mismo que él.

Lo último que necesitaban era otra complicación.

Sin embargo, fuese una emboscada o no, al día siguiente emprenderían viaje al norte, a la zona costera que les había indicado el symphath. Una vez allí, se dirigirían a los acantilados que estaban un kilómetro más allá de la aldea, donde encontrarían el refugio que había descrito el devorador de pecados... Entonces sabrían si les habían tendido una trampa o no.

O si estaban siendo manipulados por alguien. Tal vez por aquel reptil.

Sin embargo, Darius no estaba preocupado, Los devoradores de pecados no eran de fiar, pero solían defender compulsivamente sus propios intereses... y también solían vengarse con implacable decisión. Incluso de sus propios hijos.

Era el triunfo de la naturaleza sobre el carácter. Este último los convertía en compañeros peligrosos, pero la primera los hacía completamente predecibles.

Tohrment y él iban a hallar en el norte lo que estaban buscando. Darius lo sabía. Sin más.

La cuestión era en qué condiciones encontrarían a esa pobre hembra...

C uando John y Xhex salieron finalmente de su improvisado nido de amor, la primera parada fue la ducha de los vestuarios. Ella entró primero.

Mientras John esperaba su turno en el pasillo, pensó que debería estar exhausto, pero curiosamente se sentía lleno de energía, vivo, pujante. No se había sentido tan fuerte... nunca.

Xhex salió al poco rato de los vestuarios.

—Tu turno.

Joder, estaba muy atractiva, con el pelo corto y fuerte secándose al aire, el cuerpo enfundado en ropa de cirugía y los labios intensamente rojos. Recuerdos de lo que acababan de hacer juntos cruzaron por la mente de John. Se dirigió hacia la puerta caminando de espaldas, para poder seguir mirando a la hembra.

Y he aquí que, cuando su amada le sonrió, sintió que el corazón se le partía en dos: la ternura y la delicadeza la transformaban en un ser más que adorable.

Xhex era su hembra. Para toda la eternidad.

Cuando la puerta se cerró, separándolo de ella, el joven macho enamorado sintió pánico, como si Xhex hubiese desaparecido para siempre.

Se dijo que era absurdo. Dominando su paranoia, se duchó rápidamente, y con similar rapidez se puso ropa de cirugía.

Ella todavía estaba allí cuando salió, y aunque tenía la intención de tomarla de la mano y dirigirse a la mansión, terminó abrazándola con fuerza.

Todos los mortales pierden a sus seres queridos, era ley de vida. Pero la mayor parte de las veces esa realidad se consideraba tan lejana que no tenía más peso que el de una simple hipótesis. Sin embargo, de vez en cuando se producían algunos sucesos recordatorios, de esos que te hacen pensar, detenerte y valorar lo que tienes, lo que te llega al corazón. Por ejemplo, cuando lo que parece un infarto no es más que un leve mareo; o cuando vuelca el coche y el ser querido sale ileso de puro milagro... Pasados varios días, uno se estremece y quiere abrazar a quienes ama para recuperar la serenidad.

Dios, nunca había pensado seriamente en la posibilidad de que llegara la muerte, pero lo cierto es que desde el primer latido del corazón en un cuerpo suena una campana y el reloj se pone en marcha. Y ahí empieza a desarrollarse un juego del que ni siquiera somos conscientes, en el que el destino tiene todas las cartas. Mientras pasan los minutos, las horas, los días, los meses y los años, la historia se va escribiendo. El tiempo se nos agota y el último latido marca el final del viaje y la hora de hacer balance de pérdidas y ganancias.

Curiosamente, la condición de seres mortales hacía ahora que le pareciesen infinitos los momentos en que estaba con ella, amándola, mirándola, abrazándola.

Y mientras apretaba a Xhex contra su pecho, notando el calor de la hembra, John se sintió rejuvenecido, supo que el balance de lo que llevaba de existencia se equilibraba, que había tantas ganancias como pérdidas, y que la vida valía la pena.

Sólo una fuerza de la naturaleza pudo separarlos: los rugidos del estómago de John.

—Vamos —dijo Xhex—, tenemos que alimentar a la bestia.

John asintió, la tomó de la mano y comenzaron a caminar.

—Recuerda que tienes que enseñarme el lenguaje por señas —dijo ella mientras entraban en la oficina y abrían la puerta del armario—. ¿Qué tal si empezamos ahora?

John volvió a asentir. Entraron en aquel espacio secreto y cerraron la puerta. Otro momento de intimidad. Puerta cerrada... ropa ligera y escasa...

El encelado macho que llevaba dentro llegó incluso a calcular cuánto espacio tenían. El miembro cobró vida propia bajo los pantalones. Si Xhex ponía las piernas alrededor de sus caderas, tal vez podrían caber en aquel sitio…

En ese momento, la hembra puso su mano sobre la erección que se dibujaba bajo el fino algodón de los pantalones. Luego se empinó, besó delicadamente el cuello del enamorado y le acarició la yugular con un colmillo.

—Si seguimos con esta costumbre, nunca llegaremos a hacerlo en una cama, siempre usaremos cualquier sitio antes de alcanzarla. —Luego bajó más la voz y se restregó contra él—. Dios, qué grande… eres. ¿Sabes que llegaste hasta lo más hondo de mí? Penetraste muy dentro. Deliciosamente dentro.

John se apoyó en un montón de libretas amarillas. El montón cedió y los cuadernos cayeron de la estantería. Pero cuando se agachó para recogerlas, Xhex lo detuvo y lo obligó a enderezarse.

—Quédate donde estás. —Se puso de rodillas—. Me gusta mucho este panorama.

Fue ella la que recogió lo que se había caído, siempre con los ojos fijos en la erección de John. Era evidente que la verga trataba de liberarse y ejercía presión contra lo que la mantenía alejada de los ojos de Xhex, de su boca, de su sexo.

El macho no sabía qué hacer. Ya estaba empezando a jadear.

—Creo que ya lo he recogido todo —dijo Xhex después de un rato—. Será mejor poner cada cosa en su sitio.

Entonces Xhex se abrazó a las piernas de John y se fue levantando lentamente, al tiempo que su cara acariciaba las rodillas, los muslos…

Continuó hasta los genitales del amante. Los labios rozaron la parte inferior del pantalón, a la altura del escroto. John sentía que perdía la cabeza; ella siguió subiendo hasta que fueron los senos los que le rozaron la virilidad.

Finalmente la hembra remató la tortura al poner de nuevo las libretas en su lugar, apretando su sexo contra el de de John.

Entonces le dijo al oído:

—Comamos, rápido.

Tenía razón, era urgente comer, pero…

Xhex se separó un poco después de morderle el lóbulo de la oreja; pero él se quedó donde estaba. No podía moverse.

Cualquier movimiento provocaría un roce del pantalón con el miembro, y se correría instantáneamente.

Por lo general, eyacular en presencia de ella no era mala idea; pero, pensándolo bien, aquel armario de entrada al túnel no era en realidad un lugar muy privado. En cualquier momento podía entrar uno de los hermanos o cualquiera de sus shellans, y presenciar una escena francamente embarazosa.

Después de lanzar una maldición silenciosa y reacomodarse varias veces los pantalones, John marcó un código y abrió la puerta hacia el pasadizo.

—Entonces, ¿cuál es la seña de la mano para la «A»? —preguntó Xhex, cuando comenzaron a caminar hacia la mansión.

Al llegar a la «D», estaban atravesando la puerta oculta que estaba debajo de la imponente escalera de la mansión. Cuando llegaron a la «I», se encontraban en la cocina, junto al refrigerador. A la altura de la «M» comenzaron a preparar un par de bocadillos, y como tenían las manos ocupadas con el pavo, la mayonesa, la lechuga y el pan, no hicieron muchos más progresos con el alfabeto. Mientras comieron tampoco avanzaron mucho, sólo aprendió la «N» y la «O» y la «P», pero John podía ver que ella ya practicaba mentalmente.

La hembra aprendía rápido y eso no lo sorprendió. Durante el rato que dedicaron a recoger y lavar los cacharros, fueron desde la «Q» hasta la «V», y ya estaban saliendo de la cocina cuando John le mostró la «X», la «Y» y la «Z»…

—Perfecto, me dirigía a buscarte —dijo Z, con quien se encontraron en el arco de acceso al comedor—. Wrath acaba de convocar una reunión. Xhex, a ti también te interesa estar presente.

El hermano dio media vuelta, atravesó corriendo el suelo de mosaico del vestíbulo y desapareció escaleras arriba.

—¿Tu rey suele hacer esto en mitad del día? —preguntó ella.

John negó con la cabeza y los dos dijeron por señas al mismo tiempo:

—Algo ha debido de suceder.

Por tanto, siguieron a Z apresuradamente. Subieron los escalones de dos en dos.

En el segundo piso, toda la Hermandad se había congregado ya en el estudio de Wrath. El rey estaba sentado en el trono de su padre, detrás del escritorio. *George* permanecía echado junto a su amo y Wrath le acariciaba la cabeza con una mano, mientras con la otra jugueteaba con un abrecartas con forma de puñal.

John se quedó atrás, y no sólo porque ya no quedara mucho espacio, por la gran la cantidad de machos gigantescos que había en el salón. Quería estar cerca de la puerta.

El estado de ánimo de Xhex era ahora muy distinto.

Como si se hubiese cambiado la ropa emocional. Había pasado del pijama de franela a la malla metálica. Nerviosa, permanecía junto a John, cambiando el peso del cuerpo constantemente de un pie a otro.

John se sentía igual. Miró a su alrededor. Al fondo del salón, Rhage estaba desenvolviendo un caramelo y V encendía un cigarro mientras le decía algo a Phury por teléfono. Rehv, Tohr y Z se paseaban de un lado a otro, en el poco espacio disponible, y Butch esperaba sentado en un sofá, impasible, enfundado en su pijama de seda. Qhuinn, por su parte, estaba recostado cerca de las cortinas de color azul claro. Era evidente que acababa de realizar una intensa faena sexual: tenía los labios rojos, se notaba que por su pelo revuelto habían pasado unas manos apasionadas y tenía la camisa parcialmente por fuera del pantalón, colgando por la parte delantera.

Probablemente seguía excitado.

¿Dónde estaría Blay? se preguntó John. ¿Y con quién demonios acababa de follar Qhuinn?

—Resulta que V ha encontrado un mensaje terrible en el buzón general. —Mientras hablaba, Wrath parecía inspeccionar a la concurrencia a través de sus gafas oscuras; se diría que los estaba escrutando a pesar de que estaba totalmente ciego—. En lugar de contarlo, vamos a escucharlo para que todo el mundo sepa lo que hay.

Vishous se puso el cigarro entre los labios mientras marcaba una serie de claves en el ordenador.

John oyó aquella voz. La maldita y detestable voz.

«Apuesto a que no esperabais tener noticias mías de nuevo». El tono de Lash era de triste satisfacción. «Pues, sorpresa, desgraciados. ¿Y sabéis una cosa? Estoy a punto de haceros un favor. Tal vez os interese saber que esta noche hubo una gran inducción en la Sociedad Restrictiva. En una granja cerca de la Carretera 149. Sucedió alrededor de las cuatro de la mañana, así que, si os movéis y llegáis tan pronto se oculte el sol, tal vez podáis encontrarlos todavía allí, vomitando como locos. Una advertencia, no olvidéis las botas de caucho, porque el suelo es realmente asqueroso. Ah, y decidle a Xhex que todavía recuerdo su sabor...».

V levantó la cabeza.

Cuando John abrió la boca y enseñó los colmillos, dejando escapar un gruñido sordo, el cuadro que estaba en la pared detrás de él comenzó a temblar.

El perro gimió, asustado, y Wrath lo tranquilizó. Luego señaló a John con el abridor de cartas.

—Ya tendrás tu oportunidad con él, John. Lo juro por la tumba de mi padre. Pero en este momento necesito que mantengas la cabeza en su sitio ¿entendido?

Eso era más fácil decirlo que hacerlo. Pues controlar el deseo de matar era como contener a un pitbull con una mano amarrada a la espalda.

Junto a él, Xhex frunció el ceño y cruzó los brazos sobre el pecho.

—¿Está claro? —preguntó Wrath.

Cuando John finalmente silbó para indicar que estaba de acuerdo, Vishous soltó una nube de humo de tabaco turco y carraspeó.

—Lash no dejó una dirección exacta del lugar donde ocurrió esa supuesta masacre. Y traté de rastrear el número desde el que llamó, pero no logré nada.

—Lo que me pregunto —terció Wrath— es qué diablos está sucediendo. Él es el jefe de la Sociedad Restrictiva. Si hubiera hablado con jactancia, con ánimo de amenazarnos, lo entendería. Pero no me parece que haya sido así. Es como si estuviera dándonos un soplo.

—Así es. Está haciendo de soplón. —Vishous apagó el cigarro en un cenicero—. Eso es lo que pienso, aunque no estaría dispuesto a apostar mis enormes pelotas...

Ahora que John tenía a su bestia interior otra vez enjaulada y podía pensar con claridad, se inclinaba por la opinión de

Vishous. Lash era un egoísta que sólo pensaba en él, un tipo tan fiable como una serpiente cascabel. Pero aunque no se podía confiar en su moral, sí se podía confiar en su narcisismo, que lo volvía completamente predecible.

John estaba muy seguro. Incluso le parecía haberlo vivido antes.

—¿Será posible que lo hayan derrocado? —Wrath se hizo la pregunta en tono muy bajo, casi en un murmullo. Luego alzó la voz—. Tal vez papi decidió que eso de tener un hijo no era tan divertido, después de todo. O quizá el juguetito del maligno se estropeó. ¿Habrá algo en la extraña biología de Lash que haya empezado a manifestarse ahora? Quiero que vayamos, pero con toda la precaución del mundo, siempre dando por hecho que se trata de una emboscada.

En pocos minutos hubo total consenso acerca del plan, adobado con algunos comentarios grotescos sobre el trasero de Lash y el uso de ciertos instrumentos contundentes. Casi todos se decantaron por machacarle el culo con botas del cincuenta y cuatro. Pero no fue la única propuesta.

Por ejemplo, Rhage quería aparcar su GTO en los glúteos de Lash, cosa de la que John no lo consideró capaz.

El caso era que los acontecimientos habían dado un giro espectacular. Y sin embargo, en realidad no era tan sorprendente, si en efecto estaba sucediendo lo que suponían. El Omega era famoso por tratar como se trata a la mierda a sus jefes de restrictores. En aquella raza, la sangre no pesaba más que la maldad. Si en verdad Lash había sido expulsado, había que reconocer que su llamada a la Hermandad para hacerle un corte de mangas a su padre era una maniobra brillante; en especial porque, justo después de su inducción, los restrictores se encontraban muy débiles y por tanto eran incapaces de pelear.

Los hermanos podrían limpiar la casa por completo.

Por Dios, pensó John. El destino ciertamente podía deparar alianzas muy, pero que muy raras.

***

Xhex parecía consumirse a fuego lento mientras permanecía al lado de John en un estudio que, si no fuera por el escritorio y el trono, podría confundirse con un recibidor, por lo pequeño que era, sobre todo cuando tenía que albergar a la Hermandad entera.

El sonido de la voz de Lash a través del teléfono la había hecho sentirse como si le hubiesen hecho un lavado de estómago con amoniaco. Las náuseas estaban haciendo pasar un mal rato al pobre e inocente sándwich de pavo que se acababa de comer.

Y el hecho de que Wrath diera por supuesto que John iba a defender su honor tampoco la ayudaba mucho a calmarse.

—Así que vamos a atacar —estaba diciendo el Rey Ciego—. Al anochecer todos iréis a la Carretera 149 y…

—Yo puedo ir ahora mismo —dijo ella con voz clara y fuerte—. Dadme un par de pistolas y un cuchillo e iré en este instante, de avanzadilla, para estudiar el terreno y ver cuál es la situación verdadera.

Si hubiese lanzado una granada en el centro del salón, no habría recibido más atención.

Al sentir que el patrón emocional de John se ensombrecía, dispuesto a impedir que hiciese lo que acababa de proponer, Xhex se reafirmó aún más en su propósito de hacer lo que tenía que hacer.

—Es una oferta muy amable —dijo el rey, adoptando una actitud condescendiente para tranquilizarla—. Pero creo que es mejor si…

—No me puedes detener. —Xhex se había puesto muy tensa, pero luego recordó que no podía atacar físicamente a Wrath, y relajó sus brazos, hasta ese momento en guardia. De verdad, no podía hacerlo.

La sonrisa del rey se volvió gélida.

—Soy el soberano aquí. Lo que significa que si te digo que te quedes quieta, tú tienes que obedecer.

—Y yo soy una symphath. No uno de tus súbditos. Y, más aún, eres lo suficientemente inteligente para saber que no debes enviar por delante a tus mejores hombres. —Xhex señalaba ahora a los hermanos que llenaban el salón— a una posible emboscada planeada por tu enemigo. Yo, en cambio, a diferencia de ellos, soy reemplazable. Piensa en eso. ¿Vas a perder a uno de tus hombres sólo porque no quieres que me broncee un poco?

Wrath soltó una carcajada.

—Rehv, ¿quieres dar tu opinión sobre el particular, como rey de tu pueblo?

Desde el otro lado del salón, su antiguo jefe y querido amigo, el maldito cabrón, la miró con aquellos ojos del color de la amatista que sabían demasiado.

«Vas a lograr que te maten», le dijo mentalmente.

«No me detengas», le respondió ella. «Nunca te lo perdonaría».

«Si sigues actuando así, tu perdón es lo último que me preocupa. La preocupación más inmediata en ese caso será tu pira funeraria».

«Yo no te detuve cuando te fuiste a esa colonia en el momento en que tenías que hacerlo. Demonios, me ataste las manos para que no pudiera hacer nada. ¿Acaso estás diciendo que no merezco tener mi venganza? Vete a la mierda».

Rehvenge apretó la mandíbula con tanta fuerza que, cuando finalmente abrió la boca, Xhex se sorprendió de ver que todavía tenía los dientes enteros.

—Puede irse y hacer lo que le dé la gana. No puedes salvar a quien no quiere agarrarse al maldito salvavidas.

La rabia de Rehv parecía haber absorbido todo el aire del salón, pero Xhex estaba tan segura de que ni siquiera necesitaba oxígeno para respirar a pleno pulmón. La obsesión por la venganza era tan buena como el aire. Y cualquier acción que tuviera que ver con Lash era un magnífico combustible para ese fuego.

—Necesito armas —dijo la hembra al grupo—. Y ropa de cuero, y un teléfono seguro.

Wrath dejó escapar un gruñido. Como si quisiera intentar encerrarla a pesar de la autorización que le había dado Rehv.

Entonces Xhex dio unos pasos hacia delante y plantó las manos sobre el escritorio del rey, al tiempo que se inclinaba hacia él.

—Se trata de perderme a mí o correr el riesgo de perderlos a ellos. ¿Cuál es tu respuesta, Majestad?

Wrath se puso de pie y durante un momento la audaz hembra tuvo la sensación de que, a pesar de que ocupaba el trono, todavía era un guerrero letal.

—Baja el tono. Ten cuidado. Estás en mi maldita casa.

Xhex respiró hondamente y se calmó un poco.

—Lo siento, pero tienes que entender mi punto de vista.

Se hizo un tenso silencio. Xhex podía sentir a John a sus espaldas. Sabía que, aunque pudiera vencer la oposición del rey vampiro, todavía iba a tener que superar la barrera de John, apostado junto a la puerta.

Pero al final iría. No había discusión posible.

Wrath soltó una maldición en voz baja.

—Está bien. Vete. Pero no me hago responsable de lo que te ocurra. Si mueres será culpa tuya, exclusivamente tuya.

—Majestad, tú nunca serías responsable de eso. La única responsable sería yo, en efecto. No hay corona sobre cabeza alguna capaz de cambiar eso.

Wrath miró a V y vociferó:

—¡Quiero que la cubras de armas de pies a cabeza!

—No hay problema. La equiparé bien.

Xhex se dispuso a seguir a Vishous, pero se detuvo frente a John, que la agarró de los brazos. Volvió a producirse un silencio cargado de electricidad.

Pero lo cierto era que se había presentado una oportunidad y tenía hasta el atardecer para aprovecharla: si había alguna pista sobre el paradero de Lash, sería mejor que la usara para encontrarlo, si quería acabar con aquel desgraciado. Al anochecer, John y la Hermandad se harían cargo de la situación y no iban a vacilar a la hora de matar al repugnante monstruo.

Lash tenía que pagar por lo que le había hecho, y ella era quien debía cobrar esa deuda. Xhex siempre había enterrado a quienes le hacían daño. Era la encarnación misma de la venganza.

En voz muy baja, para que nadie más pudiera oírla, Xhex habló a su amante.

—No soy una persona a la que tengas que proteger y tú sabes exactamente por qué tengo que hacer esto. Si me amas como crees hacerlo, tienes que soltarme. No me obligarás a luchar para zafarme de tus manos.

Al ver que John se ponía pálido, Xhex rogó al cielo no tener que usar la fuerza.

Pero John la soltó.

Al salir por la puerta del estudio, Xhex pasó junto a V y le gritó:

—El tiempo apremia, Vishous. Necesito armas.

Al ver que Xhex se marchaba con V, lo primero que a John se le ocurrió fue bajar y plantarse frente a la puerta que se abría al jardín, para impedirle que saliera.

Después pensó marcharse con ella, aunque ello supusiera morir carbonizado.

Por Dios, cada vez que pensaba que había tocado fondo en lo relativo a ella, que a partir de ahora todo iba a mejorar, alguien volvía a mover el suelo bajo sus pies y aterrizaba en un lugar todavía más horrible: Xhex se acababa de ofrecer para una misión totalmente impredecible, que ella misma admitía que podía ser demasiado peligrosa para los hermanos. Y se iba a marchar sin ningún tipo de apoyo y sin que él pudiera ayudarla.

Notó que Wrath y Rehv se le acercaban, y en ese momento se dio cuenta de que todos los demás se habían marchado; a excepción de Qhuinn, que estaba todavía en el rincón, mirando su móvil con el ceño fruncido.

Rehvenge resopló con fuerza. Era evidente que navegaba en el mismo barco que John.

—Escucha, yo…

El macho enamorado habló por señas con ansiedad:

—¿Qué demonios estás haciendo, cómo es posible que la dejes marchar sin más?

Rehv se pasó la mano por la cabeza

—Voy a encargarme de cuidarla…

—Tú no puedes salir durante el día. ¿Cómo demonios vas a…?

Rehv soltó un profundo gruñido.

—Cuidado con esa actitud, jovencito.

Perfecto. Muy bien. Debía dominarse, ser claro, así que se plantó frente a Rehv, enseñó sus colmillos y formuló sus pensamientos con absoluta nitidez:

—La que va a salir por esa puerta es mi hembra. Y se va a ir sola. Así que a la mierda con mi actitud, mis formas y mis modales.

Rehv soltó una maldición y fulminó a John con la mirada.

—Ten cuidado con eso de que es «tu hembra». Te lo advierto. Al final de la partida, el juego de Xhex no contempla otro posible ganador que no sea ella misma, ¿me entiendes?

El primer impulso de John fue golpearle, darle un puñetazo en la cara.

Rehv soltó una carcajada.

—¿Quieres pelear? Perfecto. —Rehv dejó su bastón rojo a un lado y arrojó el abrigo de piel sobre el respaldo de una silla—. Luchemos. Pero eso no va a cambiar nada. ¿Acaso crees que alguien puede entenderla mejor que yo? La conozco desde antes de que tú nacieras.

«No, no es cierto, nadie la conoce como la conozco yo», pensó John.

Wrath se interpuso entre ambos.

—Bueno, bueno, bueno… cada uno a su rincón. Esta alfombra es muy bonita y muy valiosa. Si la mancháis de sangre, Fritz me matará, y con razón.

—Mira, John, no quiero joderte la vida —murmuró Rehv—. Pero yo sé lo que es amar a Xhex. Ella no tiene la culpa de ser como es, pero es un infierno para los demás, créeme.

John dejó caer los puños. Mierda, a pesar de lo mucho que quería rebatir las palabras de Rehv, ese hijo de puta de ojos púrpura probablemente tenía razón.

Y sin probablemente. Rehv tenía razón, y el propio John lo había aprendido por las malas. En demasiadas ocasiones.

—A la mierda —dijo John modulando las palabras con la boca.

—Así es. A la mierda. No podemos hacer nada.

John salió del estudio y bajó al vestíbulo con la vana esperanza de poder convencerla de que no se marchara. Mientras se paseaba de un lado a otro, recordó el abrazo que se habían dado a la salida de los vestuarios. ¿Cómo demonios habían pasado en tan poco tiempo de estar tan cerca, tan unidos… a esta horrible situación?

¿Realmente había sucedido todo lo de los vestuarios? ¿O quizá sólo lo había soñado, como buen idiota que era?

Diez minutos después, Xhex y V salieron por la puerta secreta que estaba debajo de la escalera.

Xhex tenía el mismo aspecto que la primera vez que la vio: enfundada en pantalones de cuero negros, con botas negras y una camiseta también negra, sin mangas. Llevaba una chaqueta de cuero en la mano y de su cuerpo colgaban suficientes armas como para equipar a todo un grupo de intervención rápida.

Xhex se detuvo al llegar frente a John y cuando sus miradas se encontraron, ella tuvo el detalle de no soltar ninguna vaciedad del tipo «todo va a salir bien, ya verás». En cualquier caso, no iba a quedarse. Nada podría disuadirla de emprender su misión. La determinación brillaba en sus ojos.

En ese momento, a John le costaba trabajo creer que alguna vez ella lo había envuelto tiernamente entre sus brazos.

En cuanto V abrió la puerta del vestíbulo, la guerrera dio media vuelta y salió, sin decir palabra ni mirar hacia atrás.

Vishous volvió a cerrar, mientras John observaba los gruesos paneles de la puerta y se preguntaba cuánto tiempo le llevaría romperlos con sus propias manos.

El chasquido de un mechero fue seguido de una lenta exhalación de humo.

—Le he dado lo mejor que tenemos. Un par del calibre cuarenta. Tres cargadores para cada pistola. Dos cuchillos. Un móvil nuevo. Y ella sabe muy bien cómo usar todo eso.

La inmensa mano de V aterrizó sobre el hombro de John y le dio un apretón. Luego el hermano se marchó. Sus botas resonaron con un ritmo pesado sobre el suelo de mosaico. Un segundo después, la puerta oculta por la que Xhex había salido se cerró, mientras V regresaba por el túnel hacia la Guarida.

Aquella sensación de impotencia realmente le hacía mucho mal, pensó John. Su mente comenzó a zumbar de forma insoportable, igual que cuando Xhex lo encontró en las duchas.

—¿Quieres ver un poco la tele?

John frunció el ceño al escuchar aquella voz. Miró a su derecha. Tohr estaba en la cercana sala de billar, sentado en el sofá, frente a la pantalla plana colocada encima de la chimenea. Tenía las botas sobre la mesita y un brazo apoyado en el respaldo del sofá. Apuntaba hacia el Sony con el mando a distancia.

Tohr no lo miró. Tampoco dijo nada más. Sólo siguió cambiando canales.

«Decisiones, decisiones, decisiones, tengo que tomar decisiones», pensó John.

Podía salir corriendo detrás de Xhex y convertirse en una antorcha. Podía quedarse frente a la puerta como si fuera un perro. Podía quitarse la piel con un cuchillo. Podía emborracharse hasta perder el sentido.

Desde la sala de billar, John oyó una especie de bramido sordo y luego los gritos de una multitud.

Se aproximó. Por encima de la cabeza de Tohr vio a Godzilla destruyendo una maqueta del centro de Tokio.

Era una imagen realmente inspiradora.

Se dirigió al bar y se sirvió una copa, luego se sentó junto a Tohr y, como él, puso los pies sobre la mesa.

Concentrado en la televisión, saboreaba el whisky. Pareció calmarse, sintió el calor del alcohol y el zumbido de su cabeza pareció ceder un poco. Y luego un poco más. Y todavía más.

Se anunciaba una jornada brutal, pero al menos ya no estaba pensando en salir a chamuscarse.

Un rato después, cayó en la cuenta de que estaba sentado al lado de Tohr y que los dos estaban recostados tal como solían hacerlo en su casa, cuando Wellsie aún vivía.

Dios, últimamente había tenido tanta tensión con Tohr que se le había olvidado lo fácil que era estar con él. Era como si llevaran años haciendo aquello mismo, permanecer sentados junto al fuego, con una bebida en una mano y la tele enfrente.

Las andanzas de Godzilla le trajeron a la memoria su antigua habitación.

De repente se volvió hacia Tohr y le dijo:

—Escucha, cuando estuve anoche en la casa...

—Ella me lo contó. —Tohr dio un sorbo a su bebida—. Me habló de lo que ocurrió con la puerta.

—Lo siento.

—No hay por qué preocuparse. Esa mierda tiene fácil arreglo.

Eso era cierto, pensó John, mientras se volvía a concentrar en la tele. A diferencia de muchas otras cosas, aquella avería era solucionable.

Desde la pared del fondo, Lassiter dejó escapar un suspiro tal que se hubiera dicho que alguien acababa de cortarle la pierna y no había ningún médico cerca.

—En mala hora te dejé el puto mando. Total, para ver a un tío disfrazado de monstruo, tratando de romper una piñata. Joder, me estoy perdiendo el *Show de Maury*.

—Qué lástima.

—Hoy va de pruebas de paternidad, Tohr. No me estás dejando ver el programa sobre pruebas de paternidad. Qué desgracia tan grande.

—Una horrible calamidad, ciertamente.

Mientras Tohr se mantenía firme en la defensa de Godzilla, John dejó caer la cabeza sobre el cuero acolchado.

Pensó en Xhex, que ya estaba allá afuera, completamente sola. De nuevo se sintió como si lo hubiesen envenenado. La tensión era realmente como un veneno que corría por su sangre y lo hacía sentirse mareado, asqueado, podrido.

Recordó el rollo sobre el amor sincero que tanto se había contado a sí mismo antes de conquistarla. Que si era el único dueño de sus sentimientos y aunque ella no lo amara, él todavía podía amarla y hacer lo correcto, y dejarla vivir su vida y bla, bla, bla.

Qué cantidad de gilipolleces.

No podía soportar que estuviese en aquella misión suicida, sola. Sin él. Pero había sido imposible detenerla. Se lo repetía una y otra vez. Y ninguna de las razones que se daba le servía de consuelo.

Estaba seguro de que Xhex trataría de encontrar a Lash antes de que cayera la noche, es decir antes de que John pudiera salir por fin al campo. Pensándolo con frialdad, no debería importar quién acabara con aquel pedazo de mierda, pero a los dos les importaba. A él, además, para que ella no se pusiera en peligro. No podía permitirse otra debilidad. Sentía que no podía quedarse sentado, sin hacer nada, mientras su hembra trataba de matar al hijo del maligno y terminaba con una herida mortal.

Su hembra…

«Ah, pero piensa un momento, no delires», se dijo John. Que tuviera el nombre de Xhex tatuado en la espalda no significaba que fuera su dueño; sólo era un montón de letras negras grabadas en su piel. Y, la verdad, parecía más bien al revés. Ella era la dueña de él. Lo cual era distinto. Muy distinto.

Eso significaba que ella se podía marchar con mucha más facilidad. Prácticamente, cuando quisiera.

De hecho, acababa de hacerlo.

A la mierda. Rehv parecía haber resumido la situación mejor que nadie: «Al final de la partida, el juego de Xhex no contempla otro posible ganador que no sea ella misma».

Un par de horas de sexo intenso no iban a cambiar eso.

Ni el hecho de que se hubiese llevado su corazón al salir por esa puerta.

***

Qhuinn salió hacia su habitación y siguió hasta el baño, caminando sobre unas piernas asombrosamente firmes, a la vista de cómo se encontraban poco antes. Estaba bastante borracho cuando convocaron la reunión de emergencia, pero la idea de que la hembra de John marchase en ese mismo momento de cabeza al cráter de un volcán, completamente sola, fue como una bofetada que le reactivó todos los sentidos.

Además, él estaba pasando por una situación más o menos parecida a la de John.

Blay también estaba por ahí, completamente solo.

Bueno, no estaba solo, en realidad; pero sí desprotegido.

El mensaje que había llegado a su móvil desde un número desconocido había resuelto el misterio sobre su paradero: *Me voy a quedar con Saxton durante el día. Estaré en casa al anochecer.*

Era un mensaje muy propio de Blay. Cualquier otra persona habría resumido: *Con Saxton voy x noche.*

Pero los mensajes de Blay siempre eran gramaticalmente correctos. Como si la idea de maltratar el idioma, aunque fuera por sms, le produjera urticaria.

Blay era gracioso. Siempre tan compuesto. Se cambiaba de ropa para las comidas, en las que reemplazaba los pantalones de cuero y las camisetas de combate o deporte por camisas de puño y pantalones de paño. Se duchaba al menos dos veces al día, y más si había entrenado. Fritz se sentía completamente frustrado cada vez que entraba en su habitación, porque nunca tenía nada que limpiar.

Desplegaba los modales de un conde, escribía notas de agradecimiento que hacían saltar las lágrimas y nunca, nunca, maldecía en presencia de una hembra.

Para ser sinceros, había que reconocer que Saxton era perfecto para él.

Qhuinn sintió que se desplomaba interiormente al pensar en eso y se imaginó la cantidad de buenas palabras que Blay debía de estar gritando en ese mismo momento, mientras Saxton se lo follaba.

El vocabulario nunca se habría usado tan apropiadamente, sin duda.

Con el malestar propio de quien acaba de recibir un golpe en la cabeza, Qhuinn abrió el grifo del agua fría y se lavó la cara hasta que las mejillas le dolieron y se le empezó a dormir la nariz. Mientras se secaba, pensó en lo que había sucedido en aquel salón de tatuajes: en el polvo que había echado con la recepcionista.

La cortina que separaba el cuartito en el que se habían ocultado era lo suficientemente transparente como para que sus heterogéneos ojos, que funcionaban perfectamente a pesar de sus distintos colores, pudieran ver todo lo que sucedía al otro lado. Todo y a todos. Así, cuando tenía a la chica arrodillada y él volvió la cabeza, miró hacia afuera y vio… a Blay.

Y de repente aquella boca húmeda dentro de la cual estaba bombeando se transformó en la de su mejor amigo, y esa fantasía hizo que el sexo pasara de la simple satisfacción de una necesidad al rango de orgasmo incendiario.

Algo importante.

Algo brutal, erótico y absolutamente satisfactorio.

Por eso mismo la hizo levantarse y darse la vuelta para follarla por detrás. Plenamente entregado a su fantasía, Qhuinn notó de pronto que Blay continuaba observándolo... y curiosamente, esta vez eso lo hizo volver a la realidad. Abruptamente, recordó con quién estaba follando.

No pudo llegar al orgasmo.

Cuando la chica llegó al clímax, él fingió que le ocurría lo mismo, pero la verdad era que su erección había comenzado a desvanecerse desde el momento en que fue consciente de que ella no era Blay. Por suerte, la chica no se había dado cuenta, pues estaba lo suficientemente mojada como para cubrir las faltas de aportación de Qhuinn. Y además, él se había portado como un profesional, fingiendo que había quedado satisfecho y todo eso.

Pero había sido una absoluta mentira.

¿Con cuánta gente había follado así a lo largo de su vida, sin que se acordara luego de nada? Con cientos de personas. Cientos y cientos, y eso que sólo llevaba un año y medio practicando. En aquellas noches en ZeroSum, cuando follaba con tres y cuatro chicas a la vez, aumentó enormemente la cuenta.

Desde luego, muchas de esas sesiones habían tenido lugar codo con codo con Blay, cuando su amigo y él follaban juntos con mujeres.

Por otro lado, nunca habían participado juntos en aquellas orgías masculinas en los baños del club, pero sí solían observarse mucho. Y preguntarse cosas. Y tal vez de vez en cuando se masturbaban cuando el recuerdo de lo contemplado resultaba demasiado vívido.

Al menos eso le había ocurrido a él, a Qhuinn.

Todo terminó cuando Blay echó el freno, justamente al darse cuenta de que era gay y que además estaba enamorado de alguien. De él, de Qhuinn, que no estaba de acuerdo con esa elección. En absoluto. Un tipo como Blaylock merecía a alguien mucho, mucho mejor.

Y parecía que ahora iba por un camino que lo llevaría justamente a eso. Saxton era un macho honorable. En todos los sentidos.

El maldito mamón.

Miró el espejo que había sobre el lavabo, pero no pudo ver nada porque estaba totalmente a oscuras. Mejor, en el fondo era un alivio no ver su imagen. Porque era una mentira ambulante y, en momentos de calma, como aquél, su falsedad le resultaba tan evidente que se sentía morir.

Aquellos planes que había hecho para el resto de sus días... ¡Ay, sus gloriosos planes!

Unos planes perfectamente «normales».

Planes que siempre incluían a una hembra honorable, y no una relación estable con un macho.

La cuestión era que los machos como él, los machos que tenían algún defecto... algo como, digamos, un ojo azul y el otro verde... eran despreciados por la aristocracia, pues se consideraban prueba de una tara genética. Los machos como él eran una vergüenza que debería esconderse, vergonzosos secretos que tenían que permanecer ocultos: se había pasado la vida viendo cómo la sociedad elevaba a su hermana y a su hermano a un pedestal, mientras todo el que se cruzaba con él tenía que hacer rituales contra el mal de ojo para protegerse.

Su propio padre lo odiaba.

Así que no había que ser psicólogo diplomado para ver que Qhuinn sólo quería ser «normal». Y sentar la cabeza con una hembra honorable, suponiendo que pudiese encontrar una que aceptara aparearse con alguien que tenía un defecto genético; eso era fundamental para acceder al estatus que deseaba.

Pero sabía que si se liaba con Blay eso no iba a suceder.

También sabía que sólo tenían que follar una vez para que nunca quisiera abandonarlo.

No era que los hermanos no aceptaran a los homosexuales. Demonios, no tenían ningún problema con eso; Vishous había estado muchas veces con machos y a nadie le importaba. Ni lo juzgaban por eso ni les interesaba. Sólo seguía siendo su hermano. El propio Qhuinn también había cruzado la raya algunas veces, sólo por diversión, y todos lo sabían, pero no les importaba.

Pero a la glymera sí.

Y aunque se moría por tener que reconocerlo, a Qhuinn todavía le importaban esos desgraciados aristócratas. Su familia había desaparecido y el núcleo de la aristocracia de la raza se había dispersado por la Costa Este, lo cual significaba que Qhuinn ya no tenía ningún contacto con la manada de estirados. Pero como era un perro demasiado bien entrenado, la verdad era que no había sido capaz de olvidarse de su existencia.

Sencillamente, no podía salirse por completo del redil.

Resultaba irónico. Aunque su apariencia exterior era de una poderosa virilidad, por dentro era un completo afeminado.

Tuvo repentinos deseos de golpear el espejo, aunque lo único que reflejaba era un montón de sombras.

—¿Señor?

En medio de la oscuridad, Qhuinn cerró los ojos.

Mierda, se le había olvidado que Layla todavía estaba en su cama.

X hex no estaba muy segura de qué granja estaba buscando, así que tomó forma en un área boscosa que estaba sobre la Carretera 149 y usó su olfato para orientarse sobre la dirección que debía tomar: el viento venía del norte y cuando sintió un leve olor a polvos de talco, comenzó a seguir ese rastro, desmaterializándose en intervalos de cien metros a través de los campos quemados por el invierno y por la nieve.

La inminente primavera estimulaba su nariz y la luz del sol sobre la cara la calentaba, siempre y cuando la brisa no le quemara la piel. Estaba rodeada de árboles esqueléticos, coronados por un halo de hojas verdes brillantes, cuyos brotes asomaban tímidamente al percibir la promesa de un clima más cálido.

Era un día precioso.

Perfecto para un buen crimen.

Cuando el hedor de los restrictores invadió claramente su nariz, Xhex desenfundó uno de los cuchillos que Vishous le había dado y se dio cuenta de que estaba tan cerca que podía…

Tomó forma junto a la siguiente fila de arces y frenó en seco.

Mierda.

La granja blanca no era nada especial, sólo una construcción ruinosa, situada junto a un campo de maíz y rodeada de pinos y arbustos. Era estupendo que tuviera un jardín amplio, pensó Xhex.

De lo contrario, los cinco coches patrulla de la policía que se aglomeraban en la entrada no habrían tenido suficiente espacio para pasar.

Ocultándose como lo hacían los symphaths, Xhex se dirigió hacia una ventana y miró hacia el interior, sin que nadie se diera cuenta de su presencia.

Justo a tiempo: se asomó justo cuando uno de los mejores agentes de policía de Caldwell vomitaba en un cubo.

Y la verdad era que tenía una buena razón para hacerlo. La casa parecía bañada en sangre humana. De hecho, no lo «parecía», lo estaba. Tan llena de sangre que Xhex sentía un sabor a cobre en la lengua, a pesar de que estaba afuera, al aire libre.

Parecía una película de terror.

Los policías humanos iban y venían entre la sala y el comedor, pisando con cuidado, no sólo por tratarse del escenario de un crimen, sino porque obviamente no querían que aquella mierda les manchara la ropa.

Sin embargo, no había ningún cadáver. Ni uno solo.

Al menos, ninguno visible.

Pero Xhex estaba segura de que en la casa había restrictores recién nacidos. Dieciséis en total. Aunque no podía verlos y la policía tampoco, según lo que ella podía percibir, los policías estaban caminando justo por encima de ellos.

¿Otro de los escudos protectores de Lash?

¿Qué diablos estaba planeando ese desgraciado? Había llamado a los hermanos para anunciarles esa mierda… ¿y después había llamado a la policía? ¿Quién había llamado al número de emergencias?

Xhex necesitaba encontrar la respuesta a muchas preguntas.

Mezclado con toda la sangre había un residuo negruzco y uno de los policías observaba una mancha de esa sustancia con el ceño fruncido, como si hubiese encontrado algo asqueroso… pero esa pequeña mancha aceitosa no era suficiente para explicar el fuerte olor que la había llevado hasta allí, así que Xhex tenía que suponer que las inducciones habían sido un éxito y que lo que estaba oculto ya no era humano.

Echó un vistazo al bosque que se extendía por detrás y por delante de ella. ¿Dónde encajaba el chico dorado del Omega en todo ese desastre?

Al asomarse a la parte delantera de la casa, Xhex vio a un cartero que, evidentemente, sufría una crisis nerviosa, mientras prestaba declaración a un agente.

El servicio postal al rescate.

Sin duda, fue él quien dio la voz de alarma...

Manteniéndose siempre oculta, se dedicó sencillamente a observar la escena y ver cómo los policías combatían sus náuseas mientras hacían su trabajo. Esperaba a que Lash apareciera, o a que apareciera cualquier otro restrictor. Cuando hicieron su aparición las cámaras de televisión, poco después, vio cómo una rubia más o menos hermosa grababa un patético reportaje desde el jardín. En cuanto terminaron de grabar su introducción, comenzó a acosar a los policías, pidiéndoles información, hasta que los molestó tanto que le permitieron echar un vistazo en el interior de la casa.

En buena hora lo hizo.

La chica se desmayó en los brazos de un policía.

Xhex entornó los ojos y volvió a situarse en la parte trasera de la casa.

Mierda. Lo mejor sería que se pusiera cómoda. Aunque había llegado ansiando entrar en batalla, ahora no le quedaba más remedio que aplicar la estrategia de la espera, como solía suceder con frecuencia en la guerra. Si no estaba el enemigo, se le esperaba.

—Sorpresa.

Xhex dio media vuelta con tanta rapidez que casi perdió el equilibrio. Lo único que la salvó de caerse fue el contrapeso de la daga en su mano que, como buena guerrera, tenía levantada, por encima del hombro, lista para atacar.

* * *

—Me hubiera gustado que nos duchásemos juntos.

Blay casi se atragantó con el café. Saxton siguió tomándose el suyo a sorbos; era evidente que estaba disfrutando con la reacción que había provocado en su nuevo amigo.

—Me encanta sorprenderte —añadió Saxton.

Bingo. Lo había conseguido. Y, naturalmente, los malditos genes de pelirrojo hacían imposible que pudiera ocultar lo colorado que se había puesto.

Era más fácil guardarse un coche en el bolsillo.

—Seguro que sabes que hay cuidar el medio ambiente y ahorrar agua. Volverse ecológicos… duchándonos juntos, por ejemplo, ayudamos al planeta.

Saxton estaba recostado en los mullidos y suaves almohadones de su cama, envuelto en una bata de seda. Blay se encontraba echado en la parte de abajo del colchón, sobre el cobertor perfectamente doblado. La luz de las velas daba un carácter fantástico a la escena. Su resplandor hacía difusos todos los contornos.

Saxton tenía un aspecto hermoso en medio de aquellas sábanas elegantes, con aquel pelo rizado que, más que peinado, parecía esculpido cuidadosamente, aunque no lo llevaba especialmente arreglado. Estaba hermoso con sus ojos entornados y el pecho medio descubierto. Parecía dispuesto, listo para… En fin, considerando el aroma que despedía su cuerpo, estaba perfectamente preparado para ser lo que Blay necesitaba.

Al menos estaba listo por dentro. Porque su apariencia exterior, si se le observaba a plena luz y no entre aquellas penumbras, era otra cosa. Todavía tenía la cara hinchada y los labios inflamados, pero no gracias a la actividad erótica, sino por los golpes de un idiota; y se movía con precaución, porque al parecer todavía tenía el cuerpo lleno de moretones.

Lo cual era preocupante. Sus lesiones ya deberían haber sanado, pues ya habían pasado cerca de doce horas desde el ataque. Además, Saxton era un aristócrata, su sangre provenía de los mejores linajes.

—Querido Blaylock, no sé qué estás haciendo aquí. —Saxton sacudió la cabeza—. Todavía no sé por qué has venido.

—¡Cómo no iba a venir!

—Te gusta hacerte el héroe, ¿verdad?

—Sentarse a hacer compañía a alguien no tiene nada de heroico.

—No subestimes a ese alguien —dijo Saxton con un repentino y sorprendente tono brusco.

Blay se quedó atónito, aunque enseguida comprendió que no era tan sorprendente. Durante toda la mañana y toda la tarde, Saxton se había comportado de la forma tranquila y ligeramente sarcástica de siempre, es verdad, pero había sido víctima de un ataque. Un ataque brutal. El trauma tenía que salir a la luz tarde o temprano.

—¿Estás bien? —dijo Blay en voz baja—. ¿De verdad te encuentras bien?

Saxton se quedó mirando su café.

—A veces me resulta difícil entender a la gente. No sólo a los humanos, sino también a los vampiros.

—Lo siento. Siento mucho lo que pasó anoche.

—Bueno, pero eso te trajo a mi cama, ¿no? —Saxton sonrió cuanto le permitió la lesión que le desfiguraba media boca—. No es exactamente lo que había planeado... pero es maravilloso verte a la luz de las velas. Tienes el cuerpo de un soldado, pero la cara de un intelectual. Y ese contraste es... embriagador.

Blay, que se estaba terminando lo que le quedaba de la taza de café, casi se volvió a atragantar.

—¿Quieres otro café?

—No, ahora no, gracias. Estaba delicioso, por cierto.

Saxton puso la taza y el plato sobre la mesita de bronce dorado que tenía junto a la cama y se reacomodó dejando escapar una especie de bufido. Para evitar quedarse mirándolo, Blay dejó la taza sobre el baúl donde se guardaban las mantas y paseó la mirada por la estancia.

Le gustaba la casa. Arriba todo era de estilo victoriano, con pesados muebles de caoba y alfombras orientales de suntuosos colores. Pero la austeridad y la reserva se acababan al llegar a la puerta que bajaba al sótano. Allí abajo todo parecía sacado de un extravagante cuarto de tocador. Todo era de estilo francés, con mesas de mármol y cómodas de líneas curvas y cojines bordados. Mucho satén. Y, allí, en una carpeta abierta, muchos dibujos a lápiz de imponentes machos reclinados en posturas similares a la que tenía Saxton en ese momento.

Sólo que sin bata.

—¿Te gustan mis bocetos? —preguntó el herido arrastrando las palabras.

Blay no pudo evitar la risa.

—Parece que lo tenías ensayado.

—Sí, no puedo negar que ya he usado esa frase otras veces.

De pronto, Blay se imaginó a Saxton desnudo y haciendo el amor en esa misma cama, su piel sudorosa revolcándose sobre la de otro macho.

Tras mirar subrepticiamente el reloj, Blay se dio cuenta de que todavía le quedaban otras siete horas allí. En ese momento no sabía si quería que pasaran lenta o rápidamente.

Saxton cerró los párpados y se estremeció.

—¿Cuándo fue la última vez que te alimentaste de una vena? —preguntó Blay.

Los ojos de Saxton se abrieron brillaron con una luz gris.

—¿Te estás ofreciendo como voluntario?

—Me refiero a cuándo te alimentaste de una hembra.

Saxton hizo una mueca de dolor y se recolocó una vez más sobre las almohadas.

—Hace un tiempo. Pero estoy bien.

—Tu cara parece un tablero de ajedrez.

—Qué cosas tan dulces dices.

—Estoy hablando en serio, Saxton. No me vas a enseñar lo que tienes debajo de esa bata, de eso estoy seguro, pero, a juzgar por tu cara, debes de tener lesiones en otras partes del cuerpo.

Lo único que obtuvo como respuesta fue un ronroneo evasivo.

Hubo una larga pausa.

—Saxton, voy a conseguirte a alguien para que te alimentes.

—¿Es que llevas escondida una hembra en el bolsillo?

—¿Puedo usar tu teléfono de nuevo?

—Adelante.

Blay se levantó y entró al baño. Prefería que no le escuchase debido a que no tenía idea de cómo saldría lo que iba a intentar.

—Puedes usar el que está aquí —gritó Saxton, cuando Blay ya cerraba la puerta, sin hacerle caso.

Blay regresó diez minutos después, haciendo señas de que todo estaba arreglado.

—No sabía que las agencias de citas fueran tan eficientes —murmuró Saxton, con los ojos cerrados.

—Tengo algunos contactos.

—Sí, así parece.

—Nos van a recoger aquí al anochecer.

Eso lo hizo abrir los ojos.

—¿Quién nos recogerá? ¿Y adónde vamos a ir?

—Vamos a cuidarte muy bien.

Saxton suspiró ruidosamente.

—¿Otra vez estás al rescate, Blaylock?

—Sí, es un vicio que tengo, soy rescatador compulsivo. —Blay se dirigió a un sofá y se acostó. Después de echarse sobre las piernas una suntuosa piel, apagó la vela que tenía junto a él y se acomodó.

—Blaylock.

Dios, qué voz. Sonaba tan suave y discreta en medio de la penumbra.

—¿Sí?

—Me estás haciendo quedar como un pésimo anfitrión. —Se oyó un jadeo—. Esa cosa no es cómoda para dormir.

—Estaré bien.

Hubo un momento de silencio.

—No lo vas a traicionar por dormir conmigo, quiero decir, en la misma cama. No estoy en condiciones de aprovecharme de tu inocencia, e incluso si lo estuviera, te respeto lo suficiente como para no ponerte en una posición tan incómoda. Además, me vendría muy bien el calor corporal, estoy helado.

Blay deseó tener un cigarrillo a mano.

—No lo estaría traicionando aunque algo sucediera entre tú y yo. Sólo somos amigos, sólo amigos.

Lo cual explicaba que la situación fuese tan extraña. Blay estaba acostumbrado a vivir frente a una puerta cerrada, la barrera que lo mantenía lejos de lo que deseaba. Sin embargo, Saxton le ofrecía otra salida, una puerta que podía atravesar con facilidad... y el cuarto que había al otro lado, desde luego, era espléndido.

Blay vaciló durante un minuto y luego se quitó la piel de encima y se levantó, todo muy lentamente.

Saxton le hizo sitio y levantó las sábanas y el edredón. Blay volvió a vacilar.

—No muerdo —susurró Saxton con malicia—. A menos que me lo pidas.

Finalmente se metió en la cama, entre las sábanas de seda... y enseguida entendió la razón por la cual las batas de los aristócratas eran de seda. Era un material tan suave...

Era como estar más desnudo que cuando estás realmente desnudo.

Saxton se acostó de lado para quedar frente a Blay, pero luego gimió… de dolor.

—Maldición.

Cuando Saxton se volvió a poner de espaldas, Blay se sorprendió siguiendo su ejemplo y pasándole el brazo por debajo de la cabeza. Luego el primo de Qhuinn levantó la cabeza para acomodarse y Blay le ofreció la almohada de sus bíceps, oferta que Saxton aprovechó.

Las velas se fueron apagando una a una, excepto la del baño.

Saxton se estremeció y Blay se acercó un poco más. Enseguida frunció el ceño.

—Dios, la verdad es que sí que estás helado. —Envolvió a Saxton entre sus brazos y trató de trasmitirle su calor.

Se quedaron acostados allí juntos por un largo rato… y Blay se sorprendió acariciando aquel pelo rubio, perfecto.

Y olía a especias.

—Qué gusto —murmuró Saxton.

Blay cerró los ojos y respiró profundamente.

—Cierto.

Qué demonios hacéis vosotros dos aquí? —susurró Xhex bajando la daga.

Trez puso cara de extrañeza, pues la respuesta le parecía evidente.

—Nos envía Rehv.

Como siempre, iAm se quedó en silencio al lado de su hermano. Se limitó a hacer un gesto de saludo con la cabeza y cruzó los brazos sobre el pecho. Era como un roble que nadie podría mover de allí. Y mientras las Sombras gemelas la miraban, sus cuerpos y su voz sólo eran perceptibles para Xhex.

A la hembra le resultó irritante al principio tanta discreción. Cuando adoptaban la forma de fantasmas era difícil darles el rodillazo que se merecían en la entrepierna.

—¿No nos vas a dar un abrazo siquiera? —murmuró Trez mirándola a la cara—. Ha pasado toda una vida desde la última vez que nos vimos.

Xhex le contestó en una frecuencia sonora que ni los humanos ni los restrictores podían oír.

—No soy muy dada a los abrazos.

Pero al cabo de un instante soltó una maldición y se lanzó a los brazos de los dos hermanos. Las Sombras eran particularmente contenidas a la hora de exteriorizar sus emociones. Eran unos seres mucho más herméticos que los humanos e incluso que los vampiros. Así y todo, Xhex notaba lo mucho que los dos sentían todo lo que le había pasado.

Trez la apretó con fuerza entre sus brazos y se estremeció:

—Estoy… Por Dios, Xhex… creímos que no volveríamos a verte…

La hembra sacudió la cabeza.

—Basta, por favor. Hay momentos adecuados para ponerse sentimentales, pero éste ciertamente no es el mejor. Os quiero mucho a los dos, por supuesto, y estoy bien. Pero ahora tenemos cosas que hacer. Creedme, estoy bien.

Más o menos bien. Sobre todo si no pensaba en John, que estaba atrapado en la mansión y seguramente a punto de volverse loco. Gracias a ella.

Dios, cómo se repetía la historia.

—Tienes razón, tampoco es cosa de dar un espectáculo. —Trez sonrió, mostrando sus brillantes colmillos blancos, que resaltaban contra su piel morena—. En todo caso, nos alegra que te encuentres bien.

—De encontrarme mal no estaría aquí.

—No estoy tan seguro de eso —murmuró Trez casi para sus adentros. Su hermano y él echaron un vistazo por la ventana—. Caramba, parece que han celebrado una fiesta ahí dentro.

Una brisa helada sopló de repente portando bocanadas de aroma a talco para bebés. Esta vez el olor venía de otra dirección, por lo cual los tres volvieron la cabeza casi a la vez.

Por el camino de tierra que llevaba hasta la casa avanzaba un coche muy poco adecuado para marchar entre los campos de maíz de los alrededores. El automóvil parecía salido de la película *A todo gas*: un Honda Civic tan modificado que, más que por las de los mecánicos, parecía haber pasado por las manos de los cirujanos plásticos de *Playboy*. Gracias a una cola de ballena y un faldón delantero que dejaba el chasis apenas a unos centímetros del suelo, y a una pintura en la que se mezclaban el gris y el rosa con el amarillo brillante, parecía una chica campesina que hubiese caído en las garras del cine porno.

Y he aquí que el restrictor que iba tras el volante tenía una cara que no cuadraba con la frívola nave que conducía.

—Apuesto lo que sea que ese tío es el nuevo jefe de restrictores —dijo Xhex—. Lash nunca permitiría que su segundo al mando tuviera un automóvil así. Y mucho menos lo llevaría él. Pasé cuatro semanas con ese desgraciado, que se cree un dandi.

—Es decir, que ha habido un cambio en la cúpula de la Sociedad. —Trez asintió con la cabeza—. Eso sucede muy a menudo entre ellos.

—Tienes que seguir a ese coche —dijo Xhex—. Rápido, ve tras él…

—No podemos dejarte sola. Órdenes del jefe.

—¿Acaso es una broma? —Xhex miró el Civic, luego el escenario del crimen, y después otra vez la cola de ballena que se alejaba—. ¡Síguelo! Necesitamos tenerlo controlado…

—No. A menos que quieras venir con nosotros. ¿No es así, iAm?

Al ver que la otra Sombra asentía con la cabeza, Xhex sintió deseos de darle un golpe al marco de aluminio en el que estaba apoyada en ese momento.

—Esto es completamente ridículo.

—¡Por favor! Tú estás esperando a que Lash haga su aparición por aquí y yo sé muy bien que tu intención no es tener una civilizada charla con él. Así que no te dejaremos sola de ninguna manera… Y no te molestes en gritarme «no-eres-mi-jefe» o mierdas similares, porque será inútil, tengo una sordera selectiva.

—Es verdad —añadió iAm.

Xhex clavó los ojos en la matrícula del ridículo coche tuneado y maldijo en silencio.

De todas formas, si las dos Sombras no estuviesen ahí, ella tampoco se habría marchado; sólo habría apuntado el número de la matrícula y se habría quedado donde estaba. Siempre se podía buscar el coche después.

—Haz algo útil —dijo ella con brusquedad— y préstame tu móvil.

—¿Vas a pedir una pizza? Buena idea, tengo hambre. —Trez le pasó su BlackBerry—. Me gusta con mucha carne. Mi hermano las prefiere de queso.

Xhex buscó el número de Rehv en los contactos. Lo llamó a él sencillamente porque era un tipo eficiente y en ese momento no tenía ganas de hablar con los hermanos. Saltó el buzón de llamadas, dejó los datos del coche y pidió que Vishous lo rastreara.

Luego colgó y le devolvió el teléfono a Trez.

—¿Entonces no vas a pedir una pizza a Domino's? —murmuró el dueño del teléfono.

Tragándose el insulto que tenía en la punta de la lengua, Xhex frunció el ceño. De pronto recordó que V le había dado un teléfono. Mierda, no estaba tan alerta como debería en aquella situación.

—Viene un coche, pero me parece que no es de pizzas —dijo iAm.

La hembra clavó los ojos en la carretera, donde un vehículo se detuvo frente a la casa. El detective de homicidios que se bajó del coche era un conocido suyo: José de la Cruz.

Al menos los humanos habían enviado a un buen hombre. Pero, claro, tal vez no era tan buena noticia saber que iban a tener esa clase de competencia. En situaciones como aquélla, cuanto menos se involucrara la otra raza, mejor. De la Cruz tenía el instinto de un sabueso y la disciplina de un sargento prusiano.

Joder. Las cosas no hacían más que complicarse. Se presentaba un día difícil, un día muy largo en verdad.

Veía a los humanos conversar y moverse alrededor de la casa y sentía en la espalda la presencia de sus guardaespaldas. De pronto, con la mano derecha empezó a practicar el lenguaje por señas que John le había enseñado.

«A»… «B»… «C»…

***

Lash se despertó al oír unos gemidos. Menuda mierda. Y además no eran gemidos de los buenos.

Despertarse boca abajo sobre un colchón pelado en una casa de mierda era otro horror.

Y el tercer golpe fue descubrir que, cuando finalmente se incorporó, su cuerpo había dejado una mancha negra sobre la cama.

Como si fuera una sombra que se proyecta sobre el suelo.

Por Dios santo. Se parecía a ese nazi que salía al final de *En busca del arca perdida*, aquel cuya cara se derretía… un efecto especial que, según los extras del DVD, se había logrado al lanzar aire caliente sobre un montón de gelatina.

Pero ése no era el papel que él quería desempeñar en la vida.

Se dirigió a la cocina con la sensación de que cargaba con una tonelada de piedras. A la chica de plástico no parecía irle mucho mejor, tirada allí en el suelo, junto a la puerta de atrás. Había perdido suficiente sangre como para no poder moverse, pero no la suficiente como para morirse y regresar al seno del Omega.

Qué lástima, vivir siempre al borde de la muerte, con todo ese dolor y esa constante sensación de asfixia.

Desde luego, era suficiente como para querer matarse.

Qué lástima.

Pero, claro, no había solución: estaba condenada a seguir indefinidamente en esa condición. Y probablemente lo mejor fuera no contárselo, reservarse esa información... ésa sería su buena acción del día, pensó Lash.

Mientras la desgraciada trataba de emitir otro patético gemido reclamando ayuda, Lash pasó por encima de ella y fue a ver si había comida. Con el fin de conservar el dinero en efectivo que todavía le quedaba, se había tenido que zampar media miserable hamburguesa, a manera de cena, la noche anterior. Una porquería similar a la comida para perros. Menos mal que al menos estaba recién salida de la parrilla.

Y aunque el paso del tiempo no había mejorado la otra mitad, que fue incapaz de tragarse la noche anterior, ahora se la comió. Lo que hace el hambre.

—¿Quieres un poco? —le dijo a la mujer—. ¿Sí? ¿No?

Lo único que podía hacer aquella desdichada criatura era suplicar con aquellos ojos inyectados en sangre y aquella boca que rezumaba una sustancia oleaginosa. O tal vez no estaba suplicando. Observándola con atención, la mujer parecía horrorizada, lo que sugería que, fuera cual fuera su condición, la apariencia de Lash era lo suficientemente aterradora como para sacarla de su agonía por un momento. No pedía cuidados ni alimentos ni nada similar. Quería que aquel monstruo se marchara de allí.

—Te jodes, perra. Tampoco creas que tu aspecto es mucho mejor ni que verte me resulta muy estimulante.

Lash dio media vuelta y miró por la ventana. Ciertamente, empezaba a estar harto.

Joder, no hubiera querido marcharse de la maldita granja, pero llegó un momento en que se sentía tan exhausto que tuvo que replegarse. Era demasiado peligroso quedarse dormido con tantos enemigos a su alrededor. Pura táctica militar: retirarse para reanudar las operaciones con más fuerzas, o sucumbir allí mismo.

Entre tanta desdicha, una buena noticia: el sol todavía estaba alto en el cielo despejado, lo cual le brindaba el margen que necesitaba. La Hermandad no se iba a presentar de ninguna manera antes de que oscureciese. Le daba tiempo a llegar en condiciones. ¿Qué clase de anfitrión sería si no estuviera allí esperándolos?

La fiesta había comenzado por iniciativa del puto juguetito del Omega, pero él, Lash, sería quien la terminara.

Sin embargo, había que ir preparado. Necesitaba más munición, y no precisamente para su pistola.

El monstruo agarró la gabardina y el sombrero, se puso los guantes y pasó por encima de la prostituta. Cuando estaba abriendo la puerta, la asquerosa mano de la mujer llegó hasta su zapato y sus dedos ensangrentados comenzaron a arañar el cuero.

Lash la miró desde arriba. Aunque se había quedado sin habla, estaba claro que se le había pasado el miedo y ahora sólo sentía desesperación. Los ojos enrojecidos y desorbitados de la mujer gritaban: «Ayúdame. Me estoy muriendo. Yo no me puedo matar… hazlo tú por mí».

Aparentemente ya había superado su asco hacia él. Vestido daba menos repelús, al parecer.

En cualquier otro momento Lash la habría dejado donde estaba, pero no se podía quitar de la cabeza el recuerdo de su propia piel cayéndose a pedazos. ¿Y si al final a él le esperaba una pesadilla como la de la puta? ¿Y si acababa pudriéndose para siempre? ¿Qué pasaría si seguía descomponiéndose hasta que ya no pudiera sostener su esqueleto y terminara en situación similar a la de ella… sufriendo asquerosamente para toda la eternidad?

Sacó un cuchillo que llevaba en la espalda y, cuando se acercó a ella con el arma en la mano, la mujer ni siquiera se encogió. En lugar de eso, ofreció el pecho.

Una puñalada fue todo lo que se necesitó para terminar con su tortura: con un estallido de luz, la mujer se desvaneció en el aire, dejando solamente una quemadura en la alfombra.

Lash dio media vuelta para marcharse…

Pero no pudo llegar a la puerta. Su cuerpo fue contenido por una fuerza extraña que lo hizo rebotar y estrellarse contra la pared del fondo. Aturdido, vio miles de lucecitas. Una misteriosa corriente de poder parecía atravesarlo.

Tardó un momento en entender qué diablos sucedía: lo que él le había dado a la prostituta estaba regresando a casa y por eso se habían desencadenado aquellas descargas de energía.

Así era como funcionaba el asunto de las inducciones y la muerte de los inducidos, se dijo. Tomó aire. Ahora estaba menos asustado.

Todo el que fuera apuñalado con una hoja de acero regresaba a su creador, por decirlo de alguna manera.

Bueno, regresaba siempre y cuando el arma secreta de la Hermandad no llegara allí primero. Butch O'Neal era el talón de Aquiles del Omega. Podía evitar el reencuentro al absorber la esencia del maligno, la invisible fuerza que daba vida a los restrictores.

Lash entendió por fin la amenaza que representaba O'Neal. Podía neutralizar su capacidad de fabricar juguetitos. Y si la caja de juguetes se queda vacía… ¿qué sucede? ¿Para qué sirves?

Sí, era importante evitar a ese maldito de Butch. Lo tendría en cuenta.

Lash se dirigió entonces al garaje y salió de la casa tipo rancho en el Mercedes. Pero no se dirigió a las afueras de la ciudad, sino que se encaminó hacia el centro, hacia los edificios.

Como eran apenas las once y media de la mañana, por todas partes había hombres con traje y corbata; un ejército de mocasines que se detenían en los semáforos, esperando la señal para cruzar, y luego recorrían las calles con paso firme, frente a las gigantescas fachadas. Todos esos hombres eran jodidamente arrogantes, todos esos humanos con mandíbulas alzadas y esos ojos que miraban al frente, como si lo único que existiera fuera la reunión, el almuerzo o la gestión inútil que se apresuraban a realizar.

Lash sentía ganas de pisar el acelerador y arrasarlos a todos, como si fueran frágiles bolos; pero ya tenía suficientes cosas de qué preocuparse, y mejores maneras de ocupar su tiempo.

¿Su destino? La calle del Comercio y la zona de los bares y los clubes nocturnos. Un barrio que, a diferencia del distrito financiero, estaría desierto a esa hora del día.

Llegando al río, Lash tuvo la sensación de que las dos partes de la ciudad funcionaban como el yin y el yang. Bajo la luz del sol, los altos edificios en los que tenían su sede las entidades financieras, con sus ventanales y sus estructuras de acero, parecían resplandecer como una bella dama. El reino de los callejones oscuros y los anuncios de neón, en cambio, se asemejaba ahora a una puta vieja y cansada. Todo parecía sucio, sórdido y triste.

El distrito financiero estaba lleno de gente productiva y llena de proyectos y objetivos. En los callejones, por el contrario, tenías suerte si podías ver más de dos almas a esas horas. Y desde luego no eran brillantes ejecutivos.

Y eso era precisamente lo que él esperaba.

Al tomar la calle que llevaba a los puentes gemelos de Caldwell, Lash pasó frente a un solar vallado y cerrado con una cadena. Redujo la velocidad. Por Dios, allí estaba ZeroSum, antes de que el club quedara reducido a un montón de escombros. Había un cartel, de agencia inmobiliaria, anunciando que el solar estaba en venta.

Así funcionaban las cosas. Igual que la naturaleza, la maldad aborrecía el vacío. Donde estuvo el club de Rehv, pronto habría otra cosa. Quizá un local similar, quién podía saberlo.

Algo parecido le había ocurrido a él en la relación con su padre. Lash había sido reemplazado de la noche a la mañana por alguien muy parecido a él.

Nadie es imprescindible. Nadie.

Llegó a la zona que estaba debajo de los puentes. No necesitó mucho tiempo para hallar lo que estaba buscando, algo que preferiría no necesitar. Su cacería debajo de los puentes atrajo rápidamente la atención de los miserables humanos sin techo que dormían en cajas de cartón o en coches abandonados. Lash pensó fugazmente en lo mucho que esas gentes se parecían a los perros callejeros: siempre con la esperanza de recibir comida, sospechaban de todo debido a las horribles experiencias que habían vivido. Eran presa fácil de todo tipo de enfermedades y de todo tipo de canallas.

Pero en última instancia, Lash no era quisquilloso, y ellos, empujados por la necesidad, tampoco. Así que rápidamente logró tener a una hembra sentada en el asiento del copiloto, una pobre mujer que lanzaba exclamaciones llenas de admiración, no al ver el lujoso coche, sino la bolsita de cocaína que él acababa de entregarle. Mientras la mujer aspiraba ávidamente la droga, el monstruo la llevó a una cavidad oscura formada por los inmensos basamentos de cemento del puente.

No pudo esnifar muchas veces.

Lash se abalanzó sobre ella enseguida y, ya fuera gracias a la urgencia de él o a la debilidad física de ella, logró dominarla totalmente, sin el más mínimo problema, mientras se alimentaba.

La sangre de la mujer sabía a agua sucia.

Cuando terminó, Lash se bajó del coche y la sacó del Mercedes de un tirón. La mujer, pálida de por sí, tenía ahora el color del cemento.

Si no estaba muerta aún, pronto lo estaría.

Lash se detuvo un momento y se fijó en la cara de la mendiga. Estudió las arrugas que le cruzaban la piel, los capilares escleróticos que le daban un enfermizo color amarillento.

¡Y pensar que alguna vez había sido una encantadora y saludable recién nacida!

El tiempo y la experiencia ciertamente la habían golpeado. Ahora moriría como un animal, sola y tirada en el suelo.

Lash alargó la mano para cerrarle los párpados, y al verse la extremidad no tuvo más remedio que estremecerse.

Dios.

Podía ver el río a través de su mano.

Ya no era un pedazo de carne putrefacta, sino que se había convertido en una sombra negra, ciertamente parecida al miembro con que solía escribir, golpear y conducir, entre otras cosas.

Se subió la manga de la gabardina. La muñeca todavía tenía una apariencia corporal.

Inesperadamente, sintió que le llegaban renovadas fuerzas gracias a la drogadicta. La transformación de su anatomía dejó de tener importancia. Quizá incluso fuese una bendición, una señal de que se estaba convirtiendo en una criatura aún más poderosa.

Él no iba a terminar como la puta a la que había apuñalado por piedad hacía un rato, pensó Lash. Con su metamorfosis, más bien parecía estar acercándose a la naturaleza del Omega. No se pudría, mutaba.

Se echó a reír. Las carcajadas de pura satisfacción le atravesaban el pecho y estallaban en la garganta y la boca. Al cabo de un rato se dejó caer sobre las rodillas, al lado de la mujer muerta.

Súbitamente se dobló y vomitó la sangre putrefacta que acababa de ingerir. Cuando pudo tomarse un respiro, se limpió la boca con la mano y contempló el color rojo brillante que cubría la silueta oscura de lo que alguna vez había sido carne.

Pero no tuvo tiempo de seguir admirando su nueva forma.

Un violento vómito lo sacudió con tanta fuerza que lo dejó ciego. Infinitas estrellas parecían estallar frente a sus ojos.

CAPÍTULO

51

P ayne se encontraba sentada en su habitación, contemplando el paisaje del Otro Lado. El césped, los tulipanes y la madreselva se extendían hasta el círculo de árboles que rodeaba el jardín. Por encima de todo, la bóveda blanquecina del cielo formaba un arco a la vez elevado y cercano.

Payne sabía por propia experiencia que si caminabas hasta el borde del bosque y te adentrabas en las sombras, terminabas desembocando… en el mismo punto por el que habías entrado.

No había manera de salir de allí, excepto con permiso de la Virgen Escribana. Ella era la única poseedora de la llave de aquella cerradura invisible y no iba a permitir que Payne saliese, ni siquiera para a la casa del Gran Padre en el mundo exterior, como podían hacer las otras Elegidas.

La Virgen Escribana era muy consciente de lo que había traído al mundo. Era muy consciente de que Payne no regresaría jamás, si alguna vez la dejaba ir. Payne misma lo había dicho, lo había gritado con tanta fuerza que sus propios oídos retumbaron al escucharla.

Visto con la perspectiva que da el paso del tiempo, aquel estallido había sido una victoria de su sinceridad, pero una pésima maniobra estratégica. Habría sido mucho mejor reservarse sus planes. Tal vez, de no haber descubierto sus deseos, le habrían permitido pasar al mundo exterior, donde podría haberse quedado para siempre. Una vez allí, su madre no podría forzarla a regresar a la tierra de las estatuas vivientes.

Al menos en teoría.

Payne pensó en Layla, que acababa de volver tras estar con su macho. La hermana resplandecía, con una felicidad y una satisfacción que Payne nunca había sentido.

Y eso no hacía más que incrementar el deseo de marcharse de allí. Aunque lo que la esperase en el mundo exterior no se pareciera a lo que recordaba de su pequeño fragmento de libertad, allí podría tomar sus propias decisiones.

En verdad era una extraña maldición, la de haber nacido, pero no tener una vida que vivir. A menos que matara a su madre, estaba atrapada allí. Pero, a pesar de lo mucho que odiaba a la Virgen Escribana, no tomaría el camino del asesinato. En primer lugar, porque no estaba segura de poder vencerla. Y en segundo lugar... porque ya se había librado de su progenitor. La experiencia no le había resultado particularmente atractiva.

Ah, el pasado, ese pasado doloroso y terrible.

Era horrible estar atrapada allí, con un futuro infinito, e infinitamente aburrido, y a sus espaldas una historia demasiado horrible para recordarla. El estado de animación en suspenso en que había vivido un tiempo era algo así como la felicidad total si se comparaba con esta tortura. Al menos en el estado de congelación su mente no podía deambular por ahí, recordando cosas que ella deseaba que no hubiesen sucedido y planeando cosas que nunca llegaría a hacer...

—¿Te apetecería comer algo?

Payne salió abruptamente de sus cavilaciones. Miró atrás. N'adie estaba de pie en la entrada de su habitación, haciéndole una reverencia, y llevaba en las manos una bandeja.

—Sí, por favor. ¿Quieres acompañarme?

—Agradezco tu amabilidad, pero debo servirte y partir. —La criada dejó la bandeja sobre el asiento de la ventana, junto a Payne—. Cuando tú y el rey estéis practicando vuestras lides, regresaré para recoger...

—¿Puedo preguntarte una cosa?

N'adie volvió a inclinarse.

—Por supuesto. ¿En qué puedo ayudarte?

—¿Por qué no has ido nunca al mundo exterior, como hacen las demás?

Hubo un largo silencio. Luego la hembra se acercó cojeando a la cama en la que dormía Payne. Con manos temblorosas, N'adie comenzó a alisar las mantas.

—No tengo ningún interés en ese mundo. —Su voz parecía salir de las profundidades de la túnica—. Estoy segura aquí. Allí… no estaría segura.

—El Gran Padre es un hermano de brazos fuertes y gran habilidad con la daga. Bajo su cuidado no podría ocurrirte nada.

Las palabras que brotaron desde aquella capucha tenían un tono evasivo, que no se prestaba a la discusión.

—Allí todo suele terminar en caos y conflicto. Hasta las decisiones más sencillas tienen implicaciones que al final pueden ser demoledoras. Aquí, en cambio, todo está en orden.

Lo decía una superviviente del ataque al santuario que había tenido lugar hacía setenta y cinco años, pensó Payne. En aquella horrible noche, machos del mundo exterior lograron romper la barrera de protección, y llevaban con ellos la violencia que solía reinar en su mundo.

Muchos murieron o quedaron heridos. El Gran Padre de la época, entre ellos.

Payne volvió a clavar la vista en el horizonte maravilloso y estático y entendió las palabras de N'adie, aunque no se sentía inclinada a compartirlas.

—Lo que me molesta de este universo es precisamente el orden. Yo quisiera huir de todo este montaje, toda esta falsedad.

—¿Es que no te puedes marchar cuando lo desees?

—No.

—Eso no está bien.

Payne miró a la desdichada hembra, que ahora estaba doblando cuidadosamente las túnicas de Payne.

—Nunca imaginé que serías capaz de decir algo contra la Virgen Escribana.

—Amo a la querida madre de nuestra raza, por favor, no malinterpretes mis palabras. Pero la cautividad, aun en medio de los mayores lujos, es algo que no está bien. Yo quiero quedarme aquí y siempre lo haré, pero tú deberías tener libertad de marcharte o quedarte.

459

—¿Sabes que te envidio?

N'adie pareció encogerse bajo la túnica.

—No deberías.

—Es verdad.

En el silencio que siguió, Payne recordó su conversación con Layla junto al espejo de agua. Era esta misma conversación, pero con un giro diferente: en esa ocasión era Layla la que envidiaba a Payne por su desinterés acerca del sexo y los machos. Aquí lo valioso era la conformidad de N'adie con la inercia de este mundo.

Un círculo vicioso, pensó Payne.

Volvió la cabeza de nuevo hacia la panorámica de su ventana, y miró el césped con ojos críticos. Cada brizna tenía una forma perfecta y una altura perfecta, lo cual hacía que el prado entero pareciera una alfombra. Y no necesitaba que lo cortaran, claro. Igualmente, los tulipanes permanecían inmutables en sus jardineras, siempre florecidos sobre sus finos tallos; y los azafranes siempre estaban abiertos, y las rosas siempre parecían llenas de pétalos. No había gusanos, ni maleza, ni plagas.

No se marchitaba nada, ni nada crecía.

Era desolador pensar que tan primorosos cultivos no estuvieran al cuidado de nadie. Después de todo, ¿quién necesitaba un jardinero cuando tenías un dios capaz de hacer que todo estuviera constantemente en el mejor estado posible?

En cierto sentido, N'adie era algo así como un verdadero milagro, ¿no? Qué extraño resultaba que le hubiesen permitido sobrevivir allí, respirar aquel aire no existente, a pesar de que no era perfecta.

—No quiero nada de esto —dijo Payne—. De verdad, no me gusta.

Al ver que N'adie no hacía ningún comentario, Payne se volvió a mirarla, y frunció el ceño. La sirvienta había desaparecido tal como había llegado, sin hacer ruido ni molestar a nadie, después de mejorar su entorno con sus cariñosos cuidados.

Payne sintió unas irresistibles ganas de gritar, y se dio cuenta de que, a costa de lo que fuera, tendrían que liberarla.

O se volvería loca.

***

Mientras tanto, a las afueras de Caldwell, Xhex finalmente pudo echar un vistazo al interior de la granja. Fue cuando la policía se marchó, alrededor de las cinco de la tarde. Al salir de la casa, los uniformados parecían necesitados, no ya de una noche libre, sino de un mes de vacaciones. Es lo que tiene pasarse horas trabajando entre sangre coagulada.

Lo cerraron muy bien todo, pusieron precintos en la puerta delantera y en la de atrás, y se aseguraron de rodear el jardín con la cinta amarilla con la que marcaban los escenarios de los crímenes. Luego se subieron a sus coches y se marcharon.

—Entremos —dijo Xhex a las Sombras.

Tras desmaterializarse, la hembra tomó forma justo en el centro del salón. Los otros dos aparecieron enseguida a su lado. Sin necesidad de hablar entre ellos, cada uno tiró hacia un lado para inspeccionar el caos, en busca de cosas que los humanos no sabrían buscar.

Tras veinte minutos de búsqueda entre aquella porquería del primer piso y el polvo del segundo, no habían encontrado nada.

Maldición. Xhex podía percibir los cuerpos y los patrones emocionales de intenso sufrimiento que proyectaban, pero las dos sensaciones eran como fugaces reflejos en el agua. Sencillamente, no lograba ver las formas de las cuales emanaban esas borrosas imágenes.

—¿Has tenido noticias de Rehv? —preguntó Xhex, al tiempo que levantaba una de sus botas para ver hasta dónde había llegado la sangre. Hasta el cuero. Genial.

Trez negó con la cabeza.

—No, pero puedo volver a llamar.

—No te molestes. Debe de estar durmiendo. —Mierda, Xhex esperaba que Rehv hubiese recibido su mensaje y ya estuvieran rastreando la matrícula del maldito coche.

De pie en el vestíbulo de la entrada, la hembra miró hacia el comedor y centró su atención en aquella mesa llena de agujeros que evidentemente había sido usada como tabla de cortar.

El pequeño amigo del Omega, el del coche modificado, tendría que regresar a por los nuevos reclutas. Suponiendo que el escudo que los ocultaba funcionara como el que Lash le había puesto a ella, tenerlos escondidos así los volvía inservibles; porque no podían salir por sus medios del plano paralelo de la realidad en que estaban prisioneros.

A menos que el embrujo se pudiera romper desde lejos, a distancia.

—Tenemos que quedarnos otro rato —dijo Xhex—. Para ver si viene alguien más por aquí.

Por tanto, Xhex y las Sombras se instalaron en la cocina, donde comenzaron a pasearse de un lado para otro, mientras dejaban sobre el suelo de linóleo una gran cantidad de pisadas que, sin duda, iban a hacer que todos aquellos policías se rompieran la cabeza para tratar de encontrarles una explicación.

Pero ése no era su problema.

La hembra miró el reloj que había en la pared. Luego contó los barriles de cerveza, latas y botellas vacíos. Examinó las colillas de los porros y los residuos de cocaína.

Volvió a mirar el reloj.

Afuera, el sol parecía haber suspendido su descenso, como si el disco dorado tuviera miedo de terminar ensartado en las ramas de los árboles.

Sin poder hacer nada, Xhex no tenía otra cosa en que pensar que no fuese John. A esas alturas estaría subiéndose por las paredes, en un estado de ansiedad que no era precisamente el más adecuado para enfrentarse al enemigo.

Afrontaría la lucha enfadado con ella, furioso, desconcentrado. Es decir, en inferioridad de condiciones.

Y no tenía la posibilidad de llamarlo y conversar con él, porque por teléfono no le podía contestar.

Lo que tenía que decirle no se podía expresar con un vulgar mensaje.

—¿Qué sucede? —preguntó Trez, al ver que ella comenzaba a moverse con nerviosismo.

—Nada. Sólo que estoy lista para pelear y no tengo oponente.

—No te creo. Se trata de otra cosa.

—Te propongo que dejemos la conversación en este punto. ¿De acuerdo? Muchas gracias.

Al cabo de diez minutos, Xhex estaba mirando otra vez el reloj de la pared. Por Dios santo, ya no aguantaba más.

—Voy a ir a la mansión de la Hermandad un momento —dijo de repente—. Quedaos aquí, ¿vale? Y llamadme si aparece alguien.

Xhex les dio el número de su móvil y las Sombras tuvieron el tacto suficiente como para no preguntarle nada; pero, claro, las Sombras se parecían a los symphaths en que tendían a saber lo que estaba pensando la gente.

—Entendido —dijo Trez—. Te llamaremos si ocurre algo.

Xhex se desmaterializó y volvió a tomar forma frente a la mansión de la Hermandad. Atravesó el sendero de gravilla y subió aquellos inmensos escalones de piedra. Al llegar al vestíbulo, puso la cara frente a la cámara de seguridad.

Fritz le abrió al cabo de un momento y le hizo una profunda reverencia.

—Bienvenida a casa, madame.

La palabra «casa» la hizo estremecerse.

—Hola… gracias. —Miró a su alrededor. Todas las salas que daban al vestíbulo estaban desiertas—. Voy a subir.

—Le he preparado la misma habitación.

Le dio las gracias, pero no era precisamente allí adonde se dirigía.

Guiada por la percepción de la sangre de John, subió las escaleras corriendo y se encaminó a la habitación del joven guerrero mudo.

Llamó, esperó un momento y, al ver que no había respuesta, abrió y entró. Se oía correr el agua en la ducha. La puerta del baño estaba cerrada. Por la rendija se veía luz.

Entonces dejó la chaqueta de cuero sobre el respaldo de una silla y volvió a llamar, esta vez en la puerta del baño. Fueron unos golpes fuertes, llenos de urgencia.

La puerta se abrió como por arte de magia. Allí todo estaba lleno de vapor, lo cual amortiguaba el brillo de las luces que iluminaban el jacuzzi.

John estaba detrás de la puerta de vidrio. El agua le caía por el pecho, el abdomen y los muslos. En cuanto sus miradas se cruzaron, el pene de John se puso duro.

Pero el macho no se movió, ni pareció alegrarse de verla.

De hecho, dejó escapar un amenazador gruñido, que retrajo su labio superior. Y no fue lo peor. John se había cerrado completamente frente a ella, bloqueando su patrón emocional. Xhex no sabía si el joven lo hacía adrede. En cualquier caso, ella no podía percibir nada de lo que antes notaba con tanta claridad.

Xhex levantó la mano derecha y comenzó a moverla con torpeza, tratando de expresarse con el lenguaje por señas:

—He vuelto.

John alzó las cejas y luego dijo, con mucha más precisión y rapidez:

—Con información para Wrath y los hermanos, por supuesto. ¿Estás satisfecha? ¿Te sientes lo bastante heroica? Enhorabuena.

Luego cerró el grifo, salió de la ducha y agarró una toalla. Pero no se envolvió en ella, sino que comenzó a secarse. Era difícil no ver que con cada movimiento que hacía, su miembro medio erecto se bamboleaba.

Xhex nunca pensó que llegaría a odiar su certera visión periférica. Era una tortura, una tentación insoportable, percibir aquel movimiento.

—No he hablado con nadie.

Al oír eso, John, que se estaba secando la espalda, se quedó quieto, con un brazo arriba y otro abajo. Naturalmente, esa postura resaltaba sus músculos pectorales y tensaba los que rodeaban las caderas.

Finalmente se puso la toalla sobre los hombros.

—¿Por qué has venido?

—Quería verte. —El tono de angustia que se revelaba en su voz la hizo desear haber seguido usando el lenguaje de señas.

—¿Por qué?

—Estaba preocupada…

—¿Querías ver si me había vuelto loco? ¿Querías saber cómo me las he apañado para pasar las últimas siete horas, preguntándome si estarías muerta o…?

—John…

Se quitó la toalla de los hombros y la hizo restallar como un látigo en el aire para hacerla callar.

—¿Querías saber cómo estaba soportando la idea de que quizá hubieras muerto peleando allá sola, o, peor aún, que estuvieras secuestrada otra vez? ¿Acaso tu naturaleza symphath necesita un poco de diversión?

—Dios, no…

—¿Estás segura de eso? Recuerda que no llevas puestos los cilicios. Tal vez al regresar aquí estás dando satisfacción a esa necesidad sadomasoquista.

Xhex dio media vuelta hacia la puerta, pues no se sentía capaz de controlar sus emociones. La pena y el sentimiento de culpa la estaban asfixiando.

Pero John la agarró del brazo y terminaron contra la pared, el cuerpo del macho aprisionándola contra el muro.

Ahora John gesticulaba frente a su cara.

—Demonios, no, no vas a salir huyendo. Después de lo que me hiciste pasar, no vas a salir corriendo de aquí sólo porque no puedes manejar una mierda de situación que tú misma creaste. Yo no pude salir huyendo hoy. Tuve que quedarme enjaulado aquí, así que bien puedes devolverme el favor. —Xhex tenía ganas de desviar la mirada, pero no podía hacerlo, porque su amante le estaba hablando por señas, con las manos—. ¿Quieres saber cómo estoy? Jodidamente decidido, así es como estoy. Tú y yo vamos a aclarar una cosa esta noche. ¿Dices que tienes derecho a perseguir a Lash? Pues yo también.

Otra vez volvía lo que había sucedido en la ducha, en aquellos vestuarios, pensó Xhex. La antigua traición, de la cual desconocía los detalles pero que ella presentía que tenía mucho que ver con lo que le había sucedido a John cuando era un jovencito solitario e indefenso.

—Éste es el trato, y no es negociable. Vamos a trabajar juntos para encontrarlo, capturarlo y matarlo. Actuaremos como un equipo, lo que significa que donde está el uno, está el otro. Y al final, el que logre matarlo primero será el que se lleve el premio. Eso es lo que vamos a hacer.

Xhex suspiró con alivio, pues enseguida se dio cuenta de que era la mejor solución. La verdad era que no le había gustado nada lo que había sentido allí en la granja, sin que John estuviera con ella. Le había resultado inquietante por insatisfactorio, por poco correcto, poco leal con su amado.

—Trato hecho —dijo Xhex.

El rostro de John no registró ninguna expresión de sorpresa o satisfacción, lo cual la hizo pensar en qué tendría planeado hacer en caso de que ella dijera que no.

Pero enseguida supo la verdadera razón por la cual permanecía impasible.

—Y en cuanto esto termine, cada uno sigue su camino. Hasta aquí hemos llegado tú y yo.

La hembra se quedó de pronto como sin sangre. Las manos y los pies se le durmieron súbitamente.

Lo cual era sentimentalismo de mierda. Lo que John estaba proponiendo era el mejor arreglo con el mejor final posible: dos guerreros que trabajarían juntos y, una vez que lograran su objetivo seguirían sus caminos.

Así se hace la guerra.

En realidad más o menos así se había imaginado ella el futuro al salir de la pesadilla con Lash: buscarlo, atraparlo, matarlo, y luego acabar con aquel fiasco de vida que llevaba.

El problema era que… esos planes que parecían tan claros entonces, ahora estaban muy borrosos. El camino que se había trazado tan racionalmente en cuanto se escapó del monstruo, ahora presentaba obstáculos inesperados, que tenían mucho que ver con el macho que estaba desnudo frente a ella.

—Muy bien —soltó al fin Xhex, con brusquedad—. Perfecto.

Esta última respuesta sí causó una reacción en él. Su cuerpo se relajó contra el de ella, apoyó las manos en la pared, a cada lado de la cabeza de Xhex. Cuando sus ojos se cruzaron, el cuerpo de la hembra se sacudió por una oleada de deseo.

Joder, para Xhex la desesperación era como gasolina para una hoguera en lo que tenía que ver con John Matthew. A juzgar por cómo el macho restregó las caderas contra ella, él sentía lo mismo.

Xhex levantó un brazo, se agarró bruscamente del cuello de John y lo obligó a bajar la cabeza hacia su boca. Siguiendo su ejemplo, John se movió con la misma brusquedad. Los labios se encontraron y las lenguas comenzaron a librar un intenso duelo erótico. Se oyó un chasquido: John acababa de rasgarle la camiseta por la mitad; sus senos estaban ahora contra el pecho desnudo del amante y lo rozaban con los pezones. La hembra notó que sus partes más íntimas comenzaban a empaparse, como si llorasen de puro deseo de tenerlo dentro.

Un segundo después, sus pantalones de cuero estaban en el suelo.

Enseguida dio un salto y rodeó la cintura de John con sus muslos. Luego colocó la verga de John contra su vagina y se apretó cuanto pudo para hacer que la penetración fuera más intensa. Cuando el miembro masculino empezó a penetrarla, ella lo absorbió por completo y se sumió en un orgasmo salvaje.

En ese momento John vio cómo los colmillos de Xhex se alargaban dentro de la boca. Deshizo el beso para ladear la cabeza y ofrecerle las venas del cuello.

El pinchazo fue delicioso. La energía que brotaba del cuerpo de John era explosiva, enormemente vital.

La vampira comenzó a beber a grandes sorbos, mientras John entraba y salía de ella, lanzándola una y otra vez a un abismo por el que se despeñaba en caída libre y gozosa, sin hacerse daño, sino todo lo contrario. Y luego John la siguió al abismo, al que saltó sin paracaídas.

Eyaculó torrencialmente dentro de ella.

Luego hubo una breve pausa... y el insaciable macho comenzó a bombear de nuevo.

No, en realidad la estaba llevando hacia la cama situada en medio de la habitación, en penumbra, pero el movimiento de los muslos al caminar lo hacía entrar y salir de ella como si se la estuviera follando otra vez.

Xhex quería recordar cada sensación, almacenar en su mente cada movimiento, para prolongar ese instante hasta el infinito gracias al poder de la memoria. Y cuando él se colocó encima de ella, le devolvió el favor: le ofreció el cuello para asegurarse de que formaban el equipo más compenetrado del mundo.

Compañeros íntimos.

Pero no para siempre.

CAPÍTULO
52

Cuando el cuerpo de John se adaptó al ritmo de Xhex, su mente regresó al momento que acababan de vivir en el baño, mientras esperaba que ella aceptara o rechazara su propuesta.

Su tono, claro, había sido muy seguro, convencido y todo eso… pero la verdad era que no tenía nada en que apoyarse para negociar. Ella podía aceptar el trato o no, y en ese último caso John no tenía nada con que presionarla. ¿Conclusión? No podía amenazarla con retirarse, no tenía la iniciativa, no podía poner ninguna condición.

Le había quedado claro mientras estaba sentado en el sofá de la sala de billar, fingiendo que veía la televisión con Tohr. Durante todo el día había oído la voz de Rehvenge en su cabeza:

«Al final de la partida, el juego de Xhex no contempla otro posible ganador que no sea ella misma».

John no era tonto y no estaba dispuesto a permitir que su amor por ella lo paralizara durante más tiempo. Había un trabajo que hacer y tendrían mejores posibilidades de lograrlo si trabajaban juntos. Después de todo, el restrictor al que se estaban enfrentando no era un cualquiera.

Además, la historia de ellos dos era de naturaleza conflictiva; siempre estaban estrellándose el uno contra el otro, y rebotando, sólo para ser arrastrados hacia un nuevo impacto. Xhex era su pyrocant y no había nada que él pudiera hacer para cambiar eso. Pero podía cortar el vínculo que, además de hacerlo feliz a veces, también lo estaba torturando.

John deseó que su maldito tatuaje no fuera permanente. Pero al menos lo tenía en la espalda y así no estaba condenado a verlo a cada instante.

En fin. Iban a acabar con Lash y luego seguirían su camino, cada cual por su lado. ¿Qué sucedería hasta entonces? Misterio.

John dejó que sus pensamientos se desvanecieran y volvió a centrarse en los movimientos del encuentro sexual y el maravilloso sabor de la sangre de Xhex que inundaba su boca. Entonces sintió otra vez vagamente el olor a macho enamorado que despedía su propia piel... pero decidió no sacar conclusiones, aislarse de esa realidad. No iba a permitir que su cabeza se sumiera otra vez en la incertidumbre por culpa de ese olor a especias negras. Ni un minuto más.

Los machos enamorados se quedaban como lisiados cuando perdían a sus hembras, eso era así. Una gran parte de él siempre sería de Xhex. Pero seguiría viviendo, joder. Sabría hacerlo. Al fin y al cabo era un superviviente.

Volvió a correrse dentro de su amada. Retiró la boca de la vena de Xhex, lamió los pinchazos y dirigió sus labios hacia los senos. Luego cambió de posición para abrirle más los muslos y giró sobre su espalda de manera que ella quedara encima de él.

Xhex tomó entonces la iniciativa y, apoyando las manos sobre los hombros de John, comenzó a mover las caderas. Su vientre se contraía y se relajaba mientras lo montaba. John soltó una maldición silenciosa y la agarró de los muslos, apretándola con fuerza. Pero no se conformó con eso. Siguió subiendo con las manos hasta la unión de las piernas y el torso, atraído por la lúbrica y eléctrica hendidura a través de la cual estaban unidos.

Deslizó el pulgar por la vagina de Xhex y, al encontrar la parte superior de su sexo, comenzó a acariciarla trazando círculos.

Gracias a la tímida luz que salía del baño, John vio cómo la hembra arqueaba la espalda y sus colmillos se le clavaban en el labio inferior, en un esfuerzo por no gritar. Quería decirle que no se contuviera, pero no tuvo tiempo de hacerlo, pues en ese momento él llegó al orgasmo y cerró los ojos estremeciéndose debajo de la hembra.

John recuperó el aliento y sintió que ella también se detenía para respirar… y luego cambiaba de posición.

Al abrir los ojos, casi volvió a eyacular. Xhex se había desplazado hacia atrás, de manera que ahora, sin deshacer la penetración, el culo de la hembra reposaba sobre sus muslos. Xhex estiró las piernas hasta que los pies quedaron a lado y lado de la cabeza de John. Ante él, ahora, se abría el maravilloso espectáculo de su miembro penetrando en la vagina húmeda y lúbrica.

Se corrió como nunca lo había hecho.

Pero ella no se detuvo.

Y él tampoco quería que lo hiciera.

John necesitaba seguir viendo el espectáculo de sus sexos acercándose y alejándose, necesitaba ver los pezones de Xhex, su rostro lujurioso, la fuerza de su cuerpo mientras follaba. Quería quedarse cautivo dentro de ella para siempre…

Pero no podría ser para siempre.

Llegaron al clímax a la vez, mientras él le agarraba los tobillos y ella abría la boca para gritar el nombre de su amante.

Después sólo se oyó la pesada respiración de ambos.

Con un movimiento ágil, Xhex pasó una pierna por encima de la cabeza de John y saltó al suelo, junto a la cama, sin hacer ningún ruido.

—¿Puedo usar tu ducha?

Él asintió, y la hembra desnuda se dirigió al baño con pasos seguros y confiados. A pesar de los orgasmos que acababan de experimentar, John sintió enormes deseos de follarla de nuevo, por detrás.

Un momento después, mezclado con el ruido del agua, John oyó el eco de la voz de Xhex.

—La policía humana encontró el escenario del crimen.

La noticia hizo que John se levantara de inmediato, ansioso por recibir más información. Cuando entró en el baño, Xhex dio media vuelta debajo de la ducha y arqueó la espalda para quitarse el champú que se acababa de echar en el pelo.

—Todo estaba lleno de policías uniformados, pero los nuevos iniciados estaban escondidos de la misma manera que lo estuve yo, así que todos esos humanos no vieron más que una inmensa cantidad de sangre. Eso sí, suficiente para pintar de rojo una casa. Ni rastro de Lash, pero vimos pasar frente a la casa un coche de carreras conducido por algo que olía a fresas podridas. Llamé a Rehv para pedirle que le pasara la matrícula a Vishous. Ahora iré a darle mi informe a Wrath.

Se miraron.

—Regresaremos tan pronto caiga la noche —dijo John.

—Sí. Eso es lo que haremos.

***

Qhuinn se despertó solo, después de haber enviado a Layla de regreso al Otro Lado cuando terminaron unos últimos asuntos que les habían quedado pendientes. Cuando llegó, tenía intención de despacharla enseguida, pero el abrazo de despedida tras el primer escarceo había conducido a otras cosas.

Sin embargo, Layla todavía era virgen.

Ya no estaba intacta, claro, pero definitivamente seguía siendo virgen… Y no por culpa de ella. Joder. Al parecer, había ya dos personas en el mundo con las cuales no podía follar como Dios manda.

Si esa tendencia continuaba, iba a terminar siendo célibe.

Cuando se sentó, Qhuinn sintió un terrible dolor de cabeza, prueba de que el Herradura era un oponente de cuidado. Pocas bromas, con esa bebida.

Se restregó la cara y pensó en los besos de la Elegida. Le había enseñado cómo hacerlo bien, cómo chupar y acariciar, cómo abrir el camino para la lengua del amante, cómo penetrar en una boca cuando ella quisiera hacerlo.

La hembra aprendía rápido.

Sin embargo, no le había resultado difícil mantener las cosas bajo control.

Lo que había matado su impulso había sido la manera en que ella lo miraba. Cuando Qhuinn comenzó su exploración sexual con Layla, supuso que ella sólo estaba buscando completar con un curso práctico toda la teoría que había aprendido en su manual de entrenamiento.

Pero Layla había ampliado sus expectativas rápidamente. Sus ojos habían comenzado a brillar, como si él fuera la llave de la puerta que la mantenía encerrada en sí misma, cómo si sólo él tuviera el poder de mover el gran cerrojo y liberarla.

Como si él fuera su futuro.

Todo aquello era un enredo endemoniado, porque, al menos sobre el papel, ella era la hembra ideal para él. Y podría haber resuelto su problema, es decir su necesidad social de tener una pareja honorable y permanente.

Pero el corazón de Qhuinn no estaba allí.

Así que no podía echarse sobre los hombros la responsabilidad de colmar las esperanzas y los sueños de Layla. Ni siquiera había posibilidad de que llegara hasta el final con ella. La Elegida ya se sentía seducida. Se había enamorado de su fantasía, y si él le hacía el amor, empeoraría las cosas. Cuando uno no es muy experto en lances eróticos, la energía física se puede confundir con mucha facilidad con algo más profundo y significativo.

Demonios, esa clase de espejismo puede darse incluso entre dos personas con experiencia.

Como aquella chica del salón de tatuajes, por ejemplo, la que le había dado el número de teléfono. Él nunca habría tenido interés en llamarla, ni antes, ni durante, ni después. Ni siquiera podía recordar su nombre, y eso no le inquietaba lo más mínimo. Cualquier mujer dispuesta a follar con un tipo que no conoce, en un lugar público en el que hay otros tres machos cerca, no era buena candidata para tener una relación más estable.

¿Acaso la suya era una actitud muy dura? Sin duda. ¿Mostraba una doble moral? De ninguna manera. Qhuinn tampoco sentía ningún respeto por su propia persona, así que juzgaba a los demás como se juzgaba a sí mismo. Se daba asco.

Y, además, Layla no tenía idea de lo que él había estado haciendo con los humanos desde su transición… todo aquel sexo desplegado en baños, callejones y rincones oscuros.

Desde luego, gracias a ello sabía exactamente qué hacer con un cuerpo.

Con cualquier cuerpo, femenino o masculino.

Esa idea lo llevó a pensar en cómo habría pasado el día Blay.

Se puso a juguetear con su móvil y finalmente lo abrió. Volvió a leer el mensaje que Blay le había enviado desde un número desconocido. Lo releyó una y otra vez.

Seguramente lo había enviado desde el teléfono de Saxton.

Probablemente desde la cama de Saxton.

Qhuinn arrojó la BlackBerry sobre la mesa y se levantó. En el baño dejó las luces apagadas porque no estaba interesado en saber cuál era su aspecto en aquel momento.

Un desastre. Sin duda.

Mientras se estaba lavando la cara, escuchó un sutil zumbido que emanaba de toda la casa. Seguramente eran las persianas, que se estaban abriendo. Con gotas de agua todavía corriéndole por la barbilla y un bote de espuma de afeitar en la mano, miró hacia la noche. Bajo la luz de la luna, los retoños de los álamos que estaban junto a su ventana parecían haber crecido un poquito más, lo cual indicaba que el día había sido menos frío.

Qhuinn no logró evitar que se le viniera a la mente el paralelismo de los retoños con Blay, que había despertado a su sexualidad.

De la mano del mismísimo primo de Qhuinn.

Irritado consigo mismo, decidió no afeitarse y salió de su habitación. Mientras se dirigía a la cocina, caminó lo más rápido que pudo, que no fue mucho porque cada paso que daba hacía que aumentara su dolor de cabeza. Parecía que el cráneo estaba a punto de estallar, los ojos en un tris de saltar de las órbitas.

Abajo, en los dominios de Fritz, se hizo una taza de café, mientras los doggen se ocupaban de los preparativos de la Primera Comida. Por suerte parecían muy ocupados. A veces, cuando te sientes una mierda por dentro y por fuera, quieres preparar tu propio café.

El orgullo silencioso, solitario, es importante en momentos como ése.

Sin embargo, como era la primera vez que usaba la cafetera, se le olvidó agregar el café, así que lo único que obtuvo fue una inmensa jarra de agua humeante.

Y tuvo que comenzar de nuevo.

Salía ya del comedor con un termo lleno de un café demasiado oscuro y un frasco de aspirinas, cuando Fritz abrió la puerta del vestíbulo.

Y la pareja que pasó frente al buen doggen lo hizo pensar que ciertamente iba a necesitar una buena cantidad de aspirinas en el futuro inmediato: Blay y Saxton acababan de entrar en la casa, del brazo.

Durante una fracción de segundo estuvo a punto de gruñir, pues el instinto posesivo lo impulsó a abalanzarse sobre la parejita y... hasta que se dio cuenta de que, evidentemente, iban agarrados por razones de salud. Saxton no parecía poder sostenerse sobre sus pies y obviamente alguien había usado su cara como saco de entrenamiento de boxeo.

Ahora Qhuinn gruñó por una razón distinta.

—¿Quién demonios te ha hecho eso?

Sin duda, nadie de la familia de Saxton, pues no tenían problemas con su manera de ser.

—Dímelo —exigió Qhuinn.

Cuando respondieran a esa pregunta, Blay tendrían que explicarle cómo demonios se había atrevido a llevar a un civil no sólo a una mansión de la Hermandad, sino a la casa del Rey.

Ah, pero la pregunta número tres, «¿Cómo os fue?», sí se quedaría justo donde estaba, es decir, ahogándole, detenida en mitad de la garganta.

Saxton sonrió. Bueno, trató de hacerlo, pues tenía el labio superior totalmente desfigurado.

—Sólo fue un humano despreciable. No te vayas a poner violento y sentimental, ¿vale?

—A la mierda con eso. ¿Y qué diablos haces tú aquí, con él? —Qhuinn se quedó mirando a Blay, mientras trataba de no buscar en su cara rastros de lo que podía haber pasado entre Saxton y él—. ¡No puede estar en esta casa! ¡No lo puedes traer aquí!

Desde arriba se oyó la voz de Wrath. Su profundo timbre de barítono llenó el vestíbulo e interrumpió las palabras de Qhuinn.

—Blay no exageraba cuando me contó lo que te pasó, ¿verdad? Te han molido a palos, ¿no es así, hijo?

Saxton hizo una mueca de dolor al mismo tiempo que la debida reverencia.

—Perdóneme, Majestad, por presentarme aquí de esta forma tan desagradable. Usted es muy amable al recibirme en su casa.

—Tú me hiciste un favor cuando lo necesitaba. Y yo devuelvo los favores siempre. Una vez dicho esto, si llegas a revelar de alguna manera la ubicación de mi casa, te cortaré las pelotas y haré que te las comas.

Adoro a Wrath, pensó Qhuinn.

Saxton volvió a inclinarse.

—Entendido.

El monarca bajó las escaleras sin mirar hacia abajo, con sus gafas oscuras apuntando siempre al frente, como si estuviese contemplando al pasar los frescos del techo.

Aunque estaba ciego, nada se le pasaba por alto.

—Por lo que puedo oler, Qhuinn tiene café, así que eso puede ayudar, y Fritz te ha preparado una cama. ¿Quieres algo de comer antes de alimentarte?

¿Alimentarse? ¿Alimentarse de una vena?

A Qhuinn no le gustaba ignorar lo que estaba ocurriendo, quería estar al tanto de todo, hasta de lo que iban a servir para la cena.

¿Saxton, en la mansión, con Blay, y a punto de alimentarse de la vena de alguien? Era demasiado ignorar. Se consumía por dentro.

El vapuleado primo volvió a inclinarse.

—Eres un anfitrión muy amable.

—Fritz, dale algo de comer a este macho. La Elegida estará aquí muy pronto.

¿La vena de una Elegida?

Por Dios, ¿qué era lo que Saxton había hecho exactamente por el rey? ¿A quién le había salvado el pellejo?

—Y también te verá nuestra médica. —Wrath levantó una mano—. Puedo oler el dolor que estás sintiendo, a queroseno y pimentón. Así que, manos a la obra. Dedícate a cuidarte y luego hablaremos.

Cuando Wrath y *George* dieron media vuelta y volvieron a sus dependencias, Qhuinn quedó atrapado en las hospitalarias garras de Fritz. Tuvo que subir las escaleras detrás del mayordomo, al paso lento de éste. Al llegar arriba, el doggen se detuvo para esperar a Saxton, al tiempo que limpiaba la barandilla con su pañuelo.

Como no tenía otra cosa que hacer mientras esperaba, Qhuinn abrió el frasco de aspirinas y se tomó un puñado. Entretanto, a través de las puertas abiertas del estudio del rey pudo ver que John y Xhex estaban hablando con V y Wrath, y que los cuatro estudiaban un mapa que tenían extendido sobre el escritorio.

—Es una mansión espectacular —dijo Saxton, deteniéndose para recuperar el aliento y recostándose contra Blay, bajo cuyo brazo cabía perfectamente.

Maldito miserable.

—Mi amo Darius la construyó. —Los ojos viejos y cansados de Fritz hicieron un recorrido por el lugar, antes de concentrarse en la contemplación del manzano que representaba el mosaico del vestíbulo—. Él siempre quiso que la Hermandad viviera aquí… y construyó el lugar con ese propósito. Ahora estaría muy complacido.

—Sigamos —dijo Saxton—. Me muero por ver más.

Así que el grupo siguió por el corredor de las estatuas. Luego pasaron frente a la habitación de Tohr. Y frente a las de Qhuinn, John Matthew y Blay… hasta llegar a la siguiente puerta.

¿Y por qué no vamos más allá? pensó Qhuinn.

—Le traeré una bandeja con cosas de comer. —Fritz entró primero y comprobó que todo estaba en orden—. Pulse asterisco-uno si necesita algo, cuando lo desee.

Luego el mayordomo inclinó la cabeza y se retiró, dejando atrás una situación bastante tensa, que no mejoró lo más mínimo, sino más bien lo contrario, cuando Blay llevó a Saxton hasta la cama y lo ayudó a tumbarse.

El hijo de puta vestía un magnífico traje gris, con chaleco y todo. Lo cual, por contraste, hacía que Qhuinn pareciese vestido con lo mejor que había encontrado en la basura.

Irguiéndose para dejar claro al menos que era el más alto y el más fuerte, Qhuinn habló.

—Fueron los dos tipejos aquellos del bar de fumadores. Esos malditos idiotas. ¿No?

Blay se puso rígido y Saxton rió con ganas.

—Así que nuestro común amigo Blaylock, aquí presente, te ha hablado de nuestra cita. Con razón me preguntaba qué estaría haciendo tanto rato con mi teléfono en el baño.

Lo que había llevado a Qhuinn a esa conclusión era una simple deducción tras lo que observó cuando les espiaba, y no llamada telefónica alguna. Demonios, lo único que Blay le había enviado era aquel mensaje de mierda. Un mísero y breve mensaje que no ofrecía ninguna información…

Pero bueno, ¿de verdad se estaba quejando de que Blay no lo hubiese llamado? ¿Se estaba rebajando hasta ese punto?

Lo único que le faltaba era poner morritos y hacer pucheros, pensó Qhuinn.

Enseguida reaccionó y siguió con sus preguntas.

—¿Fueron ellos?

Al ver que Blay no decía nada, Saxton suspiró.

—Sí, me temo que sintieron la necesidad de expresar sus sentimientos… Bueno, el que lo hizo fue el orangután, el mayor. —Saxton bajó los párpados y miró de reojo a Blay—. Yo soy un amante, no un guerrero, como puede ver cualquiera.

Blay se apresuró a llenar el silencio que siguió a la explosión de esa pequeña bomba.

—Selena llegará en cualquier momento. Te gustará.

Gracias a Dios no era Layla, se dijo Qhuinn inmediatamente…

Hubo un silencio más, de nuevo tenso. El aire parecía saturado de cargos de conciencia.

—¿Puedo hablar contigo? —le dijo Qhuinn a Blay abruptamente—. Afuera, en el pasillo.

No parecía una solicitud, sino una orden.

Cuando Fritz llegó con la bandeja, Qhuinn abandonó la habitación y esperó en el pasillo, mirando una de las musculosas estatuas.

Pensó en cómo sería Blay desnudo.

Destapó el termo, dio un buen sorbo a su café, se quemó la lengua… y siguió bebiendo, insensible a la temperatura de la infusión.

Fritz se fue. Blay salió del cuarto tras él y cerró la puerta.

—¿Qué pasa?

—No puedo creer que lo hayas traído aquí.

Blay retrocedió con aire indignado.

—Ya has visto cómo está. ¿Cómo no iba a traerlo? Está herido y no se está recuperando bien porque necesita alimentarse. Phury nunca permitiría que una de sus Elegidas visitara otro lugar del mundo distinto de éste. Es la única manera de hacerlo.

—¿Y por qué no le buscaste otra fuente de alimentación? No tiene por qué ser una Elegida.

—¿Cómo dices? ¿He oído bien? —Blay parecía todavía más indignado—. Es tu primo, Qhuinn.

—Soy consciente de nuestra relación de parentesco. —Y, aunque no lo dijo, también era consciente de la mezquindad con que estaba actuando—. Pero sencillamente no entiendo por qué es preciso mover tantas influencias por él.

Mentira. Qhuinn sabía exactamente la razón.

Blay se dio la vuelta.

—Adiós.

—¿Es tu amante?

Blay, que ya volvía a la habitación, frenó en seco. Se quedó petrificado, como si fuera una de aquellas estatuas griegas, con la mano a punto de tocar el picaporte.

Miró atrás, a Qhuinn, con expresión de rabia.

—Eso no es de tu incumbencia.

Al ver que no se sonrojaba, Qhuinn resopló en señal de alivio.

—No lo es, ¿verdad? No has estado con él.

—Déjame en paz, Qhuinn. Sólo déjame en paz.

La puerta se cerró con fuerza detrás de Blay. Qhuinn maldijo para sus adentros y se preguntó si alguna vez sería capaz de dejarlo en paz.

Desde luego, en el futuro próximo, ni hablar, le dijo una voz dentro de su cabeza.

Y tal vez no lo dejase en paz nunca.

CAPÍTULO

53

L ash se despertó con la cara contra el suelo. Alguien le registraba los bolsillos. Al tratar de darse la vuelta, sintió que algo le oprimía la parte trasera del cráneo, que no lo dejaba moverse.

Era la palma de una mano. Una mano humana.

—¡Busca las llaves del coche! —susurró alguien desde la izquierda.

Había dos. Un par de humanos que olían a humo de crack y a sudor.

Cuando la mano que lo registraba se dirigía al bolsillo del otro lado, Lash agarró la muñeca del hombre y, mediante un giro y un salto, cambió de posición con el desgraciado que lo estaba robando.

Al ver que el tipo abría la boca con expresión de terror, Lash enseñó sus colmillos y se abalanzó sobre él sin piedad. Después de clavarle los colmillos en una mejilla, le arrancó un pedazo de carne y dejó el hueso a la vista. Luego lo escupió y le cortó el cuello de lado a lado.

Gritos. Se oyeron muchos gritos del tipo que le había dado al otro la orden de buscar las llaves…

Chillidos, por lo demás, rápidamente acallados por Lash al sacar su cuchillo y lanzarlo hacia la espalda del golfillo, a quien hirió en pleno centro de la espalda. Cuando el hijo de puta cayó de bruces contra el suelo, Lash cerró el puño y le dio un golpe en la sien, para rematarlo.

Con la amenaza neutralizada, Lash se sintió débil otra vez y su cuerpo comenzó a tambalearse. Se aproximaba otra ronda de vómito, pensó. Ciertamente no se encontraba en las mejores condiciones. Quedó claro cuando el humano que estaba en el suelo comenzó a gemir y patalear. No estaba muerto, no había sido capaz de rematarlo con su golpe, como sin duda habría hecho de estar en plena forma.

Lash hizo un esfuerzo para ponerse de pie y acercarse al humano. Se colocó encima, apoyó un pie sobre el trasero del tipo y le arrancó el cuchillo que se le había quedado clavado en la espalda. Luego le dio una patada para que se diera la vuelta, levantó el cuchillo y…

Estaba a punto de apuñalarlo en el pecho, cuando se dio cuenta de que el idiota aquel tenía una constitución fuerte y musculosa. A juzgar por sus ojos de loco, era evidente que se trataba de un yonqui, pero todavía demasiado joven para que la adicción hubiese deteriorado su masa corporal.

Bueno, al parecer era la noche de suerte de ese hijo de puta. Gracias a su buena figura, había pasado de la condición de cadáver a la de conejillo de Indias.

En lugar de apuñalarlo en el corazón, Lash le cortó las muñecas y le seccionó la yugular. Cuando la sangre roja comenzó a brotar hacia la tierra y el hombre empezó a gemir, Lash miró hacia el coche y sintió que estaba a cientos de kilómetros de donde debiera.

Necesitaba energía. Necesitaba…

Bingo. ¿Cómo no se había acordado antes?

Mientras las venas del humano expulsaban toda la sangre, se arrastró hasta el Mercedes, abrió el maletero y levantó la alfombrilla. El panel que cubría el lugar en el que normalmente se guardaba la rueda de repuesto cedió con facilidad.

Hola, es hora de despertarse.

Se suponía que ese kilo de cocaína debía de haber sido cortado y dividido en dosis para la venta callejera hacía varios días; pero el mundo había estallado en pedazos y la droga se había quedado justo donde la había escondido el señor D, que «en paz descanse».

Lash limpió el cuchillo en sus pantalones, cortó una esquina de la bolsa de celofán y luego clavó la punta del cuchillo en ella. Aspiró la droga directamente desde la hoja de acero. Se llenó primero la fosa nasal derecha y después la izquierda. Es un decir, porque a esas alturas ya no tenía fosas nasales.

Para asegurarse de que le hacía efecto, se regaló otra ronda.

Y... otra más.

Al poco rato, Lash sintió cómo la energía que estallaba dentro de su cuerpo lo llenaba de fuerzas para seguir andando. Podía comerse el mundo, a pesar de que las ganas de vomitar y el mareo no acababan de marcharse. La razón por la cual tenía esos problemas era un misterio... Tal vez la sangre de aquella maldita puta estaba contaminada, o quizá lo que estaba cambiando no era sólo su cuerpo, sino toda su química interna. En todo caso, iba a necesitar los polvos mágicos hasta que las aguas volvieran a su cauce.

La mierda blanca funcionaba, en verdad. Lash se sentía maravillosamente bien.

Tras esconder de nuevo la droga, regresó a donde estaba el humano. El intenso frío no estaba contribuyendo mucho al desangramiento, y esperar allí a que el desgraciado terminara de expulsar toda la sangre no era la mejor idea, por muy bien escondidos que estuvieran debajo del puente. Así que, aprovechando la nueva energía que lo embargaba, Lash fue hasta donde estaba el humano al que le había hecho su propia representación de Hannibal Lecter, le abrió la chaqueta y le rasgó la camiseta interior hasta convertirla en tiras del tamaño de vendas.

A la mierda con el degenerado maricón de su padre.

A la mierda con la pequeña sabandija.

Lash iba a formar su propio ejército. Empezando por el drogadicto.

No tardó mucho en vendar las heridas del humano. Una vez hecho, lo levantó y lo arrojó al maletero del Mercedes, con el mismo cuidado que tiene un taxista con una maleta barata.

Después se subió al coche y salió de debajo del puente, mientras miraba hacia todos lados. Mierda... cada coche que veía, desde los que pasaban a su lado hasta los que circulaban por el puente elevado, le parecía uno de los vehículos camuflados de la policía de Caldwell.

Lash estaba seguro de eso. Eran policías. Humanos con placas que observaban su coche. La policía, el Departamento de Policía de Caldwell, policías…

Camino a la casa tipo rancho, pilló en rojo todos los semáforos de Caldwell, y cada vez que se veía forzado a frenar, miraba hacia delante mientras rogaba que todos los policías que tenía detrás y enfrente no presintieran que llevaba en el maletero a un moribundo y una buena cantidad de droga.

Si lo obligaban a detenerse, necesitaría mucha energía para resolver el asunto. Además, sería una verdadera mierda. Porque por fin se estaba sintiendo otra vez él mismo y cada latido de su corazón retumbaba en sus venas, mientras los cascos acerados del caballo de la cocaína pisaban fuerte en su cerebro, en un rítmico galope de inspiración creativa…

Un momento. ¿En qué coño estaba pensando?

Bueno, joder, ya no importaba. Ideas a medio formar revoloteaban en su mente, mientras hacía y deshacía planes, todos ellos brillantes.

Benloise, tenía que conseguir a Benloise para restablecer la conexión. Convertir más restrictores para su ejército privado. Encontrar a la pequeña sabandija y apuñalarla para devolvérselo, envuelto en un lacito rosa, al Omega.

Joder a su padre tal como su padre lo había jodido a él.

Volver a follar con Xhex.

Regresar a la granja y enfrentarse a los hermanos.

Dinero, dinero, dinero… necesitaba dinero.

Al pasar frente a uno de los parques de Caldwell, su pie soltó el acelerador. Al principio no estaba seguro de que lo que estaba viendo fuera realmente lo que creía que era, o si su cabeza llena de cocaína estaba distorsionando la realidad.

Pero no.

Lo que estaba sucediendo al amparo de la sombra que proyectaba la fuente le brindaba precisamente la oportunidad con la que estaba soñando despierto en ese mismo momento. La ocasión de volver al negocio, por decirlo así.

De manera que Lash aparcó el Mercedes frente a un parquímetro, apagó el motor y sacó su cuchillo. Mientras rodeaba el coche era vagamente consciente de que no estaba pensando con mucha claridad, pero mientras estuviera lanzado por el efecto de la cocaína, se sentía bien.

**

John Matthew tomó forma junto a una línea de pinos y arbustos, al lado de Xhex, Qhuinn, Butch, V y Rhage. Frente a ellos, la decrépita granja rodeada con la cinta amarilla parecía sacada de un episodio de *Ley y orden*.

Aunque, si aquello fuera la serie, como los agentes no tenían el maravilloso olfato de los vampiros, no les sería posible tener un panorama exacto de la situación, por mucho que se esforzara la cámara. Porque, a pesar de todo el aire fresco que los rodeaba, el olor a sangre era tan fuerte que tuvieron que tragar saliva y carraspear.

Para comprobar si era cierto lo que les había contado Lash, la Hermandad se había dividido en dos. Otro grupo estaba investigando la dirección que aparecía asociada a las matrículas del Civic modificado. iAm e i Trez acababan de marcharse para atender sus propios asuntos, pero estaban atentos, por si tenían que regresar en cualquier momento.

Por lo que contaron las Sombras, no había sucedido nada especial desde que Xhex se había marchado, excepto que el detective De la Cruz había regresado, se había quedado allí durante una hora y se había vuelto a marchar.

John contempló el panorama que tenía frente a él, concentrándose más en las sombras que en las partes iluminadas por la luz de la luna. Luego cerró los ojos y dejó que su instinto llevara la voz cantante, dando rienda suelta al invisible sensor que tenía en el centro del pecho.

En momentos como aquél no sabía por qué hacía lo que hacía; sencillamente sentía la necesidad de hacerlo, y la convicción de que en otras ocasiones le había dado buenos resultados era tan fuerte que seguía adelante.

Sí… podía sentir que había algo raro… Había fantasmas allí. Y esa impresión le recordó lo que había sentido en aquella horrible habitación en la que había estado tan cerca y a la vez tan lejos de Xhex. Había percibido su presencia, pero luego se había bloqueado la conexión.

—Los cuerpos están ahí dentro —dijo Xhex—. Simplemente no podemos verlos. Pero estoy segura de lo que os digo, están ahí dentro.

—Bueno, entonces no perdamos el tiempo aquí afuera —dijo V, y se desmaterializó.

Rhage lo siguió, desmaterializándose directamente hasta el interior de la granja, mientras que la aproximación de Butch requirió más esfuerzo, pues tuvo que correr a través del prado, con el arma apuntando hacia abajo y pegada a la pierna. Luego se asomó a la ventana y V le abrió la puerta de atrás.

—¿Vas a entrar? —preguntó Xhex a su amante.

John movió las manos con precisión para que ella pudiera leer sus palabras:

—Tú ya nos contaste lo que hay dentro. Estoy más interesado en ver quién pueda aparecer frente a esa puerta.

—De acuerdo.

Uno a uno, los hermanos fueron regresando.

V habló en voz baja:

—Suponiendo que Lash no nos haya engañado, y suponiendo también que Xhex tenga razón…

—Nada de suposiciones en ese punto —cortó la aludida—. Tengo razón.

—Bien… entonces quienquiera que haya convertido a esos pobres desgraciados va a tener que regresar.

—Gracias, Sherlock.

V fulminó a Xhex con la mirada.

—¿Te importaría ser un poco menos impertinente, corazón?

John se enderezó. A pesar de lo mucho que quería a V, no le gustaba nada el tono con que se dirigía a su amor.

Xhex, evidentemente, estaba de acuerdo con John.

—Si me vuelves a llamar «corazón», será la última palabra que pronuncies en tu vida…

—No me amenaces, cora…

Butch se había situado detrás de V tapándole la boca con la mano, mientras John, que miraba a Vishous con odio, agarraba a Xhex del brazo, tratando de calmarla. John nunca había entendido por qué había tal enemistad entre ellos dos, aunque, desde que tenía memoria, había sido así.

De repente frunció el ceño. Después de la pequeña riña, Butch tenía los ojos clavados en el suelo. Xhex miraba fijamente un árbol situado detrás de V, y éste rezongaba y se miraba las uñas.

Había algo raro en todo aquello, pensó John.

Dios…

V no tenía ninguna razón para que le desagradara tanto Xhex; de hecho, ella era precisamente la clase de hembra que él respetaba. A menos, claro, que ella hubiese estado liada con Butch…

Era bien conocido el instinto posesivo de V hacia su mejor amigo. Se comportaba así con todo el mundo menos con Marissa, la shellan de Butch.

John decidió dejar sus suposiciones en ese punto; realmente no necesitaba saber más. Butch estaba enamorado de Marissa al cien por cien, así que si algo había sucedido entre él y Xhex… debió de haber sido en la prehistoria. Probablemente, antes de que John la conociera, o incluso cuando todavía era un pretrans.

El pasado era el pasado.

Además, él no debería…

Afortunadamente, cualquier otro pensamiento sobre el tema fue postergado por la aparición de un coche que se dirigía a la granja. Al instante, toda la atención del grupo se fijó en el vehículo, que parecía pintado por una chiquilla de doce años… en, digamos, 1985, en pleno apogeo del estilo música-disco.

Gris, amarillo brillante y rosa. Alucinante. Joder, si el tío que estaba detrás del volante era un restrictor, razón de más para matar a ese desgraciado.

—Ése es el Civic modificado —susurró Xhex—. Ése es.

De repente se produjo un sutil cambio en el ambiente, como si alguien hubiese echado una cortina, una barrera invisible. Por fortuna, la visión sólo se perdía un instante, hasta que la protección quedaba instalada adecuadamente; luego todo volvía a verse con claridad.

—Acabo de instalar el mhis —dijo V—. Menudo idiota, el tío ese. Ese coche es demasiado llamativo para andar por esta zona. Sólo a un bobo se le ocurriría llevarlo.

—¿Coche? ¿Le llamas coche a eso? —rezongó Rhage—. Por favor. Esa cosa no es más que una máquina de coser con un faldón delantero. Mi GTO lo haría polvo en unos segundos.

Se oyó un extraño sonido que venía de atrás. John se volvió a mirar. Lo mismo hicieron los tres hermanos.

—¿Qué pasa? —preguntó rápidamente Xhex, y cruzó los brazos sobre el pecho—. Yo también me río, ¿sabéis? Y eso… es jodidamente gracioso.

Rhage parecía radiante.

—Me gustas.

La máquina de coser pasó frente a la casa y luego volvió, sólo para volver a dar otra pasada, y otra más.

—Me estoy empezando a aburrir con esto. —Rhage cambió el peso de su cuerpo de una pierna a la otra. Sus ojos brillaron con una luz azul, lo cual significaba que su bestia interior, aunque estaba somnolienta, también se estaba empezando a poner nerviosa. Y eso no era bueno—. ¿Por qué no le pongo un nuevo ornamento a esa chatarra y saco por el parabrisas la cabeza de ese imbécil?

—Es mejor calmarnos y esperar —murmuró Xhex, justo cuando John estaba pensando exactamente lo mismo.

El tipo que iba conduciendo tenía sin duda un pésimo gusto para decorar coches, pero seguramente no era ningún tonto. Tras pasar de largo por tercera vez, esperó unos cinco minutos y, justo cuando Rhage ya estaba a punto de estallar, volvió a aparecer. Esta vez venía caminando por el campo de maíz que estaba detrás de la casa.

—Ese chico no es más que un hurón —murmuró Rhage—. Un pequeño hurón de mierda.

Cierto, pero el hurón de mierda venía acompañado de un par de escoltas tan grandes que no cabrían en su ridículo coche.

Se aproximaron con sigilo. Se tomaron su tiempo, miraron alrededor del patio, el exterior de la casa y el bosque. Pero, gracias a V, cuando miraron hacia la fila de árboles donde estaba el peligro, sus ojos no vieron más que paisaje: el mhis de Vishous era una ilusión óptica que ocultaba de manera muy efectiva la tormenta hacia la que se dirigía el enemigo.

Cuando el trío se encaminó hacia la parte trasera de la casa, sus botas hicieron crujir el césped helado. Un instante después, se oyó un estallido, como si se hubiese roto un cristal.

En ese momento, John dijo por señas, pero sin dirigirse a nadie en particular:

—Voy a acercarme.

—Espera…

La voz de V no logró detener al joven, que, haciendo oídos sordos a las maldiciones de sus compañeros, se desmaterializó hasta un costado de la casa.

Por eso John fue el primero en ver los cuerpos en cuanto quedaron a la vista.

Cuando el hurón su subió a una ventana de la cocina, la casa se estremeció y…

Comenzó la película de terror.

Tumbados en una fila que se extendía desde el salón hasta el vestíbulo y el comedor, había cerca de veinte tipos con la cabeza apuntando hacia la parte trasera de la casa y los pies hacia la frontal. Parecían muñecos. Muñecos grotescos y desnudos, con la cara manchada de vómito negro. Lentamente, comenzaban a mover las piernas y los brazos.

Justo cuando el hurón entró en su campo visual, John sintió que Xhex y los demás tomaban forma detrás de él.

—¡Genial! —gritó el hurón al tiempo que miraba triunfalmente a su alrededor—. ¡Sí!

Su risa rayaba con la histeria, y habría sido chocante de no haber estado rodeado de sangre y vísceras. De manera que el estridente cacareo no era más que un horrible complemento sonoro del espantoso entorno.

Casi tan espantoso como el coche.

—Vosotros sois mi ejército —les gritó a los zombis ensangrentados que se movían en el suelo—. ¡Vamos a apoderarnos de Caldwell! ¡Poneos en pie, es hora de trabajar! Juntos vamos a…

—Me muero por matar a esa pequeña sabandija —murmuró Rhage—. Aunque sólo sea para cerrarle la boca.

Cierto.

El desgraciado tenía ínfulas de Mussolini. Hablaba y hablaba, lo cual era bueno para el ego, pero no servía para nada más. La respuesta de los desgraciados que se retorcían en el suelo era lo verdaderamente preocupante.

Caramba. Tal vez el Omega había elegido bien: los repugnantes muñecos parecían estar obedeciendo. Y aquellos antiguos humanos, seres ahora sin alma, comenzaron a moverse más y más, a levantar el torso del suelo, mientras hacían el esfuerzo de ponerse en pie siguiendo las órdenes del hurón.

Lástima que todo ese esfuerzo no fuera más que una pérdida de tiempo.

—A la de tres —susurró Vishous.

Xhex fue la que contó:

—Uno... dos... ¡y tres!

CAPÍTULO

54

T an pronto como cayó la noche sobre el paisaje, cubriendo la tierra con su manto negro, Darius se desmaterializó desde su modesta morada y tomó forma en la playa, junto a Tohrment. La «cabaña» que había descrito el symphath era en realidad una casona de piedra de cierto tamaño. En el interior había velas encendidas, pero cuando Darius y su protegido se instalaron en medio de unos arbustos, no se veían señales de vida: ninguna figura parecía moverse junto a las ventanas. Ningún perro ladraba. No se percibía ningún olor procedente de la cocina en la brisa fresca.

Sin embargo, había un caballo en el prado anexo, y un carruaje junto al establo.

Y por encima de todo se sentía una aplastante y difusa aprensión.

—Ahí dentro hay algún symphath —murmuró Darius, mientras sus ojos inspeccionaban no sólo lo que se podía ver, sino lo que estaba oculto entre las sombras.

No había manera de saber si había más de un devorador de pecados dentro de la casa, pues sólo se necesitaba uno de ellos para crear nube miedo. Y de momento tampoco había manera de saber si era el symphath que estaban buscando.

No podrían saberlo mientras siguieran allí afuera, como pasmarotes.

Darius cerró los ojos y dejó que sus sentidos penetraran en la escena que tenía enfrente. No bastó, hubo de recurrir al instinto, que hurgaba más allá de lo que el oído, el olfato y la vista podían percibir. No tenía otro recurso mejor para evaluar el peligro.

En verdad había ocasiones en las que confiaba más en lo que sabía que era cierto que en lo que realmente veía con sus ojos.

Y lo cierto era que podía sentir que había algo allí dentro. Entre aquellas paredes de piedra había un movimiento frenético.

El symphath sabía que ellos estaban ahí.

Darius le hizo una seña a Tohrment y los dos se arriesgaron a desmaterializarse en el salón.

Pero la estructura de metal que estaba incrustada dentro de la piedra, blindando los muros, les impidió el paso y se vieron obligados a tomar forma en un costado de la casa. Sin dejarse desanimar, Darius alzó un codo y rompió el cristal de una ventana; luego retiró el marco con cuidado. Lo dejó a un lado y se desmaterializó junto con Tohrment. Los dos tomaron forma otra vez en el salón...

Justo a tiempo para ver un rayo de luz roja que desaparecía a través de una puerta, hacia el fondo de la casa. Sin pronunciar palabra, Darius y Tohrment salieron en persecución de aquella luz. Llegaron a la puerta en el preciso instante en que los pasadores de la cerradura estaban volviendo a su lugar.

Era un mecanismo de cobre, lo cual significaba que no había manera de franquearlo mentalmente.

—Hazte a un lado —dijo Tohrment, y apuntó el cañón de su pistola hacia la cerradura.

Darius se apartó y enseguida sonó un disparo. Luego empujó la puerta con el hombro, hasta abrirla.

Las escaleras que descendían hacia el sótano estaban en penumbra, excepto por el débil rastro de una luz que se movía constantemente.

Bajaron los escalones de piedra con pasos firmes y luego echaron a correr sobre el suelo de tierra, en persecución de lo que parecía una lámpara y del olor a sangre de vampiro que flotaba en el aire.

Una inquietante sensación de urgencia palpitaba en las venas de Darius, que se debatía entre la ira y la desesperación. Que-

ría rescatar a aquella hembra... Querida Virgen Escribana, cuánto tenía que haber sufrido esa muchacha...

Luego se oyó un golpe y el subterráneo quedó completamente a oscuras.

Darius siguió corriendo a toda velocidad, apoyándose en la pared para no desviarse. Pegado a su espalda corría Tohrment. El eco de sus pisadas ayudaba a Darius a determinar la longitud del pasadizo. Se detuvo justo a tiempo, un metro antes de que se terminara. Usó las manos para localizar el pasador de la puerta.

Al parecer, el symphath no había tenido tiempo de cerrarla.

Al abrir de par en par los pesados paneles de madera, Darius fue recibido por una bocanada de aire fresco. Pudo a ver la lámpara que se movía a través del césped.

Tras desmaterializarse y tomar forma más adelante, alcanzó al symphath y a la hembra junto al establo, y les cortó el paso.

Cuando el devorador de pecados se vio obligado a detenerse, sacó un cuchillo y lo puso en la garganta de su rehén.

—¡La mataré! —gritó—. ¡La mataré!

Atrapada por las manos temblorosas del symphath, la hembra no forcejeaba ni trataba de soltarse, y tampoco suplicaba que la salvaran. Simplemente miraba hacia el vacío. Sus ojos espantados parecían muertos en aquel rostro mortalmente pálido. En efecto, no había una piel más pálida que la de los muertos a la luz de la luna. Porque, en verdad, la hija de Sampsone tal vez tenía dentro de las costillas un corazón que todavía palpitara, pero su alma había muerto.

—Suéltala —ordenó Darius—. Suéltala y te dejaremos vivir.

—¡Nunca! ¡Ella es mía!

Los ojos del symphath brillaron con una luz roja. Su perverso linaje resplandeció en medio de la noche, aunque su juventud y el pánico que evidentemente estaba sintiendo le impedían usar el arma más poderosa de su raza. Aunque Darius estaba preparado para una invasión mental, no sucedió nada.

—Suéltala —repitió el vampiro— y te prometo que no te mataremos.

—¡Me he apareado con ella! ¿Me oís? ¡Me he apareado con ella!

Cuando Tohrment apuntó su arma hacia el symphath, Darius se sorprendió al ver lo calmado que estaba. A pesar de que era su estreno en el campo de batalla, en una situación con una rehén y un symphath, el chico se mostraba firme, sin dejarse dominar por la ansiedad.

Con deliberada serenidad, Darius siguió tratando de razonar con su oponente, al tiempo que notaba con angustia las manchas de sangre que aparecían en el camisón de la hembra.

—Si la sueltas...

—No hay nada que podáis ofrecerme que me resulte más valioso que ella.

La voz ronca de Tohrment rompió la tensión.

—Si la sueltas, no te dispararé en la cabeza.

Darius supuso que era una amenaza suficientemente efectiva. Pero, claro, se trataba de un farol. Tohrment no iba a disparar, pues eso implicaría un riesgo muy grande para la hembra, sólo con que la bala se desviara un solo milímetro.

El symphath comenzó a caminar hacia el establo, arrastrando a la muchacha con él.

—Le cortaré el cuello.

—Si ella es tan valiosa para ti —dijo Darius—, ¿cómo podrías soportar perderla?

—Mejor que muera conmigo a que...

¡Bum!

Cuando Tohrment apretó el gatillo, Darius lanzó un grito y saltó hacia delante, como si pudiera detener la bala con las manos.

—¡Qué has hecho! —gritó, al tiempo que el symphath y la hembra caían al suelo.

Mientras corría hacia ellos y se ponía de rodillas, Darius rogó al cielo que ella no estuviese herida. Con el corazón en la boca, estiró las manos para separar al macho de la pobre chica.

Y cuando el joven symphath cayó sobre la espalda, con los ojos fijos en el firmamento, Darius vio un agujero perfectamente redondo en el centro de su frente.

—Santa Virgen Escribana... —suspiró Darius—. ¡Qué disparo!

Tohrment se arrodilló.

—No habría apretado el gatillo si no hubiera estado seguro de acertar.

Los dos se inclinaron sobre la hembra. Ella también contemplaba las galaxias, y sus hundidos ojos no parpadeaban.

¿Acaso el symphath la habría degollado?

Darius examinó el camisón que alguna vez debió de haber sido blanco. Estaba manchado de sangre, en efecto. Algunas manchas estaban ya secas, pero otras eran recientes.

La lágrima que brotó desde uno de sus ojos brilló bajo la luz de la luna.

—Estás a salvo —le dijo Darius—. Estás a salvo. No tengas miedo. No hay por qué seguir sufriendo.

Los ojos aterrorizados de la muchacha se clavaron en los de Darius. Su tristeza parecía tan fría como el viento del invierno.

—Te llevaremos al lugar al que perteneces —prometió Darius—. Tu familia...

La voz que brotó de la boca de la muchacha apenas era audible.

—Deberíais haberme matado a mí en lugar de matarlo a él.

CAPÍTULO
55

Cuando la cuenta llegó a «tres», Xhex tomó forma en el salón de la granja. Pensó que al final había, en efecto, una emboscada, pero la que ellos habían puesto a los restrictores, y no al revés. Se plantó ante el asesino que tenía más cerca y adoptó la posición de ataque cuerpo a cuerpo, pues sabía que tenía que moverse rápido.

El factor sorpresa es algo que sólo se presenta una vez en una pelea. Sus compañeros y ella tenían una grave desventaja numérica, en una situación en la que no podían usar armas de fuego. Las balas sólo eran apropiadas cuando tienes la oportunidad de hacer un disparo preciso sobre un objetivo estático, pero allí no había nada de eso. Por todas partes se veían brazos y piernas, cuerpos moviéndose, porque los hermanos, John y Qhuinn hacían exactamente lo mismo que ella estaba haciendo: elegir al azar a cualquier iniciado y molerlo a golpes como si fueran la encarnación de Bruce Lee.

Con su daga en la mano izquierda, Xhex lanzó un gancho de derecha al asesino que tenía enfrente. El golpe dejó al tipo inconsciente y, cuando se desplomó contra la pared, la guerrera echó el brazo hacia atrás y apuntó la hoja hacia el centro del pecho del miserable.

Pero en ese momento Butch le agarró el puño.

—Permíteme terminar.

Entonces se colocó entre Xhex y su víctima, clavó los ojos en los del asesino y le acercó la boca. Inhalando lentamente, comenzó a extraer la esencia de aquel ser. Una nube asquerosa, parecida al humo, fue pasando lentamente del restrictor al cuerpo de Butch.

—Por… Dios… santo… —susurró Xhex, mientras el asesino se desintegraba hasta convertirse en un montón de cenizas a los pies del hermano.

Al ver que Butch se tambaleaba y buscaba la pared para apoyarse, como si tuviera problemas para mantenerse de pie, ella lo agarró del brazo.

—¿Estás bien?

Un silbido urgente de John la hizo volver la cabeza justo a tiempo: otro restrictor se abalanzaba sobre ella, presto para usar la navaja que tenía en la mano. Gracias a John, Xhex alcanzó a moverse hacia un lado y agarrar la muñeca del asesino. A base de fuerza, utilizando la mano y el arma del restrictor, apuñaló a éste por debajo de las costillas.

Un estallido y una llamarada.

El siguiente.

Xhex estaba totalmente concentrada en la pelea, moviéndose con extrema rapidez, usando manos y pies, todos sus recursos. Y aunque iba a kilómetros por segundo y acababa de aniquilar a aquel asesino, procuraba respetar escrupulosamente la función de Butch en medio de aquel caos. Xhex no entendía muy bien qué significaba todo ese asunto de la inhalación y las cenizas, pero estaba segura de que era una manera, de alguna forma necesaria, de terminar con el enemigo.

Por eso se dedicó a cortar los tendones de las piernas de los enemigos. Dejar a sus víctimas incapacitadas era una de sus especialidades como asesina, porque muchas veces tenía que preguntarles algo, o decirles algo, antes de dar el golpe mortal. Por tanto, mientras ella iba dejando una fila de cuerpos quejumbrosos a su paso, Butch la seguía, inhalando y convirtiendo en cenizas todo lo que habían ido a aniquilar.

Aun cortando y apuñalando a iniciados a diestro y siniestro, tuvo tiempo de observar de vez en cuando a John y comprobar que, tal como había imaginado, era un guerrero tremendo. Incluso más tremendo de lo que pensaba.

Al parecer, su especialidad era romper cuellos. Era letal cuando se aproximaba al enemigo por detrás, lo agarraba por la barbilla y la nuca y luego, con una fuerza brutal…

Un golpe procedente de la nada le dio en el hombro, lanzándola contra la pared, mientras la daga salía volando de su mano y su visión quedaba nublada por toda clase de estrellitas.

El asesino que la había golpeado se apresuró a atrapar la daga y se lanzó sobre ella.

En el último segundo, Xhex se hizo a un lado, de modo que el restrictor acabó apuñalando la pared y la daga quedó clavada en el yeso. Mientras el desgraciado trataba de sacarla, la guerrera lo hirió con el cuchillo que llevaba a la espalda, abriéndole un agujero en el intestino grueso.

Al ver que el tipo la miraba con asombro, Xhex dijo:

—¿Qué? ¿Acaso creías que no tenía otro cuchillo? Maldito estúpido.

Luego le dio un golpe en la cabeza con el mango del cuchillo de repuesto y, cuando el tipo cayó de rodillas, sacó su daga del yeso y volvió al ataque.

Un coro de gruñidos y golpes resonaba por toda la casa. Xhex, liquidado un restrictor más, se zambulló otra vez en el combate, buscando nuevos objetivos.

Uno de los asesinos se estaba escapando por la puerta frontal, camino del jardín.

Xhex se desmaterializó para aparecer en el exterior, ante él. Cuando el tipo la vio se dio la vuelta con los macilentos pelos de punta, como un personaje de película cómica. Xhex sonrió.

—No, no te puedes marchar.

El asesino echó a correr de nuevo, esta vez de regreso a la casa, lo cual era estúpido, porque allí no había nadie que pudiera ayudarlo. Ayudarlo a sobrevivir, se entiende. Para dejar este valle de lágrimas sí podría encontrar apoyo suficiente.

El cuerpo ligero y fuerte de Xhex salió enseguida en su persecución. Los dos trazaron un círculo amplio sobre la hierba. Cuando el tipo llegó a la puerta, ella, en lo que más que un salto parecía un vuelo, le propinó una tremenda patada entre el cuello y el hombro e hizo que el tipo se retorciera hasta convertirse en un signo de interrogación ambulante.

Xhex y el restrictor rodaron por el suelo. A pesar de sus violentos y constantes esfuerzos, ella estaba sonriente.

Dios, en verdad le encantaba enzarzarse en una buena pelea.

*＊＊

John vio que Xhex salía corriendo por la puerta principal, pero no podía ir tras ella, pues tenía a un par de iniciados tan cerca que podía morderles la nariz. Pero se iba a encargar de esos dos lo más rápido posible.

Era curioso comprobar que la salida de tu compañera, corriendo sola hacia la noche, te daba nuevas energías.

Pero Xhex no era su hembra.

De modo que era curioso ver cómo constatar que tu hembra no es tu hembra te hacía sentirte como un gusano.

John estiró los brazos hacia el restrictor que tenía enfrente y le partió el cuello con un solo movimiento. Al ver cómo la cabeza se separaba de la columna vertebral, pensó que era una lástima no tener tiempo para hacer lo mismo con los brazos y las piernas de aquel miserable, para poder golpear al otro con los miembros arrancados.

El número dos acababa de agarrar a John del pecho y estaba tratando de abrazarlo hasta asfixiarlo.

El macho enamorado, casi sin inmutarse, agarró las muñecas del tipo, dio media vuelta y se lanzó hacia atrás de un salto. Cuando cayeron pesadamente al suelo, John estaba encima y el restrictor le servía de colchón. Le dio un cabezazo en la cara y convirtió la nariz del desgraciado en un asqueroso surtidor de sangre negra.

Levantó el brazo, preparó el puño y lo descargó con extrema violencia.

Su segundo golpe provocó una serie de movimientos incontrolados del contrincante, lo cual sugería que el lóbulo frontal del tipo estaba teniendo serios problemas de transmisión.

Pero eso no iba a ser problema para Butch, que pronto le daría su particular tratamiento.

John se lanzó entonces hacia la puerta por la que Xhex se había desmaterializado. Resbaló en un charco que ahora no sólo era de sangre negra, sino también roja.

Pero al llegar al umbral frenó en seco.

Jamás había visto una patada tan espectacular. El restrictor que Xhex estaba persiguiendo corría de regreso a la casa, al parecer después de haber reconsiderado su estrategia de escape. El tipejo gritaba aterrorizado. Aunque estaba descalzo, corría como alma que lleva el diablo, y pese a ello Xhex estaba cada vez más cerca.

John no tuvo tiempo de intervenir, aunque deseara hacerlo: Xhex se lanzó por el aire, dando la gran patada al restrictor. Luego lo agarró de la cintura y lo lanzó boca abajo al suelo, donde le cortó los tendones de las piernas de forma tan profunda que el tipo, inmovilizado, sólo pudo gritar como un cerdo en el matadero.

La guerrera se separó del cerdo y adoptó otra vez la posición de ataque…

—¡John! ¡Detrás de ti!

Al oír el grito de Xhex, se dio la vuelta y recibió el puñetazo de un asesino que se le abalanzaba desde dentro. El macho enamorado cayó de culo y resbaló de esa guisa un poco sobre el suelo de cemento de la entrada.

Buena prueba de lo conveniente que es llevar unos buenos pantalones de cuero.

Para evitar rozaduras en las nalgas, por ejemplo.

John se enfureció al pensar que lo habían tumbado justo cuando Xhex estaba mirando, así que agarró al asesino por el pelo y empezó a sacudirlo de una forma tan frenética que el desdichado zombi pareció perder el conocimiento.

Luego lanzó un gruñido sordo y mordió al maldito restrictor en el cuello. Varias veces. Tras escupir todo tipo de trozos del antiguo humano, lo arrastró de nuevo a la fiesta, tirándole del pelo. Al pasar junto a Xhex, le hizo un gesto de agradecimiento con la cabeza.

—De nada —respondió ella, e hizo, a su vez, una pequeña reverencia—. Me ha gustado mucho esa táctica de los mordiscos.

El reconocimiento que ella acababa de hacerle lo golpeó con más fuerza que cualquiera de aquellos asesinos; pero para bien. Su corazón se inflamó y sintió que todo su cuerpo florecía.

Porque era un maldito idiota…

El inconfundible ruido de un disparo detrás de él lo hizo ponerse en guardia, sin moverse del sitio en el que estaba.

El estallido ocurrió tan cerca de sus oídos que John sintió un dolor más que un ruido, y por una fracción de segundo se preguntó quién habría disparado y quién habría quedado herido.

La respuesta a esto último fue evidente cuando su pierna izquierda se dobló bajo su peso y todo su cuerpo se fue al suelo como si fuera un roble talado.

E l cuchillo de Xhex salió volando de su mano una milloné-
sima de segundo después de ver al asesino que salía de la
esquina y apuntaba su pistola hacia la espalda de John.

Su daga atravesó el aire, recorriendo la distancia en un abrir
y cerrar de ojos, y pasando tan cerca de la oreja de John, que la
hembra rogó a un Dios en el que no creía que su amado no mo-
viera la cabeza por ningún motivo.

En el instante en que el asesino estaba apretando el gatillo,
la hoja del arma se le clavó en el hombro y el impacto lo hizo retorcerse y mover el brazo.

Por eso John recibió el disparo en la pierna y no en el
corazón.

Al ver que su macho caía al suelo, Xhex saltó sobre el asesino con un escalofriante grito de guerra.

A la mierda con Butch O'Neal. Aquel maldito muerto
viviente era suyo por completo.

El restrictor echó a correr tratando de sacarse el cuchillo
del hombro, hasta que oyó el grito. Entonces miró a Xhex y retrocedió con una expresión de pavor, lo cual sugería que sus ojos
debían de estar rojos y sus colmillos totalmente desplegados y a
la vista.

Xhex aterrizó ante él y, al ver que el restrictor se encogía
y levantaba las manos para protegerse la cara y el cuello, Xhex no

se movió: su daga de repuesto se quedó donde estaba y el cuchillo que llevaba atado al muslo también.

Tenía otros planes para aquel chico.

Usando su naturaleza symphath, Xhex penetró en la mente del asesino y voló la tapa de sus recuerdos, de manera que abruptamente el tipo sintió el impacto de cada cosa horrible que había hecho en la vida, y también el de todas las cosas horribles que le habían hecho a él.

Y unas y otras eran muchas. Muchísimas. Pues al parecer tenía una fijación por las niñas menores de edad.

Bueno, esto sí que iba a ser satisfactorio en muchos sentidos.

Cuando cayó al suelo, comenzó a gritar y se agarró las sienes, como si así tuviera posibilidades de detener aquella tormenta de horrores, Por supuesto, ella lo dejó sufrir, ahogarse en sus pecados, mientras que su patrón emocional se encendía en todos los sectores donde había temor, odio y hasta arrepentimiento.

Cuando el tipo comenzó a golpearse la cabeza contra el asqueroso papel pintado de la repugnante casa, dejando una mancha negra a la altura de la oreja, Xhex implantó un pensamiento en su mente. Sólo uno.

Un pensamiento que creció como una enredadera, una planta venenosa que se iba a hacer con el control de su mente.

—Ya sabes lo que tienes que hacer —dijo Xhex con una voz profunda y envolvente—. Ya conoces la salida.

El asesino dejó caer los brazos y la miró con ojos desorbitados. Bajo el peso de lo que ella había liberado en su mente, esclavo de la orden que ella le había dado, agarró la empuñadura de la daga y la sacó de donde la tenía clavada.

Luego la volvió hacia sí mismo, la sujetó con las dos manos y sus hombros se tensaron para clavársela con todas sus fuerzas.

Pero Xhex lo detuvo, dejándolo como congelado. Se arrodilló junto a él, lo miró a los ojos y susurró:

—Tú no me vas a quitar lo que es mío. Ahora, sé un buen chico, rájate la barriga y sácate las tripas.

Un chorro de sangre negra cayó sobre los pantalones de Xhex cuando el tipo se clavó la daga en el estómago y la movió arriba y abajo, a izquierda y derecha, hasta formar una asquerosa cruz.

Después, obedeciendo las órdenes de Xhex, aunque los ojos ya le estaban dando vueltas, sacó otra vez la daga y se la entregó a Xhex con la empuñadura por delante.

—De nada —murmuró ella. Luego lo apuñaló en el corazón y el restrictor desapareció con un estallido.

Al dar media vuelta, la suela de sus botas chirrió sobre el suelo húmedo.

John la estaba observando con una expresión que no distaba mucho de la del restrictor. Tenía los ojos tan abiertos que no se le veían los párpados ni por arriba ni por abajo.

La guerrera limpió la hoja del cuchillo contra sus pantalones de cuero.

—¿Tan mal estás?

John le mostró el puño con el pulgar hacia arriba, para indicar que estaba bien, y Xhex se dio cuenta de que la casa se había quedado en silencio. Miró a su alrededor. Todo el mundo estaba en pie: Qhuinn se estaba levantando después de decapitar a un asesino y se daba la vuelta para ver si John estaba bien. Y Rhage venía corriendo desde la cocina, seguido de cerca por Vishous.

—¿Alguien está herido? —Rhage frenó en seco y se quedó mirando el agujero en los pantalones de cuero de John—. Joder, hermano, tres centímetros más arriba y a la izquierda y te habrías convertido en una soprano.

V se acercó y ayudó a John a ponerse de pie.

—Sí, pero no hubiera sido tan malo, porque podría haber empezado a tejer contigo. Podrías haberle enseñado a hacer calceta. Lástima.

—Si mal no recuerdo, yo no soy el que tiene una fijación con la lana…

Al oír un jadeo procedente del salón, Vishous soltó una maldición y corrió hacia donde Butch estaba a punto de caerse.

Joder.

Tal vez Xhex debería revisar aquella primera impresión de que todo el mundo «estaba en pie», pues el antiguo policía parecía sufrir de envenenamiento, malaria y virus H1N1, todo al mismo tiempo.

Xhex se centró en Qhuinn y en Rhage.

—Necesitamos un coche. Hay que llevar a Butch y a John a la mansión.

—Yo me ocuparé de Butch —dijo Vishous con brusquedad, al tiempo que se convertía en muleta de su amigo y lo llevaba hasta el sofá del salón.

—Y yo iré a por la Hummer —dijo Qhuinn.

Cuando este último dio media vuelta, John golpeó la pared con el puño para llamar la atención de todo el mundo y dijo por señas, muy despacio, para que le entendieran bien:

—Estoy bien, preparado para pelear…

—Necesitas que te vea un médico —dijo Xhex.

Las manos de John comenzaron a moverse con tanta velocidad que Xhex no pudo seguir las palabras, pero estaba muy claro que el macho enamorado no estaba de acuerdo con que le dieran de baja por aquel ridículo trozo de plomo alojado en su pierna.

Su silencioso discurso fue interrumpido por un resplandor que hizo que Xhex se inclinara hacia un lado y mirara hacia atrás. Lo que vio explicaba muchas cosas, y no sólo lo que había ocurrido en la pelea que acababan de tener: sobre el inmundo sofá, V tenía abrazado a Butch y sus cuerpos estaban tan cerca que no quedaba espacio alguno entre ellos. Y en pleno abrazo, todo el cuerpo de Vishous brillaba mientras Butch parecía obtener energía y alivio de su amigo.

El evidente cariño y cuidado que V mostraba por Butch hizo que Xhex le tuviera menos animadversión, en especial cuando el vampiro luminoso volvió la cara y la miró. Por primera vez en la vida parecía haberse quitado su habitual máscara de gélida indiferencia. La angustia que se asomaba a sus ojos demostraba que no era un absoluto idiota. Por el contrario, parecía sentir dolor por el sacrificio que hacía su hermano por el bien de su raza. En verdad eso parecía consumirlo.

Bien, al parecer, Butch era propiedad exclusiva de V, lo cual explicaba por qué éste le tenía tanta rabia a Xhex. Le mordían los celos al pensar que ella había tenido un trozo de lo que él quería y, por muy racional que fuera, no podía dejar de odiarla.

Pero sólo fue una vez, le dijo ella mentalmente. *Y nunca más*.

Pasados unos instantes, V asintió con la cabeza, como si agradeciera la seguridad que le había brindado. Ella le devolvió el gesto. Luego volvió a prestar atención a los machos que tenía ante sí. Rhage se mostraba de acuerdo con Xhex, y estaba tratando de convencer a John de que no podía seguir peleando.

—Iré contigo, John —dijo ella de repente—. Regresaremos juntos.

Cuando John la miró a los ojos, todo su patrón emocional estaba descontrolado, se encendía y se apagaba, como las luces de un casino de Las Vegas.

Pero Xhex negó con la cabeza.

—No temas, cumpliré nuestro acuerdo. Y tú irás a que te vean la herida.

Dicho esto, Xhex volvió a enfundar sus cuchillos, cruzó los brazos sobre el pecho y se recostó en la pared, con la típica actitud de quien de momento no piensa ir a ninguna parte.

***

Ella le había salvado la vida.

Sin lugar a dudas, Xhex le había devuelto a John su futuro, incluso antes de que él se diera cuenta de que estaba a punto de perderlo. La única razón por la que seguía vivo era porque ella había herido a ese asesino en el hombro con su cuchillo.

Así que, en efecto, le estaba muy agradecido. Pero eso no quería decir que le interesara que ella hiciera el papel de enfermera.

Además, había otros trabajos urgentes en los que, como acababa de demostrar, podía ser mucho más útil.

John miró la quemadura que había en el suelo, el único rastro que había quedado del asesino que le había disparado. Maldición. Y pensar que ella le había hecho todo aquel daño horrible sin tocarlo siquiera. La mente de Xhex sí que era un arma poderosa de verdad. Mierda, el pavor que expresaba la cara del pobre desgraciado era… ¡Y luego se había abierto su propio abdomen! ¿Qué diablos habría recordado?

Ahora John sabía por qué los symphaths eran seres tan temidos y por qué habían terminado segregados.

Dios, entre esa pequeña demostración y la formidable patada que la había visto lanzar en el jardín, se dio cuenta de que era exactamente lo que él siempre había pensado que era: guerrera hasta el tuétano de los huesos.

Xhex era más que capaz de defenderse en el campo de batalla. Una tremenda, magnífica aliada en esa guerra. Y por eso mismo los dos deberían seguir luchando cuerpo a cuerpo esa noche, y no perder el tiempo volviendo a la casa para que le pusieran una tirita en aquel rasguñito de mierda.

Pero al ponerse de pie y apoyarse sobre la pierna herida, John sintió un dolor agudo. Hizo caso omiso de él, así como de la conversación que comenzó a desarrollarse a su alrededor.

Cháchara barata. Fruslerías acerca de su pierna. Qué cantidad de memeces había que oír.

Más le hubiera valido ser sordo, en lugar de mudo.

Lo que le interesaba era saber cuántos restrictores habían matado esa noche. Y si habían acabado con aquel pequeño hurón. Miró hacia el salón e hizo amago de encaminarse hacia allí.

Pero Rhage se interpuso en su camino.

—¡Hola! ¿Cómo estás? —Hollywood le tendió la mano—. Me gustaría presentarme. Yo soy el sinvergüenza que te va a meter de cabeza en la Hummer de tu amigo Qhuinn en cuanto aparezca. Sólo quería presentarme antes de agarrarte por el culo y echarte al hombro como si fueras un saco de patatas.

John lo miró con odio.

—No voy a ir a ninguna parte.

Rhage sonrió. Por un momento su increíble belleza hizo que pareciese un ser bajado del cielo. Pero eso sólo era la apariencia externa. Por dentro parecía salido directamente del infierno... en aquel momento.

—Lo siento, respuesta incorrecta.

—Estoy bien...

Y entonces ese sinvergüenza, ese maldito hijo de puta, se inclinó y agarró a John de la pierna por sorpresa, haciéndole presión en la herida.

John lanzó un grito sordo y se desplomó en caída libre, antes de producir una gran salpicadura al aterrizar en el suelo lleno de sangre. Intentó incorporarse, pero le costaba mucho.

Se sentía como si tuviera vidrio molido dentro del muslo.

—¿Crees que eso era necesario? —preguntó Xhex por encima de la cabeza de John.

La voz de Rhage resonó con un tono más serio.

—¿Quieres razonar con él? Buena suerte. Acabo de hacer lo que hará el primer asesino con el que se enfrente. Hay un agujero absolutamente visible en sus pantalones y camina cojeando. Cualquier imbécil con dos dedos de frente sabrá cuál es su punto débil. Además, huele a sangre fresca.

Probablemente el maldito hermano tenía razón, pero por Dios santo...

Era enteramente posible que John se hubiese desmayado a causa del dolor, porque lo siguiente que sintió era que el autodenominado sinvergüenza lo estaba levantando para sacarlo de la casa.

Pero eso sí que no. Eso no lo iba a permitir de ninguna manera.

John se zafó de los brazos de Rhage y trató de aterrizar en el suelo sin maldecir ni vomitar. Mientras mascullaba toda clase de improperios, pasó cojeando frente a Butch, que parecía estar mucho mejor, y también por delante de V, que acababa de encender un cigarro.

John sabía exactamente dónde estaba Xhex: detrás de él, con la mano junto a su espalda, como si supiera que no se sentía seguro sobre sus pies y que se podía caer en cualquier momento.

Pero no había posibilidad de que eso sucediese. A base de pura fuerza de voluntad, llegó hasta la Hummer, y se metió en el asiento trasero sin ayuda. Desde luego, no debía de ser tan leve la herida, porque cuando Qhuinn pisó el acelerador, estaba bañado en sudor frío y no podía sentir las manos ni los pies.

—Hicimos un recuento de cuerpos —oyó decir a Xhex.

Se volvió, y vio que Xhex lo estaba mirando desde el otro extremo del asiento. Joder, estaba absolutamente hermosa, brillando con la luz que salía del tablero de la camioneta. Su cara delgada tenía una mancha de sangre negra, pero las mejillas estaban encendidas y había un brillo especial en sus ojos. Había tenido una experiencia muy excitante esa noche, pensó John. Y la había disfrutado.

Su puta madre.

Realmente Xhex era la hembra perfecta.

—¿Y a cuántos hemos matado? —preguntó John por señas, tratando de dar una satisfacción al chiquillo que llevaba dentro.

—A doce de los dieciséis nuevos reclutas, así como a los dos asesinos que llegaron con el hurón a través del campo de maíz. Por desgracia, el nuevo jefe de restrictores no ha aparecido por ninguna parte; así que tenemos que suponer que el maldito desgraciado se escapó tan pronto como irrumpimos en su fiesta. Y al parecer se llevó a algunos iniciados con él. Ah, y Butch inhaló a todas las bajas menos dos.

—Al menos uno de esos fue responsabilidad tuya.

—De hecho, yo los maté a los dos. —Xhex lo miró a los ojos—. ¿Eso te impresionó? Verme trabajando de esa manera, ¿te causó impresión?

Tratando de olvidar el dolor que sentía, John negó con la cabeza y comenzó a decir algo por señas, aunque le temblaban las manos:

—Tienes un poder increíble. Si parecía impresionado... fue porque nunca había visto en acción a... un miembro de tu raza.

La cara de Xhex se contrajo ligeramente y desvió la mirada hacia afuera.

Entonces John le dio un golpecito en el brazo y dijo.

—Era un cumplido.

—Sí, lo siento... es sólo que las palabras «tu raza» siempre me hacen sentirme mal. Soy mitad y mitad, por tanto, no soy ninguna de las dos cosas. No tengo raza. —Enseguida hizo un gesto con la mano para restar importancia a sus palabras—. En fin. Mientras estabas inconsciente, V entró en la base de datos del Departamento de Policía a través de su teléfono. La policía tampoco encontró ninguna identificación en el escenario del crimen, así que no tenemos ninguna pista, aparte de la dirección asociada con la matrícula de ese Civic. Apuesto a que...

Xhex siguió hablando, y John dejó que sus palabras lo envolvieran.

Él sabía muy bien qué era eso de no pertenecer a una raza.

Otra cosa más que los hacía almas gemelas.

El macho enamorado cerró los ojos y elevó una plegaria a quien quisiera escucharla allá arriba, pidiendo, por favor, que dejaran de mandarle señales de que eran perfectos el uno para el otro. John ya había leído ese libro, había visto esa película, había comprado el disco, el DVD con los extras, la camiseta, la taza, el muñeco y la guía secreta.

Sabía muy bien por qué podrían haber sido como uña y carne.

Pero así como era consciente de todo lo que los unía, tenía todavía más claro que estaban condenados a vivir separados.

—¿Estás bien?

La voz de Xhex resonó con un tono suave y próximo y, cuando abrió los ojos, John vio que ella estaba prácticamente sentada sobre él. Entonces sus ojos estudiaron aquel rostro y aquel cuerpo maravilloso enfundado en cuero.

El dolor y la sensación de que se les estaba agotando el tiempo lo impulsaron a decir lo que de verdad estaba pensando.

—Quiero estar dentro de ti cuando regresemos a la mansión —dijo con señas—. En cuanto me pongan una venda en esta maldita pierna, quiero estar dentro de ti.

El aroma que llegó hasta sus fosas nasales le mostró que Xhex estaba completamente de acuerdo con ese plan.

Así, al menos, habría una cosa que saldría bien esa noche.

En el segundo piso de la gran casa señorial de Eliahu Rathboone, Gregg Winn estaba tratando de abrir con sólo dos dedos la puerta de la habitación que compartía con Holly, mientras rezaba para que no se le derramara el café que él mismo había preparado en la cafetera de los huéspedes, que reposaba en una mesita del comedor.

Así que sólo Dios sabía a qué podría saber ese café.

—¿Necesitas ayuda? —dijo Holly al levantar la vista del ordenador y verle entrar.

—No. —Torpemente, cerró la puerta con el pie y se dirigió a la cama—. Listo.

—Eres muy considerado.

—Espera a probarlo para juzgarme con benevolencia. Tuve que improvisar un poco con el tuyo. —Le dio la taza con el café más claro—. No tenían leche entera, que fue lo que tomaste ayer en el desayuno. Así que fui a la cocina y saqué un poco de nata y luego un poco de leche desnatada, las mezclé y traté de darle el color apropiado. —Señaló con la cabeza el ordenador—. ¿Qué opinas de esas imágenes?

Holly se quedó mirando la taza que sostenía encima del teclado. Estaba medio echada en la cama, recostada contra la cabecera, analizando la información con la que Gregg estaba obsesionado. Tenía un aire sexi e inteligente. Y de poca confianza en lo que él acababa de darle.

—Escucha —dijo Gregg, dándose cuenta de sus dudas—, prueba el café: si está asqueroso, despierto al mayordomo para que te haga uno como es debido.

—Ah, no, no es eso. Pensaba en las imágenes. —Holly bajó su cabeza rubia y dio un sorbo al café. El «hum» que soltó colmó todas las expectativas de Gregg—. Perfecto.

El productor rodeó la cama y se sentó junto a ella, sobre el edredón. Al darle un sorbo a su propia taza, decidió que, si su carrera en televisión se acababa algún día, podría tener un futuro en Starbucks.

—Vamos, cuéntame qué opinas de la cinta.

Gregg volvió a señalar con la cabeza hacia la pantalla y lo que se veía allí. La noche anterior habían tomado planos de algo que caminaba por el salón y salía por la puerta principal. En principio, podría ser un huésped que se había levantado a medianoche a comer algo, tal como lo acababa de hacer Gregg. Lo malo era que la cosa en cuestión se desmaterializaba justo a través de los paneles de madera. Y luego desaparecía.

Más o menos como la sombra que había salido de la habitación de Holly aquella primera noche. Aunque a Gregg no le gustaba pensar en eso, ni en el sueño que ella había tenido.

Pero ni la sombra ni el sueño se le iban de la cabeza.

—¿Son imágenes sin retocar? —preguntó Holly.

—Sin retocar. Tal cual.

—Dios…

—Tremendo. Y los de la cadena me acaban de mandar un mensaje, mientras estaba abajo. Dicen que están entusiasmados. Al parecer, la gente ya está como loca con la promo que han colgado en Internet; lo único que tenemos que hacer es rezar para que esa cosa aparezca dentro de una semana, cuando estemos transmitiendo en directo. ¿Estás segura de que tu café está bien?

—Sí sí, está delicioso. —Holly lo miró con curiosidad—. ¿Sabes que nunca te había visto así?

Gregg se recostó contra las almohadas y se dijo que la chica tenía razón. Era difícil saber qué había cambiado en concreto; pero la verdad era que, por culpa del fantasma fornicador, se había producido un cambio dentro de él.

Holly dio otro sorbo al café.

—Pareces realmente distinto.

—Bueno, pese a mis últimos reportajes, lo cierto es que no creía que los fantasmas existieran de verdad.

—¿No?

—No. Conoces muy bien todos los engaños que hemos hecho. Pero aquí, en esta casa… Puf, te digo que hay algo raro. ¡Me muero por subir al tercer piso! Tuve un sueño loco en el que subía y… —Un súbito dolor de cabeza, en forma de agudos pinchazos, le interrumpió. Gregg se frotó las sienes, convencido de que era consecuencia de pasar tantas horas ante el ordenador durante los últimos tres días—. Hay algo allá arriba, en ese ático. Y no hablo por hablar…

—Pero el mayordomo dijo que no debíamos subir.

—Sí. —La verdad era que Gregg no quería ganarse la hostilidad del mayordomo. Tenían tantas imágenes buenas que no necesitaban mucho más, así que no tenía sentido presionar al buen hombre. Además, lo último que quería era buscarse un problema con el encargado del alojamiento a tan pocos días de la emisión.

Y era evidente que el señor estirado nunca estuvo encantado con su presencia. De haber sido por él, no habría grabado ni un triste fotograma.

—Ven, déjame mostrarte otra vez lo que en realidad me asombra. —Gregg estiró la mano y volvió a abrir el archivo donde se veía a la figura que desaparecía a través de la puerta—. Eso es bastante increíble, ¿no? Quiero decir que… ¿alguna vez pensaste que llegarías a ver algo como eso?

—No. Nunca.

El tono de la voz de Holly lo hizo darse la vuelta para mirarla. La presentadora lo estaba mirando a él, no a la pantalla, mientras apretaba la taza de café contra su pecho.

—¿Qué pasa? —preguntó Gregg, mirándose la camisa para ver si se había manchado.

—En realidad se trata del café.

—Es repugnante, ¿verdad?

—No, para nada. —Holly rió y tomó un poco más—. Nunca creí que te acordarías de cómo me gusta el café, y mucho menos que te tomarías el trabajo de prepararme uno. Y además, hasta hoy jamás me habías preguntado qué opinaba sobre el trabajo.

La chica tenía razón. Desde luego, había sido un cafre.

Holly se encogió de hombros.

—La verdad es que ya me imaginaba que no creías en esas cosas, aunque lo fingieras para conseguir audiencia. En realidad, creo que no creías en tu trabajo, con fantasmas o sin ellos. Me alegra que ahora sí creas.

Gregg, incapaz de sostenerle la mirada, clavó la vista en sus pies enfundados en unos calcetines, y luego en las ventanas del fondo. A través de las cortinas de encaje, la luna apenas era un suave resplandor en el horizonte.

Holly carraspeó.

—Siento haberte incomodado. De verdad que lo siento.

—No, por favor. —Gregg le agarró la mano en la que no tenía la taza y se la apretó cálidamente—. Escucha, hay algo que quiero que sepas.

Notó que la joven se ponía tensa. Ya eran dos.

Gregg tragó saliva en medio del silencio, antes de arrancarse con una tremenda confesión.

—Me tiño el pelo.

Hubo una pausa, saturada de tensión para Gregg. Y luego Holly estalló en carcajadas, una risa dulce, feliz y llena de alivio. Después se aproximó al productor de pelo teñido y le acarició la cabeza.

—¿De verdad?

—Tengo canas en las sienes. Muchas canas. Comencé a hacerlo cerca de un año antes de conocerte. En Hollywood hay que mantenerse joven.

—¿Cómo lo haces? ¿Vas a algún peluquero especial? Porque la verdad es que nunca se te ven las raíces.

Gregg soltó una maldición, se levantó de la cama y se dirigió a su maleta, donde buscó algo en el fondo. Lo encontró y se lo mostró. Era una cajita de tinte.

—Tinte sólo para hombres. Me tiño yo mismo. No quiero que me pillen ojos indiscretos en una peluquería o un salón de belleza con las manos en la masa. Bueno, con los pelos en la masa.

Holly sonrió de oreja a oreja y con ello le salieron unas pequeñas arrugas debajo de los ojos. Y a Gregg le gustó el aspecto que eso le daba. Las arrugas le daban carácter a aquella cara bonita.

El hombre se quedó mirando, pensativo, la cajita de tinte. Mientras contemplaba al modelo que aparecía en la foto, a su mente afluyeron unas cuantas verdades, de esas que normalmente no podía proclamar.

—¿Sabes lo que te digo? Detesto las camisetas Ed Hardy. Tienen tantos colores que te queman la retina. Y los vaqueros envejecidos me parecen horribles. Y esos mocasines de punta recta que uso me destrozan los pies. Estoy cansado de sospechar de todo el mundo y de trabajar sin parar, y sin escrúpulos, para ganar un dinero que luego he de gastarme en cosas que estarán pasadas de moda al año siguiente. —Gregg arrojó el tinte a su maleta y sintió alivio al pensar que podría prescindir de ella—. ¿Y qué te voy a decir sobre esos archivos del ordenador? Son los primeros que Stan y yo no hemos manipulado. He sido un estafador durante mucho tiempo, trabajando en una industria engañosa que hace cosas engañosas. Lo único real en todo ese negocio era el dinero. Estoy harto. Creo que se acabó, que no voy a seguir.

El productor con canas se volvió a echar en la cama. Holly terminó su café, puso la taza y el ordenador a un lado y se acostó sobre el pecho de Gregg.

Era la mejor manta que le había tapado en su vida.

—Entonces, ¿qué quieres hacer a partir de ahora? —preguntó Holly.

—No lo sé. Algo distinto, desde luego. Bueno, la verdad es que ya estoy saturado de fantasmas, aunque al final existan. Cuando acabemos aquí diré adiós para siempre a los espectros. ¿Me preguntas si voy a seguir en el negocio de la producción? No sé... —Bajó la vista hacia la cabeza de Holly, y no pudo contener una sonrisa—. Tú eres la única que sabe que tengo canas.

Estaba seguro de que su secreto estaba a salvo con ella.

—A mí no me importa. —Holly le acarició el pecho—. Y a ti tampoco debería importarte.

—¿Cómo es posible que nunca me haya dado cuenta de lo inteligente que eres?

La risa de Holly resonó en su propio pecho.

—Tal vez porque te estabas portando como un estúpido.

Gregg echó la cabeza hacia atrás y aulló.

—Sí, tal vez. —Luego le dio un beso en la sien—. Tal vez no, seguro que era un idiota. Pero eso ya se acabó.

Dios, qué raro era todo aquello. Gregg todavía no sabía qué era lo que había cambiado exactamente. Bueno, en realidad todo, pero la razón era un completo misterio. Se sentía como si alguien le hubiese iluminado de repente, mostrándole el camino correcto. Pero no podía recordar quién lo hizo, ni dónde, ni cuándo.

El converso volvió a fijar sus ojos en el ordenador y pensó en ese fantasma. Por alguna misteriosa razón, tenía en la cabeza la imagen de un salón amplio y vacío, en el tercer piso de esa casa, y de un hombre gigantesco que estaba sentado en una silla, con un haz de luz sobre los pies.

Y luego el hombre se inclinaba, cortando el paso al chorro de luz.

El dolor de cabeza que volvió a sentir le hizo pensar que alguien le había clavado picahielos en las sienes.

—¿Estás bien? —preguntó Holly, incorporándose al ver su gesto de dolor—. ¿Es otra vez la cabeza?

Gregg asintió. El simple gesto de llevarse las manos a las sienes hizo que se le nublara la vista y se le revolviera el estómago.

—Sí. Probablemente tengo que graduarme otra vez la vista. Necesito gafas nuevas. Bifocales, incluso. ¡Joder!

Holly le acarició el pelo. Cuando la miró a los ojos, el dolor se desvaneció y sintió una extraña emoción en su pecho. «¿Será esto la felicidad?», se preguntó.

Sí. Aquello tenía que ser la felicidad. A lo largo de su vida adulta había experimentado una gran variedad de emociones, pero nunca se había sentido como en ese instante. Completo. En paz.

—Holly, tú eres mucho más de lo que pensé. —Acarició la mejilla de la presentadora.

—Y tú has resultado ser todo lo que yo quería que fueras —respondió ella, mirándole a los ojos.

—Bueno, entonces esta película es buena. —Greg la besó lentamente—. Una redonda historia romántica, con buen final.

—¿Cuál?

Gregg acercó su boca al oído de Holly y susurró:

—Te amo.

Era la primera vez que pronunciaba esas palabras. Bueno, la primera vez que las decía en serio, de verdad.

—Yo también te amo.

La besó y siguió besándola... y sintió que le debía aquel maravilloso momento a un fantasma.

Resultaba que su cupido era una sombra enorme con aires de matón, un ente que no existía en el mundo «real».

A veces las personas se unen gracias a los casamenteros más extraños. Pero qué más daba. Lo importante era que las almas gemelas se encontrasen. ¿A quién le importaba que las uniese un cura, el azar o una criatura del más allá?

Además, ahora podría dejar de teñirse el pelo.

Liberación máxima.

Sí, la vida es maravillosa. En especial cuando le bajas las ínfulas a tu ego y logras tener en tu cama a la mujer adecuada, por la razón adecuada.

Esta vez no iba a dejar escapar a Holly.

Y la cuidaría bien, tal como ella merecía, todo el tiempo que durase el amor, o mejor, toda la eternidad.

En la clínica privada de la Hermandad, Xhex estaba al lado de John, mientras la doctora Jane le hacía una radiografía de la pierna. Tras mirar las placas, la médica no necesitó mucho tiempo para llegar a la conclusión de que tenía que operar. Hasta Xhex, a pesar del pavor que le daba estar allí, vio la radiografía, y en ella el problema que tenía su amante. La bala estaba demasiado cerca del hueso.

Jane fue a buscar a Ehlena y a cambiarse de ropa. Xhex empezó a pasearse, angustiada, con los brazos cruzados sobre el pecho.

Casi no podía respirar. Y no era por el terror que le inspiraba el centro médico, pues su malestar había comenzado antes de llegar a él.

John silbó para llamar su atención, pero ella le indicó, con un gesto, que debía permanecer en reposo, y siguió moviéndose, trazando un círculo alrededor de la habitación. Pero, como era de esperar, el recorrido ante todos aquellos armarios metálicos, con sus puertas de cristal, sus bisturíes, jeringuillas y suministros médicos de todo tipo, no resultó de mucha ayuda

Xhex sentía que el corazón se le iba a salir del pecho. Fuertes latidos le martilleaban los oídos.

Dios, desde el momento en que vio que lo de John era serio comenzó a sentirse así. Y ahora iban a tener que abrirle, para coserlo otra vez después.

Horrible.

Se notaba a punto de estallar.

Si, haciendo un esfuerzo supremo, usaba la lógica, se daba cuenta de que su actitud era descabellada. En primer lugar, no la iban a operar a ella. En segundo lugar, dejar el trozo de plomo dentro de John no era una buena idea. Y en tercer lugar, su amante estaba en manos de alguien que ya había demostrado que sabía manejar el bisturí.

Todo eso sonaba muy lógico, claro, pero no le importaba una mierda a su adrenalina.

Qué gracia tienen las fobias.

El segundo silbido de John no fue un ruego, sino una orden. Xhex se detuvo frente a él y le miró con ansiedad. Al contrario que ella, el joven macho estaba tranquilo y relajado. Nada de histeria, ni de miedo, sólo una aceptación tranquila de lo que le iba a pasar, de lo que le estaba pasando.

—Todo irá bien —dijo John—. Jane ha hecho esto un millón de veces.

Por Dios, ¿quién coño se había llevado el aire de aquella maldita habitación?, pensó Xhex.

John silbó de nuevo y levantó la mano a la vez que fruncía el ceño, preocupado. Se daba cuenta del estado de nervios de su amada, y quería ayudarla a volver a la realidad.

—John... —Al ver que no podía pronunciar ninguna frase coherente, Xhex sacudió la cabeza y comenzó a pasearse de nuevo. Detestaba aquella sensación. De verdad la detestaba.

Al fin la puerta se abrió de par y par y entró la doctora Jane, seguida por Ehlena. Las dos estaban sumidas en una conversación acerca del procedimiento médico inminente, cuando John les silbó para atraer su atención. Lo miraron y vieron que levantaba el índice para indicar que necesitaba un minuto. Las dos hembras asintieron y volvieron a salir.

—Mierda —dijo Xhex—, Déjalas que lo hagan cuanto antes. No te preocupes por mí.

Se dirigió a la puerta para llamar de nuevo a la doctora, pero enseguida un estruendo hizo que la habitación se estremeciera. Xhex se dio la vuelta, alarmada, creyendo que John se había caído de la camilla.

Pero no se había caído. Sólo le había dado un tremendo golpe a la mesa metálica que tenía al lado, en la cual se veía ahora una abolladura.

—Háblame —le dijo entonces por señas—. No entrarán hasta que me hables.

Xhex quería protestar, pero no podía. Tenía el vocabulario suficiente, claro, pero carecía de voz. Pese a lo mucho y muy desesperadamente que se esforzó, no logró decir nada.

Al ver cómo sufría, él se le ofreció, abriendo los brazos.

La hembra, conmovida por ese gesto, logró al fin pronunciar unas palabras.

—Voy a ser fuerte. No te preocupes. Cuando todo acabe te parecerá increíble lo fuerte que habré sido. De verdad.

—Ven aquí —dijo él por señas.

—Santo Dios —dijo Xhex, y luego por fin cedió y lo abrazó—. No me encuentro muy bien en los hospitales, ni entre los médicos. No sé si lo has notado. Lo siento, John… Maldición, siempre te estoy decepcionando, ¿verdad?

John la agarró antes de que ella pudiera alejarse y, mientras la mantenía pegada a él, le habló por señas:

—Esta noche me has salvado la vida. No estaría vivo ahora si tú no hubieses lanzado ese cuchillo. Así que no siempre me decepcionas, ni mucho menos. Y en cuanto a esto de mi herida, yo no estoy preocupado y tú no tienes por qué quedarte aquí. Sube y espera en la casa. La operación durará poco. No te tortures más.

—No pienso salir corriendo. —Le agarró la cara entre las manos y lo besó con intensidad. Lo hizo con rapidez, por sorpresa, para no pensar mucho e impedir que él pudiera hacerlo…

Pero tal vez sí fuese una buena idea esperar fuera. Después de todo, no podía pretender que la doctora Jane aplazara o interrumpiera la intervención para calmar los temores de una estúpida espectadora aprensiva. O para atender a una idiota que se había desmayado.

—Lo mejor es que esperes arriba —insistió John.

Xhex se soltó de los brazos de su amante, fue penosamente hacia la puerta y dejó entrar a Ehlena y a la doctora Jane. Cuando la doctora pasó frente a ella, Xhex la agarró del brazo.

—Por favor… —Dios, ¿qué podía decirle?

La médica asintió con su calma habitual.

—Lo cuidaré muy bien. No te preocupes.

Xhex soltó un suspiro tembloroso y se preguntó cómo diablos iba a soportar la espera en la casa o en el pasillo. Conociendo el funcionamiento de su mente, estaba segura de que enseguida se imaginaría a John gritando en un doloroso silencio, mientras la doctora Jane le amputaba la pierna.

—Xhex, ¿te puedo dar un consejo? —dijo la doctora Jane.

—Adelante. Dime lo que estás pensando. De hecho, ¿por qué no me das un puñetazo? Un buen gancho me podría ayudar mejor que cualquier discurso a recuperar la compostura.

La doctora Jane sacudió la cabeza con una sonrisa.

—¿Por qué no te quedas y ves lo que hacemos?

—¿Qué?

—Quédate aquí, mira lo que voy a hacer y cómo lo hago, y aprende. Hay mucha gente que le tiene terror a los médicos y a los centros hospitalarios, y con razón. Pero las fobias son fobias, patologías irracionales. Lo mismo da la fobia al avión, que al dentista o al médico. La terapia de exposición es bastante eficaz muchas veces. Le quita el misterio al asunto y por tanto combate la tendencia a perder el dominio de uno mismo. Así, cuando veas que las cosas no son como te imaginas, el miedo ya no te afectará tanto.

—Eso suena muy lógico. Pero ¿qué pasa si me desmayo en plena operación?

—Puedes sentarte si te sientes mareada, y salir cuando quieras. Haz preguntas y mira por encima de mi hombro, si eres capaz.

Xhex miró a John, el asentimiento solemne del macho selló definitivamente su destino. Se quedaría.

—¿Tengo que ponerme una bata de hospital? —preguntó Xhex con una voz tan débil que le resultaba completamente extraña.

Mierda, se estaba portando como una chiquilla. No tardaría en pedir una muñeca o en ponerse a saltar a la comba.

—Sí, claro, no puedes estar en ropa de calle. Sígueme.

Cinco minutos después, cuando las dos regresaron, la doctora Jane la llevó al lavabo, le entregó un paquete sellado con una esponja empapada en betadine y le mostró cómo lavarse adecuadamente las manos.

—Bien hecho. —La médica cortó el chorro del agua al soltar un pedal que había en el suelo—. Lo del betadine es por precaución, pero no necesitas guantes porque tú no vas a operar.

—Así es. Dime, en caso de que me desmaye, ¿seguro que no seré una carga para vosotras y para él?

—Justo allá, en el rincón, hay un equipo de reanimación. Y te aseguro que sé cómo usar el desfibrilador y dar masaje cardiaco. —La doctora Jane se puso unos guantes azules y se acercó a John—. ¿Estás listo? Te vamos a dormir. Teniendo en cuenta el lugar donde está alojada la bala, será necesario usar anestesia general.

—Entonces pásame la máscara —dijo John con un suspiro.

La shellan de V le puso una mano en el hombro y lo miró a los ojos.

—Quedarás como nuevo, no te preocupes.

Xhex frunció el ceño y se sorprendió al sentir admiración por aquella hembra. Verla tan segura de lo que hacía, pese a lo mucho que había en juego, era asombroso. Si la doctora Jane no hacía bien su trabajo, John podría quedar mucho peor de lo que estaba ahora. Incluso podría morir. Pero si lo hacía bien, quedaría como nuevo. Ella misma lo había dicho.

Eso sí era poder verdadero, pensó Xhex. Y el polo opuesto de lo que ella hacía profesionalmente: en sus manos, un instrumento cortante era algo muy distinto.

No buscaba curar precisamente.

La doctora Jane comenzó a perorar con voz fuerte y tranquila.

—En un hospital humano, habría un anestesista en la sala, pero vosotros los vampiros sois muy estables bajo sedación; las drogas os ponen en una especie de trance. No entiendo cómo funciona, pero eso facilita mucho mi trabajo.

Mientras Jane hablaba, Ehlena ayudaba a John a quitarse la camisa y los pantalones de cuero que la doctora Jane había cortado para hacer la primera cura. Luego la hembra lo cubrió con unas telas azules y le puso un catéter.

Xhex trató de impedir que sus ojos siguieran rebotando por todo el cuarto, pero no lo logró. Aquel siniestro lugar estaba lleno de amenazas, con todos aquellos escalpelos, agujas y demás.

—¿Por qué? —preguntó Xhex y se obligó a completar la frase—: ¿Por qué existe esa diferencia entre las dos especies?

—Ni idea. Tenéis un corazón de seis cavidades y el de los humanos tiene cuatro. Vosotros tenéis dos hígados, y nosotros uno. No os veis afectados por el cáncer ni por la diabetes.

—No sé mucho sobre el cáncer.

La doctora Jane sacudió la cabeza.

—Ojalá pudiéramos curar esa enfermedad a todos los que la padecen. Es un mal terrible. Se trata de una mutación celular...

La doctora siguió hablando, mientras sus manos se movían por todas las mesas metálicas que rodeaban a John, ordenando el material que iba a usar. Cuando le hizo una señal a Ehlena, ésta se dirigió hacia la cabeza de John y le cubrió la cara con una mascarilla transparente de plástico.

La doctora Jane se acercó luego al catéter con una jeringuilla llena de un líquido lechoso.

—¿Estás listo, John? —Él levantó los pulgares y la médica bajó el émbolo de la jeringuilla.

John miró a Xhex y le guiñó un ojo. Y luego se quedó profundamente dormido.

—Lo primero es desinfectar —dijo la doctora Jane y abrió un paquete del que sacó una esponja de color café oscuro—. ¿Por qué no te sitúas frente a mí? Esto es betadine, la misma sustancia con la que nos desinfectamos las manos, sólo que en una presentación distinta.

Mientras la doctora limpiaba con movimientos precisos los alrededores del sitio por el que había entrado la bala, dejando la piel de John manchada de un color rojizo, Xhex sintió un ligero mareo. Decidió quedarse a los pies de la camilla, para no verlo demasiado de cerca.

De hecho, ése era un sitio mejor, pues estaba al lado de un cubo para residuos biológicos. Si necesitaba vomitar, no tendría que salir corriendo.

—La razón por la que hay que sacar la bala es que con el tiempo causaría problemas. Si John fuera un tipo menos activo, podría dejarla ahí. Pero creo que, tratándose de un soldado, lo mejor es adoptar un procedimiento invasivo. Además, os recuperáis tan rápido... —La facultativa arrojó la esponja en el cubo que estaba al lado de Xhex—. Cualquier lesión ósea la tenéis curada al día siguiente. Es asombroso.

Xhex se preguntó si la doctora o la enfermera se habrían dado cuenta de que, bajo sus pies, el suelo había comenzado a moverse como si estuvieran en un barco.

Sin embargo, después echar un vistazo a las dos profesionales de la medicina, concluyó que estaban firmes como rocas. Tomó aire para ahuyentar la incipiente manifestación de su querida fobia.

—Voy a hacer una incisión aquí. —La doctora Jane se inclinó sobre la pierna, con el bisturí en la mano—. Lo que vas a ver directamente debajo de la piel es el tejido fascial, que es el recubrimiento exterior que se encarga de mantener nuestro organismo en su lugar. Un humano medio tendría tejido graso debajo, pero John está en excelente forma. Así que tras el tejido fascial está el músculo.

Xhex se inclinó ligeramente, con la intención de echar un vistazo rápido... pero tras la primera mirada sintió curiosidad, y siguió observando.

Cuando la doctora Jane pasó el escalpelo otra vez, la membrana fibrosa se contrajo, dejando al descubierto el músculo, que tenía un agujero en el centro. Al ver el daño interno, Xhex sintió ganas de volver a matar a aquel asesino. Dios, Rhage tenía razón. Un par de centímetros más arriba y a la izquierda y John habría quedado...

Bueno, no había necesidad de pensar en eso, se dijo Xhex mientras se acomodaba para ver mejor la operación.

—Succión —dijo la doctora Jane.

Se oyó una especie de zumbido y luego Ehlena introdujo una pequeña manguera blanca que aspiró la sangre del paciente.

—Ahora voy a meter el dedo para investigar palpando, A veces es mejor el contacto directo.

Xhex terminó viendo toda la operación. Desde el principio hasta el final, desde la primera incisión hasta el último punto.

—Y esto es todo —dijo la doctora Jane, cerca de cuarenta y cinco minutos después de haber empezado.

Mientras Ehlena vendaba la pierna de John y la doctora comprobaba la dosificación del gotero, Xhex tomó la bala y la examinó. Era tan pequeña, tan jodidamente pequeña, y a la vez tan capaz de hacer tanto daño...

—Buen trabajo, doctora —dijo Xhex con solemnidad, al tiempo que se guardaba la bala en el bolsillo.

—Déjame que le dé la vuelta a la camilla para que puedas mirarlo a los ojos y comprobar lo bien que está.

—¿Acaso lees el pensamiento?

La doctora miró a Xhex con unos ojos llenos de experiencia.

—No, pero tengo mucha experiencia con familiares y amigos de pacientes. Y sé que necesitas mirar a los ojos del ser querido enfermo para poder respirar tranquila. Y él va a sentir lo mismo cuando te mire a ti.

John recuperó la conciencia ocho minutos después. Xhex los contó, ansiosa, en el reloj que colgaba de la pared.

Cuando John abrió los párpados, ella estaba a su lado y le tenía agarrada la mano.

—Hola, ya estás de vuelta.

John estaba aturdido por la anestesia, como era natural. Pero aquellos ojos azules eran los mismos de siempre. La forma en que le apretó la mano no dejaba ninguna duda: estaba de vuelta.

Xhex soltó por fin el aire que, sin darse cuenta, tenía retenido en los pulmones. De repente su estado de ánimo se disparó, como si su corazón hubiese sido lanzado en un cohete hasta la luna. Cuánta razón había tenido la doctora al sugerirle que se quedara. En cuanto se centró en lo que le estaban explicando y en lo que estaba viendo, el pánico fue cediendo, hasta quedarse en poco más que un ligero zumbido, una leve inquietud que podía controlar perfectamente.

Además, la operación de su novio fue una lección de anatomía realmente fascinante.

—¿Cómo ha ido todo? —preguntó John.

—Todo maravillosamente bien, la doctora Jane extrajo la bala sin problemas.

Pero John negó con la cabeza.

—¿Me refería a ti? ¿Estás bien?

Dios, pensó Xhex. John era un macho tan atento, tan caballeroso…

—Sí —dijo ella bruscamente—. Claro que estoy bien. Joder, gracias por preguntarlo.

Xhex lo miró y sintió una alegría inmensa, muy íntima, por haber podido salvarle la vida. Con todo lo ocurrido, aún no se había detenido a pensar mucho en aquellos acontecimientos de la granja.

Y menudos acontecimientos. Siempre se había tenido por experta en el manejo de los cuchillos, pero nunca pensó que esa habilidad pudiera llegar a ser tan importante como lo había sido en aquella fracción de segundo en medio de la batalla.

A poco que hubiese tardado en lanzar la daga una micra de segundo, se habría quedado sin amante. Ya no habría John para ella, ni para nadie, nunca.

Jamás.

Por un momento, esa idea hizo que el pánico regresara con toda su fuerza y sintió que le sudaban las manos y que el corazón amenazaba con saltar de su pecho.

Sabía que cada uno seguiría su camino después de que todo aquello terminara, pero eso no importaba lo más mínimo cuando pensaba en la posibilidad de que existiera un mundo en el cual él ya no respirase, ni se riera, ni peleara, ni desplegase aquella maravillosa amabilidad, tan suya, con cuantos lo rodeaban.

—¿Qué pasa? —preguntó John.

Xhex negó con la cabeza.

—Nada.

Vaya mentira.

En realidad pasaba mucho. Todo.

CAPÍTULO
59

Darius y Tohrment usaron la carroza que estaba junto al establo para llevar a la hembra de regreso a la casa de su familia. Probablemente fuera el vehículo en el que la pareja había llegado hasta la mansión de piedra. El joven tomó las riendas y Darius se quedó en el interior, con la hembra, deseando poder brindarle algún consuelo, pero consciente de que no había mucho que ofrecer. El viaje era largo y el golpeteo de los cascos de los caballos, sumado al crujido del vehículo, el bamboleo de los asientos y el tintineo de los arreos, impedía cualquier conversación y hacía difícil una mínima sensación de comodidad.

Darius sabía bien que, aunque el medio de transporte hubiese sido tan silencioso como un susurro y tan tranquilo como las aguas de un estanque, su preciosa carga tampoco habría pronunciado palabra. La muchacha se había negado a comer o beber y no hacía más que observar el paisaje, en mortal silencio, mientras avanzaban hacia el sur.

Después de un rato de viaje, a Darius se le ocurrió que el symphath quizás había encadenado la mente de la muchacha de alguna manera después raptarla, pues de no ser así, la chica habría podido desmaterializarse y escapar en cualquier momento.

Sin embargo, eso no le preocupaba ahora, pues la hembra se encontraba muy débil y, considerando la expresión de dolorosa resignación de su cara, tuvo la impresión de que todavía se sentía cautiva, que no tenía plena noción de que ya había recuperado la libertad.

Darius había tenido la tentación inicial de enviar a Tohrment por delante para que le diera a la madre y al padre de la muchacha la buena nueva, pero finalmente decidió no hacerlo. Durante el viaje podían suceder muchas cosas y necesitaba que Tohrment se encargara de los caballos mientras él atendía a la hembra.

Teniendo en cuenta las amenazas que representaban los humanos, los restrictores y los symphaths, tanto Darius como Tohr tenían sus armas a mano, pero aun así Darius hubiera querido contar con refuerzos. Si hubiese alguna manera de comunicarse con los otros hermanos y llamarlos…

Cuando ya estaba casi a punto de amanecer, el exhausto grupo llegó a las afueras de la aldea que estaba cerca de la casa de la hembra.

Como si reconociera el lugar donde se encontraban, la muchacha levantó la cabeza y sus labios se movieron, al tiempo que abría mucho los ojos, que estaban llenos de lágrimas.

Darius se inclinó.

—Ya puedes descansar… será…

Cuando los ojos de la muchacha se clavaron en los de Darius, el hermano pudo ver la inmensa angustia que albergaba en su alma.

—No será —dijo la muchacha modulando con los labios y luego se desmaterializó y desapareció del interior de la carroza.

Darius lanzó una maldición y dio un puñetazo al panel lateral de la carroza. Tohrment detuvo el caballo y Darius se bajó de un salto, alarmado.

Pero la muchacha no había ido muy lejos.

Darius alcanzó a ver un destello de su camisón blanco en medio de la pradera, y enseguida fue tras ella. La chica corría, pero debido a la falta de fuerzas, avanzaba con más desesperación que celeridad. Darius la dejó seguir hasta donde pudiera llegar.

Más tarde recordaría que fue en ese momento, durante esa carrera desesperada, cuando se dio cuenta de que ella no podía ir a su casa. No a causa de la experiencia por la que había pasado, sino debido a lo que llevaba consigo después de esa experiencia.

Cuando la hembra tropezó y se cayó, intentó levantarse.

Al parecer quería seguir huyendo, pero Darius ya no podía soportar verla sufrir de esa manera.

—Detente —le dijo el guerrero, levantándola de la fría hierba—. Deja ya de correr…

La muchacha trató de soltarse, pero apenas tenía la fuerza de un cervatillo. Al poco, se quedó inmóvil en los brazos de Darius. En ese momento de quietud, Darius comprobó que respiraba de manera agitada y que su corazón parecía palpitar a toda velocidad, a juzgar por las pulsaciones de su yugular y el temblor que se notaba en sus venas.

Luego la muchacha dijo algo con voz débil, pero pronunciando cada palabra con determinación:

—No me lleves de vuelta a casa; ni siquiera hasta la verja de la entrada. No me lleves de vuelta a casa.

—No es posible que estés diciendo eso. —Darius le retiró el pelo de la cara con suavidad y súbitamente recordó haber visto aquellos hilos dorados en el cepillo que había en su habitación. Muchas cosas habían cambiado desde la última vez que ella se sentó frente a su espejo y se preparó para pasar una grata y rutinaria noche con su familia—. Has pasado por muchas cosas y no puedes pensar con claridad. Necesitas reposar y…

—Si me llevas allí, huiré de nuevo. No hagas que mi padre tenga que ver eso.

—Debes ir a casa y…

—No tengo casa. Ya nunca más tendré una casa.

—Nadie tiene que saber lo que ha sucedido. Y en ese sentido es bueno que no haya sido un vampiro, pues nadie…

—Llevo en mi vientre la semilla del symphath. —Los ojos de la muchacha se endurecieron—. Mi periodo de fertilidad comenzó la misma noche que él me violó y, desde entonces, no he sangrado como sangran las hembras. Estoy encinta.

Darius suspiró ruidosamente y su aliento formó una nube de vapor en medio del aire frío. Aquello lo cambiaba todo, ciertamente. Si la muchacha tenía un embarazo normal y daba a luz, cabía la posibilidad de que su hijo pasara por vampiro, pero los mestizos eran impredecibles. Nunca se podía saber cuál sería la distribución de los genes, si se inclinarían hacia un lado o hacia el otro.

Pero tal vez había alguna manera de convencer a la familia de que…

La hembra agarró las solapas del burdo abrigo de Darius.

—Déjame quemarme al sol. Déjame encontrar la muerte que deseo. Me quitaría la vida con mis propias manos, pero no me quedan fuerzas.

Darius miró a Tohrment, que estaba esperando junto a la carroza. Entonces llamó al chico con un gesto de la mano y le dijo a la hembra:

—Déjame hablar con tu padre. Déjame allanar el camino.

—Él nunca me perdonará.

—No fue culpa tuya.

—El problema no es la culpa, sino el resultado. —La muchacha hablaba de manera cada vez más lúgubre.

Cuando Tohrment se desmaterializó y volvió a tomar forma frente a ellos, Darius se puso de pie.

—Llévala de regreso a la carroza y escondeos entre los árboles. Iré a ver a su padre ahora mismo.

Tohrment se inclinó, levantó a la hembra con sus fuertes brazos y se puso de pie. Protegida por aquel joven guerrero, la hija de Sampsone volvió a adoptar el mismo estado de inmovilidad que durante el viaje. Aunque tenía los ojos abiertos, miraba hacia el vacío, con la cabeza inclinada hacia un lado.

—Cuídala bien —dijo Darius, mientras envolvía a la muchacha en su camisón—. Volveré enseguida.

—No te preocupes. —Tohrment echó a andar por la pradera, hacia la carroza.

Darius se quedó observándolos por un momento y luego se desvaneció en el aire, para volver a tomar forma en el jardín de la mansión de Sampsone. Se dirigió enseguida a la puerta principal, agarró el aldabón de cabeza de león y golpeó.

El mayordomo abrió la puerta instantes después.

Era evidente que algo terrible había ocurrido en la mansión. Estaba tan pálido como la niebla y las manos le temblaban.

—¡Señor! Ay, bendito sea, por favor, pase.

Darius frunció el ceño al entrar.

—¿Qué sucede?

El señor de la casa salió en ese momento del salón; detrás de él iba el symphath cuyo hijo había desatado toda aquella tragedia.

—¿Qué haces tú aquí? —le preguntó Darius al devorador de pecados.

—¿Mi hijo está muerto? ¿Lo has matado?

El guerrero vampiro desenfundó una de las dagas negras que llevaba en el arnés del pecho, con la empuñadura hacia abajo.

—Sí.

El symphath asintió con aire apesadumbrado. No pareció importarle demasiado. Malditos reptiles. ¿Es que no amaban a sus hijos?

—¿Y la muchacha? —preguntó el devorador de pecados—. ¿Qué hay de ella?

Darius bloqueó enseguida su mente con la imagen de un manzano florecido, para que el reptil no pudiese leerle el pensamiento. Los symphaths podían ver muchas cosas, aparte de las emociones, y él sabía cosas que no quería compartir.

Sin contestar al symphath, Darius miró a Sampsone, quien parecía haber envejecido cien mil años.

—Ella está viva. Tu hija está a salvo y viva.

El symphath se dirigió a la salida. Sus largas vestiduras rozaban el suelo de mármol con un inquietante frufrú. Se detuvo en la puerta, se volvió y habló.

—Entonces estamos en paz. Mi hijo está muerto y la descendencia de él ha caído en desgracia.

Al ver que Sampsone hundía la cara entre las manos, Darius fue tras el devorador de pecados, lo agarró del brazo y lo obligó a detenerse cuando ya salía de la casa.

—No tenías por qué aparecer por aquí. Esta familia ya ha sufrido mucho.

—Claro, pero debía hacerlo. —El symphath sonrió—. Las pérdidas deben ser equitativas para las dos partes. Con seguridad el corazón de un guerrero entiende y respeta esa verdad.

—Maldito.

El devorador de pecados se inclinó hacia delante.

—¿Es que preferirías que la obligara a suicidarse? Es otra posibilidad que podría haber explorado.

—Ella no hizo nada para merecer esto. Y tampoco los otros miembros de su linaje.

—Ah, ¿de veras? Tal vez mi hijo sólo tomó lo que ella ofre...

Darius le interrumpió violentamente. Puso las dos manos sobre el symphath y lo empujó hacia atrás, de manera que se estrelló contra una de las enormes columnas que sostenían el peso de la mansión.

—Podría matarte ahora mismo.

El devorador de pecados volvió a sonreír.

—¿De verdad? Yo creo que no. Tu honor no te permitiría arrebatar la vida de un inocente, y yo no he hecho nada malo.

Al decir esas palabras, el devorador de pecados se desmaterializó frente a Darius y tomó forma de nuevo en el jardín exterior.

—Le deseo a esa hembra una vida llena de sufrimiento. Que viva muchos años y arrastre su pena sin dignidad alguna. Y ahora, iré a ocuparme del cuerpo de mi hijo.

El symphath desapareció, como si nunca hubiesen existido él ni su hijo, y sin embargo las consecuencias de sus actos eran tangibles. Cuando Darius miró a través de la puerta, el señor de la casa estaba llorando sobre el hombro de su sirviente. Cada uno consolaba al otro.

El guerrero volvió a entrar. El sonido de sus botas hizo que el patriarca de la casa levantara la cabeza. Sampsone se separó de su leal doggen, pero no se molestó en contener las lágrimas ni ocultar su dolor mientras se acercaba.

Antes de que Darius pudiera hablar, el atribulado padre habló.

—Te pagaré.

Darius frunció el ceño.

—¿Por qué?

—Por llevártela lejos y asegurarte de que tenga un techo. —El señor se volvió hacia el criado—. Ve a las arcas y…

Darius dio un paso adelante y agarró a Sampsone de los hombros.

—¿Qué dices? Ella está viva. Tu hija está viva y debe volver al seno de esta casa. Tú eres su padre.

—Vete y llévatela contigo. Te lo ruego. Su madre no podrá soportar esto. Permíteme proporcionarte…

—Eres como una plaga —le espetó Darius—. Una plaga y una deshonra para tu linaje.

—¡No! Ella es la plaga. Una infección que nos afectará para siempre.

Darius se quedó sin palabras por un momento. Aunque conocía los estúpidos y retorcidos valores de la glymera y él mismo

había sido víctima de ellos, no se acostumbraba a sus manifesta-
ciones. Estaba completamente perplejo.

—Ese symphath y tú tenéis muchas cosas en común.

—¿Cómo te atreves?

—Ninguno de los dos tiene corazón para cuidar a su pro-
genie.

Darius se dirigió a la puerta y no se detuvo cuando el aris-
tócrata gritó:

—¡El dinero! Permíteme darte dinero.

Darius no estaba seguro de poder controlarse si respondía
a esas postreras palabras, así que se desmaterializó de regreso al
pantano boscoso de donde había partido hacía solo unos minutos.
Al tomar forma junto a la carroza, sentía el corazón en llamas.
Siendo él mismo alguien a quien habían abandonado, conocía muy
bien el dolor de no tener raíces, ni ningún apoyo en el mundo.
Y aquella hembra cargaba, además, con el peso extra que llevaba,
literalmente, dentro de su cuerpo.

Aunque el sol amenazaba ya con asomarse por el borde de
la tierra, Darius se tomó un momento para tranquilizarse y pensar
en lo que podía decir…

En ese momento se escuchó la voz de la hembra, que salía
a través de la ventanilla de la carroza.

—Te dijo que me mantuvieras alejada, ¿verdad?

Darius se convenció de que no había manera de explicar
amablemente lo que acababa de suceder.

Así que puso su mano sobre la puerta de la carroza y dijo:

—Yo te cuidaré. Te mantendré y te protegeré.

—¿Por qué? —preguntó la muchacha con voz ahogada.

—Porque es mi obligación, porque tengo sentimientos y
sentido del honor.

—Eres un héroe. Te lo agradezco. Pero no tengo interés en
seguir viviendo.

—Lo tendrás. Con el tiempo, lo tendrás.

Al ver que no obtenía ninguna respuesta, Darius se subió
a la silla del cochero y agarró las riendas.

—Iremos a mi casa.

El murmullo de los arreos del caballo y el golpeteo de los
cascos sobre el sendero los acompañaron durante todo el camino.
Darius los llevó por una ruta diferente, con la intención de man-

tenerse alejados de la mansión y de la familia cuyas expectativas sociales eran más importantes que la llamada de la sangre.

Y en cuanto al dinero que había rechazado, Darius no era rico, pero hubiera preferido cortarse una mano con su propia daga antes que aceptar ni un centavo de aquel desalmado.

Cuando John hizo ademán de sentarse en la camilla, Xhex lo ayudó y él se sorprendió de lo fuerte que era su hembra. En cuanto le puso una mano en la espalda, el guerrero herido sintió como si su torso se hubiese apoyado en una pared.

Desde luego, como ella misma solía decir, Xhex no era una hembra corriente.

La doctora Jane se acercó y comenzó a contarle a John lo que tenía debajo de la venda y lo que debía hacer para cuidarse la incisión. Pero el paciente no le estaba prestando atención.

Quería follar. Con Xhex. Inmediatamente.

Eso era lo único que le importaba, y esa necesidad iba mucho más allá del deseo físico, de la tensión de su verga excitada.

La cercanía de la muerte tenía la facultad de despertar el deseo de vivir al máximo, y follar con la persona amada era la mejor manera de expresar ese anhelo.

Los ojos de Xhex brillaron cuando percibió el olor que John estaba despidiendo.

—Vas a quedarte totalmente quieto otros diez minutos —dijo la doctora Jane, al tiempo que comenzaba a recoger los instrumentos quirúrgicos—. Y luego puedes dormir aquí, en la cama de la clínica.

—Vámonos —le dijo John a Xhex por señas.

Entonces, sin que hubiera respuesta, el macho enamorado bajó las piernas de la camilla, lo cual le costó un doloroso pinchazo que le avisaba de que estaba convaleciente y debía tener cuidado. Pero eso no lo hizo desistir en absoluto de su plan. Sin embargo, llamó la atención de todos los presentes. Mientras Xhex lo agarraba para darle estabilidad, la buena doctora comenzó su famoso discurso titulado «tienes que quedarte acostado». Pero John no quería saber nada de eso.

—¿No tendrás una bata que pueda ponerme para salir de aquí? —preguntó John por señas, muy consciente de que estaba excitado y de que tenía la imperiosa necesidad de disimular cierto fenómeno físico de su entrepierna.

Hubo una pequeña discusión y al cabo de un rato la doctora Jane levantó las manos e hizo un gesto que quería decir algo como «si-quieres-portarte-como-un-imbécil-yo-no-puedo-hacer-nada». Entonces le hizo una seña a Ehlena y la enfermera desapareció para regresar poco después con una bata acolchada y gruesa, y lo suficientemente grande para taparlo desde los hombros hasta media pierna.

Casualmente, la bata era de color rosa.

Aquella ridícula prenda parecía una evidente venganza por su negativa a quedarse en la clínica. Pero aunque cabría pensar que ese disfraz de Barbie podría acabar con su erección, ésta se mantuvo. No había quien dominara aquel pene declarado en abierta rebelión.

Siguió igual, erecto, firme a pesar del brutal ataque a la masculinidad de su dueño.

Lo cual hizo que John se sintiera muy orgulloso del miembro.

—Gracias —dijo por señas, no a la verga, sino a la enfermera, al tiempo que se ponía la bata por encima de los hombros. Haciendo un esfuerzo logró bajársela por el pecho y taparse a medias el trasero.

La doctora Jane se recostó en la mesa y cruzó los brazos sobre el pecho.

—¿No hay manera de que pueda convencerte de que te quedes un poco más? ¿Aceptarás al menos usar unas muletas?

—Estoy bien, pero muchísimas gracias por todo, de verdad.

La doctora Jane sacudió la cabeza.

—Vosotros, los hermanos, sois todos un coñazo.

Súbitamente, John sintió un pinchazo que no tenía nada que ver con su pierna. Era un aguijonazo moral

—No soy un hermano. Pero no te voy a discutir la segunda parte de la afirmación.

—Una actitud muy sabia la tuya. Y deberías serlo. Quiero decir que deberías ser un hermano.

John levantó el trasero y se bajó con cuidado de la mesa, mientras vigilaba constantemente la parte delantera de su disfraz de princesita. Por fortuna, sus partes íntimas seguían pudorosamente cubiertas, y así se quedaron mientras Xhex le pasaba su brazo por los hombros para servirle de apoyo.

Y resultó que su hembra era la mejor muleta posible. Ella soportó la mayor parte del peso cuando atravesaron la puerta. Luego siguieron hasta la oficina, cruzaron el armario y salieron al túnel.

John avanzó unos diez metros más, antes de detenerse y mover a Xhex de manera que quedara frente a él. Luego apagó las luces con el pensamiento.

Todas las luces.

Siguiendo sus imperiosas órdenes, los fluorescentes del techo se fueron apagando uno a uno, empezando por los que estaban justo encima de sus cabezas y siguiendo hacia el fondo en las dos direcciones. Cuando todo quedó a oscuras, John comenzó a moverse muy deprisa. Y Xhex también. Sabían que la doctora Jane y Ehlena estarían ocupadas recogiendo la sala de cirugía por lo menos durante media hora más. Y en la mansión era la hora de la Última Comida, así que no debía de haber nadie en el gimnasio, ni a punto de hacer ejercicio ni dándose una ducha en los vestuarios después de ejercitarse.

Eso les dejaba un limitado margen.

Y la clave era la oscuridad.

A pesar de la diferencia de estatura que había entre ambos, unos quince centímetros, pues Xhex medía un metro ochenta, John encontró la boca de la amada con tanta precisión como si sus labios estuviesen iluminados por un reflector antiaéreo. La besó con pasión y deslizó la lengua en su boca. La guerrera gimió y se aferró a los hombros del macho.

Sumidos ya en su glorioso limbo, en aquel ramal que se desviaba del camino que se habían trazado, John dio rienda suelta al macho enamorado que llevaba dentro, liberándolo para que amara como nunca había amado, para devolver a su hembra lo que ella le había dado en la granja durante la batalla. Le ofrecería infinito placer en pago por haberle salvado la vida.

Tenía que retribuir aquel instante mágico, el momento en que la daga de Xhex dejó su mano para atravesar el aire como una bala y darle a John muchas noches más de vida.

Llevó la mano hasta un seno de su hembra y al encontrar el pezón comenzó a acariciarlo con el pulgar. Se moría por poner la boca donde estaban sus dedos. Por fortuna, ella se había dejado la chaqueta y las armas en el vestíbulo de la casa, de modo que lo único que lo separaba de su piel era la ajustada camiseta que Xhex llevaba puesta.

El macho sintió unos imperativos deseos de rasgar aquella camiseta, pero aquello no era más que un rápido aperitivo, un pequeño adelanto del festín que les esperaba en la intimidad de su habitación, así que, en lugar de rasgar la prenda, deslizó las dos manos por debajo y la levantó hasta que los pechos quedaron libres.

¡Dios! No se ponía sostén ni siquiera para el combate.

Se excitó todavía más.

Aunque en realidad no necesitaba mucha ayuda para excitarse cuando se trataba de Xhex.

El eco de sus besos resonaba en el túnel. John le pellizcó los pezones, que ya estaban listos para recibir sus labios. Restregó el erecto pene contra ella. Xhex, entonces, decidió seguir la sugerencia que él ni siquiera se había dado cuenta de que había hecho, y bajó la mano por el estómago de John justo hasta su sublevado miembro.

John echó la cabeza hacia atrás. Una corriente de excitación y placer como nunca había experimentado le hizo soltar un grito sordo, una especie de rugido. Pensó que había empezado a levitar.

Antes de que John pudiera pensar nada, Xhex lo empujó contra la pared del túnel. El aire frío acarició su piel cuando ella le abrió la bata.

La guerrera fue deslizando entonces sus labios por el pecho de John, al tiempo que sus colmillos dejaban un rastro que incendiaba cada nervio del cuerpo masculino, en especial los del miembro viril.

John dejó escapar otro grito sordo cuando la boca ardiente y húmeda de Xhex llegó hasta aquel lugar tan sensible y enseguida lo cubrió con los labios.

Comenzó a chupar el pene, envolviéndolo en su calor y su humedad. Moviéndose con un ritmo lento y estable, la boca de Xhex se deslizaba por encima de la verga de John hasta llegar a la punta. Luego volvía a bajar, pasando la lengua por el tronco entero.

Entretanto, el macho mantenía los ojos abiertos, pese a que era tal la oscuridad que los rodeaba que bien habría podido tener los párpados cerrados… ¡Virgen Escribana!, la ceguera resultaba absolutamente apropiada en aquella situación. No necesitaba el sentido de la vista, pues tenía una clara imagen mental del salvaje erotismo de su amada, arrodillada frente a él, con la camiseta recogida por encima de los senos y los pezones firmes, mientras su cabeza subía y bajaba, subía y bajaba…

Y los senos se mecían al ritmo de sus movimientos.

Con la respiración entrecortada, John tenía la sensación de que había dejado de dolerle la pierna herida, pero la verdad era que no sentía nada que no fuera lo que Xhex le estaba haciendo. Podría haber estado en medio de un incendio, que de todas formas no se daría cuenta de nada.

En realidad estaba en llamas… y las llamas se volvieron más ardientes cuando ella le levantó el miembro y comenzó a deslizar su lengua hacia abajo, hasta llegar a los testículos. Entonces se los chupó uno por uno y luego volvió a comenzar con los lametones en el pene.

Al cabo de unos instantes, ella alcanzó cierto ritmo: caricia, succión, caricia, succión. Y John no resistió mucho más.

Se tensó, echó el cuerpo hacia atrás en una frenética contorsión, mientras apoyaba las palmas de las manos contra la pared… y se corría.

Cuando terminó de eyacular alzó a la hembra y le dio un beso largo y apasionado. Un beso que sugería que estaba dispuesto a devolverle el favor.

Ella le mordió el labio inferior y luego lamió el corte de modo lento, sugerente.

—A la cama. Ya. —La guerrera había tomado el mando. Entendido. A la orden.

John volvió a encender las luces y prácticamente salieron corriendo hacia la mansión.

Y la pierna no le causó la más mínima molestia.

***

Mientras Saxton se alimentaba, Blay tuvo que salir de la habitación que habían asignado a su amigo, pero no tenía autorización para salir de la casa a aclarar sus pensamientos. De acuerdo con las Leyes Antiguas, el primo de Qhuinn era su invitado a la casa de la Primera Familia y, por ello, el protocolo exigía que Blay permaneciera dentro de sus muros.

Era una lástima, porque salir a pelear con los demás le habría brindado al menos una cierta sensación de utilidad y habría hecho que la espera se hiciese menos larga.

Después de que Phury llegara acompañado de Selena y se hicieran las presentaciones de rigor, Blay se dirigió a su habitación y se dispuso a poner un poco de orden allí. Por desgracia, la tarea de limpieza no requirió más de dos minutos, pues no había mucho que hacer: sólo enderezar el libro que había estado leyendo y pasar un par de calcetines negros de seda del cajón de los calcetines de colores al de más abajo.

Una de las desventajas de ser ordenado es que nunca hay mucho que hacer a la hora de limpiar y ordenar.

También se había cortado el pelo recientemente. Y llevaba las uñas impecables. Y no tenía nada que afeitarse, debido a que los vampiros eran lampiños, excepto en la cabeza.

Por lo general, cuando tenía un rato libre, Blay solía llamar a su casa para conversar con sus padres, pero, teniendo en cuenta todo lo que estaba pasando por su cabeza en ese momento, no le parecía muy buena idea marcar el número de la casa de seguridad de su familia. Mentía muy mal, y no iba a soltar abruptamente a sus padres un «hola, no os lo había dicho, pero resulta que soy gay y estoy pensando en empezar a salir con el primo de Qhuinn».

El cual, casualmente, está hospedado aquí.

Y se está alimentando en este momento.

Dios, la idea de que Saxton se estuviera alimentando con sangre era muy excitante, aunque se tratara de la sangre de Selena.

Y también le excitaba la idea de que Phury estuviera con ellos en la habitación. Para cumplir con un formalismo, claro, no porque creyeran que Selena necesitara protección.

Ciertamente, y por desgracia, no había forma de acercarse a esa habitación. Además, lo último que quería era presentarse excitado ante tamaña concurrencia.

Blay miró el reloj y comenzó a pasearse. Luego trató de ver un poco la televisión. Después intentó, durante un rato, centrarse en el libro que tenía sobre la mesita de noche.

De vez en cuando sonaba su móvil, con mensajes que daban cuenta de los progresos en el campo de batalla. Pero la verdad era que ninguno de aquellos mensajes hizo mucho por tranquilizarlo. La Hermandad enviaba comunicados regulares, de modo que todo el mundo tuviera información actualizada. Las cosas no iban muy bien que digamos: John estaba herido, así que él, Xhex y Qhuinn estaban con la doctora Jane abajo, en la clínica. El ataque sorpresa a la granja había sido victorioso, pero sólo hasta cierto punto; el supuesto nuevo jefe de restrictores todavía andaba suelto. Habían logrado matar a muchos, pero no a todos los nuevos reclutas que habían encontrado. Y la dirección asociada con el coche de carreras no había arrojado ningún resultado. Así que la tensión crecía.

Blay volvió a mirar su reloj. Y luego el que estaba en la pared.

Y sintió ganas de gritar.

Por Dios, hacía mucho tiempo que Saxton y Selena habían comenzado. ¿Por qué nadie había ido a avisarle de que ya habían terminado?

¿Habría ocurrido algo grave? La doctora Jane había dicho que las heridas de Saxton no eran serias y que si se alimentaba seguramente comenzaría a recuperarse con rapidez.

Luego, pensando, se imaginó la causa de aquel retraso.

De todos los hermanos, el Gran Padre era el que tenía más posibilidades de llevarse bien con Saxton. A Phury le encantaban la ópera el arte y los buenos libros. Seguramente, tras terminar la alimentación, se habían quedado charlando de sus aficiones comunes.

Pasado otro rato, Blay ya no pudo soportar su propia compañía y bajó a la cocina, donde los doggen de la casa estaban preparando la Última Comida. Trató de ayudar. Se ofreció a poner los platos o los cubiertos sobre la mesa, o a cortar vegetales en la cocina, o a vigilar los pavos que estaban en el horno. Pero los criados se pusieron tan nerviosos por su oferta que prefirió retirarse.

Joder, si había una cosa que alteraba los nervios a los doggen era ofrecerles ayuda. Por naturaleza, los doggen no podían soportar que alguien a quien ellos servían hiciera algo distinto de esperar a que lo atendieran; pero al mismo tiempo tampoco se atrevían a decirle que no.

Antes de que la angustia de los criados desembocara en una cena quemada o, tal vez, un suicidio colectivo de criados, Blay salió de aquellas dependencias y atravesó el comedor…

En ese momento se abrió la puerta del vestíbulo y Qhuinn entró dando grandes zancadas sobre el suelo de mosaico.

Tenía sangre roja en la cara, las manos y los pantalones de cuero. Sangre fresca y brillante.

Sangre humana.

El primer impulso de Blay fue preguntarle a su amigo qué ocurría, pero luego se contuvo porque no quería llamar la atención de los demás hacia el hecho de que, evidentemente, Qhuinn no estaba donde estaba John.

El caso era que no solía haber muchos *Homo sapiens* en la clínica del centro de entrenamiento.

Y se suponía que había estado combatiendo con restrictores recién iniciados, cuya sangre era negra.

Blay subió las escaleras corriendo y alcanzó a Qhuinn frente al estudio de Wrath, cuyas puertas, afortunadamente, estaban cerradas.

—¿Qué diablos te ha pasado?

Qhuinn no se detuvo, y siguió hacia su habitación. Después de entrar, hizo ademán de cerrarle la puerta a Blay en la cara.

Pero éste no estaba dispuesto a aceptar semejante comportamiento, así que entró a la fuerza.

—¿Qué es toda esa sangre?

—No tengo ganas de hablar —murmuró Qhuinn, empezando a desvestirse.

Dejó la chaqueta de cuero sobre la cómoda, se quitó las armas para dejarlas en el escritorio, y las botas, a trompicones, mientras se dirigía al baño. Luego lanzó la camiseta, que terminó sobre una lámpara.

—¿Por qué tienes sangre en las manos? —preguntó Blay de nuevo.

—No es de tu incumbencia.

—¿Qué has hecho? —preguntó Blay, aunque creía saberlo—. ¿Qué demonios has hecho?

Cuando Qhuinn se inclinó para abrir el grifo de la ducha, los músculos de su espalda se tensaron, haciéndose espectacularmente visibles.

Joder, la sangre roja manchaba también otras partes, lo cual hizo que Blay se preguntara hasta dónde habría llegado la pelea.

—¿Cómo está tu amigo?

Blay frunció el ceño.

—¿Mi amigo?… Ah, Saxton.

—Sí, «ah, Saxton». —En ese momento de la ducha comenzó a salir un vapor que rápidamente llenó el espacio que había entre Qhuinn y Blay—. ¿Cómo le va?

—Supongo que ya ha terminado de alimentarse.

Los ojos bicolores de Qhuinn se clavaron en algo que parecía estar detrás de la cabeza de Blay.

—Espero que se sienta mejor.

Mientras observaba a su amigo de frente, Blay notó tal dolor en el pecho que tuvo que frotarse.

—¿Lo has matado?

—¿A quién? —Qhuinn se puso las manos sobre las caderas, lo cual resaltó sus pectorales y los piercings de los pezones, brillantes gracias a la luz de los focos que había sobre los lavabos—. No sé de quién hablas.

—Deja de joder con esos cuentos. Saxton querrá saberlo.

—Cómo lo proteges, ¿no? —En las últimas palabras de Qhuinn no había rastro de hostilidad. Sólo un extraño tono de resignación—. Bueno, está bien, no he matado a nadie. Pero me encargué de darle a ese maldito homófobo algo más en que pensar aparte del cáncer de garganta que le van a provocar esos cigarros. No permitiré que nadie humille ni falte al respeto a un miembro de mi familia. —Qhuinn se dio la vuelta—. Y, bueno, mierda, no me gusta verte preocupado, aunque no lo creas. ¿Qué habría pasado si Saxton se hubiese quedado allí después de que saliera el sol? ¿O si lo encontraba algún humano? Tú nunca te lo habrías perdonado. Así que tenía que dejar un aviso a quien correspondía.

Dios. Aquello sí que era comportarse como un hijo de puta. Hacer algo malo con la excusa perfecta. Pleno disfrute de la maldad, con coartada inatacable.

—Te amo —susurró Blay, pero en voz tan baja que el ruido del agua tapó sus palabras.

—Oye, necesito darme una ducha —dijo Qhuinn—. Quiero quitarme esta mierda de encima. Y luego necesito dormir.

—Está bien. ¿Quieres que te traiga algo de comer?

—Estoy bien, gracias.

Al dirigirse hacia la puerta, Blay miró hacia atrás. Qhuinn se estaba quitando los pantalones de cuero y su trasero acababa de hacer una espectacular aparición.

Salió del baño contemplando aún aquel glorioso espectáculo, pero se había quedado tan conmocionado que un poco más adelante tropezó con el escritorio y tuvo que agarrar la lámpara para evitar que se cayera al suelo. Después de volver a dejar la lámpara en su lugar, tomó la camiseta que había caído sobre la pantalla y, como un patético afeminado, se la llevó a la nariz y aspiró profundamente.

Cerró los ojos y apretó contra su pecho la suave tela de algodón que hacía unos segundos estaba sobre el pecho de Qhuinn. Escuchó con atención el sonido del agua que caía sobre su amigo.

Nunca supo cuánto tiempo se quedó así, gravitando en el limbo que suponía estar tan cerca y a la vez tan lejos. Lo que lo impulsó a moverse fue el miedo a que lo pillaran en aquella actitud tan ridícula. De modo que volvió a poner la camiseta sobre la pantalla con cuidado y, no sin necesitar esforzarse, fue hacia la puerta.

Estaba a medio camino cuando lo vio.

Sobre la cama.

El cinturón blanco estaba enredado entre las sábanas.

Cuando sus ojos se deslizaron hacia la parte de arriba de la cama, vio la huella de dos cabezas sobre la almohada. Evidentemente la Elegida Layla había olvidado el cinturón de su túnica al marcharse. Lo cual sólo podía haber ocurrido si estaba desnuda.

Se llevó la mano al corazón una vez más y la sensación de opresión que experimentó lo hizo pensar que se encontraba debajo del agua… y que la superficie del océano se encontraba muy, pero que muy por encima de él.

De pronto oyó que Qhuinn cerraba la ducha y agarraba una toalla.

Blay pasó de largo junto a la cama y salió por la puerta.

Cuando abandonó la habitación de Qhuinn no era consciente de haber tomado una decisión, pero sus pies sí sabían hacia dónde iban, eso era evidente. Anduvo un poco por el pasillo, se detuvo dos cuartos más allá y luego su mano se levantó por su propia voluntad y dio un golpecito en la puerta. Cuando se escuchó una respuesta un poco ronca, Blay abrió la puerta. La estancia estaba a oscuras y olía maravillosamente. Avanzó hasta situarse en medio del umbral. Su sombra se proyectó hasta los pies de la cama, gracias a la luz que entraba desde el pasillo.

—Se acaban de marchar. —La sensual voz de Saxton prometía todo lo que Blay deseaba—. ¿Vienes a ver cómo estoy?

—Sí.

Hubo una larga pausa.

—Entonces cierra la puerta y te lo mostraré.

La mano de Blay apretó el picaporte hasta que le dolieron los nudillos.

Y luego dio un paso hacia dentro y cerró la puerta. Mientras se quitaba los zapatos, puso el seguro.

Para garantizar la necesaria privacidad.

CAPÍTULO

61

Al Otro Lado, Payne estaba sentada en el borde del espejo de agua y contemplaba su imagen en la superficie.

Payne conocía bien aquel pelo negro, los ojos de diamante y los rasgos afilados.

Era muy consciente de quién era su padre.

Podía recitar la historia de todos sus días, uno por uno, hasta ese momento.

Y sin embargo se sentía como si no tuviera ni idea de quién era verdaderamente. En muchos sentidos, más de los que le gustaba admitir, no era más que aquel reflejo, apenas un eco, en la superficie del agua, una imagen que carecía de profundidad y sustancia... y que no dejaría nada permanente tras de sí cuando se marchara del mundo.

Layla se acercó por detrás. Payne la miró a los ojos a través de su reflejo en el agua.

Más tarde recordaría que había sido la sonrisa de Layla la que lo cambió todo. Aunque, desde luego, era una exageración. Hubo otras causas, pero la expresión radiante de Layla fue el remate, lo que le dio el definitivo empujoncillo que la lanzó al abismo.

Esa sonrisa era real.

—Saludos, hermana mía —dijo Layla—. Te estaba buscando.

—Y por fin me has hallado. —Payne se obligó a dar media vuelta para mirar a la Elegida—. Por favor, siéntate conmigo. A juzgar por tu ánimo, supongo que tu relación con el macho transcurre apaciblemente.

Layla se sentó, pero sólo un momento, porque enseguida se volvió a poner de pie, empujada por esa felicidad que no la dejaba quedarse quieta.

—Sí, así es. Así es en verdad. Él me llamará en cualquier momento, hoy mismo, y volveré a verlo otra vez. Ay, querida hermana, no te puedes imaginar lo que es ser abrazada por el fuego y sin embargo salir indemne y feliz. Es un milagro. Una bendición.

Payne se volvió a fijar en el agua y observó cómo sus propias cejas se unían al fruncir la frente.

—¿Puedo hacerte una pregunta indiscreta?

—Desde luego, hermana mía. —Layla se sentó de nuevo sobre el borde de mármol blanco del espejo de agua—. Lo que quieras.

—¿Estás pensando en aparearte con él? ¿Es decir, no sólo en aparearte con él, sino en convertirte en su shellan?

—Bueno, sí. Claro que eso es lo que deseo. Pero estoy esperando encontrar el momento oportuno para hablar de eso.

—¿Y qué piensas hacer si él se niega? —Al ver que el rostro de Layla se ponía blanco, como si nunca hubiese considerado esa posibilidad, Payne se sintió muy mal—. Ay, perdóname… No quería alterarte. Yo sólo…

—No, no. —Layla respiró hondo para recuperar el dominio de sí misma—. Conozco muy bien la estructura de tu corazón y sé que no albergas maldad en él. Por eso mismo siento que puedo hablar tan candorosamente contigo.

—Por favor, olvida la pregunta.

Ahora fue Layla la que miró su imagen en el espejo de agua.

—Yo… nosotros todavía no hemos tenido relaciones.

Payne frunció el ceño. En verdad, si el solo anuncio del evento real provocaba tanto júbilo, el acto mismo debía de ser increíble.

Al menos para una hembra como la que tenía frente a ella.

Layla se envolvió en sus propios brazos, sin duda porque estaba recordando el abrazo de otros miembros más fuertes.

—He querido hacerlo, pero él se resiste. Espero... creo que se debe a que primero desea aparearse conmigo apropiadamente, mediante una ceremonia.

Payne sintió el terrible peso de una mala premonición.

—Cuidado, hermana. Tú tienes un alma muy noble.

Layla se puso de pie. Su sonrisa se había ensombrecido.

—Sí, así es. Pero prefiero que me rompan el corazón a no abrirlo nunca, y soy consciente de que una debe pedir si quiere recibir.

Parecía tan segura y decidida que Payne se sintió diminuta ante la sombra de su coraje. Diminuta y débil.

¿Quién era ella, después de todo? ¿Qué era: un reflejo o una realidad?

Payne se puso de pie súbitamente.

—¿Me permites que me marche ahora?

Layla parecía sorprendida e hizo una reverencia.

—Desde luego. Y, por favor, no quise ofenderte con mis elucubraciones...

Payne abrazó a la otra Elegida impulsivamente.

—No me has ofendido. No te preocupes. Y te deseo la mejor de las suertes con tu macho. En verdad, sería muy afortunado al tenerte. Y muy tonto si te rechazara.

Antes de que Layla pudiese decir algo más, Payne se marchó apresuradamente. Pasó junto a los dormitorios y comenzó a subir, cada vez con más vigor, la colina que llevaba al templo del Gran Padre. Pasado el lecho sagrado que ya nadie usaba, Payne entró en el patio de mármol de su madre y atravesó la galería.

La modesta puerta que daba paso a los aposentos privados de la Virgen Escribana no estaba a la altura de lo que uno se imaginaría como entrada de un lugar tan importante. Pero, claro, cuando eres el dueño de todo el mundo, no tienes nada que demostrar ni necesidad de hacer constantes ostentaciones.

Payne no llamó. Teniendo en cuenta lo que estaba a punto de hacer, la brusca irrupción en el santuario de su madre sería el menor de sus pecados.

—Madre —dijo tan pronto entró en la habitación blanca y desierta.

Hubo una larga espera antes de que recibiera una respuesta. La voz que llegó hasta ella no parecía provenir de un cuerpo.

—Sí, hija. Dime.

—Déjame salir de aquí. Ahora.

Cualesquiera que fueran las consecuencias de este nuevo enfrentamiento, serían preferibles a su aburrimiento perenne, a seguir llevando una existencia tan limitada.

—Expúlsame —repitió Payne, dirigiéndose a las paredes blancas y el aire no existente—. Déjame ir. Nunca regresaré al seno de estos muros si no lo deseas. Pero no quiero permanecer aquí ni un minuto más.

La Virgen Escribana apareció ante su hija en forma de destello de luz, sin la túnica negra que normalmente usaba. Payne estaba segura de que nadie veía nunca a su madre tal como era, pura energía sin forma.

Se dijo que ya no brillaba tanto como antes. Ahora era apenas un suave resplandor, una oleada de calor que casi no percibían los ojos.

Tal decadencia era asombrosa y apaciguó un poco la rabia de Payne.

—Madre… déjame ir. Por favor.

La respuesta de la Virgen Escribana tardó en llegar.

—Lo lamento, pero no puedo concederte ese deseo.

Payne enseñó sus colmillos.

—Maldición, hazlo. Déjame salir de aquí o…

—No hay nada con lo que puedas amenazarme, mi querida hija. —La voz de la Virgen Escribana pareció desvanecerse, pero luego regresó—. Debes permanecer aquí. El destino así lo exige.

—¿Qué destino? ¿El tuyo o el mío? —Payne movió bruscamente la mano a través del aire estático—. Porque yo no vivo realmente aquí. ¿Y qué clase de destino es éste?

—Lo siento.

Fue el final de la discusión, al menos por parte de su madre, pues la Virgen Escribana desapareció con un discreto estallido.

Entonces Payne gritó a las inmensas paredes.

—¡Libérame! ¡Maldición! ¡Libérame!

Payne creía que acabaría muerta en ese mismo sitio, en castigo por su rebeldía, pero no le importaba demasiado, porque al menos así la tortura terminaría.

—¡Madre!

Al ver que no recibía respuesta alguna, miró alrededor. Deseó fervientemente tener algo a mano para arrojarlo lejos, pero no había nada en el entorno, y ese vacío fue como un grito brutal en su cabeza. No había nada para ella, allí no había absolutamente nada para ella.

Al llegar a la puerta, dio rienda suelta a su rabia. La arrancó de los goznes y la lanzó hacia atrás, al centro de aquella habitación fría y desierta. El panel blanco rebotó dos veces contra el suelo y luego se deslizó por el espacio vacío, como si fuera un guijarro plano lanzado sobre la superficie de un estanque.

Fue a grandes zancadas hacia la fuente, oyó una serie de ruidos metálicos y, cuando miró hacia atrás, vio que la puerta de acceso a las dependencias de su madre se había recompuesto por su propia voluntad, empotrándose mágicamente en el dintel, quedando exactamente como estaba antes, sin un mínimo desperfecto que diera cuenta de lo que ella le había hecho.

Payne sintió entonces una ira que casi le cortó la respiración y le provocó un fuerte temblor de manos.

Entonces vio que una figura cubierta por una túnica negra se acercaba por la galería.

No era su madre. Sólo era N'adie, que se acercaba cojeando y meciéndose de un lado al otro, con una cesta de ofrendas para la Virgen Escribana.

Y la imagen de aquella desafortunada y repudiada Elegida hizo hervir aún más su rabia.

—Payne.

El sonido de aquella voz profunda la hizo volver la cabeza rápidamente: Wrath estaba junto al árbol blanco de los pajarillos de colores. Su inmensa figura parecía dominar el patio.

Payne salió corriendo hacia él. Al fin tenía un blanco al que poder atacar. Y evidentemente el Rey Ciego percibió su violencia y su perversa disposición, porque en un abrir y cerrar de ojos adoptó la posición de combate y se dispuso a pelear con todas sus fuerzas.

Payne le dio todo lo que tenía, y más. Sus brazos y sus piernas volaron con furia ciega hacia él y su cuerpo se convirtió en una máquina de dar puñetazos y patadas que él rechazaba con sus antebrazos y esquivaba moviendo ágil e incansablemente el torso y la cabeza.

Payne atacó una y otra vez al rey, cada vez más rápido, más violentamente y con mayor potencia, forzándolo a devolverle los mismos golpes que ella le estaba mandando, porque de otra manera corría el riesgo de terminar gravemente herido. El primer golpe fuerte del rey la alcanzó en el hombro y, cuando ese poderoso puño se estrelló en su cuerpo, la Elegida perdió el equilibrio. Pero se recuperó rápido y enseguida dio media vuelta y lanzó una patada voladora.

El impacto contra el abdomen del rey fue tan fuerte que lo hizo gruñir. Ella volvió a girar una vez más y lo golpeó en la cara con los nudillos. Un chorro de sangre brotó de la nariz del rey. Sus gafas oscuras habían volado.

Wrath lanzó una maldición tras un feroz bramido.

—Qué diablos te sucede, Payne, qué…

El rey no tuvo tiempo de terminar, porque la hembra se lanzó contra él, lo agarró de la cintura y comenzó a empujarlo hacia atrás. Sin embargo, en ese terreno del cuerpo a cuerpo la lucha era demasiado desigual. El rey la doblaba en tamaño. Se zafó fácilmente de la patética llave y le dio la vuelta de manera que ahora fue él quien la tuvo sujeta por la espalda.

—¿Cuál es tu problema? —le gruñó Wrath en el oído.

Payne lanzó la nuca hacia atrás y le dio un cabezazo que hizo que Wrath aflojara los brazos sólo un segundo. Justo el tiempo que ella necesitaba para liberarse y, usando el sólido cuerpo de Wrath como plataforma, lanzarse hacia delante, pero…

Evidentemente sobrestimó sus fuerzas, y en lugar de aterrizar en pie, cayó de mala manera y se lastimó seriamente un pie.

Salió dando tumbos hacia un lado.

El borde de la fuente de mármol impidió que cayera al suelo, pero el impacto fue peor que si se hubiese caído.

El crujido de la espalda resonó como un latigazo.

El dolor fue insoportable.

Cuando Lash se despertó en la casa tipo rancho califor-
niano que le servía de escondite, lo primero que hizo fue
mirarse los brazos.

Igual que las manos y las muñecas, los antebrazos se habían
convertido también en sombras, una especie de niebla que se movía cuando él quería y que podía ser simple aire o sostener un
peso si él se lo ordenaba.

Se incorporó, se quitó la manta con la que se había tapado
y se puso de pie. También los pies estaban comenzando a desaparecer. Lo cual, ya puesto a mutar, era bueno, pero
mierda, ¿cuánto tardaría en consumarse la maldita transforma-
ción?

Lash empezaba a impacientarse, pues pensaba que si su
cuerpo todavía tenía forma física, con un corazón que palpitaba
en el pecho y la necesidad de comer, beber y dormir, aún no estaba completamente a salvo de las balas y los cuchillos.

Además, francamente, si consideraba todas las partes del
cuerpo que aún no se le habían caído, sentía asco. No le gustaba
mucho andar con aquellos residuos orgánicos a cuestas.

El colchón en el que dormía se había convertido en el pa-
ñal más grande del planeta.

Un crujido procedente del exterior llamó su atención hacia
la ventana. Abrió una rendija en la persiana con sus dedos no

existentes. A través de la ella vio cómo los humanos continuaban con su patética existencia, y pasaban frente a su casa en coche o en bicicleta. Malditos idiotas, con sus estúpidas vidas: levantarse, ir a trabajar, regresar a casa, renegar de lo que les había pasado durante el día y volverse a despertar al día siguiente para volver a hacer exactamente lo mismo.

Al ver un coche que pasaba frente a él, implantó en la mente del conductor un pensamiento… y sonrió al ver cómo el Pontiac se salía de la calzada, se subía a la acera y se dirigía hacia la casa de dos pisos que había enfrente. Segundos después, el maldito coche se estrellaba contra un ventanal, haciendo trizas los cristales y los marcos de madera, mientras los airbags estallaban dentro del automóvil.

Aquello era mejor que una taza de café para comenzar el día.

Tras el satisfactorio espectáculo, dio media vuelta y fue hasta un decrépito escritorio, donde encendió el ordenador portátil que había encontrado en el maletero del Mercedes. La interrupción de un trapicheo que había hecho cuando se dirigía a casa había valido la pena. Se había embolsado un par de miles de dólares, así como un poco de OxyContin, un poco de éxtasis y doce piedras de crack. Y lo más importante: había puesto en trance a los dos vendedores y al comprador, los había metido en el maletero del Mercedes y los había llevado a la casa, donde los había convertido en sus secuaces.

Habían dejado hecho una mierda el baño del vestíbulo después de vomitar toda la noche, pero no le importaba, porque ya estaba harto de esa casa y estaba pensando muy seriamente en quemarla.

Así que ahora tenía un ejército de cuatro hombres. Y aunque ninguno se había presentado voluntario, después de sacarles toda la sangre y traerlos de regreso a la «vida», les había prometido toda clase de mierdas. Y he aquí que los yonquis que vivían para satisfacer sus propios hábitos eran capaces de creer cualquier cosa que uno les dijera. Sólo había que venderles la idea de que tenían un futuro, después de matarlos del susto, claro.

No había sido nada difícil para él. Naturalmente, los tipos se cagaron de miedo cuando vieron su actual cara, pero lo bueno era que habían alucinado tantas veces debido a la droga que la experiencia de hablar con un cadáver no les resultaba del todo extraordinaria. Además, Lash podía ser muy persuasivo cuando se lo proponía.

Era una lástima que no pudiera lavarles el cerebro permanentemente. Pues el truco que acababa de hacer con el conductor del Pontiac era lo más lejos que podía llegar su influencia. Duraba apenas un par de minutos.

Maldito libre albedrío.

Una vez encendido el ordenador, Lash buscó la página web del *Courier Journal* de Caldwell.

La llamada «masacre de la granja» era portada y tema de varios artículos. La sangre, los pequeños restos humanos y el extraño residuo oleaginoso habían inspirado descripciones merecedoras de todo un premio Pulitzer. Los periodistas también habían entrevistado a los agentes de policía que habían estado en el escenario del crimen, al cartero que había llamado al número de emergencias, a doce vecinos distintos y al alcalde, quien evidentemente aprovechó la oportunidad para convocar «a los mejores hombres y mujeres de la policía para que nos ayuden a resolver este terrible crimen contra la comunidad de Caldwell».

La hipótesis con más consenso era la de los rituales satánicos o necrófilos, tal vez relacionados con algún tipo de culto desconocido. Posiblemente alguna secta.

Todo lo cual no era más que basura que ocultaba lo que Lash realmente estaba buscando...

Bingo.

Finalmente encontró un suelto de dos párrafos acerca de cómo el escenario del crimen había sido contaminado por intrusos la noche anterior. Los «mejores hombres y mujeres de la policía» habían admitido a regañadientes que una de sus patrullas nocturnas descubrió que personas desconocidas habían asaltado el lugar. Por supuesto, se apresuraban a señalar que toda prueba relevante ya había sido retirada del escenario y que de ahora en adelante pondrían vigilancia permanente en la granja.

Así que la Hermandad sí había hecho caso de su pequeño mensaje.

¿Habría estado también Xhex con ellos?, se preguntó Lash. ¿Tal vez con la esperanza de que él se presentara por allí?

Mierda, había perdido una estupenda oportunidad de verla. A ella y a los hermanos.

Pero ya habría tiempo. Cuando su cuerpo se convirtiera por completo en una sombra tendría toda la eternidad.

Miró el reloj y se apresuró a vestirse. Se puso unos pantalones negros, un jersey de cuello alto y la gabardina con capucha. Luego se enfundó los guantes de cuero y su gorra de béisbol negra y se echó un vistazo en el espejo.

Podía pasar, con algún retoque.

Se puso a rebuscar entre sus cosas y encontró una camiseta negra, que cortó en tiras con las que se envolvió la cara, dejando descubiertos solamente los ojos sin párpados, el cartílago que le había quedado a modo de nariz y el agujero que era ahora su boca.

Mejor. No era DiCaprio, pero tenía mejor aspecto que antes.

La primera parada fue el baño, donde pasó revista a sus tropas. Estaban todos desmayados, unos encima de otros, con brazos, piernas y cabezas por aquí y por allá. Pero todos estaban vivos.

Joder, eran tan elementales: la espuma de la humanidad, pensó Lash. Si tenía suerte, el cociente intelectual de los cuatro, sumados, llegaría a los tres dígitos.

Sin embargo, esos idiotas le serían útiles.

Lash cerró la casa, la envolvió en un escudo mágico y se dirigió al garaje. Luego abrió el enorme maletero del Mercedes, levantó la tapa y buscó el paquete de cocaína, del cual sacó sendas dosis, que se llevó a las fosas nasales no existentes, antes de sentarse detrás del volante.

¡Bueeeeenos díiiias!, le dijo la coca. Al sentir el glorioso caos que se encendía en su interior, arrancó y salió del barrio, avanzando en sentido contrario a las patrullas y ambulancias que se dirigían a la casa de enfrente.

La que ahora tenía una entrada para coches en lugar de sala.

Al llegar a la autopista, Lash pensó que podría llegar al centro en diez minutos, pero debido al tráfico de la hora punta acabó tardando cerca de veinticinco. Aunque gracias al frenesí mental y físico que experimentaba, le pareció muchísimo más.

Eran las nueve pasadas cuando aparcó junto a una furgoneta plateada. Al bajarse del coche dio gracias a Dios por la coca, pues comenzaba a sentir por fin un poco de energía. El problema era que, si su metamorfosis no terminaba pronto, en unos pocos días tendría problemas, pues se agotaría la reserva que tenía en el maletero.

Precisamente eso era lo que lo había impulsado a concertar esa reunión de inmediato, en lugar de esperar un poco más.

Ricardo Benloise había llegado a tiempo y ya se encontraba en su oficina: el AMG en que le habían dado una vuelta hacía algún tiempo estaba aparcado justo detrás de la furgoneta.

Lash se acercó a la puerta trasera de la galería de arte y esperó a que lo vieran por la cámara. Sí, habría preferido retrasar ese encuentro cara a cara al menos un par de días, pero independientemente de sus propias necesidades, tenía cuatro vendedores recuperándose en su baño y necesitaba mercancía para enviarlos a la calle.

Y luego tendría que conseguir más soldados.

Después de todo, la pequeña sabandija no había perdido el tiempo a la hora de nutrir sus filas, aunque no había manera de saber cuántos quedarían después del ataque de la Hermandad a la granja.

Lash nunca se imaginó que se alegraría de que esos desgraciados fueran tan buenos en lo que hacían.

Qué cosas.

Lash se imaginaba que el niño bonito del Omega se apresuraría a preparar otro grupo de iniciados y, teniendo en cuenta que ese maldito había sido un traficante de éxito en su antigua vida, lo más probable era que retomase su actividad tan pronto como pudiera, para ganar dinero de nuevo. De esa forma conseguiría recursos para combatir a los vampiros y para perseguir a Lash.

Así que el tiempo apremiaba y no podía esperar. Lash estaba muy seguro de que la pequeña sabandija no podría concertar un encuentro con Benloise en ese momento, porque al principio sería sólo un pequeño vendedor; pero ¿cuánto duraría eso? Las ventas eran la clave. Y la inteligencia. Y si Lash había podido llegar hasta allí, otro también podría hacerlo.

En especial si contaba con los recursos de un jefe de restrictores.

La cerradura de la puerta se abrió con un sonido metálico y entonces apareció uno de los gorilas de Benloise. El tipo se desconcertó al ver el disfraz de Lady Gaga de Lash, pero rápidamente se recuperó de la sorpresa. A esas alturas de la vida ya debía de haber visto a mucha gente loca, y no sólo en el mundillo del tráfico de drogas: no cabía duda de que la mayoría de los artistas eran una partida de desquiciados, y cualquier guardaespaldas lo atestiguaría.

—¿Dónde está tu identificación? —preguntó el tipo.

Lash le enseñó su licencia de conducir falsa y le dijo:

—¿Quieres que te la meta por el culo?

Evidentemente, la combinación de la licencia de mierda con aquella voz que conocía de antes fue suficiente, porque un momento después el tipo lo dejó entrar.

La oficina de Benloise estaba en la parte delantera del edificio, en el tercer piso, y el recorrido hasta ella se realizó en medio del más absoluto silencio. El espacio privado de Benloise parecía una bolera, sin nada a los lados de un largo pasillo de tablas de madera pintadas de negro, que culminaba en una plataforma elevada. Benloise estaba sobre ella, sentado detrás de una mesa de teca del tamaño de una limusina.

Como muchos tipos que tienen que empinarse para llegar al metro setenta, Benloise todo lo hacía a lo grande.

Cuando Lash se acercó, el sudamericano lo miró por encima de sus manos entrelazadas y habló con aquel tono culto y suave que tenía.

—Me alegró mucho recibir su llamada, después de que no se presentara a nuestra última cita. ¿Dónde ha estado usted, amigo mío?

—Problemas familiares.

Benloise frunció el ceño.

—Sí, la sangre puede ser un problema.

—Ni se lo imagina. —Lash miró a su alrededor, explorando aquel salón vacío, y pronto localizó las puertas y las cámaras ocultas, que estaban en la misma posición de la última vez—. En primer lugar, déjeme asegurarle que nuestra relación de negocios sigue siendo mi prioridad.

—Me complace mucho oír eso, pues cuando usted no llegó a comprar las obras que había encargado, me surgieron muchas dudas. Como vendedor de arte, dependo de mis clientes para mantener ocupados a mis artistas. Y también espero que mis clientes cumplan con sus obligaciones, desde luego.

—Por supuesto. Por eso he venido. Necesito un anticipo. Tengo en mi casa una pared vacía que necesito llenar con una de sus obras, pero en este momento no dispongo de efectivo para poder pagársela hoy mismo.

Benloise sonrió y al abrir la boca dejó ver una hilera de dientes pequeños y perfectos.

—Me temo que no es así como trabajamos, Nada personal, simple método profesional. Usted debe pagar por las obras que se lleva. ¿Y por qué lleva el rostro vendado?

Lash hizo caso omiso de la última pregunta.

—Entiendo. Pero usted va a hacer una excepción en mi caso.

—No hago excepciones…

En ese momento Lash se desmaterializó y volvió a tomar forma detrás de Benloise, tras lo cual le puso un cuchillo en la garganta. El gorila que estaba junto a la puerta gritó y se aprestó a sacar su arma, pero cuando la yugular de tu jefe está a punto de sufrir un tajo profundo, en realidad no hay muchos blancos a los que disparar.

Lash susurró a Benloise al oído:

—He tenido una semana realmente mala y estoy cansado de jugar de acuerdo con las reglas humanas. Tengo intención de continuar con nuestra relación, y usted lo va a hacer posible, no sólo porque eso nos beneficia a los dos, sino porque, si no lo hace, me lo tomaré como una afrenta personal. Sepa esto de una vez por todas, usted no puede esconderse de mí y no hay ningún lugar al que pueda ir donde yo no pueda encontrarlo. No hay puerta lo suficientemente fuerte para mantenerme lejos, ni hombre que no pueda dominar, ni arma que usted pueda usar contra mí. Mis condiciones son éstas: quiero una obra lo suficientemente importante para llenar mi pared, y me la llevaré ahora mismo.

Cuando descubriera quiénes eran los contactos de Benloise en el exterior, Lash podría matar a aquel desgraciado, pero en ese momento hacerlo sería una pataleta contraproducente. El sudamericano era el conducto por el cual llegaba la droga hasta Caldwell, y ésa era la única razón por la cual el muy hijo de puta iba a tener la oportunidad de merendar esa tarde.

En lugar de tener una reunión con el embalsamador.

Benloise trató de respirar, cosa difícil por la presión que sufría en el cuello. Se dirigió al gorila con voz un poco alterada.

—Enzo, los nuevos cuadros al pastel de Joshua Tree deben llegar a primera hora de la tarde. Cuando lleguen, prepara uno y...

—Lo quiero ya.

—Tendrá que esperar. No puedo darle algo que no poseo. Si me mata en este momento, no tendrá nada.

Maldito desgraciado.

Lash pensó en lo poco que le quedaba en el maletero del Mercedes y consideró el hecho de que, incluso en ese momento, la energía de la coca comenzaba a desvanecerse en su cuerpo, dejando sólo un suave temblor.

—¿Cuándo y dónde?

—En el mismo lugar y a la misma hora de siempre.

—Está bien. Pero me quiero llevar una prueba ahora mismo. —Lash y hundió un poco más el cuchillo en el cuello de Benloise—. Y no me diga que no tiene absolutamente nada, porque eso me provocaría una crisis de ansiedad y temblaría. Y a usted no le conviene que me tiemble la mano, si quiere que le diga la verdad.

Tras un momento,

—Enzo, ve y tráele una muestra del trabajo de ese artista nuevo, ¿quieres?

El idiota que estaba al otro lado del salón parecía tener problemas para asimilar todo lo que estaba viendo. Después de todo, ser testigo de cómo alguien desaparecía en el aire debía de ser algo nuevo para él, sin duda. El caso es que estaba pasmado.

—Enzo. Ve ahora mismo, joder.

Lash sonrió debajo del disfraz de momia.

—Sí, date prisa, Enzo. Yo cuidaré muy bien de tu jefe hasta que vuelvas.

El guardaespaldas salió y enseguida se oyeron sus pisadas bajando la escalera.

—Ya veo que usted es un digno sucesor del Reverendo —dijo Benloise haciendo un esfuerzo.

Ah, el alias que solía usar Rehvenge en el mundo humano.

—Sí, soy muy parecido a él.

—Siempre me pareció que él tenía algo diferente.

—¿Y le pareció que lo suyo era especial? —susurró Lash—. Entonces espere a conocerme más y verá lo que es de verdad especial.

***

En la mansión de la Hermandad, Qhuinn estaba sentado en su cama, recostado contra la cabecera. Tenía el mando a distancia sobre una pierna y un vaso lleno de Herradura sobre la otra,

Junto a él, su amigo más leal: el querido Capitán Insomnio.

La televisión brillaba en la oscuridad, emitiendo el informativo de la mañana. Resultó que la policía había hallado al desgraciado que Qhuinn había golpeado en el callejón contiguo al bar de fumadores, y lo había llevado al hospital St. Francis. El tipo se negaba a identificar a su atacante o a hacer comentarios sobre lo ocurrido; pero tampoco importaría mucho que abriera la boca. En la ciudad había cientos de hijos de puta con piercings, ropa de cuero y tatuajes, así que la policía podía empezar a buscarle.

En todo caso, el desgraciado no iba a decirle una mierda a nadie. Qhuinn estaba seguro de que nunca más pegaría a nadie por ser gay.

Luego siguió un informe sobre lo que los humanos habían denominado «la masacre de la granja», reportaje que no aportaba absolutamente ninguna información nueva, pero sí una cantidad de exageraciones suficiente como para generar un ataque de histeria colectiva. ¡Cultos esotéricos! ¡Sectas! ¡Sacrificios rituales! ¡Quédense en casa por las noches!

Todo lo cual, desde luego, se basaba únicamente en pruebas circunstanciales, pues los uniformados no tenían realmente nada con que trabajar, ningún cuerpo. Algún pedacito suelto, nada más. Y aunque la identidad de una serie de delincuentes menores desaparecidos estaba comenzando a salir a la luz, seguirían sin tener nada con lo que trabajar, pues esos pocos asesinos que habían escapado al ataque de la Hermandad estaban ahora estrechamente vinculados con la Sociedad Restrictiva, y sus familias y amigos nunca volverían a verlos o saber de ellos.

Así que lo único que les quedaba a los humanos era mandar hacer una limpieza profesional de la casa, y poco más. A la mierda con los de criminalística. Lo que en realidad necesitaban era un buen lavado de alfombras, varios traperos, grandes cantidades de líquido limpiador y mucha lejía. Si pensaban que alguna vez iban a «resolver» ese crimen, esos policías estaban locos.

Lo que había sucedido era algo intangible para ellos, como un fantasma que puedes sentir, pero nunca podrás atrapar.

A propósito de fantasmas, a continuación se emitió una promo del nuevo programa especial de *Paranormal Investigators*, en el que se veían las imágenes de una mansión sureña, rodeada de árboles que parecían necesitar una buena poda.

Qhuinn bajó los pies de la cama y se restregó la cara. Layla quería ir a visitarlo de nuevo, pero cuando lo llamó, él le respondió mentalmente que estaba exhausto y necesitaba dormir.

No es que no quisiera estar con ella, sólo que…

Maldición, evidentemente él le gustaba y era obvio que ella lo deseaba y que a Qhuinn le gustaba mucho el cuerpo de esa hembra. Entonces, ¿por qué no la llamaba, se apareaba con ella y alcanzaba esa importante meta que se había puesto en la vida?

Mientras pensaba en ese plan, una imagen de la cara de Blay cruzó por su mente y lo obligó a echar un frío vistazo a su triste vida: la trama de su existencia no era nada bonita, ni mucho menos. Resopló. Súbitamente, todos los cabos sueltos que había dejado con el paso de los años se le hicieron insoportables.

Así que se levantó, salió al corredor de las estatuas y miró a la derecha. Hacia la habitación de Blay.

Lanzó una maldición mientras caminaba hacia esa puerta por la que había entrado y salido siempre como si fuera la de su propia habitación. Cuando llamó, lo hizo con suavidad, en lugar del acostumbrado y perentorio «bum-bum-bum».

Pero no hubo respuesta. Qhuinn lo intentó de nuevo.

Dio la vuelta al picaporte y empujó la puerta apenas unos centímetros, mientras deseaba fervientemente no tener ninguna razón para ser discreto.

—¿Blay? ¿Estás despierto? —susurró Qhuinn en medio de la oscuridad.

Nada… y el que no se oyera tampoco el agua de la ducha sugería que no se estaban duchando.

Finalmente encendió las luces…

La cama estaba perfectamente arreglada, sin una arruga. Parecía sacada de una revista de decoración, con todos sus cojines en su sitio y el edredón extra doblado a los pies del colchón.

En el baño, las toallas estaban secas, en la puerta de vidrio no había rastro de vapor, ni gotas en el jacuzzi.

Qhuinn sintió que el cuerpo se le adormecía mientras salía otra vez al corredor y seguía un poco más al fondo.

Al llegar frente a la puerta de la habitación que le habían asignado a Saxton, se detuvo y se quedó observando los paneles de madera. Era un excelente trabajo de carpintería, en el cual no se veía la unión de las tablas, y la pintura era impecable, sin ningún brochazo que dañara la superficie. El picaporte de bronce también era muy bonito y brillaba tanto como una moneda de oro recién acuñada…

Su agudo sentido del oído alcanzó a oír un ruidito. Qhuinn frunció el ceño, hasta que se dio cuenta de qué era lo que estaba escuchando. Sólo había una cosa que produjera esa clase de sonido rítmico…

Retrocedió y se estrelló contra la escultura griega que estaba justo detrás de él.

Entonces sus pies comenzaron a avanzar a trompicones hacia… ninguna parte, o hacia cualquier parte que estuviera lejos de allí. Cuando llegó al estudio del rey, miró hacia atrás para revisar la alfombra que acababa de recorrer.

No había ningún rastro de sangre. Lo cual, considerando el dolor que sentía en el pecho, era toda una sorpresa.

Pues estaba seguro de que le acababan de disparar un balazo en el corazón.

CAPÍTULO

63

X hex se despertó gritando.

Por fortuna, John había dejado encendida la luz del baño, lo que ayudó a su cerebro a discernir dónde se hallaba en realidad su cuerpo. Gracias a Dios, no estaba otra vez en aquella clínica humana, convertida en ratón de laboratorio.

Estaba en la mansión de la Hermandad, con John.

Por su parte, John había saltado de la cama al oírla y estaba apuntando con su arma hacia la puerta, como si estuviera preparado para agujerear la madera.

Con la mano aún en la boca, Xhex trató de calmarse antes de despertar a toda la casa. Lo último que necesitaba era un montón de hermanos en la puerta, preguntando qué estaba pasando.

Sin hacer ningún ruido, John movió en círculo el cañón de su calibre cuarenta, apuntando primero hacia las ventanas y luego hacia el armario. Cuando finalmente bajó el arma, silbó de modo interrogativo.

—Estoy… bien —respondió Xhex, cuando por fin recuperó la voz—. Sólo fue un mal…

El golpe en la puerta que interrumpió sus palabras fue tan sutil como una grosería en medio de un salón en silencio. O como el grito que ella acababa de lanzar.

Mientras Xhex se subía las sábanas hasta el cuello, John abrió la puerta un poco y entonces Xhex oyó la voz de Z.

561

—¿Va todo bien ahí dentro?

No. Ni remotamente.

La guerrera se restregó la cara y trató de volver a la realidad. Pero resultó una tarea bastante difícil. Sentía su cuerpo ingrávido, como desconectado y, joder, esa sensación de estar flotando le impedía pisar de nuevo tierra firme, por así decirlo.

No se necesitaba ser un genio de la psicología para entender por qué su subconsciente había recordado la pavorosa experiencia de su primer secuestro. Obviamente, su permanencia en la sala de cirugía mientras John se sometía a su operación había sido un plato difícil de digerir para su cerebro. La pesadilla era el equivalente mental de la acidez.

Dios. Ahora estaba sudando a chorros.

Para volver a la normalidad, intentó concentrarse en lo que podía ver a través de la puerta del baño, que estaba medio abierta.

Y he aquí que finalmente la hicieron recobrar la cordura y volver a tierra los cepillos de dientes que reposaban en la encimera de mármol. Estaban metidos en una copa de plata entre los dos lavabos, y parecían un par de viejas chismosas en pleno cotilleo. Los dos debían de ser de John, pensó Xhex, debido a que en esa casa las visitas no eran muy bien recibidas.

Uno era azul y el otro, rojo. Y los dos tenían en el centro las cerdas verdes que se volvían blancas para indicar que había llegado el momento de cambiarlos.

Todo perfecto. Normal. Aburrido. Tal vez si ella tuviera un poco más de todo eso en su vida no estaría buscando desesperadamente la puerta de salida. Ni teniendo pesadillas que transformaban su voz en un maldito megáfono.

John se despidió de Z y regresó a la cama. Dejó su arma sobre la mesita de noche y se metió debajo de las sábanas. Su cuerpo tibio era sólido y suave. Ella se le abrazó con toda la naturalidad que supuso que era normal entre amantes.

Aunque era algo que ella nunca antes había hecho con nadie.

Cuando John alejó la cabeza lo suficiente como para que ella pudiera verle la cara, preguntó modulando con los labios.

—¿Qué te ha pasado?

—Nada. He tenido un sueño. Un sueño muy malo. De aquella época en que... —Xhex respiró hondo—. Cuando estuve en esa clínica.

John no la presionó para que le diera detalles. Sólo acarició su pelo.

Se hizo un silencio. Xhex no tenía intención de hablar sobre su pasado, en especial cuando lo último que necesitaba era revivir los ecos de la pesadilla. Pero las palabras se fueron formando en su garganta y ella no pudo retenerlas.

—Yo incendié la clínica. —Su corazón palpitó con más fuerza al recordar, pero enseguida notó que la evocación de lo ocurrido no era tan terrible como el sueño—. Fue extraño… No estoy segura de que los humanos pensaran que estaban haciendo algo malo; en realidad me trataron como a un valioso ejemplar, un raro animal de zoológico, y me dieron todo lo que necesitaba para sobrevivir, mientras me exploraban, me palpaban y me hacían una prueba tras otra… Sí, casi todos aquellos humanos fueron buenos conmigo. Aunque había un maldito sádico en el grupo. —Sacudió la cabeza—. Me retuvieron un mes o dos, no lo sé porque perdí la noción del tiempo, y trataron de darme sangre humana para mantenerme viva, pero al mismo tiempo podían ver a través de los indicadores clínicos que yo cada vez estaba más débil. Logré salir de allí porque uno de ellos me soltó.

John, casi más angustiado que ella, hizo rápidas señas.

—Mierda, lo siento mucho. Pero me alegra que acabaras con ese lugar.

Xhex rememoró el viaje de regreso al sitio donde había estado cautiva y cómo todo acabó convertido en un montón de cenizas.

—Sí, tenía que quemarla. Ya llevaba bastante tiempo en libertad cuando volví y la incendié. No podía dormir a causa de las pesadillas. Le prendí fuego cuando todos se fueron a casa. Aunque… —movió otra vez la cabeza a un lado y otro— lo más posible es que hubiera una víctima, que debió de morir en condiciones terribles. Pero ese hijo de puta se lo merecía. Mi ley es la del ojo por ojo.

Las manos de John volvieron a moverse.

—Eso es normal, no me parece malo en absoluto.

—¿Te puedo preguntar una cosa un poco delicada? —Al ver que su macho se encogía de hombros, siguió—: Aquella noche que me llevaste a la ciudad, ¿fue la primera vez que volvías a aquellos sitios?

—No había vuelto. No me gusta quedarme en el pasado. Siempre miro hacia delante.

—Cómo te envidio. Yo, en cambio, no puedo librarme de mi propia historia.

Y no era sólo por lo que había ocurrido en la clínica, o la pequeña pesadilla del nidito de amor de Lash. El caso era que nunca había acabado de encajar en ninguna parte: ni con la familia que la crió, ni en la sociedad vampira en general, ni en la symphath. Esa inadaptación la carcomía constantemente, y definía su comportamiento, su personalidad, incluso cuando no estaba pensando conscientemente en ella. Los lugares en que se había sentido realmente bien eran escasos, y muy distanciados entre sí... y siempre relacionados con satisfactorios trabajos, es decir con asesinatos.

Enseguida pensó, no obstante, en los momentos que había pasado con John... y se aclaró un poco ese deprimente panorama. Estar con él, cuerpo contra cuerpo, era algo que definitivamente podía considerar como un momento feliz. Y ya se había adaptado a algo y a alguien. Por fin encajaba.

Pero era una relación más o menos parecida a la de su actividad como asesina: no era muy saludable para ninguno de los involucrados. No había más que pensar en lo que acababa de suceder: se había despertado gritando y John se levantó con un arma en la mano para enfrentarse al peligro, mientras ella hacía el papel de la hembra asustada, con la sábana apretada contra el corazón.

Ésa no era ella. Sencillamente, no era su naturaleza.

A decir verdad, el peligro de convertirse en una hembra de las que se dejan proteger la asustaba más que los malos sueños que acababa de tener. Si algo le había enseñado la vida era que lo mejor es que cada cual se preocupe de sus propios asuntos y se defienda por sus propios medios. Nada deseaba menos que convertirse en una especie de muñequita de porcelana, dependiente de otro, aunque el otro fuese alguien con tanta amabilidad, valor y honor como John.

Eso sí, en el terreno sexual todo resultaba muy satisfactorio. Mucho. Parecía un poco elemental y crudo decirlo de esa manera, pero era la verdad.

Xhex recordó que cuando llegaron a la habitación, después del *tête-à-tête* en el túnel, ni siquiera se molestaron en dar las luces. No tenían tiempo, sólo se quitaron la ropa y luego a la cama, a follar. Cuando todo pasó, ella se quedó dormida y un poco después John debió de levantarse para ir al baño y fue entonces cuando debió de dejar la luz encendida. Probablemente, para asegurarse de que no se sintiera perdida si se despertaba.

Así era John. Así era su macho.

Se oyeron ruidos metálicos y un sordo zumbido por toda la casa. Las persianas de acero comenzaron a levantarse, dejando ver tras los cristales un cielo negro. Xhex dio por terminadas sus elucubraciones, y eso fue un alivio para ella. Odiaba dar demasiadas vueltas a los asuntos. Casi nunca se resolvía nada y casi siempre acababa sintiéndose peor.

—El agua caliente nos espera —dijo Xhex, incorporándose. Deliciosos dolores en los músculos y los huesos, sin duda consecuencia de la orgía nocturna, hicieron que desease compartir durante años y años aquella inmensa cama con John.

Pero ése no era su destino.

Se inclinó y se quedó mirando el rostro en sombras de John. Después de recorrer sus atractivos rasgos con los ojos, no pudo frenar el impulso de acariciarle la mejilla.

«Te amo», dijo en silencio, modulando las palabras con los labios en medio de la penumbra.

—¡Vamos! —dijo después en voz alta.

El beso que siguió fue una especie de despedida; después de todo, tal vez esa noche encontraran por fin a Lash y eso implicaría el punto y final de sus encuentros íntimos.

De pronto, John la agarró los brazos y arrugó la frente, pero luego, como si le hubiese leído la mente o hubiera recordado súbitamente las reglas de su juego, la soltó.

Xhex se levantó y se dirigió al baño. John la siguió con los ojos.

En el baño, Xhex abrió el grifo y sacó unas toallas del armario correspondiente.

Luego se detuvo para mirarse en el espejo que había sobre el lavabo.

Su cuerpo era el mismo de siempre, ciertamente, pero pensó en cómo lo percibía, como se sentía cuando estaba con John. Estaba tan acostumbrada a pensar en su cuerpo como una especie de arma sofisticada, algo que era útil y necesario para lograr sus objetivos personales y profesionales, que, joder, se alimentaba y se cuidaba de la misma manera en que cuidaba y limpiaba las pistolas y los cuchillos. Con fría eficiencia, porque así mantenían su utilidad.

Sin embargo, John le había brindado nuevas y sorprendentes enseñanzas, le había mostrado que de su cuerpo podían brotar un placer profundo y una comunicación muy especial. Eso ni siquiera lo había sospechado durante su relación con Murhder, con quien hubo placer, claro, pero no profundo. En cuanto a la comunicación a través del cuerpo, nada de nada.

En eso estaba pensando cuando apareció el macho enamorado y se plantó detrás de ella. Ahora el espejo reflejaba la imagen de ambos.

Qué ejemplar de macho, pensó la asesina enamorada.

Mirándole a los ojos en el espejo, Xhex se llevó la mano a uno de sus senos y comenzó a acariciarse el pezón. Recordaba muy bien lo que había sentido cuando él la había tocado allí, con la mano, con la lengua, con la boca.

El cuerpo de John reaccionó en consecuencia. Su olor a macho enamorado invadió el baño. En la entrepierna hubo un movimiento telúrico.

Entonces Xhex tendió una mano hacia atrás y lo atrajo hacia ella, mientras la verga de John se insertaba en la rendija formada por sus muslos, justo debajo de la vagina.

El vientre del macho presionó el culo de ella, sus manos grandes y tibias la envolvieron y le acariciaron el abdomen. Luego John bajó la cabeza hacia los hombros de la amada y sus colmillos brillaron. Rozó su piel delicadamente hasta llegar al cuello.

Xhex se apretó entonces contra él y se estiró para meter las manos entre aquel pelo grueso y negro que tanto amaba, corto pero sedoso, suave, masculino…

—Te quiero dentro de mí —dijo ella con voz ronca y perentoria.

John movió la mano hacia arriba y agarró el seno que ella se había acariciado; luego se colocó adecuadamente y la penetró.

En ese mismo momento, deslizó sus colmillos hasta una de las grandes venas del cuello.

No necesitaba alimentarse. Xhex lo sabía. Así que se sintió curiosamente excitada cuando él la mordió, porque eso significaba que lo estaba haciendo sólo por deseo, porque él también la quería tener a ella dentro de sí.

Cada uno, dentro del otro.

A la luz de las lámparas del techo, en el espejo, ella vio cómo John la penetraba desde atrás. Sus poderosos músculos se flexionaban, sus ojos ardían y su impresionante miembro erecto entraba y salía, entraba y salía. Y también se vio a sí misma. Los senos firmes, los pezones enrojecidos, no con su color rojizo natural, sino con el tono de la excitación, de la lujuria, porque John los había estado acariciando largamente durante el día.

Se veía y se gustaba. La piel radiante, las mejillas resplandecientes, los labios hinchados por los besos, los ojos entrecerrados y sensuales.

John se retiró de la vena de Xhex y lamió los pinchazos para sellarlos. La hembra volvió la cabeza, atrapó la boca de John con la suya y se perdieron en un delicioso intercambio de saliva, duelo de dos lenguas excitadas que seguían el ritmo de la enésima penetración que estaba teniendo lugar más abajo.

El deseo fue creciendo y creciendo, hasta convertirse en una pasión salvaje, no ya sensual, sino mucho más: arrasadora, devoradora, imparable.

Y mientras John la embestía con las caderas, los cuerpos se estrellaban uno contra otro y más que respirar rugían. El orgasmo de Xhex fue tan avasallador, tan sublime, que si él no la hubiese tenido agarrada de las caderas, se habría derrumbado, tal vez muerta de placer.

Y justo cuando ella llegó al clímax, los estremecimientos de John la sacudieron. El torrente seminal, eléctrico, que brotó del miembro imparable inundó el cuerpo y el alma de la guerrera enamorada.

Y luego sucedió.

En la cima del placer, la visión de Xhex se volvió roja, bidimensional y, cuando el éxtasis empezó a ceder, la súbita irrupción de su lado malo fue la llamada de atención que ella había estado esperando inconscientemente.

Poco a poco, la hembra fue retomando conciencia de sí misma, de dónde estaba, de la humedad del ambiente, del calor de la ducha, del ruido del agua al caer… y de los miles de puntos de contacto que había entre ellos. Y se dijo que en ese momento todas las cosas tenían distintos tonos de rojo, del color de la sangre.

John levantó una mano y la acarició alrededor de sus ojos ahora enrojecidos, diabólicos.

—Necesito mis cilicios —dijo Xhex.

John respondió enseguida por señas:

—Yo los tengo.

—¿De verdad?

—Los guardé. —El macho frunció el ceño, consciente del cambio que ella había experimentado—. Pero ¿estás segura de que tienes que…?

—Sí —confirmó ella apresuradamente—. Lo estoy.

La expresión dura que había adoptado John la hizo recordar la cara que tenía cuando saltó de la cama al oírla gritar: un semblante de macho duro y obstinado. Y ahora también enfadado. Pero no podía hacer nada para evitar su reprobación. Ella tenía que cuidarse, estuviera él de acuerdo o no. Como fuera, tenía que recuperar un cierto estado de «normalidad».

No, no estaban destinados a vivir juntos, por muy compatibles que pudieran ser a veces.

John se retiró del interior de Xhex y dio un paso atrás. Luego acarició la espalda de la hembra con delicadeza, como si así le mostrase una especie de agradecimiento… y, a juzgar por la sombría expresión de sus ojos, probablemente también como una especie de despedida. Luego dio media vuelta y se dirigió a la ducha.

—Santo Dios… —Xhex sintió que su corazón se detenía al ver lo que estaba viendo en el espejo. Sobre la parte superior de la espalda, dibujado en un glorioso despliegue de tinta negra… en una declaración que no susurraba sino que gritaba, en una letra gigantesca y llena de adornos… estaba su nombre escrito en caracteres antiguos.

La hembra se dio la vuelta. Él parecía repentinamente congelado.

—¿Cuándo te hiciste eso?

Tras un instante de tensión, John se encogió de hombros y ella se sintió fascinada por la manera en que en ese momento se movió la tinta sobre la carne amada, estirándose y contrayéndose. John sacudió la cabeza, metió la mano para probar la temperatura del agua, atravesó la puerta de vidrio, puso la espalda debajo del chorro, agarró el jabón y empezó a frotarse el cuerpo.

Al negarse a mirarla, John le estaba mandando un claro mensaje: el tatuaje no era asunto de ella. Más o menos, lo mismo que ella pensaba, en el fondo, de los cilicios, ¿no?

Xhex se acercó a la puerta de vidrio que los separaba y golpeó con fuerza.

—¿Cuándo te hiciste el tatuaje? —preguntó de nuevo, modulando las palabras.

John cerró los ojos, como si tuviera recuerdos que le dieran repentino dolor de estómago.

Finalmente, hizo señas lentas y claras:

—Cuando creí que no ibas a volver a casa.

Y eso rompió el corazón de de la enternecida asesina.

**

John trabajó rápido con el jabón y el champú, muy consciente de que su hembra estaba al otro lado de la puerta de vidrio, mirándolo fijamente. A él le habría gustado sorprenderla con toda la historia del tatuaje, pero teniendo en cuenta cómo estaban las cosas entre ellos, no estaba dispuesto a lanzarse a una confesión de sus sentimientos.

Cuando él le había preguntado por los cilicios, ella había sido sutilmente clara al insinuar que no era un asunto de su incumbencia… y eso lo había hecho reaccionar. Desde que cayó herido la noche anterior, los dos habían vuelto a dejarse llevar por aquella conexión pasional que los unía. El sexo distorsionaba la realidad. Pero eso tenía que acabarse.

Nunca más.

John salió de la ducha, pasó junto a ella, tomó una toalla del toallero y se la envolvió alrededor de las caderas. Después la miró a los ojos a través del espejo.

—Te traeré tus cilicios —dijo por señas.

—John…

Al ver que la hembra se limitaba a pronunciar su nombre, frunció el ceño y se dijo que era una escena típica de su relación: aunque estaban a unos cuantos centímetros el uno del otro, en realidad se encontraban a kilómetros de distancia.

John siguió hacia la habitación, sacó del armario unos vaqueros y se los puso. Alguien le había llevado la chaqueta de cuero a la clínica la noche anterior y él se la había dejado allí, en alguna parte.

Sin ponerse los zapatos, salió al corredor de las estatuas y se dirigió a la escalera. Luego se metió por la puerta oculta. Joder, recorrer de nuevo ese túnel le trajo muchos recuerdos: en lo único que podía pensar era en el escarceo erótico de ambos, allí, en medio de la oscuridad.

Como un completo idiota, deseó retroceder en el tiempo, que volvieran aquellos momentos mágicos en los que no existía nada que no fueran sus cuerpos. Allí, sus corazones habían podido palpitar y cantar en libertad.

Maldita vida real.

Era una mierda.

John se estaba acercando a la entrada del centro de entrenamiento cuando oyó la voz de Z.

—Oye, John.

Se dio la vuelta. Cuando levantó la mano a manera de saludo, el hermano comenzó a caminar hacia él desde la puerta de la mansión. Z llevaba ropa de combate: pantalones de cuero negro y camiseta ajustada, es decir, el uniforme que todos se pondrían cuando salieran a buscar nuevamente a Lash. Con su cabeza rapada y el reflejo de las luces del techo sobre la cicatriz que le partía la cara, no era nada extraño que Z despertara tanto pavor en la gente.

En especial cuando sus ojos se entrecerraban de aquella forma tan inquietante y apretaba con tanta ferocidad los dientes.

—¿Qué sucede? —preguntó John cuando el hermano se detuvo frente a él.

Al ver que Z no le respondía de inmediato, John se preparó para lo peor.

—¿Qué pasa? —volvió a preguntar por señas.

Zsadist soltó una maldición y comenzó a pasearse, con las manos en las caderas y los ojos clavados en el suelo.

—No sé por dónde empezar.

John frunció el ceño y se recostó contra la pared del túnel, listo para recibir malas noticias una vez más. Aunque no se le ocurría qué podía ser, la vida era muy imaginativa, siempre tenía alguna sorpresita preparada.

Tras un rato de paseos nerviosos, Z se detuvo y, cuando levantó la mirada, sus ojos ya no tenían el habitual color dorado que exhibían cuando estaba relajado, en casa. Ahora estaban completamente negros. Perversamente negros. Y su rostro había adquirido la palidez de la nieve.

John se puso en guardia.

—Por Dios, ¿qué sucede?

—¿Recuerdas aquellos paseos que tú y yo solíamos dar en el bosque? ¿Justo antes de tu transición... después de que perdieras el control con Lash la primera vez? —Al ver que John asentía con la cabeza, el hermano continuó—: ¿Nunca te preguntaste por qué Wrath nos había juntado de esa manera?

John asintió lentamente.

—Sí...

—No fue una casualidad, ni ningún error. —Los ojos del hermano resultaban fríos, negros como el sótano de una casa embrujada, y las sombras teñían no sólo el color del iris sino también lo que se escondía detrás de su mirada—. Tú y yo tenemos algo en común. ¿Entiendes a qué me refiero? Tú y yo... tenemos algo en común.

John volvió a fruncir el ceño, pues todavía no entendía de qué iba la cosa...

Pero de repente sintió un estremecimiento frío que le sacudió todo el cuerpo y le llegó hasta la médula. ¿Él? No era posible, ¿acaso había oído mal? ¿Estaría malinterpretando las palabras del hermano?

Y en ese momento recordó, con una claridad meridiana, la imagen de ellos dos, uno frente al otro, justo después de que Zsadist leyera lo que aquel psicólogo había puesto en la historia clínica de John.

«Ya encontrarás la manera de lidiar con esa mierda, porque es un asunto que sólo te incumbe a ti», había dicho Z. «Nunca tendrás que decir ni una palabra más sobre el tema, y de mis labios no saldrá ni una palabra».

En aquel momento, John se había sorprendido ante la inesperada comprensión del hermano. Así como ante el hecho de que Z no pareciera juzgarlo, ni ver en lo ocurrido una muestra de debilidad.

Ahora entendía el porqué.

Por Dios… ¿También Z?

El hermano levantó la mano.

—No te estoy diciendo esto para asustarte y, joder, habría preferido que nunca lo supieras, por razones que estoy seguro de que entiendes. Pero lo digo por el grito de tu hembra de esta mañana.

Tomó aire, conmocionado. El hermano empezó a pasearse de nuevo.

—Mira, John, no me gusta que la gente se meta en mis cosas y soy el último que hablaría de mierdas de éstas. Pero ese grito… —Z se situó frente a John—. Me he despertado demasiadas veces dando gritos como ése como para no saber la clase de infierno que hay que estar viviendo para gritar así. Tu hembra… bueno, ella ya tenía suficientes traumas en la cabeza, pero después de lo de Lash… No necesito detalles, pero puedo percibir que está mal. Demonios, en cierto modo, a veces es casi peor cuando estás de nuevo a salvo.

John se restregó la cara como si sus sienes le estuvieran torturando y luego levantó las manos dispuesto a hacer señas, pero se dio cuenta de que no tenía nada que decir. La tristeza que lo invadió y que ahuyentó las palabras le dejó una extraña sensación de aturdimiento.

Lo único que pudo hacer fue asentir.

Zsadist le puso una mano en el hombro durante un momento y luego volvió a pasearse.

—Bella fue mi tabla de salvación, pero el amor no era lo único que necesitaba. Verás, antes de que nos apareáramos formalmente, Bella me abandonó. Me dio una patada en el culo con toda la razón. Yo sabía que tenía que hacer algo, aclarar mi turbulenta cabeza, si quería tener una oportunidad con ella. Así que hablé con alguien acerca de… todo. —Z volvió a maldecir y cortó el aire con la mano—. Y no, no estoy hablando de uno de esos loqueros de la clínica de Haver's. Me refiero a alguien en quien yo confiaba. De la familia, alguien que yo sabía que no me iba a tachar de depravado, débil o alguna mierda semejante.

—¿Quién? —preguntó John modulando con los labios.

—Mary. —Z suspiró—. La shellan de Rhage. Teníamos nuestras sesiones abajo, en el cuarto de la caldera, debajo de la cocina. Sólo con dos sillas. Así de austero y sencillo fue todo. Me ayudó mucho y todavía recurro a ella de vez en cuando.

John se hizo cargo al instante de lo lógico que era lo que le estaba contando. Mary tenía una manera de ser amable, serena, lo que explicaba cómo había sido capaz de domesticar al más salvaje de los hermanos, civilizar a la bestia que ese hijo de puta llevaba dentro.

—Ese grito de anoche… John, si quieres aparearte con esa hembra, tienes que ayudarla con eso. Ella necesita hablar sobre sus mierdas, porque si no lo hace, estoy seguro de que el trauma se la va a comer por dentro. Y acabo de hablar con Mary, sin mencionar nombres, claro. Ella tiene el título de psicóloga. Me ha dicho que está dispuesta a trabajar con quien sea. Si te parece bien, y crees que es el momento adecuado, habla con Xhex sobre este asunto. Dile que vaya a hablar con Mary. —Z se restregó la cabeza rapada, y al hacerlo las argollas que tenía en los pezones resaltaron por debajo de su camiseta negra—. Te aseguro que tu hembra estará en buenas manos. Lo juro por la vida de mi hija.

—Gracias —dijo John—. Sí, claro que hablaré con ella. Por Dios… gracias.

—De nada.

John miró intensamente a Zsadist a los ojos.

Mientras se miraban, pensó en lo difícil que era no sentirse parte de un club al que nadie querría entrar voluntariamente. Nadie deseaba ni buscaba formar parte de ese grupo, y ni se ufanaba de ello tampoco. Pero era un club muy fuerte, el de los supervivientes de calamidades y atropellos de ese tipo podían ver el horror escrito en los ojos de otras víctimas. Se reconocían sin necesidad de palabras. Por decirlo así, llevaban el mismo tatuaje interno, el rastro de un trauma que los separaba del resto del planeta, y que de vez en cuando unía inesperadamente sus almas atormentadas.

Zsadist rompió el silencioso intercambio de miradas, con voz ronca.

—Yo maté a la perra que me lo hizo. Y me llevé su cabeza cuando escapé. ¿Tú tuviste esa satisfacción o alguna similar?

John negó lentamente con la cabeza.

—Me habría gustado.

—No te voy a mentir: eso también me ayudó, tanto como la terapia psicológica.

Entonces hubo otro momento de silencio, como si, una vez hechas las difíciles confidencias, ninguno de los dos supiera cómo pulsar el botón de *reset*, cómo volver a la normalidad.

Finalmente, Z sonrió a su feroz manera y extendió el puño.

John hizo chocar sus nudillos con los de Z, mientras pensaba que uno nunca sabe lo que esconde la gente.

O quizá lo sabemos en mayor medida de lo que creemos.

Los ojos de Z volvieron a adquirir su color dorado cuando dio media vuelta y comenzó a avanzar hacia la puerta que lo llevaría de regreso a la mansión, junto a su familia, a sus hermanos. En el bolsillo trasero, como si lo hubiese guardado allí y luego se le hubiera olvidado, Z llevaba un babero rosa.

La vida continúa, pensó John. Te haga lo que te haga el mundo, siempre puedes sobrevivir.

Tal vez si ella hablaba con Mary, no…

John no pudo ni terminar el pensamiento, porque le daba pánico la idea de que se iba a marchar de su lado.

Así que se apresuró a llegar al centro de entrenamiento. Una vez allí siguió hacia la clínica, donde encontró su chaqueta, sus armas… y lo que Xhex necesitaba.

Lo recogió todo hecho un mar de dudas. Daba vueltas en su cabeza a todos los acontecimientos importantes, recientes y ya lejanos en el tiempo, aunque siempre presentes. Vueltas y más vueltas. Sin conclusiones.

Volvió a la mansión, fue directo hacia la escalera y llegó a su habitación. Al entrar en su cuarto, oyó la ducha en el baño y tuvo una vívida imagen de Xhex gloriosamente desnuda y mojada, envuelta en espuma. Pero no entró en el baño. Alisó un poco las sábanas y dejó los cilicios a los pies de la cama. Luego se puso su ropa de combate y volvió a salir.

Pero no se dirigió al comedor para hacer la Primera Comida.

Fue a otra habitación de la gran casa. Llamó a la puerta. Tenía la sensación de que lo que estaba a punto de hacer había tardado mucho en llegar.

Abrió Tohr. Estaba a medio vestir y desde luego sorprendido.

—¿Qué sucede?

—¿Puedo entrar? —le preguntó John por señas.

—Sí, claro.

Al entrar, tuvo algo así como una rara premonición. Pero no se alteró demasiado, porque cuando se trataba de Tohr, siempre sentía lo mismo, además de una profunda conexión con él.

Miró a Tohr y pensó en aquellas horas que habían pasado en el sofá de la sala de billar, viendo *Godzilla* en televisión mientras su amada luchaba a la luz del día. Era curioso; se sentía tan cómodo con Tohr que era como estar solo, pero sin la sensación de soledad.

—Tú me has estado siguiendo, ¿verdad? —le preguntó John por señas de repente—. Tú eras esa sombra que sentía tras de mí, o al acecho, en el salón de tatuajes y luego en Xtreme Park.

Tohr arrugó la frente

—Sí, era yo.

—¿Por qué?

—Mira, te juro que no es porque no crea que no puedes defenderte solo…

—No, no se trata de eso. Lo que no entiendo es… Quiero decir que, si estás lo suficientemente bien como para salir al campo de batalla para seguirme, ¿por qué no luchas normalmente? ¿Por qué haces eso? ¿Planeas matarlos? ¿Es por… ella? ¿Por qué pierdes el tiempo conmigo?

Tohr soltó una maldición.

—Mierda, John… —Hubo una larga pausa—. No se puede hacer nada más por los muertos. Ellos ya se fueron. No hay nada más que hacer en lo que a ellos se refiere. En cambio a los vivos sí puedes cuidarlos. Yo conozco el infierno que viviste, y que todavía estás viviendo. Perdí a mi Wellsie por no estar con ella cuando me necesitaba… Así que no puedo permitirme perderte a ti por la misma razón.

Las palabras del hermano se desvanecieron en el aire, pero dejaron honda huella en John, que se sintió como si le hubiesen dado un puñetazo sentimental. Así era aquel hermano: firme y sincero. Un macho honorable.

Tohr soltó una carcajada amarga.

—No me malinterpretes. Tan pronto como termines con la mierda de Lash y ese maldito zombi hijo de puta esté muerto para siempre, iré con toda mi alma contra esos desgraciados. Mataré restrictores en memoria de Wellsie durante el resto de mi vida. Pero el caso es que yo recuerdo... Verás, yo pasé por un drama similar al tuyo, sé lo que sufrías cuando creíste que tu hembra estaba muerta. Créeme, te lo digo por experiencia. Por muy tranquilo que pienses que estás, en realidad te encuentras totalmente desquiciado por dentro. Y eso que has tenido la suerte de recuperarla. De todas formas, el equilibrio no vuelve tan rápidamente. En fin. Sé que harías cualquier cosa para salvarla, incluso poner tu pecho ante las balas destinadas a ella. Desde luego, lo entiendo, claro, pero me gustaría que no sucediera.

John digirió unos instantes las palabras de Tohr, antes de hablar.

—Ella no es mi hembra.

—Sí, sí lo es. Formáis una una pareja perfecta. Creo que no te haces idea de lo compenetrados que estáis.

John negó con la cabeza.

—No estoy seguro de entender de qué estás hablando. No te ofendas.

—Que una relación sea la ideal no quiere decir que tenga que ser fácil.

—En ese caso, si se trata de que haya tensiones, sí somos el uno para el otro.

Hubo un largo silencio, durante el cual John tuvo la extraña sensación de que la vida volvía a su curso normal, que los cambios de rumbo que había sufrido últimamente estaban quedando atrás.

Y ahí estaba otra vez un representante del Club de los Supervivientes.

Por Dios, en vista de la cantidad de problemas por los que habían pasado quienes vivían en la mansión, V tendría que diseñar un tatuaje que todos deberían llevar en el trasero. Porque John estaba seguro de que todos ellos se habían llevado el premio gordo en la lotería de los reveses más jodidos.

Seguramente lo que pasa es que la vida era así de desagradable y traicionera para todos los habitantes del planeta. Tal vez la pertenencia al Club de los Supervivientes no te la «ganabas», ni te tocaba en un macabro sorteo del destino, sino que era simplemente una condición que adquirías automáticamente al salir del útero de tu madre. La vida te ponía en la lista de espera y tarde o temprano te acababan llamando para formalizar el ingreso en el club. De que eso ocurriera se encargaban las crueldades azarosas de la vida, las enfermedades, los accidentes y la maldad de quienes sólo querían hacer daño.

Y no había forma de renunciar a la entrada en ese club, ni de salirse una vez dentro; a menos que acabaras con tu vida antes de tiempo.

La verdad esencial de la vida, tal como John estaba empezando a entrever, no era nada idealista, y se podía resumir en pocas palabras: siempre pasan cosas malas, mierdas, mierdas y más mierdas.

Y pese a ello siempre sigues adelante. Mantienes a tus amigos, a tu familia y a tu amor con la mayor seguridad posible. Y cuando te derriban, te levantas y sigues luchando. Luchas incluso cuando ya no te queda esperanza en la victoria.

Maldición, es verdad, no te rindes jamás.

—Me he portado como un mierda contigo —dijo John por señas—. Lo siento.

El interpelado sacudió la cabeza.

—¿Crees que yo me he portado mejor? No te disculpes. Como tu padre siempre me decía, no mires hacia atrás. Sólo hacia delante.

De ahí le venía su carácter, por tanto, pensó John. Aquella creencia la llevaba en la sangre.

—Quiero tenerte conmigo, a mi lado —dijo John por señas—. Esta noche. Y mañana por la noche. Hasta que matemos a Lash. Haz este trabajo conmigo. Encontremos juntos a ese maldito asesino. Ven con nosotros abiertamente, sin seguirme escondido en las sombras.

La idea de que los dos trabajaran juntos parecía absolutamente correcta. Después de todo, cada uno por sus propias razones, todos estaban unidos en aquel juego mortal: John necesitaba vengar a Xhex por mil motivos. Y en cuanto a Tohr... bueno, el Omega se había llevado a su hijo cuando un restrictor había matado a Wellsie. Y ahora el hermano tenía la oportunidad de devolverle el favor.

—Ven conmigo. Haz esto conmigo.

Tohr tuvo que tragar saliva.

—Pensé que nunca me lo pedirías.

Esta vez no chocaron los nudillos.

John y Tohr se abrazaron, pecho contra pecho. Y cuando se separaron, John esperó a que Tohr se pusiera la camisa y la chaqueta y a que preparara sus armas.

Luego bajaron la escalera hombro con hombro.

Como si nunca hubiesen estado separados. Como si siempre hubieran seguido íntimamente unidos.

Las habitaciones de la parte posterior de la mansión de la Hermandad ofrecían la ventaja de tener, no sólo una magnífica vista sobre los jardines, sino una terraza en el segundo piso.

Lo cual significaba que, si estabas nervioso, podías salir y tomar un poco de aire fresco antes de enfrentarte a lo que fuera.

En cuanto se levantaron las persianas, al inicio de la noche, Qhuinn abrió las puertas francesas junto a las cuales estaba su cómoda y salió a esa terraza. Apoyó las manos en la balaustrada y se inclinó hacia delante. Llevaba ropa de combate, pantalones de cuero y botas, pero había dejado las armas dentro.

Miró las jardineras tapadas con tablas durante el invierno, y los frutales que todavía tenían que florecer, y sintió la piedra fría bajo sus manos y la brisa sobre su pelo aún húmedo, y la tensión de sus músculos en la parte baja de la espalda. El aroma del asado de cordero recién hecho subía desde la cocina. Se veían luces encendidas en todas las ventanas, que proyectaban una luz dorada hacia el jardín y el patio del nivel inferior.

Qué sangrante ironía, sentirse tan vacío debido a que Blay finalmente había encontrado satisfacción a sus sueños.

Movido por un ataque de melancolía, Qhuinn recordó las incontables noches en casa de Blay, cuando los dos se sentaban en el suelo o a los pies de la cama, a jugar a las cartas, beber cerveza y ver vídeos. En esa época tenían cosas muy serias que discutir, como lo que sucedía a diario en el entrenamiento, o el próximo videojuego que iban a lanzar al mercado los humanos, o quién era más atractiva, si Angelina Jolie o cualquier otra.

Angelina siempre ganaba. Y Lash siempre se portaba como un idiota. Y *Mortal Kombat* era el mejor videojuego.

Dios, en aquellos días ni siquiera tenían el *Guitar Hero World Tour*, ese increíble videojuego musical.

El caso es que él y Blay siempre se habían mirado a los ojos y, en el mundo de Qhuinn, donde todos le odiaban, tener a alguien que lo entendiera y lo aceptara tal como era había sido como un rayo de sol caliente en el maldito Polo Norte.

Ahora le costaba creer que en otro tiempo hubieran estado tan próximos, tan unidos. Blay y él habían tomado caminos diferentes… y después de tenerlo todo en común, ahora sólo compartían el enemigo; e incluso en ese campo, Qhuinn tenía encomendada la misión de acompañar siempre a John, así que tampoco se podía decir que Blay y él fueran compañeros de armas.

Mierda, el adulto que Qhuinn llevaba dentro se daba cuenta de que era ley de vida. Pero el chiquillo que llevaba dentro se lamentaba por la pérdida más que…

Oyó un sonido metálico y el suave chirrido de una puerta.

Desde una habitación en penumbra que no era la suya, Blay salió a la terraza. Llevaba puesta una bata de seda negra y estaba descalzo, con el pelo mojado después de ducharse.

Tenía marcas de mordiscos en el cuello.

Blay se detuvo al ver a Qhuinn en la balaustrada.

—Ah, hola. —Blay enseguida miró hacia atrás, como si quisiera asegurarse de que la puerta por la que había salido estuviera cerrada.

Saxton estaba allí dentro, pensó Qhuinn. Durmiendo entre sábanas que habían sido escenario de…

—Ya iba a entrar otra vez —dijo Qhuinn, señalando hacia atrás con el pulgar—. Hace demasiado frío para quedarse aquí afuera mucho tiempo.

Blay cruzó los brazos sobre el pecho y observó el paisaje.

—Sí, hace mucho frío.

Blay se acercó a la balaustrada, y el olor del jabón que había usado llegó hasta la nariz de Qhuinn.

Ninguno de los dos se movió.

Qhuinn carraspeó y decidió lanzarse al precipicio antes de marcharse.

—¿Todo salió bien? ¿Te ha tratado bien?

La voz le había salido muy rara, desde luego.

Su amigo respiró hondo y luego asintió con la cabeza.

—Sí. Estuvo bien. Muy bien.

Qhuinn apartó los ojos de su amigo, para mirar hacia abajo. Amargado, calculó cuánto tardaría en llegar al suelo si se tiraba de cabeza. En un par de segundos, o menos, calculó, podría borrarle al fin de sus pensamientos.

Desde luego, eso también convertiría su cerebro en un plato de huevos revueltos, pero el que algo quiere, ya se sabe, algo le cuesta.

Saxton y Blay, Blay y Saxton.

Mierda, ya llevaba demasiado rato callado, algo tenía que decir.

—Me alegro por ti. Quiero que seas feliz.

—Por cierto, Saxton te está muy agradecido por lo que hiciste. Piensa que quizá se te fue un poco la mano, pero también que es mejor eso que quedarse corto. Dice que siempre ha sabido que eras un caballero.

Ah, sí. Por supuesto. Ésa era su verdadera personalidad, quién iba a dudarlo.

Qhuinn se preguntó qué pensaría su primo si supiera que en ese momento tenía ganas de sacarlo de la casa arrastrándolo por su maravillosa melena rubia, para dejarlo tirado sobre el sendero de gravilla, al lado de la fuente, y pasarle luego por encima con la Hummer un par de veces.

Aunque, no, la gravilla no era la mejor superficie para sus planes. Demasiado blanda. Sería mejor meter la Hummer en el vestíbulo y hacerlo allí, con un suelo duro de verdad debajo del cuerpo.

Por Dios santo, Saxton es tu primo, le decía una vocecita interna.

¿Y qué?, respondía su voz externa.

Temeroso de desmoronarse por completo y empezar a dar síntomas de esquizofrenia, Qhuinn se alejó de la balaustrada y ahuyentó las gratificantes ideas homicidas.

—Bueno, será mejor que entre. Tengo que salir con John y Xhex.

—Bajaré dentro de diez minutos. Sólo tengo que vestirme.

Al ver otra vez el apuesto rostro de su mejor amigo, sintió ganas de morir. No era posible que lo estuviese perdiendo de aquella manera. Desesperadamente, hurgó en la memoria, en el recuerdo de la larga historia de su amistad, en busca de algo que decir, algo que le permitiese recuperar el tiempo perdido.

Pero lo único que se le ocurría era decirle «te echo de menos, te extraño tanto que siento dolor, pero no sé cómo llegar hasta ti aunque estás justo frente a mí». Así que mejor no decir nada.

—Muy bien —soltó al fin—. Nos vemos abajo en la Primera Comida.

—De acuerdo.

Qhuinn se obligó a moverse. Se dirigió a la puerta de su habitación. Pero antes de girar el picaporte volvió a hablar.

—Blay.

—¿Sí?

—Cuídate.

Ahora fue la voz de Blay la que pareció a punto de quebrarse.

—Sí. Tú también.

El guerrero de ojos de dos colores entró en su cuarto y cerró la puerta. Moviéndose mecánicamente, buscó el arnés de las dagas y la pistolera, y agarró la chaqueta de cuero.

Casi había olvidado por completo el momento en que perdió la virginidad. Recordaba a la hembra, claro, pero la experiencia no le había dejado ninguna impresión indeleble. Y lo mismo pasaba con todos los orgasmos que había provocado y tenido desde entonces. Mucha diversión, desde luego, muchos placeres fugaces, muchas conquistas y mucho alimento para su ego. Nada más.

Todo fácilmente olvidable.

Al encaminarse hacia el vestíbulo, se dio cuenta de que, por el contrario, iba a recordar el verdadero primer polvo de Blay durante el resto de su vida. Aunque ya llevaban un tiempo distanciados, el frágil cordón que todavía los mantenía en contacto, ese diminuto vínculo, había sido cortado.

Sus pies llegaron al suelo de mosaico que se extendía al pie de las escaleras y en su cabeza resonó aquel famoso himno de John Mellencamp. Aunque siempre le había gustado la canción, nunca había entendido de verdad lo que significaba.

Ahora lo comprendía, y deseaba con todas sus fuerzas que el himno estuviese en lo cierto.

La vida sigue, mucho después de que pasa la emoción de vivir…

***

En la ducha de John, Xhex seguía debajo del chorro de agua caliente, con los brazos sobre el pecho, los pies plantados a lado y lado del desagüe y el agua cayéndole en la espalda y la cabeza, en los hombros, las caderas, las piernas.

Ese tatuaje de John…

Maldición…

Lo había hecho a modo de homenaje permanente a su memoria, porque al grabarse su nombre en la piel, Xhex estaría con él para siempre. Por eso mismo a los machos les grababan el nombre de sus shellans en la espalda durante la ceremonia de apareamiento. Los anillos se podían perder. Los documentos se podían romper, quemar o falsificar. Pero siempre llevabas contigo tu epidermis a dondequiera que fueses.

Joder, ella nunca había dado un pepino por esas hembras de vestidos bonitos, de pelo largo y hermoso, maquillaje por toda la cara y talante suave y amable. Para Xhex, esas tramposas apariencias femeninas eran más bien una declaración de debilidad. Pero ahora, durante un momento, se sorprendió añorando la seda y el perfume. Qué orgullosas se debían de sentir al saber que sus machos llevaban siempre consigo la prueba de su compromiso, durante todas las noches de su vida.

John sería un maravilloso hellren…

Por Dios… cuando se apareara formalmente con otra, ¿qué demonios iba a hacer con ese tatuaje? ¿Pondría el nombre de la nueva hembra encima del suyo?

Intentó combatir aquellos pensamientos, diciéndose que razonaba como una perra egoísta.

¿Y qué? El egoísmo, al fin y al cabo, había sido el lema de su vida.

Para no seguir atormentándose, decidió salir de la ducha. Se secó y cambió la agradable tibieza del vaporoso cuarto de baño por el aire frío de la habitación.

Al llegar al umbral, se detuvo. Sobre la cama, alguien había alisado rápidamente el edredón, de modo que lo que antes estaba revuelto ahora aparecía más o menos en orden.

Y sus cilicios estaban al pie de la cama. Habían sido colocados con extremo cuidado, uno junto al otro, perfectamente alineados.

Xhex se acercó y pasó un dedo por el metal lleno de púas. John los había guardado todo ese tiempo. Estaba segura de que se habría quedado con ellos para siempre si ella no hubiese regresado.

Vaya herencia la que le había dejado.

De haber pensado quedarse en la casa durante la noche se los habría puesto, pero iba a salir. En vez de los cilicios se puso los pantalones de cuero, la camiseta sin mangas y la chaqueta y empuñó sus armas.

Como se había demorado tanto en la ducha, ya se había perdido de la Primera Comida, así que se encaminó directamente a la reunión en el despacho de Wrath. Toda la Hermandad, además de John y sus amigos, abarrotaba ya el cuarto de estilo francés. Todos, incluido *George,* se movían con impaciencia.

La única persona que faltaba por llegar era Wrath. Sin él no se podía empezar.

Xhex dejó que sus ojos hicieran un recorrido por el salón y se clavaran en John. Éste se limitó a hacerle un rápido gesto con la cabeza. A su lado estaba Tohrment, que parecía aún más alto y fuerte que de costumbre. Leyó el patrón emocional de aquellos dos, y tuvo la sensación de que habían restablecido la amistad, una conexión que significaba mucho para ambos.

Eso la alegró sinceramente, pues odiaba la idea de que John pudiera quedarse completamente solo cuando ella se marchara. Sabía que Tohrment era el padre que nunca había tenido.

Entonces Vishous soltó una ruidosa maldición y apagó el cigarro que estaba fumándose.

—Joder, deberíamos irnos aunque él no haya llegado. Estamos perdiendo un precioso tiempo de oscuridad.

Phury se encogió de hombros.

—Hay que esperar. Dio orden tajante de que nos reuniéramos.

Xhex se inclinaba más por el parecer de V y, a juzgar por la manera en que John cambiaba el peso de su cuerpo de un pie a otro, con evidente irritación, no era la única.

—Vosotros esperad lo que queráis —dijo ella de repente—. Pero yo voy a salir ya.

John y Tohr la miraron, y la guerrera enamorada tuvo de pronto una extraña sensación. Era como si el acuerdo para perseguir a Lash que habían establecido los dos machos la incluyese a ella, como si formasen un equipo de tres almas gemelas con un propósito común

Bien pensado, tampoco era tan raro. Todos ellos tenían cuentas que arreglar. Ya fuera con la Sociedad Restrictiva en general o con Lash en particular, los tres tenían sobrados motivos para matar.

Siempre tan razonable, Tohrment tomó la iniciativa para intentar rebajar la tensión.

—Está bien, de acuerdo, yo asumiré la responsabilidad de la orden de marcha. Evidentemente la sesión de ejercicios de rey al Otro Lado se ha prolongado más de la cuenta. No creo que a él le gustara que aplazáramos por eso las operaciones.

Tohr formó varios grupos. Decidió que John, Xhex, Z, él y los chicos fueran a la dirección que aparecía registrada en la matrícula del coche de carreras, mientras que el resto de la Hermandad tendría que repartirse entre la granja y el parque de los patinadores y los camellos. En cuestión de segundos, el grupo bajó la escalera, atravesó el vestíbulo y llegó a la puerta. Uno a uno, fueron desapareciendo en medio del frío aire de la noche.

Tras desmaterializarse, Xhex volvió a tomar forma ante un edificio de apartamentos del antiguo distrito del matadero. En realidad, llamarle edificio probablemente era una exageración. La estructura de ladrillo de seis pisos tenía las ventanas tapiadas y un tejado que necesitaba un trabajo urgente de reparación, o tal vez una reconstrucción total. Xhex estaba convencida de que la hilera de agujeros que se veía a lo largo de la fachada era obra de la ametralladora, o tal vez de la pistola automática de un gigante con temblores. Desde luego, ventanas no eran.

Se preguntó por qué misteriosa razón los humanos del Departamento de Registro de Vehículos habían aceptado semejante dirección como lugar de residencia de quien matriculó el vehículo. O eran idiotas, o les daba igual. En cualquier caso, nadie había ido a verificar si se trataba de un lugar habitable.

—Encantador —dijo Qhuinn en voz baja—. Si quieres montar una granja para la cría de ratas y cucarachas, es ideal.

—Vamos a mirar por detrás —dijo John por señas.

Había dos callejones a ambos lados de aquella ratonera. Tomaron al azar el de la izquierda. Mientras se dirigían al fondo, pasaron frente al montón de basura que solía haber en todos los callejones: nada nuevo, nada que mereciera la pena revisar, sólo latas de cerveza, envoltorios de caramelos y periódicos viejos. Desde el interior no les verían porque el edificio no tenía ventanas laterales. Lógico, porque tampoco es que hubiera mucho que ver por ese lado, aparte de otros inmuebles que también parecían mataderos e instalaciones de la industria cárnica.

Xhex y los machos que la acompañaban echaron a correr, a un ritmo que los llevó en muy poco tiempo hasta el otro extremo del callejón sin hacer mucho ruido. La parte trasera no era más que otra pared de ladrillo cubierta de hollín. La única diferencia era que la puerta de acero reforzado daba paso a un pequeño aparcamiento, en lugar de abrirse directamente a la calle.

Ningún restrictor a la vista. Ni transeúntes humanos. Nada aparte de unos cuantos gatos callejeros, asfalto sucio y el ruido amortiguado de las sirenas.

Xhex sintió que la invadía una súbita sensación de impotencia. Maldición, no había manera de atraer la atención del enemigo. Y les quedaba tan poco tiempo…

—Mierda —murmuró Qhuinn, que tenía una sensación similar a la de la guerrera—. ¿Dónde demonios está la fiesta?

Estaba claro que Xhex no era la única que se moría por una pelea…

De repente, sintió un cosquilleo que recorrió todo su cuerpo de arriba abajo. No entendió lo que ocurría. Miró al resto del grupo: Blay y Qhuinn hacían cuanto podían por evitarse.

Tohr y John se paseaban de un lado a otro. Zsadist tenía el teléfono en la oreja y estaba informando al resto de la Hermandad sobre su posición.

La sensación no cesaba.

Y entonces se dio cuenta: Xhex estaba sintiendo el eco de su sangre en otra persona.

Lash.

Lash no estaba lejos.

Dio media vuelta y comenzó a caminar, primero despacio y luego deprisa, y finalmente echó a correr. Oyó que alguien gritaba su nombre, pero no podía pararse a dar explicaciones.

Ni había manera de detenerla.

Al Otro Lado, mientras yacía sobre el duro mármol en una posición completamente antinatural, Payne se sentía abrumada por el dolor, pero sólo de la cintura para arriba. No sentía nada en las piernas ni en los pies, sólo un cosquilleo extraño que la hacía pensar en las chispas explosivas del fuego cuando la leña está húmeda. El Rey Ciego se inclinaba sobre ella, con cara de preocupación, y la Virgen Escribana había reaparecido: su túnica negra y su resplandor disminuido flotaban a su alrededor formando un círculo.

No era ninguna sorpresa que su madre hubiese acudido a curarla con su magia. Al igual que había sucedido con aquella puerta que había reconstruido, su querida madre quería limpiarlo todo, arreglarlo todo, dejarlo todo en perfecto estado.

—No… me niego —dijo Payne una vez más con los dientes apretados—. No tienes mi consentimiento.

Wrath miró por encima del hombro a la Virgen Escribana y luego volvió a concentrarse en Payne.

—Pero, escucha, Payne, eso no es lógico. No sientes las piernas, probablemente te rompiste la espalda. ¿Por qué no dejas que Ella te ayude?

—Porque yo no soy ningún objeto inanimado que Ella pueda manipular a su antojo… para satisfacer sus caprichos y…

—Payne, sé razonable.

—Yo soy lo que…

—Te vas a morir.

—¡Entonces mi madre podrá verme morir aquí, donde le gusta que esté! —musitó con rabia, y enseguida dejó escapar un grito de dolor. Después de ese estallido, la Elegida comenzó a perder y recuperar la conciencia alternativamente. A veces, su vista se volvía borrosa. Si estaba consciente, se aferraba al rostro preocupado de Wrath para saber si se había desmayado o no.

—Espera, ella es… —El rey apoyó la mano contra el suelo de mármol para sostenerse—. ¿Es tu *madre*?

A Payne no le importó que él se enterara. Nunca se había sentido orgullosa de ser la hija de sangre de la fundadora de la raza, siempre había buscado distanciarse de ella, pero ¿qué importaba todo eso ahora? Si rechazaba la intervención «divina» de su madre, lo más probable es que se fuera directamente al Ocaso. Así se lo indicaba el dolor que sentía.

Wrath se volvió para mirar a la Virgen Escribana una vez más.

—¿Eso es verdad?

No recibió ninguna respuesta, ni afirmativa ni negativa. Y tampoco fue castigado por atreverse a hacerle una pregunta a la madre de la raza.

El rey volvió a dirigirse a Payne.

—Por Dios, muchacha.

Payne tomó aire con dificultad.

—Déjanos, querido rey. Vuelve a tu mundo y dirige a tu pueblo. Tú no necesitas ayuda de este lado ni de Ella. Eres un macho honorable y un brillante guerrero.

—No te voy a dejar morir —cortó Wrath, tajante y angustiado.

—No puedes hacer nada.

—¡A la mierda! —Wrath se puso de pie y miró hacia abajo—. ¡Deja que Ella te cure! ¡Estás completamente loca! No puedes morir así.

—Sí puedo. —Payne cerró los ojos. Perdió el aliento, se sintió exhausta.

—¡Haz algo! —Ahora le estaba gritando a la Virgen Escribana.

Lástima que se sintiera tan mal, pensó Payne. De no ser así, ciertamente habría disfrutado mucho de su propia declaración de independencia. Es verdad que ésta había llegado de la mano de la muerte, pero por fin lo había hecho. Se había enfrentado a su madre y había conquistado la libertad con su negativa a dejarse ayudar. Era libre de morir.

La voz de la Virgen Escribana resonó con una fuerza apenas superior a la de un susurro.

—Ha rechazado mi ayuda. Y la está bloqueando.

Y así era. Payne había dirigido a su madre una rabia tan intensa que había acabado levantando una barrera que impedía el paso de cualquier medida mágica que intentara adoptar la Virgen Escribana para curarla.

Para la moribunda era una bendición.

—¡Tú eres todopoderosa! —La voz del rey tenía un claro tono de acusación. Estaba fuera de sí, furioso y confuso. Wrath era un macho honorable que sin duda también se sentía culpable de lo que había ocurrido—. ¡Cúrala sin más tardanza!

Primero hubo un momento de silencio y luego se oyó una vocecilla que decía:

—No puedo llegar a su cuerpo… como tampoco puedo llegar a su corazón.

En verdad, si la Virgen Escribana por fin estaba entendiendo lo que es ser impotente, Payne podía morir en paz.

—¡Payne! ¡Payne, despierta!

La joven Elegida abrió los párpados. La cara de Wrath estaba a sólo unos centímetros de la suya.

—Si yo pudiera salvarte, ¿me lo permitirías?

Payne no acababa de comprender por qué era tan importante para el rey.

—Déjame…

—Si pudiera hacerlo, ¿me lo permitirías?

—No puedes hacer nada.

—Responde a la maldita pregunta.

Se dijo que era un macho tan bueno que era una gran pena que su muerte quedara en la conciencia del rey para siempre.

—Lo siento, siento lo que pasó. Wrath. Lo siento. Esto no es culpa tuya.

Wrath se volvió hacia la Virgen Escribana.

—Déjame salvarla. *¡Déjame salvarla!*

Al oír su solicitud, la capucha de la Virgen Escribana se levantó y aquella forma que solía resplandecer con una luz cegadora se mostró como poco más que una triste sombra.

Y la expresión y la voz que brotaron de ella parecían las de una hermosa hembra víctima de un terrible dolor.

—No quería este destino.

—Esa mierda no sirve para nada ahora. *¿Me dejarás salvarla?*

La Virgen Escribana pareció levantar la vista hacia el cielo opaco que cubría su cabeza y soltó una lágrima que aterrizó en el suelo de mármol como un diamante que rebotó soltando chispas.

Aquel precioso objeto sería lo último que vería en la vida, pensó Payne al sentir los ojos muy pesados. Se iba, ya no podía mantenerlos abiertos.

—¡Por Dios santo! —bramó Wrath—. ¡Déjame…!

La respuesta de la Virgen Escribana llegó desde muy lejos.

—Ya no puedo resistir más. Haz lo que tengas que hacer, Wrath, hijo de Wrath. Mejor que ella esté viva y lejos de mí, a que muera en mi patio.

Todo quedó en silencio.

Y luego se oyó que se cerraba una puerta.

Después resonó la voz de Wrath: *Te necesito en mi mundo, Payne. Despierta, yo te necesito en mi mundo…*

A la joven herida le pareció extraño. Era como si le estuviera hablando dentro de su cráneo.

—Payne, despierta. Necesito que te traslades a mi mundo.

Payne comenzó a sacudir la cabeza, medio inconsciente, pero ese movimiento resultó terriblemente doloroso. Sería mejor quedarse quieta. Muy quieta.

—No… no puedo trasladarme hasta allá…

Payne comenzó a sentir un súbito vértigo, un imparable impulso giratorio que la puso a dar vueltas. Mientras sus pies giraban y giraban alrededor de su cuerpo, su mente parecía el vértice de aquel remolino. La sensación de que algo la absorbía hacia abajo llegó acompañada de una presión en las venas, como si su sangre intentara expandirse, pero estuviera confinada a un espacio estrecho.

Cuando abrió los ojos, vio un destello blanco sobre ella.

Así que no se había movido. Todavía estaba donde había estado todo ese tiempo, acostada bajo el cielo lechoso del Otro Lado.

De pronto, Payne frunció el ceño. No, eso no era el extraño firmamento del santuario. Más bien era un techo. ¿Podía ser un techo?

Sí... Payne confirmó que lo era y, en efecto, con su visión periférica pudo sentir que también había paredes... cuatro paredes pintadas de color azul claro. También había luces, aunque no como las que ella recordaba, pues no se trataba de antorchas ni de velas encendidas, sino de cosas que brillaban sin tener llama.

Una chimenea, un escritorio enorme y un trono.

Sin duda, ella no había movido su cuerpo por sus propios medios; no tenía fuerza para hacerlo. Y Wrath no podía haber transportado su forma corpórea hasta allí. Sólo había una explicación. Había sido expulsada por su madre.

Así que nunca podría regresar; se había cumplido su deseo. Era libre, para siempre jamás.

Payne sintió que una extraña paz la invadía, una paz que podía deberse a la proximidad de la muerte... o a la constatación de que la guerra había llegado a su fin. En efecto, viva o muerta, aquello que la había definido durante años había quedado atrás, era como un peso que le habían quitado de los hombros.

Y ahora podía volar.

La cara de Wrath entró en su campo visual. El largo pelo negro del rey le caía por los hombros hacia delante. En ese momento, un perro rubio se metió por debajo del pesado brazo del rey y su tierna cara la miró con amable curiosidad, como si ella fuera una visita muy apreciada.

—Voy a buscar a la doctora Jane —dijo Wrath acariciando al perro.

—¿A quién?

—A mi médica privada. Quédate aquí.

—Como si... pudiera ir a alguna parte...

Entonces se oyó el ruido metálico de un collar. El rey salió, agarrado del arnés que lo unía al hermoso perro, y las patas del animal repiquetearon sobre el suelo de madera.

Wrath era ciego. Y allí, en su mundo, necesitaba los ojos de alguien para desenvolverse.

Luego se cerró una puerta y Payne no pensó en otra cosa que en el dolor. La torturaba un inmenso dolor y, sin embargo, a pesar de la terrible agonía que sufría su cuerpo, se sentía sumida en una extraña paz.

Payne notó que allí el aire tenía un delicioso olor. A limón. A cera.

Sencillamente cautivador.

Al parecer, su breve estancia en ese mundo había tenido lugar hacía mucho tiempo y, a juzgar por lo extrañas que le parecían todas las cosas, el mundo era entonces diferente. Pero Payne recordaba lo mucho que le había gustado. Todo era impredecible y, por lo tanto, fascinante.

Un rato después, la puerta se abrió, y Payne volvió a oír el sonido metálico de la correa del perro y a percibir el poderoso aroma de Wrath. Y había alguien con ellos… alguien cuya presencia mandaba unas señales que Payne no podía procesar. Pero desde luego había otra entidad en el salón.

Se esforzó en abrir los ojos… y sintió deseos de escapar.

Quien estaba sobre ella ahora no era Wrath, sino una hembra, o al menos parecía una hembra. El rostro tenía líneas femeninas, pero los rasgos y el pelo eran translúcidos, como los de un fantasma. Cuando sus miradas se cruzaron, la expresión de la hembra pasó de la preocupación al desconcierto. Y abruptamente se tuvo que apoyar en el brazo de Wrath.

—Ay… por Dios… —dijo la voz con dificultad.

—¿Es tan evidente, doctora? —preguntó el rey.

Mientras la hembra trataba de contestar, Payne pensó que aquélla no era la reacción propia de un médico. Payne sabía que estaba grave, pero no sabía que eso se manifestara de una forma visible y desagradable.

—En verdad ¿estoy…?

—Vishous.

Al oír ese nombre, Payne sintió que su corazón se paraba. Porque hacía más de dos siglos que no lo oía.

—¿Por qué habláis de mis muertos? —susurró Payne.

La cara fantasmagórica de la doctora se volvió tangible de repente y sus ojos de color verde oscuro revelaron una profunda confusión. Tenía la palidez de quien está librando una batalla con sus emociones.

—¿Tus muertos?

—Mi gemelo… está desde hace mucho tiempo en el Ocaso.

La doctora negó con la cabeza y arrugó la frente.

—Vishous está vivo. Es mi compañero. Él está aquí, vivo, y goza de buena salud.

—No… no puede ser. —Payne deseó poder levantar una mano para agarrar el brazo de la doctora—. Mientes… él está muerto. Hace mucho que…

—No. Está vivo.

La Elegida no podía entender esas palabras. Le habían dicho que había muerto, que se había perdido en los acogedores brazos del Ocaso…

Se lo había dicho su madre, claro.

¿En verdad era posible que esa hembra le hubiese impedido conocer a su propio hermano? ¿Cómo podía alguien ser tan cruel?

Súbitamente, Payne enseñó los colmillos y lanzó un rugido que salió del fondo de su garganta, mientras que el fuego de la ira desplazaba al dolor.

—La mataré por esto. Juro que le daré el mismo tratamiento que le di a nuestro padre.

John salió detrás de Xhex en cuanto ella se separó del grupo y empezó a correr. No le gustaba aquel arranque de independencia ni la dirección que la hembra había tomado, pues se dirigía a un callejón que nadie sabía si tenía salida o una jodida pared de ladrillo al final.

La alcanzó y la agarró del brazo para llamar su atención. Pero eso no sirvió de nada, pues ella no se detuvo.

Trató de preguntarle por señas adónde iba, pero era difícil hacer eso con una persona que está corriendo y además te ignora.

John habría silbado, pero eso también era muy fácil de ignorar, no serviría de nada, así que trató de agarrarla de nuevo. Pero ella se zafó, mientras seguía absorta en un destino que él no podía ver ni sentir. Tampoco lo adivinaba. Por último, el guerrero mudo saltó frente a ella para cortarle el paso y luego la obligó a mirar sus manos.

—¿Adónde diablos vas?

—Puedo sentirlo. Lash está cerca.

De inmediato, John se llevó la mano a la daga.

—¿Dónde?

Entonces Xhex lo esquivó y retomó su carrera. John la siguió y al cabo de un instante Tohr los alcanzó. Cuando los otros comenzaron a seguirlos también, John sacudió la cabeza y les hizo señas para que se quedaran donde estaban. El uso de refuerzos en campo abierto era una estrategia inteligente, pero en aquella situación el exceso de armas no era un valor añadido: John quería matar a Lash y lo último que necesitaba era que hubiera más cañones apuntando a su objetivo.

Tohr lo entendía, claro. Él sabía por experiencia propia por qué tenía la imperiosa necesidad, la obligación de vengar a su hembra. Y Qhuinn tenía que seguirlo. Pero eso era todo, John no quería tener más invitados a su fiesta.

Se mantuvo cerca de su amada, quien parecía haber hecho una buena elección en lo que tenía que ver con el callejón, pues lejos de no tener salida, doblaba a la derecha y pasaba entre otros edificios abandonados, bajando en dirección al río. John se dio cuenta de que se estaban acercando al agua cuando notó olor a pescado muerto y algas y el aire pareció enfriarse.

Entonces encontraron el Mercedes AMG negro aparcado frente a un surtidor. El coche apestaba a restrictor. Xhex miró a su alrededor como si estuviera buscando más pistas, pero John no estaba dispuesto a esperar.

Así que cerró el puño y rompió el parabrisas.

La alarma se disparó. El macho enamorado echó un vistazo al interior del coche. Había una especie de residuo oleaginoso sobre el volante y el cuero de la tapicería estaba lleno de manchas. Tenía claro que las manchas negras eran sangre de restrictor… y esas otras rojas eran humanas. Pero, Dios, el asiento trasero parecía haber sido atacado por un gato epiléptico, pues los arañazos eran a veces tan profundos que se alcanzaba al ver el relleno.

John frunció el ceño y recordó los días en que todos asistían juntos al centro de entrenamiento. Lash siempre había sido muy cuidadoso con sus cosas, desde la ropa que usaba hasta la forma en que ordenaba su casillero.

¿De verdad habían encontrado su coche?

—Éste es su coche —dijo Xhex poniendo las manos sobre el capó—. Puedo sentir su olor por todas partes. El motor todavía está caliente. Pero no sé dónde está.

John gruñó al pensar en que Lash estaba tan cerca de su hembra que ella percibía su olor. Maldito hijo de puta.

Cuando la ira empezaba a dominarlo, Tohr lo agarró por detrás del cuello y le dio un apretón.

—Respira hondo.

—Tiene que estar por aquí.—Xhex observó el edificio que tenían frente a ellos y luego miró a un lado y otro del callejón.

John sintió un doloroso pinchazo en su mano izquierda, y levantó el brazo instintivamente. Tenía tan apretada la daga que se había clavado la empuñadura.

Miró a los ojos a Tohr.

—Lo vas a encontrar —susurró el hermano—. No te preocupes por eso.

**

Lash no descartaba que los hombres de Benloise intentaran alguna mierda cuando vio aparecer a los matones. Se encontraban a unos diez metros de distancia y todo el mundo estaba alerta.

Los miró de arriba abajo. Lash pensó que ojalá los dos gorilas intentaran adoptar una actitud al estilo de John Wayne. Pues serían un excelente refuerzo para su incipiente ejército: debían de conocer el negocio, pues obviamente habían ganado puntos ante Benloise, razón por la cual, pese a que llevaban una gran cantidad de material en aquellas maletas metálicas que tenían en la mano, seguían caminando tranquilos y serenos.

Armados hasta los dientes, eso sí.

Igual que Lash. Maldición, con esa cantidad de armas y municiones, aquello podía acabar en un delirio de plomo. La verdad era que Lash se sentiría mucho mejor cuando ya no le quedara ningún resto de humanidad a la cual pudieran disparar. En todo caso, en los tiroteos, ser una sombra era mejor que ser de carne y hueso.

—Aquí está la obra —dijo el tipo de la izquierda, al tiempo que levantaba las maletas—, señor.

Ah, sí, ése era el que había visto todo lo que había pasado con Benloise. Ahora entendía por qué parecían tan amables.

—Veamos qué tenemos ahí —murmuró Lash, al tiempo que les apuntaba con su calibre cuarenta—. Mantened las manos donde yo las pueda ver.

Después de que los dos tipos le mostraran la mercancía y él quedara satisfecho, Lash asintió.

—Dejad la mercancía aquí y largaos.

Con actitud obediente, los humanos dejaron la droga en el suelo, retrocedieron y luego comenzaron a caminar apresuradamente en la dirección opuesta, mientras mantenían las manos separadas del cuerpo.

Doblaron la esquina y sus pisadas siguieron alejándose. Lash se acercó a las maletas y abrió sus manos convertidas en sombras. Siguiendo sus órdenes, las dos maletas llenas de cocaína levitaron desde el asfalto hasta sus manos…

Pero en ese momento el ruido de una alarma de coche lo hizo volver la cabeza. Enseguida se dio cuenta de que el ruido venía del callejón donde había dejado su AMG.

Malditos humanos.

Lash frunció el ceño. Su instinto le alertaba: estaba muy cerca aquello que le había sido arrebatado.

Ella estaba allí.

Xhex. Su Xhex había llegado.

Mientras lo poco que le quedaba de vampiro rugía impulsado por el instinto posesivo, sintió que su cuerpo comenzaba a vibrar. La nueva energía levantó sus pies del suelo y su figura comenzó a moverse por encima del asfalto, con el viento, acercándose a su objetivo impulsado por su mente y no por sus piernas. Cada vez más rápido.

Dobló la esquina. La vio de pie, junto a su coche. Pensó que estaba absolutamente sensual vestida con esos pantalones y esa chaqueta de cuero.

En cuanto Lash apareció en el callejón, la guerrera se volvió hacia él como si hubiese oído que gritaban su nombre.

Aunque no había ninguna luz cercana, Xhex resplandecía. Era como si toda la iluminación de la ciudad se centrara en su cuerpo, cautivada por su carisma interno. Maldición. Xhex era una perra increíblemente ardiente, en especial con la ropa de combate. Lash sintió un cosquilleo en el espacio vacío que había quedado en la entrepierna. Allí se llevó la mano también fantasmal.

Había algo duro. Tras la bragueta había algo que estaba listo para ella.

Con una descarga de adrenalina mejor que cualquier dosis de coca, Lash pensó en lo divertido que sería follársela ante unos cuantos espectadores. Su polla había resucitado, a saber por qué misterioso prodigio, y eso significaba que estaba de regreso, que él también había resucitado justo a tiempo.

Los ojos del monstruo y la guerrera se cruzaron. Él aminoró el paso y se dedicó a ver quién estaba con ella. El hermano Tohrment. Qhuinn, ese fracaso genético de ojos de distinto color. Y John Matthew.

El público perfecto para una pequeña representación de *La naranja mecánica*.

Absolutamente fabuloso.

Lash bajó al suelo y dejó las maletas sobre el asfalto. Los idiotas que la acompañaban estaban sacando sus armas, pero no su Xhex. No, ella era más fuerte que aquella chusma.

—Hola, mi amor —dijo Lash—. ¿Me has echado de menos?

Alguien dejó escapar un gruñido que le recordó a su antiguo rottweiler, pero ahora que tenía la atención de todo el mundo, tenía que aprovechar el escenario. Se quitó mentalmente la capucha de la gabardina y levantó sus manos convertidas en sombra para quitarse las tiras de tela negra con las que se había cubierto la cara.

—Por Dios santo… —murmuró Qhuinn—. Pareces sacado de un test de Rorschach*.

Lash ni siquiera se dignó contestarle, principalmente porque la única persona que le importaba de las allí presentes era la hembra vestida de cuero. Obviamente, ella no esperaba esa transformación, porque retrocedió con asco evidente. Y eso fue mejor para Lash que un abrazo o un beso. Causarle repulsión era tan bueno como despertar su deseo. Eso auguraba mucha más diversión cuando la recuperara y pasaran unos cuantos días en una suite para recién casados.

Lash sonrió y exhibió su nueva y mejorada voz.

—Tengo tantos planes para ti y para mí, perra. Aunque, desde luego, tendrás que suplicarme…

La maldita hembra desapareció sin que pudiera terminar la frase.

Se desvaneció en el aire.

---

* El test de Rorschach es una técnica de psicodiagnóstico que se utiliza principalmente para evaluar la personalidad. Consiste en una serie de 10 láminas que presentan manchas de tinta, las cuales se caracterizan por su ambigüedad y falta de estructuración.

Hacía sólo un segundo estaba junto a su coche y al siguiente ya no había nada allí. Pero la maldita perra todavía estaba en el callejón. Lash podía sentirla, aunque no verla.

El primer disparo que sonó en el callejón provino de atrás y le dio en el hombro, o no le dio en el hombro, para hablar con propiedad. Tal vez sería mejor decir que le dio en el no hombro. La tela de la gabardina fue perforada por el impacto y una de las solapas salió volando, pero a la carne no existente que había debajo le importó una mierda.

Lash sintió un extraño ardor. Nada más.

Si hubiera tenido carne, eso habría dolido.

Volvió la cabeza y pensó que realmente no le estaba atacando con mucha habilidad ni con mucha puntería. La muy perra le decepcionaba.

Pero no había sido ella la que había disparado. Los chicos de Benloise habían reaparecido con refuerzos, pero, por fortuna para Lash, eran unos idiotas y unos inútiles a la hora de dar en el blanco. Porque la última vez que se había mirado, su pecho todavía era sólido, así que si le hubiesen dado un par de centímetros más abajo y hacia el centro, tal vez ahora tendría un agujero en vez de corazón.

El atrevimiento de aquellos malditos narcotraficantes le dio tal rabia que generó una de sus tremendas bolas de energía.

Se escondió detrás de una puerta y lanzó la bola de energía a los humanos. El estallido fue todo un espectáculo, pues los desgraciados cayeron al suelo como bolos en una bolera, mientras sus cuerpos se iluminaban como en una historieta de dibujos animados.

A esas alturas ya habían llegado más hermanos, y todo el mundo disparaba, lo cual no fue ningún problema hasta que el medio espectro recibió un tiro en la cadera. El dolor subió por los restos del torso e hizo que su corazón rebotara contra el desnudo costillar.

Cayó de lado maldiciendo. Miró al callejón.

John Matthew era el único que no se había parapetado: los hermanos estaban detrás del Mercedes y los secuaces de Benloise, algo chamuscados, se habían arrastrado hasta protegerse detrás del cascarón oxidado de un jeep.

Pero John Matthew tenía las botas plantadas en el suelo y las manos a ambos lados del cuerpo.

El desgraciado se había convertido en el blanco perfecto. Tan perfecto que daba un poco de vergüenza abatirlo.

Lash produjo entonces otra bola de energía con su mano y gritó:

—Quedarte ahí es como ponerte tú mismo un arma apuntando a la cabeza, maldito hijo de puta.

John comenzó a avanzar, enseñando los colmillos, precedido de una ráfaga de aire frío.

Por un momento, Lash sintió un estremecimiento que le erizó los pelos que le quedaban. Algo raro pasaba allí. Nadie en su sano juicio avanzaría hacia él de esa manera.

Era un suicidio.

P lanes, planes, planes…
O, en otras palabras, basura, basura, basura…

Xhex tenía el plan perfecto cuando se ocultó a la manera de los symphaths y desapareció de la vista. Como asesina, siempre se había preciado no sólo de su alta tasa de efectividad, sino del estilo con que hacía su trabajo, y esta revancha iba a ser muy placentera. Su «plan» era situarse al lado de Lash sin que la viera y cortarle el cuello antes de comenzar a torturarlo, Todo ello pensaba hacerlo mientras lo miraba a los ojos y sonreía como la maldita perra que era.

Pero ¿por qué se habían torcido sus propósitos? ¿Qué diablos le había pasado a Lash desde la última vez que lo vio? La revelación que él mismo había hecho al descubrirse la cabeza la había sorprendido por completo. Ya no tenía carne en la cara; no había más que fibras musculares negras y huesos afilados, y unos dientes blancos casi fluorescentes. Las manos también habían mutado. Tenían forma pero carecían de materia. En medio de la noche, eran otra sombra, aunque más oscura.

Gracias a Dios había escapado de él a tiempo, pensó Xhex. Aunque tal vez toda aquella descomposición era la razón por la cual ella había podido escapar de su prisión: parecía lógico suponer que sus poderes también habrían mermado.

En fin, ¿cuál había sido la segunda causa del fracaso de sus planes? Pues John, que estaba en este momento en el centro del callejón y parecía llevar sobre el pecho un letrero que decía: «Dispárame aquí».

Era obvio que no había manera de razonar con él; aunque tomara forma a su lado y le gritara en el oído, sabía que le sería imposible moverlo de donde estaba. John era una auténtica fiera frente al enemigo, con los colmillos asomados, como las fauces de un león, y el cuerpo inclinado hacia delante, dispuesto a saltar, a aplastarlo.

Si no se ponía a cubierto en ese mismo instante, acabaría muerto. Pero eso no parecía importarle y la razón estaba clara: su olor de macho enamorado era más llamativo que cualquier ruido que pudiera hacer con la garganta. La fragancia de especias negras era una señal que superaba a cualquier otra. Se imponía al hedor de la ciudad, a la peste del río, al apestoso olor a restrictor que emanaba del cuerpo en descomposición de Lash.

En aquel callejón sucio, John era el macho primigenio protegiendo a su hembra, es decir, lo que ella menos quería en ese momento. Era evidente que al enamorado la seguridad personal le traía sin cuidado, que la atracción que su objetivo ejercía sobre él superaba al sentido común y le hacía olvidar lo aprendido en tantos y tantos entrenamientos y tantas y tantas batallas.

¿Conclusión? John no podría sobrevivir a la bola de energía que Lash estaba preparando... y esa realidad lo cambiaba todo para Xhex.

Nuevo plan. Dejaría de ocultarse. No habría venganza por etapas. Ni corte de cuello ni desconyuntamiento. Ya no aspiraba a causarle dolor por la agonía que ella había tenido que vivir. Ya no podría ser un Jack el Destripador femenino y con colmillos.

Por eso, cuando Xhex tomó forma y se abalanzó sobre Lash, sólo estaba pensando en salvar a John, no en vengar su afrenta.

A la hora de la verdad, lo único que le importaba de verdad era John.

La guerrera agarró a Lash de la cintura justo cuando él comenzaba a lanzar su poderosa bola de energía. Aunque lo arrastró al suelo con ella, el maldito putrefacto logró dirigir la trayectoria de su arma mortal... y alcanzó a John en el pecho.

El impacto lo levantó del pavimento y lo lanzó hacia atrás, como si le hubiesen puesto una bomba en las botas.

—¡Maldito desgraciado! —gritó la vampira a Lash.

Pero los brazos del monstruo la rodearon con increíble fuerza. La obligó a girarse y la aplastó contra el pavimento. Su asqueroso aliento le quemó la cara.

—Te atrapé. —Soltó una risita y le clavó el vientre. La hembra notó aquella erección que le causaba náuseas.

No podía rendirse. Reunió fuerzas y contraatacó.

—¡Púdrete! —Con un movimiento rápido, Xhex lo golpeó justo en lo que le quedaba de nariz. Fue un cabezazo brutal, que lo dejó aullando de dolor.

Pero por desgracia no tuvo ninguna otra oportunidad de golpearlo mientras forcejeaban por dominar la situación, rodando por el suelo, con las piernas entrelazadas y aquella erección haciéndole presión entre las piernas. Lash logró agarrarle una muñeca, pero al menos ella pudo mantener libre la otra mano.

Lo cual significó que, cuando llegó el momento oportuno, pudo agarrarlo de los testículos y retorcérselos con tanta fuerza que, de no haber sido por los pantalones, se habría quedado con las pelotas de Lash en la mano.

El medio espectro jadeó, gritó y se quedó rígido, lo cual probaba que, aunque tal vez fuera una especie de dios en el mundo de la maldad, cuando se trataba de las pelotas, seguía siendo un maldito mortal.

Ahora fue Xhex la que tomó la iniciativa, montándose sobre él mientras lo aplastaba contra el suelo.

—*Yo* te he atrapado —gritó la hembra.

Manteniéndolo allí, inmóvil, la rabia la invadió y, en lugar de apuñalarlo en ese mismo instante, Xhex rodeó el cuello de Lash con sus manos y apretó hasta sacarle todo el aire.

—No te permito que toques lo que es mío —le gruñó al oído.

En ese momento la maldad pareció concentrarse en el asqueroso rostro de Lash, y su voz logró brotar de la garganta, a pesar de que ella lo estaba estrangulando.

—Pero John ya no está intacto. Seguro que te ha hablado del humano que se lo…

Xhex le dio un puñetazo tan fuerte, que le hizo saltar un diente.

—No te atrevas a hablar de eso.

—Yo hablo de lo que me da la gana, corazón.

Y con esas palabras, Lash desapareció, disolviéndose en medio de la nada. Pero eso no duró mucho, pues un segundo después Xhex sintió que la agarraban por detrás y que el maldito la apretaba contra su cuerpo. En los instantes que siguieron, la guerrera alcanzó a ver brevemente a los humanos que gemían sobre el asfalto. Luego Lash le dio media vuelta y la usó como escudo para enfrentarse a los hermanos.

Xhex no perdió tiempo estudiando las posiciones de cada uno de los miembros del equipo detrás del Mercedes, ni contando la cantidad de armas que les estaban apuntando.

Lo único que le importaba era John.

Y, gracias a Dios, o a la Virgen Escribana… o a quienquiera que otorgaba favores… en ese momento su amado estaba incorporándose tras el ataque de aquella pesadilla de luz que lo había arrollado.

Al menos estaba vivo.

Probablemente ella no sobreviviría, pero John… él sí viviría. Siempre y cuando Lash y ella se marcharan de allí.

—Llévame —le propuso con voz ronca—. Llévame contigo y déjalos a ellos.

Hubo un ruido metálico y apareció una navaja ante su cara, tan cerca que Xhex podía leer incluso el nombre del fabricante.

—A ti te gusta tener un acercamiento personal con tus víctimas. —La voz de Lash era extraña. La metamorfosis la había distorsionado—. Lo sé gracias a lo que le hiciste a ese idiota de Grady. Vaya última cena que le diste, ¿no? Siempre me he preguntado si al tipo le gustarían tanto las salchichas en vida como parecían gustarle después de muerto.

La punta de la navaja brilló frente a su campo de visión. Un instante más tarde Xhex sintió cómo la punta se clavaba en su mejilla y se deslizaba hacia abajo lentamente.

La noche era fría, pero la sangre estaba caliente.

—Llévame contigo —repetía, con los ojos cerrados.

—Ah, claro que lo haré. No te preocupes por eso. —Notó que algo húmedo pasaba sobre la herida de la cara: era la lengua de Lash, que lamía la sangre—. Sabe tan bien como antes. No has cambiado. —El monstruo elevó el tono de voz—. Quedaos quietos. Si alguien da un paso hacia delante, le cortaré el cuello.

Xhex sintió, en efecto, la hoja del cuchillo contra el cuello. Lash empezó a retroceder, arrastrándola con él. Instintivamente, La symphath trató de penetrar en su cabeza por si pudiera tener alguna influencia sobre él, pero nada pudo hacer. Fue como si se estrellara contra una pared de roca.

No le sorprendió.

De pronto Xhex se preguntó por qué aquel espectro no desaparecía con ella de una vez por todas.

Recordó que estaba cojo, es decir, que le habían herido.

En aquella especie de tensa tregua había podido concentrarse y pudo percibir el olor de su sangre y ver el brillo de una sustancia oleaginosa sobre el pavimento.

Al fantasma le fallaban las fuerzas.

Al ver que Lash seguía moviéndose hacia atrás, aquellos estúpidos humanos volvieron a entrar en el campo visual de Xhex. Joder, parecían cadáveres, tan pálidos y tiesos. Le extrañó que aún fueran capaces de disparar.

«¡Su coche!», se dijo Xhex. Sin duda, sin fuerzas para desmaterializarse, Lash trataría de llegar hasta el coche de aquellos tipos. Y aunque estaba herido, la tenía muy bien sujeta y no dejaba de apretarle la garganta con el cuchillo.

Xhex pudo mirar de nuevo a John durante un instante. Nunca se le iba a olvidar la magnífica imagen de aquel guerrero en plena lucha…

Sin embargo, la vampira frunció el ceño al desvelar su patrón emocional. Qué… extraño. La sombra que ella siempre había percibido detrás del edificio psíquico de John ya no era tal sombra, sino una presencia tan tangible y vívida como la propia estructura principal de su alma.

Mientras miraba hacia el fondo del callejón, las dos partes de la personalidad del guerrero mudo parecieron unirse.

***

John se había quedado conmocionado, confundido y desorientado tras recibir el impacto de la bola de energía. Tuvo que recurrir a todo su poder de concentración para poder levantarse del suelo. No sentía una parte de su cuerpo, y la que no estaba anestesiada gritaba de dolor, pero nada de eso le importaba. Un propósito mortal, un objetivo irrenunciable lo animaba. La obsesión asesina le proporcionaba en aquel momento más impulso vital que los latidos del corazón.

Contempló la escena que se desarrollaba frente a él. Se cerraron sus puños, sus hombros se tensaron. Lash estaba usando a Xhex como escudo. Todos sus puntos débiles estaban bien cubiertos detrás de ella, mientras caminaba hacia atrás.

El cuchillo colocado en el cuello de su amada estaba justo sobre la yugular.

De repente, la realidad se distorsionó frente a los ojos del macho enamorado. Su vista se nubló, y dejó de ver el callejón en el que estaban todos.

John parpadeó con fuerza, maldiciendo los poderes de Lash…

Pero el problema no se derivaba de lo que lo había golpeado, sino de algo que estaba dentro de él. Una visión. Una visión que surgía de lo más profundo de su mente y borraba lo que estaba viendo en ese momento…

Un campo al lado de un establo. En medio de la noche.

John sacudió la cabeza y se sintió aliviado cuando regresó a aquel callejón de Caldwell…

Un campo al lado de un establo. En medio de la noche… una hembra valiosa atrapada por una mano perversa, con un cuchillo en la garganta.

Súbitamente, John volvió de nuevo al presente, al distrito del matadero de Caldwell… donde una hembra valiosa estaba atrapada por una mano perversa, con un cuchillo en la garganta.

Dios. Le parecía haber vivido ya todo aquello.

A la mierda. No se lo parecía, estaba seguro. Ya había vivido todo aquello.

La epilepsia se apoderó de él como siempre sucedía, revolviendo sus neuronas y haciéndolo volar dentro de su propia piel, por decirlo de alguna manera.

Por lo general terminaba en el suelo, pero esta vez el macho enamorado que llevaba dentro lo mantuvo en pie. Le sostenía una fuerza que provenía del alma, no del cuerpo: su hembra estaba en los brazos de un asesino y cada célula del cuerpo de John se consagraba al rescate, a salvarla de la manera más violenta y rápida posible.

John, haciendo caso omiso al ataque epiléptico gracias a su sobrehumana concentración, se llevó la mano a la chaqueta para sacar el arma... pero, mierda, enseguida se preguntó cuál sería el blanco. Lash no dejaba al descubierto ninguno de sus órganos vitales y tenía su grotesca cabeza tan cerca de la de Xhex que no había posibilidad de intentar volársela. El riesgo de matarla a ella era excesivo.

La furia lo consumía.

Por el rabillo del ojo, John vio de repente el cañón de un arma que se levantaba.

Parpadeó.

Un campo al lado de un establo. En medio de la noche... una hembra valiosa atrapada por una mano perversa, con un cuchillo en la garganta. Y un arma que se levantaba...

Parpadeó.

De regreso en Caldwell, el amor de su vida en manos del enemigo.

Parpadeó.

El estallido de un disparo...

La explosión que John sintió junto a su oído derecho lo trajo de nuevo a la realidad y entonces dejó escapar un grito sordo, lanzándose hacia delante como si pudiera atrapar la bala.

¡No! gritó sin voz. *¡Nooooo!*

Sólo que el disparo fue perfecto y la bala se alojó en la sien de Lash, a sólo cuatro centímetros de la cabeza de Xhex.

John miró hacia atrás, por encima del hombro, como en sueños. La calibre cuarenta de Tohrment estaba apuntando hacia el frente. El arma permanecía estática, en medio de la fría noche.

Ni la identidad del tirador ni la precisión del tiro sorprendieron, en el fondo, a John.

Fue un disparo absolutamente perfecto.

Dios, ellos ya habían pasado por eso, ¿o estaba soñando? Algo exactamente igual a eso.

La realidad presente volvió a apoderarse de sus sentidos. Frente a él, Xhex se movió con agilidad mientras el monstruo en descomposición se tambaleaba. Se agachó para brindarle a Tohr un blanco más despejado. Ya estaba fuera del alcance del arma cuando la segunda bala salió del cañón.

El nuevo impacto expulsó a Lash de sus preciosos mocasines. Aterrizó sobre la espalda.

John se deshizo del vértigo, de la epilepsia y de las ensoñaciones y salió corriendo hacia su hembra. Sus botas se impulsaban con fuerza inaudita en el suelo, sus muslos y sus pies desplegaban un poder y una agilidad desconocidos incluso para él.

Xhex era su única preocupación, lo único que había en el mundo. En plena carrera, empuñó el arma que necesitaba para cumplir su sagrada misión: la daga negra de seis pulgadas que llevaba enfundada entre el arnés del pecho. Al llegar a los pies de Lash, levantó el brazo por encima de la cabeza, listo para caer sobre su enemigo y enviarlo de regreso a su Omega.

Pero el olor de la sangre de Xhex lo cambió todo, desvió el golpe.

El maldito desgraciado tenía dos cuchillos. Mientras con uno la amenazaba en el cuello, con otro la había apuñalado en el costado.

Xhex se había llevado la mano a la herida de las costillas, con una mueca de dolor.

Lash se retorcía y se agarraba la cabeza y el pecho.

Tohr llegó con Qhuinn, Blay y los otros hermanos, todos apuntando al enemigo, de modo que John estuviera cubierto mientras se hacía cargo de lo ocurrido.

El macho enamorado se inclinó sobre su hembra.

—Estoy bien —dijo ella con evidente fatiga—. Estoy bien… estoy bien…

A la mierda con que estaba bien. Apenas podía respirar y la mano que se había llevado a la herida ya estaba cubierta de sangre.

John comenzó a mover las manos frenéticamente.

—Hay que llamar a la doctora Jane…

—¡No! —gritó Xhex agarrándolo del brazo con la mano ensangrentada—. En este momento sólo me interesa una cosa.

Cuando sus ojos se clavaron en Lash, John sintió que la negra nube del odio le cegaba.

Por encima de su cabeza sonó la voz de Z.

—Butch y V vienen con la Escalade desde Xtreme Park… Maldición… tenemos compañía.

John miró hacia el otro extremo del callejón. Cuatro restrictores acababan de aparecer en el campo de batalla, prueba de que la dirección que aparecía en el registro del Civic era una buena pista.

—Nosotros nos encargamos —susurró Z, echando a correr, con los demás, para hacer frente a los recién llegados.

Una carcajada atrajo la atención de John. Lash se estaba riendo. La abominable anatomía de su cara parecía una máscara diabólica.

—Pequeño John… es mía… me acosté con ella, me la follé hasta el fondo y a ella le gustó.

Una oleada de rabia subió por el cuerpo de John. El macho enamorado que llevaba dentro lanzó un infernal grito de guerra, al tiempo que la daga que tenía en la mano volvía a elevarse en el aire.

—Ella me rogó que la follara, John… —Lash hablaba con creciente dificultad, pero mantenía el tono de maligna satisfacción—. La próxima vez que estés con ella… recuerda que la poseí…

—¡Yo nunca lo deseé! ¡Siempre me dio asco, un asco infinito! —gritó Xhex—. ¡Nunca!

—Maldita perra —exclamó Lash, riéndose entre jadeos terminales—. Eso es lo que eres, una maldita perra, y siempre lo serás. Seguirás siendo una perra y seguirás siendo mía…

John sintió que la realidad se evaporaba: los cuerpos de los combatientes, la sangre de la amada, el viento que soplaba por el callejón, la pelea que había comenzado a sólo unos metros del coche, todo se le hacía lejano, irreal.

De pronto pensó en su propia violación, ocurrida hacía tantos años, en aquella escalera. Y luego vio a Xhex sometida a una humillación y una degradación parecidas. Recordó lo que Z había dicho sobre sus propias experiencias. Y recordó lo que Tohr había sufrido.

Y en medio de aquellos recuerdos, sintió el eco de algo que había sucedido hacía mucho, muchísimo tiempo, algo relacionado con otro secuestro, con otra hembra que había sido herida, con otra vida arruinada.

La horrible cara de Lash y su decrépita figura se convirtieron en la encarnación de todo aquello: una representación abominable y putrefacta de todo el mal que existía en el mundo, de todo el dolor causado de manera deliberada, de toda la crueldad, toda la depravación y toda la perversidad.

El mal que se causa en un segundo y cuyas consecuencias duran toda la vida.

—Yo me la follé, pequeño John…

Con un movimiento en forma de arco, la daga de John descendió con fuerza…

Pero en el último segundo, cambió la trayectoria, de modo que la cabeza de la empuñadura golpeó a Lash en la cara, sin apuñalarle el pecho.

Ahora, el macho enamorado que John llevaba dentro quería hacer con Lash lo mismo que había hecho con aquel asesino en la mansión de Lash, nada menos que destriparlo completamente.

Quería ser la mano de la justicia divina, a la que tan pocas personas tenían acceso.

Lo que le había pasado a él nunca había sido vengado; aquel maldito humano que le había hecho daño se había escapado sin recibir su merecido.

Y Tohr nunca podría recibir la satisfacción de la justicia, porque Wellsie nunca iba a regresar.

Pero Z sí había podido cerrar sus heridas.

Y, maldición, Xhex también lo lograría, aunque fuera lo último que hiciera en este mundo.

John tenía lágrimas en los ojos cuando tomó una de las manos ensangrentadas de Xhex y se la abrió.

Luego le dio la vuelta a su daga y puso la empuñadura sobre la palma de la mano de la amada. A ella le brillaron los ojos. John le cerró la mano sobre el arma y se movió para ayudarla a levantarse y acercarse a su objetivo.

El pecho de Lash subía y bajaba, su garganta sin piel se contraía y se expandía cada vez que tomaba y expulsaba el aire. Cuando se dio cuenta de lo que se le venía encima, los ojos sin párpados amenazaron con salírsele de las órbitas descarnadas. La boca sin labios dibujó una sonrisa que parecía sacada de una película de terror.

Trató de decir algo, pero no pudo emitir ningún sonido.

Mejor. Ya había dicho demasiadas cosas y ya había hecho demasiadas cosas. No volvería a hacer el mal, ni de palabra ni de obra.

Le había llegado el momento de pagar la factura por todo eso.

Mientras la sostenía entre sus brazos, John sintió que Xhex reunía la energía necesaria para hacer lo que quería hacer.

La hembra agarró la daga con las dos manos. Sus ojos ardían con odio infernal cuando se inclinó hacia delante. Un súbito acceso de fuerza, algo parecido a una resurrección, ayudó a la hembra herida a levantar los brazos para colocar la daga sobre el esternón de Lash.

El maldito sabía lo que le esperaba, porque trató de parar el golpe cubriéndose el pecho.

John saltó enseguida y le agarró los dos brazos, forzándolo a quedarse quieto en el suelo, con el asqueroso pecho a la vista de Xhex.

La guerrera miró a John con un brillo granate en los ojos, que resplandecían: todo el dolor que albergaba en el corazón se asomaba allí, todas las pesadas cargas que llevaba encima se podían ver en aquella mirada.

John le hizo un gesto de asentimiento. Xhex bajó la daga de John y la clavó directamente en el corazón de Lash.

El grito del maligno resonó contra los edificios, rebotó aquí y allá, aumentando progresivamente, en lugar de desvanecerse como un eco corriente, hasta convertirse en el gran estallido que acompañó a la explosión de luz.

Lash estaba de regreso al seno de su maldito progenitor.

Cuando el sonido y la luz se desvanecieron, lo único que quedó fue un círculo negro en el asfalto y un olor a azúcar quemado.

Sintiendo que la energía la abandonaba, soltó la daga, que se estrelló contra el pavimento. Xhex se dejó caer hacia atrás, pero John la alcanzó antes de que llegara al suelo. Ella lo miró. Las lágrimas se mezclaron con la sangre que le manchaba la cara y el cuello.

John la estrechó en sus brazos con todo el amor y toda la angustia del mundo.

—Está muerto —dijo Xhex entre sollozos—. Dios, John... Lash está muerto...

Como tenía las manos ocupadas, abrazándola, John sólo pudo asentir con la cabeza para que ella viera que la estaba escuchando y que estaba de acuerdo.

Claro que estaba muerto.

Era el fin de una época, pensó John, mirando a Blay y a Qhuinn, que en ese momento luchaban, codo a codo junto a Zsadist y Tohrment.

John tuvo entonces una terrible premonición. Xhex y él se habían salido momentáneamente de la batalla para tomarse un respiro. Pero en las sombras de los callejones de Caldwell la guerra seguía.

Habría que volver a la lucha, porque la batalla iba a continuar.

Pero iba a continuar sin...

Sin ella.

John cerró los ojos y hundió la cara en el pelo de Xhex.

Claro, era el final que ella quería, pensó John. Matar a Lash y marcharse para siempre, abandonar esta vida.

La hembra atormentada veía cumplido exactamente lo que deseaba.

—Gracias —oyó que decía con voz ronca—. Gracias...

Pese a la abismal tristeza que se apoderó de él, John se dio cuenta de que esa palabra era mejor que un *te amo*. Significaba más para él que cualquier otra cosa que ella hubiese podido decir.

Le había dado lo que ella deseaba. En el momento en que más importaba, le había entregado lo que deseaba.

Y ahora iba a abrazarla hasta que su cuerpo se enfriara y ella se alejara del lugar donde él iba a quedarse.

Iba a comenzar una separación muy larga. Definitiva.

Entonces John volvió a agarrarle la mano ensangrentada y se la abrió de nuevo. Pero esta vez con la mano que le quedaba libre le escribió en la palma de la mano lenta y claramente:

SIEMPRE TE AMARÉ.

La muerte era sucia, dolorosa y básicamente predecible...
excepto en las ocasiones en que no le daba la gana portarse
bien y decidía hacer gala de su extraño sentido del humor.

Una hora después, cuando abrió los ojos, Xhex se dio cuenta de que no se encontraba en los brumosos pliegues del Ocaso,
sino en la clínica de la mansión de la Hermandad.

En ese momento le estaban sacando un tubo de la garganta. Sentía un terrible ardor en el costado, como si la hubiesen
atravesado con una lanza oxidada. Y a su izquierda alguien se estaba quitando unos guantes.

La doctora Jane habló en voz baja.

—Ha tenido dos paradas, John. Detuve la hemorragia intestinal, pero no sé, en este momento no puedo...

—Creo que se está despertando —dijo Ehlena—. ¿Has vuelto para quedarte con nosotros, Xhex?

Bueno, al parecer así sería. Se sentía fatal y, después de haber abierto una buena cantidad de estómagos a lo largo de
los años, no podía creer que su corazón todavía estuviera latiendo.
Pero sí, estaba viva.

Pendiendo de un hilo, pero viva.

La cara pálida de John entró en su campo de visión. En
contraste con la blancura de su piel, sus ojos azules parecían a
punto de incendiarse.

Xhex abrió la boca, pero lo único que salió fue el aire que tenía en los pulmones. No tenía fuerzas para hablar.

—Lo siento —dijo modulando las palabras con los labios.

John frunció el ceño y luego sacudió la cabeza. Le acarició la mano.

Xhex debió de desmayarse, porque cuando se volvió a despertar, John estaba paseándose a su lado. ¿Qué demonios pasa…? Claro, la estaban trasladando a la otra habitación… porque traían a otro herido… alguien que estaba inmovilizado en una camilla. Una hembra, a juzgar por la larga trenza negra que colgaba de la camilla.

En ese momento la palabra *dolor* cruzó por su mente.

Entonces se desmayó de nuevo. Y volvió a recuperar el sentido al alimentarse de la sangre de John, cuya muñeca mordía. Y se volvió a desvanecer.

Entre sueños, Xhex vio partes de su vida que se remontaban a una época que no recordaba conscientemente. Y toda la película que le proyectaba el subconsciente era bastante triste. Había demasiadas encrucijadas en las cuales las cosas deberían haber sido diferentes, en las cuales el destino había sido más un castigo que un regalo. Pero el paso del tiempo era inmutable, inalterable, y no estaba interesado en la opinión personal de aquellos que tenían que respirar para vivir.

Y sin embargo, mientras la mente daba vueltas en un cuerpo inconsciente, Xhex tuvo la sensación de que todo había salido como se suponía que debía salir, que el sendero que había tomado la había llevado exactamente a donde se suponía que debía llevarla:

De vuelta a John.

Pero eso no tenía ningún sentido.

Después de todo, sólo lo conocía desde hacía poco más de un año, lo cual no justificaba la larga historia de sufrimientos de ambos. Demasiadas penas innecesarias,

O tal vez sí tenía sentido todo aquello. Cuando uno está inconsciente, o sedado, o a punto de llamar a las puertas del Ocaso, la perspectiva es diferente. Y la noción del tiempo cambia, como cambian las prioridades, la idea de lo que de verdad importa o no importa.

***

Al otro lado de la puerta de la habitación en la que Xhex se estaba recuperando, Payne parpadeaba con esfuerzo y trataba de descubrir adónde la habían llevado. Sin embargo, no había nada que la informara de dónde estaba. Las paredes eran de baldosines de color verde pálido, había muchas lámparas resplandecientes y muchos armarios metálicos para almacenar cosas.

Payne no tenía idea de qué podía ser todo aquello.

Al menos, el viaje hasta allí había sido lento y cuidadoso, y relativamente cómodo. Luego le habían inyectado algo en las venas para calmar el dolor, y desde luego estaba agradecida por la eficacia del medicamento.

De modo que la sombra de sus muertos era más perturbadora que el dolor o que la incertidumbre sobre su propio estado. ¿Era un sueño, o la buena doctora había pronunciado realmente el nombre de su gemelo?

No estaba segura. La duda se le hacía insoportable.

Por el rabillo del ojo, Payne vio a los que la habían acompañado a su llegada a ese lugar, entre ellos la doctora y el Rey Ciego. También había una hembra rubia de facciones agradables y un guerrero de pelo oscuro al que la gente se dirigía con el nombre de Tohrment.

Exhausta, la Elegida cerró los ojos, mientras el murmullo de las voces la arrastraba de nuevo hacia el sueño. No supo cuánto tiempo estuvo inconsciente. Lo que la trajo de vuelta fue la súbita conciencia de una nueva presencia en aquel espacio que no acababa de identificar.

El personaje era alguien que ella conocía muy bien y su aparición le produjo una conmoción mayor que la certeza de que por fin estaba lejos de su madre.

Cuando Payne abrió los ojos, N'adie se le acercó cojeando sobre el suave suelo de baldosa. La capucha de la túnica escondía, como siempre, su rostro. La figura del Rey Ciego gravitaba por detrás de la hembra, con los brazos cruzados sobre el pecho y su hermoso perro y su preciosa reina a los lados.

—¿Qué haces aquí? —preguntó Payne con voz ronca.

La Elegida caída en desgracia parecía muy nerviosa, aunque Payne no sabía por qué eso era tan evidente. Era algo que ella percibía pero no veía, pues las vestiduras negras de N'adie la cubrían de pies a cabeza.

—Toma mi mano —dijo Payne—. Cómo quisiera consolarte.

N'adie negó con la cabeza debajo de la capucha.

—Soy yo quien ha venido a consolarte a ti. —Al ver que Payne fruncía el ceño, la Elegida miró de reojo a Wrath—. El rey me ha autorizado a quedarme en esta casa para servirte como doncella.

Payne tragó saliva con mucha dificultad por el dolor que sentía en la garganta.

—Para servirme, no. Quédate aquí, pero por tu propio bien, para servirte a ti misma.

—En efecto… también hay algo de eso. —La voz suave de N'adie pareció endurecerse—. La verdad es que, tras tu marcha del santuario, me acerqué a la Virgen Escribana, y mi solicitud me fue concedida. Me impulsaste a hacer lo que tenía que haber hecho hace mucho tiempo. He sido muy cobarde, pero eso se acabó, gracias a ti.

—Yo… me… alegro… —respondió Payne, aunque no entendía qué era lo que había hecho para ayudar a la Elegida—. Y te agradezco que estés aquí…

De repente la puerta del fondo se abrió de un empujón y entró un macho vestido de cuero negro que olía a muerte. Justo detrás de él venía la médica y, cuando él frenó en seco, la hembra de apariencia fantasmagórica le puso una mano en el hombro como para darle apoyo o consuelo.

Los ojos de diamante del macho se clavaron en Payne y, aunque no lo había visto nunca, supo enseguida de quién se trataba. Con tanta certeza como si estuviera viendo su propia imagen.

La joven Elegida sintió que los ojos se le llenaban de lágrimas, porque lo último que había sabido de él era que estaba muerto.

—Vishous —murmuró con desesperación—. Ay, hermano mío…

En un segundo el macho llegó hasta su lado, desmaterializándose desde la puerta y tomando forma al pie de la cama. Su mirada increíblemente inteligente estudió el rostro de Payne y ella tuvo la sensación de que la expresión de sus caras era idéntica, como lo era su color, pues la sensación de sorpresa e incomprensión que ella experimentaba se reflejaba también en aquellos rasgos apuestos y duros.

Esos ojos… ay, esos ojos que parecían diamantes. Eran sus mismos ojos; ella los había visto mirándola desde millones de espejos.

—¿Quién eres tú? —preguntó él bruscamente.

De repente, Payne sintió una fuerte opresión en su cuerpo, pese a que estaba anestesiado; pero el terrible peso que la aplastó no provenía de una lesión física sino de una calamidad interna. Que no supiera quién era ella, que hubiesen vivido separados por una mentira, era una tragedia que no podía soportar.

Pero la voz de Payne resonó, pese a todo, con vigor.

—Yo soy… tu sangre.

—Por Dios… —El macho levantó una mano que estaba enfundada en un guante negro—. ¿Mi hermana?

—Tengo que irme —dijo la doctora con tono apremiante—. La fractura que tiene en la columna se sale de mi especialidad. Necesito ir a por…

—Encuentra a ese maldito cirujano —gruñó Vishous, sin quitar la vista de encima a Payne—. Encuéntralo y tráelo aquí, no importa lo haya que hacer para lograrlo.

—No volveré sin él. Te lo prometo.

Vishous se volvió hacia la hembra y le dio un beso en la boca.

—Dios, te amo.

La cara de la doctora fantasma se volvió corpórea cuando los dos se miraron a los ojos.

—Vamos a salvarla, confía en mí. Regresaré lo antes posible… Wrath ya ha dado su autorización y Fritz me ayudará a traer a Manny.

—Maldita luz del día. Ya está amaneciendo.

—De todas maneras, quiero que te quedes aquí con ella. Ehlena y tú tenéis que estar pendientes de sus signos vitales. Y además, no olvides que Xhex todavía está en estado crítico. Quiero que las cuides a las dos.

Al ver que el macho asentía, la doctora desapareció y, un momento después, Payne sintió la palma de una mano que se posaba en la suya. Era la mano no enguantada de Vishous. La íntima y misteriosa sintonía que se estableció entre ambos fue un inmenso alivio, que ella no alcanzó a explicarse, pero agradeció con toda su alma.

Había perdido a su madre, pero si lograba salir de aquello con vida, todavía tenía una familia. En este lado.

—Hermana —murmuró Vishous y esta vez no se trataba de una pregunta sino de una afirmación.

—Hermano mío —replicó ella, exhausta, emocionada, antes de volver a perder el sentido.

Pero Payne volvería al lado de Vishous. De una manera u otra, no estaba dispuesta a abandonar otra vez a su gemelo.

CAPÍTULO
69

X hex se despertó sola en el cuarto contiguo a la sala de
cirugía y, sin embargo, sintió que John no estaba lejos.

El deseo de encontrarlo le dio la fuerza que necesitaba para incorporarse y bajar las piernas de la cama. Mientras esperaba
a que el ritmo de su corazón se estabilizara después del esfuerzo,
se dio cuenta de que la bata de hospital que llevaba puesta tenía
un dibujo de corazones. Pequeños corazones azules y rosa.

El enorme agotamiento impidió que reuniera las fuerzas
suficientes para sentirse ofendida por aquel detalle tan cursi y tan
femenino. La herida del costado la estaba matando. Además, la
torturaban pinchazos y picores por todas partes.

Tenía que encontrar a John.

Echó un vistazo a su alrededor. Vio que el catéter que tenía
en el brazo estaba conectado con una bolsa que colgaba del monitor que había sobre la cabecera de la cama. Mierda. Lo que necesitaba era uno de esos atriles con ruedas en los que solían poner
el suero. Le vendría bien, de paso, para usarlo de agarradera y
mantener el equilibrio.

Cuando finalmente descargó el peso de su cuerpo sobre
los pies, se sintió aliviada. No se había caído de bruces. Y, después de tomarse un minuto para orientarse, agarró la bolsa de
suero y se la llevó, al tiempo que se felicitaba por ser tan buena
paciente.

La bolsita hasta parecía una especie de bolso. Tal vez estaba creando tendencia, una nueva moda.

Xhex salió por la puerta que llevaba directamente al pasillo, en lugar de hacerlo por la que pasaba por la sala de cirugía. La presencia de John junto a la doctora Jane durante la operación la había ayudado a controlar su fobia, desde luego, pero ya tenía suficientes cosas en la cabeza como para aparecer en mitad de otra sesión de cirugía... y sólo Dios sabía qué le estarían haciendo a esa pobre hembra que habían ingresado poco después que a ella.

Se detuvo cuando puso el primer pie en el pasillo.

John estaba al fondo de éste, junto a la puerta de vidrio de la oficina, y observaba fijamente la pared que tenía frente a él. Tenía los ojos clavados en las grietas que se veían en el cemento. Su patrón emocional amortiguado. Parecía que se le había apagado el instinto.

John estaba de duelo.

No estaba seguro de si ella viviría o moriría, pero ya tenía la sensación de haberla perdido.

—¡John!

El joven volvió la cabeza.

—Mierda —dijo por señas, y se apresuró a acercarse—. ¿Qué diablos haces levantada?

La hembra comenzó a caminar en dirección a su macho, que se precipitó a a sujetarla.

Xhex lo detuvo y negó con la cabeza.

—Tranquilo, estoy bien, no me voy a caer...

Pero en ese momento se le doblaron las rodillas y lo único que evitó que sus huesos dieran con el suelo fueron los brazos de John, igual que en el callejón, cuando Lash la había apuñalado.

En aquel terrible instante también la salvó de caer al suelo.

Con firmeza pero con suavidad, John la llevó de regreso a la sala de recuperación, la ayudó a meterse en la cama y volvió a colgar en su sitio la bolsa de suero.

¿Cómo te encuentras?

En ese momento Xhex lo vio tal como era, en toda su plenitud: el guerrero y el amante, el alma perdida y el líder, el macho enamorado que, sin embargo, por amor, estaba preparado para dejarla marchar.

—¿Por qué lo hiciste? —preguntó Xhex, a pesar de que le dolía la garganta—. Allá, en el callejón. ¿Por qué me dejaste matarlo?

Los maravillosos ojos azules de John se clavaron en los suyos. Se encogió levemente de hombros.

—Quería que tuvieras tu oportunidad. Era más importante que tú tuvieras esa… sensación de clausura, creo que la llaman. Hay muchas cosas, muchas heridas en este mundo que nunca se cierran, y tú te merecías esa satisfacción.

Xhex se rió.

—Aunque parezca extraño, eso es lo más considerado que alguien ha hecho por mí en la vida. Y lo más bonito.

Un fugaz rubor pintó las mejillas de John, creando un encantador contraste con su poderosa y viril mandíbula.

Para ella, en realidad, cualquier cosa relacionada con John era atractiva.

—Así que, gracias —murmuró Xhex.

—Bueno, ya sabes, no eres una hembra a la que un chico pueda llevar flores. Te gustan otro tipo de regalos.

La sonrisa de Xhex desapareció.

—No podría haberlo hecho sin ti. ¿Te das cuenta de eso? Tú lo hiciste posible.

John negó con la cabeza.

—Los detalles no importan. Lo importante es que hicimos el trabajo como se debía, y que lo ejecutó la persona debida. Eso es lo único que cuenta.

Xhex recordó la imagen de John mientras inmovilizaba a Lash contra el pavimento para despejarle el camino a ella. Lo único que le faltó fue servirle al desgraciado en una bandeja de plata y ponerle una manzana en la boca.

La había ayudado a vengarse de su enemigo. Había puesto las necesidades de Xhex por encima de las suyas propias.

Si repasaba todas las vicisitudes por las que habían pasado, eso era una constante en su relación. Siempre daba prioridad a las necesidades y los deseos de ella.

Ahora fue Xhex la que sacudió la cabeza.

—Creo que te equivocas. Los detalles son fundamentales, lo son todo.

John volvió a encogerse de hombros y miró hacia la puerta por la que acababan de entrar.

—Escucha, ¿quieres que llame a la doctora Jane o a Ehlena? ¿Quieres comer algo? ¿Quieres ir al baño?

Y ahí estaba otra vez su preocupación por ella.

La guerrera se echó a reír. Tras soltar la primera carcajada, ya no parecía poder detenerse, a pesar de que la herida le dolía más por los espasmos de la risa. Los ojos se le llenaron de lágrimas rojas. Xhex sabía que John la estaba mirando como si hubiese perdido la razón, y no podía culparlo. Ella también percibía el tono histérico de su risa. En unos segundos, apenas sin transición, las lágrimas cambiaron de carácter, pasó de la risa al llanto.

Xhex se tapó la cara con las manos y siguió sollozando hasta que ya no pudo respirar. El estallido emocional era tan grande que no podía dominarse. Sencillamente, se había desmoronado, y por primera vez en la vida no trató de combatir esa sensación.

Cuando finalmente comenzó a recuperar el control, no se sorprendió lo más mínimo de encontrar una caja de pañuelos de papel frente a ella. Cortesía de John, por supuesto.

Xhex sacó un pañuelo, y luego sacó otro, y otro. Iba a necesitar muchos, ciertamente.

Joder, mejor sería usar simplemente las sábanas de la cama.

—John… —Usaba un tono de queja desconocido en ella, lo que, sumado a la bata de corazoncitos que llevaba puesta, selló para siempre su nuevo estatus de mujercita frágil—. Tengo algo que decirte. Ha tardado mucho tiempo en llegar… mucho tiempo. Demasiado.

John se quedó tan quieto que ni siquiera parpadeó.

—Dios, esto es difícil. —Xhex sollozó y gimoteó un poco más—. Nunca pensé que fuera tan difícil decir dos palabras.

John suspiró ruidosamente, como si le hubieran dado un golpe en el plexo solar. Curiosamente, ella se sentía igual.

Pero a veces, aunque te mate la sensación de náusea y de asfixia, tienes que decir lo que sientes, lo que llevas en el corazón.

—John… —tragó saliva—. Yo…

—¿Qué? —dijo John—. Dímelo. Por favor, dime lo que quieres decirme.

Xhex echó los hombros hacia atrás.

—John Matthew… yo… soy una idiota.

Al ver que él parpadeaba y se quedaba con la boca abierta, ella suspiró.

—La verdad es que son tres palabras, ¿no?

***

Bueno, sí... desde luego eran tres palabras.

«Dios, por un segundo pensé...». John hizo un esfuerzo para volver a la realidad. Xhex sólo podía decirle que le amaba en sus fantasías.

—No, no eres una idiota —replicó él al fin, mediante señas.

Xhex siguió sollozando. El macho enamorado encontraba adorable aquel llanto. Mierda, toda ella era adorable. Echada entre aquellas almohadas y aquellas sábanas de hospital, rodeada de pañuelos de papel arrugados y usados, con la cara congestionada, parecía tan frágil y tan adorable... Le gustaba cuando era la hembra más dura del mundo y cuando parecía una delicada flor. Deseaba tenerla entre sus brazos, pero sabía que ella, en aquel momento, necesitaba su espacio vital.

Siempre había sido así.

—Sí, soy una idiota. —Xhex sacó otro pañuelo de papel de la caja, pero en lugar de sonarse, comenzó a doblarlo en cuadrados perfectos, los cuales doblaba luego por la mitad para volver a hacer otro más pequeño, hasta que el kleenex quedó convertido en un diminuto papel entre sus dedos.

—¿Me dejas hacerte una pregunta?

—Por supuesto.

—¿Podrás perdonarme?

John se sorprendió.

—¿Por qué?

—¿Por ser una pesadilla testaruda, narcisista, egoísta y emocionalmente reprimida? Y no me digas que no lo soy. —Xhex volvió a gimotear—. Soy una symphath, así que conozco a los demás y me conozco a mí misma. Responde, ¿podrás perdonarme?

—No hay nada que perdonar.

—Estás muy equivocado.

—Entonces debe de ser que estoy acostumbrado a tratar con egoístas. ¿Acaso no has visto a los idiotas con los que vivo?

John se sintió feliz al oír la risa de la amada.

—¿Por qué te has quedado conmigo todo este tiempo? Espera, no me lo digas, quizá conozca la respuesta. ¡Porque no puedes elegir a aquella de quien te enamoras!, ¿verdad?

La voz de Xhex tenía ahora una resonancia levemente triste. Se puso a desdoblar el pañuelo de papel. Fue abriendo los cuadrados y alisándolo con minuciosa atención, en silencio.

John levantó las manos, listo para decir algo…

—Te amo —soltó de pronto Xhex, y alzó sus ojos grises para mirarlo—. Te amo y lo siento mucho y te doy las gracias. —La hembra soltó una carcajada—. ¡Fíjate! Mira por dónde, me he convertido en una damisela, una frágil mujercita.

El corazón de John comenzó a latir con tanta fuerza que creyó que iba a morir de felicidad. Los latidos resonaban como el tambor de una banda de música que estuviera desfilando por el pasillo cercano.

Xhex dejó caer la cabeza sobre las almohadas.

—Tú siempre has hecho lo que más me convenía a mí. Pero yo estaba tan absorta en mi propio drama que era incapaz de ver lo que tenía delante de mí. He sido una estúpida.

John tenía serias dificultades para creer lo que estaba escuchando. Cuando quieres a alguien con tanta intensidad como él amaba a Xhex, puedes quedarte embobado y no entender nada, creer que te hablan en chino aunque lo hagan en tu propio idioma.

—¿Y qué pasa con el acuerdo al que habíamos llegado? —preguntó John por señas.

Xhex respiró profundamente.

—Creo que quiero cambiar de planes.

—¿Cómo?

—Quisiera que tú y yo siguiéramos juntos. —Xhex tragó saliva—. Lo más fácil es escapar, liarse la manta a la cabeza y acabar con todo. Pero yo soy una guerrera, John. Siempre lo he sido. Y, si tú me aceptas… quisiera pelear a tu lado, eternamente. —Le tendió la mano con la palma hacia arriba—. ¿Qué me respondes? ¿Aceptas a una symphath?

Bingo.

John agarró la mano de Xhex, se la llevó a los labios y la besó apasionadamente. Luego se la puso sobre el corazón y la mantuvo allí, mientras decía por señas.

—Pensé que nunca me lo preguntarías, maldita imbécil.

Xhex se rió de nuevo y esta vez el macho se le unió con tantas ganas que parecía que iba a reventar de un momento a otro.

Al cabo de un rato, cuando cesó un poco la risa, la levantó con suavidad y la abrazó contra su pecho.

—Dios, John… no quiero ser agorera, pero tengo que decirte que los precedentes no son buenos.

John se echó hacia atrás y le retiró el pelo de la cara. Parecía muy nerviosa y eso no era lo que él deseaba, desde luego.

—Vamos a lograrlo. No tienes que angustiarte, Lo conseguiremos, conviviremos felizmente, con un amor pleno.

—Eso espero. Nunca te había contado esto: una vez tuve un amante… No fue una relación como la nuestra, pero sí que llegó más allá de lo meramente físico. Él era un hermano, un buen macho. Yo no le revelé mi verdadera naturaleza, lo cual estuvo muy mal. Sencillamente, no pensé que fuera a salir nada de allí… y estaba completamente equivocada. —Xhex sacudió la cabeza—. Él trató de salvarme, trató de salvarme con todas sus fuerzas. Terminó yendo a esa maldita colonia a rescatarme, y cuando descubrió la verdad, simplemente… no pudo soportarlo. Abandonó la Hermandad. Desapareció. Ni siquiera sé si todavía está vivo. Ésa es la razón principal por la que me resistía a seguir adelante contigo. Perdí a Murhder y eso casi me mató… aunque no sentía por él ni la mitad de lo que siento por ti.

Eso estaba bien, pensó John. No que hubiese tenido que pasar por todo eso, claro que no, sino que se lo hubiese contado. Ahora su pasado tenía más sentido para él, y eso le daba más confianza en el futuro.

—Siento mucho lo que pasó, pero me alegra que me lo hayas contado. Y yo no soy ese otro macho. Nosotros vamos a vivir noche a noche y no vamos a mirar hacia atrás. Tú y yo, siempre viviremos mirando hacia delante. Hacia delante.

Xhex soltó una carcajada.

—Y creo que hasta aquí han llegado las revelaciones. Ya sabes todo lo que hay que saber sobre mí.

Correcto… John se preguntó cómo plantear lo que estaba pensando.

Suspiró, levantó las manos y comenzó a hacer señas lentamente:

—Escucha, no sé si estarás lista para escucharlo, pero en esta casa hay una hembra, la shellan de Rhage. Ella es psicóloga y sé que algunos de los hermanos han recurrido a ella para solucionar ciertas cosas. ¿Podría presentártela? ¿Querrías hablar con ella? Mary es muy tranquila y discreta... y tal vez eso te pueda ayudar con el pasado y con el futuro.

Xhex respiró hondo.

—He vivido durante mucho tiempo rumiando rencores y mira dónde estoy. Soy un poco lenta, pero no soy estúpida. Sí, me gustaría conocerla.

John se inclinó y apoyó los labios en los de Xhex; luego se acostó junto a ella. Se sentía exhausto físicamente, pero su corazón latía con una dicha tan pura que era como la misma vida: él era un desgraciado mudo, con un pasado terrible, cuyo trabajo nocturno implicaba luchar contra el mal y asesinar a muertos vivientes. Y, a pesar de todo eso, había conseguido a su chica.

Había conseguido a *su* chica, a su verdadero amor, a su pyrocant.

Desde luego, no se iba a engañar. La vida con Xhex no iba a ser normal en muchos sentidos, pero por fortuna a él le gustaba lo impredecible, lo salvaje.

—John

La miró con aire interrogador.

—Quiero aparearme contigo. Aparearme formalmente. Delante del rey y de todo el mundo. Quiero que esto sea oficial.

Bueno, ahora sí que al pobre macho se le paró el corazón definitivamente.

Al ver que él se incorporaba y la miraba, ella sonrió.

—Por Dios, ¿qué significa esa expresión de tu cara? ¿Qué pasa? ¿No creías que quisiera ser tu shellan?

—Ni en sueños.

Ella se sorprendió un poco.

—¿Y eso no te importaba?

Era difícil de explicar. Pero lo que había entre ellos iba más allá de una ceremonia de apareamiento, o del hecho de que le grabaran el nombre de su shellan en la espalda, o que intercambiaran votos delante de testigos. John no podía explicar la razón con claridad, pero ella era como la pieza que le faltaba a su rompecabezas, la guinda de la felicidad, las primeras y las últimas páginas de su libro. Y en cierto sentido, eso era lo único que necesitaba.

—Lo único que quiero es tenerte a ti. Como sea. Con ceremonia o sin ella.

Xhex asintió.

—Bueno, pues quiero el paquete completo.

La volvió a besar, con suavidad, porque no quería hacerle daño. Luego se echó hacia atrás.

—Te amo. Y me encantaría ser tu hellren.

Para su asombro, Xhex se sonrojó. Realmente se sonrojó. Y eso hizo que John se sintiera más grande que una montaña.

—Bien, entonces está decidido. —Xhex le acarició la cara—. Tendremos una ceremonia de apareamiento, ya mismo.

—¿Ya? ¿Ahora mismo? Xhex… apenas te puedes mantener en pie.

Lo miró a los ojos y, cuando habló, su voz resonaba con emoción. Dios… cuánta emoción.

—Entonces, me sostendrás tú, ¿no?

John recorrió los rasgos de Xhex con los dedos y, mientras lo hacía, por alguna extraña razón sintió que los brazos de la eternidad los envolvían y los unían para siempre.

—Sí —dijo el macho enamorado modulando las palabras con los labios—. Te voy a sostener. Siempre te voy a sostener, y a abrazar, y a devorar, amante mía.

Cuando sus bocas se unieron en un beso, John pensó que ésa era su gran promesa para Xhex. Sostenerla, amarla. Con o sin ceremonia de apareamiento… eso era lo que él le prometía a su hembra.

CAPÍTULO

70

La tragedia se desencadenó durante una brutal tormenta de invierno, pero a diferencia del largo parto de la hembra, la desgracia no duró más de un segundo, y sin embargo sus implicaciones cambiarían el curso de varias vidas.

—¡No!

El grito de Tohrment hizo que Darius levantara la vista del húmedo y resbaladizo cuerpecillo del recién nacido que sostenía en los brazos. A primera vista no había manera de conocer la causa de semejante alarma. En efecto, durante el parto había salido mucha sangre, pero la hembra había sobrevivido al alumbramiento de su criatura. De hecho, Darius había cortado el cordón umbilical y se disponía a envolver a la criatura para presentársela a...

—¡No! ¡Dios, no! —Tohrment tenía la cara mortalmente pálida al inclinarse hacia delante—. ¡Ay, querida Virgen Escribana! ¡No!

—¿Qué pasa?

Darius no comprendió al principio lo que estaba viendo. Parecía como si... la empuñadura de la daga de Tohrment estuviera asomando entre las sábanas que cubrían el vientre todavía abultado de la hembra.

Y sus manos pálidas y ahora llenas de sangre se deslizaban lentamente desde el arma hasta la cama.

—¡Ella la sacó sin que yo pudiera evitarlo! —dijo Tohrment, casi sin aire—. Me la quitó del cinturón... yo... Fue tan rápido... Me incliné para cubrirla y... ella se la...

Los ojos de Darius se clavaron en los de la hembra. Tenía la vista fija en el fuego de la chimenea y por sus mejillas rodaba una única lágrima, mientras la vida comenzaba a abandonarla.

Darius tiró la palangana llena de agua que estaba junto a la cama, en su afán por acercarse para sacar la daga, para salvarla... para...

La herida que se había infligido era mortal, sobre todo después de todo lo que había sufrido durante el parto. Era evidente, pero así y todo Darius trataba de salvarla desesperadamente.

—¡No abandones a tu hija! —dijo Darius, inclinándose sobre la hembra con la criatura en los brazos—. ¡Has dado a luz una hija sana y hermosa! ¡Levanta los ojos, levanta los ojos!

Pero mientras el goteo del agua que se había derramado junto a la cama sonaba con triste cadencia, de la boca de la hembra no salió ninguna respuesta.

Darius creyó ver que su boca se movía y tuvo la sensación de que estaba hablando, pero por alguna razón lo único que podía oír era el ruido del agua derramada. No sabía qué hacer, qué decir, sólo suplicaba que la hembra se quedara con ellos... por el bien de su hija, por esperanza en el futuro, por los lazos que él y Tohrment estaban dispuestos a forjar con ella para que nunca más estuviera sola y pudiese criar debidamente a aquella pequeña.

Notó algo a sus pies, frunció el ceño y bajó la mirada.

Lo que caía al suelo ahora no era agua. Era sangre. La sangre de la hembra.

—Santa Virgen Escribana —susurró.

En verdad la hembra había elegido un camino. Había sellado cuidadosamente su destino.

Su último aliento no fue más que un estremecimiento tras el cual ladeó la cabeza, al tiempo que sus ojos parecían todavía fijos en las llamas que devoraban los troncos de la chimenea... aunque ya no veía nada y nunca más volvería a ver nada.

Los aullidos de la criatura recién nacida y aquel horrible goteo eran los únicos sonidos que podía oír Darius, sumido en el horror, en su cabaña de techo de paja. Y, en efecto, lo que lo sacó de su aturdimiento fue el ronroneo del bebé. Ya no había nada

que hacer con respecto a la sangre derramada, a la vida perdida.
Así que Darius agarró la manta que tenían lista para la criatu-
ra y envolvió con cuidado a aquella inocente, mientras la apreta-
ba contra su corazón.

Qué destino tan cruel el que había conducido a aquel mi-
lagro, al nacimiento de aquella vida.

Y ahora, ¿qué?

Tohrment levantó la vista de la cama llena de sangre y el
cuerpo que ya comenzaba a enfriarse. Los ojos del joven guerrero
ardían con una expresión de horror.

—Sólo me di la vuelta un segundo… Que la Virgen Escri-
bana me perdone… pero fue sólo un momento…

Darius sacudió la cabeza. Cuando trató de hablar se dio
cuenta de que no tenía voz, así que se limitó a poner la mano sobre
el hombro del muchacho y se lo apretó para ofrecerle consuelo.

De todas formas, Tohrment se derrumbó. Aullaba.

La madre estaba muerta. Pero quedaba la hija.

Darius se inclinó con aquella nueva vida entre sus brazos
y sacó la daga de Tohrment del vientre de la hembra. La dejó a
un lado y luego cerró los párpados de aquellos ojos queridos. Fi-
nalmente la tapó con una sábana limpia.

—Ella no podrá entrar en el Ocaso —gimió Tohrment,
mientras se agarraba la cabeza con las manos—. Al quitarse la
vida por su propia mano se ha condenado…

—Fue condenada por los actos de otros —sentenció Darius—,
y el mayor pecado entre todos fue la cobardía de su padre. La pobre
estaba condenada desde mucho antes… Ah, destino inclemen-
te, estaba condenada desde mucho antes… Con seguridad, la Virgen
Escribana velará por ella en su muerte y le concederá los favores de
los que no disfrutó en vida. Ah… maldito… maldito destino…

Mientras seguía dando vueltas a la situación en su cabeza,
el guerrero mayor acercó a la criatura al fuego, pues le preocupa-
ba el frío que reinaba en el ambiente. Cuando los dos entraron en
el círculo de calor que proyectaba la chimenea, el bebé abrió la
boca y buscó instintivamente su alimento. A falta de otra cosa,
Darius le ofreció su dedo para que chupara.

Con la tragedia todavía viva, estremeciéndole, contempló
los rasgos de aquella diminuta criatura y observó cómo buscaba
la luz con las manos.

No tenía los ojos rojos. La mano tenía cinco dedos y no seis. Y las articulaciones de sus dedos parecían normales. Luego abrió rápidamente la manta y revisó los pies, el abdomen y aquella cabecita... y encontró que las proporciones del cuerpo y las extremidades eran las normales, que no tenían el tamaño alargado que solían ser característicos de los devoradores de pecados.

Darius sintió que el pecho se le rompía de dolor al pensar en la hembra que había llevado esa pequeña vida en su vientre. Ella se había convertido en una parte de su vida y la de Tohrment, y aunque rara vez hablaba y nunca sonreía, sabía que ella también los apreciaba.

Los tres se habían convertido en una especie de familia.

Y ahora ella había dejado tras de sí a su hija.

Darius volvió a envolver a la criatura en la manta y se dio cuenta de que esa manta era la única señal que había dado la hembra de que reconocía la vida que llevaba dentro. En efecto, la hembra misma había tejido esa manta en la que ahora estaba envuelta su hija. Era lo único que había hecho a lo largo de su embarazo... seguramente porque desde el comienzo sabía cómo terminaría todo.

Desde hacía mucho tiempo sabía lo que iba a ocurrir, lo que iba a hacer.

Los ojos enormes de la pequeña lo miraron fijamente. Aceptando la enorme responsabilidad que había caído sobre él, Darius reconoció lo vulnerable que era esa criatura: si la dejaban abandonada, moriría en cuestión de horas.

Así que tenía que hacer por ella lo que era debido. Eso era lo único que importaba.

Tenía que ocuparse de la niña y hacer lo que fuera mejor para ella, pues había comenzado la vida con muchas cosas en su contra y además se había quedado huérfana.

Querida Virgen Escribana... Darius se prometió hacer todo lo que pudiera por la pequeña, aunque fuese lo último que hiciera en la vida.

Entonces oyó un ruido y, al mirar hacia atrás, vio que Tohrment había envuelto el cuerpo de la mujer entre las sábanas y la tenía en sus brazos.

—Yo me encargaré de ella. —Su voz ya no era la de un joven. Era la de un macho adulto—. Yo... me encargaré de ella.

Darius miraba, extrañado y fascinado, la forma en que Tohrment sostenía la cabeza de la hembra: aquella mano grande y fuerte del joven guerrero acunaba a la muerta con tanto cuidado como si continuase viva y la estuviera consolando.

Darius se preguntó si tendría fuerzas suficientes para soportar la carga que se había echado sobre los hombros. ¿Cómo iba a ser capaz de seguir respirando, de dar los pasos que constantemente te reclama la existencia para continuar adelante?

En verdad, había fracasado. Había rescatado a la hembra, sí, pero, en última instancia, sobrevino el gran fracaso.

Se volvió hacia su protegido.

—El manzano.

Tohrment asintió con la cabeza.

—Sí. Eso fue lo que pensé. Debajo del manzano. La llevaré allí ahora mismo, y al diablo con la tormenta.

No fue ninguna sorpresa que el chico quisiera desafiar a la naturaleza para enterrar a la hembra. Sin duda necesitaba hacer algo, un reto para aliviar su agonía.

—Así en primavera disfrutará de su floración, y del canto de las aves que se posan en sus ramas.

—¿Y qué hay de la niña, qué va a ser de esa criatura?

—También nos encargaremos de ella. —Darius se quedó mirando la cara diminuta del bebé—. Se la daremos a alguien que pueda cuidarla como se lo merece.

En efecto, no podían quedarse con ella en aquella cabaña, llevando la vida que llevaban. Todas las noches salían a pelear. La guerra no se detenía por las desgracias personales de los combatientes. No se paraba por nada ni por nadie. Además, la criatura necesitaba cosas que dos machos no podían darle, por muy buenas que fueran sus intenciones.

Necesitaba el cuidado de una madre.

—¿Todavía es de noche? —preguntó Darius con voz ronca, cuando Tohrment se dirigía a la puerta.

—Sí. Y me temo que siempre será de noche —respondió el joven, con voz conmovida.

La puerta se abrió de par en par a causa del viento y Darius se inclinó sobre la niña para protegerla. Cuando la ráfaga pasó, bajó la vista hacia aquella nueva vida.

Le acarició la carita, y pensó con preocupación en lo que le depararía el futuro. ¿Serían los años venideros más amables con ella, o el destino seguiría hiriéndola con su garra implacable, como le había hecho en la hora del nacimiento?

Darius rogó que la vida fuera generosa con ella. Elevó una plegaria para que encontrara a un macho honorable que la protegiera y para que llegara a tener sus propios hijos y llevara una vida normal y plena en el mundo que la había dado una bienvenida tan amarga.

Y él estaba dispuesto a hacer lo que pudiera para garantizarlo.

Entre otras cosas, estaba decidido a entregársela a alguien que pudiera criarla.

Al anochecer del día siguiente, en la mansión de la Hermandad, Tohrment, hijo de Hharm, se puso sus armas y sacó la chaqueta del armario.

No iba a pelear, pero se sentía como si fuera a enfrentarse a un enemigo. E iba a salir solo. Le había dicho a Lassiter que se quedara, que se hiciera una manicura o alguna mierda por el estilo, porque había ciertas cosas que necesitaba hacer solo.

El ángel caído simplemente había asentido y le había deseado buena suerte. Como si supiera exactamente cuál era el aro de fuego que pretendía atravesar Tohr, el reto solitario que le aguardaba.

La sensación de que sorprender a Lassiter era imposible resultaba casi tan irritante como todo lo que tenía que ver con el maldito ángel.

La cosa era que, alrededor de media hora antes, John había subido a compartir sus felices noticias. En persona. El chico tenía una sonrisa tan grande que corría el riesgo de que la cara se le quedase agarrada para siempre en esa posición. Lo cual sería absolutamente fantástico, se dijo Tohrment, hijo de Hharm.

Joder, la vida era tan extraña a veces. Y con demasiada frecuencia esa frase era un eufemismo, porque en realidad significaba que a la gente buena le pasaban cosas malas. Pero en este caso no era así. Gracias a Dios, en esta ocasión no era así.

Era difícil pensar en dos personas que se merecieran más aquella felicidad.

Tohr salió de su cuarto y comenzó a avanzar por el pasillo de las estatuas. El feliz anuncio de que John y Xhex se iban a aparear formalmente se había difundido ya por toda la casa, inyectando a todo el mundo una muy necesaria dosis de buen humor. En especial a Fritz y los doggen, a quienes les encantaba organizar una buena fiesta.

Y, joder, a juzgar por el estruendo que se oía abajo, debían de estar en pleno furor de los preparativos. Tenía que ser eso, o que una banda de moteros estaba paseando sus Harleys por el vestíbulo.

No. No eran ángeles del infierno, sino un escuadrón de máquinas abrillantadoras puliendo el suelo con la implacable determinación de una división acorazada.

Tohr se detuvo un momento y apoyó las manos en la balaustrada. Contempló el manzano florecido que representaba el mosaico del vestíbulo. Mientras veía a los doggen sacar brillo con sus máquinas a las ramas y el tronco, decidió que a veces la vida sí era justa y buena. Sin duda.

Y por eso, precisamente, había podido reunir la energía necesaria para hacer lo que tenía que hacer.

Después de bajar corriendo la escalera, Tohr se despidió de los doggen y atravesó el vestíbulo. En el patio respiró hondo y se preparó. Tenía un par de horas antes de la ceremonia, lo cual era una suerte. No sabía muy bien cuánto tiempo le iba a llevar su misión.

Cerró los ojos y envió sus átomos a través del espacio… hasta que tomaron forma en la terraza de su casa, el lugar donde él y su adorada shellan habían vivido durante más de cincuenta años.

Al abrir los párpados, evitó mirar hacia la casa. Levantó la barbilla y escudriñó el cielo nocturno. La noche era estrellada, los luceros brillaban con una intensidad con la que no podía competir una luna que apenas empezaba a asomarse por el horizonte.

¿Dónde estarían sus muertos?, se preguntó Tohr. ¿Cuáles de esas luces diminutas serían las almas de aquellos seres queridos que había perdido?

¿Dónde estaban su shellan y su pequeño hijo? ¿Dónde estaba Darius? ¿Dónde estaban todos aquellos que se habían separado del camino que todavía transitaban sus botas para instalarse por toda la eternidad en el Ocaso?

¿Acaso mirarían lo que sucedía allí abajo? ¿Verían lo que pasaba, tanto lo bueno como lo malo?

¿Echarían de menos a aquellos que habían dejado atrás?

¿Sabrían cuánto los extrañaban a ellos?

Tohr bajó lentamente la cabeza y se preparó para el impacto.

Sí, tenía razón. El simple hecho de mirar la casa le causaba un dolor inmenso.

Y la metáfora era demasiado obvia, porque lo que Tohr estaba viendo era un enorme hueco en su casa. Las puertas corredizas de vidrio de la antigua habitación de John, habían saltado en pedazos, dejando un gran vacío.

En ese momento sopló una ligera brisa y las cortinas que colgaban a cada lado del marco se mecieron suavemente.

Eran tan claro el paralelismo: la casa era él. Y el agujero era lo que quedaba después de haber perdido a Wellsie.

Todavía le costaba pensar en ella. Y mucho más pronunciar su nombre.

A la entrada de la casa había media docena de tablas, junto con una caja de clavos y un martillo. Fritz las había llevado en cuanto Tohr se enteró del incidente, pero el doggen tenía instrucciones expresas de no arreglar el desperfecto, dejando allí el material.

Tohr siempre arreglaba personalmente las averías de su casa.

Al acercarse, las suelas de sus botas de combate aplastaron trozos de vidrio. El crujido correspondiente siguió hasta llegar al dintel de la puerta. Entonces Tohr se sacó un mando a distancia de llavero del bolsillo, lo dirigió hacia la casa y oprimió el botón para desactivar la alarma. Enseguida oyó un lejano «bip-bip» que indicaba que el sistema de seguridad había recibido la señal y ahora estaba apagado.

Ya podía entrar libremente: los detectores de movimiento estaban desactivados y podría abrir cualquier puerta o ventana exterior.

Entrar libremente.

Era fácil de decir, eso de que podía entrar.

En lugar de dar ese primer paso, Tohr se acercó al sitio donde estaban las tablas, agarró una y la llevó hasta la puerta que se había roto. La apoyó contra la pared y regresó a por los clavos y el martillo.

Le llevó cerca de media hora tapar el hueco y, cuando dio un paso atrás para ver cómo había quedado el trabajo, pensó que tenía una pinta horrible. El resto de la casa estaba impecable, a pesar de llevar deshabitada desde hacía... Desde la muerte de Wellsie. Todo estaba bien cuidado y sus antiguos empleados seguían manteniendo el jardín y revisando el interior de la casa una vez al mes, aunque se habían mudado fuera de la ciudad para trabajar con otra familia.

Era curioso. Tras su regreso al mundo de los vivos, Tohr había tratado de pagarles por el trabajo que hacían, pero ellos se habían negado a recibir el dinero. Siempre se lo devolvían con una amable nota.

Curioso, y también emocionante.

Puso el martillo y los clavos restantes encima de una de las tablas que no había usado, y se dijo que tenía que echar un vistazo al exterior de la casa. Era duro, pero no le quedaba más remedio. Mientras avanzaba por el perímetro de la finca, de vez en cuando se asomaba por las ventanas. Todas las cortinas estaban cerradas, pero su visión podía traspasar la tela para ver a los fantasmas que habitaban dentro de aquellas paredes.

En la parte trasera de la casa, se vio a sí mismo sentado a la mesa de la cocina, mientras Wellsie preparaba algo en el hogar. Los dos discutían porque una vez más Tohr se había olvidado de guardar sus armas por la noche.

Dios, cómo le gustaba, incluso excitaba, verla enojada.

Y cuando llegó hasta donde estaba la sala, recordó cómo solía tomarla entre sus brazos y hacerla bailar con él, mientras tarareaba un vals en su oído. Completamente desafinado, claro.

Aquella hembra maravillosa siempre se adaptó tan bien a él que parecía que sus cuerpos habían sido hechos el uno para el otro.

Y al llegar a la puerta principal se vio llegando con un ramo de flores. Cada aniversario.

Las favoritas de su shellan eran las rosas blancas.

En el garaje, Tohr se concentró en el aparcamiento de la izquierda, el que estaba más cerca de la casa.

De ahí era de donde había salido Wellsie en su Range Rover aquel último día.

Después del crimen, la Hermandad recogió la camioneta y se hizo cargo de ella. Tohr ni siquiera quería saber qué había sucedido con el maldito vehículo. Nunca había preguntado. Y nunca lo haría.

El aroma de su perfume y de su sangre eran demasiado para él, incluso no siendo reales, sino cosa de la imaginación.

Tohr meneó con pesar la cabeza y miró fijamente la puerta cerrada. Nunca sabes cuál es la última vez que verás a alguien. No sabes si acabas de tener la última discusión con esa persona, o si le has hecho el amor por última vez, o si la estás mirando a los ojos y dándole las gracias por existir por última vez en la vida.

Y cuando mueren, cuando ya lo sabes, es lo único en lo que piensas.

Noche y día.

Tohr se dirigió entonces a la parte lateral del garaje, donde encontró la puerta que estaba buscando. Tuvo que abrirla de un empujón.

Mierda, todavía olía igual: el aroma acre del cemento, mezclado con el dulce aceite del Corvette y la gasolina de la segadora. Tohr encendió la luz. Por Dios, el lugar parecía un museo de cosas de una época muy, muy remota; reconoció los objetos de aquella vida, conocía su utilidad, pero la verdad era que ya no tenían lugar en su existencia.

Concentración. Tenía que estar a lo que tenía que estar.

Luego encontró la escalera que llevaba al segundo piso. El ático del garaje era un salón espacioso, con calefacción, que albergaba una ecléctica combinación de baúles del siglo diecinueve, cajas de madera del siglo veinte y recipientes plásticos del siglo veintiuno.

En realidad Tohr no miró lo que había ido a mirar, simplemente se lo llevó. Cargó con el baúl ropero Louis Vuitton escaleras abajo.

El problema era que no había posibilidad de desmaterializarse con semejante carga a cuestas.

Iba a necesitar un coche. Maldición, ¿por qué no había pensado en eso?

Miró hacia atrás y vio el Sting Ray modelo 64 que él mismo había puesto a punto. Había pasado muchas horas calibrando el motor y trabajando en la carrocería, incluso, a veces, durante el día, lo cual enfurecía a Wellsie.

«Vamos, querido, ¿acaso crees que el techo se va a deshacer solo?».

«Tohr, por favor, ya te estás pasando».

«Humm, ¿qué tal si usas esas manos para algo más útil que el puñetero coche?».

Tohr cerró los ojos y borró el dulce y doloroso recuerdo de su mente.

Se acercó al vehículo mientras se preguntaba si la llave todavía estaría en el… Bingo.

Abrió la puerta del conductor y se colocó detrás del volante. La capota siempre estaba abatida, porque en realidad él no cabría con la capota puesta. Pisó el embrague, dio vuelta a la llave y, pese a sus temores, el motor rugió como si hubiese estado esperando eso desde hacía mucho tiempo y ahora se desahogara, furioso por tanto abandono.

Tenía lleno medio depósito de gasolina. El nivel del aceite también estaba bien. El motor parecía perfectamente a punto, sin un mal ruido extraño.

Diez minutos después, Tohr volvió a activar el sistema de seguridad de la casa y salió del garaje con el baúl atado a la parte de atrás del descapotable. Amarrarlo había sido fácil; sólo había puesto debajo una manta para proteger la pintura, lo había asegurado al techo y lo había atado muy bien.

Sin embargo, no podría ir muy rápido. Lo cual estaba bien.

La noche era fría. Al poco de haber emprendido la marcha, las orejas comenzaron a presentar síntomas de congelación. Pero no había problema, aguantaría. La calefacción estaba al máximo y las manos, a salvo del frío, sujetaban con firmeza el volante.

Mientras regresaba a la mansión de la Hermandad, tuvo la sensación de haber superado una prueba mortal. Y sin embargo no se sentía orgulloso de su triunfo.

Pero estaba decidido. Y, como habría dicho Darius, estaba preparado para mirar hacia delante.

Al menos en lo que tenía que ver con matar al enemigo.

Sí, tenía deseos de retomar su trabajo de guerrero. A partir de esta noche, ya era la única razón para vivir y estaba más que preparado para cumplir con su deber.

D arius y Tohrment llevaron a la criatura a su nueva casa en el lomo de un caballo de guerra.

La familia que la iba a adoptar vivía muy lejos. Viajaron durante la noche posterior al parto, armados hasta los dientes, porque sabían muy bien los peligros que acechaban, las múltiples maneras en que su viaje podía ser interrumpido. Cuando llegaron a la cabaña que estaban buscando, vieron que se trataba de una casa similar a la de Darius, con techo de paja y paredes de piedra. Los árboles que la rodeaban la protegían de las inclemencias del clima y en el establo había cabras y ovejas. Varias vacas lecheras pastaban en el prado.

La casa tenía incluso un doggen, según había visto Darius la noche anterior, cuando fue a buscar a aquella modesta pero próspera familia. Desde luego, en esa ocasión no había conocido a la señora de la casa. Ella no estaba en condiciones de recibir visitas. Su compañero y él habían hablado del asunto a la entrada de la casa.

Cuando Darius y Tohrment tiraron de las riendas de sus caballos, los animales corcovearon y se negaron a quedarse quietos. En efecto, los inmensos sementales habían sido criados para pelear, no para esperar. Darius desmontó, y su protegido logró dominar a los animales a base de fuerza.

A lo largo de cada kilómetro que habían recorrido hasta llegar allí, Darius se había ido cuestionando su decisión; pero ahora que había llegado, supo que allí era donde debía estar esa criatura.

Se acercó a la puerta con su preciosa carga. Fue el señor de la casa el que abrió. Los ojos del macho brillaban a la luz de la luna, pero no era una señal de felicidad. En efecto, una terrible pérdida acababa de arruinar el bienestar de la casa. En realidad, Darius los había encontrado por eso.

Los vampiros se mantenían en contacto de manera similar a los humanos: compartiendo historias y desgracias.

Darius saludó al macho con una inclinación de cabeza, a pesar de las diferencias de estatus.

—Saludos en esta fría noche.

—Saludos, señor. —El macho hizo una reverencia pronunciada y, cuando se levantó, sus amables ojos se clavaron en el pequeño paquete—. La noche es fría, en efecto, y sin embargo se está empezando a calentar.

—Así es. —Darius abrió la parte superior de la manta y miró una vez más a aquella cara diminuta. Esos ojos, esos maravillosos ojos grises como el acero, le devolvieron la mirada—. ¿Deseas echarle un vistazo primero?

Darius sintió que se le quebraba la voz, pues no deseaba que la criatura fuese juzgada, ni ahora ni nunca, y de hecho había empezado a poner los medios necesarios para eso. Por ejemplo, mantenía en secreto las circunstancias de su concepción. En realidad, ¿cómo no iba a hacerlo? ¿Quién querría acoger a una niña llegada al mundo de tan deshonrosa manera? Y como la pequeña carecía de los conspicuos rasgos de la otra mitad de su naturaleza, nadie tendría que saberlo.

—No necesito echarle un vistazo, si no es por el placer de mirarla. —El macho negó con la cabeza—. Ella es una bendición que vendrá a colmar los brazos vacíos de mi shellan. Usted ha dicho que goza de buena salud; eso es todo lo que nos importa.

Darius soltó el aire que no se había dado cuenta de que estaba conteniendo y siguió contemplando a la criatura.

—¿Está seguro de que desea renunciar a ella? —preguntó el macho con voz suave.

Darius se volvió a mirar a Tohrment. Los ojos de su protegido ardían mientras observaba la escena desde su semental, con su cuerpo de guerrero cubierto de cuero negro y las armas sobre el pecho. Su impresionante estampa era un presagio de guerra, de muerte y de sangre derramada.

Cuando se volvió de nuevo hacia el señor de la casa, Darius era consciente de que él también debía de tener una pinta similar.

—¿Me permitirías que me tomase una licencia?

—Sí, señor. Por favor siéntase en libertad de hacer lo que estime conveniente.

—Quisiera dar nombre a la criatura.

El macho volvió a inclinar la cabeza.

—Será un honor, para la pequeña y para nosotros.

Darius miró por encima del hombro del civil hacia la puerta de la cabaña que había dejado cerrada para impedir la entrada del frío. Adentro, en algún lugar de la casa, había una hembra que lloraba la pérdida de su bebé durante el parto.

Mientras se preparaba para entregar a la niña, Darius se dijo que sabía lo que era sentir vacío oscuro en la existencia, como le había ocurrido a la mujer de aquella casa. Cuando se alejara de aquel paraje boscoso, y de aquella familia dolorida que ahora se sentiría mejor, dejaría atrás una parte de su corazón... pero la criatura se merecía el amor que la esperaba allí dentro.

La voz de Darius sentenció:

—Ella se llamará Xhexania.

El macho volvió a inclinarse.

—«Bendita». Sí, ese nombre es magnífico, muy apropiado.

Hubo una larga pausa durante la cual Darius volvió a clavar sus ojos en aquel rostro angelical. No sabía cuándo volvería a verla. Ésta era ahora su familia. No necesitaba a dos guerreros vigilándola, de modo que sería mejor que ellos no intervinieran en su vida. ¿Dos guerreros visitando continuamente aquel tranquilo paraje? Eso podría suscitar preguntas acerca del porqué, y tal vez poner en peligro el secreto que tenía que rodear para siempre las circunstancias de su concepción y su nacimiento.

Para protegerla, él debía desaparecer de su vida y asegurarse de que fuese criada de manera normal.

—Señor —dijo el macho con timidez—. ¿Está seguro de que quiere hacer esto?

—Por supuesto... estoy muy seguro. —Darius sintió que el pecho le ardía cuando se inclinó hacia delante y dejó a la pequeña en los brazos del desconocido.

Su padre.

—Gracias... —La voz del macho se quebró al aceptar aquel pequeño peso—. Gracias por la luz que usted ha traído a nuestra oscuridad. Pero, en verdad, ¿no hay nada que pueda hacer por usted?

—Sí, sé bueno con ella.

—Así será. —El macho comenzó a dar media vuelta, pero se detuvo—. Nunca va a regresar, ¿verdad?

Mientras negaba con la cabeza, Darius no podía despegar los ojos de la manta que había tejido la madre de la criatura.

—Desde este momento es tan tuya como si fuese producto de tu linaje. La dejaremos aquí, en tus manos, y confiamos en que la tratarás bien.

El macho se acercó y agarró el brazo de Darius. Con un apretón, le ofreció consuelo.

—Usted ha depositado su confianza en nosotros y no lo decepcionaremos. Y han de saber que siempre serán bienvenidos aquí para verla.

Darius inclinó la cabeza.

—Gracias. Que la Virgen Escribana te proteja a ti y a los tuyos.

—Lo mismo para ti.

Con esas palabras, el macho atravesó el umbral y entró en su casa. Después de levantar la mano a manera de última despedida, cerró la puerta detrás de él y la pequeña.

Los caballos resoplaban y golpeaban el suelo con sus cascos, Darius dio una vuelta y miró a través del ventanal con la esperanza de ver...

Junto al fuego, acostada en una cama de sábanas limpias, yacía una hembra con la cara vuelta hacia las llamas. Estaba tan pálida como las sábanas y sus ojos vacíos le recordaron a la trágica hembra que se había marchado al Ocaso frente a su propia chimenea.

La shellan del señor de la casa no se enderezó ni miró hacia atrás cuando su hellren entró a la estancia y, por un momento, Darius pensó que había cometido un error.

Pero luego la criatura debió de hacer algún ruido, porque la cara de la mujer se volvió súbitamente.

Al ver el paquete que su compañero le presentaba, la hembra abrió la boca y la confusión y el asombro cruzaron por su rostro. Se quitó el edredón de encima y estiró los brazos para recibir a la criatura. Las manos le temblaban tanto que su hellren tuvo que ponérsela contra el corazón... pero luego la hembra sostuvo a su hija recién nacida sin ayuda alguna.

Desde luego, lo que hizo que a Darius se le humedecieran los ojos fue el viento. En verdad fue el viento. Faltaría más.

Darius se secó la cara y se dijo que todo estaba bien, tal como debería estar. Tenía que estar satisfecho, a pesar de que sentía un gran dolor en el pecho.

Detrás de él, su caballo piafó y se echó hacia atrás, mientras sus inmensos cascos se estrellaban contra la tierra. Al oír ese ruido, la hembra que estaba en la casa alzó los ojos con alarma y abrazó contra su pecho a su pequeño regalo, como si quisiera proteger a la criatura.

Darius dio media vuelta y corrió hasta su caballo. Se subió de un salto y tomó con facilidad el control del animal. Más le costaba dominar el dolor, casi rabia, que estremecía todo su ser.

—Iremos a Devon —dijo Darius, pues necesitaba encontrar un objetivo más de que el aire para respirar—. Circulan informes sobre la presencia de restrictores por allí.

—Sí. —Tohrment miró hacia la casa—. Pero ¿estás en la disposición de ánimo adecuada para pelear?

—La guerra no espera a que ningún macho tenga la disposición de ánimo adecuada.

De hecho, casi era mejor estar alterado, incluso loco.

Tohrment asintió.

—Hacia Devon, entonces.

Darius le dio a su semental toda la libertad que quería y el caballo se lanzó al galope entre los bosques, devorando el camino. El viento secó definitivamente las lágrimas de Darius, pero no pudo hacer nada para mitigar el dolor que sentía en el alma.

Camino a la guerra, se preguntó si alguna vez volvería a ver a la niña, aunque sabía bien la respuesta. Sus caminos no volverían a cruzarse. ¿Cómo podrían cruzarse? Era casi imposible que el destino los reuniese de nuevo.

Maldito destino.

Pobre pequeña, víctima del destino. Había llegado al mundo en medio de una tragedia.

Pero no sería olvidada.

Y siempre tendría un lugar en el corazón de Darius.

CAPÍTULO

73

M
ás tarde Xhex pensaría en que las cosas buenas, al
igual que las malas, venían siempre en paquetes de
tres.

De todas formas, hasta entonces no había tenido esa experiencia. Es decir, no es que no hubiese recibido paquetes de tres
cosas, sino que no había recibido cosas buenas. Ni de tres en tres, ni
de dos en dos, ni de una en una.

Gracias a la sangre de John Matthew y al cuidadoso trabajo de la doctora Jane, la guerrera estaba en perfectas condiciones
a la noche siguiente de su enfrentamiento con Lash. Sabía que
había vuelto a su estado normal porque se había puesto de nuevo
sus cilicios. Y se había cortado el pelo. Y había estado en su cabaña del río Hudson, para recoger ropa y armas.

Y además se había pasado cerca de cuatro horas haciendo
el amor con John.

También había tenido una reunión con Wrath. Al parecer,
tenía un nuevo empleo: el gran Rey Ciego la había invitado a luchar hombro con hombro con la Hermandad. Al ver su asombro
inicial, el rey insistió en que las habilidades de Xhex supondrían
una gran aportación a su fuerza de combate.

No tardó mucho en aceptar, porque, joder, lo de matar
restrictores era muy tentador.

En realidad era una gran idea.

Xhex estaba feliz con la idea.

Y hablando de buenas ideas, también se había mudado para vivir con John, como debía ser. En el armario, los pantalones de cuero y las camisetas forradas de la hembra estaban colgados ahora al lado de las del macho. Las botas de ambos formaban una sola línea. Todos los cuchillos, pistolas y demás elementos de combate de uno y otra estaban bajo llave en el armario blindado.

En el mismo lugar, la munición de la pareja.

Todo muy romántico.

La vida continuaba.

Aunque durante la última media hora, se había visto obligada a permanecer sentada en aquella cama enorme, mientras se restregaba las sudorosas palmas de las manos contra el cuero de los pantalones. John se ejercitaba abajo, en el centro de entrenamiento, antes de la ceremonia. Ella se alegraba de que se mantuviese ocupado.

Porque no quería que la viera así de nerviosa.

Resultaba que, aparte de la fobia a los médicos, clínicas y demás, parecía que Xhex tenía otra lacra psicológica. La idea de ser el foco de atención de mucha gente durante su ceremonia de apareamiento le provocaba ganas de vomitar. En el fondo, aunque no se le había ocurrido que pudiera sucederle, no le extrañaba mucho. Después de todo, en su profesión de asesina era fundamental permanecer oculta, lejos de las miradas de los demás. Y siempre había sido una chica introvertida, tanto por las circunstancias de su vida como por su personalidad.

Xhex se recostó en los almohadones y apoyó la cabeza en la cabecera de la cama, cruzó los pies a la altura de los tobillos y buscó el mando a distancia. La pantalla plana se encendió en cuestión de segundos. Comenzó a pasar canales más o menos al mismo ritmo que latía su corazón.

Su estado de ansiedad no sólo se debía a la timidez. Además, casarse la hacía pensar en cómo habrían sido las cosas si hubiera llevado una vida normal. En ocasiones como la del apareamiento oficial, la mayor parte de las hembras se ponían hermosos trajes, especialmente confeccionados para la ocasión, y se adornaban con las joyas de la familia. Se morían por presentarse ante sus prometidos del brazo de sus orgullosos padres. En la llegada a la ceremonia y durante el intercambio de votos, las madres de los contrayentes gimoteaban impepinablemente.

Pero Xhex subiría sola hasta el altar vampírico, con unos pantalones de cuero y una camiseta sin mangas, porque ésa era la única ropa que tenía.

Mientras los canales pasaban a velocidad de vértigo frente a sus ojos, la distancia entre ella y lo «normal» le parecía abismal, absolutamente insalvable. No podía cambiar su turbulento y extraño pasado. Todo, su desdichado nacimiento, su naturaleza mestiza, la pesadilla de los remotos tiempos de la cabaña, lo que le había sucedido desde que salió de aquella misma cabaña... todo eso estaba escrito en la fría piedra del pasado y era inalterable.

Nunca cambiaría.

Al menos sabía que la maravillosa pareja que había tratado de criarla como si de verdad fuera su hija, finalmente había tenido un hijo de su propio linaje, un hijo que se había vuelto un macho fuerte, se había apareado bien y les había dado nietos.

Gracias a eso, dejarlos fue mucho más fácil.

El resto de su vida, excepto el encuentro con John, había sido un camino mucho menos feliz. Dios, también eso estaba en el origen de sus nervios. ¡No estaba acostumbrada a los acontecimientos dichosos! El apareamiento con John casi era demasiado bueno para ser cierto...

De pronto frunció el ceño y se enderezó. Luego se restregó los ojos.

No podía estar viendo lo que creía estar viendo en la pantalla.

No era posible.

Nerviosa, por supuesto, subió el volumen del televisor.

«El fantasma de Rathboone acecha en los pasillos de su mansión de la Guerra Civil. ¿Qué secretos podrá desvelar nuestro equipo de *Paranormal Investigators* durante su investigación?».

La voz en off se desvanecía mientras la cámara se fijaba en el retrato de un macho de pelo negro y unos ojos oscuros que parecían embrujados.

Xhex había visto esa cara en otra parte.

Entonces dio un salto y se acercó corriendo a la televisión, como si eso sirviera de algo.

Murhder.

La cámara volvía a alejarse para mostrar un hermoso salón y luego imágenes de los jardines de una mansión señorial pintada de blanco. Se anunciaba un programa especial en directo, durante el cual iban a tratar de captar imágenes del fantasma de un abolicionista de la Guerra Civil, que, según muchos testimonios, todavía deambulaba por los pasillos y los jardines del lugar donde había vivido.

Prestó atención para ver si decían dónde estaba la mansión.

A las afueras de Charleston, Carolina del Sur. Allí era donde estaba. Tal vez ella podría…

Xhex comenzó a restregarse otra vez los pantalones. Respiró hondo. Su primer impulso fue correr hasta allí, hasta Charleston, para ver por sí misma si se trataba de su antiguo amante o de un fantasma de verdad, o del montaje de unos hábiles productores de televisión que buscaban mucha audiencia con pocos escrúpulos.

Pero la sensatez se impuso y enseguida dominó aquel primer impulso. La última vez que había visto a Murhder, éste le había dejado muy en claro que no quería tener nada que ver con ella nunca más. Además, que un viejo retrato se pareciese a Murhder, no quería decir que estuviera viviendo en aquella vieja mansión, montando un numerito al hacerse pasar por fantasma.

Era un retrato viejo, sí, pero había que reconocer que también maravilloso.

Y también había que reconocer que eso de asustar a los humanos era típico de Murhder.

Mierda, ojalá se encontrara bien. De todo corazón. Y si no estuviera convencida de que sería muy mal recibida, habría hecho el viaje.

A veces, lo mejor que podemos hacer por alguien es mantenernos alejados de él. Además, ella le había dado su dirección de la cabaña sobre el Hudson. Así que sabía dónde buscarla, y nunca lo hizo.

Dios, sí, Xhex esperaba que estuviera bien.

Un golpe en la puerta la hizo volver la cabeza.

—¿Sí? —dijo Xhex.

—¿Puedo entrar? —preguntó una profunda voz masculina.

La novia guerrera se puso de pie y frunció el ceño al ver que no parecía la voz de un doggen.

—Sí. Está abierto.

La puerta se abrió de par en par y apareció... un baúl, un baúl ropero. Un baúl Louis Vuitton de otra época. Y Xhex supuso que lo transportaba un hermano, a juzgar por las botas de combate y los pantalones de cuero que asomaban por debajo del armatoste.

A menos que Fritz hubiese engordado cincuenta kilos y renegado de su estilo de vida para adoptar uno similar al de V, era sin duda un hermano.

El baúl descendió lo suficiente para que Xhex alcanzara a ver la cara de Tohrment. Tenía una expresión seria; pero, claro, el hermano nunca había sido la alegría de la huerta. Y era lógico, teniendo en cuenta cómo le había ido en la vida.

Tohrment resopló e inclinó la cabeza hacia el enorme baúl.

—Te he traído una cosa. Para tu ceremonia de apareamiento.

—¡Caramba! John y yo no hemos hecho lista de boda. —Le hizo un gesto para que pasara—. No parece probable que en Crate and Barrel vendan armas. Pero muchas gracias.

El hermano atravesó la puerta y puso el baúl en el suelo. Medía aproximadamente un metro y medio de largo por un metro de ancho.

Durante el silencio que siguió, los ojos de Tohrment estudiaron los rasgos de la cara de Xhex y ella volvió a tener la extraña sensación de que el hermano sabía muchas cosas sobre ella.

Tohrment carraspeó.

—Según la tradición, la familia de la hembra tiene que aportar el vestido para la ceremonia de apareamiento.

Xhex volvió a fruncir el ceño. Y luego sacudió la cabeza.

—No tengo familia.

Dios, esa mirada seria e inquisitiva de Tohr la estaba poniendo muy nerviosa. Su naturaleza symphath trató de penetrar en el patrón emocional del hermano, para estudiarlo e interpretarlo.

Lo que vio no tenía mucho sentido. El dolor, el orgullo, la tristeza y la felicidad que Tohr parecía estar sintiendo, todo a la vez, serían sentimientos comprensibles si él la conociera de antes. Pero, si no estaba equivocada, eran unos completos desconocidos.

En busca de respuestas, Xhex fue más allá, trató de penetrar en la mente y los recuerdos de Tohr... pero él había cerrado muy bien las puertas de su psique, para impedir que entrara en su mente. En lugar de leer los pensamientos de Tohr, vio una escena de *Godzilla*.

—¿Qué tienes que ver tú conmigo? —preguntó Xhex en un susurro.

El hermano hizo una seña con la cabeza hacia el baúl.

—Te he traído ropa.

—Bueno, sí, gracias, pero lo que más me interesa es el porqué. —Aquellas palabras sonaban mal, por ingratas, pero los buenos modales nunca habían sido la especialidad de la asesina—. ¿Por qué habrías de molestarte en traerme ropa para mi apareamiento?

—Las razones particulares no son relevantes, pero existen, y son más que suficientes. —Tohr no tenía intención de darle explicaciones—. ¿Me permites mostrarte lo que he traído?

Normalmente, esa situación sería completamente inaceptable para ella, tan enemiga de lo convencional, siempre tan atenta a no parecer una débil hembra, pero aquél no era un día normal ni se encontraba en un estado de ánimo normal. Y, además, Xhex tuvo la extraña sensación de que, con su bloqueo mental, en realidad Tohr la estaba protegiendo a ella. Protegiéndola de recuerdos que temía que la lastimaran profundamente.

—Sí, está bien. —Xhex cruzó los brazos sobre el pecho, incómoda—. Ábrelo.

Tohr se arrodilló frente al baúl y sacó una llave de bronce de su bolsillo trasero. Se oyó un «clic». Luego Tohr abrió los pasadores de la parte superior e inferior y le dio la vuelta al baúl.

Pero no lo abrió enseguida. Antes, sus dedos se deslizaron con reverencia por los bordes del enorme objeto, mientras su patrón emocional parecía a punto de derrumbarse debido al dolor que sentía.

Preocupada por el estado mental de Tohr y el sufrimiento que esperaba, Xhex levantó una mano para detenerlo.

—Espera. ¿Estás seguro de que quieres hacerlo?

En ese momento Tohr abrió el baúl.

Por la alfombra se esparció una prenda de satén rojo como la sangre.

Se trataba de un traje de gala para la ceremonia de apareamiento. Uno de esos vestidos que pasa de generación en generación. De esos que te cortan el aliento aunque no seas muy dada a ese tipo de frivolidades.

La guerrera miró al hermano, que tenía los ojos fijos en la pared del fondo. Su rostro expresaba resignación, como si todo aquello fuera algo que no le gustaba, pero que no tenía más remedio que hacer.

—¿Por qué me traes esto? —susurró Xhex, creyendo saber de qué se trataba. No conocía mucho a Tohr, pero era muy consciente de que su shellan había sido asesinada por el enemigo. Y ése debía de ser el vestido de Wellesandra—. Te estás muriendo por dentro.

—Porque una hembra debe tener un vestido apropiado para subir… hasta el… —Tohr tuvo que tragar saliva—. La última en usar este vestido fue la hermana de John, el día de su ceremonia de apareamiento con el rey.

Xhex entornó los ojos.

—¿Entonces esto es un regalo de parte de John?

—Sí —respondió el hermano con voz ronca.

—Mentira. No pretendo faltarte al respeto, pero tú no me estás diciendo la verdad. —Xhex bajó la mirada hacia el satén rojo—. Es increíblemente hermoso. Pero no entiendo la razón por la que has aparecido aquí esta noche para ofrecérmelo. Tus emociones son demasiado personales en este preciso momento. Ni siquiera puedes mirar el vestido de reojo.

—Mis razones son privadas. Pero sería un gran detalle que aceptaras usarlo para la ceremonia.

—¿Por qué es tan importante para ti?

Una voz femenina los interrumpió.

—Porque estuvo presente desde el mismo comienzo.

La hembra se giró. Desde el umbral los contemplaba una figura envuelta en una túnica negra. Lo primero que Xhex pensó era que se trataba de la Virgen Escribana… pero no se veía ningún resplandor debajo de la túnica.

Luego desveló el patrón emocional de esa hembra, y vio que era una copia exacta del suyo propio.

Eran idénticos.

La figura comenzó entonces a avanzar arrastrando los pies. Para su propia sorpresa, Xhex retrocedió y tropezó con algo. Perdió el equilibrio, trató de agarrarse a la cama pero no la alcanzó, y terminó aterrizando en el suelo, de culo.

Sus patrones emocionales eran absolutamente idénticos, no por la coincidencia de emociones, sino por la similitud de la estructura misma.

Idénticos, como los de madre e hija.

La hembra misteriosa levantó las manos hacia la capucha y lentamente se descubrió la cara.

—Por Dios *santo*.

La exclamación fue de Tohrment y el sonido de su voz hizo que la hembra fijara en él sus ojos grises como el acero. Luego le hizo una lenta reverencia.

—Tohrment, hijo de Hharm. Uno de mis salvadores.

Xhex apenas se dio cuenta de que el hermano se había apoyado sobre el baúl, como si le flaquearan las piernas. Pero lo que realmente la tenía fascinada eran los rasgos de aquella hembra. Eran tan parecidos a los suyos, más redondeados, más delicados, sí, pero la estructura ósea era la misma.

—Madre… —susurró Xhex, tras tener algo muy parecido a una revelación.

Cuando los ojos de la hembra volvieron a clavarse en ella, la desconocida miró la cara de Xhex con la misma atención que la miraba ella.

—En verdad eres hermosa.

Xhex se llevó la mano a la mejilla.

—¿Cómo es posible?

Tohrment parecía en estado de *shock* cuando preguntó:

—Sí, ¿cómo es posible?

La hembra avanzó un poco, cojeando, lo cual impulsó enseguida a Xhex a querer saber quién o qué le había hecho daño. Aunque nada de eso tenía sentido: le habían dicho que su verdadera madre había muerto al dar a luz, por Dios santo. Sin embargo, no quería que aquella triste y adorable criatura sufriera ningún daño.

—La noche en que naciste, hija mía, yo… yo encontré la muerte. Pero cuando traté de entrar en el Ocaso, no me dejaron pasar. La Virgen Escribana, en su infinita bondad, me permitió recluirme en el Otro Lado y allí he permanecido todo este tiempo, sirviendo a las Elegidas como castigo por mi… muerte. Todavía estoy al servicio de una Elegida y he venido aquí para acompañarla y cuidarla. Pero, en realidad, he llegado a este mundo para verte por fin en persona. Desde hace mucho tiempo te observo y rezo por ti desde el santuario... y ahora que finalmente te veo por fin, compruebo que hay muchas cosas que tendrás que considerar, muchas explicaciones que tendrás que oír, y mucha rabia que... Pero si estás dispuesta a abrirme tu corazón, me gustaría forjar un vínculo afectivo contigo. Aunque puedo entender que sea demasiado tarde...

Xhex parpadeó. Era lo único que podía hacer. Estaba conmocionada y sentía hondamente la profunda pena que agobiaba a aquella hembra.

Al cabo de unos instantes, en un intento de entender algo, cualquier cosa, trató de penetrar en la mente de la hembra que tenía frente a ella, pero no llegó muy lejos. Cualquier pensamiento o recuerdo específico estaba bloqueado, al igual que le había ocurrido con Tohrment. Tenía un contexto emocional, sí, pero carecía de detalles.

Sin embargo, sabía que la hembra decía la verdad.

Y aunque en muchas ocasiones se había sentido abandonada por la hembra que la había traído al mundo, no era estúpida. Las circunstancias de su concepción, teniendo en cuenta quién había sido su progenitor, no podían haber sido felices.

Más bien debieron de ser terribles.

Xhex siempre había presentido que fue una maldición para su madre, y por eso ahora, cuando estaba cara a cara con quien la había traído al mundo, no sentía animadversión hacia la figura inmóvil y tensa.

Xhex se puso de pie y, al hacerlo, percibió la desesperación y la incredulidad de Tohrment, emociones que ella también estaba experimentando.

No estaba dispuesta a perder aquella oportunidad, el regalo que el destino le había hecho en la noche de su apareamiento.

Así que atravesó la habitación caminando muy despacio, y al llegar hasta donde estaba su madre notó que era mucho más bajita, más delgada y más tímida que ella.

—¿Cuál es tu nombre? —preguntó Xhex con voz ronca.

—Soy... N'adie —respondió—. Soy N'adie...

De repente se oyó un silbido que atrajo la atención de todo el mundo hacia la puerta. John estaba de pie en el umbral, con su hermana, la reina, a su lado y en la mano una pequeña bolsa roja marcada con un sello que decía «Marcus Reinhardt Joyeros, Est. 1893».

Así que en realidad no estaba en el gimnasio. Había salido con Beth al mundo humano para comprarle un anillo de compromiso.

Xhex miró a su alrededor y observó el cuadro que componían todos ellos: Tohrment, de pie junto al baúl LV, John y Beth en la puerta, N'adie junto a la cama.

Entonces pensó que recordaría este momento para siempre. Y aunque tenía en su cabeza más preguntas que respuestas, en su alma encontró la fuerza necesaria para contestar a la pregunta muda de John acerca de quién era su misteriosa invitada.

De hecho, gracias a él pudo responder. Gracias a su lema: mirar siempre hacia delante. Había muchas cosas en el pasado que era mejor no remover. Era preferible dejarlas en los anales de la historia. Allí, en medio de aquella habitación, rodeada de toda esa gente, Xhex necesitaba mirar hacia delante.

Así que tomó aire y dijo con voz clara y fuerte:

—John, ésta es mi madre. Y me acompañará durante nuestra ceremonia de apareamiento.

El novio parecía completamente desconcertado, pero se repuso rápidamente. Y como el perfecto caballero que era, se acercó a N'adie y le hizo una reverencia. Después dijo algo por señas, que Xhex tradujo con voz ronca.

—Dice que te da las gracias por tu presencia aquí esta noche y que siempre serás bienvenida en nuestra casa.

N'adie se cubrió la cara con las manos, obviamente turbada por la emoción.

—Gra...cias. Gracias.

Xhex no era muy dada a los abrazos, pero sujetaba a la gente de maravilla, así que enseguida agarró el delgado brazo de su madre para que no se cayera al suelo.

—Está bien —le dijo a John, que obviamente estaba preocupado por haber perturbado de esa manera a N'adie—. Espera, no mires ahí, no puedes ver mi vestido.

John se quedó paralizado.

—¿Vestido? —preguntó modulando la palabra con los labios.

Era difícil discernir qué era más sorprendente: que su madre apareciera por primera vez en trescientos años, o que ella aceptara embutirse en un vestido de gala.

Nunca sabes adónde te va a llevar la vida.

Y a veces, las sorpresas no son del todo malas, en absoluto.

En primer lugar, John.

En segundo lugar, un vestido.

En tercer lugar, su madre.

Desde luego, era una buena noche, una noche muy buena en verdad.

—Bueno, ahora hay que ponerse en marcha —dijo Xhex, acercándose al baúl y guardando el vestido—. Necesito vestirme. No quiero llegar tarde a mi propia ceremonia de apareamiento.

Mientras sacaba el baúl de la habitación, después de rechazar la ayuda de los machos, Xhex pidió a N'adie y Beth que la acompañaran. Después de todo, tratándose de su madre y de la hermana de John, lo mejor era que todos comenzaran a conocerse… y qué mejor manera de hacerlo que ayudándola a prepararse y vestirse para su futuro hellren.

Para su macho honorable.

Para el amor de su vida.

Esa noche era, en realidad, lo mejor que le había pasado en la vida.

John Matthew se vio obligado a quedarse allí, mientras observaba cómo su shellan cargaba por todo el pasillo con un baúl del tamaño de un coche, acompañada de su hermana... ¡y su madre!

Estaba emocionado por la presencia de las dos hembras, pero no le hacía gracia el peso del baúl. Sin embargo, sabía muy bien que no debía dárselas de Supermán musculoso. Si Xhex necesitaba ayuda, la pediría.

Y, he aquí que su dulce amada era lo suficientemente fuerte para moverlo por su cuenta.

Y eso le excitaba. John, en verdad, se excitaba por cualquier cosa que hiciese ella.

—¿Ya tienes tu ropa lista? —le preguntó Tohrment con tono admonitorio.

John lo miró y notó que el hermano acababa de pasar por una fuerte experiencia emocional. Prácticamente se estaba tambaleando. Pero, a juzgar por su expresión seria, no tenía intención de hacer ningún comentario al respecto.

—Dios, no sé que me voy a poner —dijo John por señas—. ¿Un esmoquin?

—No, te voy a traer lo que necesitas. Espera un momento.

Salió apresuradamente.

John, a la espera, miró a su alrededor. Se fijó en el armario y su cara se iluminó con la sonrisa que últimamente esbozaba casi a todas horas. Se acercó, dejó sobre la cómoda la bolsita roja que tenía en la mano y se detuvo a admirar una prueba fehaciente de su nuevo estado.

Joder, era verdad, Xhex se había mudado con él. Ahora la ropa de su hembra y la suya colgaban del armario, una al lado de la otra.

Extendió la mano y tocó los pantalones de cuero de Xhex, sus camisetas y las fundas de sus armas… y sintió que su felicidad y su orgullo se ensombrecían un poco. Su amada iba a tomar parte en la guerra, como combatiente, hombro con hombro junto a él y los hermanos. Las Leyes Antiguas tal vez lo prohibieran expresamente, pero el Rey Ciego había demostrado que no era un esclavo de las tradiciones, y Xhex ya había probado que podía hacer un excelente papel en el campo de batalla.

Se dirigió a la cama y se sentó. Le angustiaba pensar que ella estaría todas las noches en la calle, rodeada de restrictores.

En fin, a la mierda, no podía impedirlo.

No iba a prohibírselo, no. Ella era quien era, es decir una guerrera.

Ésa era la realidad.

Tras sacudirse esos pensamientos se fijó en la mesita de noche. Abrió el cajón y sacó el diario de su padre; pasó la mano por la tapa de cuero y sintió que la historia desbordaba el terreno de los recuerdos escritos y pasaba al campo de los hechos. Hacía mucho tiempo que otras manos habían sostenido ese libro y habían escrito en sus páginas. Gracias a una serie de afortunadas circunstancias, el diario había llegado a las manos de John.

Por alguna misteriosa razón, esa noche el vínculo que le unía con Darius, su padre, parecía lo suficientemente fuerte como para vencer la brumosa barrera del tiempo y unirlos hasta… Dios, sentía como si fueran una sola persona.

El joven mudo sabía que su padre hubiera sido feliz con todo lo que estaba pasando. Lo sabía con una certeza tal que parecía que Darius estuviera sentado junto a él en la cama.

Darius habría querido que Xhex y él se apareasen. ¿Por qué? No lo sabía… pero era una verdad tan real como los votos que pronunciaría en pocos minutos.

Volvió a inclinarse sobre el cajón y esta vez sacó un pequeño estuche antiguo. Tras levantar la tapa, se quedó mirando un pesado anillo de oro grabado. La joya era enorme y estaba diseñada para la mano de un guerrero. Su superficie brillaba a través de la fina red de rayaduras que cubrían el escudo.

Y le encajaba perfectamente en el dedo índice de la mano derecha.

Súbitamente, decidió que no se lo volvería a quitar, ni siquiera para el combate.

—Él habría aprobado esa decisión.

Los ojos de John brillaron. Tohr acababa de regresar y traía una buena cantidad de prendas de seda negra. Detrás venía Lassiter. El resplandor del ángel caído se derramaba por todas partes, como si el sol se hubiese instalado en el pasillo.

—¿Sabes una cosa? No sé muy bien por qué, pero creo que tienes razón —dijo John por señas.

—Sé que tengo razón. —El hermano se acercó y se sentó en la cama—. Él la conoció.

—¿A quién?

—Darius conoció a Xhex. Él estaba presente cuando nació, cuando su madre… —Hubo una larga pausa, como si Tohr tuviera demasiadas cosas dándole vueltas en la cabeza y estuviera esperando a que las aguas se calmaran—. Cuando su madre murió, Darius llevó a Xhex a una familia que pudiera cuidarla. Él adoraba a esa criatura, al igual que yo. Él le puso el nombre, la llamó Xhexania.

El ataque de epilepsia le sobrevino tan de repente que John no tuvo tiempo de tomar las medidas necesarias para neutralizarlo. En un momento estaba sentado escuchando a Tohr y al segundo siguiente estaba en el suelo, entre incontrolables convulsiones.

Cuando sus neuronas dejaron por fin de bailar rap y sus extremidades se quedaron quietas, John empezó a respirar lentamente por la boca. Tohr estaba a su lado, inclinado sobre él.

—¿Cómo te sientes?

John se incorporó hasta sentarse. Después se restregó la cara y se alegró de que sus ojos todavía funcionaran. Nunca pensó que le aliviaría ver con tanta nitidez la cara de Lassiter.

Luchando aún por dominar las manos, logró decir mediante temblorosas señas:

—Me siento como si acabara de salir de la licuadora.

El ángel caído asintió con seriedad.

—Ése es el aspecto que tienes, desde luego.

Tohr fulminó al ángel con la mirada y luego volvió a mirar a John.

—No le prestes atención, es ciego.

—No, no lo soy.

—Pues lo serás en un minuto si no te callas. —Tohr agarró a John de los brazos y lo ayudó a sentarse de nuevo en la cama—. ¿Quieres tomar algo?

—¿No prefieres un cerebro nuevo? —le ofreció Lassiter.

Tohr se inclinó.

—Por el mismo precio, también lo dejaré mudo, ¿vale?

—Tú siempre tan generoso.

Hubo una larga pausa, que rompió John.

—¿Mi padre la conoció al nacer?

—Sí.

—Y tú también...

—Sí.

Se hizo un silencio. John decidió que algunas cosas era mejor no removerlas. Y ésta era una de ellas, a juzgar por la expresión de solemnidad del hermano.

—Me alegra que lleves puesto su anillo —dijo Tohr abruptamente, al tiempo que se ponía de pie—. En especial en una noche como hoy.

John miró el anillo de oro que se había colocado minutos antes. Estaba perfecto en su mano guerrera. Se diría que era su sitio natural.

—Yo pienso igual —dijo John.

—Ahora, si me disculpáis, me voy a vestir.

Cuando John alzó la mirada y vio a su segundo padre, recordó aquel momento, hacía ya tanto tiempo, en que abrió la puerta de su decrépito apartamento y apuntó un arma arriba, bien arriba, hacia la cara de Tohr.

Y ahora Tohr le había traído la ropa que usaría en su ceremonia de apareamiento.

El hermano esbozó una sonrisa.

—Quisiera que tu padre estuviera aquí para ver esto.

El novio frunció el ceño y dio vueltas al anillo en su dedo, mientras pensaba en lo mucho que le debía a Tohr. Luego, siguiendo un impulso, se puso de pie y abrazó con fuerza al hermano.

Tohr pareció momentáneamente sorprendido, pero luego le devolvió el abrazo.

Cuando John se echó hacia atrás, miró a Tohr a los ojos y dijo:

—Él está aquí. Mi padre está aquí, conmigo.

***

Una hora después, John estaba de pie sobre el suelo de mosaico del vestíbulo, pasando el peso de su cuerpo de un pie al otro, visiblemente nervioso. Iba vestido con el atuendo tradicional de los machos honorables en su ceremonia de apareamiento: pantalones de seda negra que rozaban suelo y camisa suelta, recogida con un cinturón engastado de piedras preciosas que le había entregado el rey.

Se había decidido realizar la ceremonia al pie de las escaleras, en el arco que formaba la entrada al comedor. Las puertas dobles del comedor estaban cerradas, formando una pared provisional, y al otro lado, los doggen preparaban la fiesta.

Todo estaba preparado, la Hermandad formaba una fila junto a él, y las shellans y los otros miembros de la casa estaban reunidos al frente, en amplio semicírculo. Entre los testigos, Qhuinn estaba a un lado, Blay y Saxton al otro. iAm y Trez se encontraban en el centro, como invitados especiales a la ceremonia.

Mirando a su alrededor, John se fijó en las columnas de malaquita, en las paredes de mármol y en las arañas de cristal. Desde que había ido a vivir a la mansión, muchas personas le habían contado lo mucho que su padre habría disfrutado viendo llenas todas las habitaciones de la casa. Habría sido feliz con la mansión llena de vida, de moradores.

Se fijó en el manzano que representaba el mosaico del suelo. Era tan hermoso... Un signo de la primavera, del eterno florecer. Subía el ánimo con sólo mirarlo.

Desde el día en que se había mudado a la mansión, estaba prendado del manzano.

De repente se oyó una exclamación colectiva que lo hizo levantar la cabeza.

¡Ay, querida... Virgen... María... Madre... qué hermosa...!

La mente se le quedó en blanco. Sencillamente en blanco. Sabía que su corazón seguía latiendo porque continuaba de pie, pero poco más.

O tal vez se había muerto y ahora estaba en el cielo.

Sí, podía ser eso.

En la parte superior de la imponente escalera, con la mano apoyada en la dorada barandilla, Xhex estaba sencillamente gloriosa. Resplandecía tanto que todo el mundo quedó perplejo. Y su amado… Imposible explicar cómo quedó su amado.

El vestido rojo le sentaba maravillosamente y el lazo de encaje negro que tenía en la parte de arriba hacía juego, en bellísima sintonía, con el pelo negro y los ojos de plata. La tela de satén rojo caía alrededor de su cuerpo en una cascada deslumbrante.

Cuando sus ojos se cruzaron, Xhex se llevó la mano a la cintura y luego alisó la parte delantera del vestido.

—Ven aquí —dijo John por señas—. Ven aquí conmigo, hembra mía.

Un tenor comenzó a cantar en un rincón. La voz clara de Zsadist se elevaba hacia la imagen de aquellos guerreros que los observaban desde el techo. Al principio John no reconoció la canción… aunque si le hubiesen preguntado su nombre, habría dicho que era algo de Santa Claus, o de Luther Vandross o de Teddy Roosevelt.

Tal vez incluso de Joan Collins.

Pero luego los sonidos se fundieron y John reconoció la melodía. Era *All I Want is You*, de U2.

La canción que John le había pedido a Zsadist.

El primer paso de Xhex desató las emocionadas lágrimas de las hembras. Y de Lassiter, por supuesto.

Con cada escalón que Xhex bajaba, el pecho de John se inflamaba un poco más, hasta que sintió que no sólo su cuerpo levitaba, sino que también lo hacía toda la gran mansión de piedra.

Al pie de las escaleras, Xhex volvió a detenerse y Beth se apresuró a arreglarle la falda.

La novia se situó al fin frente a Wrath, el Rey Ciego.

—Te amo —dijo John con discretas y tiernas señas.

La sonrisa que ella le dedicó comenzó como un tímido esbozo, pero luego fue creciendo hasta que se expandió por toda su cara y pareció iluminarse. Los colmillos y los ojos brillaban como estrellas en la noche.

—Yo también te amo —le respondió ella modulando las palabras con los labios.

Luego la voz del rey resonó en la gran estancia.

—Escuchad, todos los presentes. Estamos aquí reunidos para ser testigos de la unión de este macho y esta hembra…

La ceremonia siguió su curso. John y Xhex fueron respondiendo tal como debían hacerlo. La ausencia de la Virgen Escribana fue fácilmente subsanada con la declaración del rey de que se trataba de una buena unión. Tras los votos, llegó la hora de ponerse serios.

A una señal de Wrath, el novio se inclinó y puso sus labios sobre los de Xhex, luego retrocedió y se quitó el cinturón de piedras preciosas y la camisa. Sonreía como un maravilloso idiota cuando se los entregó a Tohr y Fritz trajo la mesa con el tazón lleno de sal y la jarra de plata llena de agua.

Wrath desenfundó su daga negra y dijo en voz alta:

—¿Cuál es el nombre de tu shellan?

Entonces John dijo por señas, delante de todos:

—Se llama Xhexania.

Ayudado por Tohr, el rey escribió en su piel la primera letra, copiando el tatuaje que John se había mandado hacer. Y luego los otros hermanos hicieron lo propio, marcando en su piel con las dagas y la tinta de la Hermandad, no sólo los cuatro caracteres en Lengua Antigua, sino los adornos que el artista había dibujado alrededor. Con cada corte, John se inclinaba más hacia aquel manzano, soportando el dolor con orgullo y negándose a expresar la más mínima queja. Constantemente miraba a Xhex. Ella estaba frente a las hembras y los otros machos, con los brazos a lo largo del cuerpo y, en la cara, una expresión de solemnidad y aprobación.

Cuando la sal cayó sobre las heridas, John apretó los dientes con tanta fuerza que su mandíbula crujió y el sonido se impuso a los demás ruidos de la sala. Pero ni siquiera en ese momento soltó una maldición ni un jadeo, a pesar de que la agonía lo torturaba y nublaba su vista.

Cuando se incorporó, el grito de guerra de la Hermandad y de los soldados de la casa resonó por toda la mansión. Tohr limpió el tatuaje con un trozo de lino blanco. Cuando terminó, puso la tela dentro de una caja negra lacada y se la entregó a John.

Luego el novio se puso de pie y se aproximó a la novia con el aire arrogante de un macho en la flor de la vida, un macho que acababa de afrontar una prueba difícil y había salido victorioso. Al llegar frente a ella, se arrodilló de nuevo, agachó la cabeza y le ofreció la caja negra, en espera de que ella la recibiera o la rechazara. Según la tradición, si aceptaba la caja, lo aceptaba a él.

Xhex no esperó ni un segundo.

Recibió la caja enseguida y entonces John la miró. Tenía un par de preciosas lágrimas rojas en los ojos, mientras acunaba contra su corazón la caja que contenía el símbolo de su promesa.

La concurrencia prorrumpió en aclamaciones. John se puso de pie y alzó a su shellan en brazos. Se besaron apasionadamente, y luego, ante el rey y su hermana, y sus mejores amigos, y toda la Hermandad, llevó a su hembra hasta las escaleras por las que había bajado.

Sí, a continuación habría una fiesta en su honor, pero el macho enamorado que llevaba dentro necesitaba marcar su territorio cuanto antes.

Tiempo habría de bajar a comer e incorporarse a la fiesta.

Ya iban llegando arriba cuando se oyó la voz de Hollywood.

—Joder, yo quiero volver a hacerme el mío con algunos de esos arabescos.

—Ni lo sueñes, Rhage —fue la respuesta de Mary.

—¿Ya podemos comer? —preguntó Lassiter—. ¿O hay alguien más dispuesto a que lo rajen?

La fiesta comenzó. Las voces, las risas y las notas de *Young forever*, de Jay Z, llenaron el aire. Al llegar arriba, John se detuvo un momento y miró hacia abajo. Lo que vio, unido a la hembra que tenía en los brazos, lo hizo sentirse como si acabara de llegar a la más alta cima, a lo alto de una enorme montaña que siempre había considerado inalcanzable.

La voz ronca de Xhex culminó su excitada felicidad.

—¿Vas a quedarte ahí pasmado o me has traído aquí arriba para algo?

John la besó. Siguieron con las lenguas entrelazadas hasta que llegaron a la habitación de… la habitación de los dos.

John depositó a Xhex sobre la cama. Se miraron, entregándose uno a otro en silencio.

Pero John se dio la vuelta, lo que sorprendió a la novia.

Tenía que entregarle el regalo que le había comprado.

Cuando regresó a la cama, llevaba en sus manos la bolsita roja de Reinhardt's.

—Fui criado por humanos y, cuando ellos se casan, el macho le entrega a la hembra un símbolo de su afecto. —De repente se puso nervioso—. Espero que te guste. Traté de elegir lo mejor para ti.

Xhex se incorporó. Las manos le temblaron un poco cuando sacó un estuche largo y delgado.

—¿Qué es esto, John Matthew?

La exclamación de sorpresa de Xhex al abrir el estuche fue el mejor regalo para su macho enamorado.

John estiró la mano y sacó la gruesa cadena de su lecho de terciopelo. El diamante cuadrado que colgaba en el centro de los eslabones de platino era de no sabía cuántos quilates, John no entendía muy bien lo que eso significaba. Lo único que le importaba era que la maldita piedra era tan grande y brillante que podía verse desde Canadá.

John quería que se supiera que Xhex tenía dueño. Y si su fragancia de macho enamorado no llegaba a alcanzarla en algún momento, el brillo del diamante sí podría evocarle su existencia.

—No te he comprado un anillo porque sé que vas a seguir peleando y no querrás tener nada en las manos. Si te gusta, me encantaría que lo llevaras siempre al cuello.

Xhex le tapó la cara con las manos y luego lo besó tan larga y profundamente que le dejó sin respiración.

—Nunca me quitaré la cadena. Jamás.

John la besó y se echó suave y apasionadamente sobre ella, empujándola contra las almohadas, mientras sus manos buscaban los senos, se metían debajo de las caderas. Exploraba, excitado, ilusionado, maravillado, bajo el bello satén rojo.

Enseguida encontró el camino.

El vestido era bellísimo. Y lucía mejor sobre la cama, porque allí no tapaba el maravilloso cuerpo de Xhex.

John le hizo el amor a su hembra lentamente, regocijándose en la contemplación de su cuerpo, acariciándola con las manos, la boca, el alma. Cuando finalmente se unieron, el encuentro fue tan perfecto, el momento tan oportuno, que sencillamente se quedó inmóvil. La vida había sido una excusa, un simple medio para llevarlos hasta aquel instante glorioso.

Y en la gloria vivirían de ahora en adelante.

—Entonces, John… —Xhex habló con voz sugestiva.

John le dijo que siguiera con una mirada llena de amor.

—Estaba pensando en hacerme un tatuaje yo también. —Al ver que él ladeaba la cabeza, le acarició los hombros con suavidad—. ¿Qué te parece si vamos a ese lugar donde hacen tatuajes y hago que me graben tu nombre en la espalda?

El éxtasis, la semilla que salió de John e inundó el cuerpo de Xhex fue una respuesta más que elocuente.

Xhex soltó una carcajada feliz.

—Tomaré eso como un sí…

Claro que es un sí, pensó John, penetrándola.

Después de todo, lo que es bueno para el macho es todavía mejor para la hembra.

John adoraba la vida, y a todos los habitantes de aquella casa, y a toda la gente honorable que había en todos los rincones del mundo. El destino no era fácil, pero al final ofrecía su recompensa.

Con el tiempo, todo lo que pasaba era exactamente lo que debía pasar.

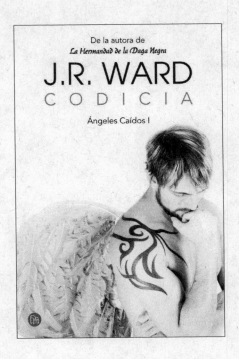

De la autora de
La Hermandad de la Daga Negra

J.R. WARD
CODICIA

Ángeles Caídos I

En el mundo hay siete pecados capitales
y sólo un ángel caído podrá salvar
a la humanidad de cometerlos.
La codicia es el primero.

Jim Heron, antihéroe por excelencia, tiene un pasado tortuoso y no siempre ha acertado con las decisiones que ha tomado. Su vida ha estado envuelta en diferentes gamas grisáceas, su alma nunca ha sido o blanca o negra. Pero tras un accidente se encuentra ante las puertas de otra vida, tendrá que caminar entre dos mundos, y para bien o para mal sus acciones determinarán el destino de la humanidad. Siete almas están a punto de cometer siete pecados capitales y Jim es el reciente y atípico ángel caído encargado de impedirlo. Vin DiPietro, su antiguo jefe, es la primera alma, el primer pecado: la codicia.